셰익스피어 4대 비극

햄릿 | 맥베스 | 리어 왕 | 오셀로

셰익스피어 4대 비극

햄릿 | 맥베스 | 리어 왕 | 오셀로

초판 1쇄 인쇄 · 2021년 12월 20일
초판 1쇄 발행 · 2021년 12월 27일

지은이 · 윌리엄 셰익스피어
옮긴이 · 이태주
펴낸이 · 한봉숙
펴낸곳 · 푸른사상사

주간 · 맹문재 | 편집 · 지순이 | 교정 · 김수란, 노현정 | 마케팅 · 한정규
등록 · 1999년 7월 8일 제2-2876호
주소 · 경기도 파주시 회동길 337-16 푸른사상사
대표전화 · 031) 955-9111(2) | 팩시밀리 · 031) 955-9114
이메일 · prun21c@hanmail.net
홈페이지 · http://www.prun21c.com

ⓒ 이태주, 2021

ISBN 979-11-308-1868-9 03840
값 24,900원

세계문학전집 **8**

햄릿 | 맥베스 | 리어 왕 | 오셀로

셰익스피어 4대 비극

―

이태주 옮김

Shakespeare's 4 Great Tragedies

푸른사상
PRUNSASANG

영문과 때 셰익스피어를 나의 사명처럼 들고 온

불문과 학생 진영숙 내 아내와

나의 아들 딸 손자 손녀들 그 후손들을 위해

이 책을 내 삶의 흔적으로 남긴다.

셰익스피어의 비극 세계는 선과 악이 혈투를 벌이는 무대입니다. 햄릿은 클로디어스와 대결합니다. 리어 왕은 고네릴과 리건과 대결합니다. 에드거는 에드먼드와 대결합니다. 이아고는 오셀로와 대결합니다. 맥베스는 덩컨 스코틀랜드 왕과 대결합니다. 코델리아는 왜 죽어야 합니까. 데스데모나는 왜 죽어야 합니까? 리어 왕, 햄릿, 오셀로, 덩컨은 왜 그렇게 죽어야 합니까? 글로스터 백작은 왜 두 눈을 빼앗겼습니까? 거트루드는 왜 독약을 마셔야 했습니까? 싸움은 끝나지 않습니다. 전쟁은 계속됩니다. 선은 악이 제압하고, 악은 자멸합니다. 세상은 말세의 혼란이요 황무지입니다. 셰익스피어는 이런 문명의 황야 속에서 펜을 들었습니다. 그는 역사와 대결합니다. 그는 악의 근절을 위해, 평화와 질서를 위해 싸웁니다. 그의 작품은 악에 대한 저항의 선언이요, 절실한 기도요 통곡입니다.

비극을 읽고 참담했을 때 아리스토텔레스는 위안이 되었습니다. 비극이 주는 정화작용, 카타르시스(Katharsis) 때문입니다. 비극은 인간의 마음에 건강한 효과를 미친다는 것입니다. "연민과 공포를 통해 감정을 정화시킨다"는 것입니다. 병적인 정서는 다분히 주관적이고, 개인적이며, 자기중심적인 요소가 됩니다. 우리는 비극을 통해 비극적 인물과 그 상황에 동화되면서 자기중심적인 몰입에서 차츰 벗어나 '외부'로 자신의 존재가 확산되는 것을 알게 됩니다. 동정(同情)을 통한 영혼의 확대는 심리적이며 도덕적인 건강에 이롭게 작용합니다. 비극이 인간 생활에서 일어날 수밖에 없는 불가피성을 비극의 수용자는 인식하게 되고, 우리의 통찰력은 고통을 극복하고 얻어지는 조화로운 정신적 안정을 모색하게 됩니다. 이 때 도달되는 정화작용을 통해 정신은 새로운 삶의 인식에 도달합니다. 비극작품은 행동의 모방을 통해 동화작용을 일으키면서 개인의 영역을 벗어난 보편성(universality)을 얻게 됩니다. 비극작품은 질서와 조화의 가능성과 필요성을 역설하는 수단이 됩니다. 아리스토텔레스는 그의 『시학(Poetics)』을 통해 이 같은 요지의 견해를 피력했습니다.

세상에서 가장 많이 읽히는 책은 성서와 셰익스피어 작품이라고 합니다. 성서는 하느님의 메시지입니다. 셰익스피어 작품은 인간에 관한 기록입니다. 셰익스피어 작품에는 성서에 관한 수많은 인용이 있습니다. 성서 속에 셰익스피어가 있고, 셰익스피어 속에 성서가 있습니다. 당시 셰익스피어는 제네바 판 성서를 읽었습니다. 엘리자베스 시대는 르네상스 문화 속에 있었지만, 여전히 중세는 짙게 남아 있었습니다. 그 가운데서도 종교입니다. 국민들은 매주 의무적으로 교회에 가서 성경을 읽었습니다. 교회에 모습이 보이지 않으면 우범자로 낙인 찍혔습니다. 의무적으로 교회에 가는 것도 아닙니다. 교회에 가서 기도를 올리지 않으면 안 되는 세상이었습니다. 기근과 전염병이 시도 때도 없이 발생했습니다. 종교적 갈등과 반목이 심화되었습니다. 사람들이 체포되어 투옥되고 고문당하고 처형되었습니다. 런던 다리 난간에는 대역 죄인의 시체가 수시로 걸려 있었습니다. 엘리자베스 시대 영국은 태평천하를 외쳤지만 외세의 침략과 반란은 국민적 불안의 요인이었습니다.

셰익스피어는 어릴 적부터 어머니로부터 성서를 배우고, 문법학교에서 성서를 이수했습니다. 매주 교회에 참례하면서 그의 머리는 성서로 가득 찼습니다. 그의 작품에 성경 구절이 광범위하게 깔리는 이유입니다. 비극작품 시대가 끝나고 마지막으로 발표한 작품이 〈템페스트〉입니다. 이 작품은 인생에 대한 셰익스피어의 고별사입니다. 원수들이 탄 배를 마술로 난파시켜 자신의 동굴 앞에 일행들을 끌고 와서 복수를 하려는 순간 프로스페로는 연민의 정을 느껴 자신을 파멸시킨 원수를 용서했습니다. 그때의 그의 대사입니다.

> 이자들의 극심한 악행은 뼈에 사무치고 치가 떨리지만
> 고귀한 이성의 힘으로 분노의 정을 억제하자.
> 용서하는 미덕은 복수보다
> 더 거룩한 행위가 된다.

　용서하고, 기도하는 기나긴 생의 과정을 셰익스피어와 그의 시대는 되풀이하고 있었습니다. 그의 작품 37편은 그런 과정을 품고 있는 다양한 인간의 기록입니다. 프랑스의 소설가이며 문화부장관을 지낸 앙드레 말로는 말했습니다. "신이 나에게 인간이란 무엇인가라고 묻는다면, 나는 루브르 박물관을 보여주겠다." 그렇습니다. 수많은 그림도, 셰익스피어의 작품도 인간이 살아오고 살아가는 생생하고 피눈물 나는 생생한 기록입니다. 셰익스피어의 비극은 복수극입니다. 그 대표적인 작품이 〈햄릿〉입니다. 햄릿은 복수의 길에서 용서의 길로 마음의 행로를 바꿉니다. 코델리아는 자신을 버린 리어 왕을 용서합니다. 포샤는 법정에서 유대인 고리대금업자 샤일록에게 자비심을 베풀고 용서하라고 강권합니다. 〈심벨린〉에서 이모진의 부친 심벨린은 "모든 사람을 용서한다"고 선언합니다. 〈겨울 이야기〉에서 레온티즈는 질투심에 눈이 멀어 온갖 복수극을 자행하지만 그의 아내와 딸은 자비심을 베풀어 그를 용서합니다. 이 같은 용서의 덕행이 절정에 도달한 작품이 〈템페스트〉입니다. "원수를 사랑하라"는 기독교의 이웃사랑은 용서하는 행동에서 시

작됩니다. 누가복음은 전하고 있습니다. "하느님 아버지시여, 이 자들을 용서해주십시오. 그들은 자신들이 무슨 일을 하고 있는지 모르고 있습니다." 셰익스피어 작품에는 허다한 용서의 장면이 펼쳐지고 있습니다.

셰익스피어는 전성기를 지나면서 자신의 인생, 자신의 작품을 회고합니다. 맥베스에서 그는 인생에 대한 체념을 전달하고 있습니다. "인생은 바보들의 넋두리요, 온갖 소리와 분노로 가득하지만 아무런 의미도 없다." 리어왕은 비극의 근원을 건드립니다. "인간은 울면서 이 세상에 태어났다. 알고 있는가. 처음으로 공기를 들이마실 때, 우리는 고통 속에서 울며불며 아우성 쳤다." 충신 켄트는 리어 왕의 참극을 보면서 울부짖었습니다. "이것이 세상의 종말인가?" 셰익스피어는 햄릿을 통해 실토합니다. "우리들 인간은 모두가 죄인이다. 누구 하나 믿을 사람이 없다." 이 말은 사도 바울이 로마인의 편지 속에서 언급했던 내용 그대로입니다. 셰익스피어는 자신의 인생관을 정리하면서 〈템페스트〉를 들고 런던에 작별을 고하면서 이 작품의 주인공 프로스페로가 되었습니다. 이 작품에서 전달한 셰익스피어의 고별사는 다음과 같습니다.

> 이제 여흥은 끝났다. 지금까지 연기를 했던 배우들은
> 이미 말했던 것처럼 모두 요정들이다.
> 대기 속으로, 아련한 공기 속으로 녹아 들어갔다.
> 환상 속의 가공의 현상처럼
> 구름에 닿는 마천루도, 화려한 궁전도
> 장엄한 사원도, 거대한 지구 자체도
> 지상에 있는 모든 것은 결국 녹아들어
> 지금 사라진 환영처럼 그 자리에는
> 아무런 흔적도 없이 사라진다.
> 우리 인간은
> 꿈같은 실타래로 짜여지고 있다네.

하염없는 인생을 꾸미는 것은 잠이다.

기도와 자비심과 용서는 셰익스피어가 작품에서 남긴 유언의 '키워드'입니다. 셰익스피어 비극의 끝머리는 항상 그렇게 마무리되었습니다. 셰익스피어는 〈햄릿〉, 〈리어 왕〉, 〈오셀로〉, 〈맥베스〉 등 비극의 주인공들이 겪은 환멸과 절망 너머로 인간의 가능성과 희망을 보았습니다. 그의 비극을 읽는 희열과 행복은 바로 이것입니다.

셰익스피어 작품집을 수정·보완하여 새롭게 간행하게 되었습니다. 해묵은 번역이어서 손댈 곳이 많았습니다. 새로 고치고, 번역하고 단장해서 출판하다 보니 감개무량한 느낌입니다. 푸른사상사의 한봉숙 사장님, 편집과 교정을 전담하신 김수란 팀장과 편집팀원들에게 깊은 감사의 마음을 전합니다.

2021년 12월
옮긴이 이태주

Hamlet

햄릿

등장인물

클로디어스_ 덴마크 왕

햄릿_ 덴마크 왕자. 선왕의 아들이며 클로디어스 왕의 조카

폴로니어스_ 클로디어스 왕의 고문관이며 재상

호레이쇼_ 햄릿의 친구

레어티즈_ 폴로니어스의 아들

볼티먼드, 코닐리어스, 로젠크랜츠, 길든스턴, 오즈릭_ 궁신들

시종

마셀러스, 바나도, 프랜시스코_ 경호병들

레이날도_ 폴로니어스의 하인

배우들

두 어릿광대들_ 무덤 파는 일꾼

포틴브라스_ 노르웨이 왕자

부대장

영국 사신들

거트루드_ 덴마크의 왕비. 햄릿의 어머니

오필리어_ 폴로니어스의 딸

햄릿 부왕의 망령

그 밖에_ 남녀 귀족들, 군인, 선원, 사신, 시종들

장소

덴마크

제1막

제1장 엘시노성

　　엘시노 궁성 망대의 좁은 통로. 좌우의 포탑으로 통하는 문. 한밤중, 별이 총총한 추운 밤. 열두 시를 알리는 종소리. 무장한 보초병 프랜시스코가 왔다 갔다 하고 있다. 이윽고 똑같이 무장한 바나도가 궁성에서 나온다. 어둠 속에서 프랜시스코의 발소리를 듣고 바나도, 소스라치게 놀란다.

바나도　누구야?

프랜시스코　넌 누구냐? 정지. 신원을 밝혀라.

바나도　국왕 만세!

프랜시스코　바나도?

바나도　그렇다.

프랜시스코　꼭 제 시간에 왔군.

바나도　막 열두 점을 쳤어. 가서 자게, 프랜시스코.

프랜시스코　교대해줘서 고마우이. 가슴까지 꽁꽁 얼어붙는군. 기분이 언짢아.

바나도　별일 없었나?

프랜시스코　생쥐 한 마리 얼씬 안 했네.

바나도　잘 가게. 호레이쇼와 마셀러스를 만나거든 빨리 오라고 해. 나와 함께 보초 설 친구들이니.

호레이쇼와 마셀러스 등장.

프랜시스코 인기척이 나는군. 정지, 누구얏!

호레이쇼 이 나라의 백성.

마셀러스 덴마크 왕의 충신.

프랜시스코 수고하게, 난 물러가네.

마셀러스 여봐, 바나도!

바나도 어라, 호레이쇼도 거기 있었나?

호레이쇼 그렇게 됐네.

바나도 잘 왔네, 호레이쇼. 잘 왔네, 마셀러스.

마셀러스 그래, 그것이 오늘 밤에도 나타났나?

바나도 아직은 못 봤네.

마셀러스 호레이쇼는 그것이 우리의 망상이라면서 통 믿어주질 않아. 우
린 그 무시무시한 것을 두 번씩이나 목격했는데 말이야. 그래서 오
늘 밤엔 우리와 함께 망을 보자고 했지. 이 밤을 꼬빡 새우면서 말
이네. 만약에 그 허깨비가 나타난다면, 호레이쇼도 우리의 눈을 믿
어줄 게 아닌가. 그 허깨비한테 말을 걸어볼 수도 있고.

호레이쇼 웃기는 소리 마. 보이긴 뭐가 보인다고 그래?

바나도 잠시 앉아서 내 말 좀 들어보게. 이틀 밤이나 우리는 이 눈으로 똑
똑히 봤어. 귀를 세우고 잘 좀 들어봐.

호레이쇼 그래, 앉아서 바나도 얘길 들어보세.

바나도 바로 어젯밤이었어. 북극성 서쪽에 있는 저 별이 늘 달리던 궤도를
지나 지금 빛나고 있는 바로 저 부분의 하늘을 비추고 있을 때였
지. 마셀러스와 나는 단둘이서…… 좋은 한 점을 치는데…….

유령 등장

마셀러스 쉿, 조용히 해. 또 나타났어.

바나도 승하하신 선왕의 모습 그대로군.

마셀러스 호레이쇼, 자넨 학자지? 말 좀 걸어보게.

바나도 선왕의 모습 그대로지? 호레이쇼, 잘 봐두라구.

호레이쇼 똑같군. 두렵고 놀라워 가슴이 오그라드는 것 같네.

바나도 말을 걸어줬으면 하는 눈치야.

마셀러스 물어봐, 호레이쇼.

호레이쇼 그대는 누군가? 무엄하게도 돌아가신 선왕께서 행차 때 즐겨 입으시던 늠름한 갑옷 차림으로 한밤중에 나타나다니. 대답하라, 하늘을 대신하여 명령한다. 대답하라.

마셀러스 화가 났나 봐.

바나도 저것 봐, 당당히 걸어가버리는데?

호레이쇼 멈춰라! 대답하라, 대답하라! 너에게 명한다, 대답하라! (망령 퇴장)

마셀러스 사라졌어. 대꾸조차 않는군.

바나도 어찌 된 셈이야, 호레이쇼? 파랗게 질려 부들부들 떨고 있군그래, 아직도 우리들 망상이라고 하겠나? 어떻게 생각해?

호레이쇼 이 두 눈으로 똑똑히 보지 않았으면 도저히 믿을 수 없었네.

마셀러스 선왕의 모습 그대로지?

호레이쇼 꼭 닮았어. 야심만만한 노르웨이 왕과 단신으로 결투를 해서 무찔렀을 때에도 바로 저런 갑옷 차림이셨어. 또 담판에 임하셨다가 화가 치밀어 썰매 탄 폴란드 군인 놈들을 빙판 위에 때려 눕혔을 때도 바로 저렇게 찌푸린 표정이셨지. 참으로 이상한 일이야.

마셀러스 그전에도 두 번 한밤중 바로 이 시간에 갑옷을 걸치시고 성큼성큼 보초 앞을 지나가셨어.

호레이쇼   이 일을 어떻게 생각해야 할지 모르겠는데, 내 의견을 말한다면, 이 나라에 큰 변이 일어나는 흉조다.

마셀러스   자, 앉아서 말해보자. 도대체 매일 밤 엄중하게 경비를 세우면서 백성들을 괴롭히는 이유가 뭔지 자네들은 알고 있나? 매일같이 대포를 만들어대고, 무기와 탄환을 외국으로부터 사들이고, 조선공을 낱낱이 징발해서 쉴새 없이 혹사시키잖나. 이렇게 밤낮을 가리지 않고 비지땀을 흘리면서 억척스럽게 일을 하게 하다니, 무슨 기막힌 사태라도 일어날 셈인가? 누구 아는 사람이 있으면 말 좀 해주게.

호레이쇼   내가 말해주지. 떠도는 소문은 이렇다. 방금 모습을 보인 선왕은 야심만만한 노르웨이 왕 포틴브라스의 도전을 받은 적이 있었다. 하지만 용맹하신 선왕께서는 한칼로 포틴브라스를 무찔렀지. 그 결과, 조약에 따라 노르웨이 왕은 자신의 생명과 영토를 햄릿 왕께 바치게 되었어. 물론 선왕께서도 마찬가지로 영토를 거셨기 때문에 반대로 만약 포틴브라스가 이겼다면 선왕의 영토가 고스란히 그의 수중에 들어갈 뻔했지. 이렇게 해서 상호 계약에 명시된 법조문에 따라 햄릿 왕은 포틴브라스의 영토를 손에 넣으셨지. 그런데 그의 아들인, 똑같은 이름의 천치 같은 애송이 포틴브라스가 혈기에 넘쳐, 하루 세 끼 배만 차면 노르웨이 국경 언저리로 가서 불한당들을 긁어모아 한소동 벌일 기미가 엿보인다는 거야. 우리 쪽 판단은, 선친이 잃은 땅을 아들 포틴브라스가 무력을 써서라도 다시 빼앗아가려는 거지. 나라가 이토록 군비를 서두르고 경비를 굳히며 온통 부산을 떠는 이유는 모두 이 때문이라고 나는 생각해.

바나도   그럴듯한 얘기로군. 그 불길한 망령이 무장하신 선왕의 모습으로 보초 선 우리 앞을 지나간 것은, 예나 지금이나 선왕이 전쟁의 진원(震源)임을 생각할 때 앞뒤가 꼭 들어맞네.

호레이쇼 눈에 박힌 티처럼, 이 망령이 우리 마음을 들뜨게 하누나. 그 옛
날 로마 제국이 영화를 누릴 때, 위대하신 시저가 살해되기 전날
로마의 모든 무덤은 텅텅 비고, 거리로 떼지어 몰려나온 송장들은
앙앙대고 캑캑거렸어. 하늘의 별은 화염의 꼬리를 나부끼고, 핏빛
이슬이 내렸으며, 태양에도 이변이 생기고 썰물과 밀물의 바다를
지배하는 달님도 말세가 온 듯 병들어 사그라졌지. 이 망령도 그때
와 똑같은 재난의 전조(前兆)로서 다가오는 운명을 미리 알리는 재
앙의 서곡, 하늘과 땅이 함께 이 나라 백성들에게 보여주는 흉운의
징조가 아닌가.

　　망령 다시 등장

쉿! 저것 봐, 망령이 또 나타났어! (망령이 팔을 벌린다) 벼락을 맞더
라도 한번 막아보자. 멈춰라, 허깨비! 할 말이 있거든 하라. 네 원
한을 풀어주면 나에게도 복이 되나니, 말을 하라. 이 나라의 흉운
을 남몰래 알고 있는가? 미리 알아서 피할 수만 있다면, 오, 말하
라! 아니면 생전에 빼앗아 모은 재화를 땅속에 파묻어둔 탓으로,
죽어 망령이 되어서까지 지상을 떠돌아다니는 거냐? (닭 울음소리
들려온다) 말하라, 마셀러스, 막아서!

마셀러스 이 창칼로 칠까?

호레이쇼 안 서거든 쳐라.

바나도 여기다!

호레이쇼 여기야! (망령 퇴장)

마셀러스 사라져버렸어. 저토록 거룩한 분에게 주먹다짐으로 위협한 건
잘못이야. 아무리 후려쳐도 공기처럼 끄떡없는데 공연히 어리석은

짓만 했어.

바나도 망령이 막 말을 하려는데 마침 닭이 울었어.

호레이쇼 닭이 울자 마치 죄인이 무서운 호출이라도 받은 듯 깜짝 놀라더군. 새벽을 알리는 닭이 요란하고 날카로운 울음소리를 내어 해의 신을 부르면, 동이 트는 이 신호에 불과 물, 땅과 공기 속에서 마냥 사방을 떠돌던 영혼들이 황급히 자신의 거처로 도망간다는 얘기가 거짓말이 아님이 방금 눈앞의 일로 증명되었네.

마셀러스 닭 홰치는 소리를 듣자 사라졌어. 크리스마스 직전이 되면, 수탉이 새벽을 알리면서 밤새도록 울어댄다는 거야. 그 때문에 망령들은 얼씬도 하지 못한다네. 밤은 정결해지고, 별들은 마력을 잃고, 요정들은 장난기를 거두고, 마녀들은 신통력을 잃게 돼. 그토록 그 시간은 정결하고 거룩하다는 거지.

호레이쇼 나도 그런 소릴 들었지. 어느 정도 믿을 만한 얘기야. 아, 보게, 새벽이 붉은 망토를 걸치고 동녘 높은 산마루로 이슬을 밟으며 다가서네. 자, 이제 보초를 끝내세. 내 생각 같아선 오늘 밤의 일을 햄릿 왕자님께 전하는 게 좋을 것 같아. 우리들에 입을 다물었던 그 망령도 햄릿 왕자님껜 후련히 털어놓을 거야. 왕자님께 이 일을 전하는 데 찬성인가? 왕자님에 대한 충성심으로 보나 우리들의 의무로 보나 당연한 일인 것 같은데.

마셀러스 그렇게 하세. 오늘 아침 그분을 쉽게 발견할 수 있는 장소를 내가 알고 있네.

제2장 성 안의 회의실

나팔의 취주. 덴마크 왕 클로디어스, 왕비 거트루드, 궁신들, 폴로니어스와 그의 아들 레어티즈, 볼티먼드와 왕자 햄릿 등 등장.

클로디어스 사랑하는 형 햄릿 선왕의 죽음은 아직도 기억에 생생하지만, 그리고 우리 모두가 슬픔에 빠져 온 나라가 비통으로 미간을 찌푸리는 것은 당연한 일이나, 슬픔에서 벗어나 우리들의 형편도 생각해야 마땅하리라. 한때 나의 형수님을 지금 나의 왕비로 모신 까닭이 바로 이 때문이다. 강대국 덴마크의 왕위를 나눌 이 거룩한 왕비를, 나는 슬픔에 얼룩진 기쁨으로 한 눈에는 웃음을 다른 한 눈에는 눈물을 머금고 장례식에선 환성을 지르고 혼삿날엔 비탄의 노래를 들으며, 때로는 기뻐하고 때로는 슬퍼하면서 아내로 맞아들였노라. 이 경우 나는 그대들의 진언을 마다하지 아니했고, 그대들도 기꺼이 이 일에 찬동해주었다. 이 모든 일에 대해서 그대들에게 감사의 마음을 전하는 바이다. 그대들도 알고 있듯이 젊은 포틴브라스가 우리 국력을 얕보았는지, 아니면 선왕의 죽음으로 우리나라가 혼란스러워지고 질서도 깨어졌으리라 생각하였는지, 자기들이 우세하다는 몽상에 빠져 끊임없이 전갈을 보내며 우리를 괴롭히는 것은, 그 옛날 그의 부왕이 법의 확고한 계약에 따라 용감무쌍한 우리 선왕께 양도한 영토를 내놓으라는 것이지만, 그에 관한 이야기는 이쯤 해두자. 지금 우리에게 있어서, 그리고 여기 모인 여러분에게 말하고자 하는 요점은 다음과 같다. 즉, 과인이 포틴브라스의 삼촌인 노르웨이 왕에게 편지를 썼다는 것이다. 그는 지금 노쇠하여 병상에 있는 몸이라 조카의 속셈을 아직 모르고 있을 것이다. 따라서 나는 이 편지에 즉시 그 계획을 중지시키도록 요구했다. 그 까닭인즉슨 이 음모에 필요한 군대를 모두 삼촌인 그의 백성으로부터 징병하려 하고 있기 때문이다. 그래서 코닐리어스와 볼티먼드, 너희 둘을 사신으로 노르웨이 왕에게 파견하니, 전갈 속에 자세히 밝혀놓은 조항에 관해 허락된 범위 내에서 노르웨이 왕과 절충하는 권한을 너희들에게 주노라. 자, 그러니 가거라. 급히 가서 사명을 다하고, 충성을 보여라.

코닐리어스, 볼티먼드 이 일뿐만 아니라 모든 일에 충성을 서약합니다.

클로디어스 경들만 믿겠다. 무사하기를 빈다. (볼티먼드와 코닐리어스 퇴장) 자, 그런데 레어티즈, 무슨 일이냐? 너의 청이라면 언제든지 들어줬다. 덴마크 왕과 너의 부친의 관계는 머리와 심장이 더 이상 가까울 수 없을 정도로 가깝고, 손이 입에 더 이상 봉사할 수 없을 정도로 특별하다. 너의 소원이 무엇인가, 레어티즈?

레어티즈 존경하옵는 폐하, 프랑스에 돌아갈 윤허를 얻고 싶습니다. 제가 프랑스로부터 기꺼이 덴마크로 돌아온 것은 폐하의 대관식에 참석하기 위해서였습니다. 이미 그 의무를 다한 지금, 다시 프랑스로 돌아가고 싶은 생각뿐입니다. 그래서 폐하의 윤허를 간청하는 바입니다.

클로디어스 부친께서 허락해주셨느냐? 폴로니어스, 어떤가?

폴로니어스 네, 하도 간청하길래 할 수 없이 내키지 않는 마음으로 허락을 했습니다. 승낙의 도장을 찍었습니다. 폐하께서도 윤허를 내려주옵소서.

클로디어스 좋다, 레어티즈. 편리한 시간을 택해 떠나거라. 가서 마음껏 시간을 즐겨라. 열심히 공부해서 탁월한 소질을 살려라. 그런데 나의 조카이며 나의 아들인 햄릿…….

햄 릿 (방백) 핏줄은 통해도 마음은 통하지 않아.

클로디어스 어찌 된 일이냐. 아직도 얼굴에 먹구름이 서려 있으니?

햄 릿 천만의 말씀을. 햇볕을 너무 많이 쬐고 있어 탈인걸요.

거트루드 봐라, 햄릿. 어두운 얼굴을 거두고 폐하께 좀 더 부드러운 눈길을 보여드려라. 마냥 눈을 아래로만 내리깔고 돌아가신 아버지 생각만 해서야 되겠느냐. 살아 있는 것은 모두 언젠가는 죽을 운명이라는 것을 너도 알지 않느냐? 누구든 이 세상을 떠나 영원한 나라로 간다는 것을 너도 알고 있겠지?

햄 릿 네, 왕비님, 알고 있습니다.

거트루드 그렇다면, 왜 너에게만 유난스럽게 보이느냐.

햄 릿 보인다고요, 왕비님? 보이는 게 아니라 사실입니다. '보인다' 는 말은 알지 못합니다. 어머님, 검게 더럽혀진 이 외투만으로도, 의례적인 이 검은 상복만으로도, 억지로 뿜어대는 과장된 한숨으로도 불가능합니다. 눈에서 넘쳐흐르는 눈물로도, 슬픔으로 일그러진 표정으로도, 슬픔의 모든 형태·변화·모습 등을 다 합쳐도 저의 진정한 마음을 전할 길이 없습니다. 이 모든 것들은 겉으로 '보여주는', 누구나 흉내 낼 수 있는 몸짓입니다. 제 마음속에 있는 것은 그런 겉보기와는 다른 것입니다. 드러내는 슬픔은 겉으로만 장식하는 의상에 지나지 않는 것이지요.

클로디어스 착하고 갸륵한 마음씨로다, 돌아가신 부왕을 애도하는 햄릿이여. 하지만 생각해보라. 너의 아버지께서도 그 아버지를 여의셨고, 그 아버지 또한 아버지를 여의셨다. 그리하여 유족들은 자손 된 도리로서의 효성으로 일정 기간 반드시 상복을 입고 지내야 한다. 그러나 한없이 애통해하고 슬퍼하는 것은 오히려 신의에 어긋나는 고집 센 행위이며, 남자답지 못한 짓이다. 그것은 분명 신의 섭리에 역행하는 의지의 표현이며, 신앙이 부족한 마음이며, 참을성도 없고 사리분별이 없다는 증거다. 그것이 피할 수 없는 일인 것은 누구나 다 아는 사실이고, 누구든 체험할 수 있는 흔한 일인데, 무턱대고 반항하면서 슬퍼해야만 하는가? 어리석은 짓이다. 하늘을 배반하고 망자(亡者)를 배반하고 자연을 거역하는 일이요, 이성에 비추어보면 더욱 우직한 일이다. 왜냐하면, 아버지가 죽는 것은 당연한 일이고, 인간의 첫 죽음에서부터 오늘날에 이르기까지 죽음은 누구든 맞이하게 되는 당연한 일이기 때문이다. 제발 부탁하노니, 그 부질없는 슬픔을 거두고 나를 아버지로 여겨달라. 이 자리서 공언하건대 너야말로 나의 왕위 계승자다. 그러므로 나는 인자한 아버지의 깊은 사랑으로써 그대를 사랑한다. 그럼에도 불구하고 너는 다시 비텐베르크대학으로 돌아가려 하다니, 그 일은 내 소망에 어긋나는 일. 제발 부탁한다. 이곳에 남아서 우리들의 격려와 위안 속에서 나의 중신(重臣)으로서, 핏줄로서, 아들로서 있어다오.

거트루드 어미의 청도 들어다오, 햄릿. 비텐베르크로 돌아가지 말고 제발 내 곁에 남아다오.

햄 릿 충심껏 분부대로 따르겠습니다, 왕비님.

클로디어스 오, 멋지고 흐뭇한 대답이로구나. 나와 함께 이 덴마크 땅에서 살자꾸나. 자, 갑시다, 거트루드. 부드럽고 솔직한 햄릿의 대답이 내 마음을 말끔히 개게 했다. 이 일을 축하하는 뜻으로 축배를 들자. 오늘 덴마크 왕이 술잔을 들 때마다 축포를 쏘아 올려 왕의 건배를 하늘에 떨치게 하고, 이 나라를 쩡쩡 울리게 하라. 자, 가자.

(주악이 울리는 가운데 햄릿을 제외하고 모두 퇴장)

햄 릿 아아, 이 너무나도 더럽혀진 육체여, 녹아 흘러 이슬이 되거라. 전능하신 신의 율법이 허락한다면 차라리 자살이나 할 텐데. 아, 신이여 신이여, 지루하고 멋없고 평범하고 무익한 이 세상살이여! 아아, 지긋지긋하구나. 이곳은 황폐한 뜰, 잡초의 씨앗만 자라나 무성한, 더럽고 천박하고 거친 세상. 아아, 이런 꼴이 되어버리다니 — 돌아가신 지 두 달, 아니 채 두 달도 안 되었어. 그토록 빼어나신 임금님, 지금의 왕과 비교하면 태양신과 야수의 차이로구나. 그토록 어머님을 사랑하셨는데, 하늘의 바람이 어머님 얼굴에 닿을세라 염려하셨는데. 천지신명이여, 또다시 기억해야만 하는가? 어머님은 언제나 부왕에게 매달려 있었지. 마치 사랑하면 할수록 애정의 욕구가 더해지기라도 하듯이. 그러나 한 달 새에 — 생각하기도 싫다 — 약한 자여, 그대의 이름은 여자인가! 한 달도 되기 전에, 가련한 아버님의 유해를 따라 니오베처럼 온통 눈물에 젖어 장지로 가던 구두가 퇴색하기도 전에, 아, 그분이, 그 어머님이 — 오, 신이여, 이성이 없는 짐승이라 해도 그보단 더 오래 슬퍼했으련만 — 숙부와 결혼을 하다니. 부왕의 동생이면서도, 내가 헤라클레스와 닮지 않은 것 이상으로 부왕과 조금도 닮지 않은 그와 한 달 새에, 마음에도 없이 흘린 눈물의 소금기로 쓰린 눈동자의 핏발이 채 가시기도 전에 어머님은 결혼하셨다 — 오, 끔찍이도 사악한 서두름이여, 그토록 민첩하게 불륜의 잠자리로 치닫다니. 이것은 선(善)이 아니다. 선한 열매를 맺을 수도 없다. 하지만, 가슴이 뻐개지는 한이 있더라도 입을 다물고 있어야지.

　　호레이쇼, 마셀러스 그리고 바나도 등장.

호레이쇼　안녕하십니까, 전하.

햄 릿　오, 잘들 있었느냐? 엇, 호레이쇼 아닌가 — 아니, 내가 정신이 나갔나?

호레이쇼　틀림없습니다, 전하. 한결같은 전하의 충복이지요.

햄 릿 여보게, 우린 친구 사이 아닌가. 그런 말 말게. 그런데 호레이쇼, 비텐베르크에서는 왜 왔나? 아, 마셀러스!

마셀러스 전하!

햄 릿 만나서 반갑네. (바나도에게 인사하면서) 안녕하신가? 헌데 도대체 비텐베르크에선 왜 왔나?

호레이쇼 수업을 빼먹고 빈둥대고 싶어서요.

햄 릿 자네 원수가 그런 말을 한다 해도 난 안 믿을 걸세. 그런 고약한 소리 해서 악한이나 된 듯 믿게 하려 해도 내 귀는 믿지 않는다구. 자네는 게으름뱅이가 아니야. 난 알고 있지. 그래, 이곳 엘시노에 무슨 용무가 있나? 떠나기 전에 술이나 실컷 먹여주지.

호레이쇼 부왕의 장례식에 참례하러 왔습니다.

햄 릿 여보게들, 제발 나를 놀리지 말아주게. 어머님의 결혼식을 보러 왔겠지.

호레이쇼 하긴 전하, 연이어진 행사라서요.

햄 릿 호레이쇼, 절약, 절약이야. 장례식의 고기 요리가 싸늘히 식기 전에 다시 혼례 식탁에 올린다 이거야. 그따위 혼례식을 보느니 천당에서 원수 놈을 만나는 게 차라리 낫지. 아, 호레이쇼, 나의 아버님을 — 아, 나의 아버님을 뵙는 듯하다.

호레이쇼 어디서요?

햄 릿 내 마음의 눈에, 호레이쇼.

호레이쇼 한 번 뵈온 적이 있습니다. 훌륭한 임금님이셨지.

햄 릿 어느 모로 보나 빼어난 인물이셨어. 다시는 그분을 만날 수 없게 됐네그려.

호레이쇼 전하, 어젯밤 그분을 뵌 듯합니다.

햄 릿 봤다고? 누굴?

호레이쇼   전하, 전하의 아버님이신 국왕 폐하를 뵈었습니다.

햄 릿   나의 아버님 국왕 폐하를?

호레이쇼   잠시 고정하시고 제가 여쭙는 말씀에 귀를 잘 기울여보십시오. 두 증인 앞에서 아주 기막힌 일을 낱낱이 보고하겠습니다.

햄 릿   제발 어서 좀 말해주게.

호레이쇼   이틀 밤 연이어 마셀러스와 바나도 두 사람은 보초를 섰습니다. 고요하고 적막한 한밤중이었지요. 그때 전하의 부왕을 꼭 닮은 모습을 만났단 말입니다. 머리끝서부터 발끝까지 단단히 무장한 부왕께서 그들 앞에 나타나시더니, 엄숙한 걸음걸이로 그들 곁을 지나가셨답니다. 그것도 세 번씩이나 말이에요. 놀라서 겁에 질린 그들 앞을 지휘봉의 길이만큼 거리를 두고 지나가셨답니다. 그들은 온몸이 오싹해져서 혼비백산한 나머지 말문이 꽉 막히더랍니다. 말 한마디 건네보지 못했던 게지요. 그들이 남몰래 저에게 이런 사연을 들려주었습니다. 그래서 사흘째 되던 날 밤, 저는 그들과 함께 망을 봤지요. 그러자 그들이 말한 똑같은 시각에 똑같은 모습을 하고, 망령이 정말로 나타난 것입니다. 진정 부왕의 모습 그대로였습니다. 이 오른손과 왼손이 서로 똑같은 것처럼 그렇게 똑같았습니다.

햄 릿   그래, 그게 어디였나?

마셀러스   전하, 저희가 보초 섰던 망대였습니다.

햄 릿   말 한마디 건네보지 못했는가?

호레이쇼   전하, 제가 말을 걸어보았습니다만, 아무런 대꾸도 없었습니다. 하지만 그 망령은 꼭 한 번 고개를 치켜올리더니 뭔가 말하고 싶다는 듯한 시늉을 했습니다. 그러나 바로 그때 새벽닭이 요란스레 울어댔습니다. 그러자 그 소리에 망령은 몸을 움츠리더니 허겁지겁 우리 눈앞에서 사라져버렸지요.

햄 릿 심상치 않다.

호레이쇼 전하, 맹세코 이건 사실입니다. 전하께 알려드리는 것이 저희의
의무라고 생각했습니다.

햄 릿 그렇고말고, 그렇고말고. 하지만 내 심사를 어지럽히는구나. 너희
들은 오늘 밤에도 보초를 서는가?

마셀러스, 바나도 네, 전하.

햄 릿 무장을 하고 있었다고 했지.

마셀러스, 바나도 그렇습니다, 전하.

햄 릿 머리끝부터 발끝까지?

마셀러스, 바나도 전하, 그렇습니다.

햄 릿 얼굴은 못 보았겠군?

호레이쇼 전하, 보았습니다. 투구 안대가 걷어 올려져 있었거든요.

햄 릿 그래, 찌푸린 표정이던가?

호레이쇼 노여움보다는 서글픈 얼굴이었습니다.

햄 릿 창백하던가, 불그레하던가?

호레이쇼 아주 창백하시더군요.

햄 릿 자네들을 말끄러미 쳐다보던가?

호레이쇼 네, 계속 응시했습니다.

햄 릿 나도 함께 있었으면 좋았을걸.

호레이쇼 그랬다면 놀라셨을 겁니다.

햄 릿 그랬을 거다, 그랬을 거야 ─ 오랫동안 머물러 있었는가?

호레이쇼 보통 속도로 100을 헤아릴 정도의 시간이었습니다.

마셀러스, 바나도 아니에요, 더 길었어요. 훨씬 더 길었습니다.

호레이쇼 내가 보았을 때는 그 정도 시간이었어.

햄 릿 수염은 반백이었지, 안 그래?

호레이쇼 생시에 뵈었던 그대로 희끗희끗했습니다.

햄 릿 오늘 밤엔 나도 망을 보겠다. 혹시나 다시 나타날지 모를 일이니까.

호레이쇼 틀림없이 나타날 겁니다.

햄 릿 거룩하신 부왕 그대로의 모습으로 나타나신다면, 설사 지옥이 아가리를 벌리고 닥치라고 명령을 내릴지라도 기필코 말을 걸어보겠다. 너희들에게 부탁이 있다. 지금까지 이 일을 비밀로 간직해온 것처럼 제발 앞으로도 계속 침묵을 지켜다오. 비록 오늘 밤 어떤 일이 일어나더라도, 가슴속 깊이 박아두고, 입 밖에 내지 마라. 너희들의 호의에 보답할 날이 있을 거다. 잘들 있거라. 열한 시와 열두 시 사이에 망대로 내 꼭 가마.

전 원 전하를 위해 의무를 다하겠습니다.

햄 릿 의무가 아니라 우정일세. 내 다정한 친구들, 안녕히. (햄릿만 남고 전원 퇴장) 무장을 하신 아버님의 망령이라 ― 만사가 심상치 않다. 흉측한 일이 움트고 있구나. 어서 오라. 그때까지 내 마음이여, 침착하라. 악행은 반드시 폭로되게 마련이다. 비록 온 땅이 악을 덮어 눈가림한다 하더라도 우리는 끝내 그것을 보고야 말 것이다. (퇴장)

제3장 폴로니어스의 집

레어티즈와 오필리어 등장.

레어티즈 짐을 배에 실었으니 이젠 작별이다. 자, 오필리어, 바람이 불고 선편(船便)이 있거든 졸지 말고 소식도 전하거라.

오필리어　염려 마세요.

레어티즈　그리고 햄릿 전하에 관한 얘긴데, 그분의 변덕스러운 호의는 겉치레일 뿐이다. 그저 젊은 한때의 바람기라 생각해둬. 철보다 일찍 피는 오랑캐꽃이지. 일찍 피지만 금세 시들고, 보기엔 아름답지만 오래가지 않아. 한순간의 달콤한 향기요 일순간의 희롱에 지나지 않지. 그뿐이야.

오필리어　그저 그뿐일까요?

레어티즈　그 정도뿐이라고 생각해둬. 인간의 성장이란, 근육이 커지고 키가 자라는 것뿐만이 아니라, 내부에 있는 정신이라든지 영혼의 힘도 함께 성장하는 법이거든. 전하께서 어쩌면 지금은 너를 사랑하고 계실는지 몰라. 그분의 깨끗한 마음은 더러운 짓을 하거나 속임수를 쓰는 법이 없으니까. 곤란한 것은, 그분의 신분이 너무 높다는 데 있어. 무엇이든 뜻대로만 일을 처리할 순 없는 입장이 아니다. 왕실의 체통을 지켜야 하는 법도에 그분은 얽매여 있지. 전하는 신분이 낮은 사람들처럼 제멋대로 행동할 수가 없는 입장이야. 게다가 전하의 선택 여하에 따라 이 나라의 안정과 번영이 좌우되거든. 따라서 전하가 배우자를 간택하는 데 있어서도, 전하는 자신이 통치하고 있는 국민의 의사에 따라 여러 가지 제한을 받게 되는 거야. 그러니, 그분이 너를 좋아한다고 말씀하시더라도 너로서는 전하의 그런 고백을 믿지 않는 것이 현명한 일이야. 송두리째 넋을 잃고, 자제심도 없는 구애에 응하여 소중한 정조를 바치는 일이 없도록 오필리어, 조심해라. 단단히 조심해야 한다. 기분에 좌우되지 말고, 정욕의 위험한 화살이 닿지 않는 곳에 있어야 한다. 정숙한 처녀는 달빛에 아름다운 살갗을 드러내놓는 법이 아니거든. 아무리 정숙해도 이 세상 험담을 완전히 피할 수는 없어. 봄에 싹트는 봉오리는 활짝 피기도 전에 벌레 먹기 십상이고, 아침 이슬처럼 빛나는 싱싱한 젊음일수록 무서운 독기에 찔리기 쉬운 법이야. 그러니 주의해야 돼. 가장 안전한 길은 매사에 조심하는 일이지. 젊을 땐, 비록 유혹의 손길이 닿지 않아도 저절로 유혹에 빠져들게 마련이지만.

오필리어 값진 충고를 마음속에 간직하여 감시의 눈길로 삼겠습니다. 하지만 오라버니, 엄격한 목사님처럼 천당으로 가는 험한 길을 저에게만 일러주시고, 오라버니는 탕아처럼 화려한 쾌락의 꽃길을 걸으시느라 저에게 일러주신 충고를 잊어버리시면 안 돼요.

레어티즈 내 걱정을 말아라. 자, 너무 지체했구나.

　　폴로니어스 등장.

아버님이 오신다. 축복을 두 번 받으면 행복도 두 배가 된다는데, 작별 인사를 두 번이나 받는 행운을 얻게 되었구나.

폴로니어스 아직도 여기 있느냐, 레어티즈? 타라, 어서 배를 타거라, 이 녀석아! 돛이 바람을 한껏 안고 있다. 모두들 기다리고 있어. 자 — 축복해주마. 몇 마디 충고해둘 테니 명심해라. 함부로 입을 놀리지 말 것. 엉뚱한 생각은 실천에 옮기지 말 것. 사람들과 절친하게 사귀는 건 좋지만 너무 허술히 접근하지 말 것. 사귄 친구들이 진실하다는 것이 확인되면 절대로 놓치지 말라. 젖비린내 나는 햇병아리들과 마냥 악수를 나누다간 손바닥만 둔해져 못써. 싸움판에 끼어들지 말 것. 그렇지만 일단 끼어들면 철저히 해치워라. 그들이 너를 조심하도록 말이다. 남의 말에 귀를 기울이되 너는 말을 삼가는 게 좋아. 남의 의견을 잘 듣고, 너의 판단엔 신중을 기할 것. 주머니 사정이 허락하는 한 옷맵시는 내되 눈에 띄면 못써. 품위가 있어야 해. 저속은 금물이야. 의복은 인격의 표시니까. 프랑스의 고관대작들과 세련된 상류사회 양반들은 이 점에 있어서 아주 우수하단 말이야. 돈은 빌리지도 말고 빌려주지도 말 것. 돈을 빌려주면 돈도 잃고 친구도 잃어. 게다가 돈을 빌리면 절제심이 약해지지. 무엇보다도 중요한 일은 자기 자신에게 충실할 것. 그렇게 하면 밤이 지나 낮이 오듯이, 타인에게도 충실해진다. 이젠 작별이다, 내 충고를 마음속에 간직하여라.

레어티즈 삼가 작별 인사를 드립니다.

폴로니어스 시간이 임박했다. 하인들이 기다린다.

레어티즈 잘 있어라, 오필리어. 내가 한 말을 잊지 마라.

오필리어 기억의 자물통 속에 간직해뒀어요. 그 열쇠를 오라버니에게 맡겨두렵니다.

레어티즈 다녀오겠습니다. (퇴장)

폴로니어스 레어티즈가 너에게 뭐라고 말했느냐?

오필리어 햄릿 전하에 관한 것이에요.

폴로니어스 거 잘했군. 떠도는 풍문에 의하면 전하께서 요즘 너와 단둘이 지내는 시간이 많아졌다면서? 게다가 너도 전하를 위해서는 서슴없이 시간을 내드린다던데. 만약에 그렇다면, 내가 듣기로는 사실인 것 같다마는, 몇 마디 주의해둬야겠다. 너는 네 신분을 제대로 파악하지 못하고 있는 것 같구나. 내 딸로서의, 네 명예로서의 평판을 깊이 생각해야 돼. 그래, 둘 사이는 어떤 관계냐? 이 아비에게 사실대로 모두 털어놓으려무나.

오필리어 전하께서는 요즘 여러 번 저에게 사랑을 호소하셨습니다.

폴로니어스 사랑이라? 헛! 너 참 순진하구나. 하긴 위험한 고비를 겪어봤어야 알지. 그래, 전하의 애정을 너는 믿고 있느냐?

오필리어　어떻게 생각해야 할지 몰라 그저 어리둥절하옵니다.

폴로니어스　그렇겠지. 내가 가르쳐주마. 넌 정말 철부지 아이로구나. 애정의 표시를 마치 금화인 양 고맙게 받아들였으니 말이야. 값비싸게 굴어야 돼. 말[馬]을 너무 부려먹으면 숨이 끊어지듯, 우리가 지껄이는 이 말[言語]도 너무 써먹으면 값이 떨어지는 법이거든. 이쯤 해두겠다만, 네가 그런 식으로 처신하면 세상 사람들은 이 아비를 아마 바보 취급할 거다.

오필리어　하지만 그분은 진정으로 사랑을 고백하셨습니다.

폴로니어스　글쎄, 겉으로는 그럴 거야. 이제 그만 집어치워, 집어치우라고.

오필리어　진정이라고 고백하시면서 마냥 하늘에 맹세하셨습니다.

폴로니어스　그게 바로 함정이다. 나는 뻔히 알고 있어. 피가 끓어오르면 어떤 맹세인들 늘어놓지 않겠니? 하지만 애야, 맹세란 불길처럼 활활 타오르지만 열기는 없는 법이거든. 한참 맹세를 하고 있는 동안 어느새 그 불길은 빛도 열기도 함께 사라지게 마련이야. 그 불길을 진심으로 받아들였다간 큰코다친다. 앞으로는 순결한 처녀답게, 쓸데없이 그분과 만나는 일을 삼가도록 해라. 상대방의 요구에 호락호락 넘어가지 말고 고자세를 취해야 돼. 햄릿 전하는 아직 젊고, 너와는 달리 아주 자유로운 신분이시거든. 요컨대 오필리어, 전하의 맹세를 믿지 마라. 그런 맹세 따위는 겉과 속이 다르기 때문이야. 당치도 않은 탄원을 우겨대는 청원인들처럼 입으로는 그럴듯하게 뇌까리지만, 속에는 어떻게 하면 더 멋지게 속여 먹을까 하는 뱃심이 엉큼하게 도사리고 있거든. 알겠니? 마지막으로 한 번만 더 일러둔다. 앞으로는 단 한순간이라도 햄릿 전하께 말을 건넨다든지 함께 이야기를 나누면서 시간을 허비하지 않도록 해라. 알겠지? 단단히 조심해야 해. 자, 가자.

오필리어 분부대로 하겠습니다. (두 사람 퇴장)

제4장 망대의 한 통로

> 햄릿, 호레이쇼, 마셀러스 등장.

햄 릿 바람이 살을 베어내는 듯하구나. 몹시 춥다.

호레이쇼 꽁꽁 얼어붙겠습니다.

햄 릿 몇 시냐?

호레이쇼 열두 시가 아직 안 된 것 같습니다.

마셀러스 아닙니다, 열두 시 종을 쳤는걸요.

호레이쇼 그래? 난 못 들었어. 그렇다면 망령이 나타날 시각이 됐구나.

> 우렁차게 울리는 나팔 취주, 뒤이어 두 발의 축포 소리.

전하, 이게 무슨 소립니까?

햄 릿 왕께서 밤새도록 주연을 베풀고 있다. 축배를 들며 난장판을 벌이
고 있는 참이야. 주정을 해대고 빙글빙글 돌며 춤을 추고 있어. 왕
이 라인산 포도주의 잔을 비울 때마다, 그의 만수무강을 축원하는
북이 울리고 나팔 소리가 진동하고 있지.

호레이쇼 그게 관례인가요?

햄 릿 그래. 나 자신도 이 나라에 태어나서 이곳 관습에 젖어 있지만, 저
런 풍습은 차라리 없애버리는 것이 좋겠어. 엄청나게 마셔대는 저
술타령 때문에 우린 세계 여러 나라로부터 비난을 받고 바보 취급
을 당하지. 그들은 우리를 돼지처럼 퍼마셔대는 주정뱅이로나 알

고 있다고. 망신스러운 일이야. 아무리 우리가 훌륭한 업적을 쌓아 명예를 떨친다 해도 말짱 헛일이지. 이런 일은 개인에게도 있을 수 있는 일이야. 가령 어떤 사람이 선천적으로 결함을 갖고 있다고 치자. 타고난 그 결함은 당사자에게 책임이 있는 것은 아니지. 인간으로선 태어나는 것 그 자체를 선택할 순 없는 일이거든. 그렇지만 그 사람의 어떤 한 가지 성질만이 유난스럽게 발달하여 이성의 울타리를 허물어뜨렸을 때나, 혹은 공교롭게 못된 버릇만이 쌓이고 쌓여 미덕을 해쳤을 때에는, 그것이 선천적인 것이든 후천적인 것이든 그런 결함을 짊어진 사람은 아무리 빼어난 미덕을 지니고 높은 덕망을 갖고 있어도, 그 한 가지 결함으로 인해 세상의 지탄을 받게 되는 법이지. 티끌만 한 오점 때문에 우수한 본질이 오해를 받고 비난을 받는다는거야.

　망령 등장.

호레이쇼　전하, 드디어 왔습니다!

햄 릿　제신들이여, 천사들이여, 우리를 지켜주소서! 그대는 누구냐? 성령이냐, 악령이냐? 천상에서 왔는가, 지옥에서 솟았는가? 우리를 구하러 왔는가, 아니면 멸망시키러 왔는가? 그토록 의심스러운 모습으로 나타났으니 나는 입을 다물 수가 없구나. 오, 햄릿, 부왕이시며 덴마크의 왕이신 그대여, 대답하라! 나를 의혹에 빠뜨리지 말아다오. 관 속에 넣고 단단히 봉하여 장례의식에 따라 매장한 그대의 유해가 어찌하여 수의를 벗고 나타났는가? 그대가 고이 잠들었던 유택(幽宅)의 무거운 대리석 뚜껑을 열고, 다시 이곳에 나타난 까닭은 무엇인가? 한번 싸늘한 시체가 되었던 그대가 어이 다시 갑옷을 걸치고 이 으스름 달밤에 나타나서 이 밤을 무섭게 위협하는

가? 어찌하여 바보 같은 우리들의 마음에 헤아릴 수 없는 의혹을 던겨 주고, 우리들의 온몸을 공포에 떨게 하는가? 말하라, 그 이유가 무엇이냐? 어떻게 하라는 것이냐?

호레이쇼　함께 가자고 손짓을 하는군요. 전하께만 알려드릴 것이 있는 모양입니다.

마셀러스　보세요, 아주 근엄하고 다급한 동작으로 전하를 어디 다른 먼 곳으로 모셔 가려는 것 같습니다. 하지만 따라가지 마세요.

호레이쇼　그래요, 절대 안 됩니다.

햄　릿　나는 두려울 게 없다. 내 목숨은 핀 하나만큼의 가치도 없어. 내 영혼을 저 망령이 어쩔 수 있겠느냐. 저 망령과 똑같은 불멸의 영혼이 내게도 있지 않은가? 또다시 나더러 오라고 손짓한다. 따라가야겠다.

호레이쇼　바다로 끌려가면 어떡합니까? 햄릿 전하, 바다 끝에 치솟은 무시무시한 벼랑으로 끌고 간 뒤, 끔찍한 모습으로 돌변하여 전하의 이성을 마비시킨 후 혼백을 빼버리면 어떡합니까? 이성을 찾으세요. 절벽 위에서 짙푸른 바다를 내려다보고 우렁찬 파도 소리에 귀를 기울이면, 그런 장소는 별다른 이유도 없이 마음속에 죽음에의 향수를 불러일으킵니다.

햄　릿　여전히 나를 부르고 있다. 가라, 그대의 뒤를 따르마.

마셀러스　전하, 가지 마십시오.

햄　릿　손을 치워라.

호레이쇼　진정하십시오. 가시면 안 됩니다.

햄　릿　운명이 나를 부르고 있다. 온몸의 핏줄이 네미아 사자(헤라클레스가 그리스의 네미아에서 죽였다고 전해지는 무서운 사자—역자 주)의 근육 마디마디처럼 팽팽히 치솟고 있다. 여전히 나를 부르고 있군. 여봐라,

이 몸을 막지 마라. 나를 방해하는 자는 모조리 귀신이 되게 하겠다. 들었느냐, 비켜라! 망령이여, 가거라. 너의 뒤를 따르마. (망령과 햄릿 퇴장)

호레이쇼　망상에 홀려 미친 듯하구나.

마셀러스　따라가봅시다. 명령에만 복종할 때가 아닙니다.

호레이쇼　가보자. 이 일이 장차 어찌 될 판인가?

마셀러스　덴마크에서 뭔가 푹푹 썩고 있습니다.

호레이쇼　하늘의 뜻을 따르는 수밖에.

마셀러스　어서 가봅시다. (퇴장)

제5장　망대의 흉벽

망령과 햄릿 등장.

햄　릿　어디로 가느냐? 말하라, 더 이상 따라가지 않겠다.

망　령　들거라.

햄　릿　그러마.

망　령　시간이 임박했다. 이글거리는 유황불에 괴로운 이 몸을 맡겨야 하는 그 시간이 임박했다.

햄　릿　아, 가련한 망령!

망　령　나를 가련히 여기지 말고 내 말을 들어라.

햄　릿　말하라, 들어주마.

망　령　듣고 나서 넌 복수를 해야 한다.

햄　릿　뭐라고?

망 령 나는 네 아비의 망령이다. 밤이면 정해진 시간 동안 어둠 속을 떠돌다 낮이 되면 불길 속에 틀어박혀 고통에 신음하고 있다. 생시에 저지른 죄가 불꽃 속에 타 없어져 정화되기만을 기다리고 있다. 만약 내가 금단(禁斷)의 계율을 깨뜨리고 연옥(煉獄)의 비밀을 한마디라도 털어놓는다면, 그것을 듣고 너의 영혼은 상처를 입고, 젊은 핏줄은 얼어붙으며, 너의 두 눈은 유성처럼 튀어나와 사라지고, 마디마디 곱슬한 머릿 다발은 헝클어지며, 머리칼은 한 가닥 한 가닥 성난 산돼지 털처럼 곤두설 것이다. 하지만 영원한 세계의 비밀을 이 세상 사람에게 털어놓을 순 없다. 듣거라, 듣거라, 잘 듣거라! 만약에 네가 아버지를 조금이라도 사랑한 적이 있다면…….

햄 릿 오, 신이여!

망 령 네 아빌 죽인 극악무도한 살인자에게 복수하라.

햄 릿 살인?

망 령 살인이란 어차피 잔학한 일이지만, 이번 살인은 그중에서도 가장 잔인하고 흉측하고 무도한 짓이었다.

햄 릿 어서 말씀하십시오. 상상도 사랑도 따르지 못할 만큼 빠른 속도로 날아가 원수를 해치우겠습니다.

망 령 믿음직스럽구나. 내 말을 듣고도 분개하지 않는다면 너는 망각의 강기슭에 번성하는 잡초보다도 못한 우둔한 자일 것이다. 자, 햄릿, 잘 듣거라. 세상에 전해지고 있는 것은 내가 정원에서 낮잠을 자다가 독사에게 물려 죽은 것으로 되어 있다. 덴마크 온 백성들이 나의 죽음에 관한 이 같은 엉터리 소문에 속고 있지만, 사실은, 잘 듣거라, 사실은 네 친아비의 생명을 빼앗은 독사는 현재 그 머리 위에 왕관을 쓰고 있다.

햄 릿 오, 나의 예감대로! 숙부가?

망 령 그렇다. 근친을 간음한 부정한 자, 짐승 같은 놈. 간악한 지혜와 배반의 재능 ― 그 악독한 지능과 재주로 유혹의 마수를 뻗쳤다. 창피스러운 정욕의 품안으로 정숙한 듯 보였던 나의 왕비를 맞아들였다. 아아, 햄릿, 얼마나 천박한 배반이냐. 마음속 깊이 사랑해주던 나의 품을 떠나, 혼례식 때의 굳은 맹세를 지켜온 나를 배반하여, 나와 비교하면 형편없이 비열한 녀석에게 마음을 주다니! 진정 정숙한 여인이라면 비록 음탕한 짓거리가 천사의 모습을 가장하고 유혹을 해도 결코 마음이 흔들릴 수 없는 것을. 이와 반대로 음탕한 여성은 눈부신 천사와 관계를 맺는다 해도, 천당의 잠자리에 식상한 나머지 썩고 더러운 고깃덩이를 포식하는 법이다. 그러나 아뿔싸, 아침 공기가 풍겨오누나. 간단히 말하마. 늘 해오던 버릇대로 나는 정원에서 낮잠을 자고 있었는데, 너의 숙부가 나의 방심을 틈타 몰래 숨어들었다. 숙부는 헤보나 독즙이 든 작은 병을 들고 와서 내 귓속에 부었다. 그 독즙은 인체를 썩게 하고, 순식간에 핏줄 속에 번져 온몸의 구석구석에 침투하여, 우유에 식초 방울을 떨어뜨린 듯 맑고 깨끗한 피를 흐리게 하고 굳게 만들었다. 내 피부는 금세 뻣뻣해졌고, 문둥이처럼 추악한 껍질이 나의 깨끗한 몸을 뒤덮었다. 잠자는 동안 동생의 손에 목숨도 왕관도 왕비마저도 일시에 빼앗긴 나는, 죄업이 한창일 때 명이 다한 탓에 성찬의 예식도 받지 못하고 임종의 성유(聖油)도, 최후의 기도도, 참회도 없이 하느님 앞에 끌려나가 심판을 받기에 이르렀다. 오, 무서운 일이다! 무서운 일이다! 정말로 무서운 일이다! 만약에, 너에게 아들로서의 정이 남아 있다면 덴마크 왕실의 거룩한 침소를 정욕과 불의의 잠자리로 버려두지 마라. 그렇지만 이 과업을 위해 어떤 방법이든 써도 좋되, 네 마음을 더럽혀서는 안 된다. 또한 어머니를 위태롭게 해서도 안 된다. 어머니는 하늘의 심판에 맡겨둬라. 그녀의 마음속에 박힌 가책의 가시가 그녀를 찌르고 쑤시도록 내버려둬라. 자, 이별이다. 개똥벌레 불빛이 새벽을 알리는 듯 흐릿해졌다. 잘 있거라, 잘 있거라, 잘 있거라. 나를 기억해다오.(퇴장)

햄 릿 오, 하늘의 제신들이여! 오, 땅이여! 그리고 ― 지옥도 불러낼까? 오, 맙소사! 심장이여, 탄탄히 견디어라! 나의 근육들이여, 한꺼번에 늙어 비틀어지지 말아라. 나를 튼튼히 지탱해다오. 그대를 기억해달라고? 그러마, 불쌍한 망령이여, 내 기억이 이 흐트러진 머릿속에 자리 잡고 있는 한, 내 잊지 않으마. 그대를 기억해달라고? 그러마, 내 기억의 수첩으로부터 모든 기록, 격언, 지식, 과거의 인상들은 지워버리겠다. 철없을 때 보았던 모든 기록을 지우고, 당신의 명령 하나만을 이 기억의 노트 속에 남겨두리라. 그 밖의 부질없는 것들은 깨끗이 치우리라 ― 진정으로, 하늘에 맹세코! 아, 악독한 여인! 아, 악당, 웃음 짓는 괘씸한 악당! 적어도 덴마크에는 이런 악당도 있다는 게지. (적어둔다) 그래, 숙부라, 그대로 적어두마. 이번엔 내 좌우명을 적자. '잘 있거라, 잘 있거라, 나를 기억해다오.' (무릎을 꿇고 칼자루에 손을 대면서) 자, 맹세했다.

호레이쇼, 마셀러스 (안에서) 전하, 전하!

호레이쇼와 마셀러스 등장.

마셀러스 햄릿 전하!
호레이쇼 하늘이여, 전하를 보호하소서!
마셀러스 제발!
호레이쇼 어어이, 어어이, 전하!
햄 릿 어어이, 어어이, 여기다! 오너라, 새야, 이리 와.

마셀러스 귀하신 전하, 괜찮으십니까?

호레이쇼 어떻게 됐습니까, 전하?

햄 릿 아, 놀라운 일이다!

호레이쇼 전하, 말씀해주십시오.

햄 릿 안 돼, 소문이 나면.

호레이쇼 전하, 맹세코 퍼뜨리지 않겠습니다.

마셀러스 저도 맹세합니다.

햄 릿 도대체 상상조차 할 수 없는 일이야. 비밀은 지키겠지?

호레이쇼, 마셀러스 전하, 하늘에 맹세합니다.

햄 릿 덴마크의 악당치고 극악무도하지 않은 놈은 없단 말이야.

호레이쇼 그런 말이야 망령이 아니라고 못 하겠습니까?

햄 릿 아, 그래, 네 말이 옳다. 그러니 구질구질하게 이야기를 늘어놓을
게 아니라, 악수나 하고 헤어지는 게 좋겠다. 자네들인들 일이 없
을라구. 사람은 제각기 해야 할 일이 있고, 하고픈 일도 있는 법. 모
두가 다 그래. 나만 하더라도 말일세. 그래, 나는 말이야, 이제부터
기도하러 가겠어.

호레이쇼 전하 말씀이 애매모호하여 앞뒤가 맞지 않습니다.

햄 릿 미안하네. 기분을 잡쳤다면 용서해주게. 정말 미안하네.

호레이쇼 전하, 그런 게 아닙니다.

햄 릿 아니야, 그랬어. 호레이쇼, 성 페트릭(아일랜드의 수호 성인–역자 주)의
이름을 걸어 맹세하건대 기분이 잡친 거야. 그것도 몹시. 오늘 밤
본 망령은 믿어도 좋을 만한 망령이다. 그 정도만 일러두겠다. 망
령과 나 사이에 오고 간 이야기를 알고 싶겠지만, 제발 참아주게.
그나저나 자네들은 친구이기도, 학자이기도, 군인이기도 하니까
대수롭지 않은 청 하나만 들어주게.

호레이쇼   전하, 그게 무엇입니까? 들어드리겠습니다.

햄 릿   오늘 밤 우리가 본 것을 절대로 입 밖에 내지 마라.

호레이쇼, 마셀러스   전하, 말하지 않겠습니다.

햄 릿   맹세하라.

호레이쇼   결코 말하지 않겠습니다.

마셀러스   저도 말하지 않겠습니다.

햄 릿   내 칼에 걸어서 맹세하라.

마셀러스   전하, 이미 맹세했습니다.

햄 릿   진정코 이 칼에 걸어서, 진정코.

망 령   (지하에서 소리친다) 맹세하라!

햄 릿   앗하, 두더지, 너도 한마디 거드는구나. 바로 거기 있었어? 여보게들, 땅속에서 하는 소릴 들었지? 자, 맹세들 하게.

호레이쇼   전하, 맹세의 말을 선창하십시오.

햄 릿   '오늘 밤 본 것을 절대로 말하지 않겠노라.' 자, 이 칼에 걸어 맹세하라.

망 령   (지하에서) 맹세하라!

햄 릿   신출귀몰이로다. 장소를 바꿔 보자. 자, 이곳으로 오게나. 다시 한 번 이 칼 위에 손을 대고 맹세하라. '오늘 밤 본 것을 절대로 말하지 않겠노라.'

망 령   (지하에서) 그의 칼에 맹세하라!

햄 릿   잘한다, 두더지 양반. 땅속에서 아주 민첩하게 움직이시는군. 훌륭한 광부야. 자, 다시 한번 장소를 바꾸자.

호레이쇼   아, 참으로 해괴한 노릇이군.

햄 릿   그러니 아무것도 묻지 말아다오. 여봐, 호레이쇼, 이 천지간에는 우리들의 학식으론 도저히 해결할 수 없는 일들이 많아. 자, 다시 한번 해보자. 조금 전에 한 대로 맹세해보라. 앞으로 내가 이상스러운 거동을 취하더라도, 때로는 미친 척하더라도, 그런 경우에 나를 쳐다보며, 알겠나, 팔짱을 이렇게 끼고 머리를 요렇게 살래살래 흔들면서, 또 때론 제법 알 만하다는 듯한 말투를 써가며 '으응, 알겠어' 한다든지, '그 뜻을 모르는 바 아니지만' 이라든지, '말할 수만 있다면' 이라든지, 또는 '입 밖에 낼 수만 있다면' 등등의 모호한 말투를 써가며, 마치 나의 비밀을 알고 있다는 듯이 행동하지 않도록 하란 말이다 ― 알겠나? 자, 맹세하라. 그렇게 하면, 만약 자네에게 위태로운 고비가 오더라도 반드시 신의 은총이 내릴 것이다.

망 령 (지하에서) 맹세하라. (그들, 맹세한다)

햄 릿 진정하여라, 불안한 망령이여! 자, 여러분들, 이젠 됐어. 잘 부탁하네. 지금은 보잘것없는 이 햄릿도, 신이 허락하시면 언젠가는 그대들의 깊은 우정에 보답할 날이 있을 것이다. 자, 함께 가자. 알겠나. 입은 꼭 다물도록 부탁하네. 세상이 혼란해졌어. 아, 저주받은 운명이여. 세상을 바로잡기 위하여 내가 태어나다니. 자, 오너라. 함께 가자. (모두 퇴장)

제2막

제1장 폴로니어스의 집

폴로니어스와 레이날도 등장.

폴로니어스 그에게 이 돈과 편지를 전해주어라, 레이날도.

레이날도 네, 알겠습니다.

폴로니어스 너 같으면 귀신이 곡할 만큼 잘 해낼 수 있을 게다, 레이날도. 그리고 내 아들놈을 만나기 전에 그의 행동을 미리 낱낱이 탐지했으면 좋겠다.

레이날도 각하, 그럴 참이었습니다.

폴로니어스 그런가? 잘 생각했군, 잘 생각했어. 우선 파리에 어떤 덴마크 인들이 있는지 그것부터 탐색해야 돼. 누가 어디 살며, 어떤 생활을 하고 있는지, 누가 누구와 교제하며 돈은 얼마나 쓰고 있는지도 알아봐야 해. 그렇게 먼발치서부터 물어가다 보면, 필경 레어티즈를 알고 있는 사람을 만나게 될걸세. 그땐, 자세한 질문은 보류해두는 게 좋아. 내 아들을 약간 알고 있는 척하면 되는 거야. 말하자면 '전 그분의 부친과 친구들을 좀 알고 있을 뿐인뎁쇼, 네, 레어티즈 본인과도 약간의 친분이 있다면 있는 셈이죠' 식으로 말이지 ─ 알겠나, 레이날도?

레이날도 네, 알았습니다.

폴로니어스 '레어티즈를 약간은 압니다' 라고 말하는 거야, 알겠지? '잘은 모릅니다만, 그분으로 말할 것 같으면 성격은 난폭하고 여러 가지

환락에 넋을 잃고 있습죠' 하면서 레어티즈의 험담을 늘어놔도 좋지만, 그의 명예를 손상시키는 말은 하면 못써. 그 점은 각별히 조심하게. 놀기 좋아하는 젊은이에게 흔히 있을 수 있는 방탕, 난폭함, 과오 등에 관한 것이라면 괜찮아.

레이날도　도박 같은 것도요?

폴로니어스　그렇지. 그리고 음주, 칼싸움, 쌍소리, 싸움질, 오입질 정도도 괜찮아.

레이날도　각하, 그런 것은 명예에 관한 일인뎁쇼.

폴로니어스　상관없어. 네가 말하기 나름이야. 적당히 얼버무리면 돼. 그 밖에 다른 험담은 하지 말도록 하게. '그 녀석은 여자라면 아주 환장을 합니다' 라고 말하면 곤란해. 내가 뜻하는 바는 그게 아니거든. 그 녀석의 결점을 교묘히, 사알짝 비치는 정도로 하고, 젊은 혈기에는 흔히 있는 탈선이라고 해두면 되거든. 불같은 기질이 일시에 터질 경우 혈기왕성한 포악성은 충분히 있음직한 일이라고 납득시키란 말이야.

레이날도　하지만 저⋯⋯.

폴로니어스　그렇게 해야 하는 이유가 무엇이냔 말이지?

레이날도　그렇습니다. 그 까닭을 알고 싶습니다.

폴로니어스　알겠어, 내 의도를 말해주지. 나는 이것이 최상책이라고 믿네. 우선 내 아들의 흉을 보면서 슬쩍 물고 늘어지란 말이야. 만드는 과정에서 약간 상했다는 듯이. 알겠나? 그러면 상대방, 즉 자네가 살펴보고자 하는 사람이 자네가 비난하고 있는 레어티즈의 불미스러운 행위를 목격했다면 틀림없이 자네에게 맞장구를 치면서 '네, 어르신네' 혹은 '여보게나' 또는 '여보시오' 라고 말할걸세. 그 고장의 관습이나 그 사람의 신분에 따라서 호칭에는 차이가 있겠지만.

레이날도 잘 알겠습니다.

폴로니어스 그러면 상대방, 그러니까 그 사람은, 어 ─ 내가 무엇에 관해 이야기하고 있었더라? 분명히 무슨 말을 했는데. 어디까지 얘기했나?

레이날도 '맞장구를 치며' 하는 대목에서 '여보게나' 또는 '여보시오' 하는 대목까지요.

폴로니어스 그래, '맞장구를 치면서' 하는 대목이었지. 맞았어, 맞았어. 상대방이 맞장구를 치는 법이야. '그분이라면 익히 알고 있습니다. 네, 만난 적이 있어요. 바로 어제였지요. 그제였던가? 아니야, 바로 그때였지. 아무개, 아무개와 함께 있었지. 말씀대로 도박을 하고 계셨습니다. 진탕 취해 있더군요. 테니스를 하다가 싸움판을 벌였어요' 혹은 '우연히 그분이 가게에 들어서는 것을 보았습니다' 하는 따위의 말을 듣게 돼. 여기서 말하는 가게란 유곽(遊廓)을 두고 하는 말일세, 알겠나? 거짓말을 미끼로 진짜 잉어를 낚는 거야. 지혜롭고 선견지명이 있으면, 먼발치에서 뒤통수를 치는 간접적인 시도로써 직접적인 목표를 발견하게 되는 법, 내가 가르쳐준 이 비결로 자네는 내 아들의 행적을 파악해주게. 알겠지, 알아들었는가?

레이날도 알았습니다.

폴로니어스 좋아, 그러면 가보게나.

레이날도 다녀오겠습니다.

폴로니어스 아들의 동정을 잘 살피는 거야.

레이날도 알았습니다.

폴로니어스 스스로 실토하게 만들어야 해.

레이날도 네, 알겠습니다.

폴로니어스 잘 다녀오게. (레이날도 퇴장)

오필리어 등장.

오필리어, 무슨 일이냐?

오필리어 아, 아버님, 아버님, 정말 무서웠어요.

폴로니어스 도대체 무엇이?

오필리어 저는 방에서 바느질을 하고 있었습니다. 그때 햄릿 전하께서 웃옷을 풀어헤치고 모자도 벗어버린 채, 더러운 양말은 대님도 매지 않아 발목까지 흘러내린 모습으로, 창백한 얼굴에 무릎을 떨면서, 마치 지옥의 무서운 이야기를 하려고 그곳에 막 빠져나온 사람처럼 비통한 표정을 지으며 제 앞에 나타나신 거예요.

폴로니어스 상사병으로 미치셨구나.

오필리어 그건 알 수 없지만 어쨌든 정말 무서웠습니다.

폴로니어스 그래, 뭐라고 하시던?

오필리어 저의 손목을 꼭 붙잡고는 그분의 팔 길이만큼 뒤로 몸을 젖힌 다음, 다른 손으로는 이렇게 이마를 가리시더니, 마치 그림이라도 그리려는 듯 물끄러미 저의 얼굴을 들여다보시는 것이었어요. 한참을 그리고 계셨습니다. 그러더니 마침내 저의 팔을 가볍게 흔드신 다음, 전하께서는 머리를 위아래로 세 번 흔들고 나서, 쓰리고 괴로운 한숨을 내쉬셨습니다. 그 한숨으로 그분의 온몸이 산산이 부서지고 목숨이 끊어지는 듯했습니다. 그런 다음 저를 놓아주셨습니다. 그러나 얼굴만은 어깨 너머로 마냥 제 쪽을 향하고 있었습니다. 그리하여 눈이 없어도 방향을 알 수 있는 듯 앞을 보지도 않고 문밖으로 걸어 나가셨습니다. 끝까지 제게서 시선을 떼지 않으셨습니다.

폴로니어스 이리 오너라, 함께 가자. 국왕 폐하를 뵈러 가야겠다. 바야흐로 사랑에 넋을 잃으신 거야. 일단 사랑에 사로잡히면 패가망신이지. 인간의 마음을 괴롭히는 격정이란 하늘 아래 한두 가지가 아니지만, 사랑만큼 우리를 엉망진창으로 짓이겨놓는 것도 없어. 큰일났군. 그래, 요즘 전하께 냉담하게 대해드렸니?

오필리어 아니에요, 아버님. 그저 분부대로 편지를 모두 돌려 보내고, 전혀 가까이하지 않았을 뿐이에요.

폴로니어스 그래서 실성하셨구먼. 내가 서툴렀어. 조금만 더 주의해서 전하를 잘 관찰했었다면 이런 실수는 일어나지 않았을 것을. 난 그분이 일시적인 희롱으로 너를 농락하려는 줄만 알았지. 빌어먹을, 의심을 품은 게 잘못이었어. 도무지 늙으면 괜스레 지나친 일을 저질러 사서 고생한단 말이야. 젊은이들은 또 정반대로 지나치게 분별이 없어서 탈이지만. 어서 국왕 폐하를 뵙고 귀띔해드려야지. 한동안 언짢아하시겠지만, 숨기려다 상심이 더 깊어지시면 큰일이야.

제2장 성 안

나팔 소리가 울려 퍼지는 가운데 클로디어스, 거트루드, 로젠크랜츠, 길든스턴, 그 밖의 궁신들 등장.

클로디어스 오, 로젠크랜츠, 길든스턴, 잘 왔다. 진작부터 만나고 싶기도 했지만, 더욱이 부탁할 일도 생기고 하여 이토록 급히 사신을 보내 데려오게 한 것이다. 풍문에 들어 알겠지만, 햄릿이 아주 변해버렸다. 변했다고 말할 수밖에 없지. 겉으로 보나 생각하는 것으로 보나 그전과는 아주 딴판이거든. 그의 부친의 사망 이외에 그가 그토록 이성의 힘을 잃게 된 원인이 도대체 무엇인지 나로서는 짐작이 가지 않는다. 그래서 제군들에게 부탁코자 하는 것이다. 그대들은 어릴 적부터 그와 함께 자라왔으니 어려서부터의 그의 기질을 잘 알고 있으리라 믿는다. 둘 다 잠시 이 왕궁에 머무르면서 그와 함께 지내는 가운데 위로도 해주고, 기회가 생기면 우리가 모르고 있는 그의 고민의 원인도 탐지해보라. 그 원인을 알게 되면 치료 방법이 있는지 그 유무도 알아보았으면 한다.

거트루드   글쎄, 햄릿은 늘 그대들에 관한 이야기를 하곤 했었소. 그대들을 늘 그리워하고 있었지요. 우리의 소원을 받아들여 그대들이 친절하게 이곳에 머무를 수만 있으면, 우리로서는 그 이상의 기쁨이 없겠소. 이토록 일부러 이곳을 방문해준 데 대해서는 왕께서 응분의 보상을 내리실 거요.

로젠크랜츠   부탁 말씀을 듣자오니 황송할 따름입니다. 이 몸을 다 바쳐 충성을 맹세하옵니다.

클로디어스   고맙다, 로젠크랜츠, 길든스턴.

거트루드   고맙소, 로젠크랜츠, 길든스턴. 부탁이니, 변해버린 내 아들한테 지금 곧 가시오. 얘들아, 너희들 가운데 누구든 이 두 분을 햄릿 왕자가 있는 곳으로 모셔다드려라.

길든스턴   신이여, 바라건대 우리들의 체재(滯在)가 전하께 위안이 되고, 우리들의 충성이 전하께 도움이 되도록 굽어 살피소서.

거트루드   아멘! (로젠크랜츠, 길든스턴, 시종들 퇴장)

   폴로니어스 등장.

폴로니어스   폐하, 노르웨이에 파견했던 사절들이 만족할 만한 결과를 가지고 돌아왔습니다.

클로디어스   그대는 언제나 좋은 소식만을 갖고 오는구려.

폴로니어스   그랬습니까, 폐하? 황송한 말씀이옵니다만, 저는 의무를 다하는 일과 마음을 바치는 일이 하느님에 대해서나 자비로운 폐하께 대해서나 아주 똑같습니다. 그래서 생각해보았습니다만, 만일 제 판단이 틀렸다면 제 두뇌는 이미 지금까지 틀림없이 해온 나라 일을 더 이상 해낼 수 없다는 결론이 될 것입니다. 하지만 실은 알아냈습니다, 햄릿 전하의 광란의 이유를.

클로디어스   오, 말하라! 듣고 싶구나.

폴로니어스   먼저 사절들을 맞아들이십시오. 제 얘기는 사절들의 좋은 소식을 마음껏 들으신 후에 식후 디저트로 드리겠습니다.

클로디어스   그대가 사절들을 안내하여 들여보내라. (폴로니어스 퇴장) 여보, 거트루드, 폴로니어스가 알아냈다는 거요, 당신 아들의 광란의 원인을.

거트루드   그저 짐작을 했다는 거겠지요. 부왕의 죽음이라든지 우리들의 조급한 결혼 따위가 아니겠어요?

클로디어스   어디 확인해봅시다그려.

    폴로니어스, 볼티먼드, 코닐리어스 등장.

잘들 왔네. 그래 볼티먼드, 노르웨이 왕으로부터의 회신은 무엇인가?

볼티먼드   정중한 답신의 말씀을 갖고 왔습니다. 저희들을 접견하시자 노르웨이 왕께서는 즉시 조카의 모병과 모금 행위를 중지하도록 명령을 내렸습니다. 노르웨이 왕께서는 그 일이 폴란드와의 전쟁 준비인 줄로만 알고 계셨다는 겁니다. 하지만 조사해본 결과 그 일이 오로지 우리 왕국에 대한 적대행위였음이 확실해졌으므로 노르웨이 왕께서는 몹시 노하시어, 병상의 무력한 늙은이를 이토록 속이다니 될 말이냐며 포틴브라스 체포령을 내리셨습니다. 그러자 그는 즉시 근신하고 왕의 꾸지람에 순종해서 숙부이신 왕 앞에서 이후로는 결코 우리 왕국을 향해 창칼을 휘두르지 않겠다고 서약했습니다. 이에 노르웨이 왕은 기쁨을 감추지 못하여 연금 6만 크라운(왕관 모양을 박은 5실링짜리 영국 화폐—역자 주)을 그에게 주었고, 그 전부터 모병해온 병사들은 폴란드 정복에 쓰도록 그에게 권한을 주었습니다. 그러고는 특히 국왕 폐하께서는 부탁 말씀이 있다고 하시면서, 자세한 것은 여기 적혀 있습니다만, 이 원정을 위하여 폐하의 영토를 무사 통과할 수 있도록 허락을 요청하셨습니다. 또한 통과 시 우리 측의 안전과 그쪽 병사들의 규율에 관해서는 이 서한에 적혀 있습니다. (서류를 바친다)

클로디어스 잘됐다. 이 서한은 후에 천천히 읽어보겠다. 심사숙고한 후 그쪽에 회신을 내도록 하자. 그건 그렇고, 그대들은 실로 훌륭한 일을 했으니 참으로 고맙다. 자, 물러가서 휴식을 취하도록 하라. 오늘 밤 주연을 베풀겠노라. 무사히 돌아와서 반갑다. (볼티먼드와 코닐리어스 퇴장)

폴로니어스 이번 일은 잘 매듭지어졌습니다. 한데 국왕 폐하, 그리고 왕비 폐하, 도대체 왕권이란 무엇이며 신하의 의무는 무엇인지, 또한 무엇 때문에 낮은 낮이며 밤은 밤, 시간은 시간이냐고 따지는 일은 밤과 낮과 시간의 낭비일 뿐입니다. 따라서 간결은 지혜의 핵심이요 장황함이란 그 수족이며 외관상의 허식에 지나지 않습니다. 간단히 말씀드리겠습니다. 왕자님은 정신이상입니다. 정신이상이라고 제가 말씀드린 까닭은 정신이상자를 규정하는 데 있어서 그 밖에 다른 용어가 없는 탓입니다! 그건 그렇다고 치고.

거트루드 말재주만 부리지 말고 요점을 말하시오.

폴로니어스 왕비 폐하, 말재주를 부리는 것이 아닙니다. 전하께서 정신이상이 된 것만은 사실입니다. 실로 딱한 것은 그것이 사실이라는 점입니다. 어리석은 말솜씨는 이만 해두겠습니다. 절대로 말재주는 부리지 않으렵니다. 하지만, 그분의 머리가 도셨다는 것만은 인정하십시오. 따라서 남은 일은 이 같은 결과의 원인을, 말하자면 이 같은 결함의 원인을 규명하는 일인데, 그럴 수밖에 없는 것이 원인이 있음으로 해서 이 같은 결과가 생겨났기 때문입니다. 이렇게 해서 여전히 남은 문제점은 바로 이것입니다. 통찰하옵소서. 제게는 딸이 하나 있습니다. 출가할 때까지는 어디까지나 제 딸이죠. 그 딸애가 효도와 순종하는 마음으로, 보십시오, 제게 이것을 주었습니다. 들으시고 판단을 내리소서. (읽는다)

"천사 같은 내 영혼의 우상, 가장 아리따운 오필리어에게 — ."
점잖지 못한 말투입니다. 고약한 말씨죠. '아리따운' 이란 말은 고약한 말투입니다. 하지만 더 들어주십시오. 이렇습니다.
"그지없이 하이얀 그대의 가슴 속에 이 편지를, 운운……"

거트루드 햄릿이 그녀에게 보낸 거요?

폴로니어스 잠시만 기다려주십시오, 왕비 폐하. 거짓 없이 읽어드리겠습니다. (읽는다)
"별의 반짝임을 의심하여도
태양의 움직임을 의심하여도
진실을 허위라고 의심하여도
그러나 나의 사랑만은 어이 의심하리.

사랑하는 오필리어, 나의 시가 서툴구나. 애타는 가슴을 시에 담을 재주가 없구나. 그러나 그대를 누구보다도 가장 사랑하고 있음을 믿어다오, 안녕.

이 목숨이 다하는 한, 사랑하는 이여,

영원히 그대의 것인 햄릿으로부터."

이 편지를 효심이 지극한 소생의 딸이 제게 보여줬습니다. 뿐만 아니라, 햄릿 전하가 언제 어디서 어떻게 사랑을 호소했는지까지 모조리 다 일러주었습니다.

클로디어스 그런데 딸애는 그의 사랑을 어떻게 받아들였는가?

폴로니어스 저를 어떻게 보십니까?

클로디어스 충실하고 존경할 만한 인물이지.

폴로니어스 저 또한 사실이 그러하기를 바라옵니다. 하지만 폐하는 어떻게 생각하실는지요. 만약에 소생이 날개를 퍼득이는 햄릿 왕자님의 뜨거운 사랑을 눈앞에 보고서도 — 덧붙여 감히 실토 드릴 것은, 저의 딸이 이 일을 고백하기 전부터 소생은 이미 사태를 알고 있었다는 겁니다 — 어떻습니까, 폐하? 왕비께서는? 만약에 제가 알고도 모른 척했다면, 눈을 지그시 감고 묵묵히 이들의 사랑을 방관만 하고 있었다면 폐하께서는 어떻게 생각하셨겠습니까? 그런데 전 그러지 않았습니다. 즉시 딸을 불러 일러주었습니다. '햄릿 전하는 너와 신분이 다른 왕자님이시다' 라고 말입니다. 그리고 앞으로는 전하가 출입하시는 장소에 얼씬도 하지 말고, 사환을 만나는 일도 금할 것이며, 선물을 주시더라도 받지 말도록 당부해두었습니다. 우리 딸애는 이 엄명을 명심하고 있었던 것입니다. 햄릿 전하께서는 사랑의 고배를 마신 셈이죠. 그래서 간단히 말씀드리자면, 전하께서는 침울해지시고 단식을 하시더니, 불면증에 심신이 허약해지시고, 허탈 상태에 빠지면서 드디어는 지금 정신착란 속에서 마냥 허우적거리고 계시는 것입니다. 저와 제 딸애는 그저 송구스럽고 슬플 따름입니다.

클로디어스 어떻게 생각하오?

거트루드 그럴싸하군요.

폴로니어스 제가 분명히 단정 지은 일치고 어긋난 일이 단 한 가지라도 있었습니까?

클로디어스 그런 일은 없었지.

폴로니어스 (자기 머리와 어깨를 가리키며) 만일 제 말에 어긋남이 있다면, 이것과 이것을 분리시켜주십시오. 단서만 잡히면 저는 반드시 이 일의 진상을 알아내고야 말겠습니다. 비록 그것이 지구 한가운데 숨겨져 있더라도 말씀입니다.

클로디어스 그걸 어떻게 알아낸단 말인가?

폴로니어스 아시다시피 왕자 전하께서는 가끔씩 오랫동안 복도를 거닐 때가 있습죠.

거트루드 그래요, 그럴 때가 있지요.

폴로니어스 그때를 노려 왕자 전하 앞에 제 딸애를 풀어놓겠습니다. 폐하와 저는 커튼 뒤에 숨어서 둘이 만나는 걸 살피십시다. 만약에 전하가 그 애를 사랑하지 않는다면, 그리고 상사병에 의한 광란이 아니라고 판단되시면 저의 직함을 박탈하십시오. 저는 시골로 내려가 논이나 갈고 달구지나 끌겠습니다.

클로디어스 그렇게 해보세.

　　　햄릿, 책을 읽으며 등장.

거트루드 불쌍한 햄릿이 시름에 잠겨 책을 읽으면서 오고 있네요.

폴로니어스 자, 비켜주세요. 저쪽으로 가주세요. 제가 만나보겠습니다. 잠시 실례합니다.

　　　클로디어스, 거트루드 그리고 시종들 퇴장.

　　　아, 햄릿 전하. 기분이 어떠십니까?

햄 릿 덕택으로 잘 있네.

폴로니어스 제가 누군지 아시겠습니까?

햄 릿 알고말고, 생선장수 아닌가.

폴로니어스 틀렸습니다, 전하.

햄 릿 자네가 그만큼이라도 정직한 사람이라면 오죽 좋겠나.

폴로니어스 전하, 정직한 사람이라구요?

햄 릿 그래, 이 세상에는 정직한 자가 만 명 중에 겨우 하나 있을까 말까 하지.

폴로니어스 전하, 옳습니다.

햄 릿 만일 태양의 햇살로 죽은 개에 구더기를 끓게 하면, 그 햇살이 썩은 고깃덩이를 핥게 되는 셈이지. 자네, 딸자식 있나?

폴로니어스 네, 있습니다, 전하.

햄 릿 햇볕 속을 거닐지 못하도록 하게. 머릿속에 지식이 드는 것은 좋지만, 배 속에 무엇이 들었다가는 큰일이니까, 조심하게.

폴로니어스 (방백) 거 보십시오, 어떤가. 여전히 우리 딸 생각만 하고 있잖습니까. 그나저나 나를 생선장수라고 하는 것을 보면, 처음엔 나를 알아보지 못한 모양이야. 머리가 도셨어, 돌아도 보통 돈 게 아닌데. 하기야 나도 젊었을 땐 사랑 때문에 속깨나 썩었지. 전하와 별 차이가 없었는걸. 한 번 더 능청을 떨어볼까 — 전하, 무엇을 읽고 계십니까?

햄 릿　말, 말, 말.

폴로니어스　전하, 어떤 문제에 관한 이야기입니까?

햄 릿　누구와 누구 사이가?

폴로니어스　전하가 읽고 계시는 책 내용 말씀입니다.

햄 릿　험담이다. 어느 풍자가 녀석이 여기에 이렇게 쓰고 있군. 늙은이들
은 모두 수염이 희끗희끗하고 얼굴은 주름투성이에, 눈알에는 걸
쭉한 송진기름이 흐르고, 지혜는 바닥이 난 채 무릎을 덜덜 떨고
있다. 나도 이 점에 대해선 동감이야. 하지만 여기다 이렇게까지
적을 필요는 없잖아, 안 그래? 자네도 나만큼 젊어질 수 있어. 게처
럼 자네가 뒷걸음질할 수만 있다면 말일세.

폴로니어스　(방백) 돌긴 했어도 말에는 조리가 있는걸. (햄릿에게) 전하, 안으
로 드십시오.

햄 릿　무덤 안으로?

폴로니어스　(방백) 하긴 그래. 무덤도 방은 방이지. 때로는 그의 답변이 의
미심장하단 말이야. 미친 사람이 핵심을 찌르거든. 분별 있고 제정
신을 가진 사람으로서는 엄두도 못 내는 말을 척척 해내니. 이쯤
해두고 물러나자. 전하와 우리 딸을 만나게 하는 방편을 짜내야지.
(햄릿에게) 전하, 황송합니다만 소생은 이만 물러가렵니다.

햄 릿　자넨 내게서 무얼 빼앗아 가려고 하지만 사실은 아무것도 빼앗는
게 아닐 걸세. 모두가 자네에게 기꺼이 주어버리고 싶은 것들이니
말이야. 단 내 생명만은, 생명만은, 생명만은 안 돼.

폴로니어스　전하, 안녕히.

햄 릿　귀찮고 따분한 바보 늙은이 같으니라고.

　　　　로젠크랜츠와 길든스턴 등장.

폴로니어스　햄릿 전하를 찾고 있나? 저기 계시네.

로젠크랜츠　(폴로니어스에게) 고맙습니다, 어르신. (폴로니어스 퇴장)

길든스턴　전하!

로젠크랜츠　전하!

햄　릿　아, 반가운 친구들이여! 재미 좋은가, 길든스턴? 아, 로젠크랜츠!
둘 다 어떻게들 지내고 있나?

로젠크랜츠　그럭저럭 잘 지내고 있습니다.

길든스턴　지나치게 행복하지 않은 것이 행복이란 말씀입니다. 행운의 절
정에 올라 있는 것은 아니고요.

햄　릿　행운의 밑바닥에 있는 것도 아니지?

로젠크랜츠　전하, 어느 쪽도 아닙니다.

햄　릿　그러면 중간쯤에 처져 있단 말이군. 여인의 가장 소중한 곳 한가운
데쯤인가?

길든스턴　행운의 여인을 섬기는 총애받는 충복들이죠.

햄　릿　여인의 허리춤 은밀한 곳 말이지? 아, 정말이지 그 여인은 화냥년
이야. 그런데 무슨 소식이라도 있나?

로젠크랜츠　전하, 별로 없습니다. 세상이 점점 정직해진다는 것밖에는요.

햄　릿　그렇다면 말세가 가까웠네 ― 하지만 자네 말은 거짓이야. 몇 마디
다그쳐 묻겠네. 도대체 무슨 죄가 있어서 행운의 여신이 자네들을
이 같은 감옥으로 보냈단 말인가?

길든스턴　전하, 감옥이라뇨?

햄　릿　덴마크는 감옥이다.

로젠크랜츠　그렇다면 이 세상도 감옥이네요.

햄　릿　훌륭한 감옥이지. 독방도 있고, 감방도 있고, 지하감옥도 있어. 그
중에서도 덴마크가 제일 지독한 감옥이지.

로젠크랜츠   전하, 저희들은 그렇게 생각지 않습니다.

햄 릿   자네들에게는 그렇지 않은 모양이지? 좋고 나쁜 건 생각 나름이거든. 나에겐, 이 나라는 감옥이야.

로젠크랜츠   그건 전하께서 야망을 품은 까닭이겠지요. 전하의 포부에 비하면 이 땅은 좁쌀알에 불과할 테니까요.

햄 릿   천만에. 나는 호두껍데기 속에 갇혀 있더라도 무한한 공간의 임금이라고 자처할 수 있네. 이 악몽만 없다면야.

길든스턴   그 꿈이라는 것이 바로 전하의 야망 때문이 아니겠습니까? 야망의 본질은 결국 꿈의 그림자에 지나지 않습니다.

햄 릿   꿈 자체는 그림자에 지나지 않아.

로젠크랜츠   그렇습니다. 야망은 허망한 것입니다. 그림자의 그림자에 지나지 않지요.

햄 릿   그렇다면 거지들은 진짜배기네. 임금님과 잘난 체하는 영웅들은 거지들의 그림자야. 어전에 나가볼까? 정말이지 이런 토론엔 못 견디겠다.

로젠크랜츠, 길든스턴   저희들이 모시겠습니다.

햄 릿   그럴 필요 없어. 자네들을 하인처럼 부리고 싶지 않아. 솔직히 말해서 시종들 때문에 넌덜머리가 난다. 절친한 친구답게 터놓고 말하자. 도대체 뭣 하러 엘시노에 왔는가?

로젠크랜츠   전하를 뵈러 왔습니다. 다른 이유는 없습니다.

햄 릿   내 신세가 거지꼴이니 감사한 마음을 전할 길이 없구나. 그러나 말이야 못할소냐. 고맙다. 정말이지 여보게들, 내 고마움이 반 페니의 가치만큼이나 받아들여지는지 의심스러워. 자네들 소환된 것은 아니지? 자발적으로 온 건가? 마음이 내켜서 온 거냐구. 자, 솔직히 말해다오. 어서 말해보게, 어서.

길든스턴   전하, 뭐라고 말씀드려야 합니까?

햄 릿   뭐든지 진상만을 털어놓게. 자네들은 소환당했어. 얼굴에 그렇다고 씌어져 있는걸. 능청을 떨기에는 아직 미숙해. 왕과 왕비께서 자네들을 불러들였지?

로젠크랜츠   무엇 때문에요, 전하?

햄 릿   내가 묻고 싶은 것이 바로 그거야. 정말 부탁하네. 친구들끼리의 권리로써, 젊은이들끼리의 우애로써, 변함없는 우정의 의무로써, 입심만 좋다면 더욱 값지고 감동적인 말로써 자네들을 추궁할 수 있는 일이지만, 여하튼 내가 바라는 것은 정직하고 솔직하게 말해 달라는 것뿐이다. 불려왔느냐, 스스로 왔느냐?

로젠크랜츠   (길든스턴과 슬그머니 상의한다) 뭐라고 할까?

햄 릿   (방백) 내 눈이 자네들을 보고 있네 — 나를 진정 아낀다면 숨기지 말란 말이야.

길든스턴   전하, 실은 부름을 받고 왔습니다.

햄 릿   그 이유를 말해볼까? 내가 털어놓으면 너희들은 비밀을 누설하지 않아도 되지. 두 분 폐하의 신임에 손상을 입히지 않아도 되니 말이야. 무엇 때문인지 요즘 나는 어떤 일에 대해서도 기쁨을 느낄 수가 없어. 평소 해오던 모든 오락에서도 손을 끊었지. 이상하게도 마음이 자꾸만 울적해져. 이 아름다운 지구의 형상도 황량한 곳[岬]으로만 보인단 말야. 이토록 아름다운 천공, 보라구, 우리의 머리 위를 뒤덮고 있는 웅장한 하늘, 찬란한 별이 총총히 박힌 장엄한 하늘, 그 하늘도 독기 서린 더러운 공기로 보일 뿐이야. 인간이란 얼마나 훌륭한 걸작품이냐. 그 숭고한 이성, 무한한 가능성을 지니고 있는 능력과 모습과 거동, 적절하고 탁월한 행동력, 천사와 같은 이해력. 인간은 과연 하느님을 닮았다고 할 수 있지. 그러나 이렇듯 지상의 아름다움이며 만물의 영장인 인간이 나에게는 티끌로만 보이는구나. 인간은 나의 기쁨일 수 없어. 여자 역시 나에겐 기쁨이 아니야. 히죽히죽 웃는 걸 보니 자네들은 내 생각이 못마땅한 모양이군.

로젠크랜츠 전하, 그런 게 아닙니다.

햄 릿 그럼 왜 인간이 나의 기쁨일 수 없다고 말했을 때 웃었느냐?

로젠크랜츠 인간이 기쁨일 수 없다고 하시니, 문득 배우들이 푸짐한 대우를 받기는 다 틀렸구나 하는 생각이 들어서요. 오는 길에 극단패들을 앞지르게 되었습니다. 듣자 하니 전하께 용무가 있어 이곳으로 오는 길이라 하더군요.

햄 릿 왕의 역을 맡는 자는 대환영이다. 그는 나의 푸짐한 보상을 받게 될 것이다. 방랑하는 기사 역들은 창과 방패를 충분히 쓰도록 해주겠다. 연인들도 부질없이 한숨짓게 내버려두지는 않을 것이다. 남을 실컷 풍자해대는 심술쟁이도 방해받지 않고 무대에 설 수 있도록 해줄 것이며, 광대에게는 걸핏하면 웃음을 터뜨리는 관객들을 안겨 줄 것이다. 숙녀 역은 멋대로 수다를 떨도록 내버려두겠다. 대사의 흐름이 중단되지 않도록 말이다. 그래, 극단패의 이름은 무엇이던가?

로젠크랜츠 전하께서 늘 아끼고 좋아해주시던 도시의 비극배우들입니다.

햄 릿 왜 여행길에 올랐다던가? 도심지에 자리 잡고 있는 편이 명성도 날리고 수입도 올리고, 훨씬 좋을 텐데.

로젠크랜츠 최근에 사고를 일으켜 공연금지 처분을 받은 모양입니다.

햄 릿 도시에서 보았을 때처럼 여전히 인기는 좋던가? 구경꾼들이 줄을 잇던가?

로젠크랜츠 그 정도는 아닙니다.

햄 릿 왜? 구식이라서?

로젠크랜츠 아닙니다. 여전히 열심히 합니다만, 요즘에는 매 새끼들 같은 어린 배우들이 나와서 목이 터져라 꽥꽥 소리를 질러대야만 박수 갈채를 받거든요. 그게 요즘 대유행이죠. 그래서 이른바 흔히 하는 평범한 연극들은 기가 죽었어요. 칼자루를 차고 우쭐대는 자들은 가시 돋힌 그들의 풍자가 겁나서 이쪽엔 얼씬도 하지 않습니다.

햄 릿 뭐야? 어린이 극단? 극단 주인은 누군가? 보수는 얼마나 받고 있나? 아이 음성을 낼 때까지만 배우 노릇을 하나? 나중에 통속극을 할 수밖에 없는 나이가 되면 — 달리 일자리도 없을 듯 싶은데 — 지금 작가들을 원망하지 않을까? 앞날의 자기 직업을 욕했다고 해서 말일세.

로젠크랜츠 실상 양쪽 싸움은 지독합니다. 세상 사람들은 얼씨구 좋다고 싸움에 부채질까지 하지요. 한때는 작가와 배우의 싸움을 소재로 다루지 않은 연극은 상연되지도 않을 정도였습니다.

햄 릿 그게 정말인가?

길든스턴 굉장한 경합이 있었지요.

햄 릿 그래, 어린이 배우들이 이겼는가?

로젠크랜츠 네, 완벽하게 해치웠지요. 심지어 당당히 간판을 내건 극장들까지도 당했으니까요.

햄 릿 하기야 조금도 이상한 일이 아니지. 내 숙부가 덴마크 왕이 되자, 부왕 생존 시에는 숙부의 험담을 늘어놓던 자들이 이십, 오십, 아니 백 두카트(옛 유럽 제국에서 쓰인 금화 또는 은화-역자 주)이나 되는 돈을 내고 숙부의 조그만 초상화를 사가는 세상이 되었으니 말일세. 심상치 않은 징조야. 학자들이라면 이 일을 설명할 수 있을지도 모르지.

나팔 소리 들린다.

길든스턴 배우들이 도착했습니다.

햄 릿 여보게들, 엘시노에 온 것을 환영하네. 자, 악수하지. 사람을 환영하는 데는 이것이 최상의 예의요 격식이니까. 겉으로는 정중하게, 그러나 도가 넘치도록 보여서는 안 되거든. 정말 잘 왔네. 그러나 나의 숙부이신 아버지와, 어머니이신 숙모는 둘 다 속고 계시지.

길든스턴 어떤 점에서요?

햄 릿 북북서쪽에서 바람이 불어오면 나는 광기가 일거든. 바람이 남쪽에서 불어오면 그래도 매와 해오라기쯤은 구별할 수 있다네.

폴로니어스 등장.

폴로니어스 여어, 안녕들 하시오!

햄 릿 (방백) 여보게, 길든스턴, 그리고 자네도, 두 귀로 잘 듣게나. 저기 있는 저 커다란 갓난아기는 아직도 기저귀를 차고 있다네.

로젠크랜츠 (방백) 아마도 두 번째 기저귀를 찬 모양이군요. 늙은이는 다시 어린아이로 돌아간다고 하니까요.

햄 릿 (방백) 어디 알아맞혀볼까. 배우들 얘길 하러 왔겠지. 두고 보자. (큰 소리로) 맞았어. 월요일 아침, 바로 그때였지.

폴로니어스 알려드릴 말씀이 있습니다, 전하.

햄 릿 알려드릴 말씀이 있습니다, 전하. 로시어스가 로마의 명배우였던 시절에…….

폴로니어스 배우들이 도착했습니다.

햄 릿 알고 있어.

폴로니어스 저의 명예를 걸고…….

햄 릿 배우들은 당나귀를 타고 왔다네…….

폴로니어스 최고의 명배우들입니다. 비극, 희극, 역사극, 목가극, 목가극적 희극, 역사극적 목가극, 비극적 역사극, 비극적 희극적 역사극적 목가극, 완벽한 고전극, 너절한 로맨스극, 무엇이든 척척 해내지요. 세네카(로마의 비극작가—역자 주)의 비극도 부담스럽지 않게, 플라우투스(로마의 희극작가—역자 주)의 희극도 경망스럽지 않게 잘 처리합니다. 딱딱한 고전물이든 가벼운 현대물이든 닥치는 대로 잘 가리지 않고 해내는 명배우들입니다.

햄 릿 아, 이스라엘의 재판관 에프타(자기 딸을 재물로 바친 히브리의 재판관. 그를 주인공으로 한 담시도 있음—역자 주)여, 그대는 훌륭한 보물을 갖고 있었군!

폴로니어스 전하, 어떤 보물 말입니까?

햄 릿 노래대로지.

"오직 하나뿐인 딸을, 아버지는 극진히 사랑했었네."

폴로니어스 (방백) 여전히 내 딸 이야기로군.

햄 릿 에프타, 내 말이 틀렸는가?

폴로니어스 전하, 제가 에프타라면 제게는 극진히 사랑하는 딸이 있습니다.

햄 릿 노래의 다음 소절은 그렇지 않아.

폴로니어스 그럼 어떻게 계속됩니까?

햄 릿 바로 이거야.

"어떤 인연인지 알 순 없지만"

그리고 다음은 이렇게 이어지네.

"이 세상 운명처럼 되어갔었네."

자세한 것은 찬송가 1절을 보면 알 수 있지. 보게나, 마침 배우들이 때맞춰 밀어닥쳤네.

　배우들 등장.

어서들 오게, 잘난 친구들. 오랜만이군, 정말 잘들 왔네. 아, 자넨 수염까지 길렀군. 덴마크에 와서 나를 위협할 셈인가? 아, 아가씨 배우(여자역을 맡는 소년 배우─역자 주)들도 왔군. 키가 지난번보다 휜 칠하게 커진 까닭은 요즘 유행하는 구두 뒤축 때문인가? 목소리 가 갈라져서 쓸모없는 금화처럼 되지 않도록 기도해두게나. 여보 게들, 대환영이네. 프랑스의 매사냥꾼들처럼 당장 아무거나 해보 세. 지금 곧 대사를 읊어주게. 자, 자네의 재주를 보여주게. 감정 을 듬뿍 넣어서 한바탕 뽑아보게나.

배우 1　어떤 대사를 할까요, 전하?

햄 릿　언젠가 들려준 대사 있지? 무대에서 상연된 적은 없었지만, 상연 되었다 하더라도 아마 꼭 한 번뿐이었을 거야. 너무 고상해서 대중 들은 별로 좋아하지 않았지만. 하지만 그것은 적어도 내가 보기엔, 그리고 나보다 연극에 대한 조예가 깊은 분들의 의견을 들어보면 훌륭한 작품이었어. 장면 구성도 훌륭하고 지나친 기교도 억제하 고 있었지. 관중들의 환심을 사기 위한 음탕한 구절도 없거니와, 쓸데없이 멋을 부리려는 듯한 표현도 쓰지 않았지. 그러면서도 수 법은 성실하고, 내용은 달콤하며 건전하고, 화려하지 않으면서 우 아하다는 평을 들었지. 그 작품 속의 한 절을 나는 특히 좋아하네. 아이네이아스(베르길리우스의 서사시 『아이네이스』의 주인공. 트로이의 용 사─역자 주)의 살해 장면이 좋았어. 아직도 그 대목을 기억하거든. 여기부터 시작해주게. 무엇이었더라 ─ 그 부분이 ─ 옳지 ─ 히르 카니아의 호랑이처럼 흐트러진 머리의 피로스(고대 그리스 에피로스의 왕. 로마군을 무찔렀으나 많은 희생을 치름―역자 주) ― 아니야, 그게 아니었어. 피로스에서 시작되지.

"머리 흐트러진 피로스, 검은 갑옷을 입고 캄캄한 밤에 운명적인 목마 속으로 스며들더니, 이제 무시무시하고 검은 모습은 머리끝에서 발끝까지 피로 물들여져 보기에도 처참한 모양이 되었구나. 살해당한 왕의 모습을 무섭게, 저주스럽게 비추며, 미친 듯 날뛰는 불길 속에서 타 죽은 아버지의 피를, 어머니의 피를, 그리고 딸자식의 피를 덮어 썼다. 지글지글하는 분노의 화염 속에서, 말라붙은 핏덩이를 온통 뒤집어쓴 채, 살기등등한 악마의 험상궂은 눈초리로 피라스는 늙은 프리아모스(트로이 최후의 왕―역자 주)을 찾고 있다."

자, 다음을 받아서 이어주게.

폴로니어스 정말이지 참으로 잘하십니다. 훌륭한 발성과 이해력으로 썩 잘 읊으셨습니다.

배우 1 금세 발견된 프리아모스, 그리스군에 낡은 칼을 휘두르지만, 늙은 팔에 힘이 빠져 허공을 휘젓다가 칼을 땅에 떨어뜨린다. 피로스는 상대가 안 되는 프리아모스를 향해 돌진한다. 격한 나머지 헛찔렀지만 원한 맺혀 휘두르는 칼 소리에 노왕은 맥없이 기절한다. 무심한 트로이성도 이 같은 강타를 느꼈음인지, 화염에 싸인 누각은 우레 같은 소리를 내며 땅 위에 무너지고, 피로스는 귀가 멍멍한 채 어리둥절할 뿐이다. 그러나 보라! 노왕 프리아모스의 백발을 내리치려는 순간, 그 칼은 허공에 얼어붙은 듯 움직이지 않고, 그와 마찬가지로 그림 속의 폭군처럼 움직이지 않는 피로스는 마치 넋 잃은 사람처럼 우뚝 서 있다. 폭풍이 오기 직전 간혹 하늘이 고요에 싸이고 먹구름도 꼼짝 않으며, 바람도 자고, 대지도 죽은 듯 잠잠

할 때가 있지만, 이윽고 천둥 번개가 하늘을 찢고 터지는 경우처럼, 잠시 망설이던 피로스, 다시금 원한의 불꽃으로 타올라, 그 옛날 군신 마르스의 영원불멸의 투구를 단련하던 키클롭스가 내리치는 철퇴처럼 피를 뿜는 피라스의 칼은 사정없이 프리아모스의 머리를 내리친다. 꺼져라, 꺼져라, 너 창녀 같은 운명의 여신이여! 제신들이여, 의견을 모아 저 여신의 힘을 빼앗고, 여신의 수레바퀴를 산산조각으로 부숴버린 다음, 하늘에서부터 지옥의 밑바닥까지 굴러떨어지도록 해다오.

폴로니어스 너무 길군요.

햄 릿 자네 수염과 함께 잘라달라고 이발사에게 부탁해볼까? (배우들에게) 자, 계속하자. 웃음거리나 음탕한 얘기가 아니면 이 노인은 잠에 곯아떨어지지. 자, 계속해. 이번에는 헤카베(프리아모스의 아내. 핵토르의 어머니-역자 주)의 대목을 읊어라.

배우 1 아, 애처롭다. 얼굴을 감싼 왕비의 모습을 보라……

햄 릿 '얼굴을 감싼 왕비'?

폴로니어스 그것 좋군요. '얼굴을 감싼 왕비'라, 거 참 좋습니다.

배우 1 맨발로 이리저리 뛰어다니며 하염없이 흐르는 눈물에 타오르는 불꽃도 꺼질 듯하다. 지난날 왕관으로 장식되었던 머리에는 누더기가 너덜너덜. 숱한 아이를 낳느라 야위어 뼈만 남은 허리에는 두려움에 질려 황급히 걸친 한 장의 모포. 누군들 이 모습을 보고 교만한 운명의 여신에게 앙칼진 저주의 독설을 퍼붓지 않으리. 피로스가 잔인한 웃음을 머금고 칼을 휘둘러 남편의 사지를 토막 내는 광경을 보고 기겁하여 울부짖는 그녀를 만약에 제신들이 보았다면, 인간사에 무관심하다면 모르되 그들은 틀림없이 하늘에서 빛나는 별들의 눈물을 짜내게 하고, 스스로 비통해할 것이다.

폴로니어스　저런, 안색이 좋지 않군. 눈물까지 글썽이구. 제발, 그만해두
게.

햄릿　그만해두게. 나머지는 곧 다시 듣기로 하지. 영감, 배우들을 잘 보
살펴 주게나. 알겠어? 잘 대접해주게. 배우란 시대의 축도(縮圖)요
기록이야. 살아생전에 혹평을 듣는 것보다는 죽은 후에 고약한 묘
비명을 얻는 것이 더 바람직하네.

폴로니어스　알겠습니다, 전하. 분수에 맞는 대접을 해드리지요.

햄릿　뭐? 제발 그러지 말게. 분수에 맞게 대우한다면, 뭇매질을 면할 자
가 과연 몇 명이나 되겠느냐? 자네 같은 높은 신분에 어울리는 융
숭한 대접을 해주라는 뜻이야. 분수에 넘치는 대접을 해주면, 그만
큼 자네의 친절함은 더 빛나지 않겠는가. 데려가게.

폴로니어스　자, 이쪽으로 와요.

햄릿　친구들이여, 따라가게. 연극은 내일 계속하기로 하지. (첫 번째 배우
를 붙들고) 여보게, 부탁이 있네. (폴로니어스와 다른 배우들 퇴장) 〈곤자
로의 살해〉를 해줄 수 있겠나?

배우 1　네, 할 수 있습니다.

햄릿　내일 밤 그 연극을 해주게. 어쩌면 열두 행이나 열여섯 행쯤 더 삽
입할는지 모르겠는데, 외워줄 수 있겠나?

배우 1　네, 할 수 있습니다.

햄릿　됐네. 저 사람을 따라가게. 그를 놀려대면 안 돼. (배우 퇴장. 로젠크랜
츠와 길든스턴에게) 친구들이여, 밤에 다시 만나세. 엘시노에 잘들 왔
네.

로젠크랜츠　안녕히. (로젠크랜츠와 길든스턴 퇴장)

햄릿　잘들 가게. 아, 겨우 혼자 남게 되었구나. 아, 나는 정말로 보잘것
없는 비겁한 자로구나! 참으로 끔찍한 일이로다. 저 배우는 한낱

꾸며낸 얘기 속에서 스스로의 상상력에 마음을 의탁하여, 흥분으로 안색이 창백해지기도 하고 눈에는 눈물이 글썽이며 안면 근육을 떨고, 소리를 띄엄띄엄 내기도 하고, 일거일동을 마음먹은 대로 움직여 여러 형태가 자유자재로 나타나고 있구나. 그런데 그는 무엇 때문에 그 모든 일을 하고 있는가? 헤카베를 위해선가? 그에게 있어서 헤카베가 뭣이기에, 헤카베에게 있어서 그가 뭣이기에 그는 헤카베를 위하여 그토록 슬퍼하는가? 만약 나 같은 분노의 동기를 그도 갖고 있었다면, 만약 나 같은 슬픔의 이유를 그도 지니고 있었다면, 저 배우는 무슨 일을 저지르겠는가? 무대를 눈물로 흠뻑 적실 것이다. 무시무시한 대사로 관객들의 고막을 찢을 것이다. 죄 지은 자들을 미치게 할 것이다. 죄 없는 자들을 놀라게 할 것이다. 무지한 자들을 당혹게 할 것이다. 눈과 귀의 기능을 엉망으로 만들어버릴 것이다. 둔하고 게으른 얼간이, 얼빠진 쑥맥, 멍청이. 복수심에 불타지도, 말문을 열지도 못하는 나는 바보가 아닌가. 왕관을 빼앗기고 왕비를 빼앗기고 귀중한 생명까지도 빼앗기신 부왕을 위해서 나는 무엇을 하고 있단 말이냐? 나는 겁쟁이인가? 나를 악당이라 불러라. 머리를 정통으로 후려쳐라. 수염을 뽑아버려라. 뽑은 털을 내 얼굴에 뿌려라. 코를 비틀어라. 목청을 돋워서 가슴을 찌르는 큰소리로 내 얼굴에 대고 거짓말쟁이라고 외쳐다오. 누가 이 일을 해줄 수 있을까? 제기랄. 아, 나는 욕을 먹어 마땅해. 비둘기처럼 순하고 허약한 나는 그의 학대에 분격할 만한 용기가 없어. 용기가 있었으면 벌써 저 악한을 시체로 만들어, 하늘을 도는 소리개떼에게 먹이로 주었을 것이다. 피비린내 나는 음탕한 악한 ─ 잔인무도한 호색한. 천하의 대악당놈! 아아, 복수다! 나는 바보 천치로구나. 이보다 더 장한 일이 있을까. 사랑하는 아버지를 참살당한

이 아들이, 천상과 지옥으로부터 원한을 풀라는 독촉을 받으면서도, 창부처럼 혀끝으로만 생각을 늘어놓고 말로만 저주를 퍼부어대고 있으니. 천박한 계집년! 수치스러워라! 작용하라, 내 두뇌여. 그래, 생각났어. 죄인들이 연극을 보다가 그만 깊이 감동되어 그 자리에서 자신의 죄과를 울먹이며 자백했다지. 살인의 범죄는 혀가 없어도 스스로 입을 연다고 하지 않나? 저 배우들로 하여금 나의 아버지의 살해 장면을 숙부 앞에서 재현하도록 해보자. 안색을 살피고, 급소를 찔러보자. 조금이라도 주춤하면, 내 갈 길은 뻔해지는 거야. 언젠가 보았던 그 망령은 악마였는지도 모른다. 악마는 어떤 차림을 하고서도 사람 앞에 나타날 수 있는 법이지. 어쩌면 허약하고 울적해진 나의 약점을 틈타 나를 유혹하여 지옥으로 떨어뜨리려는 것인지도 모른다. 악마는 이런 때 힘이 세다지? 증거를 잡자. 자, 연극이다! 이 연극 속에서 왕의 본심을 알아내고야 말겠다. (퇴장)

제3막

제1장 엘시노성

접견실로 이어지는 큰 복도 벽에 커튼이 걸려 있고, 중앙에는 테이블이 있다. 한쪽에 십자가가 달려 있는 기도대. 클로디어스 왕, 거트루드

왕비 등장. 이어서 폴로니어스, 로젠크랜츠, 길든스턴 등장. 조금 뒤에
오필리어 등장.

클로디어스 아무래도 이유를 알아낼 수 없다는 건가? 평온한 나날을 미친
척하면서 위험천만한 광기로 마냥 소란을 피우는 까닭을 알 수 없
단 말인가?

로젠크랜츠 스스로 정신착란을 시인하십니다만, 그 원인에 대해서는 언급
이 없으십니다.

길든스턴 꼬치꼬치 캐묻는 것을 싫어하십니다. 어쩌다가 본심이 드러날
듯한 지경으로까지 유도해보기는 했습니다만, 막상 핵심에 이르면
미친 척하여 능숙하게 빠져나가십니다.

거트루드 그대들을 반갑게 맞아주시던가?

로젠크랜츠 네, 정중하게 맞아주셨습니다.

길든스턴 하지만 마음이 내키지 않는 것을 억지로 그러시는 듯했습니다.

로젠크랜츠 스스로 말문을 열지는 않으셨지만 이쪽에서 묻는 말엔 잘 대꾸
해주셨습니다.

거트루드 놀이를 청해보진 않았는가?

로젠크랜츠 왕비 폐하, 실은 저희들이 이곳에 오는 길에 배우 일행을 만났
기에 그 일을 말씀드렸더니, 전하께선 무척 기뻐하셨습니다. 배우
일행은 역 궁전 근처에 와 있습니다. 생각건대 이미 전하의 하명을
받들어 오늘 저녁쯤 한판 벌일 듯합니다.

폴로니어스 그렇습니다. 전하께서는 제게 두 분 폐하께서 꼭 이 공연을 구
경해주십사고 간청할 것을 분부하셨습니다.

클로디어스 기꺼이 구경하겠다. 그런 일에 관심을 쏟고 있다니 반갑구나.
그런 일에 더욱 열을 올리도록 권유해보라.

로젠크랜츠 네. (로젠크랜츠와 길든스턴 퇴장)

클로디어스 거트루드, 당신도 물러가시오. 실은 햄릿을 이곳으로 은밀히 불렀소. 이곳에서 오필리어와 우연히 만나도록 일을 꾸민 거요. 폴로니어스와 나는 법이 허락한 염탐자가 된 셈이오. 이곳에서 몸을 숨기고 살펴볼 참이오. 둘이 만나는 광경을 잘 관찰하여 햄릿의 고민이 상사병 때문인지 아닌지를 그의 거동으로 판단해보고자 하오.

거트루드 알았습니다. 그런데 오필리어, 햄릿 전하의 광증이 너의 아름다움 때문이라면 얼마나 다행한 일이겠느냐? 그리고 너의 상냥한 마음이 햄릿의 마음을 다시 정상으로 돌려놓을 수만 있다면 얼마나 좋으랴. 둘의 행운을 빌겠다.

오필리어 왕비 폐하, 저도 그렇게 되기를 바라고 있습니다. (거트루드 퇴장)

폴로니어스 오필리어, 여기서 거닐고 있거라. 폐하, 저리로 피하소서. 오필리어, 이 책을 읽고 있거라. 기도서를 읽고 있으면 혼자 있더라도 이상하게 보이지 않으니. 신앙심 깊은 표정을 짓고 경건한 태도를 보이면서 악마의 본성에 사탕발림을 하는 일은 옳지 못한 짓이긴 해도, 세상에는 흔히 있는 일이거든.

클로디어스 (방백) 아, 참으로 옳은 말이로다. 그 말이 채찍처럼 내 양심을 치는구나. 분칠한 창부의 뺨은 분보다 더 추악한 법이지만, 분칠한 나의 말 뒤에서 저지르는 이 행위는 더욱 추악하도다. 오, 죄악의 무거운 짐이여!

폴로니어스 이리로 오시는가 봅니다. 폐하, 숨으세요.(클로디어스와 폴로니어스 퇴장)

　　햄릿 등장.

햄 릿 사느냐, 죽느냐, 이것이 문제로다. 참혹한 운명의 화살을 맞고 마음속으로 참아야 하느냐. 아니면 성난 파도처럼 밀려오는 고난과 맞서 용감히 싸워 그것을 물리쳐야 하느냐. 어느 쪽이 더 고귀한 일일까. 남은 것이 오로지 잠자는 일뿐이라면 죽는다는 것은 잠드는 것. 잠들면서 시름을 잊을 수 있다면, 잠들면서 수만 가지 인간의 숙명적인 고통을 잊을 수 있다면 그것이야말로 우리가 진심으로 바라는 최상의 것이로다. 죽는 것은 잠드는 것…… 아마도 꿈을 꾸겠지. 아, 그것이 괴롭다. 이 세상 온갖 번민으로부터 벗어나 잠 속에서 어떤 꿈을 꿀 것인가를 생각하면 망설여진다. 이 같은 망설임이 있기에 비참한 인생을 지루하게 살아가는 것인가. 그렇지 않으면 이 세상의 채찍과 조롱을, 무도한 폭군의 거동을, 우쭐대는 꼴불견들의 치욕을, 버림받은 사랑의 아픔을, 재판의 지연을, 관리들의 불손을, 선의의 인간들이 불한당들로부터 받고 견디는 수많은 모욕을 어찌 참아 나갈 수 있단 말인가. 한 자루의 단검으로 찌르기만 하면 이 세상으로부터 벗어날 수 있을진대, 어찌 참아 나가야 한단 말인가. 생활의 고통에 시달리며 땀범벅이 되어 신음하면서도, 사후의 한 가닥 불안 때문에, 죽음의 경지를 넘어서 돌아온 이가 한 사람도 없기 때문에, 그 미지의 세계에 대한 불안 때문에 우리들의 결심은 흐려지고, 이 세상을 떠나 또 다른 미지의 고통을 받기보다는 이 세상에 남아서 현재의 고통을 참고 견디려 한다. 사리분별이 우리들을 겁쟁이로 만드는구나. 이글이글 타오르는 타고난 결단력이 망설임으로 창백해지고, 침울해진 탓으로 마냥 녹슬어버린다. 의미심장한 대사업도 이 때문에 샛길로 잘못 들고 실천의 힘을 잃게 된다. 가만, 저게 누군가. 오, 아름다운 오필리어! 기도하는 미녀여, 그대의 기도 속에서 나의 죄도 용서를 받게 하라.

오필리어　햄릿 왕자님, 그동안 어떻게 지내셨습니까?

햄　릿　아, 덕분에 무사태평, 무사태평, 무사태평이오.

오필리어　왕자님, 왕자님께서 저에게 보내주신 선물은 소중히 간직하고 있습니다만, 꼭 되돌려드려야 한다고 생각하고 있습니다. 제발 받아주세요.

햄　릿　아니오, 아니오. 난 아무것도 준 기억이 없소.

오필리어　왕자님, 왕자님께서 제게 주셨다는 걸 잘 아실 텐데요. 선물이 더욱 빛나도록 달콤한 말씀까지 더불어 보내주셨잖아요. 하지만 이젠 달콤한 향기가 사라졌으니 받아주세요. 고귀한 사람에게는 아무리 훌륭한 선물도 주는 이의 진심이 식으면 볼품이 없어지죠. 왕자님, 여기 있습니다.

햄　릿　핫, 핫! 당신은 정숙하오?

오필리어　네?

햄　릿　당신은 아름답소?

오필리어　왕자님, 그게 무슨 뜻입니까?

햄　릿　만약 당신이 정숙하고 아름답다면, 당신의 정숙과 아름다움이 서로 지나치게 친하지 않도록 조심하시오.

오필리어　정절과 아름다움은 가장 훌륭히 조화를 이루는 것이 아닙니까?

햄　릿　천만의 말씀이오. 정절이 미인을 정숙한 여성으로 만드는 것보다는 아름다움이 정숙한 여인을 매춘부로 바꿔놓는 것이 더 쉬운 법이오. 예전 같으면 이 말이 역설로 들리겠지만, 지금은 실례를 볼 수 있는 세상이 되었소. 한때 나는 당신을 사랑했었지.

오필리어　왕자님, 저도 그렇게 믿었습니다.

햄　릿　믿지 않았어야 좋았을 것을. 아무리 미덕을 인간 본래의 대목(臺木)에 접붙인다 해도 원래의 대목은 사라지지 않는 법이오. 나는 당신을 사랑하지 않았소.

오필리어 그렇다면 제가 속은 게로군요.

햄 릿 수녀원으로 가시오. 어째서 죄악을 낳고 싶어하오? 내 딴엔 스스로 점잖은 사람이라고 자부하고 있긴 하지만, 차라리 어머니께서 나를 낳아주지 않았으면 좋았을걸 하는 생각이 들 만큼 많은 죄악을 범하고 있소. 거만하고 복수심에 불타고 야심만만해서 어떤 죄를 범할지 알 수 없는 인간이라오. 모든 일을 차근차근히 생각해낼 만한 분별력도 없고, 그것에 형체를 만들 만한 상상력도 없고, 또 그것을 실행에 옮길 만한 시간도 갖고 있지 않으면서, 수없이 많은 죄악을 짊어지고 있소. 나 같은 녀석이 이 세상 천지간을 꿈틀거리며 기어 다닌들 무슨 일을 할 수 있겠소? 우린 모두가 악당들이오. 아무도 믿지 마시오. 제발, 수녀원으로 가시오. 아버지는 어디 계시오?

오필리어 집에 계십니다.

햄 릿 집 안에 가둬두시오. 바깥세상에 나와 미친 수작을 못 하게 말이오. 잘 있어요, 오필리어.

오필리어 오, 하느님, 저분을 구해주소서.

햄 릿 만약 당신이 결혼한다면 지참금 대신 저주를 당신께 보내리다. 비록 얼음같이 맑고 눈송이처럼 결백하다 할지라도 이 세상 험담은 피할 길이 없으니 오필리어, 수녀원으로, 수녀원으로 가오. 안녕…… 하지만 만약 군이 결혼을 해야겠다면 바보하고나 결혼하시오. 똑똑한 녀석들은 일단 결혼하면 결국 멍청이들이 될 것이라는 것을 내 잘 알고 있기 때문이오. 수녀원으로, 수녀원으로 빨리 가오. 잘 있어요, 오필리어.

오필리어 오, 하느님, 저분이 제정신을 찾도록 도와주소서.

햄 릿 (다시 돌아와서) 여자들이 화장을 한답시고 얼굴에 잔뜩 분을 처바른 다는 것도 난 알고 있지. 하느님께서 주신 얼굴을 생판 딴것으로 만들고 만단 말야. 몸을 비틀고 엉덩이를 흔들며 아양을 떨기도 하지. 하느님이 만드신 것에 제멋대로 다른 이름을 갖다 붙이고 온갖 잡스러운 일을 마냥 해대면서도, 뻔뻔스럽게 몰라서 한 짓이라고 발뺌들을 하지. 빌어먹을, 더이상 참을 수 없어. 그 때문에 나는 미친 거야. 더이상 결혼이란 있을 수 없어. 이미 결혼한 놈들은 한 사람만 빼놓고는 다 그대로 살게 내버려두겠지만 아직 미혼인 자들은 평생 혼자 살게 해야지. 수녀원으로 가! 가란 말야. (햄릿 퇴장)

오필리어 아, 그토록 고결하던 분이 저토록 실성을 하다니! 귀족적인 눈매, 군인다운 기량, 학자다운 언변은 이 나라의 희망이요 꽃이었는데, 유행의 거울, 예절의 모범, 모든 사람들의 찬양의 표적이었던 분이 완전 폐인이 되었구나. 나는 세상에서 가장 불행한 여자. 저분의 달콤한 사랑의 맹세를 빨아들였던 때도 있었건만, 지금은 이 눈으로 그토록 고귀하셨던 그분의, 금 간 종소리처럼 마음의 음색이 변하여 거칠게 울부짖는 모습을 보아야 하다니. 활짝 핀 젊음의 아름다운 꽃잎이 광란의 회오리바람에 휘말려 저토록 처참히 지고 말았구나! 과거를 보았던 눈으로 현재를 봐야 한다니, 아아, 이 불행이여! (엎드려 운다)

　클로디어스와 폴로니어스 등장.

클로디어스 뭐, 사랑 때문이라고? 그의 마음은 결코 그쪽으로 쏠리고 있는 것이 아니야. 가끔씩 앞뒤가 맞지 않는 말을 횡설수설하고 있긴 하지만, 미치광이 짓이라고는 볼 수 없어. 무언가가 마음속 깊은 곳에 숨겨져 있어, 그의 우울증이 그것을 꼭 품고 있단 말이야. 이윽고 그것이 질을 깨고 밖으로 튀어나오면 어떤 위험이 닥칠는지 알 수 없지. 그것을 예방하기 위해, 금세 떠오른 생각인데, 이렇게 조치를 취하는 게 좋겠어. 햄릿을 곧 영국으로 보내는 거야. 밀린 조공을 속히 바치도록 독촉도 할 겸 사절로 꾸미는 게 좋겠어. 아마 바다를 건너 이국 땅에 가면 여러 가지 색다른 일을 견문하게 될 테니, 저 애 마음에 깃들인 괴로움도 씻은 듯 사라지겠지. 밤낮 그 일만 골똘히 생각하고 있으니 이상해질 수밖에 없지 않은가. 폴로니어스, 그대 생각은 어떤가?

폴로니어스 좋은 생각이십니다. 하지만 아무리 생각해봐도, 저로선 전하의 우울증의 원인이 실연 때문이 아닌가 생각되는데요. 오필리어, 네 생각은 어떠냐? 전하께서 하신 말씀은 이야기하지 않아도 좋다. 전하의 말씀은 우리도 다 들었으니까. 폐하, 결국은 폐하의 뜻에 달렸습니다. 어떻습니까, 오늘 저녁 연극이 끝난 다음 왕비 폐하께서 조용히 전하를 만나셔서 우울증의 원인을 친히 물으시는 것이? 그래 주신다면 소신이 폐하의 허락을 받고, 두 분의 대화를 숨어서 자세히 들어보겠습니다. 만약에 왕비 폐하께서도 그 원인을 알아내지 못하시거든 영국에 보내신다든지 아니면 폐하가 적당하다고 생각되는 장소에 가두어두는 방법도 물론 있겠습니다만.

클로디어스 그렇게 하지. 고귀한 신분이 광란에 빠진 것을 방치할 수는 없는 일이다. (퇴장)

제2장 성 안

햄릿과 배우 세 사람 등장.

햄 릿 내가 해보인 것처럼 대사를 말할 땐 가볍게 혀끝으로 굴리듯이 말하게. 대부분의 배우들이 곧잘 그러듯이 고함을 치거나 법석을 떤다면, 차라리 거리의 광고쟁이를 불러다 떠들게 하는 편이 나을 걸세. 또한 허공을 가르듯이 손을 이렇게 마구 휘젓지 말게. 매사 부드럽게 해야 하네. 감정이 폭풍처럼, 회오리바람처럼 격하게 솟구칠 때에도 자제력을 잃지 말고 유연하게 해야 하네. 아, 그 얼마나 불쾌한 일인가 말이야. 머리에 가발을 쓴 배우들이 나와도 괜찮을 테지만. 그런 배우들은 고래고래 고함을 지르며 지나치게 과장된 감정 표현을 일삼고 있으니. 내용도 알 수 없는 무언극이나, 엉터리 수작 외에는 아무것도 모르는 싸구려 입석 손님들을 상대하고 있다면 그래도 괜찮을 테지만. 그런 배우들을 보면 채찍으로 갈겨주고 싶어져. 그런 배우들을 보면 터마간트(중세 유럽에서 무슬림들이 숭배한다고 믿었던 신—역자 주)도 무색해져 도망갈 걸세. 폭군 헤롯(유아 살해로 유명한 유대 왕, 중세극에 자주 등장하는 폭군—역자 주)보다 더 뜨는 작자들이야. 제발 그 짓만은 말아주게.

배우 1 알았습니다.

햄 릿 그러나 너무 점잖게 해서도 안 돼. 각자 자신의 사리판단에 따라 행동을 대사에 맞추고 대사를 행동에 맞추도록 하게. 특히 중요한 것은 자연의 범위를 넘지 않도록 조심하는 일이야. 무엇이든 지나치게 연기하는 것은 연극의 목적에서 벗어나는 일이지. 연극의 목적은 예나 지금이나, 자연을 거울에 비추어 옳은 것은 옳은대로,

어리석은 것은 어리석은대로 보여주면서 시대의 본질을 생생하게 나타내는 일이지. 그런데 지나치게 과장해서 연기한다거나 반대로 너무 미흡하게 한다면, 무식한 손님들을 웃길 수 있을진 몰라도 분별 있는 관객들에겐 슬픔만 더해줄 거야. 극장 안이 온통 박수갈채로 떠내려간다 해도 그것은 단 한 사람의 비난만큼도 가치가 없는 법이야. 내가 본 배우들 가운데 남들이 극구 칭찬하는 자들이 있었어. 굳이 악평을 하고 싶지는 않지만, 그건 결코 기독교도의 말씨가 아니었다. 기독교도의 품위 있는 몸짓도 아니었고 그렇다고 해서 이교도의 말씨나 몸짓도 아니었지. 도대체 인간이라 할 수도 없었다. 무대 위를 의기양양하게 거닐며 고함을 고래고래 지르는 꼴이 말일세. 창조주가 미숙한 제자에게 맡겨 만든 인간 실패작이었지. 인간다운 데라곤 티끌만큼도 없었어.

배우 1 그 점에 대해서는 개선해보겠습니다.

햄 릿 아주 철저히 고치도록 하게. 그리고 어릿광대 역은 각본대로 지껄이는 게 좋아. 개중에는 어리석은 관객들을 웃기려고 자기가 먼저 웃는 배우도 있어. 그러는 동안 연극의 중요한 대목을 까맣게 잊어버리는데도 말이야. 참으로 딱한 일이지. 그런 짓을 하는 어릿광대는 천박한 야심가들이야. 자, 연극을 준비하게. (배우들 퇴장)

폴로니어스, 로젠크랜츠, 길든스턴 등장.

폴로니어스 나리, 폐하께서 오늘 밤 공연을 구경하신답디까?

폴로니어스 왕비께서도 보신답니다. 곧 오실 겁니다.

햄 릿 배우들에게 서두르라고 일러주게. (폴로니어스 퇴장)

로젠크랜츠, 길든스턴 네, 알겠습니다. (로젠크랜츠와 길든스턴 퇴장)

햄 릿 어이, 호레이쇼!

호레이쇼 등장.

호레이쇼   왕자님, 부르셨습니까?

햄 릿   호레이쇼, 정직한 사람은 오직 자네뿐이네, 그동안 많은 사람을 접해봤지만 말이야.

호레이쇼   전하, 별말씀을.

햄 릿   내가 아첨을 떨고 있는 게 아닐세. 자네에게 아첨 떤다고 해서 내가 출세할 리도 없지 않은가. 자네에게서 깨끗한 마음을 빼고 나면 어디에서 먹고 입을 방편을 찾겠나. 가난뱅이에게 누가 아첨을 떨어 덕 보려거든 우쭐대는 바보 녀석들에게나 달콤한 혀끝으로 아부하라지. 혹은 무릎을 꿇고 덩실덩실 춤을 추라지. 호레이쇼, 내 말 듣고 있나? 내 스스로의 판단에 의해 물건을 선택하고 사람을 알아볼 수 있게 된 뒤에야 자네를 진정한 벗으로 정했다네. 실상, 허다한 고난을 겪으면서도 자네는 조금도 마음의 동요가 없었어. 운명의 고난과 영광을 똑같이 감사하게 받아들이고 있지. 감정과 이성이 조화를 이루고 있어 운명의 손끝이 희롱하는 대로 소리를 내지 않아도 되는 피리 — 그런 사람은 행복한 사람이야. 격정의 노예가 되지 않는 그런 사람이 나에게는 필요하네. 그런 사람이 있다면, 나는 그를 나의 마음속 깊이 간직하려 하네. 자네는 꼭 그런 친구야. 부질없는 넋두리는 집어치우세. 실은 지금부터 어전에서 연극이 시작되네. 이 연극 가운데 한 장면은 언젠가 자네에게 말했던 부왕의 최후의 장면과 흡사해. 그 장면이 시작되면 정신을 바짝 차리고 숙부의 안색을 살펴주게. 만약 숙부의 숨겨진 죄악이 어느 한 대목에서 드러나지 않는다면 우리가 보았던 그 망령은 도깨비 장난이었음이 분명하네. 나의 추리력도 불의 신 불카누스의 대장간이나 다름없이 지저분한 것이 되고 마는 셈이야. 알겠나? 주의를 집중해서 봐주게. 나도 눈을 떼지 않고 주의해서 보겠어. 나중에 둘의 의견을 종합하여 그의 모습이 어떠했는지 판단을 내려 보세.

호레이쇼 알았습니다. 공연 중에 단 한 순간이라도 한눈을 판다면 그 손실에 대한 책임은 제가 지겠습니다.

　나팔 소리와 북소리가 안에서 들린다.

햄 릿 구경들 하러 오는군. 실성한 척 행동해야지. 호레이쇼, 자리를 잡게.

　왕과 왕비를 선두로 폴로니어스, 오필리어, 로젠크랜츠, 길든스턴, 그 밖의 궁신들 등장. 호위병들은 횃불을 들고 있다. 왕과 왕비가 자리에 앉자, 폴로니어스와 오필리어는 왼쪽에, 궁신들은 오른쪽에 자리 잡고 앉는다.

클로디어스 요즘은 어떠냐, 햄릿?

햄 릿 아주 좋습니다. 카멜레온이 좋아하는 공기를 먹고 뱃속을 거짓 약속으로 가득 채우고 있습니다. 수탉인들 이렇게 해서 기를 수는 없을 거예요.

클로디어스 무슨 소린지 알 수가 없구나, 햄릿. 내 말과는 상관없는 대답이다.

햄 릿 네, 하지만 입 밖으로 나왔으니 이젠 제 말도 아닙니다. (폴로니어스에게) 나리께서도 옛날 대학 시절에 연극을 하셨다죠?

폴로니어스 했습니다. 연기력이 좋다는 평판을 들었지요.

햄 릿 어떤 역을 했소?

폴로니어스   줄리어스 시저 역을 했습니다. 신전에서 살해당했지요. 브루
　　　　　　　터스에 의해서요.

햄　릿   그토록 빼어난 바보를 죽이다니, 참으로 잔인한 행위였군. 배우들
　　　　　준비는 다 되었는가?

로젠크랜츠   네, 전하의 명령만을 기다리고 있습니다.

거트루드   햄릿, 이리 와서 내 곁에 앉거라.

햄　릿   아닙니다, 어머니. 이쪽에 더 끌리는 자리가 있습니다.

폴로니어스   (클로디어스에게) 오, 저 소리를 들으셨습니까?

햄　릿   아가씨, 당신의 무릎 위에 누워도 괜찮겠습니까? (오필리어의 발밑에
　　　　　눕는다)

오필리어   전하, 이러시면 안 됩니다.

햄　릿   내 말은 무릎 위에 고개를 좀 기대자는 얘기요.

오필리어   네, 그건 좋아요.

햄　릿   짓궂은 짓이라도 할 줄 알았소?

오필리어   아니오.

햄　릿   처녀 허벅지 사이에 눕는다는 건 꿀맛 같은 일이지.

오필리어   네, 전하?

햄　릿   아무것도 아니야.

오필리어   전하, 기분이 좋으시군요.

햄　릿   누가, 내가?

오필리어   네.

햄　릿   오, 그야 난 세계 최고의 익살꾼이니까! 유쾌하지 않고 견딜 수 있
　　　　　어? 어머니를 좀 봐. 아주 명랑한 얼굴이시잖아. 아버지가 돌아가
　　　　　신 지 두 시간도 채 못 되었는데 말이야.

오필리어   아니에요. 두 달의 갑절이나 되었는걸요.

햄 릿 그렇게 되었어? 그렇다면 검은 상복은 악마에게나 돌려주고, 누런
수달피 옷이나 입어야겠군. 아, 돌아가신 지 두 달이나 지났는데
도, 아직까지 잊혀지지 않고 있다니. 아, 이건, 이건 굉장한 일인
데. 위인의 명성은 죽어도 반 년쯤은 더 계속될 희망이 있군. 그 이
상은 예배당이라도 지어야 기억하겠지. 옛날 노래에도 있잖아.
'아, 아, 목마(木馬)도 잊혀졌노라.'

나팔 소리와 함께 막이 좌우로 열리며 무대가 나타나고, 무언극이 시
작된다.

〈무언극〉

왕과 왕비가 아주 정답게 등장하여 서로 포옹한다. 왕비는 무릎을 꿇
고 사랑을 맹세한다. 왕은 왕비를 일으켜 안고 그녀의 어깨에 머리를 기
댄다. 이윽고 꽃이 만발한 둑에 드러눕는다. 왕비는 왕이 잠든 것을 확
인한 후 그 자리를 떠난다. 이윽고 한 남자가 나타나 왕의 머리에서 왕
관을 벗기고 그 왕관에 키스를 한 후, 잠들어 있는 왕의 귓속에 독약을
부어 넣고 퇴장한다. 왕비가 돌아와서 왕이 죽은 것을 알고 슬퍼한다.
독살자가 서너 명의 시종을 데리고 다시 나타나서 왕비와 함께 슬픔을
나누는 척한다. 시체가 운반되어 나간다. 독살자는 예물을 들고 왕비에
게 사랑을 청하지만, 얼마 동안 왕비는 아랑곳하지 않다가 이윽고 그의
사랑을 받아들인다. (막이 내린다)

오필리어 전하, 이 연극은 무엇을 뜻하는 것입니까?
햄 릿 터무니없는 수작이지. 음모라고나 할까.
오필리어 이 무언극으로 연극의 줄거리를 설명하고 있는가 보군요.

서사역 배우 등장.

햄 릿 이 배우가 자초지종을 알려줄 거야. 배우들은 비밀을 지키지 못하고 무엇이나 지껄여대니까.

오필리어 이 무언극의 의미도 설명해줄까요?

햄 릿 그럼. 저 배우는 당신이 어떤 몸짓을 하더라도 모두 설명해내지. 아무리 창피한 짓이라도 보여주기만 하면 그는 태연하게 그 뜻을 설명해줄 거요.

오필리어 망측스러운 말씀은 그만하세요. 연극이나 구경하겠어요.

서사역 저희 극단과 공연될 이 비극을 성원하시는 관대한 마음으로 끝까지 관람해주시기 바랍니다.

햄 릿 저건 서론인가, 아니면 반지에 새긴 제명(題銘)인가?

오필리어 너무 짧군요.

햄 릿 여인의 사랑처럼.

무대에 왕과 왕비의 역을 맡은 두 배우 등장.

극중 왕 왕비여, 그대와 내가 서로 마음과 마음을 허락하여 혼인의 신에 의하여 결합된 이래로 포이보스(태양신)의 수레바퀴가 넵튠(바다의 신)의 바닷길과 텔루스(대지의 신)의 둥근 육로를 유유히 돌기를 서른 번. 달빛도 열두 번의 간만을 삼십 년 비춰 열둘에 서른이 곱하여졌도다.

극중 왕비 참으로 기나긴 세월의 여로가 지난 이후에도 우리의 사랑이 계속되게 해주소서, 일월성신이시여. 아, 하지만 슬프도다. 요즘 왕께서 병환이 나시어 원기를 잃으셨으니, 그전 같지 않도다. 심히 염려되지만, 제가 걱정한다고 해서 왕이시여, 언짢게 여기지 마소서. 사랑이 깊을수록 여자의 근심도 깊어지는 법. 없으면 둘 다 없지만, 있을 땐 두 가지가 지나치게 많은 법. 저의 사랑을 왕께서도 아시지 않습니까? 그 사랑의 깊이를 아신다면, 저의 근심 걱정도 충분히 아셨겠나이다. 사랑이 깊을수록 사소한 염려도 두려움이 됩니다. 하지만, 조그만 염려가 커지는 곳에 크나큰 사랑이 깃들일 수 있죠.

극중 왕 아, 나는 얼마 안 가서 그대를 남기고 떠나갈 몸. 나의 생명력은 이제 쇠잔하여 기능을 멈추고 있소. 그대는 이 아름다운 세상에 남아서 존경을 받고 사랑을 받으시오. 나에 못지않은 남편을 맞이해요…….

극중 왕비 아, 무정하셔라. 그만하세요, 그런 사랑은 제 마음의 반역이옵니다. 두 번째 남편을 저는 증오합니다. 첫 남편을 죽인 아내만이 두 번째 남편을 맞이합니다.

햄 릿 (방백) 입맛이 쓸 거다, 입맛이 씁쓸할 거야.

극중 왕비 두 번째 남편을 바라는 것은 탐욕스러운 더러운 마음입니다. 그것은 결코 진정한 사랑이 아니옵니다. 두 번째 남편에게 안겨 잠자리를 같이하며 입 맞출 수 있단 말입니까? 죽은 남편을 두 번 죽이는 일입니다.

극중 왕 당신의 말이 진정임을 나는 의심치 않소. 그러나 이 세상에서는 마음에 정한 일도 깨질 수 있는 법. 뜻을 세웠다 할지라도 기억할 수 있는 동안에만 가능한 법이오. 그것이 태어나는 힘은 굳세지만 자라는 힘은 더디다오. 푸른 과일이 설익었을 때에는 가지에 매달려 떨어지지 않으려고 발버둥치지만, 익으면 저절로 떨어지는 것과 같소. 우리는 종종 스스로 자기 자신의 마음에 진 부채를 잊어버리는 수도 있소. 격정에 사로잡혀 챙긴 맹세가 식을 때 그 뜻도 함께 꺼져가는 것은 당연한 일이오. 슬픔이건 기쁨이건, 그 격정이 꺼질 때 세운 뜻도 함께 사라지는 법. 기쁨이 극에 달하면 슬픔 또한 극에 달하여, 슬픔은 금세 기쁨으로 변하고, 기쁨은 곧 슬픔이 된다오. 이 세상만사 변하게 마련. 우리의 사랑이 운명의 변화와 더불어 변한들 무엇이 이상하겠소? 사랑과 운명, 이 가운데 어느 것이 더 강한가는 아직도 우리가 풀지 못한 문제라오. 위대한 인간도 일단 몰락하면 그를 아끼는 이들조차 그를 버리고, 미천한 자가 출세하면 원수도 친구가 되게 마련이오. 이것이 바로 인간의 사랑이 운명에 복종하는 좋은 증거라오. 부유한 자는 친구에 부족함이 없지만, 가난한 자는 자칫 친구의 마음을 시험하려다가 금세 무서운 적으로 만드는 법. 다시 처음으로 돌아가서 이야기에 매듭을 지어야겠소. 인간의 뜻과 운명은 서로 어긋나는 것이므로 계획은 언제나 무너지게 마련이며, 내세운 뜻은 갸륵하지만 결과가 뜻밖의 것이 되기는 쉬운 일. 두 번째 결혼을 마다하는 당신도 내가 죽으면 생각이 변할 것이오.

극중 왕비　아, 비록 땅이 양식을 베풀지 않고 하늘이 빛을 내리지 않는다 하더라도, 낮의 즐거움과 밤의 안식을 빼앗긴다 할지라도, 희망이 사라지고 믿음이 끊긴다 할지라도, 감옥에 갇힌 듯한 은둔자의 길을 운명처럼 간다 할지라도, 온갖 기쁨을 박탈당하여 재앙으로 멸망할지라도, 영겁의 고뇌가 현재뿐 아니라 내세까지 이 몸을 쫓아올지라도, 한 번 남편을 잃은 몸이 어떻게 결혼할 수 있겠습니까?

햄　릿　지금 저 맹세가 깨어지면 어떡한다……?

극중 왕   지극한 맹세로다. 왕비여, 잠시 자리를 피해주시오. 심신이 피로하구려. 이 지루한 시간을 잠으로 넘기고 싶소.

극중 왕비   잠으로 심신의 피로를 푸소서. (극중 왕 잠든다) 우리 두 사람 사이에 불행한 일이 일어나지 않기를 바라옵니다. (퇴장)

햄 릿   어머니, 이 연극이 마음에 드십니까?

거트루드   저 여인은 너무 지나치게 맹세하는 것 같구나.

햄 릿   아, 하지만 그 맹세를 꼭 지킬 겁니다.

클로디어스   연극의 줄거리를 들었느냐? 해괴한 장면은 없겠지?

햄 릿   아뇨, 저들은 그저 농담을 지껄이고 있는 것뿐입니다. 독살하는 흉내만 내고 있을 뿐이지요. 해괴한 일은 없습니다.

클로디어스   연극의 제목은 무엇이냐?

햄 릿   〈쥐덫〉이라고 합니다. 왜냐구요? 비유지요. 비엔나에서 있었던 암살을 재현해본 것입니다. 영주의 이름은 곤자고입니다. 부인의 이름은 밥티스타구요. 곧 아시게 됩니다만, 무서운 흉계지요. 하지만 상관할 것 없어요. 마음에 거리낌이 없는 폐하나 저희들에게는 아무것도 아니니까요. 죄지은 자는 움츠러들겠지만 우린 아무렇지도 않습니다.

    루시어너스의 역을 맡은 배우 등장. 검은 옷을 입고, 한쪽 손에는 독약병을 들고 있다. 잠자는 왕에게 거만스레 다가가서 얼굴을 찌푸리며 험상궂은 몸짓을 한다.

    루시어너스입니다. 영주의 조카죠.

오필리어   전하께서는 해설을 썩 잘하시는군요.

햄 릿   꼭두각시놀음만 보아도 난 당신과 당신의 연인 사이를 알아맞힐 수 있지.

오필리어 말 끝마다 날이 서 있군요, 전하.

햄 릿 칼날을 삼키려면, 당신은 요란하게 신음 소리를 내야 할걸.

오필리어 능숙하신 구변이시지만 험담이 지나치십니다.

햄 릿 당신도 남편을 맞게 되면 알게 될 거야. (무대를 향하여) 시작해봐, 살
인자. 뭐야, 얼굴을 잔뜩 찌푸리고. 어서 시작해보시지! '까마귀는
울부짖으며 복수를 외친다.'

루시어너스 마음은 시꺼멓고 재주는 비상하며, 약효는 빠르고 때는 무르익
었다. 주위에 보는 사람이 없으니 사람을 죽이기에는 꼭 알맞구나.
칠흑 같은 심야에 캐어낸 약초를 쥐어짜서 마왕의 주문을 세 번 곁
들이고, 독기에 세 번 적셔 만든 무서운 독약이여, 무서운 자연의
마력을 발휘하여 당장 저 건강한 생명을 탈취하라. (독약을 왕의 귀에
붓는다)

햄 릿 왕위를 빼앗기 위해 정원에서 왕을 독살하고 있습니다. 왕의 이름
은 곤자고. 이 이야기는 이탈리아어로 쓰여서 지금까지 전해지고
있습니다. 여러분은 곧 저 살인자가 곤자고의 아내를 농락하는 것
을 보게 될 것입니다.

오필리어 왕이 일어나십니다!

햄 릿 엄포에 질리셨군.

거트루드 어찌 된 일입니까?

폴로니어스 연극을 중지하라.

클로디어스 횃불을 가져오라. 가야겠다!

전 원 횃불, 횃불, 횃불을! (햄릿과 호레이쇼를 남겨두고 전원 퇴장)

햄 릿　상처 입은 사슴은 울며 가라.

　　　성한 사슴은 춤을 추어라.

　　　깨어 있는 사람 옆에 자는 사람 있어

　　　세상은 둥글둥글 돌아가누나.

　　　어때, 호레이쇼, 이렇게 새 깃털을 옷에 잔뜩 달고, 장미꽃 모양의 리본을 매어 단 투명한 신발을 신고 나서면, 거지 발싸개 같은 신세가 되어도 배우들 틈에 한몫 낄 순 있잖은가?

호레이쇼　반 사람 몫 정도겠죠.

햄 릿　아니야, 나는 당당히 한 사람 몫을 할 수 있어. 다몬(그리스 신화. 신의가 두터운 친구 다몬과 피디아스를 말함–역자 주) 같은 이상적인 친구, 호레이쇼여, 너는 알 수 있지? 지금 이 나라는 주피터 신에게 버림받아 더러운 공작새가 다스리고 있도다.

호레이쇼　운율이 어긋났어요.

햄 릿　여봐, 호레이쇼. 망령의 말이 옳았어. 자네도 보았지?

호레이쇼　네, 보았습니다.

햄 릿　독살 장면?

호레이쇼　네, 똑똑히 보았습니다.

햄 릿　자, 음악이다! 피리를 불어라! 왕께서 연극이 싫으시다면, 그야 정말 싫은 까닭이 있겠지. 자, 음악이다!

　　　　　로젠크랜츠와 길든스턴, 빠른 걸음으로 등장.

길든스턴　전하, 한마디 여쭙겠나이다.

햄 릿　실컷 하라구.

길든스턴　왕께서…….

햄 릿　그래, 어쨌다는 거냐?

길든스턴　방 안에서 꼼짝도 않으시고, 몹시 기분이 언짢아지셨습니다.

햄　릿　과음하셨나?

길든스턴　아닙니다. 노하셨습니다.

햄　릿　그렇다면 의사에게 알리는 것이 더 현명한 일이다. 내가 서툰 솜씨로 치료한답시고 섣불리 나섰다간 화가 더 치밀어 오를 테니.

길든스턴　전하, 제 말씀 좀 들어주십시오. 샛길로 빠지시지 마시고.

햄　릿　점잖게 듣겠나이다. 말씀하십시오.

길든스턴　왕비께서 상심하고 계십니다. 소신을 전하께 보내셨습니다.

햄　릿　반갑구려.

길든스턴　전하, 그 같은 말씨로 저를 희롱하지 마십시오. 진지한 답변을 주시겠다면 왕비의 전갈을 올리겠습니다. 그게 싫으시다면 이만 실례하고 물러가겠습니다. (절을 하고 돌아서려 한다)

햄　릿　그리 할 순 없겠네.

로젠크랜츠　전하, 무엇을요?

햄　릿　진지한 답변 말이외다. 머리가 돌아 제정신이 아니니 말이다. 하지만, 내가 할 수 있는 답변이라면 그대의 말, 아니 그대가 전하려고 하는 어머니의 말씀에 쾌히 응답하리다. 자, 그러니 요점을 어서 말하게. 그대의 말대로 어머니께서…….

로젠크랜츠　왕비께서 말씀하시기를, 전하의 행동에 깜짝 놀라셨다 하옵니다.

햄　릿　어머님을 놀라게 했다니, 참으로 기특한 자식이로군! 하지만 놀라움이 지난 후에 무엇이 있었나? 그것을 말해보게.

로젠크랜츠　주무시기 전에 전하께서 왕비의 내실로 드시랍니다.

햄　릿　그렇게 하지. 지금보다 열 배 더 훌륭하신 어머니라고 생각하면서. 무슨 용건이 남았나?

로젠크랜츠　전하, 전하께선 이전에 저를 극진히 위해주셨습니다.

햄 릿　지금도 변함없어. 이 버릇없는 두 손을 두고 맹세하지.

로젠크랜츠　전하, 그렇게 언짢아지신 원인이 무엇입니까? 저를 아끼신다면 그 고민을 털어놔주십시오. 숨길수록 전하에겐 해롭습니다.

햄 릿　출세길이 막힌 때문이외다.

로젠크랜츠　그건 또 무슨 말씀입니까? 덴마크의 왕위를 계승하실 전하께서.

햄 릿　그렇긴 하오. 그러나 앞날을 기약하는 동안이라는 말이 있는데. 이 속담도 이젠 좀 케케묵은 듯한 느낌이 드는군.

　　　배우들이 피리를 들고 등장.

　　오, 피리 아닌가. 하나 빌려다오. (피리를 들고 길든스턴을 한쪽으로 데려가서) 묻고 싶은 게 있네마는, 어째서 자네는 그처럼 나를 마냥 이용만 하려 드는가. 나를 함정에 몰아넣을 생각인가?

길든스턴　제 행동이 지나쳤다면, 그것은 오로지 전하에 대한 충성심 때문에 빚은 불손입니다.

햄 릿　거 무슨 소린지 알아듣지 못하겠네. 이 피리 불어보겠나?

길든스턴　전하, 불 줄 모릅니다.

햄 릿　제발 부탁이네.

길든스턴　정말이지 불 줄 모릅니다.

햄 릿　제발 간청하네.

길든스턴　전하, 피리에 대해서만은 아주 무식합니다.

햄 릿　거짓말은 하기 쉽지. 피리를 부는 것도 그만큼 쉬운 일이야. 이 구멍을 양쪽 손가락으로 이렇게 누르고, 입에다 댄 다음 숨을 내쉬면 저절로 음악이 흘러 나온다네. 보게나, 이것이 구멍이라네.

길든스턴   하지만 제가 하면 듣기 좋은 가락이 나오지 않습니다. 재주가 없거든요.

햄   릿   그렇다면 묻겠네만, 자네는 나를 무엇이라 생각하고 있지? 자네는 나에게서 갖가지 소리를 들으려고 애쓰고 있지. 누르는 구멍을 자네는 아는 척하고 있어. 내 마음의 비밀을 알아내고자 가장 낮은 음에서부터 가장 높은 음에 이르기까지 나의 소리를 꾀어내려고 하지. 이 작은 피리 속에는 아름다운 소리와 풍부한 음악이 들어 있어. 그런데 자네는 그 소리조차 낼 수 없지 않은가. 흥, 그래, 날 다루기가 피리보다 쉬울 것 같은가? 나를 악기 취급하는 것은 좋은데, 그렇게 하면 나를 화나게 할 순 있어도 나를 연주할 순 없을 걸세.

    폴로니어스 등장.

나리가 오셨군!

폴로니어스   전하, 왕비께서 하실 얘기가 있으시답니다. 곧 오시라는 분부십니다.

햄   릿   낙타 모양의 저 구름이 보이는가?

폴로니어스   아, 정말 낙타 같군요.

햄   릿   족제비처럼 보이는데?

폴로니어스   네, 등 모양은 꼭 족제비 같군요.

햄   릿   아냐, 고래 같네그려.

폴로니어스   네, 고래와 아주 흡사합니다.

햄   릿   그럼, 곧 어머님께 가보겠네. (방백) 나를 바보 취급하는군. 아, 참으로 견디기 힘든 고통이여. (폴로니어스에게) 곧 가겠다고 전하시오.

폴로니어스   그렇게 전하겠습니다. (폴로니어스, 로젠크랜츠, 길든스턴 퇴장)

햄 릿　'곧' — 말은 쉽다. 모두들 물러가게. (호레이쇼와 배우들 퇴장) 이제 한밤중, 마녀들이 설칠 시간이다. 무덤이 입을 딱 벌리고, 지옥이 처절한 독기를 세상에 뿜어댄다. 지금이라면 나도 뜨거운 피를 마실 수 있으리라. 그리하여 한낮엔 차마 볼 수 없어 눈을 감게 되는 참혹한 짓도 지금이면 해낼 수 있으리라. 하지만, 기다려라. 지금은 어머님께 가볼 시간이다. 오, 마음이여, 자연의 정을 잊지 마라. 잔인한 네로의 영혼을 이 가슴속에 품지 말자. 아무리 가혹한 짓을 하더라도 자식으로서의 정은 잊지 말자. 말로는 칼끝처럼 날카롭게 찌르자. 그러나 진짜 칼을 휘둘러서는 안 된다. 혀와 마음을 따로 분간하자. 말로 어머님을 매질하더라도 행동으로 옮겨서는 안 된다. (퇴장)

제3장 같은 장소

클로디어스, 로젠크랜츠, 길든스턴 등장.

클로디어스　그 애가 마음에 안 들어. 그의 광란을 내버려두면 위험할 뿐이야. 곧 준비하게. 위임장을 써줄 테니 너희들이 그와 함께 영국으로 출발하라. 일국의 왕으로서, 나는 그를 방임해둘 수 없다. 저런 미치광이를 내버려두면 국민을 위해서 한시도 안심할 수 없다.

길든스턴　곧 출발 준비를 하겠습니다. 폐하의 은덕에 의지하여 살고 있는 수많은 국민의 안전을 위하여 이토록 심뇌를 겪으시는 것은 세밀하고 자상한 배려라 생각되어 황송하옵니다.

로젠크랜츠　하잘것없는 우리들 개인의 생명도 일단 위험에 처하면 전력을 다하여 지키는 것이 도리입니다. 하물며 국왕의 안녕에는 수없이 많은 백성들의 생명이 매달려 있사온즉, 더욱 단단히 지켜야 합니다. 폐하께 만약의 사태가 일어난다면 그 화근은 폐하 한 개인에게만 미치는 것이 아닙니다. 소용돌이처럼 주위에 있는 모든 것을 삼켜버리고 맙니다. 폐하의 지체는 높은 산봉우리에 세워진 거대한 수레바퀴와도 같습니다. 바퀴의 굵은 살에는 수천만의 군소 인간들이 매달려 있습니다. 만약에 그 바퀴가 무너지면, 거기 매달려 있는 모든 것들이 일제히 산산조각이 나 흩어지고 맙니다. 폐하의 한숨 소리는 다름 아닌 온 국민의 신음 소리이옵니다.

클로디어스   자, 그러면 곧 여행 준비를 하게. 그 위험인물은 쇠사슬로 묶어놓아야 꼼짝 못 할 것이다.

로젠크랜츠   서두르겠습니다. (로젠크랜츠와 길든스턴 퇴장)

　폴로니어스 등장.

폴로니어스   폐하, 전하께서 왕비의 내실로 향하고 있습니다. 소신, 커튼 뒤에 숨어서 이야기를 엿듣겠습니다. 왕비께서는 무섭게 꾸짖으실 테지만, 폐하께서 내리신 지당하신 분부대로 왕비 말씀을 엿듣는 것이 좋을 듯합니다. 어머니는 언제나 아들을 감싸려 드는 법이니까요. 이만 물러가겠습니다. 폐하께서 침소에 드시기 전에 다시 뵙고 결과를 아뢰겠습니다.

클로디어스   고맙소, 폴로니어스. (폴로니어스 퇴장) 아, 내 죄의 악취가 하늘을 찌르는구나. 인류 최초의 무서운 저주를 받은 형제 살인죄. 아, 나는 기도조차 할 수 없다. 아무리 기도를 하고 싶어도, 아무리 기도를 하려 해도 헛수고로구나. 무거운 죄 때문에 나의 결심은 계속 무너져버린다. 일시에 두 가지 일을 하려는 사람은 무엇부터 시작할까 하고 망설이고 있는 동안에 결국은 아무것도 할 수 없게 되는 것이다. 비록 이 저주받은 손에 형의 피가 눌어붙어 껍질이 두껍게 보일지라도, 아, 하늘이 은혜로운 비를 내려 나의 손을 눈처럼 희게 해줄 수는 없을까? 우리 인간들이 더이상 죄를 범하지 못하도록 한다든지 일단 죄를 범한 자를 용서해주는 것이 기도의 힘이 아니겠는가. 그렇다, 아직도 희망은 있다. 나의 죄는 이미 과거의 것이 아닌가. 아, 하지만 무엇이라고 기도를 올려야 하는가? '악독한 나의 죄를 용서해주소서!' 라고 할 것인가? 안 돼. 그 살인으로써 손아귀에 넣은 온갖 이득을 지금까지 소유하고 있지 않은가. 이 왕관, 왕위, 그리고 왕비. 죄를 지어가면서 얻은 소득을 그냥 지닌 채 죄의 용서를 받을 수는 없을까? 썩어빠진 세상의 악독한 세월에선 죄로 물든 부정한 손이 정의를 밀쳐버릴 수 있을 것이다. 그리하여 때로는 죄악으로 얻은 재화로 나라의 법을 매수할 수도 있을 것이다. 그러나 천상에서는 그것이 불가능하다. 협잡이 통하지 않는다. 그곳에선 우리들의 행위가 그 본색을 드러낸다. 그래서 우리들은 스스로 범한 죄를 마주하고 일일이 털어놓을 수밖에 없는 것이다. 어찌하면 좋을까? 무엇을 할 수 있을까? 참회하면 될까? 그러면 용서받을 수 있을 것이다. 그러나 참회할 수도 없다면 어떻게 해야만 할 것인가? 아, 처참한 상태여. 죽음처럼 암담한 마음이여 ─ 아, 덫에 걸린 영혼이여! 몸부림칠수록 더욱 죄어드는구나. 하늘의 천사들이여, 도와주소서. 굳어버린 무릎이여, 굽어라. 강철 같은 심장이여, 갓난아기의 근육처럼 부드러워져라. 비나이다, 모든 일이 잘 해결되도록. (무릎을 꿇는다)

햄릿 등장.

햄　릿　해치우기엔 지금이 좋겠다. 한참 기도 중이구나. 해치우자. (칼을 뺀다) 지금 죽으면 천당에 가겠지? 나는 복수를 하게 되는데. 그러나 곰곰이 생각해보자. 악당이 아버지를 살해했는데 아들인 내가 살인의 대가로 악당을 천당으로 보낸다? 그렇다면 이건 그 악한을 위해 봉사하는 셈이 되잖나. 그렇게 되면 복수라고 할 수 없지. 내 아버님은 현세의 모든 욕망을 짊어진 채, 죄를 씻을 겨를도 없이, 죄업이 오월의 꽃처럼 한창 기세를 올릴 때 그 악당 손에 살해되었어. 저승에서의 마지막 심판이 무엇이었는지는 알 수 없지만, 우리들 상식으로 판단해보건대 필경 아버지는 무거운 형벌을 받게 될 것이다. 저 악당이 스스로의 영혼을 깨끗이 씻으며 죽음을 준비하고 있을 때 그를 해치우는 일은 복수가 아니다. 어림도 없는 소리. (칼을 칼집에 넣는다) 칼이여, 제자리에 가 있거라. 숨을 죽이고 기다리고 있거라. 그 악당이 술에 곯아떨어진다든지 노여움을 터뜨린다든지 음탕한 정욕을 불태운다든지 도박을 하거나 저주를 퍼붓고 있을 때, 혹은 그 밖에 무엇이든 구제받을 수 없는 어떤 죄업에 흠뻑 빠져 있을 때, 한칼에 베어 놈의 뒷발이 하늘을 차고 지옥에 떨어지도록 복수를 해야 한다. 그렇게 하면 그의 영혼은 지옥의 저주를 받게 될 것이다. 그때 그의 영혼은 지옥처럼 암담해질 것이다. 어머니가 기다리시겠다. 너를 지금 살려두는 것은 너의 고통을 연장 시키기 위해서다. (퇴장)

클로디어스　(일어서며) 나의 기도는 하늘로 날아오르지만, 나의 마음은 지상에 그대로 남아 있구나. 마음이 따르지 않는 빈말은 하늘에 닿지 못하는구나.

제4장 왕비의 내실

거트루드와 폴로니어스 등장. 커튼이 드리워져 있다. 벽에는 선왕 햄릿 왕과 클로디어스 왕의 초상이 걸려 있다. 몇 개의 의자와 침대가 놓여 있다.

폴로니어스   곧 오실 겁니다. 따끔하게 꾸중을 하십시오. 장난의 도가 지나치셨습니다. 왕비께서 중간에서 폐하의 노여움을 진정시키셨다고 말씀하십시오. 저는 여기 숨어서 입을 다물고 있겠습니다. 단단히 타일러주십시오.

햄 릿   (바깥에서) 어머니, 어머니, 어머니!

거트루드   염려 말고 숨으시오. 오는가 보오.

폴로니어스, 커튼 뒤에 숨는다. 햄릿 등장.

햄 릿   어머니, 무슨 일이십니까?

거트루드   햄릿, 네가 아버지를 심히 언짢게 해드렸다.

햄 릿   어머니께서 제 아버님을 매우 화나게 해드렸죠.

거트루드   너, 그게 무슨 말버릇이냐?

햄 릿   어머니 말씀은 또 왜 그렇습니까?

거트루드   어찌 된 일이냐?

햄 릿   무엇이 말씀입니까?

거트루드   너, 나를 잊었느냐?

햄 릿   원, 천만에요. 당신은 왕비님이시죠. 당신 시동생의 아내시고, 또 유감스럽게도 저의 어머니십니다.

거트루드   아, 감당할 수가 없구나. 너를 대할 만한 다른 사람을 데려와야겠

다. (퇴장하려 한다)

햄 릿 (팔을 붙들면서) 진정하시고 여기 앉으세요. 거울로 어머니의 마음속 깊은 곳까지 환히 비춰 보여드릴 테니 꼼짝 말고 계세요.

거트루드 무슨 짓을 하려는 거냐? 너, 나를 죽일 셈이냐? 사람 살려, 사람 살려!

폴로니어스 (커튼 뒤에서) 아, 누구 없느냐? 사람 살려, 사람 살려, 사람 살려!

햄 릿 (칼을 뺀다) 이건 뭐냐! 쥐새끼냐? 뒈져라, 뒈져! (커튼 속으로 칼을 찌른 다)

폴로니어스 (커튼 뒤에 쓰러지며) 아, 찔렸구나.

거트루드 이게 무슨 짓이냐?

햄 릿 글쎄, 모르겠군요. 왕입니까?

거트루드 잔인하고 포학한 일이다!

햄 릿 포학한 일 — 정녕 나쁜 일이긴 하죠, 어머니. 왕을 죽이고 그 동생 과 결혼한 일처럼요.

거트루드 왕을 죽여?

햄 릿 그렇습니다. (커튼을 들치자 폴로니어스의 시체가 드러난다) 늙고 쓸개 빠 진 녀석. 여기저기 아무 데나 끼어드는 어릿광대. 잘 가거라. 너보 다 더 높은 놈인 줄 알았더니. 자, 이게 네 운명인가 보다. 주제넘게 나서면 신상에 해로워. (커튼을 내리고 왕비를 향하여) 손만 쥐어뜯지 마시고, 조용히 앉으세요. 제가 왕비님의 마음을 쥐어짜드리겠습 니다. 그 마음속으로 들어갈 수 있다면 말입니다. 그러나 저러나, 악행에 물든 당신의 마음은 놋그릇처럼 굳어져 감정이 비집고 들 어갈 틈새도 없는 건 아닙니까?

거트루드 왜 나를 윽박지르느냐. 왜 내게 고함을 지르고 욕을 퍼붓느냐.

햄 릿 당신은 우아하고 얌전한 여인의 겸손을 짓밟고 미덕을 위선이라

하였으며, 청순한 연인의 흰 이마로부터 장미꽃을 뜯어내고 거기에다 화냥년의 낙인을 찍어놓았습니다. 부부간의 맹세를 숫제 투전꾼들의 엉터리 증서 따위로 바꿔놓았습니다. 신성한 맹세 속에 담긴 영혼을 몽땅 내팽개치고, 그 맹세를 부질없는 헛소리로 바꿔놓았지요. 하늘도 노하여 얼굴을 붉히고, 단단한 땅덩이도 세상의 종말이 다가온 듯 당신의 행동을 보고 슬퍼하고 있습니다.

거트루드 그토록 다짜고짜 소란부터 피우다니, 도대체 내가 무슨 짓을 했단 말이냐?

햄 릿 (벽에 걸린 두 초상화 쪽으로 왕비를 데려가) 자, 보세요. 이 두 초상화를. 한 핏줄을 나눈 형제의 초상화지요. 그러나 보세요, 이분의 고귀한 모습을. 히페리온의 고수머리카락, 주피터 같은 훤칠한 이마, 싸움터로 달려가게 만드는 군신(軍神) 마르스의 눈, 신의 사자 머큐리가 높이 치솟은 산봉우리에 막 내려앉은 듯한 모습. 이분이야말로 그 몸매의 균형으로 보아 온갖 아름다움을 한 몸에 지닌 탓으로 신들이 인간의 본보기로 삼고 있지요. 이분이 바로 당신의 남편이었습니다. 자, 이번에는 이쪽을 보시지요. 이자가 당신의 현재 남편입니다. 해충에 병든 보리 이삭 같아서 건강하게 자라던 형님 이삭을 말라죽게 만들었습니다. 왕비여, 당신에게도 눈이 있습니까, 저 아름다운 산등성이를 버리고, 이처럼 더러운 수렁에서 먹이를 찾다니. 과연 눈이 있습니까, 당신은? 사랑 때문에 눈이 멀었다고 하지 마세요. 당신 나이가 되면 정욕의 불꽃도 사그라져, 유순하게 분별의 소리에 귀를 기울이기 마련입니다. 어떤 분별심이 작용하였기에 저분으로부터 이 작자로 넘어왔단 말입니까? 당신에게도 분명 감각은 있을 겁니다. 감각이 없다면 어찌 이런 행동을 할 수 있겠습니까? 다만, 당신의 감각은 마비되었어요. 미치광인들 이런 잘못을 저지를 수 있겠습니까? 감각이 아무리 광기로 인해 자유를 박탈당했다 해도 이 두 사람을 분간해서 선택할 만한 능력은 남아 있어야죠. 악마가 당신의 눈을 가리게 했단 말입니까? 감각은 없어도 눈이 있었다면, 눈은 없어도 감각이 있었다면, 손이나 눈은 없어도 귀가 있었다면, 하다 못해 코라도 있었다면, 비록 병들었어도 진정한 생각이 한 토막이라도 있었다면 이토록 어리석은 짓은 저지르지 않았을 겁니다. 아, 수치심이여, 너의 부끄러움은 어디로 갔는가? 저주받은 정욕이여, 분별 있는 여인의 뼛속까지 자극해서 욕정을 그토록 태웠으니 불타는 청춘 앞에서 미덕은 초같이 녹아 흘러야 마땅하리라. 타오르는 정욕의 불길에 온몸이 지글지글 타 버린들 무엇이 부끄러울소냐. 늙은이의 싸늘한 피도 타올라 이성이 정욕의 포로가 되는 판에.

거트루드 아, 햄릿, 그만해라. 너의 말은 내 마음 깊은 곳을 들여다보게 하는구나. 내 마음속에 스며든 시커멓고 무성한 오점을 씻을 길이 없구나.

햄 릿 뿐만 아니라 땀내 나는 더러운 잠자리에 기어들어 정담을 나누고, 더러운 돼지우리 바닥에서 서로 부둥켜안고 뒹굴며…….

거트루드 제발 그만해둬라. 네 말은 마치 비수처럼 내 귀를 찌르는구나. 햄릿, 그만해다오.

햄 릿 살인자, 악당. 부왕에 비하면 이백 분의 일도 안 되는 벌레 같은 녀석. 얼빠진 왕. 왕위와 왕국을 가로채고, 선반에서 몰래 왕관을 훔쳐내어 슬쩍 주머니에 집어넣은 날도둑놈…….

거트루드 그만!

햄 릿 누더기를 걸친 가짜 왕.

망령이 잠옷 차림으로 등장.

하늘의 천사들이여, 이 몸을 그대들의 날개로 감싸 구원해주소서.
(망령에게) 무엇을 원하십니까?

거트루드 아, 마침내 미쳐버렸구나.

햄 릿 아들이 우물쭈물하고 있는 것을 책망하러 오셨군요. 격정에 사로
잡힌 것을, 주위에 마음을 빼앗긴 것을, 어명이신 일대 중대사를
미루고 실천하지 않는 것을 꾸짖으러 오셨습니까? 오, 말하사외
다.

망 령 잊지 마라. 내가 지금 이곳에 나타난 것은 무디어진 네 결심의 날
을 갈아주기 위해서다. 하지만 보아라, 겁에 질린 네 어머니의 얼
굴을. 어머니를 돌봐드려라. 어머니의 고통을 덜어드려라. 몸이 연
약한 자일수록 마음의 고통이 심한 법. 햄릿, 네 어머니에게 따뜻
하게 말을 걸어드려라.

햄 릿 어머니, 괜찮으십니까?

거트루드 너는 괜찮냐? 무섭게 눈을 부릅떠 허공을 쳐다보고 눈에 보이지
도 않는 물체를 향하여 말을 하지 않았느냐? 너의 눈은 미친 듯이
이글거리고, 잠자던 머리카락은 경보에 놀란 병사들처럼 곤두서지
않았느냐? 햄릿, 진정해다오. 마음이 아무리 끓어오르더라도 꾹
참거라. 또 무엇을 노려보고 있느냐?

햄 릿 저분을, 저 어르신네를. 창백한 얼굴로 이쪽을 보고 계십니다. 슬
픔에 잠긴 저 모습을 본다면 바위도 소리 내어 울겠지. 저를 노려
보지 마세요. 그토록 서글픈 눈으로 저를 보시면 굳은 결심마저 둔
해져 중대한 과업을 수행할 수 없게 됩니다. 용기가 사라지기 때문
이죠. 피를 보아야 할 때 눈물이 왈칵 쏟아져 앞을 가립니다.

거트루드 누구에게 그렇게 말을 하는 거냐?

햄 릿 저기, 아무것도 보이지 않습니까?

거트루드 아무것도 보이질 않는다. 내 눈은 멀쩡해서 볼 만한 것은 다 보이는데도.

햄 릿 저기, 저기를 보세요. 지금 사라지고 있어요. 의복도 늘 입으시던 그대로 입으시고 저리 가십니다. 지금 저 문밖으로 나가십니다. (망령 퇴장)

거트루드 망상이다. 네가 실성한 탓이야. 정신이 나가면 환상을 보게 되는 법이거든.

햄 릿 실성했다구요? 제 맥을 짚어보세요, 당신의 맥박과 조금도 다름이 없습니다. 아주 정상적으로 뛰고 있습니다. 실성해서 헛소리를 한 것이 아닙니다. 제 말을 믿지 못하시겠다면, 한마디도 빠짐없이 그대로 또박또박 되풀이해드리겠습니다. 제가 미쳤다면 어디선가 빗나갈 것입니다. 어머니, 부탁입니다. 이로운 생각으로 스스로의 마음을 위로하지 마세요. 자신의 죄는 덮어두고 저의 광증 탓으로만 돌리지 마세요. 그것은 그저 상처 난 표면을 얇은 껍질로 덮어씌운 데 지나지 않습니다. 독물이 안으로 파고들어 크게 번지면 모르는 새 온몸이 썩어버리지요. 자신의 죄를 하느님께 참회하세요. 과거를 뉘우치시고 앞으로는 죄를 범하지 않도록 하세요. 죄로 물든 잡초에 비료를 뿌려 더이상 번성시키지 마세요. 저의 솔직한 진언을 용서하세요. 이토록 썩어빠진 세상에서는 미덕이 악덕에게 용서를 빌어야 합니다. 뿐만 아니라 옳은 일을 하는데도 굽실거리며 눈치를 살펴야 하는군요.

거트루드 오, 햄릿. 너는 내 가슴을 두 동강 내는구나.

햄 릿 그렇다면 더러운 쪽은 버리시고, 나머지 절반으로 깨끗한 여생을 보내십시오. 안녕히 주무세요. 그러나 숙부의 침실에는 가지 마세요. 정조가 없더라도 있는 척은 하세요. 습관이란 악행에 대한 우리들의 감각을 둔하게 하는 괴물이긴 하지만, 한편으론 선행에도 아름다운 옷을 입혀 차차 몸에 꼭 맞도록 만들어주는 순한 천사이기도 합니다. 오늘 하룻밤만 참으시면, 다음번에는 참는 것이 좀 더 쉬워지실 겁니다. 그리고 그다음에는 더욱 편해지지요. 습관은 우리들의 천성마저도 바꿔놓습니다. 또한 악마를 억누를 수도, 몰아낼 수도 있는 것입니다. 다시 한번, 안녕히 주무십시오. 어머니께서 신의 축복을 구하고 싶으실 때, 저도 어머니를 위하여 함께 기도드리겠습니다. (폴로니어스의 시체를 가리키며) 이 늙은이를 죽인 것은 저도 안타깝습니다. 그러나 이것도 하늘의 뜻인지 모릅니다. 신은 이것으로써 저에게 벌을 주시고, 저를 이용하여 이자에게 벌을 주신 겁니다. 저는 신의 벌을 받았습니다. 또한 신을 대신하여 이자에게 벌을 주었습니다. 시체를 치우겠습니다. 이자를 죽인 책임은 충분히 지겠습니다. 다시 한번 안녕히 주무십시오. 어머니께 가혹하게 행동한 것은 오로지 아들로서의 효성 때문입니다. 일의 시작이 나빴습니다. 하지만 더욱 무서운 일이 뒤에 남아 있습니다. 어머니, 한 말씀만 더 드리겠습니다.

거트루드 내가 어찌해야 한단 말이냐?

햄 릿 지금까지 제가 한 말을 잊으세요. 마음 내키시는 대로 하세요. 비곗덩어리 왕에게 유혹되어 오늘 밤도 침대에서 함께 뒹구세요. 냄새나는 입으로 두어 번 입 맞춰주면 더욱 좋으시겠지요. 더러운 손가락으로 목덜미를 쓰다듬어주면 더욱 좋으시겠지요. 그러면 그곳에서 모든 얘기를 털어놓으시겠지요. 햄릿은 미치광이가 아니다. 그저 미친 체하고 있는 것이다. 이렇게 그 녀석한테 일러바치시겠지요. 아름답고, 정숙하고, 영리한 왕비가 아닌 바에야 누가 이토록 중대한 일을 그 두꺼비한테, 그 박쥐, 수고양이한테 감출 수 있을라고요? 이토록 중요한 일을 감춰요? 어림도 없는 소리. 그 유명한 원숭이가 새장을 들고 지붕 위에 올라가 새장 문을 열고 새를 날려 보낸 후, 저도 한번 해보겠다고 새장 속으로 기어 들어가 뛰어내리다 목을 부러뜨린 것처럼 어머니도 그렇게 하시라구요.

거트루드   걱정 마라. 말이 숨결에서 나오고 숨결이 생명에서 시작되는 것이라면, 내게는 지금 네 얘기를 누설할 만한 숨결도 생명도 없다.

햄 릿   제가 영국으로 가게 된 건 아시죠?

거트루드   아아, 잊고 있었구나. 그렇게 결정되었단다.

햄 릿   국서의 봉인도 끝났습니다. 독사 같은 저의 두 학우들이 어명에 의해서 안내 역을 맡게 되었습니다. 저를 함정으로 안내할 모양입니다. 해볼 테면 해보라죠. 스스로 묻어놓은 지뢰가 터져 저들이 산산조각나는 꼴을 구경하는 것도 나쁘진 않으니까요. 아무튼 전 그놈들이 파놓은 지뢰 밑을 일 야드쯤 파들어가 놈들을 달나라로 날려 보낼 겁니다. 이것 참, 볼 만한 구경거린데요. 양쪽 계획이 동일 선상에서 정면충돌하게 되었으니. (폴로니어스의 시체를 가리키며) 이놈 때문에 우물쭈물할 시간이 없게 되었군요. 시체는 옆방으로 끌어다 놓겠습니다. 안녕히 주무세요, 어머니. 살아생전에 어지간히 수다스럽던 이 늙은이도 이젠 조용히 입을 다물고 엄숙해졌군요. 자, 끌려오너라. 너와의 일을 끝장내고 싶구나. 어머니, 안녕히 주무십시오. (시체를 끌고 햄릿 퇴장. 왕비는 침대에 엎드려서 흐느껴 운다)

제4막

제1장 같은 장소

클로디어스가 로젠크랜츠와 길든스턴을 거느리고 방 안으로 들어온다.

클로디어스 당신의 한숨, 그 깊은 탄식에는 무슨 곡절이 있을 테니 한 가지도 숨기지 말고 자세히 말해주오. 아들은 어디 갔소?

거트루드 잠시 두 사람을 나가 있게 해주세요. (로젠크랜츠와 길든스턴 퇴장) 아, 폐하, 오늘 밤 참으로 무서운 일을 당했습니다!

클로디어스 무슨 일이오, 거트루드? 햄릿이 일을 저지른 모양이군?

거트루드 파도와 바람이 서로 다투듯 사납게 물결치는 광란의 바다처럼 서슬이 시퍼래져 광기를 부리더니, 문득 커튼 뒤에서 인기척이 나자 칼을 빼어들고 '쥐새끼, 쥐새끼다' 라고 외치면서 숨어 있던 그 착한 노인을 햄릿이 미친 듯 찔러 죽였습니다.

클로디어스 아, 세상에 이럴 수가! 나도 그곳에 있었더라면 똑같은 재난을 당할 뻔했구려. 햄릿을 더이상 방임해두는 것은 우리 모두에게 위험천만한 일이오. 당신에게도, 나에게도, 다른 모든 이에게도 위험하오. 아아, 피비린내 나는 살인에 대해 모두에게 뭐라 설명해야 할까? 이 모두가 내 책임이오. 이 일을 진작 눈치채고 저 미치광이 젊은이를 감금하여 멀찌감치 떼어놓았어야 옳았어. 그러나 나는 그 젊은이를 너무 아끼다 보니 최선의 방법이 무엇인지를 알면서도 일부러 딴전을 부렸지. 더러운 병에 걸린 사람이 다른 사람들에게 그 병을 알리지 않으려고 하다가 어느새 생명의 정수(精髓)까지 파 먹히는 경우와 똑같구나. 햄릿은 어디로 갔소?

거트루드 노인의 시체를 끌고 갔어요. 미치긴 했어도 보잘것없는 광석 속에 섞인 한 알의 금싸라기처럼 순진한 마음이 남아 있었습니다. 스스로 저지른 일에 참회의 눈물을 흘리더군요.

클로디어스 오, 거트루드, 갑시다. 아침 햇살이 산등성이를 비추기 시작하면 즉시 그 애를 배에 태웁시다. 이 흉측한 사건을 나의 권위와 책략으로 무사히 마무리지어야겠소. 여봐라, 길든스턴!

　　로젠크랜츠와 길든스턴 등장.

햄릿이 미쳐 날뛰다가 폴로니어스를 죽여 왕비의 침실에서 끌고 나갔다 하니, 곧 햄릿을 찾아내어 잘 구슬린 다음 일꾼을 몇 사람 더 불러 시체를 예배당으로 옮겨놓아라. 어서들 서둘러. (로젠크랜츠와 길든스턴 퇴장) 자, 거트루드, 이제 곧 신중한 심복 부하들을 불러 이 뜻밖의 사건과 수습책을 알립시다. 남을 헐뜯는 말은, 포탄이 떨어진 표적을 맞히듯 이 세상 끝까지 날아가 그 독설을 퍼뜨리지만, 우리의 명성만은 상처를 입히지 못하고 허공을 가로지를 것이오. 자, 갑시다. 놀라움과 불안으로 이 가슴이 터질 듯하오. (퇴장)

제2장 궁성 안의 다른 방

　　햄릿 등장.

햄 릿   무사히 치웠다.

로젠크랜츠, 길든스턴   (바깥에서) 햄릿 왕자님! 햄릿 왕자님!

햄 릿   가만 있자, 저게 무슨 소리야? 날 부르는 모양인데, 누굴까?

로젠크랜츠와 길든스턴 등장.

아, 저기들 오는군.

로젠크랜츠   전하, 시체를 어떻게 하셨습니까?

햄 릿   섞어버렸어. 흙과 함께 말이다. 흙하고 친척이거든.

로젠크랜츠   어디 있는지 알려주십시오. 예배당으로 모셔야 합니다.

햄 릿   믿지 말게.

로젠크랜츠   무엇을요?

햄 릿   내가 자네들의 비밀은 지켜줄 수 있어도 나의 비밀은 지킬 수 없으리라는 거 말일세. 알고자 하는 자들이 해면(海綿) 같은 녀석들인데, 왕자 된 몸으로서 어찌 응답할 수 있겠는가?

로젠크랜츠   저희들을 해면이라고 하시는 겁니까, 전하?

햄 릿   그렇다. 국왕의 총애와 포상과 권세를 빨아들이는 해면이지. 하기야 자네들 같은 패거리가 결국은 왕에게 가장 필요하겠지만. 왕은 그런 작자들을 사과처럼 입속에 간직해두었다가 이윽고는 삼켜버리지. 자네들이 빨아들인 것을 필요로 할 때, 왕은 자네들을 쥐어짜기만 하면 되지. 그러면 자네들은 해면이라 곧 말라 비틀어지고 마는 거야.

로젠크랜츠   전하, 시체 있는 곳을 알려주십시오. 그러고 나서 함께 어전에 나가십시다.

햄 릿   시체는 왕과 함께 있지만, 왕은 시체와 함께 있지 않지. 왕이란······.

길든스턴 왕이란 무엇인데요?

햄 릿 변변치 않은 것이지. 자, 어전으로 안내하라. 숨고 쫓는 술래잡기다. (퇴장)

제3장 궁성 안의 홀

왕이 두세 명의 궁신들과 테이블 주위에 앉아 있다.

클로디어스 햄릿을 찾아내어 시체를 찾아오도록 일러두었소. 햄릿을 그대로 방치해두는 것은 위험천만한 일이오! 그렇다고 해서 너무 엄하게 다스려서도 안 되지. 경박한 민중들의 사랑을 받고 있으니까. 도대체 민중이란 자들은 이성의 판단에 의하지 않고 눈으로만 선악을 규정한단 말이야. 죄를 범한 자가 마땅히 받는 형벌만을 문제 삼지, 죄 그 자체를 보려고 하지 않아. 따라서 일을 원만하게 처리하기 위해서는 햄릿을 즉시 국외로 보내지 않으면 안 되겠소. 이 일은 심사숙고한 결과라는 인상을 풍겨야 해. 위험한 병에는 위험한 치료가 따르게 마련. 그밖에는 별다른 방법이 없는 듯하오.

로젠크랜츠 등장.

어떻게 되었나?

로젠크랜츠 시체를 어디에다 숨겼는지 알아낼 수가 없었습니다.

클로디어스 도대체 그는 어디 있느냐?

로젠크랜츠 바깥에 대기하고 있습니다. 호위병을 함께 있게 했습니다. 어찌하오리까?

클로디어스　이곳으로 데려오너라.

로젠크랜츠　여보게 길든스턴, 전하를 모셔오게.

　　　　햄릿과 길든스턴 등장.

클로디어스　햄릿, 폴로니어스는 어디 있느냐?

햄　릿　저녁 식사 중입니다.

클로디어스　식사 중이라? 어디서?

햄　릿　먹고 있는 중이 아니라 먹히고 있는 중입니다. 구더기 같은 정치가들이 무슨 집회를 갖고 그 늙은이를 잡숫고 있는 중이지요. 구더기란 먹는 일에는 제왕이거든요. 우리가 다른 동물들을 살찌우는 건 우리 자신을 살찌우기 위해서죠. 우리 자신을 살찌우는 건 바로 구더기를 위해섭니다. 살찐 왕이나 야윈 거지나, 맛은 서로 다른 요리지만 둘 다 같은 식탁에 오르지요. 그것으로 마지막이랍니다.

클로디어스　아, 저런, 저런.

햄　릿　왕을 뜯어 먹은 구더기를 미끼로 물고기를 낚아, 그 구더기를 먹은 생선을 잡아 처먹는 인간은 있을 수 있다는 겁니다.

클로디어스　그건 도대체 무슨 소리냐.

햄　릿　말하자면 왕께서 거지 뱃속을 순행하시는 경우도 있다는 겁니다.

클로디어스　폴로니어스는 어디 있느냐?

햄　릿　천당에 사람을 보내서 어떻게 지내고 있는가 알아보세요. 폐하께서 보내신 사신이 천당에서 폴로니어스를 발견하지 못한다면 폐하께서 직접 딴 장소를 찾아보시구요. 이달 안으로 발견하지 못하면 복도로 가는 계단을 오르실 때 고약한 썩은 냄새를 맡게 될 겁니다.

클로디어스　(시종들에게) 거기 가서 찾아보아라.

햄 릿　자네들이 갈 때까지 그 자리에 있을 걸세. (사람들 퇴장)

클로디어스　햄릿, 이번 일은 너무 지나쳤다. 이 일 때문에 나는 퍽 마음이 아프다. 무엇보다도 네 신변의 안전이 걱정스럽다. 네 안전을 위해서 즉시 이곳을 떠나거라. 곧 준비해라. 선편도 마련되어 있다. 바람도 순풍이다. 시종들도 기다리고 있다. 모든 준비는 완료되었다. 영국으로 가는 것이다.

햄 릿　영국으로요?

클로디어스　그렇다, 햄릿.

햄 릿　좋습니다.

클로디어스　내 의도를 안다면 그렇게 할 수밖에 없을 것이다.

햄 릿　그것을 꿰뚫어 보고 있는 천사가 눈에 보이는 듯하군요. 하지만 가지요, 영국으로. 안녕히 계십시오, 어머니.

클로디어스　아버지다, 햄릿.

햄 릿　어머니지요. 아버지와 어머니는 부부지간이요, 부부는 한 몸인 법. 그러니 어머니지요. 자, 영국으로 출발이다. (퇴장)

클로디어스　(로젠크랜츠와 길든스턴에게) 곧 뒤쫓아가라. 잘 설득해서 급히 배에 태워라. 지체하지 말고, 어떤 일이 있더라도 오늘 밤 안으로 출범해야 한다. 자, 급히 가거라. 그 밖의 일은 모두 완벽히 준비되어 있다. 부탁한다, 급히 서둘도록. (로젠크랜츠와 길든스턴 퇴장) 영국 왕이여, 그대가 나의 뜻을 소중히 여겨준다면 이 엄명을 소홀히 다루지는 못하리라. 나의 강대한 힘이 그대를 충분히 깨우쳐주었을 테지만, 덴마크의 칼이 남긴 상처는 아직도 붉고 생생할 터인즉, 자진해서 충성을 표시하는 것도 당연하다. 알겠는가? 그대에게 보내는 서한에 적힌 그대로 햄릿을 즉각 사형에 처하라. 영국 왕이여, 어김없이 해치워야 한다. 열병처럼 그는 나의 핏줄 속에서 광란을 부리고 있으니, 그대만이 그 광기를 고쳐줄 수 있노라. 햄릿이 처형된 것을 알기 전에는, 어떤 행운이 나에게 주어진다 하더라도 나는 결코 기뻐할 수 없다. (퇴장)

제4장 엘시노 근처의 평야

포틴브라스가 군대를 이끌고 행진해 온다.

포틴브라스 대장, 덴마크 왕에게 나의 안부를 전하라. 포틴브라스가 약속대로 부대 진군을 위하여 영내를 통과하고자 허락을 얻으러 왔다고 전하여라. 다시 만날 장소는 알고 있겠지? 만약 폐하께서 용건이 있으시다면, 어전에 나가 경의를 표하겠다고 전하여라.

대 장 네, 알겠습니다.

포틴브라스 (군대에게) 천천히, 그리고 조용히 전진하라.

포틴브라스와 군대는 다른 방향으로 퇴장. 항구로 향하던 햄릿이 로젠크랜츠, 길든스턴 및 호위병들과 함께 등장. 대장과 만난다.

햄 릿 여보게, 자네들은 어느 나라 군대인가?

대 장 노르웨이군입니다.

햄 릿 무슨 목적으로 진군하는가?

대 장 폴란드 내의 어느 지역을 공격하기 위해서입니다.

햄 릿 지휘관은 누군가?

대 장 노르웨이 왕의 조카인 포틴브라스입니다.

햄 릿 폴란드의 중심을 공격하는가, 아니면 변경지대인가?

대　장　사실대로 말씀드리자면, 저희들이 점령하고자 하는 곳은 극히 좁은 지역입니다. 아무런 이익도 없는 명목상의 공격일 뿐이죠. 땅값으로 오 두카트, 단지 오 두카트만 내라 해도 저 같으면 그런 땅은 빌리지 않겠습니다. 노르웨이 왕이건 폴란드 왕이건, 사유지로 그 땅을 팔아치운다 하더라도 그 이상의 이익은 거둘 수 없을 겁니다.

햄　릿　아, 그렇다면 폴란드 쪽에서도 별로 방어하지 않겠군.

대　장　아닙니다. 방어태세가 단단합니다.

햄　릿　비록 이천 명의 귀한 인명과 이만 두카트의 돈을 희생한다 하더라도, 이 하찮은 문제는 해결될 수 없겠군. 이것은 나라가 지나치게 번영하고 태평한 탓으로 불쑥 튀어나온 종기 같은 것. 안으로 곪아 터지면, 겉으로는 그 이유를 알 수 없어도 사람의 목숨을 잃게 되는 법. 참 여러 가지로 감사하오.

대　장　그럼 실례합니다. (퇴장)

로젠크랜츠　자, 가보실까요?

햄　릿　곧 뒤따를 테니 한 발 먼저 가게. (로젠크랜츠, 길든스턴 및 그 밖의 사람 모두 퇴장) 아, 보고 듣는 모든 것이 나를 책망하고, 나의 둔한 복수심에 불을 지르는구나! 인간이란 무엇인가? 만약에 인간의 중요한 행위와 한평생 살아나가는 일이 자고 먹는 일에만 그친다면 짐승에 지나지 않을 것이다. 신이 인간에게 이토록 위대한 사고력을 부여한 것은 미래와 과거를 내다볼 수 있도록 하기 위해서였다. 이 능력과 신에 맞먹는 이성을 쓰지 않고 썩혀버리라는 뜻은 아니었다. 그렇다면 이것은 어찌 된 영문인가? 내가 짐승들처럼 건망증이 심한 탓인가, 아니면 일의 결과를 소심하게 생각한 나머지 주저한 때문인가. 영 알 길이 없구나. 사고력을 넷으로 나누었을 때 그 중의 하나가 지혜고, 나머지 셋은 두려움이란 말인가? 무엇 때문에 나는 살아남아서 '이것을 하지 않으면 안 된다' 고 떠벌리고 다니냔 말이다. 행동으로 옮겨야 할 이유도, 의지도, 힘도, 수단도 다 갖추고 있으면서도. 땅덩이처럼 크고 명백한 실례들이 나를 재촉하고 있지 않은가. 보라, 저 군대를! 저 많은 인원을 포용하고, 저만한 비용을 써가면서 군대를 인솔하고 있는 것은 아직 저렇게 젊은 귀공자가 아닌가. 고귀한 야심에 가슴 부풀어 예측할 수 없는 위태로운 목숨을 아낌없이 바치며 저 젊은이는 싸우고 있지 않은가. 그것도 계란 껍질만 한 사소한 일 때문에. 진정 위대한 일이란 중대한 원인이 있을 경우에만 떨쳐 일어나는 것이긴 하지만, 사람의 명예가 위태로울 땐 지푸라기 하나를 놓고도 당당히 싸워야 한다. 하물며 나는 어떤가? 부친이 살해되고, 모친은 더럽혀지지 않았는가. 이것만으로도 나의 이성과 혈기는 분노하고도 남음이 있지 않은가. 그런데 내 속에선 모든 것이 잠들고만 있다니. 보라, 저기 2만 명의 군사들이 죽음에 직면하고 있다. 그것을 보고도 부끄럽지 않은가. 뜬구름 같은 환상과 명성을 찾아, 그들은 잠자리로 가듯이 무덤으로 향하고 있다. 보잘것없는 한 뼘의 땅을 위해, 많은 군사들이 싸우기에도 비좁은 땅을 위해, 전사자들을 묻기에도 부족한 한 뼘의 땅을 위해. 아, 이제부터 나는 피비린내 나는 복수심을 가슴에 품자. 그 일 외에는 아무것도 생각지 말자. (퇴장)

제5장 궁성 안의 홀

왕비와 호레이쇼와 시종 한 명 등장.

거트루드   그 애와는 이야기하고 싶지 않소.

시 종   꼭 뵙고 싶어 합니다. 좀 정신이 나간 듯합니다. 너무 애처로워 마음을 달래주어야 할 듯합니다.

거트루드   어떻게 해달라는 거지?

시 종   끊임없이 부친에 관해서 넋두리를 늘어놓습니다. 세상에는 해괴한 일도 많다면서 기침을 하기도 하고, 가슴을 치며 사소한 일에도 화를 발칵발칵 내면서 중얼대지만 그 뜻을 알아들을 수가 없습니다. 물론 터무니없는 얘기들이지만, 뭔가 분명치 않은 그 말이 오히려 듣는 이의 가슴을 때립니다. 제각기 들은 내용을 추리하여 그녀의 말뜻을 읽어보려고 애쓰고 있습니다. 고개를 끄덕이며 눈짓과 몸짓을 통하여 얘기하는 것을 들어보면, 물론 뚜렷하지는 않습니다만 무엇인가 불행한 일이 있지 않았는가 생각됩니다.

호레이쇼   만나서 얘기를 들어보는 것이 좋을 듯합니다. 뱃속이 시커먼 자들의 마음속에 어떤 위험한 억측의 씨앗을 뿌려줄지 모르니까요.

거트루드   그렇다면 데려오오. (시종 퇴장)

(방백) 죄의 시달림을 받는 자들은 모두 그럴지도 몰라 ― 나의 괴로운 마음에는 아무렇지도 않은 일들도 큰 재난의 전주곡처럼 들리거든. 언제나 부질없는, 두려움으로 가득 차 있는 죄진 마음은 숨기면 숨길수록 속이 드러난단 말야.

오필리어 등장. 손에 기타 모양의 류트를 들고 헝클어진 머리카락은 어깨에 축 늘어뜨린 채 광란 상태에 빠져 있다.

오필리어   덴마크의 아름다운 왕비님은 어디 계세요?

거트루드   오필리어, 어찌 된 일이냐?

오필리어 (노래한다)

당신의 참사랑을
어떻게 알아볼까.
죽장에 짚신에
순례 모자가 그 표시란다.

거트루드 아, 소녀여, 그 노래 뜻이 무엇이냐?

오필리어 뭐라고요? 아무튼 끝까지 들어보세요. (노래한다)

그이는 죽었어요, 가버렸어요,
그이는 죽었어요, 가버렸어요.
머리에는 초록빛 잔디 깔리고
발끝은 묘석이에요.
아아!

거트루드 웬일이냐, 오필리어?

오필리어 들어보세요. (노래한다)

산에 내린 눈처럼 수의(壽衣)는 희어라……

클로디어스 등장.

거트루드 아, 저 앨 보세요.

오필리어 (노래한다)

꽃상여 타고 그이는 가네.
곡소리 눈물 헤쳐 무덤으로 가네.

클로디어스 웬일이냐, 오필리어?

오필리어 감사합니다. 올빼미는 빵집 딸이었지요. 오늘 일은 알지만 내일
은 어떻게 될지 알 수 없지요. 당신의 식탁에 축복이 내리소서.

클로디어스 아버지 생각을 하고 있는 모양이군.

오필리어 그 얘기는 집어치우세요. 꼭 듣고 싶다면 이렇게 말하세요. (노래한
다)

내일은 발렌타인 명절.
아침 일찍 일어나서
이 소녀가 당신의 창가에 서면
나는 당신의 연인.
남자는 일어나 옷을 입고
방문 열고 소녀 들여보내지만,
들어갔다 나오는
소녀는 이미 처녀가 아니었더라.

클로디어스 오, 가엾은 오필리어!

오필리어 이제 군소리는 집어치우고, 노래나 끝내겠어요. (노래한다)

아, 원통하고 억울하고,
정말로 너무하셨어!
젊은이가 하려고 마음 먹으면

그 일을 꼭 해치우고 말지만,

정말이지 그분은 너무해.

'잠자리에 들기 전에 약속하셨죠,

부부가 되겠다고 약속하셨죠?'

이 같은 소녀의 말에 대해서,

'낮에는 그렇게 생각했지만,

껴안고 자고 나니 마음 변했네.'

남자는 이같이 대답했어요.

클로디어스　언제부터 이 모양인가?

오필리어　만사 잘 되겠지요. 참아야 해요. 그러나 싸늘한 땅속에 누워 있는 것을 생각하면 눈물이 나서 견딜 수가 없어요. 오빠도 알게 될 거예요. 당신의 충고에 감사합니다. 마차여, 오라. 안녕히 주무세요, 안녕히 주무세요. 아름다운 숙녀들이여, 안녕히, 안녕히. (퇴장)

클로디어스　바싹 뒤쫓아라. 철저히 감시하라. (호레이쇼와 시종 급히 퇴장) 아, 깊은 시름에 병들었구나. 그 원인이 아버지의 죽음에 있겠지. 저 모양, 저 꼴이 되었으니, 아, 거트루드! 슬픔이 밀어닥칠 때에는 하나씩 오는 것이 아니라 한꺼번에 몰려오는구나. 저 소녀의 부친은 살해되고, 당신 아들은 사라져버렸으니. 그러나 이 같은 불행의 장본인이 왕자 때문이었으니 추방은 당연했습니다. 백성들이 들끓고 있소. 폴로니어스의 죽음에 대해서 제멋대로 추측하고 소문을 퍼뜨리고 있으니 이 마음은 아프고 혼란스럽소. 나도 경솔했어요. 그 시체를 남몰래 매장하다니. 아, 그런데 저 오필리어! 가련하게도 정신이 나가 판단력을 잃어버렸네. 인간도 저 모양이 되고 나면 허깨비나 짐승과 다름없어. 중요한 것은, 저 애의 오빠가 몰래 프랑

스에서 돌아왔는데 틀림없이 깊은 의혹에 빠져 있을 거라는 점이
오. 도무지 모습을 나타내지 않는구려. 부친의 죽음에 대해서 나쁜
소문을 듣게 될 것만은 확실하오. 그렇게 되면 비난의 화살이 내
한 몸에 쏠릴 게 아니오? 뚜렷한 증거도 없이 나에 대한 비난만이
귀에서 귀로 퍼지겠지. 아, 거트루드, 그것이 엽총처럼 나의 온몸
에 총탄을 퍼부어 치명상을 입힐 것이 확실하오. (밖에서 요란한 소리)

거트루드   이게 무슨 소린가요?

클로디어스   여봐라!

　　　중신 한 사람 등장.

호위병들은 어디 있는가? 출입구를 단단히 지키도록 일러두어라.
무슨 일인가?

중　신   폐하, 자리를 피하소서! 바닷물이 암벽을 넘어 순식간에 육지를 삼
켜버릴 듯한 기세로, 레어티즈가 폭도를 이끌고 호위병들을 위협
하고 있습니다. 폭도들은 그를 왕이라 부르고 있답니다. 마치 새로
운 세상이 시작되는 듯합니다. 모든 질서의 기준이자 지주인 과거
의 전통과 습관을 내동댕이치고 말끝마다 '레어티즈를 왕으로 떠
받들자!' 하고 부르짖고 있습니다. 모자를 내팽개치고 손뼉을 치
며 하늘에 닿을 듯한 목소리로 '레어티즈를 왕으로, 레어티즈가
왕이다!' 하고 울부짖고 있습니다.

거트루드   기세등등하게 짖어대는 모양인데 냄새를 잘못 맡았어! 겨냥이
잘못되었어, 망나니 같은 덴마크 개들이.

클로디어스   문을 부수는구나.

　　　무장한 레어티즈 등장. 덴마크의 폭도들이 그의 뒤를 따른다.

레어티즈　왕은 어디 있느냐? 제군, 바깥에서 기다려주게.

폭　도　안 으른 들어가자, 들어가자!

레어티즈　제발 바깥에 있어주게.

폭　도　좋소, 기다려줍시다.

레어티즈　고맙소. 문을 닫아주오. (폭도들 퇴장) 오 더러운 악당, 클로디어스
　　　　　왕! 내 아버지를 돌려다오.

거트루드　진정하오, 레어티즈.

레어티즈　침착해질 수 있는 피가 한 방울이라도 남아 있다면 나는 내 아버
　　　　　지의 아들이 아니다. 그렇게 되면 내 아버지는 창부(娼婦)의 남편이
　　　　　될 것이요, 정숙한 어머니의 순결한 이마 한복판에는 창부의 낙인
　　　　　이 찍힐 것이다.

　　　　　레어티즈의 전진을 왕비가 막는다.

클로디어스　이유가 뭐냐, 레어티즈? 어째서 이 같은 대반란을 꾸몄느냐?
　　　　　내버려둬요, 거트루드. 내 신변은 걱정할 것 없소. 왕의 일신은 신
　　　　　의 손길에 의해 여러 겹으로 둘러싸여 있어 어떤 반역 행위가 접근
　　　　　해도 내게는 손끝 하나 댈 수 없다오. 너의 야망을 성취할 수 있다
　　　　　고 보느냐, 레어티즈? 무엇 때문에 그토록 분개하고 있느냐? 내버
　　　　　려둬요, 거트루드. 자, 말하라.

레어티즈　내 아버지는 어디 있소?

클로디어스　돌아가셨다.

거트루드　왕이 죽인 것이 아니오.

클로디어스　무엇이든 물어보라.

레어티즈　어떻게 돌아가셨소? 꾸며대도 소용없소. 충성이고 뭐고 없소. 군
　　　　　신의 맹세도 아랑곳없소. 양심도 신앙도 모조리 지옥에나 빠져버

려라! 나도 지옥에 떨어진들 걱정 않소. 이것만은 분명히 해두겠소. 나는 현세도 내세도 믿지 않는 사람이오. 어떻게 된들 상관없소. 나는 다만 복수뿐이오. 아버지를 위해서 철저히 복수하겠소.

클로디어스 여봐라, 레어티즈. 네 아버지의 사인(死因)이 정확히 밝혀지면 상대가 친구건 원수건 구별하지 않고 마구 해치우겠다는 거냐? 승자건 패자건 가리지 않고?

레어티즈 상대가 아버지의 원수일 경우만이요.

클로디어스 그 원수를 알고 싶은가?

레어티즈 아버지 편이면 두 팔을 벌리고 반겨 맞이하겠소. 새끼를 위해 자기 목숨까지 바쳐 희생하는 펠리컨 새처럼 내 피를 쥐어짜서라도 우리 편으로 환대하겠소.

클로디어스 옳거니. 그 말이야말로 훌륭한 아들, 진정한 신사다운 말이로다. 네 아버지의 죽음에 대해서 나는 아무런 죄도 없다. 오히려 그 죽음을 마음속 깊이 애도하며 슬퍼하고 있다. 햇살이 눈에 비치듯 확실하게 너도 이 사실을 곧 알게 될 것이다.

폭 도 (바깥에서) 여잘 들여보내라, 들여보내라!

레어티즈 웬일이냐, 왜 소란인가?

오필리어 다시 등장.

아, 정열이여, 나의 뇌수를 불태워라! 눈물이여, 소금을 일곱 배나 더 타서 시력이 다할 때까지 흘러라! 너를 미치게 만든 원수에게는 하늘에 맹세코 복수를 하고야 말겠다. 저울이 기울도록 충분히 원수를 갚겠다. 오, 5월의 장미였던 사랑스러운 소녀, 유순했던 누이, 아름다운 오필리어! 오 하늘이여, 어린 소녀의 싱싱했던 마음이 늙은이의 목숨처럼 허망해질 수 있습니까? 부모를 따르는 자식의 정은 묘한 것이구나. 사랑하는 분을 위해 자신의 가장 고귀한 혼까지 바치다니.

오필리어　(노래한다)

얼굴도 덮지 않고 관에 얹어 싣고 갔네.

헤이 난 나니, 나니, 헤이 나니

그의 무덤에 쏟아지는 눈물의 소나기여,

안녕, 나의 님이여.

레어티즈　네가 정신을 차려 원수를 갚아달라고 조른다면 이토록 나의 가슴을 치지는 않을 것을.

오필리어　노래하세요. '돌 밑에, 돌 밑에, 그분은 돌 밑에 파묻힌 사람'이라고 말예요. 빙글빙글 도는 바퀴에 장단이 어울리네요! 주인집 딸을 훔친 그 하인은 나쁜 사람이에요.

레어티즈　밑도 끝도 없는 소리가 나에게는 더욱 뼈아프구나.

오필리어　(레어티즈에게) 이것은 로즈메리 꽃. 저를 기억해달라는 표시예요. 제발 저를 기억해주세요. 팬지 꽃도 있어요. 저를 생각해달라는 표시예요.

레어티즈　미친 가운데도 뜻이 있구나. 생각하고 기억해달라는 말은 서로 통하는 얘기지.

오필리어　(클로디어스에게) 여기 당신에게 드릴 회향풀과 매발톱꽃이 있어요. (거트루드에게) 당신과 나를 위한 운향꽃이 있어요. 그 꽃을 안식일의 천혜초라고 부르기도 하지요. 당신의 운향꽃은 모양을 달리해서 달아야죠. 여기 실국화도 있어요. 당신에게는 오랑캐꽃을 드릴까 했더니 아버지가 돌아가셨을 때 몽땅 시들어버렸답니다. 아버지는 편안하게 임종하셨습니다. (노래한다)

귀여운 로빈 새는 나의 기쁨······.

레어티즈 슬픔도 고뇌도, 병고와 지옥까지도 저 애는 아름답고 사랑스러운 것으로 바꿔놓고 마는구나.

오필리어 (노래한다)

그분은 두 번 다시 돌아오지 않으실까.

두 번 다시 돌아오지 않으실까.

아니야, 아니야, 돌아가셨어.

죽을 때까지 기다려 봐도

다시는 돌아오지 않을 거예요.

그분의 수염은 눈처럼 희고

삼단 같은 백발을 나부끼며

돌아가셨어, 그분은 돌아가셨어.

한탄한들 돌아올 수 있으랴.

신이여, 그분에게 은총을 내리소서.

여러분 모두의 영혼 위에도 신의 축복이 내리소서. 안녕. (퇴장)

레어티즈 보셨소, 저 모습을?

클로디어스 레어티즈, 그 슬픔을 함께 나누자. 싫다고는 말 못 할 것이다. 안으로 들어가자. 누구든지 좋다. 너의 친구들 가운데 지혜로운 사람을 골라라. 우리 둘의 얘기를 듣고 판단해달라고 하자. 직접적이건 간접적이건 간에 내가 이 사건에 티끌만큼이라도 관련된 사실이 밝혀지면, 나는 이 왕국과 왕관, 생명, 그리고 나의 이름이 붙은 일체의 것을 그 대가로 너에게 양도하겠다. 그러나 아무런 관계도 없다는 것이 밝혀지면 너는 나의 얘기를 참을성 있게 들어줘야 한다. 그땐 너와 힘을 합쳐, 너의 원한이 풀어질 때까지 힘써 주겠다.

레어티즈   좋습니다. 그렇게 하겠습니다. 아버지의 그런 죽음, 그분의 장례식을, 무덤을 장식할 만한 기념품이나 칼이나 문장(紋章)도 없이, 거룩한 의식도, 격식대로의 예식도 없이 은밀히 지냈다 하니, 그 원한 맺힌 신음 소리가 하늘 끝에서부터 땅끝까지 와닿고 있습니다. 저는 그 진상을 규명해야겠습니다.

클로디어스   그렇게 하려무나. 죄 있는 곳에 단죄의 도끼를 내리쳐야지. 자, 함께 가자. (퇴장)

제6장 같은 장소

호레이쇼와 시종 등장.

호레이쇼   나에게 용무가 있다는 사람들이 어떤 사람들이냐?

시 종   선원들입니다. 전해드릴 편지가 있답니다.

호레이쇼   들어오도록 일러라. (하인 퇴장)
   (방백) 햄릿 전하 말고 이 세상 어디에 나에게 편지를 전할 분이 있단 말인가.

선원들 등장.

선원 1   문안드리옵니다.

호레이쇼   안녕하신가?

선원 1   물론입죠. 여기 어르신께 드릴 편지가 있는뎁쇼, 영국에 가신 사절한테서 온 것입죠. 성함이 호레이쇼 씨죠? 그렇게 알고 있습니다만.

호레이쇼 (편지를 읽는다)

호레이쇼, 이 편지를 읽고 나서 이 사람이 왕을 만날 수 있도록 알
선해주게. 왕에게 보낼 편지를 따로 준비했으니 출범한 지 이틀도
안 되어 우리들은 어마어마하게 무장한 해적선의 추격을 받았다
네. 우리 배는 속력이 느려 할 수 없이 용기를 내어 그들과 대적하
게 되었는데, 배가 서로 부딪치자마자 나는 재빨리 해적선으로 뛰
어들었었네. 그 순간 해적선이 우리 배를 떠났기 때문에 결국 나 혼
자만 포로가 되었다네. 그러나 그들은 나에게 호의를 베풀어주었
어. 물론 그것은 나를 미끼로 하여 이득을 노리려는 수작이었지.
여하튼 또 한 통의 편지가 왕의 손에 들어가도록 힘써주게. 그러
고 나서 급히 내가 있는 곳으로 와주기 바라네. 조용히 할 얘기가
있는데, 그 얘기를 들으면 자네는 깜짝 놀랄 걸세. 말로 다 하기엔
너무나 큰 사건일세. 이 사람들이 자네가 내가 있는 곳까지 안내
해줄 걸세. 로젠크랜츠와 길든스턴은 영국으로 항해를 계속하는
중이야. 이 두 친구들에 관해서 할 말이 태산 같으나, 만나서 얘기
하세. 이만 총총.

친구 햄릿으로부터

그 편지를 왕에게 전하도록 안내해주겠소. 빨리 일을 끝내고 나를
햄릿 전하께로 안내해주오. 이 편지를 당신에게 부탁한 분한테로.
(퇴장)

제7장 같은 장소

클로디어스와 레어티즈 등장.

클로디어스 자, 이것으로 나의 혐의는 깨끗해졌다. 앞으로는 나를 네 편이라 생각해줘야 한다. 너는 총명하니 충분히 납득하겠지만, 네 부친을 살해한 자는 나의 목숨까지 노리고 있다.

레어티즈 잘 알고 있습니다. 그런데 어찌하여 즉시 처벌을 실행하지 않으셨습니까? 마땅히 처벌받아야 할 중죄가 아니옵니까? 폐하 자신의 안전과 권위, 지혜 그리고 그 밖의 모든 점을 감안할 때 엄한 처벌을 내렸어야 마땅하다고 생각합니다.

클로디어스 두 가지 특별한 이유가 있었지. 너에게는 아무것도 아닌 일처럼 보일지 몰라도 나에게는 아주 중대한 이유지. 그의 모친인 왕비는 아들을 바라보는 일을 낙으로 삼고 있지. 내 입장에서 보면 — 이것이 나의 장점인지 화근인지는 알 수 없지만 — 여하튼 왕비는 나의 생명이며, 나의 영혼과 단단히 연결되어 있어. 별이 궤도를 벗어나면 움직일 수 없듯이, 나도 왕비가 없으면 살아갈 수가 없지. 둘째로, 내가 이 사건을 공개적으로 처리할 수 없었던 것은 국민들이 그를 몹시 사랑하고 있기 때문이야. 그들은 그의 결점을 모두 자기 자신들의 애정 속에 푹 담가서, 마치 나무를 돌로 변질시키는 광천(鑛泉)처럼 그에게 채운 형벌의 굴레를, 그의 몸을 치장한 장식인 양 찬양하지. 따라서 내가 쏜 화살은 이 같은 폭풍에 대항하지 못한 채 도로 나의 손끝으로 돌아와버리기 때문에, 내가 노린 그 표적에 닿지도 못하고 마는 거야.

레어티즈 덕택으로 저는 소중한 부친을 잃고, 단 하나밖에 없는 여동생을 저토록 한심한 지경에 이르게 했군요. 지금 새삼 칭찬해도 소용없는 일이지만, 제 여동생은 그전엔 세상 사람들의 모범이었지요. 어느 시대에서나 자랑할 만한 가치가 있을 만큼 완전무결했습니다. 꼭 원수를 갚고야 말겠습니다.

클로디어스 그 일 때문에 밤잠을 설치지는 말아라. 안심해. 나 역시 멍청하고 둔해 빠진 사람은 아니니, 내 수염이 뽑히는 위험한 지경에 놓이고서도 무사태평할 수 있겠느냐. 나중에 자세히 얘기해주마. 나는 자네 부친을 퍽 좋아했다, 나 자신을 아끼듯이. 이 정도 얘기해두면 자네도 알아듣겠지.

　　　　사신이 편지를 들고 들어온다.

뭔가? 무슨 소식이라도 있느냐?

사　신 햄릿 전하로부터 편지가 왔습니다. 이것은 국왕 폐하께, 또 이것은 왕비 폐하께 온 것입니다.

클로디어스 햄릿으로부터? 누가 갖고 왔느냐?

사　신 선원들이라고 합니다. 저는 만나보지 못했습니다만 클로디오가 저에게 전해주었습니다. 그가 편지를 받았다고 합니다.

클로디어스 레어티즈, 자네도 들어보게. (사신에게) 물러가라. (사신 퇴장) (편지를 읽는다)

삼가 아뢰옵니다. 소신 맨몸으로 폐하의 왕국에 상륙했습니다. 내일 폐하를 뵙도록 허락해주소서. 허락해주신다면 그때 기묘하고도 갑작스러운 귀국의 사정을 아뢰올까 합니다.

　　　　　　　　　　　　　　　　　　　　　햄릿 올림

이게 어찌 된 영문이냐? 시종들도 함께 귀국하였을까? 거짓 편지
로 속이려는 것은 아니겠지?

레어티즈　필적을 아십니까?

클로디어스　확실히 햄릿의 필적이다. '맨몸으로'! 추신에는 '혼자'라고 쓰
여 있어. 자네는 이 일을 어떻게 설명하겠나?

레어티즈　저도 어리둥절합니다. 올 테면 오라지요. 복수할 일을 생각하니
마음이 가벼워집니다. 정면으로 맞서서 '이놈, 네가 한 짓이렷다!'
하고 쏘아주겠습니다.

클로디어스　그렇다면 레어티즈, 그가 어떻게 돌아왔는지는 모르겠다만,
그렇다고 또 돌아오지 않았다고 할 수도 없는 일이지만, 자네 내
말을 듣겠는가?

레어티즈　듣겠습니다. 평화롭게 일을 처리하라는 분부만 아니라면, 좋습
니다.

클로디어스　자네 마음을 평화롭게 해주려는 것이다. 만약 그가 항해 도중
에 돌아와 영국으로 재출항하고 싶지 않다고 우기면, 그를 설득시
켜 내 계획에 끌어들이는 거다. 오래전부터 꾸며온 일인데, 이것으
로써 충분히 그를 때려눕힐 수 있지. 이 일만 성공하면 그는 죽음
을 당할 수밖에 없는 거야. 뿐만 아니라, 그의 사인에 대해서도 누
구 한 사람 비난할 수 없을 것이며, 그의 어머니도 진상을 알 턱이
없으니 우연한 사고라고 체념할 것이다.

레어티즈　지시하시는 대로 따르겠습니다. 폐하가 뜻하시는 일에 제가 수
족이 되어 움직일 수 있다면, 기쁜 마음으로 한몫 거들겠습니다.

클로디어스　잘됐다. 자네가 유학 간 뒤로 자네의 어떤 솜씨 하나가 뛰어나
다는 칭찬이 자자했다. 햄릿도 그 소문을 들어 알고 있지. 자네의
다른 재주를 모두 합치더라도 햄릿은 그것을 질투하지 않을 테지

만, 그 솜씨에 대해서만은 퍽 부러워하더군. 내가 보기에는 그 솜씨도 자네의 다른 재능에 비하면 아무것도 아니지만.

레어티즈 그 솜씨라뇨?

클로디어스 젊은이의 모자에 달린 빨간 리본 같은 거지. 하지만 없어서는 안 되는 것. 뭐니 뭐니 해도 젊은이에게는 화려하고 요란스러운 복장이 어울리는 법이고, 차분한 노인에게는 위엄과 다복함을 암시하는 수수한 담비털 옷이 맞는 법이야. 두어 달 전에 노르망디의 어떤 신사가 이곳에 온 적이 있었지. 나는 프랑스인들을 만나 싸워 보기도 했지만, 그들의 승마술은 대단히 뛰어났어. 그런데 이 신사는 특히 그 재주가 비상하더군. 마치 몸이 안장에 붙박혀 있는 듯했지. 말 타는 재주가 하도 희한해서 사람과 말이 한 몸이 된 듯 보였어. 참으로 기막힌 승마의 명수였지. 그가 보여준 여러 가지 묘기를 눈으로 직접 보기 전까지는 도저히 상상조차 할 수 없는 묘기였어.

레어티즈 노르망디 사람이라고 하셨지요?

클로디어스 그렇다.

레어티즈 틀림없이 레이먼드일 겁니다.

클로디어스 그래, 바로 그 사람이야.

레어티즈 그 사람이면 저도 알고 있습니다. 그는 늘 프랑스 국민의 영광이요 자랑이지요.

클로디어스 그 사람도 자네의 기술만은 솔직히 인정하더군. 자기방어에 뛰어난 재주를 가졌고, 특히 세검에 능숙하다는 얘기였다. 자네와 승부를 겨룰 수 있는 사람이 나서면 그 시합은 볼 만한 구경거리가 될 거라더군. 프랑스 검객 가운데 자네와 대적해서 빠르고 능숙하고 정확하게 몸을 움직일 사람은 하나도 없을 거라고 장담했지. 이

말을 귀담아 듣고 있던 햄릿은 금세 질투심에 사로잡혀, 자네가 하
루속히 귀국하기를 기다리고 있었어. 자네와 승부하고 싶었던 게
지. 그래서……

레어티즈 그래서 어쨌다는 겁니까?

클로디어스 레어티즈, 너는 부친을 사랑하고 있느냐? 아니면, 그림 속의
슬픔처럼 겉치레로만 울상을 짓고 있는 거냐?

레어티즈 어째서 그런 질문을 하십니까?

클로디어스 내가 너의 효심을 어찌 의심하겠느냐? 그러나 사랑이 시작되
는 데에도 때가 있는 법이다. 여러 경험을 통해서 나도 알고 있지
만, 시간은 사랑의 불꽃을 강화시키기도 하고 약화시키기도 한다.
애정은 한참 불타고 있을 때에도 그 불꽃을 약화시키는 일종의 심
지를 갖는 법. 더욱이 좋은 일은 영속적일 수가 없지. 좋은 일도 도
가 지나치면, 지나치게 좋다는 이유로 일을 그르치게 돼. 따라서
일단 마음먹은 것은 즉시 실천에 옮겨야 된다. 왜냐하면 하고자 하
는 결심 자체가 변하기 때문이야. 세상 사람들의 말, 행동 또는 여
러 가지 사건으로 인해 그 결심이 약화되고 흔들리기 때문이지. 그
래서 이 같은 결심은 과용하는 한숨처럼, 토해낼 때마다 기분은 상
쾌해지지만 몸에는 해로운 법이거든. 그러나 이보다 더 중요한 것
은, 햄릿이 돌아오는데 자네는 어떻게 하겠느냐 하는 점이다. 아버
지의 당당한 자식이었다는 것을 혀끝으로만 놀릴 게 아니라, 행동
으로 세상 사람들에게 보여주기 위해서 어떻게 하겠느냐 하는 점
이다.

레어티즈 교회 안에서라도 상관없습니다. 당장 그를 때려 죽이겠습니다!

클로디어스 아무리 신성한 장소라도 살인죄를 감쌀 수는 없다. 복수를 하
는데 장소가 무슨 상관이냐. 그러나 레어티즈, 이렇게 해줄 수는

없겠느냐? 너는 한참 동안 집 안에만 들어박혀 있거라. 햄릿이 돌아오면 곧 너의 귀국 소식을 알리겠다. 너의 탁월한 솜씨를 극구 칭찬하마. 프랑스인이 너에게 부여한 그 명성에다 초 칠을 하여 광을 내겠다. 두 사람이 대결하도록 끌어내겠다. 햄릿은 낙관적이고 관대하며 술책이라는 것을 전혀 모르는 사람이라, 검은 자세히 살펴보지는 않을 것이다. 살짝 눈을 속여 너는 끝이 아주 날카로운, 뾰족한 칼을 집어 들어라. 그것으로 능숙하게 한 번만 찌르면, 너는 네 아버지의 원수를 갚을 수 있는 것이다.

레어티즈   그렇게 하겠습니다. 그리고, 기왕이면 칼끝에 독을 칠해놓겠습니다. 약장수로부터 독약을 사둔 게 있습니다. 그걸 바른 칼끝에 찔려 피를 흘리면 치명적입니다. 지독한 독약이죠. 달밤에 채취하여 만든 어떤 약초의 명약도 이 독약에 대해서만큼은 아무런 효험도 발휘하지 못할 겁니다. 독약이 묻은 칼끝에 피부가 살짝 긁히기만 해도 효과는 있습니다. 이 독약을 칼끝에 발라두겠습니다. 닿기만 하면 그놈은 끝장입니다.

클로디어스   그 점에 대해선 신중히 더 생각해보자. 어느 시기에 어떤 수단을 쓰는 것이 우리가 할 일에 가장 적합한가를 충분히 검토해야 돼. 만일 그 일이 실패하여 우리의 계획이 폭로되고, 이 모든 게 서툰 연극으로 끝날 바에야, 처음부터 그만두는 편이 낫지 않겠느냐? 따라서 일이 중도에 깨지는 경우에 대비하여 차선책을 강구해야 한다. 어디 생각해보자 ─ 둘의 칼 솜씨에 내기를 건다 하고 ─ 그렇지! 이리저리 뛰며 싸우다 보면, 몸이 달아올라 목이 타겠지. 그렇게 되도록 맹렬한 칼싸움을 해줘야 돼. 그렇게 되면 그는 물을 청할 것이다. 그때 준비해두었던 잔을 내미는 거야. 한 모금만 마시면, 독검은 운 좋게 피할 수 있었다 하더라도 우리의 목적은 달성될 수 있는 것이다. 그런데 이게 웬 소동이냐? 왕비, 어찌 된 일이오?

    왕비, 울면서 등장.

거트루드   불행한 일이 꼬리를 물고 잇달아 발생하는군요. 레어티즈, 너의 여동생이 익사했구나.

레어티즈   익사했다구요! 어디서요?

거트루드   시냇물 가를 가로질러 버드나무가 비스듬히 자란 곳이 있는데, 수면에는 그 회백색 잎과 가지들이 비치고 있지. 그곳에 그 애가 미나리아재비, 쐐기풀, 실국화, 자란(紫蘭) 따위를 섞어 만든 신비스러운 화관을 쓰고 오지 않았겠니. 자란에 대해서는, 입이 건 목동들은 상스러운 이름으로 부르고 있지만, 얌전한 소녀들은 그것을 죽은 사람의 손가락이라고 부르지. 오필리어가 버드나무의 늘어진 가지에다 그 아름다운 화관을 걸려고 올라갔을 때, 심술궂은 가지가 부러져 그만 그 앤 화관과 함께 흐느끼는 시냇물에 빠지고 말았어. 그러자, 옷자락이 활짝 펴져 그 앤 인어처럼 잠시 물 위에 떠 있었지. 수면에 떠 있는 동안 그 앤 띄엄띄엄 찬송가를 부르고 있었어. 마치 자신이 처한 위험을 전혀 모르는 사람처럼. 아니 마치 물에서 태어나, 물속에 사는 생물 같았지. 하지만 그것도 잠깐이었어. 물을 빨아들여 무거워진 옷이 바닥의 진흙 속으로 가련한 그 애를 끌고 들어갔지. 아름다운 노랫소리도 사라져버리고.

레어티즈   아, 그렇게 그 애가 익사했다는 겁니까?

거트루드   그래, 익사했단다, 익사했어.

레어티즈   가엾은 오필리어. 물은 그만하면 충분할 테니, 나는 더 이상 눈물은 흘리지 않겠다. 그러나 사람의 정이란 어쩔 수 없는 것. 복받치는 감정을 누를 길이 없구나. 염치고 뭐고 없다. 흐르는 눈물을 어찌하리. 실컷 울고 나면, 나약한 마음은 사라질 것이다. 폐하, 안녕히 계십시오. 불덩이 같은 분노가 이글이글 타오르지만, 어리석은 눈물이 그 불을 끄고 있습니다. (퇴장)

클로디어스 뒤쫓아갑시다, 거트루드. 그의 분노를 진정시키느라 내가 무던히 애써왔는데, 이 일이 다시 그의 마음을 뒤집어놓았소. 그러니 그의 뒤를 따라가봅시다. (퇴장)

제5막

제1장 엘시노의 묘지

두 명의 인부가 삽과 곡괭이로 무덤을 파고 있다.

광대 1 그 여자를 기독교 의식에 따라 버젓이 매장할 모양인가? 자살을 했다던데.

광대 2 그렇대두. 그러니 어서 파기나 해. 검시관이 조사했대잖아. 기독교식으로 결정했다는군.

광대 1 그런 법이 어디 있어? 자기를 방어하기 위해 풍덩 물속으로 뛰어든 것도 아닐 텐데.

광대 2 글쎄 그렇게 판정이 났어.

광대 1 이건 아무래도 정당 폭행인 듯싶네. 틀림없어. 핵심은 바로 이 점이야. 즉 내가 만약에 고의로 익사했다고 하세. 그것은 곧 하나의 행위가 되지. 그런데 행위는 세 가지로 구분되거든. 행위와 실천과 수행이지. 그렇기 때문에 이 여자는 고의로 익사한 거야.

광대 2   하지만 여보게나, 내 말인즉슨 —.

광대 1   글쎄, 이것 봐. 가령 여기에 물이 있다고 하세, 알겠나? 여기엔 사람이 있고, 알겠지? 그 사람이 이 물에 와서 풍덩 했다면, 싫건 좋건 고의로 물에 빠져 죽은 거야. 알겠지? 그런데 말일세, 만약에 물이 그 사람한테 와서 덮쳤다고 하면 그는 고의로 물에 빠진 것이 아니야. 그렇기 때문에 스스로 자기 목숨을 끊지 않은 자는 제 목숨을 줄인 게 아니라는 말이 되지.

광대 2   그게 바로 법률이라는 건가?

광대 1   그렇고 말고. 요것이 바로 검시법이라는 걸세.

광대 2   그렇다면 내가 진실을 가르쳐줄까? 이 여자가 만약에 양가집 처녀가 아니었다면 격식을 차린 매장은 어림도 없었다구.

광대 1   얼씨구, 제법이신걸. 제기랄, 양반들은 평민들보다 목매달고 물에 빠져 죽는 일에도 편리하게 되어 있단 말이야. 뭐, 말이야 바른 말이지 버젓한 양반 집안 치고 조상들 가운데 정원사, 도랑 치기, 무덤 파기 같은 일을 하지 않은 사람은 없었잖아. 모두들 아담의 직업을 이어받았지. (무덤 구멍으로 들어간다)

광대 2   아담께서도 양반이었던가?

광대 1   그야 물론이지. 이 세상에서 제일 먼저 삽을 든 양반이야.

광대 2   삽은 없었어.

광대 1   뭐라고? 자네는 이교도인가? 성경을 어떻게 읽고 있는 거야? 성경 말씀에 "아담이 땅을 파다"라는 말이 있네. 삽이 없었으면 어떻게 땅을 팠겠어? 한 가지 더 물어보겠네. 제대로 답을 못 하면 참회하라구…….

광대 2 해보게.

광대 1 석수장이나 조선공이나 목수보다도 물건을 더 튼튼하게 만들 수 있는 사람이 누군 줄 아나?

광대 2 그야 물론 교수대 만드는 사람이지. 그 형틀은 천 명이 들락날락해도 끄떡없으니까.

광대 1 제법인데! 마음에 들었어. 교수대는 잘 만들어졌지. 그런데 잘 만들어졌다는 것은 뭔가? 악당 놈들의 목을 조르는 데 좋게 잘 만들어졌다는 얘길 테지. 하지만 교수대가 교회보다 더 잘 만들어졌다고 말하면 못써. 교수대는 자네 목을 매달기에도 안성맞춤이니까. 한 번 더 해볼까?

광대 2 석수장이나 조선공이나 목수보다도 물건을 더 튼튼하게 만들 수 있는 사람이 누구냐, 그 말씀이지?

광대 1 대답해보게. 그러고 나서 한숨 돌리자구.

광대 2 알겠네.

광대 1 말해봐.

광대 2 모르겠는걸.

광대 1 더 이상 머리를 쥐어짜는 짓은 그만두게. 아무리 채찍질한다 해도 자네 같은 둔마는 빨리 달릴 수 없으니까. 알겠어? 다음에 누가 묻거든 '무덤 파는 사람'이라고 대답하라구. 그가 만드는 집은 이 세상 끝나는 날까지 견디니까. 가서, 주막집 요한한테 술이나 한 통 받아오게. (광대2 퇴장)

　　햄릿과 호레이쇼, 묘지로 접근. 햄릿은 항해 때의 여장 그대로다.

　　(광대1, 땅을 파며 노래한다)

젊어서 사랑하고 사랑하던 때

이 세상은 즐겁고 달콤했지만

나를 위해 보낸 세월 짧기도 하여

신바람 나지 않아 체념한다네.

햄 릿 무덤을 파면서 노래를 하는군. 자기가 하고 있는 일에 대해서 아무런 느낌도 없단 말인가?

호레이쇼 습관이 되어 아무렇지도 않은 모양입니다.

햄 릿 그런가 보다. 쓰지 않는 손이 더 민감한 법이니까.

광대 1 (노래한다)

어느새 밀려든 노년의 세월

이 몸을 휘어잡고 놓지를 않네.

끌려서 온 길은 북망산이냐

흘러간 세월은 어디 있느냐.

(해골 바가지를 들어올린다)

햄 릿 저 해골에도 한때는 혀가 있어 노래를 부를 수도 있었을 테지! 최초의 살인자 카인의 턱뼈를 다루듯이 저 녀석이 해골바가지를 마구 땅 위에 내동댕이 치는구나. 지금은 저 바보 녀석한테 마구 천대를 받고 있긴 하지만, 저것은 어느 정치가의 해골인지도 몰라. 그 지능이 하느님을 뺨칠 정도로 좋았는지도 모르지. 안 그래?

호레이쇼 그럴지도 모르죠.

햄 릿 아니면 궁정의 어떤 아첨꾼 궁신이었는지도 모를 일이야. 그는 떠벌려댔겠지. '각하, 안녕하셨사옵니까? 기분이 어떠하시온지요?

아니면 자기가 눈독을 들이고 있던 아무개 전하의 말[馬]이 탐나서 그 말을 칭찬한 다른 아무개 전하의 것인지도 몰라, 안 그런가?

호레이쇼 그럴지도 모릅니다.

햄 릿 틀림없이 그럴 거야. 그런데 지금은 구더기 마님의 밥이 되고 있어. 턱은 빠진 채 무덤 파는 인부의 삽에 머리통을 얻어맞고 있지 않나? 눈만 있다면 여기에서 세상만사가 유전하는 증거를 볼 수 있지. 여기 뒹굴고 있는 뼈들도 공들여 키워졌을 텐데도, 결국은 노리갯감이 되고 말았을 뿐 아닌가? 생각만 해도 머리가 지끈지끈 아프구나.

광대 1 (노래한다)

곡괭이 한 자루에 삽 한 자루
그리고 수의도 한 벌
오호라, 손님 한 분 모시기 위해
땅속에 만드는 구멍이여. (또 하나의 해골을 들어 올린다)

햄 릿 또 하나 나왔군. 저것이 법률가의 해골이 아니라고 누가 장담하리. 능숙한 그의 궤변은 지금 어디로 갔는가? 그의 뛰어난 재주와 판례와 소유권과 사기술은 모두 어디로 갔는가? 천박한 녀석한테 더러운 삽 끝으로 머리통을 얻어맞으면서도 용케 참고 있구나. 어찌하여 폭행죄로 소송을 제기하지 못하는가? (해골을 손에 들고) 흥, 이 녀석이 살아 있을 땐 토지를 매점하였는 지도 모를 일. 차압증서, 금전차용증서, 토지소유권 명의 변경, 이중증인, 토지 양도소송 등 온갖 수단을 가리지 않고 차지했겠지. 그런데 토지소유권 변경이니, 양도소송 등이 웬말인가? 결과는 그의 머리통 속에 진흙만이 온통 차 있을 뿐인데! 그리고 이제 그 증인이 보증할 수 있는 것이라곤 겨우 계약서 두 통뿐이 아닌가? 이중으로 썼다 해도 말이야. 이 머리통에는 토지 양도증서 하나도 들어갈까 말까야. (해골 바가지를 가볍게 두드리며) 땅을 집어삼킨 이자에게 기껏 남은 것은 그의 골통밖에 더 있느냐 말이야, 안 그래?

호레이쇼 정말 아무것도 없죠.

햄 릿 증서는 양가죽으로 만들지?

호레이쇼 그렇습니다. 송아지 가죽으로 만든 것도 있습니다만.

햄 릿 그 증서 따위를 믿는 녀석들은 양이나 송아지 같은 인간들이다. 저 인부한테 말 좀 걸어봐야겠다. (둘이 앞으로 나선다) 이게 누구의 무덤이냐?

광대 1 제 것입니다. (노래한다)
손님 한 분 모시기 위해
땅속에 만드는 구덩이여.

햄 릿 정말로 자네 것인 모양일세, 자네가 그 속에 들어가 있는 걸 보니.

광대 1 나리는 구멍 밖에 계시니 나리 것은 아니죠. 저는 거짓말을 모릅니다요. 그러니 이것은 제 것이죠.

햄 릿 그 속에 있으니까 자기 무덤이라니, 말도 안 된다. 무덤은 죽은 사람을 위해 있는 것이지, 산 사람의 것은 아니잖는가? 자넨 거짓말을 하고 있네그려.

광대 1 이게 바로 즉석 거짓말이라는 겁니다. 다음은 나리 차례입죠.

햄 릿 어떤 사내의 무덤을 파고 있는가?

광대 1 사내의 무덤이 아닙니다.

햄 릿 그러면, 어떤 여인의 무덤인가?

광대 1 여자 무덤도 아닙죠.

햄 릿 그 속에 누구를 묻으려는 거냐?

광대 1 살아생전엔 여자였지만 지금은 가엾게도 죽어 혼백이 되어버렸거든요.

햄 릿 아주 까다로운 녀석이군! 조심해서 말해야지, 어물어물 말했다간 덜미를 잡히겠어. 여보게, 호레이쇼, 지난 삼 년 동안 눈여겨봤네만, 세상 인심이 하도 날카로워져서 백성들의 발톱이 궁신들의 발뒤꿈치 살까지 할퀴어놓는 형편이 되었네. 무덤 파는 일은 언제부터 하기 시작했나?

광대 1 일 년 삼백육십오 일 가운데 소생이 이 일을 시작한 것은 바로 선대 햄릿 왕께서 포틴브라스를 무찌르시던 날이었지요.

햄 릿 그게 얼마 전인데?

광대 1 소식이 깡통이시군요. 바보 천치들도 그날은 다 알고 있는데. 바로 햄릿 왕자님께서 탄생하시던 날이었죠. 왕자님은 미쳐서 영국으로 유배됐지만요.

햄 릿 왜 영국으로 추방됐지?

광대 1 미쳐버렸다니깐요. 영국에 가면 제정신이 돌아온답니다. 하기야 제정신이 돌아오지 않는다 하더라도 거기선 별문제 될 건 없지만요.

햄 릿 어째서?

광대 1 그곳에서는 왕자님이 눈에 띄지 않을 테니까요. 그곳 사람들은 너나없이 홀랑 다 미쳐 있거든요.

햄 릿 왜 미쳤다던가?

광대 1 들리는 소문이 참 이상합니다.

햄 릿 어떻게 이상한데?

광대 1 그야 물론 머리가 돌았다는 거죠.

햄 릿 원인(upon what gnound를 원인으로 해석—역자 주)이 어디 있는데?

광대 1 어기요? 그아 물론 덴마크 땅(gnound, 광대는 땅으로 해서 여기 주)이죠. 저는 이 나라에서 무덤 파는 일을 삼십 년 동안이나 해왔지요.

햄 릿 시체가 썩는 데 시간이 얼마나 걸리느냐?

광대 1 죽기 전부터 썩은 놈이 아니라면 — 요즘엔 장례식까지 버티지 못하고 매장할 틈도 없이 썩는 매독 환자가 많아서 다릅니다만, 팔구 년은 족히 갑니다요. 가죽장수의 시체는 구 년까지도 장담할 수 있습죠.

햄 릿 가죽장수는 어째서 더 오래가는가?

광대 1 그야 물론 장삿속으로 피부를 매끄럽게 손질해왔기 때문에 한참 동안 물기가 스며들지 않지요. 물이라는 게 말씀입니다, 망할 놈의 시체를 썩게 하는 데에는 그저 그만입죠. (해골을 하나 집어들고) 또 하나 나오는군. 이 해골바가지도 땅속에서 이십삼 년간이나 잠자고 있었습니다.

햄 릿 누구의 것인가?

광대 1 미친놈의 자식입죠. 누군 줄 아십니까?

햄 릿 모르겠는걸.

광대 1 미친 자식, 염병에나 걸려 뒈질 놈! 언젠가 제 머리에 포도주를 한 병 통째로 뿌리던 작자지요. 이것은 말씀이죠, 폐하의 광대였던 요릭의 해골입니다.

햄 릿 이것이?

광대 1 그렇다니깐요.

햄 릿 어디 보자. (해골을 손에 들고) 오호라, 불쌍한 요릭! 난 이 사람을 알고 있어, 호레이쇼. 재담이 그칠 줄 모르는 재간둥이였지. 나를 언제나 등에 업고 다녔어. 지금 이 꼴을 보니 오장육부가 뒤집히는 것 같군. 내가 수없이 입맞춤했던 입술이 여기 달려 있었지. 너의 농담은 지금 어디로 갔느냐? 그 광대놀이, 그 노래, 좌중을 왁자지껄 웃기던 그 재담은 어디로 갔느냐? 이를 드러낸 해골바가지, 내 꼴을 너는 비웃지도 못하고 있구나. 턱이 쑥 빠져버렸느냐? 부인들 방으로 가서 한바탕 지껄이고 오너라. 분가루를 한껏 처발라도 결국은 요 모양 요 꼴이 된다고 말이다. 가서 귀부인들을 웃겨줘라. 여보게, 호레이쇼, 대답 좀 해보게.

호레이쇼 전하, 무엇을 말입니까?

햄 릿 알렉산더 대왕도 땅속에서 이런 꼴이 되었겠지?

호레이쇼 그럴 테죠.

햄 릿 고약한 냄새도 풍기겠지! 퉤! (해골을 땅에 놓는다)

호레이쇼 물론입니다.

햄 릿 호레이쇼, 인간은 죽어서 천대를 받는구나! 알렉산더 대왕의 거룩한 유해도 결국은 한 줌의 흙이 되어 술통 마개가 될지도 모를 일이 아닌가?

호레이쇼 그렇게까지 상상하시는 것은 좀 지나치신 듯합니다.

햄 릿 아니, 결코 지나친 일이 아니다. 아무리 생각해봐도 자연스럽게 귀착되는 점은 그것이 아니고 무엇이냐? 생각해보게. 알렉산더가 죽었다, 알렉산더가 땅속에 묻힌다, 알렉산더가 흙으로 돌아간다, 흙은 진흙이다, 진흙으로 우리는 점토를 만든다 ― 알렉산더가 변해서 이루어진 점토로 맥주통 마개를 만들지 않는다고 누가 보장할 수 있겠는가?

황제 시저도 죽어 흙이 되어
벽의 구멍 막는 바람막이 되었을지 볼라

아, 한때 세상을 호령하던 그 흙이
모진 겨울바람 막는 흙담이 되다니!

쉿, 가만 있거라! 저기 왕이 오는구나.

　장례식 행렬이 조용히 묘지로 들어온다. 뚜껑 없는 관 속에는 오필리어의 유해가 들어 있고, 그 뒤로 레어티즈, 왕, 왕비, 궁신들, 그리고 사제가 뒤따르고 있다.

왕비와 궁신들도 오고 있군. 누구의 장례식일까? 아무런 의식도 없으니, 저기 운구되고 있는 유해의 주인공은 아마도 이 세상을 등지고 스스로 목숨을 끊었음이 틀림없다. 신분이 높은 자인 모양이다. 잠시 숨어서 살펴보자. (햄릿과 호레이쇼, 나무 그늘에 숨는다)

레어티즈　의식은 이것뿐입니까?

햄 릿　(호레이쇼에게 방백) 저 사람이 레어티즈야. 훌륭한 젊은이지. 잘 봐두게.

레어티즈　의식은 이게 답니까?

사 제　교회의 법규가 허락하는 범위를 넘어서 정중한 의식으로 모신 셈입니다. 사인에 미심쩍은 데가 있었죠. 만약 왕의 특명으로써 관례를 깨뜨리지 않았더라면, 시체는 부정한 땅에 매장되어 마지막 심판의 나팔이 울리는 시각까지 기다리지 않으면 안 되었을 것입니다. 자비로운 기도 대신에 질그릇 조각이나 돌멩이가 시체에 날아들었을 것입니다. 그러나 특별히 처녀의 화환을 바치고, 무덤에 처녀의 꽃을 뿌리고, 조종(弔鐘)을 울림으로써 영원히 잠들게 하였습니다.

레어티즈　그 이상의 의식은 할 수 없단 말이오?

사 제 더 이상은 할 수 없습니다. 진혼미사를 올린다거나, 평화롭게 세상을 떠난 사람들에게 바치는 안락기도를 바친다면, 신성한 장례의식을 모독하는 일이 됩니다.

레어티즈 땅속에 묻어라. 아름답고 깨끗한 그녀의 육체로부터 오랑캐꽃이 피어날 것이다. (관이 무덤 속에 내려진다) 심술궂은 사제여, 내 말을 듣거라. 네놈이 지옥에서 울부짖고 있을 때 내 여동생은 자비로운 천사가 되어 있을 것이다.

햄 릿 아, 아름다운 오필리어가!

거트루드 (관 위에 꽃을 뿌리면서) 아름다운 소녀에게는 아름다운 꽃을 안기자! 고이 잠들거라. 네가 햄릿의 아내가 되어줄 것을 바라고 있었는데, 너의 신방을 꽃으로 장식해주려 했는데, 웬일로 너의 무덤 위에 나는 이렇게 꽃을 뿌리고 있구나.

레어티즈 아, 이 삼중의 괴로움이여, 서른 배가 되어 저주받을 그 녀석 머리 위에 쏟아져라. 그놈의 잔인한 행동이 그윽하고 영리한 너의 감각을 미치게 만들었다! 기다려라. 흙을 뿌리는 것을 잠시 멈춰라. 한 번만 더 이 팔로 동생을 껴안고 싶다. (무덤 속으로 뛰어든다) 자, 이젠 흙을 덮어라. 산 사람과 죽은 사람의 머리 위에 똑같이 흙을 덮어라. 평지가 산이 되어, 펠리온(그리스의 동해안 테살리아에 있는 산—역자 주) 산보다도 높이, 하늘을 찌르는 푸른 올림포스의 산봉우리보다도 높이 솟구치도록 흙을 쌓아 올려라, 쌓아 올려라.

햄 릿 (앞으로 나선다) 누구냐, 저자는? 자기 슬픔을 마구 과장해서 아우성치고 있구나. 슬픈 목소리를 돋우어 떠들어대는 소리에 하늘을 떠도는 별이 놀라 넋을 잃고 제자리에 멈춰버릴 정도로구나. 도대체 저자는 누구냐? 나야말로 덴마크의 왕자 햄릿이다. (무덤 속으로 뛰어든다)

레어티즈   죽일 놈, 지옥에나 떨어져라! (햄릿과 맞붙어 싸운다)

햄 릿   입이 더럽구나. 기도를 하려면 제대로 하라. 내 목에서 손을 치워라. 나는 화낼 줄도 모르고 난폭하지도 않지만, 여차하면 무슨 일을 저지를지 모른다. 조심하는 것이 현명하다. 손을 놓아라.

클로디어스   두 사람을 떼어놔라.

거트루드   햄릿, 햄릿!

일 동   자, 두 분!

호레이쇼   진정하세요, 전하.

　　　　궁신들, 두 사람을 떼어놓자 둘은 무덤 밖으로 나온다.

햄 릿   이 문제로 끝까지 싸우겠다. 내가 눈을 감기 전까지는 싸우고야 말 테다.

거트루드   햄릿, 이 문제라니?

햄 릿   나는 오필리어를 사랑했다. 설사 사만 명의 형제들이 제각기 자신의 사랑을 몽땅 합친다 해도 내 사랑에는 미치지 못할 것이다. 너는 여동생을 위해서 무엇을 할 수 있느냐?

클로디어스   레어티즈, 그는 미친 사람이다.

거트루드   제발 참아요.

햄 릿   제기랄, 무엇을 할 수 있는지 말해보라니까. 눈물을 흘리겠는가? 싸우겠는가? 단식하겠는가? 네 옷을 갈기갈기 찢겠는가? 식초를 퍼마시겠는가? 악어를 집어삼키겠는가? 그따위 짓은 나도 할 수 있다. 흐느껴 울려고 이곳에 왔나? 네가 무덤 속에 뛰어든다고 해서 내가 눈 하나 까딱할 줄 알아? 그녀와 함께 산 채로 묻히려고 하면 나도 그만한 일쯤은 할 수 있다. 게다가 어리석게도 산을 들먹였는데, 우리 몸뚱이 위에다가 몇백만 에이커의 흙을 쌓아 올려라. 마침내 그 흙더미가 태양에 닿아 봉우리가 지글지글 타오를 때까지 쌓아 올려라! 펠리온산의 봉우리를 오사산이 한 점 사마귀로 보일 때까지 쌓아 올려라!(그리스 신화에 따르면 티탄들이 올림포스산에 오르기 위해 펠리온산 위에 오사산을 쌓아올렸다고 함-역자 주) 네가 고함을 지르겠다면 나도 너 못지않게 고래고래 고함지를 수 있다.

거트루드 (레어티즈에게) 지금은 광기가 발작하여 소란을 피워대고 있지만, 곧 진정할 거다. 암비둘기가 황금빛 새끼를 깔 때처럼 입을 다물고 얌전해질 거야.

햄 릿 (레어티즈에게) 들어보게나, 어째서 나를 이렇게 대하는 건가? 나는 자네를 좋아했네. 하지만, 그 일을 덮어두기로 하세. 헤라클레스가 아무리 힘을 쓴다 해도, 고양이는 여전히 야옹거릴 것이요, 개는 멋대로 놀아날 테니까. (퇴장)

클로디어스 호레이쇼, 함께 가주게. (호레이쇼 퇴장) (레어티즈에게 방백으로) 간밤에 나눈 이야기를 생각하고 꾹 참게. 곧 일을 진행시켜야겠다. 거트루드, 당신 아들을 잘 감시하도록 하오. (다시 레어티즈에게) 이 무덤에 불멸의 기념탑을 세워 주겠다. 얼마 안 가서 평화의 날이 올 것이다. 그때까지 꾹 참고 일을 진행시키자. (모두 퇴장)

제2장 궁성 안의 홀

정면에 옥좌가 있고, 좌우에 의자와 테이블 등이 준비돼 있다. 햄릿, 호레이쇼와 이야기를 나누면서 등장.

햄 릿 이 얘기는 이만큼 해두고 다음으로 넘어가세. 그 당시 상황은 자네도 기억하고 있겠지?

호레이쇼 기억납니다, 전하!

햄 릿 내 마음속에서 반란이 일고 있었네. 그 일 때문에 밤잠을 설치고 있었지. 반란죄로 붙잡혀 발목에 형틀을 차고 있는 선원들보다 더 비참한 심정이었어. 그런데 갑자기 분별심이 없어졌네. 하기야 이 경우에는 무모한 행동이 가상한 일이 되었지만 말이네. 때로는 깊게 다진 음모가 수포로 돌아갈 때, 무모한 행동이 오히려 우리에게 도움이 되는 수가 있거든. 그러니 우리 인간들이 아무리 엉성하게 일을 꾸며 놓아도, 그것을 완전하게 다듬고 완성하는 것은 하느님의 뜻이라는 걸 알 수 있지.

호레이쇼 확실히 그렇습니다.

햄 릿 나는 몰래 선실을 빠져나와, 뱃놈들의 외투를 둘러쓰고 그놈의 편지 찾느라 캄캄한 어둠 속을 손끝으로 더듬거렸지. 다행히 그 꾸러미를 찾아내어 몰래 들고 다시 선실로 돌아왔네. 아주 대담한 짓이었지. 불길한 생각이 들어 예절도 잊고 그 친서의 봉인을 뜯고 말았네. 그렇게 해서 호레이쇼, 클로디어스의 무서운 흉계가 폭로된 거야! 왕의 추상같은 명령이라며 엉터리 같은 수작을 잔뜩 늘어놓았더군. 덴마크 왕의 신변 안전을 위협할 뿐만 아니라 영국 왕의 목숨까지도 위태롭게 하는 인물을 살려두는 것은 마치 악귀를 세상에 방임해두는 것과 똑같다는 거지. 편지를 읽는 즉시, 때를 놓치지 말고 도끼날을 갈 새도 없이 내 목을 치라는 내용이었네.

호레이쇼 그럴 수 있습니까?

햄 릿 여기에 그 친서가 있으니, 틈이 나면 읽어보게. 그다음에 내 어떻게 했는지 들어보겠나?

호레이쇼 네, 듣고 싶습니다.

햄 릿 흉측한 음모가 그물에 꼼짝없이 사로잡혔는데 — 말하자면 내 머
       릿속에서 미처 프롤로그도 쓰기 전에 막이 올라 이미 연극은 시작
       되었더군그래. 나는 책상머리에 앉아 새로운 친서를 초하여 깨끗
       하게 정서했어. 한때는 나도 이 나라 정치가들처럼 글씨를 깨끗하
       게 쓰는 일을 숫제 천박한 일로만 여겨, 애써 배운 서도를 억지로
       잊어버리려 한 적도 있었지만, 이번엔 큰 도움이 되었네. 들어보겠
       나, 내가 초한 친서를?

호레이쇼 읽어주십시오, 전하.

햄 릿 우선, 왕으로부터의 정중한 의뢰장이 되도록 체제를 갖추었지.
       '영국은 덴마크의 충실한 신하이니만큼' 이라든지, '양국 간의 우
       호가 종려나무처럼 날로 번창하길 바라느니만큼' 이라든지 '평화
       의 여신이 밀이삭의 관을 쓰고 양국 우호의 인연이 되어야 하느니
       만큼' 이라든지, 그 밖에도 당나귀 짐바리만큼 그럴듯한 문구들을
       숱하게 나열한 후, 이 친서를 보는 즉시 주저 말고 친서를 지참한
       자들을 사형에 처해달라는 부탁과, 추호도 그들에게 참회의 기회
       를 주어서는 안 된다는 말도 덧붙여두었지.

호레이쇼 봉인은 어떻게 하셨습니까?

햄 릿 아, 바로 그 일에 있어서는 하느님의 보살핌이 있었네. 마침 선왕
       의 인감이 주머니에 들어 있었지. 현재의 덴마크 옥새도 이 인감과
       똑같아. 나는 내가 쓴 편지를 그전의 것과 똑같이 접어서 서명을
       하고 봉인한 뒤, 바꿔치기한 것을 아무도 눈치채지 못하도록 본래
       의 장소에 갖다 두었어. 바로 그다음 날 우리는 해적의 습격을 받
       았다네. 그 이후의 일은 자네도 이미 알고 있는 바대로일세.

호레이쇼 그렇다면 길든스턴과 로젠크랜츠는 죽겠군요?

햄 릿 그야, 그 두 얼간이들은 이 일이 좋아서 달라붙은 거니까. 나는 그

들에 관한 한 티끌만큼도 양심의 가책이 없네. 그들은 남의 일에 지나치게 참견하다가 파멸을 자초하고 말았지. 그따위 하찮은 작자들이 끼어드는 것은 위험천만한 일이야. 강자들 사이에 불꽃 튀는 싸움이 오가는 판에 말일세.

호레이쇼 한 나라의 왕으로서 그런 짓을 저지르다니!

햄 릿 나는 절대로 물러설 수 없네. 싸워야 돼, 안 그런가? 그놈은 부왕을 살해했고, 어머님을 더럽혔고, 또 내가 이 나라의 왕이 되는 것을 방해했네. 그뿐인가, 내 목숨을 빼앗으려고 함정까지 파놓았네. 그런 놈을 이 손으로 처치하는 것은 당연한 일이지. 벌레 같은 그런 인간이 번성하면서 악행을 계속한다면 어떻게 방임해둘 수 있겠는가? 그 방임은 곧 죄악일세.

호레이쇼 얼마 안 있어 그쪽 일이 어떻게 처리되었는지 영국으로부터 소식이 오겠군요.

햄 릿 곧 알게 되겠지. 그때까지 시간은 내 차지네. 인생이란 어차피 깜빡하는 순간에 끝나는 것 아닌가? 그건 그렇다 치고 여봐, 호레이쇼, 내가 레어티즈한테 성질을 부린 것은 미안한 일이었어. 내 형편을 생각해보면 그의 심정도 이해할 수 있을 것 같아. 사과를 해야겠네. 지나치게 슬픔을 과장하기에 나도 모르게 분통이 터졌지.

호레이쇼 쉿, 누가 옵니다.

　　　젊은 궁신 오즈릭 등장.

오즈릭 (모자를 벗고 절을 하며) 전하의 귀국을 충심으로 환영합니다.

햄 릿 고맙소이다. (호레이쇼에게 방백) 이 쇠파리 같은 놈이 누군지 자네 아나?

호레이쇼 (햄릿에게 방백) 모르겠는데요.

햄 릿 (호레이쇼에게 방백) 다행이네. 저런 작자를 알면 화근이 되지. 저자는 땅도 많이 갖고 있네. 모두 비옥한 땅이지. 저 짐승 같은 놈이 바로 짐승들의 우두머리가 된 탓에 구유를 궁정의 식탁 옆에 갖다 놓을 수 있게 되었단 말야. 수다쟁이지만, 아까 말한 대로 소유하고 있는 땅은 방대하지.

오즈릭 (다시 절하며) 전하, 여가가 있으시다면 폐하의 분부를 전달할까 합니다.

햄 릿 경청하겠으니 전달하시오. (오즈릭, 절을 하며 모자를 내흔든다) 모자는 모자답게 사용하시오. 그건 머리 위에 얹는 것이 아니오?

오즈릭 배려에 감사드립니다. 하지만 하도 더워서요.

햄 릿 아니, 오늘은 몹시 추운데. 북풍 탓인가?

오즈릭 그렇군요. 그렇게 말씀하시니, 아닌게 아니라 오싹오싹하옵니다.

햄 릿 그런데 내 체질 탓인지 날씨가 아주 찌는 듯 덥게 느껴지는군.

오즈릭 전하, 말씀대로 매우 무더운 날씨입니다. 뭐랄까, 말할 수 없을 만큼 매우 무덥군요. 한데 국왕 폐하께서 전하를 위하여, 전하께 굉장한 내기를 거시겠노라는 폐하의 뜻을 전하라는 분부이십니다. 그 내용을 자세히 말씀드리자면……

햄 릿 제발 잊지 말아주길 바라오. (다시 모자를 쓰라고 손짓한다)

오즈릭 아닙니다, 이러는 것이 훨씬 편합니다. 레어티즈 님이 귀국하셨습니다. 그분이야말로 빈틈없는 신사시죠. 뛰어난 기예 솜씨도 한두 가지가 아니고, 사교성도 원만한 데다 풍채도 당당합니다. 그분은 정말이지 신사도의 지침서요, 모범적인 궁신이라 할 수 있습니다. 아무튼 신사로서 모름지기 갖추어야 할 모든 품격을 그분 안에서 찾아볼 수 있습지요.

햄 릿 그대가 주워섬긴 그의 미덕 명세표가 그토록 근사하니 그로서도 손해 볼 일은 없겠구려. 하지만 그렇게 재고품 목록같이 나열해댄다면 낱낱이 기억하기 힘들어 머리만 어지러울 터이니, 그것을 기억하려고 아무리 빠른 돛을 달고 쫓아가봐야 놓치기 십상이겠군. 그러나 사실대로 칭찬하자면, 그자는 큰 인물임에는 틀림없다오. 희귀하고 진기한 재능을 타고났기에, 정녕 진심으로 말하건대 그와 견줄 만한 자는 오직 그를 비추는 거울뿐이요, 그의 뒤를 따를 수 있는 자는 그의 그림자밖에 없지.

오즈릭 전하, 지당하신 말씀입니다.

햄 릿 대체 요점이 뭐요? 무엇 때문에 그 신사를 그토록 설익은 말로 둘둘 말아대는 거요?

오즈릭 네?

호레이쇼 아니, 다른 식으로 말하면 통 이해 못 하시겠소? 이해할 수 있을 텐데, 정녕 이해하시리다.

햄 릿 대체 신사의 얘기를 끄집어낸 까닭이 무엇이오?

오즈릭 레어티즈에 관한 말씀이신가요?

호레이쇼 (햄릿에게 방백) 저자의 말 주머니가 벌써 텅 비어버렸나 보군요. 금싸라기 같은 명구들을 죄다 써버렸나 봅니다.

햄 릿 그렇소, 그분에 관해서 말이오.

오즈릭 전하께서도 모르시지는 않으리라 생각합니다만…….

햄 릿 내가 아무것도 모르는 놈은 아니라고 생각해주시오. 당신이 그렇게 생각해준대도 내 명예와는 별반 상관없는 일이긴 하오. 그래 어쨌다는 거요?

오즈릭 레어티즈가 뛰어난 사람이라는 것은 알고 계실 줄…….

햄 릿 그 점에 대해선 말하고 싶지 않소. 뛰어난 점에 있어서 나는 그와 비교되고 싶지 않기 때문이오. 나 자신도 모르면서, 어찌 남을 알 수 있겠소?

오즈릭　제가 말씀드리고자 하는 것은 그분의 칼 솜씨올시다. 사람들 얘기로는 그분과 대적할 만한 사람은 천하에 없다는 겁니다.

햄　릿　양칼잡이군. 그래, 좋아…… 그래서?

오즈릭　국왕 폐하께서는 레어티즈에게 바르바리산 말 여섯 필을 거셨고, 이에 대하여 레어티즈는 여섯 자루의 프랑스제 세검과 단검, 혁대, 칼걸이 등의 부속품을 걸어 제게 맡겨놓았습니다. 그중 세 쌍의 조대(調帶)는 실로 그 장식이 아름다워 칼자루와도 조화를 잘 이루고 있습니다. 오밀조밀한 솜씨가 엿보이는 정교한 것이지요.

햄　릿　조대라니, 그게 무엇이오?

호레이쇼　(햄릿에게 방백) 저 사람 말은 주석 없이는 못 알아들으실 것 같군요.

오즈릭　조대란 칼걸이를 말합니다.

햄　릿　대포를 옆구리에 차고 다닌다면 그런 말도 적절하겠지만, 그러기 전에는 칼걸이라 해둡시다. 계속하시오. 여섯 필의 바르바리산 말과 프랑스제 칼 여섯 자루와 부속품, 그리고 정교한 솜씨로 만들어진 칼걸이 셋 — 덴마크 대 프랑스의 내기로군. 왜 그런 물건을 당신 말대로 내기에 거는 거요?

오즈릭　폐하의 말씀이, 왕자님과 레어티즈 사이에 십이 회전을 하더라도 레어티즈가 세 번 이상 이기기는 어려우리라 판단하시고, 규정된 십이 회전을 오 회로 정하셨다 합니다.

햄　릿　거절하면 어쩌겠소?

오즈릭　왕자님, 제 말은 왕자님께서 그 시합에 상대해주실 경우에 해당됩니다.

햄　릿　이보시오, 나는 이 홀을 거닐고 있을 테니 폐하께서 좋을 대로 하라시오. 마침 운동 시간이 되었구려. 그래, 시합용 검을 갖고 오시오. 레어티즈도 할 의향이 있고 폐하께서도 바라는 일이라 하니, 폐하를 위하여 이 시합을 이겨보도록 하겠소. 시합에 지면, 창피나 좀 당하고 몇 대 얻어맞기나 하겠지.

오즈릭 폐하께 그대로 전하리까?

햄 릿 그대로 전하시오. 중언부언 양념치는 일은 당신 재량에 맡기오.

오즈릭 (절을 한다) 충복으로서 잘 알아모시겠습니다.

햄 릿 좋소, 좋아. (오즈릭 퇴장) 그래, 자화자찬이 상책이겠지. 저따위 놈을 칭찬해줄 사람이 세상에 어디 있겠어.

호레이쇼 저 햇병아리 같은 놈, 머리에 알껍질을 뒤집어쓴 채 달아나고 있습니다.

햄 릿 제 어미 젖을 빨기 전에 젖가슴에 인사부터 올렸을 놈이야. 저런 놈이 — 하기야 똑같은 놈들이 숱하게 많지만, 타락한 세상 풍조에 한몫씩 끼어들어 날뛰고 있지. 세태에 장단을 맞춰가면서, 낯간지러운 사교에 넋을 잃고, 거품 같은 미사여구로 사려 깊은 사람들을 속이면서 얼렁뚱땅 살아가고 있지. 그놈들은 거품 같아서 시험 삼아 한 번만 훅 불어도 흔적 없이 꺼져버린다네.

궁신 한 명 등장.

궁 신 전하, 전하께서는 폐하께서 젊은 오즈릭을 보내어 전하신 폐하의 분부에 따라 홀에서 폐하를 기다리시겠노라고 하셨습니다만, 재차 여쭙고 싶은 말씀은, 레어티즈와의 시합에 대해서 전하께서 혹시 이의가 있으신지, 또는 시합을 연기하실 의향은 없으신지 왕자님의 생각을 필히 알아보고 오라는 폐하의 분부셨습니다.

햄 릿 내 의향에는 변함이 없소. 폐하의 뜻대로 할 뿐이오. 폐하의 사정만 허락된다면 나는 언제라도 좋소. 지금도 좋고, 나중에도 좋고, 지금처럼 몸의 상태가 좋을 때가 가장 적당하오.

궁　신　왕비께서는, 시합이 시작되기 전에 전하께서 레어티즈에게 몇 마디 예의 바른 말씀을 건네주실 것을 당부하셨습니다.

햄　릿　당연한 분부요. (궁신 퇴장)

호레이쇼　전하, 이 시합에는 승산이 없으실 것 같습니다.

햄　릿　나는 그렇게 생각지 않네. 그가 프랑스로 유학 간 이래로 나는 끊임없이 연습을 해왔어. 그만큼 유리한 조건이라면 이길 수 있을 것이네. 그런데 지금 내 마음은 자네로선 짐작도 못할 만큼 불안하다네. 하지만, 상관없어.

호레이쇼　마음에 걸리는 것이 있으시다면 무리하지는 마십시오. 지금 곧 가서 그분들이 이곳으로 오시는 것을 제지시키고, 전하의 기분이 좋지 않으시다고 얼른 전하고 오겠습니다.

햄　릿　그럴 것까지는 없네. 전조(前兆) 같은 것은 무시하세. 참새 한 마리 떨어지는 것도 하느님의 뜻이 아닌가. 죽음이 지금 닥친다면 후에는 찾아오지 않을 테고, 후에 닥쳐오지 않을 거라면 지금 오는 법이 아니겠는가. 지금이 아니더라도 언젠가는 오고야 말 것이네. 평소 마음의 준비가 제일이지. 언제 목숨을 버려야 하는지에 대해서는 아무도 알 수 없는 일이니 만사 될 대로 되라는 심정뿐이네.

　　테이블 하나가 미리 준비돼 있고 하인들이 관람용 의자와 쿠션을 운반해 온다. 드디어 나팔수, 고수, 궁신들이 왕과 왕비를 모시고 등장. 오즈릭과 또 한 사람의 궁신이 심판관이 되어 몇 자루의 시합용 검과 단검, 그리고 포도주 술잔들을 가지고 들어온다. 마지막으로 레어티즈, 시합 복장을 하고서 등장.

클로디어스 자 햄릿, 여기 와서 이 손을 잡아라. (왕이 레어티즈의 손을 햄릿 손에 쥐여주며 악수를 나누게 한다. 그러고는 왕비를 데리고 옥좌에 앉는다)

햄 릿 용서해주게, 내 잘못이었어. 신사답게 부디 용서해주기 바라네. 이곳에 참석하신 분들도 다 아시다시피, 그리고 자네도 들은 바 있겠지만 나는 극심한 정신착란으로 괴로움을 겪고 있네. 내 행동이 자네의 효성과 명예, 그리고 자네의 감정에 깊은 상처를 입혔을 테지만, 그것은 어디까지나 나의 광기 때문이었노라고 말하고 싶네. 레어티즈를 모욕한 것이 햄릿이었던가? 아닐세. 결코 햄릿이 아니었네. 만약 햄릿이 이성을 잃고 햄릿 아닌 또 다른 그가 레어티즈에게 해를 입혔다면, 그것은 햄릿의 과오가 아니네. 햄릿은 그것을 부인하네. 그렇다면 대체 누구의 짓일까? 그의 광기가 저지른 짓이네. 그렇다면 햄릿도 피해자가 되는 셈이네. 그의 광기는 가엾은 햄릿 자신의 적이기도 한 것이네. 부탁이네, 여기 참석하신 여러분들 앞에서, 내가 자네에게 해를 끼치려고 고의로 그런 것이 아니었다는 이 변명을 관대한 마음으로 받아들여주길 바라네. 지붕 너머로 쏘아 올린 화살이 우연히 형제에게 상처를 입힌 것이라고 생각해주지 않겠는가?

레어티즈 아들로서의 효심을 생각한다면 지금 복수심을 최고로 촉발시켜야 마땅할 계제이지만, 그 점에 대해선 충분히 이해하겠습니다. 그러나 나의 명예에 관해서만큼은 냉정하게 생각하겠습니다. 또한 결코 화해 같은 것도 하지 않을 작정입니다. 명예 높기로 이름난 어느 인생의 선배가 중간에 서서 화해해도 좋다는 의견과 그 선례를 제시하면서 나의 면목을 보장해줄 때까지는 말입니다. 다만 그때까지 전하가 보여주시는 우정은 우정으로서 고맙게 받아들일 뿐이지 거역할 뜻은 전혀 없습니다.

햄　릿 그 말을 들으니 기쁘이. 형제처럼 정직하게 시합을 해보세. 자 내게 검을 달라.

레어티즈 자, 나에게도 한 자루를.

햄　릿 내 무딘 검은 네 들러리 상대가 되리라. 레어티즈, 미숙한 나에 비하면 자네 솜씨는 밤하늘의 별처럼 빛을 뿜을 것이네.

레어티즈 놀리지 마십시오.

햄　릿 아냐, 진정이네.

클로디어스 오즈릭, 검을 주어라.

　　　오즈릭, 몇 자루의 시합용 검을 갖고 온다. 레어티즈가 그 가운데 한 자루를 집어 들어 휘둘러본다.

　　　햄릿, 내기를 걸었다는 건 알고 있느냐?

햄　릿 잘 알고 있습니다, 폐하. 물론 약한 쪽에 유리한 조건을 붙이셨겠지요?

클로디어스 걱정 마라. 나는 두 사람의 솜씨를 잘 알고 있다. 하지만 레어티즈의 솜씨가 아주 늘었기 때문에 이쪽의 조건을 좀 유리하게 만들어두었지.

레어티즈 이건 너무 무겁구나. 다른 것을 보여다오.

　　　테이블로 가서 칼끝이 뾰족한, 독이 칠해진 검을 골라잡는다.

햄　릿 (오즈릭으로부터 검을 받아들고) 나는 이게 마음에 든다. 어느 검도 길이는 똑같겠지?

오즈릭 그렇습니다.

　　　두 사람, 시합 준비를 한다.

클로디어스　포도주 잔들을 테이블 위에 놓아라. 만약에 햄릿이 일차전이나
　　　　이차전에서 득점을 하거나 삼차전에서 만회하거든, 모든 성벽에서
　　　　축포를 터뜨려라. 그때 짐은 햄릿의 건투를 위해 축배를 들겠다.
　　　　술잔에는 진주를 넣어두겠다. 사 대째 덴마크 왕의 왕관을 장식했
　　　　던 진주보다도 더 훌륭한 것이다. 술잔을 달라. 고수는 나팔수에
　　　　게, 나팔수는 성밖의 포수에게 포성은 하늘을 향하여, 하늘은 지상
　　　　에 대하여 알려라. '지금 왕이 햄릿을 위하여 축배를 든다' 라고.
　　　　자 시작하라. 너희 심판관들은 눈을 똑바로 뜨고 지켜봐라.

　　　　　왕 곁에 술잔이 놓인다. 한동안 나팔 소리. 햄릿과 레어티즈, 각자 자
　　　　리를 잡는다.

햄　릿　자, 간다.
레어티즈　좋습니다.

　　　　　시합이 시작된다.

햄　릿　한 대 —.
레어티즈　아닙니다.
햄　릿　심판, 판정하게.
오즈릭　한 대 먹이셨습니다. 아주 깨끗한 한 대였습니다.

　　　　　북소리, 나팔 소리, 축포가 취주악에 섞여 한 발 울린다.

레어티즈　자, 다시 시작합시다.
클로디어스　기다려, 술을 달라. 햄릿, 이 진주는 네 것이다. 자, 너를 위해
　　　　건배하자. 햄릿에게 잔을 주어라.
햄　릿　시합을 한 차례 더 끝내고 들렵니다. 술잔을 잠시 놓아두어라. 자,

(다시 시작된다) 또 한 대 들어간다. 어떠냐?

레어티즈 스쳤소, 약간 스쳤습니다. 그건 사실이오.

클로디어스 우리 햄릿이 이길 것 같군.

거트루드 땀 범벅이 되어 숨을 헐떡이고 있군요. (자리에서 일어나면서) 햄릿, 여기 손수건이 있다. 이마를 닦아라. (햄릿의 술잔을 들며) 햄릿 너를 위해서 내가 건배하마.

햄 릿 감사합니다, 어머니.

클로디어스 거트루드, 마시면 안 되오.

거트루드 마시겠어요. 허락해주세요. (술을 마시고 햄릿에게 잔을 건넨다)

클로디어스 (방백) 그건 독이 든 잔이란 말이오! 때는 이미 늦었군!

햄 릿 전 지금은 마실 수 없습니다, 어머니. 나중에 들지요.

거트루드 이리 오너라, 얼굴을 닦아주마.

레어티즈 폐하, 이번만은 한 대 먹이겠습니다.

클로디어스 글쎄, 할 수 있을 것 같지 않은데.

레어티즈 (방백) 양심에 가책이 되어 견딜 수가 없구나.

햄 릿 덤벼라, 레어티즈, 삼 회전이다. 장난으로 하면 못써. 힘껏 찔러봐. 나를 놀릴 셈이냐?

레어티즈 그러시다면 자, 한 대 받으시오. (싸운다)

오즈릭 무승부.

레어티즈 이번만은 한 대 들어갑니다!

　　　격투하는 동안 우연히 서로 검을 바꿔 쥔다. 두 사람 모두 상처를 입는다.

클로디어스 뜯어 말려라. 둘 다 격해 있다.

햄 릿 자, 오너라……. 다시!

왕비 거트루드, 쓰러진다.

호레이쇼　두 분 다 피를 흘리시는군! 전하, 어떻게 된 겁니까?

오즈릭　레어티즈, 어찌 된 일입니까?

레어티즈　내가 쳐놓은 덫에 스스로 걸리고 말았네, 오즈릭. 내가 꾸민 흉계에 내가 목숨을 잃게 되었어.

햄 릿　왕비님은 어찌 되신 거냐?

클로디어스　피를 보고 기절하셨다.

거트루드　아니다, 아니다. 저 술, 저 술! 오, 햄릿! 저 술, 저 술! 독을 탔어.
（죽는다）

햄 릿　음모다! 여봐라, 문을 잠가라. 반역이다! 범인을 찾아라. （레어티즈 쓰러진다）

레어티즈　범인은 여기 있습니다, 햄릿. 햄릿 당신도 죽을 목숨입니다. 이 세상 어떤 묘약을 써도 소용없습니다. 당신의 목숨도 삼십 분을 넘기지 못할 겁니다. 배반의 무기는 바로 당신 손에 쥐여져 있는 바로 그것입니다. 칼끝이 뾰족하고 독이 묻은 흉기. 저의 비열한 음모는 바로 제 자신에게 앙갚음이 되어 돌아왔습니다. 여기, 이렇게 쓰러진 채 두 번 다시 일어나지 못할 것입니다. 당신의 어머니도 독살되어…… 아, 이제 더 말할 수조차 없군요…… 왕이, 왕이 범인입니다.

햄 릿　칼끝에 독을 발랐다니! 그렇다면 독이여, 너의 역할을 다하라.

칼로 클로디어스를 찌른다.

일 동　반역이다! 반역이다!

클로디어스　여봐라, 어서 와서 날 좀 보호하라. 아직은 그저 상처만 입었을 뿐이니.

햄 릿 (독배를 왕의 입에 강제로 갖다 대고) 자, 살인마, 색마, 저주받을 덴마크 왕이여, (술을 강제로 먹이며) 이 독주를 마셔라. 네 진주가 바로 이것 이냐? 내 어머니의 뒤를 따르라.

　　　　클로디어스 왕 죽는다.

레어티즈 천벌이다, 자기 손으로 조제한 독약을 마시게 되다니. 고결하신 햄릿 전하, 우리 서로 용서합시다. 나의 죽음이나 아버지의 죽음이 당신의 죄가 되지 않도록 비옵니다. 그리고 당신의 죽음 또한 저의 죄가 되지 않도록! (죽는다)

햄 릿 하늘이 너의 죄를 용서하도록 빌겠다! 나도 너의 뒤를 따르겠다. 호레이쇼, 나도 이젠 끝장이다. 가련한 왕비님, 고이 가십시오. 모 두들 창백한 얼굴로 떨고 있구나. 너희들은 이 연극 속에서 침묵을 지키는 배역들인가, 아니면 구경꾼들인가. 나에게 시간이 있으 면…… 아, 죽음이라고 하는 저 잔인한 병사가 끈질기게 뒤따라 지만 않는다면…… 너희들에게 말해줄 수 있으련만. 그러나 속수무 책이구나. 호레이쇼, 나는 죽어가지만 너는 살아서 내 얘기, 내 입 장을 올바로 전하라. 나를 비난하는 사람들에게.

호레이쇼 제가 살아남는다는 것은 있을 수 없습니다. 저는 덴마크인이 되 기보다는 차라리 고대 로마인이 되고 싶습니다. 아직도 술이 남아 있습니다. (독배를 들어 올린다)

햄 릿 (일어나며) 네가 대장부라면 그 잔을 나에게 달라. 어서 놓게, 놓으라 니까! (호레이쇼가 든 잔을 쳐 떨어뜨린 뒤 쓰러진다) 아, 호레이쇼, 이 사 건의 자초지종이 설명되지 않는다면 나는 죽은 다음에도 상처투성 이의 오명을 뒤집어써야 한다. 네가 진심으로 나를 위한다면 잠시 천국의 행복을 멀리하고, 고통스럽긴 하겠지만 이 험한 세상에 남아서 내 얘기를 전해다오……. (멀리서 군대의 진군 소리. 포성이 들린다) 저 떠들썩한 소리는 무엇인가? (오즈릭 등장)

오즈릭 포틴브라스께서 폴란드를 정복하고 개선하는 도중, 영국 대사가 도착했기에 우렁찬 축포를 터뜨린 것입니다.

햄 릿 아, 호레이쇼, 나는 죽는다! 독기가 무섭게 정신을 마비시키는구나. 영국으로부터의 소식도 듣지 못하게 됐구나. 하지만, 예언하건대 왕으로 선출될 사람은 포틴브라스밖에 없다. 죽음이 임박한 이 자리에서 나는 그를 추대하고 싶다. 그에게 내 뜻을 전하여라. 이렇게 된 여러 사정 얘기도 빼놓지 말고 전하라. 이젠 침묵뿐이로구나. (숨을 거둔다)

호레이쇼 이제 고귀한 영혼이 부서져버렸구나. 왕자님이여, 고요히 잠드소서. (안에서 행군 소리) 어질던 햄릿 왕자님, 천사들의 노래에 싸여 영원한 안식의 세계로 가소서. 다가오는 이 북소리는 무엇인가?

고수, 기수, 수행원들과 함께 포틴브라스와 영국 사절들 등장.

포틴브라스 참변이 일어난 곳이 어디냐?

호레이쇼 무엇을 보고 싶으신 겁니까? 이 이상 더 슬프고 놀라운 일은 어디에서도 볼 수 없을 것입니다.

포틴브라스 시체 더미는 무참한 살육을 말하고 있구나. 오, 교만한 죽음이여! 어떤 향연이 너의 영원한 어두운 처소에서 준비되고 있기에 이토록 많은 귀인들을 한칼에 무참히 죽였단 말이냐!

사신 1 가슴 저미는 광경입니다. 영국으로부터의 소식도 너무 늦게 도달된 듯합니다. 그 소식을 들어야 할 귀는 지금 목숨을 잃고 감각이 없습니다. 분부하신 대로 사형이 집행되어 로젠크랜츠와 길든스턴

이 죽었다는 사실을 전한들 누구에게 치사의 말을 들을 수 있겠습니까?

호레이쇼   폐하로부터는 치하의 말을 들을 수 없었을 것입니다. 비록 목숨이 붙어 있어 그의 입으로 치사를 할 수 있었다 하더라도 말입니다. 여하튼, 이 같은 참극이 벌어지고 있을 때 마침 당신은 폴란드의 싸움터로부터, 또 당신은 영국으로부터 이곳에 도착하셨으니, 부디 이 유해들을 높은 단 위에 안치하도록 명령을 내리셔서 많은 사람들이 볼 수 있도록 해주십시오. 이 사건을 알지 못하고 있는 사람들에게 자초지종을 설명할 수 있도록 저에게 허락해주십시오. 제 얘기를 듣고 나면 모든 것을 알 수 있게 될 것입니다. 이곳에서 행해진 여러 가지 음탕하고 잔인하고 퇴폐적인 행위를, 우발적인 판단, 뜻밖의 살인, 강요당한 채 할 수 없이 행해진 교묘한 처형, 간계가 빗나가서 최후에 가서는 모사꾼들의 머리 위에 재난이 떨어지게 된 사정 등 모든 것을 제가 사실대로 전해드리겠습니다.

포틴브라스   당장 들어봅시다. 중신 귀족들을 소집해서 들려줍시다. 나로서는 슬픔을 금할 수 없지만, 행운의 왕관을 받아들이지 않을 수 없을 듯합니다. 이 나라에 대해서는 내게도 여러분들이 잊어서는 안 되는 특권이 있으니, 이 기회에 나는 왕위 계승권을 주장하고자 합니다.

호레이쇼   왕자에 관해서는 저도 전할 말씀이 있습니다. 이 주장은 왕자님의 입에서 나온 말씀입니다. 방금 말씀하신 일은 즉시 처리하는 것이 옳은 줄 압니다. 인심이 소란한 이때에 불상사나 혼란이 야기되어서는 안 되기 때문입니다.

포틴브라스   햄릿 전하를 무인답게 네 사람의 장교가 단상으로 운구하라. 기회가 주어졌다면 그분은 훌륭한 왕이 되셨을 게다. 자, 전하의 서거를 애도하는 군악을 연주하고 조포를 쏘아 전하의 유덕(遺德)을 널리 알리자. 유해를 들어 올려라. 이러한 광경은 전쟁터에서나 어울리는 법, 정말 여기서는 격에 맞지 않는구나. 자, 가서 병사들에게 조포를 쏘게 하라. (병사들, 시체를 운구해 간다. 장송 행진곡이 들려오고 조포가 울린다)

Macbeth

맥베스

등장인물

덩컨_ 스코틀랜드 왕

맬컴, 도널베인_ 스코틀랜드의 왕자들

맥베스, 밴쿠오_ 스코틀랜드의 장군들

맥더프, 레녹스, 로스, 멘티스, 앵거스, 케이스네스_ 스코틀랜드의 귀족들

플리언스_ 밴쿠오의 아들

시워드_ 노섬벌란드 백작, 영국군 장군

젊은 시워드_ 시워드의 아들

시튼_ 맥베스의 휘하 장교

소년_ 맥더프의 아들

장교

영국인 의사

스코틀랜드인 의사

문지기

노인

맥베스 부인

맥베스 부인의 시녀

헤카테

세 마녀

밴쿠오의 망령

환영

그 밖에_ 귀족들, 신사들, 장교들, 병사들, 자객들, 사신들, 시종들

장소

스코틀랜드, 4막 끝머리는 영국.

제1막

제1장 스코틀랜드의 황야

천둥 번개, 세 마녀 등장.

마녀 1 우리 셋이 언제쯤 다시 만날까? 천둥 울릴 때, 번개 칠 때, 아니면 비 올 때?

마녀 2 떠들썩하게 소란을 피운 다음이거나, 아니면 싸움에 이기거나 졌을 때겠지.

마녀 3 해 지기 전이 될 거야.

마녀 1 어디서 만날까?

마녀 2 황야에서.

마녀 3 거기서 맥베스를 만나자.

마녀 1 곧 가마, 빌어먹을 늙은 고양이야!

마녀 2 두꺼비가 부르네.

마녀 3 곧 간다니까!

일 동 아름다운 것은 더러운 것, 더러운 것은 아름다운 것. 안개 속을, 더러운 공기 속을 날아가자. (퇴장)

제2장 포레스 부근의 진영

안에서 경종 소리. 덩컨 왕, 맬컴, 도널베인, 레녹스가 시종들과 함께 등장해서 피 흘리는 장교와 만난다.

덩 컨 피투성이가 된 저 사람은 누구냐? 몰골을 보니 반란군 상황에 관한 새로운 정보가 있을 것 같다.

맬 컴 바로 그 장교올시다. 용맹무쌍한 군인답게, 포로가 될 뻔한 저를 구출해준 사람이죠. 잘 왔네, 용감한 투사여! 방금 떠나온 싸움터의 전황을 폐하께 아뢰게.

장 교 어느 쪽에 승산이 있을지는 알 수 없는 상황이었습니다. 마치 수영하다 맥이 빠져 허우적거리는 두 사람이 서로 부둥켜안고 상대방의 수족을 꼼짝 못 하게 하는 꼴이 됐죠. 인간의 모든 악덕을 한 몸에 지니고 있는 무자비한 역적 맥도널드는, 서쪽의 여러 섬으로부터 경무장한 보병과 도끼를 든 기병들을 긁어모아 우쭐대고 있습니다. 운명의 여신도 그의 심술궂은 계략에 미소를 던지는 것이, 마치 역적의 창부로 타락하는 것 같았습니다. 그러나 역적 놈의 행운도 잠깐이었지요. 용감한 맥베스 장군께서, 명장답게 운세 따위는 아랑곳하지 않고 가차 없이 칼을 휘두르며 피비린내 나는 싸움에 뛰어든 때문입니다. 용기의 화신 같았죠. 적진을 뚫고 앞으로 돌진해서는 이윽고 역적 놈 면전에 다다르자, 악수도 작별 인사도 없이 당장 그놈을 배꼽에서 턱까지 한칼에 갈라 그의 목을 성벽에 걸어놓았습니다.

덩 컨 오, 내 용감한 사촌! 훌륭한 대장부로다!

장 교 아아, 그러나 마치 해가 솟아오르는 동녘에서 별안간 배를 뒤엎는 폭풍과 무서운 우렛소리 터져나오듯, 행운이 넘쳐흐르던 샘으로부터 갑자기 불행이 쏟아져 나왔습니다. 스코틀랜드의 왕이시여! 잘 들어주십시오. 용기로 갑옷을 두른 정의의 군대가 달아나는 패잔병의 무리들을 물리치고 나자, 지금껏 기회만 엿보고 있던 노르웨이 왕이 별안간 번쩍이는 새 무기와 새로운 병력으로 아군을 공격해 왔습니다.

덩 컨 우리들의 장군 맥베스와 밴쿠오는 그 광경을 보고 당황하지 않았는가?

장 교 독수리가 참새를 보고 놀라듯이, 사자가 토끼를 보고 놀라듯이, 두 장군께서도 약간 당황하긴 했습니다. 그러나 솔직히 말해서 두 개의 폭탄을 한꺼번에 장전한 대포처럼 두 장군은 두 갑절의 공격을 적군에게 마구 퍼부었습니다. 피바다에서 목욕을 하려고 마음먹었는지 혹은 또 하나의 골고다 언덕을 만들 참이었는지는 알 수 없었지만, 여하튼 기진맥진해서 저는 정신이 아찔했습니다. 그런데, 지금 저는 상처가 욱신거려 도저히 견딜 수가 없군요.

덩 컨 그대의 보고는 그대의 깊은 상처와 함께 훌륭한 인품을 말해주고 있다. 명예로운 일이로다. 자, 어서 의사한테 가서 상처를 치료하라. (장교, 부축을 받으며 퇴장) 거기 오는 자는 누구냐?

맬 컴 로스 영주입니다.

레녹스 몹시 조급한 눈치로군요! 심상치 않은 일이 생긴 모양입니다.

　　　　로스와 앵거스 등장.

로 스 폐하의 만수무강을 비옵니다!

덩 컨 로스 영주, 어디서 오는 길인가?

로 스 파이프에서 오는 길입니다, 폐하. 그곳에는 노르웨이 깃발이 하늘을 얕보듯 휘날리고 있어 아군의 간담을 서늘하게 만들었습니다. 게다가 노르웨이 왕이 몸소 대군을 이끌고 공격해 온 탓으로 아군은 고전을 면치 못했습니다. 역적인 코더 영주까지 그놈들과 합세했죠. 그러나 전쟁의 여신 벨로나를 아내로 삼은 군신 마르스처럼, 무적의 갑옷을 입은 맥베스 장군이 단신 대결하여 아낌없이 온 정신을 바쳐 칼에는 칼, 힘에는 힘으로 오만불손한 적장의 기세를 꺾어 드디어 마지막 승리를 쟁취했습니다.

덩 컨 다행한 일이로다!

로 스 그래서 노르웨이 왕 스위노는 화친을 청해 왔습니다. 그에 대해 저희들의 입장은, 세인트콤 섬에서 일만 달러의 배상금을 받아내기 전까지는 적군의 시체를 매장조차 허락하지 않을 방침입니다.

덩 컨 코더 영주는 두 번 다시 나를 배반하지 못할 것이다. 즉각 사형을 선고하라. 그리고 그의 칭호를 대신 맥베스에게 주어 장군을 맞아들이도록 하라.

로 스 분부대로 거행하겠습니다.

덩 컨 그 역적이 잃은 것을 훌륭한 맥베스가 차지했구나. (일동 퇴장)

제3장 포레스 부근의 황야

천둥, 마녀 셋 등장.

마녀 1 언닌 어디 갔다 왔수?

마녀 2 돼지를 죽이러 갔었지.

마녀 3 언니는?

마녀 1 뱃사공 아내가 앞치마에 밤톨을 잔뜩 싸가지고 와삭와삭 먹고 있기에 '나 좀 다오' 했더니, '꺼져라 마녀야!' 라고, 엉덩이에 비계가 잔뜩 붙은 그 늙은 년이 고함치지 않겠어? 그년의 남편은 알레포에 가 있는 타이거호의 선장이지. 하지만 나는 쳇바퀴를 타고 바다를 건너가, 꼬리 없는 쥐로 둔갑해서 그놈을 혼내주겠어. 혼내줄 거야, 혼내주고야 말겠어.

마녀 2 내가 바람을 하나 선사하지.

마녀 1 고마워.

마녀 3 나도 하나 줄게.

마녀 1 나머지 바람은 모두 내게 있으니, 그 바람이 부는 항구란 항구는 모두, 바람이 알고 있는 방방곡곡마다 내가 해도를 가지고 있는 한 내 마음대로야. 그년의 남편을 건초처럼 바싹 말려놓을 테다. 그 녀석의 눈꺼풀 위에 밤이건 낮이건 잠이 깃들이지 못하도록 하겠다. 온몸이 저주에 묶여, 이레 낮, 이레 밤의 아홉 곱의 아홉 곱을 배에서 허덕이다 지치고 여위어 비틀어지게 할 테다. 그놈의 배를, 침몰만은 면케 할지라도 폭풍우에 시달려 몸살이 나게 할 테다. 이것 좀 보라구.

마녀 2 어디 보자! 어디 봐!

마녀 1 이건 귀국하는 길에 난파당한 키잡이의 엄지손가락이야. (안에서 북소리)

마녀 3 북소리다, 북소리다! 맥베스가 온다.

　　　　셋이 원을 그리며 춤을 춘다. 점점 빨리 맴돈다.

일 동 손에 손을 잡은 우리 마녀들
　　　　바다와 육지 위를 도는 나그네

돌고 돌자, 돌아라, 돌아라

너도 세 번 나도 세 번

또다시 세 번 돌면 모두 합해 아홉 번이 되는구나.

쉿! 마술이 걸렸다. (안개가 자욱하다)

　맥베스와 밴쿠오 등장.

맥베스　이토록 흐렸다 개었다 하는 날씨는 처음 보았소.

밴쿠오　포레스까진 얼마나 남았을까요? (안개가 걷힌다) 저건 뭐야? 말라비틀어진 것들이 옷차림도 괴상하군. 이 세상 사람 같지는 않은데 그래도 땅 위에 서 있네. 살아 있는 것들인가? 인간의 말이 들리느냐? 내가 하는 말을 알아듣는 모양이군. 다들 금이 간 손톱을 바싹 말라붙은 입술에 갖다 대는 것을 보니 여자 같긴 한데, 수염 난 것을 보면 또 그렇지만도 않은 것 같고.

맥베스　할 수 있다면 말을 해보라. 너희들의 정체는 뭐냐?

마녀 1　맥베스 만세! 글래미스 영주께 축복을!

마녀 2　맥베스 만세! 코더 영주께 축복을!

마녀 3　맥베스 만세! 앞날의 임금님이시여!

밴쿠오　왜 그렇게 놀라시오? 놀랍도록 듣기 좋은 그 말에 뭘 그렇게 두려워하고 있소? 진정코 묻고 싶다만, 너희들은 환영인가 아니면 눈에 보이는 그대로인가? 내 친구를 보고 너희들은 현재의 신분과 새로운 작위와 앞으로 군림하게 될 왕의 칭호로 불렀는데, 그 예언에 이 착한 친구는 어리둥절해하고 있다. 그런데 나에게는 아무 말도 하지 않는구나. 만약 너희들이 시간의 종자 속을 들여다보고 능히 판별할 수 있는 힘이 있어서, 자랄 수 있는 종자와 그렇지 못한 종자를 가려내어 예언할 수 있다면 나에게도 말하라. 하나 나는 너희들의 은혜를 바라거나 증오를 두려워하는 사람은 아니다.

마녀 1 만세!

마녀 2 만세!

마녀 3 만세!

마녀 1 맥베스보단 못하지만, 위대하신 인물.

마녀 2 맥베스보단 못하지만, 운수대통하신 분.

마녀 3 자신은 왕이 될 수 없어도 자손이 왕이 될 분. 그러니 만세, 맥베스와 뱅쿠오!

마녀 1 뱅쿠오와 맥베스 만세! (안개가 짙어진다)

맥베스 기다려라! 애매모호하게 말하지 말고 좀 더 자세히 말하라! 부친 시넬이 돌아가셨으니 내가 글래미스의 영주가 되는 것은 당연한 일인데 코더는 또 뭣인가? 코더 영주는 현재 살아 있을 뿐만 아니라 세도도 당당하지 않느냐? 그리고 왕이 된다는 예언은 코더 영주가 된다는 말보다도 훨씬 믿을 수 없는 얘기다. 도대체 어디서 이 같은 괴상한 정보를 입수했느냐? 어째서 이 황량한 벌판에서 길을 가로막고 예언이 담긴 말을 주고 가는지 말하라, 명령이다! (마녀들 사라진다)

뱅쿠오 땅 위에도 물속처럼 거품이 있는 모양이군요. 이자들이 바로 그런 요물들인가 봅니다. 어디로 꺼졌느냐?

맥베스 공중으로 사라졌소. 그들의 형상이 바람 속으로 입김처럼 녹아들고 말았소. 좀 더 붙들어두고 싶었는데!

뱅쿠오 우리가 지금 그들에 관해 얘기하고는 있지만, 그들이 정말로 우리 눈앞에 존재했던 거요? 아니면 우리 두 사람이 정신을 돌게 하는 나무 뿌리라도 잘못 먹은 게 아닐까요?

맥베스 당신의 자손이 왕이 된다고 했소.

밴쿠오 당신은 스스로 왕이 된다고 했소.

맥베스 코더 영주가 된다고도 했소. 그랬지요?

밴쿠오 그렇게 말하였소. 그런데 저기 누가 오고 있군.

　　로스와 앵거스 등장.

로 스 맥베스 장군, 폐하께서는 승전 소식을 기쁘게 받아들이셨소. 반란 군과의 싸움에서 장군이 보여준 분전분투의 소식을 들으시고 왕은 놀라움과 칭찬이 뒤섞인 심정으로 어쩔 바를 모르시었소. 그러고 나서 묵묵히 그날의 전황을 살피시고는, 장군께서 막강한 노르웨 이 군사들 틈에 산더미처럼 쌓인 시체들 가운데서도 추호도 두려 워하는 빛이 없으셨음을 폐하께서도 아시었소. 그 이후에도 계속 해서 밀어닥친 사신들은 그때마다 왕국을 지키기 위하여 위대한 공을 세운 당신에 대해 찬사를 아끼지 않았소.

앵거스 저희들의 용무는, 장군에게 폐하의 깊은 사의를 전하고 장군을 어 전으로 모셔오라는 폐하의 분부를 이행하는 일입니다. 전공에 대 한 포상 절차는 따로 있을 것입니다.

로 스 그리고 거룩한 명예를 더욱 축하하기 위해 폐하께서 장군을 코더 영주라 칭할 것을 명하셨습니다. 덧붙여 축하드립니다. 코더 영주 님! 영광스러운 그 이름은 이제 장군의 것입니다.

밴쿠오 그렇다면 마귀들이 참말을 했단 말인가!

맥베스 코더 영주는 살아 있소. 어째서 남의 관복을 나에게 입히려 하오?

앵거스 영주였던 사람이 아직 살아 있긴 합니다만 무거운 죄의 형벌로 그 목숨을 잃게 되었지요. 그가 과연 노르웨이 군대와 밀통했는지, 혹 은 반란군을 도와 은밀한 편의를 봐주었는지, 아니면 이 두 가지 일을 다 저질러 왕국의 멸망을 기도했는지 저로서는 알 수 없습니다만, 여하튼 대역죄를 자백하고 증거도 확실해졌기 때문에 그는 패가망신하게 된 것이지요.

맥베스 (방백) 글래미스, 그리고 코더 영주라! 이제 가장 큰 것만 남아 있군. (로스와 앵거스에게) 수고들 했네······. (밴쿠오에게) 장군의 자손이 왕이 된다는 것도 믿을 만한 말이 되었구려. 나에게 코더 영주를 예언한 요물들이 그것도 약속했으니.

밴쿠오 그런 것을 믿다가는 코더 영주가 되고 나서 왕관에까지 마음이 쏠리겠소. 그러나저러나 참으로 이상한 일이로다! 때때로 악마의 앞잡이들이 우릴 파멸로 유혹하려고 진실을 말하여 하찮은 데에 마음을 쏠리게 해놓고는 아주 중요한 일에 가서 우리를 배반하는 수가 있소. 여보게들, 잠깐만 이리로 오게나. 할 얘기가 있소. (로스와 앵거스, 그에게 다가선다)

맥베스 (방백) 두 가지는 실현되었구나. 이제 왕위에 오르는 찬란한 극의 희망찬 서막이 열리고 있다. (큰 소리로) 여보게들, 고마우이. (방백) 이 신비로운 유혹이 나쁠 건 없지. 그렇다고 해서 좋은 것도 아니야. 하지만, 만약 그게 나쁜 일이라면, 어째서 사실을 일러주어 나에게 미리 성공의 영광을 안겨주었겠는가? 나는 코더의 영주가 되었다. 만약에 이것이 좋은 징조라면, 어째서 나는 예언의 말에 넋을 잃고, 그 무서운 환영에 머리칼이 곤두서고, 내 안정된 심장이 불규칙하게 갈빗대를 두드리는가? 마음속에 떠오르는 두려움은 눈앞에 전개되는 공포와는 비교도 되지 않는다. 마음속에 움트고 있는 이 살인에 대한 생각은 공상에 지나지 않건만, 단 하나인 내 마음의 왕국을 뒤흔들고 그 분별력이 억측을 마비시켜 오로지 앞날의 환상만을 눈앞에 어른거리게 하니, 죽겠군.

밴쿠오 저것 좀 보시오. 내 친구가 골똘히 생각에 잠겨 있소.

맥베스 (방백) 만약 내가 왕이 될 운명이라면, 가만히 있어도 아마 운명이 나에게 왕관을 안겨다 줄 것이다.

밴쿠오 갑작스러운 영예는 처음 입어보는 새 옷처럼 길이 들 때까지 몸에 맞지 않는 법이야. 하지만 결국 입어내고야 말지.

맥베스 (방백) 될 대로 되어라. 아무리 궂은 날씨도 끝장날 때가 있을 테니까.

밴쿠오 맥베스 장군, 모두 기다리고 있소. 가봅시다.

맥베스 미안하오. 뭔가 잊어버린 일이 있어서 그걸 생각하느라고 잠시 넋이 나가 있었소. 두 분의 수고에 대해서는 마음속에 새겨두어 매일 되풀이해서 생각토록 하겠소. 자, 어전으로 나갑시다. (밴쿠오에게) 우리에게 일어난 일을 잊지 마시오. 앞으로 시간이 나면 이 일을 충분히 검토해서 서로 기탄없는 의견을 나누도록 합시다.

밴쿠오 (맥베스에게) 아, 그럽시다.

맥베스 (밴쿠오에게) 그때까지…… 오늘은 이만해 둡시다. 자, 다들 가지요. (일동 퇴장)

제4장 포레스 궁정

우렁찬 나팔 소리, 이윽고 덩컨 왕, 맬컴, 도널베인, 레녹스 그리고 시종들 등장.

덩 컨 코더의 처형은 끝났는가? 집행관은 아직 돌아오지 않았는가?

맬 컴 폐하, 아직 돌아오지 않았습니다. 코더의 처형을 목격한 자의 말에 의하면, 코더는 솔직하게 자신의 죄를 자백하고, 깊이 뉘우치면서 폐하의 용서를 빌었다 합니다. 그는 한평생을 통하여 가장 훌륭한 태도를 임종 시에 보여주었다 합니다. 마치 죽는 법을 터득해온 자와 같이 떳떳한 최후였다고 합니다. 그가 가진 것 중에서 가장 아끼던 목숨을 헌신짝처럼 미련 없이 내버렸답니다.

덩 컨 사람의 얼굴만 보고는 그 마음을 알아낼 수 없는 일이로다. 나는 그를 매우 신임했었는데.

　　맥베스, 밴쿠오, 로스 그리고 앵거스 등장.

아, 위대한 맥베스여! 장군의 공에 보답지 못하여 지금 이 순간에도 내 마음이 무겁도다. 그대가 너무 빨리 앞으로 내달리기 때문에 포상에 아무리 빠른 날개를 달아도 따라갈 수가 없었네. 공로를 좀 덜 세우고 더 천천히 달리기만 했어도 감사와 포상이 균형을 이루어 나의 보답을 전할 수 있었을 텐데. 아무튼 내가 할 수 있는 말은, 자네에게 해줄 수 있는 모든 포상을 합쳐도 그대의 공로에 비하면 그저 부족할 따름이란 말뿐이네.

맥베스 폐하께 충성을 바칠 수 있도록 허락해주신 것이 바로 제겐 포상입니다. 폐하께서는 무릇 신하들의 충성을 받아들이시면 그만입니다. 그리고 저희들의 의무는 폐하와 왕국에 대하여 자식처럼 그리고 심복처럼 충성을 바치는 일입니다. 이 일을 수행해 나가는 것만으로도 그 공로가 폐하의 은총을 입고 명예를 얻게 되는 줄로 아옵니다.

덩 컨 이곳에 온 것을 환영하노라. 그대의 나무를 단단히 심어두고, 그대가 자라서 번창하도록 힘쓰겠노라. 밴쿠오, 그대의 공로도 맥베스에 못지않다. 누구나 그것을 인정해야 하리라. 그대를 포옹하게 해다오, 이 가슴에 힘껏.

밴쿠오 저도 그 품 안에서 자란다면 그 수확물은 폐하께 바치겠나이다.

덩 컨 내 무한한 기쁨이 넘쳐흘러 슬픔의 눈물방울 속으로 숨으려 하는 구려. 아들들이여, 친척들이여, 영주들이여, 그 밖에 나와 가까운 이들에게 선포한다. 이 왕위를 장차 장남 맬컴에게 계승시키고 그의 이름을 앞으로는 컴벌랜드 공작이라 부르기로 한다. 그 영예는 그에게만 국한된 것이 아니라 별처럼 모든 공신들 위에 그 영광의 깃발이 빛나게 될 것이다. (맥베스에게) 이제 곧 장군의 성 인버네스로 행차키로 하였으니, 장군에게 좀 더 폐를 끼치게 될 것 같소.

맥베스 폐하를 위하여 사용치 않는 휴식은 고통일 뿐입니다. 소신이 앞질러 가서 폐하의 행차를 알림으로써 아내를 기쁘게 하렵니다. 이만 물러가겠습니다.

덩 컨 훌륭하도다, 코더여!

맥베스 (방백) 컴벌랜드 공작이라! 내가 이 장애물 앞에서 주저앉느냐 아니면 이것을 뛰어넘느냐가 문제로다. 그가 내 앞길을 가로막고 있으니. 별들이여, 빛을 감추어라! 이 검고 깊은 야망을 보지 마라. 눈은 손이 하는 짓을 못 본 체하라. 그러나 일을 해치우고 나면 눈은 그 저질러진 일이 두려워 보려 들지 않을 것이다. (퇴장)

덩 컨 밴쿠오, 과연 듣던 대로 그는 진정 용기 있는 자다. 그에 대한 찬사는 할수록 기분 좋아 나에게는 잔칫상과 같다. 그를 곧 뒤따라 가자. 환영 준비를 위해 우리를 앞질러 갔으니, 역시 그는 흠잡을 데 없이 뛰어난 인물이다. (우렁찬 나팔 소리. 일동 퇴장)

제5장 인버네스, 맥베스의 성

맥베스 부인, 편지를 읽으며 등장.

맥베스 부인 (편지를 읽는다)

"그들을 만난 것은 개선하는 날이었소. 그 후에 확인해봤더니, 그들은 인간의 지혜가 미치지 못하는 신비한 힘을 갖고 있는 듯했소. 질문을 더 하려고 했을 때 그들은 공기 속으로 하염없이 사라져버렸소. 어리둥절해하면서 멍청히 서 있을 때, 왕으로부터 사신이 왔소. 그들은 나를 '코더 영주'라고 불렀다오. 이와 똑같은 칭호로써 조금 전에 운명의 여인들이 나에게 인사를 하고 앞날을 점치면서 '장차 왕이 되실 분 만세!'라고 했소. 이 일만은 당신에게 알려주는 게 좋으리라 생각하오. 당신은 내 장래의 영광을 함께 나눌 나의 가장 사랑하는 동반자이기 때문이오. 어떤 영광이 당신을 기다리고 있는지 미처 몰라 이 기쁨을 함께 나눌 기회를 잃어버리는 일이 생기면 곤란하지 않겠소? 단 이 일은 가슴속 깊이 숨겨두시오. 그럼 이만."

당신은 글래미스 영주님, 그리고 코더 영주님. 그다음은 약속대로 될 거예요. 그러나 저는 당신의 성격이 걱정되는군요. 일을 급작스럽게 처리하기에는 인정이라는 달콤한 젖으로 너무 가득 차 있는 게 당신의 흠이지요. 당신은 위대한 인물이 되실 분이죠. 야심이 없는 것도 아니면서 그 야심을 성취하기 위한 잔인성이 당신에게는 없어요. 당신은 높은 포부를 가지고 있으면서도 그 일을 성스럽게 하려고만 들죠. 무엇이든 손아귀에 넣으려고는 하면서도 잘못은 안 저지르려고 하시죠. 글래미스 영주님, 당신이 소원하는 것, 그것은 이렇게 외치고 있습니다. '얻고 싶거든 단행하라' 고 말입니다. 당신 스스로는 하기를 꺼리지만 결국 그 일을 하게 될 것입니다. 일단 일을 단행하게 되면 이미 저지른 일에 대해서는 후회하지 않을 것입니다. 어서 이리 오세요. 제 기운을 당신 귀에 퍼부어드리겠습니다. 운명과 초인적인 힘이 당신의 머리에 황금의 관을 씌우려는 데 방해하는 것이 있다면, 무엇이든지 이 혀끝의 힘으로 쫓고야 말겠어요. (사신 한 명 등장) 무슨 소식이오?

사 신 폐하께서 오늘 밤 이곳에 오십니다.

맥베스 부인 정신이 나간 것 아니오? 폐하께선 장군과 함께 계시지 않소? 만일 그렇다면 미리 준비하도록 무슨 연락이 있었을 것이오.

사 신 황송한 말씀이오나 사실입니다. 영주님도 이곳으로 오고 계십니다. 소신의 동료 한 사람이 먼저 죽을 힘을 다해 앞장서 와서 숨을 헐떡이며 간신히 이 소식만을 전했습니다.

맥베스 부인 그를 잘 돌봐주오, 굉장한 소식을 갖고 왔으니. (사신 퇴장) 까마귀들조차 목쉰 소리로, 덩컨이 운명의 힘에 이끌려 이 성벽 안으로 들어오고 있음을 알리고 있다. 자, 오너라, 악령들이여, 너희들도 사람을 죽이는 일에 한몫 끼지 않겠느냐? 이 순간 나를 여자가 아니게 해다오. 머리끝부터 발끝까지 온몸에 잔인함이 넘치도록 해다오. 내 피를 엉기게 하여 동정심으로 통하는 길목을 막아버려라. 연민의 정이 이 흉측한 계획을 동요시키지 않게 해다오. 실행과 계획 사이에 타협이 이루어져 이 일을 방해하지 않도록 해다오! 자, 오너라, 살인마들이여, 내 품 안으로 와서 내 젖을 담즙으로 바꾸어다오. 너희들은 보이지 않는 형체로 인간의 재앙을 돕고 있지 않느냐! 오너라, 캄캄한 밤이여, 그리하여 지옥의 검은 연기로 몸을 감싸라. 나의 날카로운 칼에 찔린 상처가 보이지 않도록. 하늘이 검은 장막을 헤치고 고개를 내밀며 '멈춰! 기다려라!' 하고 외치지 않도록.

맥베스 등장.

글래미스 영주님! 코더 영주님! 이 두 가지 칭호보다 더 위대한 호칭이 기다리고 있는 분이여! 당신의 편지로 인해 세상 모르던 저는 이미 무지한 현재를 뛰어넘어 이 순간에도 먼 미래 속에 살고 있는 듯합니다.

맥베스　사랑스러운 아내여, 오늘 밤 덩컨이 이곳에 오오.

맥베스 부인　그러면 언제 이곳을 떠나실 예정입니까?

맥베스　내일이오, 왕의 예정대로라면.

맥베스 부인　아, 태양은 결코 그 내일을 볼 수 없을 것입니다! 영주님, 당신의 얼굴은 뭔가 의심스러운 내용이 들여다보이는 한 권의 책과 같습니다. 이 세상을 속이려면 이 세상 사람과 똑같은 표정을 지으세요. 눈동자와 손과 혀끝에 반가운 기색을 띠세요. 겉으로는 청순한 한 떨기 꽃처럼 보이되, 속에다가 뱀을 숨기세요. 곧 오실 분을 위해서는 충분한 준비가 필요합니다. 오늘 밤의 큰일은 저에게 맡겨주십시오. 이 일은 앞으로 닥쳐올 우리들의 낮과 밤에 국왕의 권력과 위엄을 안겨 줄 것입니다.

맥베스　나중에 의논합시다.

맥베스 부인　그저 밝은 얼굴을 하고 계세요. 얼굴 표정을 바꾸는 것은 불안하다는 증거입니다. 모든 일은 저에게 맡겨주세요. (일동 퇴장)

제6장 같은 장소, 맥베스의 성 앞

오보에 소리와 횃불. 덩컨 왕, 맬컴, 도널베인, 밴쿠오, 레녹스, 맥더프, 로스, 앵거스 그리고 시종들 등장.

덩 컨 이 성은 아주 좋은 곳에 자리 잡고 있군. 공기가 맑고 상쾌해서 사람의 마음을 부드럽게 해주는데.

밴쿠오 여름의 길손인 제비가 즐겨 사원에 둥지를 짓는 것을 보면, 이곳 하늘의 숨결이 얼마나 향기로운가를 알 수 있습니다. 추녀 끝, 서까래 옆 벽, 버팀벽, 사방 구석구석에 요람을 만들지 않은 곳이 없지요. 제비가 새끼를 치고 모여 사는 곳은 언제나 공기가 상쾌하게 마련이지요.

맥베스 부인 등장.

덩 컨 아, 저길 좀 보오! 이 댁 부인이 오시는구려. (부인에게) 호의도 지나치면 때로는 귀찮게 여겨지기도 합니다만, 그래도 호의란 늘 고맙게 마련이지요. 그러니, 이번 일로 부인에게는 폐를 끼치게 되었지만, 부인께서도 나를 위해 하느님께 축복을 빌어주시고 또한 나의 호의에 대해 고맙게 여겨야 할 거요.

맥베스 부인 왕실에 대한 저희들의 봉사, 그 하나하나를 두 배로 하고 또 그것을 두 배로 늘린다 하더라도 폐하께서 저희에게 베풀어주신 넓고 깊은 은총에 비하면 아무것도 아닙니다. 종전에 내려주신 지위에다 이번에 또 새로운 영광을 베풀어주셨으니, 이 은혜를 어떻게 갚아야 할지, 저희로서는 폐하의 만수무강을 빌 따름입니다.

덩 컨 코더 영주는 어디 있소? 곧 뒤쫓아온 것은, 우리가 그보다 앞질러

와서 장군을 맞을 준비를 할 심산이었는데, 워낙 승마의 명수인 데다 뜨거운 충성심이 박차를 가하여, 우리로서는 도저히 앞지를 수가 없었소. 아름다운 부인이시여, 이 밤을 댁의 손님으로 머무르게 해주시오.

맥베스 부인 폐하의 신하와 하인 그리고 저희들과 모든 재산은 폐하로부터 빌려 얻은 바, 폐하가 원하시는 때에는 언제라도 바칠 준비가 되어 있습니다.

덩 컨 손을 이리 주오. 나를 장군에게 안내해주시오. 장군을 극진히 사랑하고 있소. 앞으로도 내 뜻은 변함이 없을 것이오. 부탁하오, 부인.

(손을 잡고 성내로 들어간다)

제7장 같은 장소, 맥베스의 성 안

오보에 소리와 횃불. 식탁 시종, 접시와 식기를 든 하인들이 무대를 가로질러 간다. 오른쪽 출입구의 문을 열고 이들이 출입할 때마다 안에서 요란한 축연 소리가 들린다. 이윽고 맥베스가 등장한다.

맥베스 한 번으로 끝나는 일이라면 빨리 해치우는 것이 좋을 것이다. 왕의 암살로써 모든 일이 그물 속으로 죄어들고, 그의 숨통을 눌러 숨을 끊게 함으로써 성공을 거둘 수 있다면, 이 일격이 모든 일의 시작이요 종말일 수 있다면 여기서는, 이 세상에서는, 영원한 시간의 이쪽 여울인 현세에서는 내세쯤 관심조차 둘 필요가 없다. 그러나 이런 일은 반드시 현세에서 심판을 받는단 말이야. 살인 행위를 한 번 가르쳐주면 배운 사람은 가르쳐준 자에게 거꾸로 앙갚음하는 법이거든. 정의의 신은 공평해서 독살을 준비한 자에게 반드시 독을 퍼머인단 말이야. 앞은 나를 믿고 이곳에 왔어. 첫째로 나는 그의 친척이며 신하니 어느 모로 보나 그런 범죄 행위에 대해 강경히 반대해야 하며, 둘째 이 집 주인으로서 자객을 막아 문을 잠가야 마땅하지 스스로 칼자루를 들 수는 없잖은가. 덩컨 왕은 온화한 성격인 데다 왕권 수행에 있어서 청렴결백하기 때문에 그의 미덕은 소문의 혀를 지닌 천사와 같이 그를 암살한 자를 무서운 신의 저주로써 천하에 탄원할 것이다. 연민의 정이 갓난아기의 모습을 하고서, 열풍을 타고 혹은 천사 게루빔과도 같이 보이지 않는 하늘의 준마를 타고, 무서운 참변을 사람들 눈에 아로새겨주어 그 눈물로 바람마저 자게 할 것이다. 내 계획의 옆구리를 걷어찰 박차가 없다 하더라도 내게는 끓어오르는 야심이 있다. 그러나 그것만으로는 말 저편에 떨어질 뿐이다.

맥베스 부인 등장.

무슨 일이오? 새로운 소식이라도 있소?

맥베스 부인   왕께서 식사를 거의 끝내셨습니다. 왜 자리를 뜨셨습니까?

맥베스   나를 찾습니까?

맥베스 부인   그걸 모르고 계셨어요?

맥베스   이 일은 더 이상 진전시키지 말기로 합시다. 폐하께서는 이번에 나에게 포상을 내리셨소. 뿐만 아니라 모든 사람들로부터 좋은 평판을 들어 이 눈부신 빛깔의 의상을 얻게 되었는데 입어보지도 못하고 내버릴 수는 없지 않소?

맥베스 부인   지금껏 당신의 몸을 감싸고 있던 것은 술에 취한 희망이었나요? 그래, 그것은 영원히 잠들어버렸나요? 아니, 지금 눈을 떠보니 마음속으로 대담하게 그리고 있던 것이 보기만 해도 등골이 시리고 오싹해진다는 겁니까? 앞으로는 당신의 애정도 이런 꼴이 되겠죠? 마음속으로는 바라고 있으면서도 용감하게 행동으로 옮기기는 겁난다는 거죠? 어떤 일이 있어도 인생의 장식품인 왕관을 탈취해야겠다고 생각하면서도, 속으로는 겁쟁이가 되어 단념하고 있는 거죠? '해치우고 말겠다'고 하면서도 결국 '못 하겠다' 하는 것은, 발을 물에 적시지도 않고 고기를 잡아 먹으려는 불쌍한 고양이와 같은 생존방식이에요.

맥베스 제발 그만하오! 사내 대장부가 할 만한 일이라면 무엇이든 하겠소. 그러나 도가 지나치면 그건 사내 대장부가 아니오.

맥베스 부인 그렇다면, 이 계획을 저에게 말씀하시던 때에는 당신이 무슨 짐승이었단 말입니까? 이 일을 하기로 마음먹었을 때, 당신은 사내 대장부였어요. 자기 자신을 초월할 수 있을 때 당신은 더욱 남자다워질 수 있어요. 그때에는 때와 장소가 적당치 않았는데도 당신은 그 두 가지를 모두 갖추려고 하셨죠. 그런데 이번에는 저편에서 저절로 두 가지를 갖추고 나타나니까 오히려 주춤하신단 말씀인가요? 저도 아기에게 젖을 먹여본 적이 있죠. 그래서 젖을 빠는 아기가 얼마나 사랑스러운지 알고 있답니다. 그러나 만약 제가 그때의 당신처럼 맹세했다면 갓난아기가 나를 쳐다보며 웃고 있을지라도 당장 보드라운 그 입에서 젖꼭지를 빼버리고 아기의 머리통을 박살 낼 수 있어요.

맥베스 만약 실패한다면?

맥베스 부인 우리가 실패한다고요? 당신이 있는 힘껏 용기만 내신다면 실패란 있을 수 없죠. 덩컨이 잠들면 — 오늘의 피곤한 여행이 곧 잠을 청하게 할 테니 — 두 시종에게 술을 퍼마시게 해서 뇌수를 지키는 기억력을 연기처럼 몽롱케 하고, 이성의 그릇은 증류기처럼 되도록 내버려두세요. 죽은 듯이 술에 곯아떨어져 돼지처럼 잠들어버리면, 호위병도 없는 덩컨에게 당신 아니 내가 못할 짓이 뭐가 있겠어요? 술에 만취한 두 호위병에게 우리가 저지른 대역죄를 덮어씌울 수 있지 않겠어요?

맥베스 당신은 사내아이만 낳을 거요! 두려움을 모르는 그 성격은 사내아이를 만들어내는 데만 적격일 테니. 이러면 어떨까? 자고 있는 두 호위병에게 피를 묻히고 그들의 단도를 사용하면 그자들의 소행으로 보일 게 아니오?

맥베스 부인 누가 의심하겠어요? 우리가 왕의 죽음을 슬퍼하면서 대성통곡을 하면.

맥베스 옳아, 마음을 정했소. 온몸의 힘을 짜내어 이 무서운 일에 착수합시다. 자, 갑시다. 밝은 표정을 하고 모든 사람들을 속이는 거요. 마음속의 흉악한 생각은 가면으로 감추고 말이오. (퇴장)

제2막

제1장 같은 장소, 맥베스 성 안의 뜰

밴쿠오와 햇불을 든 플리언스 등장.

밴쿠오 얘야, 밤이 꽤 깊었는데, 몇 시나 되었느냐?

플리언스 (하늘을 올려다보며) 달은 졌습니다만, 시간 알리는 소리는 듣지 못
했습니다.

밴쿠오 달은 자정에 지지.

플리언스 자정은 지난 것 같습니다.

밴쿠오 이 칼을 좀 들고 있거라. 하늘도 절약을 하는 모양이다. 모든 별들
이 불을 꺼버린 걸 보니. 이것도 (단도 혁대를 풀면서) 갖고 있거라. 졸
음이 무거운 납덩이같이 엄습해 오는구나. 그러나 자고 싶지는 않
다. 자비로우신 천사들이여! 잠이 들면 찾아오는 저주 받을 망상을
억눌러다오! 내 칼을 다오.

　　　맥베스와 횃불을 든 시종 등장.

밴쿠오 게 누구야?

맥베스 친구요.

밴쿠오 그렇구먼! 여태 안 주무셨소? 왕은 잠자리에 드셨소. 굉장히 만족
하신 모양이외다. 종복들에게도 선물을 듬뿍 주셨지요. 그리고 이
다이아몬드는 극진한 대접을 받은 감사의 표시로 장군 부인에게
내리신 선물이오. 오늘 하루 지극히 즐겁게 지내신 모양입니다.

맥베스 준비할 시간이 없어서, 마음은 간절했지만 뜻대로 안 되어 실수투
성이요. 여유만 있었던들 마음껏 대접할 수 있었을 텐데.

밴쿠오 모든 일이 잘 되었소. 간밤에 세 마녀 꿈을 꾸었소. 장군의 경우는
잘 맞아 들었어요. 마녀의 예언 말이오.

맥베스 마녀들에 대해서는 잊고 있었소. 그러나 언제 한 시간쯤 틈을 낼
수 있으면 그 일에 관해서 얘기 좀 나눕시다.

밴쿠오 기꺼이 그리리다.

맥베스 기회가 왔을 때 나를 지원해주면, 내, 명예로운 지위를 약속해드리

리다.

밴쿠오 영화를 노리다가 신세를 망치면 곤란하지만, 마음이 평화로운 가운데 충성심을 지켜나갈 수만 있다면 어느 때라도 상의에 응하겠소.

맥베스 그때까지 편히 계시오!

밴쿠오 고맙소. 그럼 안녕히. (밴쿠오와 플리언스 퇴장)

맥베스 가서 마님께 장군의 술상이 준비됐으면 종을 울리라고 여쭈어라. 너는 물러가서 자거라. (시종 퇴장) 지금 내 눈앞에 보이는, 손잡이가 내 손 쪽으로 향한 이것이 단검인가? 오너라, 단검이여. 내가 그대를 낚아채마! 바로 눈앞에 보면서도 잡을 수가 없구나. 고약한 환영이로다. 너는 단지 마음에 비치는 단검일 뿐인가, 열이 오른 내 머리가 만들어낸 망상의 산물인가? 보이는구나. 손에 닿을 듯한 느낌이로다. 지금 이렇게 뺄 수 있는 내 단검과 똑같구나. 내가 가고 싶은 방향으로 나를 인도할 참인가? 바로 너였던 것이다, 내가 쓰려고 하는 무기는. (일어선다) 눈이 어떻게 되어버린 것인가, 아니면 눈만 멀쩡한 것인가? 또 보이는구나. 칼자루와 칼날에, 없었던 핏자국이 있구나. (제정신으로 돌아와서) 그럴 리가 없지. 눈에 그렇게 비치는 것은 피비린내 나는 흉계 때문이다. 지금, 이 세상의 반이 죽은 듯이 고요한 밤, 잠은 장막 속에 감싸여 악몽에 시달리고 있다. 마녀들은 창백한 헤카테(하계를 다스리는 여신으로 망령. 마술의 여왕-역자 주)에게 재물을 바치고, 말라비틀어진 살인마는 파수꾼인 늑대의 긴 울부짖음에 잠을 깨어, 옛날 로마 시대 타르키니우스이 정숙한 여자들을 욕보이러 갈 때의 그 숨죽인 발걸음으로 살금살금 유령처럼 표적을 향해 가고 있다. 요지부동인 대지여, 내 발길이 어디로 향하건 그 소리를 듣지 마라. 발 아래 밟히는 돌들이 행여 나의 소재를 알릴까 두렵다. 이 시간의 처참한 고요를 깨뜨리지 마라. 내가 이토록 협박하고 있음에도 그는 살아 있다. 말은 실행의 열의에 찬바람을 보낼 뿐이다. (종소리) 가자, 그러면 일은 끝나는 것이다. 종소리가 나를 부르고 있다. 덩컨이여, 저 소리를 듣지 마라. 저 소리는 그대를 천국으로, 또는 지옥으로 불러들이는 조종(弔鐘)이다. (퇴장)

제2장 같은 장소

맥베스 부인 등장.

맥베스 부인　　두 녀석을 곤드레만드레 취하게 한 이 술이 내 마음을 오히려 대담하게 만들어주었다. 두 녀석은 잠잠하게 만들었지만 내겐 불을 붙여놓았구나. 저 소리! 쉿! 나직이 울어대는 저 소리는 올빼미가 아닌가! 사형수에게 마지막 작별을 고하는 불길한 불침번. 지금 작별을 고하고 있는 중인가 보다. 문이 열려 있다. 곯아떨어진 두 호위병은 코를 드르렁거리며 자고 있구나. 술에는 약을 타 놨지. 삶과 죽음이 두 녀석을 휘어잡고는, 살려둘까 죽여버릴까 서로 다투고 있을 거다.

맥베스　　(안에서) 누구냐? 게 무슨 일이냐?

맥베스 부인　　앗, 그들이 깨어났으면 어쩌지? 아직 일을 끝내지 않았는데. 시작해놓고 일을 끝내지 못하면 만사 끝장이다. 저 소리! 내가 두 녀석의 단검을 미리 준비해놨는데, 그분이 그것을 못 볼 리는 없겠지. 왕의 잠든 얼굴이 내 아버님의 얼굴만 닮지 않았어도 내가 해치웠을 텐데. (부인이 계단 쪽으로 가려다 돌아서자 맥베스가 나타난다. 양팔이 피투성이가 된 채 왼손에는 두 자루의 단검을 쥐고 있다) 여보!

맥베스 (속삭이는 소리로) 해치웠어. ……무슨 소리가 들리지 않았소?

맥베스 부인 올빼미가 신음 소리를 내고, 귀뚜라미가 울부짖더군요. 당신이 소리를 내지 않았나요?

맥베스 언제?

맥베스 부인 방금요.

맥베스 내가 내려올 때 말이오?

맥베스 부인 그래요.

맥베스 쉿! 저 소린? 옆방에서 자고 있는 사람은 누구요?

맥베스 부인 도널베인이죠.

맥베스 이 무슨 비참한 꼴인가.

맥베스 부인 바보 같은 소리, 비참한 꼴이라뇨?

맥베스 한 녀석은 자면서 웃고, 또 한 녀석은 '살인이야!' 라고 부르짖더군. 그러더니 두 놈 다 눈을 떴소. 나는 그 자리에 서서 그들이 하는 소리에 귀를 기울였는데, 이윽고 그들은 기도를 올리더니 다시 잠이 들었소.

맥베스 부인 둘은 함께 자고 있었죠.

맥베스 한쪽이 '신이여, 자비를 베푸소서!' 하자 다른 쪽이 '아멘' 이라고 말했지. 마치 살인자인 나의 손을 보고 있는 듯했소. 그들은 '신이여, 자비를 베푸소서!' 라고 말했지만, 공포에 질린 두 녀석의 아우성을 듣고 있자니 나는 '아멘' 이라는 말도 할 수 없게 되었소.

맥베스 부인 너무 깊이 생각지 마세요.

맥베스 그러나 어째서 나는 '아멘' 이라는 말을 할 수 없었을까? 나만큼 하느님의 자비심을 필요로 하는 자도 없을 텐데 '아멘' 이라는 소리가 목에 걸려 나오지 않았소.

맥베스 부인 이 일을 그런 식으로 생각지 마세요. 그렇게 생각하시다간 미
쳐버리겠어요.

맥베스 나는 외치는 소리를 들은 듯하오. '이젠 잠을 잘 수 없다! 맥베스가
잠을 죽여버렸다.' 아, 천진난만한 잠이여, 근심 걱정의 엉킨 실타
래를 풀어주는 잠이여, 매일매일의 죽음인 잠이여, 힘겨운 노동 뒤
의 목욕이여, 마음의 상처를 아물게 하는 약이여, 대자연이 언제나
준비하고 있는 은혜여, 이 세상 향연의 최고의 자양분인 잠이
여…….

맥베스 부인 그것이 어떻다는 거죠?

맥베스 언제까지나 부르짖고 있었소. '이젠 잠을 잘 수가 없다!' 온 성 안
이 떠들썩했지. '글래미스가 잠을 죽였다. 그렇기 때문에 코더는
영영 잠을 이룰 수 없다. 맥베스는 이제 잠을 잘 수 없다!'

맥베스 부인 도대체 누가 그런 고함을 질렀다는 겁니까? 당신은 위대한 영
주님이세요. 왜 부질없는 생각으로 귀중한 힘을 스스로 쇠퇴시키
고 있는 거예요? 물을 떠다가 손에 묻은 그 더러운 핏자국이나 씻
어버리세요. 어째서 그 단검을 여기까지 들고 오셨어요? 그것들은
살해 현장에 두고 올 계획이었잖아요. 갖고 가세요! 얼른 가서 자
고 있는 두 호위병에게 피를 발라놓고 오세요.

맥베스 이제 다시는 그곳에 가지 않겠소. 내가 한 짓을 생각하면 소름이
끼치오. 두 번 다시 보기도 싫소.

맥베스 부인 나약한 양반! 그 칼을 이리 주세요. 잠들어 있는 자와 죽은 시
체는 그림에 지나지 않아요. 그림 속의 악마를 보고 무서워하는 것
은 어린애들뿐입니다. 아직 피를 흘리고 있으면, 그걸 호위병 얼굴
에 발라놓고 오겠어요. 그래야 두 사람이 저지른 것처럼 보이질 않

겠어요? (퇴장. 안에서 노크 소리)

맥베스 저 소리는 어디서 나는 거냐? 웬일일까, 소리만 들어도 깜짝 깜짝 놀라다니! 이 손은 무엇이냐? 눈알이 빠져나가는 것 같다! 아아! 바다의 신 넵튠의 바닷물로써 이 손의 피를 깨끗이 씻어줄 수 있을까? 아니다, 이 손이 오히려 굽이치는 푸른 바닷물을 붉은 핏빛으로 물들여, 푸른 물결이 주홍빛으로 변해버릴 것이다.

　　맥베스 부인 등장.

맥베스 부인 제 손도 당신의 손과 똑같은 빛깔이 되었어요. 그러나 마음속은 당신처럼 그토록 창백하게 질려 있진 않답니다. (노크 소리) 남쪽 입구에서 문을 두드리는 소리가 들리는군요. 함께 방으로 돌아갑시다. 약간의 물이 우리의 핏자국을 깨끗이 씻어줄 거예요. 아무일도 아니에요! 용기를 잃고 계시군요. (문을 두드리는 소리) 들어보세요! 문을 계속 두드리고 있어요. 잠옷으로 갈아입으세요. 만약 불려 나가게 될 경우, 깨어 있었다고 의심을 받으면 곤란하니까요. 제발 그렇게 멍청히 서 계시지 마세요.

맥베스 내가 저지른 일을 생각할 바에는 차라리 나 자신을 잊어버리는 게 낫지. (문 두드리는 소리) 그 소리로 덩컨을 깨우라! 할 수 있으면 그렇게 해보라! (두 사람 퇴장)

제3장 같은 장소

　　문지기 등장. 안에서 문 두드리는 소리가 점점 요란해진다.

문지기 잘도 두드린다! 내가 지옥의 문지기라면 열쇠를 돌려대느라 잠시
도 틈이 나질 않겠군. (문 두드리는 소리) 두드려라, 두드려라, 두드려
라! 지옥의 대장 나리 이름으로 묻겠다. 도대체 누구냐? 풍년 들어
곡식 값이 떨어질까 봐 목을 매단 농부인가 보구나. 때마침 잘 왔
다! 손수건이나 잔뜩 준비해라, 여기서 진땀깨나 흘리게 될 테니.
(문 두드리는 소리) 두드려라, 두드려! 악마의 이름으로 묻겠는데, 도
대체 넌 누구냐? 양다리를 걸치는 놈이구나. 양쪽에 다 통하는 서
약을 하고 얼버무리는 사기꾼이로군. 하느님의 이름으로 반역을
한 사기꾼이지? 네놈, 천당엔 다 갔다! 들어오시오, 사기꾼 양반!
(문 두드리는 소리) 두드려라, 두드려라, 누구요? 영국의 양복장이가
오셨다, 이 말씀이지? 헐렁헐렁한 프랑스식 바지가 유행할 땐 옷
감 잘라먹기 좋았지. 들어오슈, 양복장이 나리. 지옥의 불이 다리
미 달구는 데에는 그저 그만이오. (문 두드리는 소리) 탕, 탕, 두드려
라! 쉴 줄 모르고 두드리네! 대체 누구란 말이냐? 그러나 이곳은 지
옥 치고는 너무 추워서 탈이네. 지옥의 문지기는 이것으로 하직이
다. 속세에서 쾌락의 길을 걷다가 영겁의 불길 속으로 뛰어드는 놈
이면, 이것저것 직업을 따질 것 없이 몇 놈 통과시켜줄 생각이었는
데. (문 두드리는 소리) 갑니다, 가요! (문을 연다) 제발, 이 문지기를 잊
지 마시오.

맥더프 간밤에 늦게 잠자리에 들었구먼, 이토록 늦잠을 자다니.

문지기 그렇습니다, 나리. 두 번째 닭이 울 때까지 술추렴을 했습죠. 그런
데 나리, 술이라는 놈은 세 가지 자극을 주는군요.

맥더프 세 가지 자극이라니?

문지기 코가 빨개지고, 졸음이 오고, 오줌이 마렵다는 얘기올시다. 성욕은
말입니다, 자극하기도 하고 안 하기도 합니다. 욕정은 일지만 일은

못 치르죠. 그래서 과음은 색정에 관한 한 양다리를 걸치는 사기꾼이라 하지 않습니까요? 욕정을 일으켰다가는 죽어버리고, 충동질을 했다가는 다시 물러서게 하죠. 용기를 주었다가 실망시키고, 시작하게 해놓고 꽁무니를 빼며, 결국은 속여서 잠들게 한 다음 넘어뜨려놓고 줄행랑을 치죠.

맥더프 간밤에 술타령에 짓눌렸구려.

문지기 그렇습니다, 나리. 목덜미를 잡혀 쓰러졌지요. 하지만 저도 그놈의 술에 보복을 해줬답니다. 저도 그놈에게는 어지간히 강하거든요. 놈을 말끔히 토해내어 넘어뜨렸지요. 때로는 그놈이 내 다리를 붙들고 휘청거리게 하기도 했습니다만.

맥더프 주인 나리는 일어나셨나?

　　맥베스, 잠옷을 걸친 채 등장.

노크 소리에 잠을 깨신 모양이군. 장군님이시다. 안녕히 주무셨습니까, 맥베스 님? (문지기 퇴장)

레녹스 안녕하십니까. 장군님.

맥베스 두 사람 다 안녕히 주무셨소?

맥더프 폐하께서는 일어나셨습니까?

맥베스 아직 안 일어나셨소.

맥더프 아침 일찍 깨우라는 분부셨습니다. 까딱하면 늦을 뻔했어요.

맥베스 폐하께 가보세.

맥더프 이런 일은 즐거운 일이죠. 물론 수고스럽지만요.

맥베스 즐거운 수고는 마음의 고통을 덜어주지요. 여기가 문이오.

맥더프 깨워도 괜찮겠죠? 그렇게 하라는 명령을 받았으니까요. (퇴장)

레녹스 폐하께서는 오늘 출발하십니까?

맥베스 그렇소. 그렇게 말씀하셨소.

레녹스 간밤엔 어수선했습니다. 우리 숙소의 연통이 바람에 몽땅 날아갔어요. 다들 하는 얘기로는 비탄의 소리와 이상한 죽음의 신음 소리가 하늘로 퍼져나갔다 합니다. 이 불행한 세상에 무시무시한 혼란과 변란이 일어날 징조를 예언하는 소리가 무섭게 들리고, 불길하게도 올빼미 울음소리가 밤새껏 들렸다 합니다. 대지가 열병을 앓는 것처럼 진동했다는 말이 떠돌기도 했습니다.

맥베스 험악한 밤이었소.

레녹스 젊은 제 기억으로는 이보다 더 음산한 밤은 없었던 것 같습니다.

　　　　맥더프 등장.

맥더프 아, 무서운 참변이다! 참변이야, 참변! 이루 말로 다 할 수 없구나. 생각하기조차 끔찍해!

맥베스, 레녹스 왜 그러시오?

맥더프 파괴력이 최대의 힘을 발휘했어! 극악무도한 살상이 거룩한 신의 집을 마구 부수고 그곳에서 생명을 약탈해 갔다!

맥베스 뭐라고 말했나? 생명이라고?

레녹스 폐하의 목숨 말인가요?

맥더프 방에 들어가 보오. 괴녀 고르곤(그리스 신화에 나오는 괴이한 세 자매. 뱀의 머리, 거대한 이빨, 놋쇠 발톱을 가진 추악한 얼굴로 사람을 돌로 변하게 하는 힘을 가졌음—역자 주)을 처음 보듯, 눈 뜨고는 볼 수 없는 광경이오. 내게 묻지 마오. 가서 보고 각자가 직접 말해요. (맥베스와 레녹스 퇴장) 깨어라, 깨어나라! 경종을 울려라! 살인이다! 반란이다! 뱅쿠오, 도널베인! 맬컴! 깨어나시오! 포근한 죽음 같은 잠을 떨쳐버리고 깨어나시오! 그리하여 진짜 죽음을 직시하시오! 일어나라, 일어나이 무서운 죽음의 광경을 보시오! 맬컴! 뱅쿠오! 유령이 무덤에서 일어나 걸어 나오듯 나오시오. 마지막 심판 광경을 눈을 부릅뜨고 보시오. 경종을 울려라! (종이 울린다)

맥베스 부인 등장.

맥베스 부인 무슨 일이기에 저 소름 끼치는 경종을 울려 온 성 안의 사람들을 깨워 모이게 하는 거요? 이유를 대시오, 이유를!

맥더프 아, 고매하신 부인이여, 제가 어떻게 이 얘기를 들려드릴 수 있겠습니까? 여자가 들으면 기절하여 죽어버릴 얘기를요.

뱅쿠오 등장.

뱅쿠오, 뱅쿠오! 국왕께서 살해당하셨소!

맥베스 부인 아아, 이게 무슨 변이오! 더욱이 우리 집 안에서!

뱅쿠오 어느 곳에서 있었건 끔찍스럽고 무참한 일입니다. 맥더프, 부탁이오. 잘못 얘기한 거라고 말해주오. 그런 일은 없었노라고 말해주오.

맥베스, 레녹스 그리고 로스 등장.

맥베스 내가 이 참변이 있기 한 시간 전에만 죽었던들, 나는 행복한 인생을 살았노라고 말할 수 있었을 것을. 이 순간 이후로는 세상에 중요한 일이란 있을 수 없다. 남은 것은 부질없는 것들뿐이다. 명예도 덕망도 사라졌다. 생명의 술도 메말라버렸다. 무슨 말을 하더라도 이 술창고의 둥근 천장 아래 남은 것은 술 찌기뿐이로다.

맬컴과 도널베인 등장.

도널베인 무슨 일이오?

맥베스 전하의 신상에 관한 일인데, 아무것도 모르고 계시는군요. 왕자님 혈통의 원천이요 시작이요 샘이 말라버렸습니다. 근원이 아주 멈춰버렸습니다.

맥더프 부왕께서 살해당하셨소.

맬 컴 뭐요? 누구에게?

레녹스 호위병의 짓인 듯합니다. 두 사람 다 손이건 얼굴이건 그저 피투성이입니다. 그들의 단검에도 핏자국이 남아 있습니다. 피가 씻기지도 않은 채 두 사람의 머리맡에 있었습니다. 그들은 얼빠진 사람처럼 서로 멍하니 쳐다보고만 있었습니다. 도저히 사람의 생명을 맡겨 안심할 만한 자들로는 보이지 않았습니다.

맥베스 아, 하지만 분노가 복받쳐 내가 그들을 죽여버리고 말았소.

맥더프 어째서 그런 짓을 하였소?

맥베스 도대체 누가 당황하면서도 침착할 수 있고, 분노하면서도 절도를 지킬 수 있으며, 충성하면서도 냉담할 수 있겠소? 누가 동시에 그럴 수 있단 말이오? 국왕에 대한 나의 열렬한 사랑이 넘쳐서 이성의 힘을 앞질러버렸소. 덩컨 왕은 이쪽에 쓰러져 계셨습니다. 은빛 살결은 금빛 핏발로 무늬 져 있고, 벙긋이 입을 벌린 상처는 파멸이 무참히 출입하는 인체의 갈라진 틈 같았소. 그리고 저쪽에는 살인마들이 그들의 생업에 어울리는 핏빛으로 물들어 있고, 그자들의 단검에는 핏덩어리가 응고돼 있었소. 충성심을 갖고 있는 자, 충성의 용기를 갖고 있는 자가 그 광경을 보고 어찌 참을 수 있었겠소?

맥베스 부인 (실신하듯이) 아, 누가 저를 좀 부축해주세요.

맥더프 부인을 돌보시오.

맬 컴   (도널베인에게 방백) 왜 우린 입을 다물고 있는 거지? 누구보다도 우리에게 가장 관계 깊은 일인데 말이야.

도널베인   (맬컴에게 방백으로) 지금 무슨 말을 하겠어요, 어떤 운명이 송곳 끝 같은 틈새에 숨어 있다가 언제 우리들을 습격할지 알 수 없는데요. 얼른 갑시다. 눈물도 나오지 않는구려.

맬 컴   (도널베인에게 방백) 엄청난 슬픔을 느낄 겨를도 없구나.

뱅쿠오   부인을 돌보아주시오. (맥베스 부인, 부축을 받으며 나간다) 그리고 우리도 거의 벌거벗은 몸으로 추위에 떨지 말고, 옷을 입은 후에 다시 모여서 이 잔인무도한 범죄를 조사키로 합시다. 공포와 의심으로 온몸이 와들와들 떨리지만, 하느님의 거룩한 손길을 나는 믿소. 이 대역행위 뒤에 숨은 음모에 나는 과감히 도전하렵니다.

맥더프   저도 마찬가집니다.

일 동   모두 힘을 합칩시다.

맥베스   빨리 옷을 갈아입고 홀에서 만납시다.

일 동   알겠소. (맬컴과 도널베인만 남고 모두 퇴장)

맬 컴   어쩔 셈이냐? 그들과 함께 행동할 필요는 없다. 마음에도 없는 슬픔을 겉으로 나타내는 일은 위선자들에게 쉬운 일이지. 나는 영국으로 가련다.

도널베인   저는 아일랜드로 가겠어요. 서로 다른 운명의 길을 택하는 것이 서로에게 더 안전하겠죠. 우리가 여기에 있는 한 사람의 웃음 속에는 단검이 숨어 있을 것입니다. 근친일수록 피 냄새를 맡으려고 접근할 테니까요.

맬 컴   살인의 화살이 시위를 떠난 채로 하늘을 가르고 있다. 몸을 지키려면 과녁을 피해야 한다. 그러니 말에 올라라. 유난스러운 작별 인사는 피하기로 하고, 살짝 빠져나가는 것이다. 극한 상황에 처했을

땐 자기 자신의 목숨을 슬쩍 훔쳐내는 일도 용납될 수 있다. (퇴장)

제4장 맥베스의 성 밖

로스와 노인 한 사람 등장.

노 인 저는 칠십 평생 일어난 일들을 잘 기억하고 있습니다. 그동안 이상
스러운 일, 무서운 일들을 참 많이도 보아왔습죠. 그러나 간밤에
일어난 끔찍한 사건은 옛날 일들을 무색케 합니다요.

로 스 (하늘을 올려다보며) 노인장, 보세요. 하늘도 무심치 않아, 인간의 행
위를 걱정한 나머지 이 피투성이 무대를 위협하고 있습니다. 시간
은 낮인데도 캄캄한 밤이 태양을 덮으며 위협하고 있소. 밤의 세력
이 우세해서 그런지 낮이 부끄러워해서 그런지, 밝은 햇빛이 이 땅
을 비춰야 할 때 어둠이 온통 뒤덮고 있습니다.

노 인 심상치 않은 일입니다. 이번 사건을 생각해보면 말입니다. 지난 화
요일이었습니다. 하늘 높이 솟아 있던 매가, 쥐를 잡아먹은 부엉이
의 습격을 받아 죽었습니다.

로 스 쭉 뻗은 몸에서, 무척 빨리 달려서 명마로 평판이 나 있던 덩컨 왕
의 말들이 — 이상하지만 틀림없는 얘깁니다 — 갑자기 사나워져
서 마구간을 부수고 뛰쳐나와 마치 싸울 듯이 사람에게 대들었답
니다.

노 인 서로 물어뜯으며, 법석을 떨었다 합디다.

로 스 보고 있던 나도 그저 놀랄 뿐이었죠.

맥더프 등장.

맥더프님이 오십니다. 일이 어떻게 되었소?

맥더프 왜, 아직 모르시오?

로 스 처참하기 그지없는 그 피투성이 행위를 저지른 자가 누구인지 판명되었소?

맥더프 맥베스가 죽여버린 그 두 사람이었소.

로 스 아아, 저런! 무엇 때문에 그런 짓을 했을까?

맥더프 매수되었답니다. 맬컴과 도널베인 두 왕자가 살며시 빠져나가 도망쳤소. 따라서 두 왕자가 혐의를 받고 있소.

로 스 그 일 역시 천리(天理)에 어긋나는 일이군요. 무익한 야심 때문에 핏줄의 원천을 마르게 하다니! 그렇다면 왕위가 맥베스 님에게 돌아가는 것은 확실한 일이 되었구려.

맥더프 이미 지명되어 대관식을 거행하러 스쿤으로 떠나셨습니다.

로 스 덩컨 왕의 유해는 어디로 모셨소?

맥더프 콤길로 옮겼습니다. 선왕 대대로 성스러운 묘역이며, 역대 제왕의 유골을 모신 곳이지요.

로 스 스쿤으로 가실 예정입니까?

맥더프 아닙니다, 파이프로 가겠습니다.

로 스 저는 스쿤으로 가겠습니다.

맥더프 그곳에서 모든 일이 잘되기를 바랍니다. 또 봅시다! 우리들의 낡은 옷이 새 옷보다 낫다는 평이 나지 않도록 합시다.

로 스 안녕히 계십시오, 노인장.

노 인 하느님의 축복이 당신에게 있기를 빕니다. 악을 선으로, 적을 우리 편으로 바꾸는 분에게도 축복이 내리기를 빌겠소! (일동 퇴장)

제3막

제1장 포레스 궁정

　　밴쿠오 등장.

밴쿠오　모두 네 손아귀에 들어갔구나 ─ 왕위, 코더 영주, 글래미스 영주, 이 모든 것이. 마녀들이 약속한 대로다. 그러나 너는 가장 더러운 방법으로 이 모든 것들을 차지한 게 아닌가 싶구나. 그러나 왕위는 네 후손에까지 계승되지 않고, 대대로 이어갈 제왕의 근원이며 조상은 바로 나라고 하지 않았던가! 마녀들의 예언이 사실이라면, 맥베스, 네 머리 위에 그들의 예언이 찬란히 빛나고 있다는 걸 명심해라. 네 경우가 실현되었으니, 내가 받은 신탁도 기대할 수 있는 것이 아니겠는가? 쉿, 이만 해두자!

　　나팔 소리. 왕이 된 맥베스, 왕비가 된 맥베스 부인, 레녹스, 로스, 귀족들, 시종들 등장.

맥베스　주빈이 여기 계시는군.

맥베스 부인　이분이 나타나지 않으셨으면 이 잔치는 구멍이 난 것처럼 어울리지 않게 될 뻔했습니다.

맥베스　오늘 밤 공식 만찬회를 열 테니 모두 참석해주시오.

밴쿠오　국왕께서는 그저 하명만 해주십시오. 제 의무는 그저 어명에 복종하는 일인 줄 아옵니다.

맥베스　오후에는 말을 타고 어딜 갈 거라면서요?

뱅쿠오 그럴 작정입니다. 폐하.

맥베스 오늘 회의에서 그대의 신중하고도 유익한 의견을 듣고 싶었는데. 좋소, 내일 듣기로 합시다. 멀리 갈 작정이오?

뱅쿠오 지금부터 달리면 만찬회 때까지는 돌아올 수 있을 겁니다. 말이 잘 달려주지 않으면, 어둠 속을 한두 시간 더 달려야 할지도 모릅니다만.

맥베스 연회에는 늦지 않도록 하시오.

뱅쿠오 물론입니다.

맥베스 듣자 하니 잔인한 두 살인마 형제가 영국과 아일랜드에 가서 몸을 의탁한 채, 자기네들의 부왕 살해 건에 대해서는 숫제 입을 다물고 기괴망측한 소문만 퍼뜨리고 있는 모양이오. 좋소, 이 일도 내일 의논키로 합시다. 이 밖에 나라 일에 관해서 꼭 함께 상의할 일이 있소. 어서 출발하시오. 밤에 다시 만납시다. 잘 가시오. 플리언스도 함께 갈 예정이오?

뱅쿠오 그렇습니다, 폐하. 출발 시간이 되었습니다.

맥베스 말이 튼튼한 다리로 빨리 달려주길 바라겠소. 두 사람을 말 등에 맡겨두겠소. 안녕히 가시오. (뱅쿠오 퇴장) 모두들 밤 일곱 시까지는 자유롭게 시간을 보내도 좋다. 손님들을 한결 기분 좋게 맞기 위해 만찬회가 시작되기 전까지는 혼자 있고 싶다. 헤어졌다가 그때 다시 만나자! (맥베스와 시종 한 사람만 남고 모두 퇴장) 여봐라, 이리 오너라. 그자들은 기다리고 있느냐?

시 종 네, 폐하. 궁성 문밖에서 기다리고 있습니다.

맥베스 이곳으로 불러들여라. (시종 퇴장) 왕이 되는 것도 부질없는 일, 그것이 마음 편한 일이 아니라면. 뱅쿠오에 대한 두려움은 내 마음 깊이 박혀 있다. 그의 고귀한 성품 속에는 두려움을 느끼게 하는 그 무엇이 도사리고 있다. 과감히 일을 단행하는 기백도 있고, 용감한 기백에다 안전하게 일을 실현시키는 지력까지 겸비하고 있어. 내가 두려워하는 것은 오로지 그의 존재뿐이다. 그와 함께 있으면 나의 수호신도 맥을 못 춘다. 흔히 하는 얘기대로, 마치 시저 앞에 나타난 안토니우스와 같다. 밴쿠오는 마녀들을 다그쳤었지. 마녀들이 나를 왕이라고 부르자 자기에 대해서도 한마디 하라고 호통쳤어. 그랬더니 마녀들은 예언자나 되는 듯이, '당신은 대대손손 제왕들의 조상이 될 것이다' 하고 축하 인사를 했었지. 내 머리 위에는 열매 맺지 못할 왕관을 씌우고, 이 손에는 내 직계 자손이 아닌 남의 자손이 왕권을 계승하게 될 허황된 황홀을 쥐여주었다. 그렇다면 나는 밴쿠오의 자손을 위하여 내 마음을 더럽혔고, 그들은 위해서 고결한 덩컨을 죽인 셈이 된다. 내 평화스러운 마음의 술잔에 원한이 섞인 것도 그들 때문이었단 말인가! 이 영원한 마음의 보석을 인류 공통의 적수인 악마에게 내준 것도 결국은 밴쿠오의 자손을 왕위에 앉히기 위해서였단 말인가! 차라리 일이 이쯤 되었다면 좋다, 좋아, 운명이여 오너라, 내가 상대해주마. 최후의 순간까지 싸울 테다. 누구냐?

　시종이 두 자객을 데리고 다시 등장.

문밖에서 부를 때까지 기다리고 있거라. (시종 퇴장) 우리가 함께 얘기를 나눈 것이 어제였던가?

자객 1　예, 폐하.

맥베스　그래, 어떠냐, 내가 한 말을 잘 생각해봤느냐? 알겠지? 지금까지 너희들을 불행하게 만든 사람이 난 줄로 오해하고 있었나 본데, 실은 그 사람이었다. 이 문제는 지난번 만나서 얘기했을 때 충분히 이해했을 줄 안다. 말끝마다 증거를 대면서, 어떻게 속고 배반당했으며 앞잡이는 누구이며 누가 그를 조종했느냐 하는 점에 대해서 그리고 그 밖의 모든 것에 대해서 말했으니, 아무리 바보나 미친놈이라 할지라도 '그것은 뱅쿠오가 한 짓'이라고 납득할 수 있을 것이다.

자객 1 그건 잘 이해하고 있습니다.

맥베스 그렇겠지. 그리고 그다음에 얘기한 것이 있었는데, 오늘은 그 점에 대해 의논하려고 부른 것이다. 너희들은 이 문제를 그냥 넘겨버릴 수 있을 정도로 참을성이 뛰어난 자들이냐? 너희들은 신앙심이 깊어 선한 자와 그 자손들을 위해 기도라도 올려야겠다는 심정인가? 그 무자비한 놈 때문에 무덤에까지 끌려가다시피 고초를 겪고, 가족들은 알거지가 다 되었는데도?

자객 1 폐하, 저희들도 사내 대장부입니다.

맥베스 그렇지, 일람표 항목으로 따진다면 자네들도 사람 축에 들 테지. 사냥개와 그레이하운드, 잡종개, 스파니엘, 들개, 삽살개, 땅개, 불독 같은 개들도 모두 개 종류에 속하듯이 말이네. 그러나 가격표에 있어서는 구별되고 있지. 빠른 놈, 느린 놈, 영리한 놈, 집개, 사냥개 등등 풍요한 자연이 부여해준 능력에 따라 일일이 나뉘어 있기 때문에, 일람표로써는 알 수 없는 독자적인 호칭이 있는 법이지, 사람도 이와 같아. 너희들도 인간 가격표에 적혀 있으니, 만약 최하 계급에 속해 있지 않다면 그렇다고 말을 하라. 그러면 너희에게 내가 은밀히 부탁할 일이 있다. 이 일을 수행하면 너희들은 원수도 처치할 수 있고, 나의 신임과 총애도 얻을 수 있다. 그놈이 살아 있는 동안은 내 몸은 병든 것이나 다름없다. 그놈이 죽어야 나는 건강을 회복할 수 있어.

자객 2   폐하, 저는 세상 사람들한테 얻어맞고 채이고 혼난 적이 한두 번이 아닙니다. 그래서 울분으로 꽉 차 있습니다. 이 세상에 분풀이하는 일이라면 물불을 가리지 않을 작정입니다.

자객 1   저도 온갖 재난에 시달리고 액운에 부대껴왔는데, 이 인생살이를 뜯어고치든지 세상을 하직하든지 사생결단을 내기 위해서 운명을 시험해볼 생각입니다.

맥베스   너희들의 적은 밴쿠오라는 것을 명심하라.

자객 1, 자객 2   알고 있습니다.

맥베스   또한 그는 나의 적이기도 하다. 그와 나는 서로 으르렁대는 사이이기 때문에, 그가 살아 있는 동안 나는 어떤 급소를 찔릴는지 알 수 없어. 물론 내가 왕권으로써 내 눈앞에서 그를 쫓아낸 후 내 의지로 한 일이라고 공언할 수도 있지만, 그렇게 하지 않는 것은 그와 나의 공통된 친구들이 몇 있어서, 그 우정에 금이 가지 않도록 하기 위해서이다. 그를 때려눕히고도 슬퍼해야 하는 나의 입장에 고충이 있으므로 나는 너희들의 힘을 빌리고 싶은 것이다. 그 밖에 여러 가지 이유로 이 일만은 세상 사람들의 눈에 띄지 않도록 감춰 두고 싶구나.

자객 2   저희 두 사람은 어명대로 일을 거행하겠습니다.

자객 1   설사 저희 목숨이……

맥베스   너희들의 눈빛을 보니 굳은 결의를 알 수 있을 것 같구나. 늦어도 한 시간 이내로 너희들이 잠복할 장소를 가르쳐주겠다. 시간 역시 정확하게 전달해주겠다. 오늘 밤에 결행해야 한다. 이 궁전에서 약간 떨어진 장소에서. 내가 티끌만큼이라도 혐의를 받아서는 안 된다는 것도 명심해둬라. 그리고 일을 처리하는 데 있어서 장애물이나 증거물을 남기지 않기 위해 그의 아들 플리언스도 함께 없애는 일도 나에게는 그지없이 중요하다. 그놈도 검은 운명의 시간을 맛보게 하라. 물러가서 결심해보도록. 또 만나자.

자객 1, 자객 2   결심은 이미 돼 있습니다, 폐하.

맥베스   곧 부를 테니 안에서 기다려라. (자객들 퇴장) 일은 매듭지어졌다. 밴쿠오여, 오늘 밤 그대의 영혼은 날아가 천당을 찾아 헤매리라. (퇴장)

제2장 같은 장소, 다른 방

맥베스 부인이 시종 한 명을 데리고 등장.

맥베스 부인   밴쿠오가 궁전을 떠났느냐?

시 종   네, 하오나 오늘 밤에는 돌아오실 예정입니다.

맥베스 부인   폐하께 잠시 드릴 말씀이 있다고 전하여라.

시 종   알겠습니다. (퇴장)

맥베스 부인   모든 일이 허사로다, 허망할 뿐이구나. 뜻을 이루었어도 만족을 얻을 수 없잖은가! 살인을 하고 꺼림칙한 기쁨에 사로잡히느니 차라리 살해당하는 신세가 더 편하겠다.

맥베스, 생각에 잠겨 등장.

폐하, 어찌 된 일인가요? 한없는 망상에 넋을 잃고 홀로 계시니. 그런 생각은 이미 죽은 사람과 함께 깨끗이 사라져버려야 하지 않습니까?

맥베스   우리는 뱀에게 난도질을 했을 뿐 죽이지는 못했소. 상처가 아물어

원상으로 돌아가면, 우리의 서투른 악행은 언제 독사의 이빨에 물릴지 모를 일이오. 하루 세 끼의 식사를 하는데도 불안에 떨어야 하고, 잠잘 때에도 악몽에 시달려 몸부림칠 바에야, 차라리 이 세상이 산산조각으로 깨지고 하늘과 땅이 온통 망해버리는 편이 낫겠소. 차라리 죽은 덩컨과 함께 있는 것이 낫지 않겠소? 우리가 평안을 차지하려다 도리어 그를 고요한 안식의 세계로 보내놓고, 내 마음은 고문을 받고 있는 듯 괴롭고 아프기만 하오. 덩컨은 무덤 속에 누워 있소. 광란의 발작 같은 인생을 마치고 그는 무덤 속에 잠들어 있소. 최악의 반역 행위가 그에게 행해졌소. 그러나 이제는 칼도, 독약도, 내란도, 외군의 침략도 그를 괴롭힐 수 없소!

맥베스 부인 그만하면 됐어요. 자, 폐하, 험상궂은 얼굴은 이제 그만 누그러뜨리시고 명랑한 기분으로 오늘 밤 손님들 앞에 나가세요.

맥베스 그러리다, 그렇게 하리다. 당신도 명랑해지시오. 밴쿠오를 특히 조심하오. 눈과 입으로는 그에게 경의를 표하시오. 그러나 아직은 마음 놓을 수 없소. 나도 국왕의 명예를 유지하기 위해서는 아부와 추종에 몸을 맡기고, 속마음을 드러내서는 안 된다오. 마음에 가면을 씌우고 은폐합시다.

맥베스 부인 폐하, 이제 그런 생각은 버리세요.

맥베스 아! 내 마음속에는 독충이 우글대고 있소! 당신도 알 거요, 밴쿠오와 플리언스가 아직 살아 있다는 걸.

맥베스 부인 그러나 그 두 사람도 언제까지나 살아 있을 수 없죠.

맥베스 그 얘기를 들으니 위안이 되오. 두 사람도 칼침을 받으면 죽는 거요. 그러니 당신도 기뻐하시오. 박쥐가 사원 안을 날아다니기 전에, 갑충이 마녀 헤카테의 부름을 받고 딱딱한 날갯소리를 내며 졸린 듯이 잠을 재촉하는 밤의 종을 울리기 전에 무시무시하고도 중요한 일이 일어날 테니.

맥베스 부인　어떤 일이 일어나는데요?

맥베스　여보, 당신은 모른 척하고 있어요. 일이 성사되면 찬사나 보내시오. 어서 오너라, 눈을 감게 하는 밤이여. 자비로운 한낮의 온유한 눈을 가리고, 눈에 보이지 않는 피투성이 손으로 나를 위협하는 그의 생명증서를 지워버리고 찢어 없애라! 빛이 사라져가누나. 까마귀는 음산한 숲속으로 날아들고 있다. 낮 동안 선량하게 지낸 사람들은 고개를 숙이고 잠이 들고, 밤의 악독한 무리들은 먹이를 찾아 꿈틀거리기 시작한다. 내 말을 듣고 당신은 야릇한 느낌에 사로잡힌 모양이구려. 하지만 가만히 기다리고 있어요. 악으로 시작된 일은 악으로 다져져야 하는 법이오. 자아, 그러니 함께 갑시다. (두 사람 퇴장)

제3장 같은 장소, 궁정에 이르는 길가 정원

세 사람의 자객 등장.

자객 1　누가 당신에게 우리와 합세하라고 하던가?

자객 3　맥베스 왕께서.

자객 2　이 사람은 의심할 여지가 없는 것 같군. 우리의 역할과 해야 할 일들을 낱낱이 말하는 걸 보니.

자객 1　그러면 우리와 합세합시다. 서편 하늘에는 아직도 석양빛이 남아 있군. 지금쯤 길을 재촉하는 나그네가 숙소를 찾아 말을 몰아세우고 있을 테니, 우리가 기다리는 표적물도 차츰 다가오고 있는 셈이군.

자객 3 쉿! 말발굽 소리다.

밴쿠오 (멀리서) 여봐라, 횃불을 이리 다오!

자객 2 그놈이다! 초대받은 손님은 모두 지금쯤 궁전에 모여 있을 테니까.

자객 1 그의 말이 먼 길로 돌아서 오는데.

자객 2 거의 1마일이나. 그러나 저자는 저자뿐만 아니라 다른 사람들도 마찬가지지만, 보통 여기서부터 궁전 문까지는 걸어서 가지.

　　　밴쿠오와 횃불을 든 플리언스 등장.

자객 2 횃불이다, 횃불!

자객 3 그놈이다.

밴쿠오 오늘 밤에는 비가 올 듯하군.

자객 1 오고말고! (자객 1, 횃불을 끄자 다른 자객들이 밴쿠오를 습격한다)

밴쿠오 오, 암살이다! 도망가라, 플리언스. 도망, 도망가라, 도망가! 너는 살아남아서 반드시 복수를 해야 돼. 아, 고약한 놈! (죽는다. 플리언스, 도망친다)

자객 3 횃불을 끈 자가 누구냐?

자객 1 뭐가 잘못됐나?

자객 3 한 놈밖에 못 해치웠잖아. 아들은 도망쳤어.

자객 2 중요한 반 토막을 놓쳤네.

자객 1 여하튼 가세. 가서 상황을 보고하세. (일동 퇴장)

제4장 궁정의 어전

연회석이 준비되어 있다. 맥베스, 맥베스 부인, 로스, 레녹스, 귀족들, 시종들 등장.

맥베스 모두들 자신의 좌석을 알고 있을 테니 앉으시오. 별로 할 말은 없소만 한마디 한다면 오신 것을 진심으로 환영하오.

귀족들 폐하, 감사합니다.

맥베스가 부인을 단상으로 인도한다. 귀족들은 긴 탁자의 양쪽에 앉는다. 좌석 하나가 비어 있다.

맥베스 나도 여러분들 틈에 끼여 주인 노릇을 해야겠소. (맥베스 부인은 왕후 옥좌에 앉는다) 단상 옥좌에 앉은 여주인에게 환영사를 한마디 부탁키로 합시다.

맥베스 부인 저 대신 모든 손님들에게 말씀해주세요. 참석해주셔서 정말 기쁘다고요.

자객 1, 문 앞에 나타난다.

맥베스 보시오, 손님들이 당신에게 깊은 감사의 뜻을 나타내고 있소. 양쪽의 인원수가 똑같으니 나는 한가운데에 앉겠소. 실컷 흥겹게 놀아주시오. 나도 술잔을 들고 한 바퀴 돌겠소. 건배를 해야지, 한 사람 한 사람마다. (문 쪽으로 간다. 작은 소리로 자객에게) 얼굴에 피가 묻어 있어.

자객 1 (작은 소리로) 뱅쿠오의 피올시다.

맥베스 하긴 그놈의 몸 안에 남아 있는 것보다는 네 얼굴에 묻어 있는 게

낮지. 해치웠느냐?

자객 1 (작은 소리로) 그야 물론입죠. 목덜미를 푹 찔렀습니다, 이 손으로 말입니다.

맥베스 (작은 소리로) 솜씨 좋구나. 목덜미라! 플리언스를 해치운 솜씨도 훌륭했겠지? 그렇다면 너는 천하무적이다.

자객 1 (작은 소리로) 그런데 말씀입니다. 폐하, 플리언스는 도망쳤습니다.

맥베스 (방백) 그렇다면 나의 불안이 다시 일어나겠구나. 그 실수만 없었더라면 완전무결했을 텐데. 대리석처럼 견고하고 바위처럼 단단하며, 우리를 감싸고 있는 공기처럼 자유분방할 수도 있었을 터인데. 그러나 네 얘기를 듣고 나니 나는 다시 의혹과 공포와 두려움에 갇히고, 감금되고, 결박을 당하고, 포로가 되어버리는구나. 그러나 밴쿠오에 대해서만은 마음을 놓아도 괜찮겠지.

자객 1 (작은 소리로) 그럼요. 머리에 스무 군데나 깊은 상처를 입고 개천 속에 처박혀 있습니다. 그중에 가장 작은 상처 하나만으로도 숨통이 끊길 수 있죠.

맥베스 (작은 소리로) 그 일에 대해서는 고맙다. 아비 뱀은 죽었구나. 도망친 새끼 뱀도 머지않아 독을 갖게 될 테지만 지금 당장에는 독침이 없겠지. 가라, 내일 얘기를 더 듣기로 하겠다. (자객1 퇴장)

맥베스 부인 폐하, 대접이 너무 소홀합니다. 연회장에서는 식사 도중에 자주 환대의 뜻을 나타내야 합니다. 그러지 않으면 음식점에서 하는 식사와 다를 것이 없지요. 먹기만 하는 일이라면 각자 자기 집이 제일 편하죠. 자기 집에서의 식사와 다른 점은 환대라는 양념이 아니겠어요? 이것이 없으면 연회는 맥이 빠져버리죠.

맥베스 기꺼이 명심하리다! ……자, 다들 많이 드시고 잘 소화시키고, 더욱 건강하시기를 빌겠소!

레녹스 폐하께서도 옥좌에 앉으시지요.

맥베스 자, 이것으로 우리나라의 명문 명사들이 한 자리에 모였소. 고결하신 뱅쿠오 장군도 함께 참석했으면 좋았을 것을.

　　　　뱅쿠오의 망령이 나타나서 맥베스의 좌석에 앉는다.

　　그분의 무성의를 책하는 것이 차라리 낫지, 만에 하나 사고라도 났으면 큰일이오!

로　스 그가 약속해놓고 안 오시는 거라면 비난을 받아 마땅합니다. 폐하, 제발 옥좌에 앉으셔서 저희들이 신하로서의 은혜를 입게 해주십시오.

맥베스 좌석이 꽉 찼는데?

레녹스 여기 폐하의 좌석이 있습니다.

맥베스 어디?

레녹스 여깁니다, 폐하. 왜 그렇게 놀라십니까?

맥베스 (뱅쿠오의 망령에게) 누가 네게 그런 짓을 했느냐?

귀족들 무슨 말씀인지요, 폐하?

맥베스 내가 그랬다고 네가 어떻게 감히 말할 수 있느냐? 피로 물든 너의 머리카락을 나에게 흔들지 마라. (맥베스 부인, 일어선다)

로　스 여러분, 일어납시다. 폐하께서 기분이 언짢으신가 봅니다.

맥베스 부인　(아래로 내려와서) 여러분, 자리에 앉으십시오. 폐하께서는 간혹 이런 일이 있으십니다. 젊으셨을 때부터 그러셨죠. 제발 자리에 앉아주십시오, 발작은 한순간입니다. 곧 좋아지실 겁니다. 폐하를 너무 지켜보고 계시면 기분이 상하셔서 발작이 오래갑니다. 음식을 드시면서 못 본 척하십시오. (왕에게 방백) 당신도 사내 대장부예요?

맥베스 (작은 소리로) 그렇소, 나는 용감한 사내라오. 악마가 보더라도 까무러칠 저 모습을 이렇게 맞서 뚫어지게 보고 있지 않소?

맥베스 부인 (작은 소리로) 아아, 가관이십니다! 공포에 떨고 있는 당신의 마음이 그려낸 환영에 지나지 않아요. 하늘에 떠 있는 단검이죠. 덩컨의 침소로 인도해줬다던 그 단검 말예요. 아, 이게 무슨 꼴이에요, 갑자기 흥분하고 놀라시니. 그런 건 진짜 공포가 아니에요. 겨울날 화롯가에서 아낙네들이 할머니에게 듣고서 지껄이는 도깨비 이야기에나 있음직한 것이지요. 부끄러운 줄 아세요! 어째서 그런 표정을 지으세요? 폐하께서는 텅 빈 의자를 쏘아보고 계시는 거라구요.

맥베스 (작은 소리로) 제발 저기를 봐요, 저걸 봐! 뭐야? 아무것도 아니라고? 고개를 끄덕일 수 있다면 말도 할 수 있겠구나. 한번 묻어버린 것을 납골당이나 무덤이 다시 뱉어내었다면 이제는 솔개의 위장을 우리의 무덤으로 삼아야겠구나. (망령 사라진다)

맥베스 부인 (작은 소리로) 뭐라구요! 남자답지 못하게, 어리석은 소리 작작하세요!

맥베스 내가 여기서 있는 것이 틀림없는 이상, 나는 그것을 보았소.

맥베스 부인 (작은 소리로) 정말 창피해요!

맥베스 (작은 소리로) 피는 지금까지도 흘려 왔다. 옛날, 인간의 계율이 생겨나 이 세상을 정화시키기 이전에도, 그리고 그 이전에도 무시무시한 살육은 있었다. 그러나, 그때에는 사람의 골이 터져 나오면 이 세상과 종말을 고했는데, 지금은 머리에 스무 군데나 치명상을 입고도 다시 살아나서 사람을 의자에서 밀어내는구나. 살육보다 이것이 더 기이한 일이로다.

맥베스 부인 여보, 손님들이 기다리고 있어요.

맥베스 깜박 잊었었군. 여러분, 이 일에 신경 쓰지 마시오. 나에게는 괴상한 지병이 있소. 나를 알고 있는 사람에게는, 이 일은 아무것도 아니라오. 자, 여러분들의 우성과 건강을 기리는 건배를 하고 쇠석에 앉겠소. 술을 따라라, 철철 넘치도록. 만찬회에 오신 여러분을 축하하고, 이 자리에 참석하지 않은 우리들의 착한 친구 뱅쿠오를 위하여. 그가 여기 있었으면 좋았을 것을! 여러분 모두와 뱅쿠오 장군을 위해서 건배합시다. 모두들 축배를 듭시다.

귀족들 (건배한다) 폐하에 대한 우리들의 충성을 맹세하면서, 건배.

망령, 다시 나타난다.

맥베스 물러가라! 꺼져라! 땅속으로 꺼져라! (잔을 떨어뜨린다) 네놈은 이미 골수가 빠지고 핏줄도 얼어붙었다. 보이지도 않는 눈동자를 번들번들 굴리면서 나를 노려보아 어쩔 셈이냐?

맥베스 부인 여러분, 이런 일은 늘 있는 일입니다. 별일 아닙니다. 모처럼의 흥을 깨드려서 대단히 미안합니다.

맥베스 사람이 할 수 있는 일이라면 나는 무엇이든 할 수 있다. 털이 텁수룩한 러시아 곰이건, 뿔 돋친 물소건, 히르카니아의 호랑이건 모습을 바꾸고 나오너라. 지금의 그 모습만 아닌 이상 나의 이 단단한 힘줄은 끄떡도 하지 않을 것이다. 아니면 다시 살아나서, 사람의 그림자 하나 얼씬거리지 않는 황야에서 칼싸움이라도 벌여보겠느냐? 그래도 내가 겁을 집어먹고 떤다면, 어린 계집아이가 낳은 자식이라고 불러도 좋다. 물러가라, 소름 끼치는 망령이여! 실체 없는 그림자여! 어서 꺼져라! (망령, 사라진다) 그래, 좋다. 네가 그렇게 사라지면, 나는 다시 제정신으로 돌아갈 것이다. 여러분, 제자리에 앉아주시오.

맥베스 부인 폐하께서 흥을 다 깨셨어요. 즐거운 회합도 엉망이 되어버렸습니다.

맥베스 그것이 나타나 한여름의 구름처럼 갑자기 밀어닥치는데, 어찌 놀라지 않을 수가 있겠소? 나 자신도 뭐가 뭔지 모르겠소. 다른 사람들은 나와 똑같은 것을 보고 있으면서도 안색 하나 안 변하는데 나혼자만 공포에 질려 창백해졌으니.

로 스 무엇을 보셨습니까, 폐하?

맥베스 부인 제발 아무 말 하지 마십시오. 점점 악화되실 테니까요. 질문을하면 성미를 부리시죠. 이만 물러갑시다. 퇴장하는 순서에 대해서는 신경 쓰실 필요 없습니다. 곧 퇴장해주세요.

레녹스 안녕히 주무십시오. 건강에 유의하시기 바랍니다, 폐하!

맥베스 부인 여러분, 안녕히 가십시오! (귀족들과 시종들 퇴장)

맥베스 아무래도 피를 보고야 말 것 같다! 피는 피를 부른다고 하는데. 묘석이 움직이고, 나무가 입을 열어 말을 했다는데. 어떤 징조가 나타나 눈에 보이지 않는 인과의 줄기를 드러내고, 까치나 까마귀들을 이용하여 숨은 살인마를 알아낸 적도 있었다는데. 밤이 얼마나 깊었소?

맥베스 부인 밤인지 새벽인지 분간하기 어려운 시각입니다.

맥베스 어떻게 생각하오? 맥더프는 만찬회에 오라는 어명을 끝까지 거절했지?

맥베스 부인 사환을 보낸 것은 확실합니까?

맥베스 간접적으로 들었소. 사람을 직접 보낼까 하오. 내가 매수해놓은 하인이 없는 집은 한 집도 없으니까. 내일 아침 일찍 마녀들이 있는 곳으로 찾아가서 얘기를 더 들어봐야겠소. 무슨 일이 있더라도 알아내야겠소. 최악의 수단을 써서, 최악의 결과가 나오더라도 말이오. 나의 이익을 위해서라면 못 할 일이 없소. 피비린내 나는 혈투

속으로 발을 들여놓은 이상 앞으로 나아가지 않을 수 없게 되었소. 이제와서 돌아서는 것은 앞으로 나아가는 것보다 더 어려운 일. 기이한 생각이 머릿속을 맴돌면서 손으로 옮아가려 하고 있소. 해치우는 것이 좋아, 생각은 나중에 하기로 하고.

맥베스 부인　폐하께서는 온 자연을 소생케 하는 힘이 필요합니다. 잠을 주무셔야죠.

맥베스　갑시다. 잠자리에 듭시다. 이렇듯 환영을 보고 당황하는 것은 풋내기 같은 공포 때문이지. 실행하는 면에 있어서는 아직도 미숙한 우리들이니까. (두 사람 퇴장)

제5장　황야

천둥소리. 마녀 셋이 등장하여 헤카테와 만난다.

마녀 1　웬일이세요, 헤카테님? 화가 나신 모양이네.

헤카테　당연하지, 뻔뻔스럽고 건방진 할망구들아. 어째서 너희들 멋대로 맥베스와 왕래하고 있느냐? 어째서 맥베스에게 생사의 문제를 수수께끼로 거래하느냐 말이야! 너희들 마술의 스승인 내가 뒤에서 모든 재앙들을 조종하고 있는데 어떻게 감히 나를 무시하여 마술의 찬란한 위력을 과시하지 못하게 하느냐! 괘씸한 일이 어디 그뿐이냐? 너희들이 한 짓은 심술궂고 성 잘 내는 고집쟁이들만을 위한 것이 되었어. 그놈도 다른 녀석들과 마찬가지로 자기 일만 생각하고 너희들은 돌보지도 않고 있어. 자, 이젠 마음을 돌려라. 지금 곧 이곳을 출발하여 지옥의 아케론 동굴에서 새벽녘에 만나자. 그러면 그놈이 올 것이다. 자기 운명을 알고 싶어서 말이다. 도구와 마술, 주문을 몽땅 준비해두어라. 나는 하늘로 날아가마. 오늘 밤에는 무시무시하게 치명적인 일을 저질러야겠다. 나에겐 정오까지 끝내야 할 큰일이 남아 있어. 보라, 저 달 한구석에 증기 같은 무거운 물방울이 괴어 있는데, 떨어지기 전에 그것을 받아내어 마법으로 증류시키면 그 마약의 힘으로 이상한 정령들이 나타나고, 그 환영의 힘에 끌려 그놈은 파멸의 구렁텅이로 빠지고 말 것이다. 운명을 조롱하고 죽음을 비웃는 그놈은, 지혜도 은총도 공포도 무시한 채 오로지 야망만을 알고 헛되이 지내게 될 것이다. 너희들도 잘 알고 있겠지만, 방심은 인간의 최대의 적이다. (안에서 음악과 노랫소리. '오너라, 오너라!……' 하는 노래. 구름이 내려온다) 들리느냐? 나를 부르고 있다. 보라, 나의 어린 정령들이 안개 같은 구름 위에 앉아서 나를 기다리고 있지 않느냐. (구름을 타고 날아간다)

마녀 1 어서 가자, 그녀가 곧 돌아올 테니. (일동 사라진다)

제6장 포레스 궁정

　레녹스와 귀족 한 사람 등장.

레녹스 지금까지 내가 한 얘기가 당신의 의견과 일치하는 모양이지만, 실은 새로운 해석도 가능합니다. 말씀드리고 싶은 것은, 모든 일이 기묘하게 진전되었다는 겁니다. 거룩하신 덩컨 왕의 죽음을 맥베스가 애도한다는 것까지는 좋습니다. 가엾게도 그분은 돌아가셨으니까요. 용감하신 뱅쿠오는 너무 늦은 밤길을 거닐었어요. 생각하기에 따라서는 그는 어쩌면 아들 플리언스에게 살해되었는지도 모를 일입니다. 플리언스가 도망쳤으니 말입니다. 야밤에 바깥을 쏘다니는 일이란 좋지 않은 일이지요. 맬컴과 도널베인이 자비로운 부친 덩컨을 살해했는데, 아연실색하지 않을 사람이 누가 있겠어요. 천인공노할 일이지. 맥베스는 애석하고 원통했던 모양입니다! 분함을 못 이겨 그 자리에서 두 범인을 참살한 것은 당연한 처사였죠. 그 호위병들은 술과 잠의 노예가 되어 어리벙벙해 있었으니까요. 칼을 휘두른 건 장한 일이었어요. 현명한 처사였죠. 두 호위병이 범행을 부인했다면, 살아 있는 사람 치고 노하지 않을 사람이 어디 있겠어요? 그래서 하는 말입니다만, 그는 일을 교묘하게 처리하고 있어요. 문득 생각나는 게 있군요. 선왕의 두 아들을 체포하게 되면 — 설마 그럴 리는 없겠지만 — 그들은 부친 살해의 벌이 어떤 것인지 알게 될 겁니다. 플리언스도 마찬가지죠. 이쯤 해둡시다! 하고 싶은 말을 솔직히 다 하고, 폭군의 연회에 불참하였다는 이유로 맥더프는 지금 노여움을 사고 있어요. 그가 어디 숨어 있는지 아십니까?

귀 족 그 폭군에게 왕위 계승권을 박탈당한 덩컨 왕의 태자 맬컴이 영국 궁전에서 세월을 보내고 있죠. 지극히 경건하신 에드워드 왕의 후대를 받으면서요. 역경 속에서도 그분의 존엄성은 조금도 손상되지 않고 있답니다. 맥더프는 그곳으로 찾아가 그 나라의 거룩한 임금에게 간청하여 도움을 얻을 모양입니다. 왕자를 위해 노섬벌란드 백작과 그의 용감한 아들 시워드를 궐기시키려는데, 하느님도 무심치 않으실 테니 그 원군 덕택으로 우리는 다시 마음 놓고 식탁에 앉고, 밤잠도 편히 잘 수 있을 것입니다. 연회와 향연의 자리에서 피로 물든 칼을 멀리할 수 있게 되었습니다. 충성을 다하여 정당한 영예를 받을 수 있는 날도 멀지 않을 것입니다. 저희들은 이 일이 실현되기를 간절하게 바라고 있습니다. 그런데 들리는 소식에 의하면 이 같은 정보가 맥베스의 귀에 들어가 그를 분노케해서 전쟁 준비를 시작했답니다.

레녹스 맥베스는 맥더프에게 사신을 보냈나요?

귀 족 네, 그러나 '돌아가지 않겠다' 는 단호한 거절의 통고를 받은 사신이 불쾌한 얼굴로 등을 돌리면서 뭐라고 중얼댔답니다. '그런 회답을 주다니, 나중에 후회할 거요' 하는 정도의 얘기였겠죠.

레녹스 그런 일이 있었다면, 맥더프는 충분히 주의해서 온갖 지혜를 다하여 맥베스로부터 멀리 떨어져 있어야 하오. 거룩한 하늘의 천사여, 사신이 되어 영국 궁전으로 날아가다오. 그리하여 맥더프보다 앞서 그의 임무를 전하라. 저주받은 손 때문에 신음하는 이 나라에 속히 축복을 내려주시오.

귀 족 나 역시 똑같은 기도를 올리고 싶소. (두 사람 모두 퇴장)

제4막

제1장 동 굴

동굴 중앙에 끓는 가마솥이 걸려 있다. 천둥소리와 더불어 불길 속에서 세 마녀가 차례로 나타난다.

마녀 1   얼룩괭이가 세 번 울었다.

마녀 2   내 고슴도치는 세 번 울고 한 번 더 울었어.

마녀 3   괴조(怪鳥) 하르피아(여자 얼굴에 새의 몸을 가진 괴물-역자 주)도 울고 또
운다. '때가 왔다, 때가 왔어' 하고.

마녀 1   빙글빙글 돌자. 큰 가마솥 주위를 돌며 썩은 내장을 던져 넣자. 두
꺼비 이놈아, 싸늘한 돌 밑에서 서른하루 동안 밤낮없이 잠을 자면
서 독을 집어내는 두꺼비 놈아. 네놈을 먼저 마법의 솥에 넣고 끓
이자.

일 동   불어나라, 불어나라, 고통이여, 아픔이여. 불꽃이여, 타올라라. 가
마솥아, 끓어라.

마녀 2   늪에서 잡은 뱀고기 살 토막을 가마솥에 넣고 끓여라, 구워라. 도
롱뇽의 눈알과 개구리 발가락, 박쥐의 털과 개의 혓바닥, 독사의
혓바닥과 독충의 침, 도마뱀의 다리와 올빼미의 날개, 무서운 재
난을 일으키는 재앙의 부적이 되도록 지옥의 국물 되어 펄펄 끓
어라.

일 동   불어나라, 불어나라, 고통이여, 아픔이여. 불꽃이여, 타올라라. 가
마솥아, 끓어라.

마녀 3   용의 비늘, 늑대의 이빨, 마녀의 미라, 굶주린 상어의 위장과 창자,
한밤에 캐낸 독당근 뿌리, 신을 모독하는 유대인의 간, 염소 쓸개
와 월식할 때 꺾은 소방목 나뭇가지, 터키인의 코, 타타르인의 입
술, 창부가 낳아서 목 졸라 죽인 후 개천에 버린 갓난애의 손가락,
이 모든 것을 넣어서 진국으로 끓이자. 한 가지 더, 호랑이 내장을
집어 넣어라. 진하게, 진하게, 진국을 끓이자.

일 동 불어나라, 불어나라, 고통이여, 아픔이여. 불꽃이여, 타올라라. 가
마솥아, 끓어라.

마녀 2 성성이 피로 식히자. 그러면 마술의 힘이 대단해지고, 효력이 생긴
다.

헤카테와 다른 세 마녀 등장.

헤카테 아, 잘 끓었다! 수고들 했다. 이득이 생기면 나누어주마. 가마솥 주
위를 돌며 노래 부르자. 요정들처럼 원을 그리자, 가마솥 안 물건
에 마술을 걸고. (음악 소리, 노랫소리, 〈검은 요정들아〉 등등, 헤카테와 세
마녀 퇴장)

마녀 2 엄지손가락이 쑤시는 걸 보니 어떤 흉물이 이리로 오나 보다. (노크
소리) 열려라, 자물쇠야, 누가 문을 두드리건!

문이 열리고 맥베스의 모습이 나타난다.

맥베스 한밤중 어둠 속에 몸을 숨기고 흉악한 짓을 하는 마녀들아, 무엇들
하고 있느냐?

일 동 말할 수 없는 비밀이다.

맥베스 부탁이다. 너희들이 어떻게 해서 예언의 신통력을 갖게 되었는지는
알 수 없지만, 너희들의 그 힘에 기대어 묻는다. 대답해다오. 바람
이라는 바람을 몽땅 풀어헤쳐 교회당에 몰아치든, 거품 있는 파도
가 선박을 삼켜 버리든, 바람에 보리 이삭이 쓰러지고 수목이 넘어
지든, 성벽이 위병들의 머리 위로 무너져 내리든, 궁성과 첨탑이 기
울어져 땅 위로 넘어지든, 만물을 낳는 자연의 풍성한 종자가 엉망
으로 흩어져 파괴 자체에 넌덜머리가 나든 말든 상관없으니, 내 물
음에만 답해다오.

마녀 1 말해보라.

마녀 2 물어보라.

마녀 3 우리가 대답한다.

마녀 1 우리한테서 들을 거냐, 아니면 우리 스승한테서 들을 거냐?

맥베스 불러내라! 스승을 만나게 해다오!

마녀 1 자기 새끼를 아홉 마리 먹어치운 암퇘지 피를 짜서 넣고, 살인자가 교수대에서 흘린 기름도 불길 속으로 던져 넣어라.

마녀 일동 신분이 높건 낮건, 지옥에 있는 모든 마녀들아, 모습을 나타내어 임무를 수행하라!

　　　천둥. 환영 1, 맥베스와 같은 투구를 쓰고 솥 안에서 나타난다.

맥베스 말해다오, 눈에 보이지 않는 마력이여 — .

마녀 1 너의 마음속을 알고 있다. 듣기만 하라. 아무 말도 말라.

환영 1 맥베스! 맥베스! 맥베스! 맥더프를 조심하라, 파이프 영주를 조심하라. 이만 가야겠다. 할 말은 다 했다. (사라진다)

맥베스 너의 정체는 알 수 없지만, 좋은 충고에 감사한다. 내 두려움의 핵심을 찔렀다. 한마디만 더 — .

마녀 1 부탁해도 소용없다. 또 하나가 나타난다. 첫 번째보다 더 무서운 것이다.

　　　천둥. 환영 2, 피투성이가 된 어린이가 나타난다.

환영 2 맥베스! 맥베스! 맥베스!

맥베스 귀가 세 개 있어야겠다. 그래야 다 들을 수 있겠다.

환영 2 피를 무서워하지 말고 대담하게 결단성 있게 행동하라. 인간의 힘 같은 것은 웃어넘겨라. 여자의 뱃속에서 태어난 자로서 맥베스를

쓰러뜨릴 자는 없다. (사라진다)

맥베스 그렇다면 살아 있으라, 맥더프여. 무엇 때문에 너를 무서워하랴? 그러나 거듭 확실히 해두기 위해서는 운명에게서 증서를 받아두어야겠다. 맥더프, 너는 어차피 살려둘 수 없다. 창백하게 떨고 있는 공포심에게도 말해둔다. 천둥소리가 으르렁거려도 편히 잠들 수 있다.

천둥. 환영 3, 왕관을 쓴 어린이가 손에 나뭇가지를 들고 나타난다.

이건 또 무슨 모습인가? 왕위의 계승자인 양 이마에 왕관을 쓰고 나타난 어린이여!

마녀 일동 귀를 기울여라, 주둥이를 놀리지 말고.

환영 3 사자 같은 용기를 지니고 가슴을 펴고 살아라. 신경을 곤두세우지 마라. 누가 화를 내건, 누가 초조해하건, 어디서 반역자가 나타나건 맥베스는 결코 멸망하지 않으리라. 버남의 대삼림이 던시네인의 높은 언덕까지 쳐들어오지 않는 한.

맥베스 그런 일이 있을 수 있는가? 누가 숲을 움직일 수 있으며, 나무에게 명령하여 땅속에 뻗은 뿌리를 뽑게 할 수 있겠는가? 기분 좋은 예언이다! 좋아! 버남의 숲이 두둥실 일어서기 전에는 반역자의 시체가 다시 되살아나지 않을 것이다. 맥베스는 왕위를 차지하고 천수를 다할 것이다. 죽음의 순간이 닥쳐올 때까지 태평한 세월을 누릴 것이다. 그러나 내 마음은 단 한 가지 궁금증 때문에 안달하고 있다. 말해다오, 너의 신통력으로 말할 수 있다면. 밴쿠오의 후손이 이 나라에 군림할 수 있겠느냐?

마녀 일동 그 이상 알려고 하지 마라.

맥베스 나는 마음을 안정시키고 싶다. 이 부탁을 거절한다면, 영원한 저주가 너희들에게 내릴 것이다. 알려다오, 저 솥은 왜 가라앉는가? 그리고 이 소리는 무엇인가? (오보에 소리와 더불어 가마솥이 땅속으로 꺼진다)

마녀 1 보여줘라!

마녀 2 보여줘라!

마녀 3 보여줘라!

마녀 일동 저 눈에 보여주어 그의 마음을 슬프게 하라! 그림자처럼 나타나서, 그림자처럼 사라져라.

　여덟 명의 왕의 그림자가 하나씩 동굴 안을 가로질러 간다. 여덟 번째 왕은 손에 거울을 들고 있다. 그 뒤에 밴쿠오의 망령이 나타난다.

맥베스 꼭 밴쿠오의 망령 같구나. 꺼져라! 그 왕관이 내 눈을 태우는 것 같다. 그리고 또 다른 왕관을 쓴 놈, 네 머리칼은 처음 놈과 같구나. 세 번째도 먼젓번 놈과 같군. 더러운 마녀들! 어째서 이런 꼴을 내게 보여주는가? 넷째 놈! 눈알이 튀어나올 것만 같구나. 여봐라, 이런 행렬을 최후의 심판이 시작되는 날까지 계속할 셈이냐? 또 오는구나. 일곱 번째! 더 이상 볼 수 없다. 아아, 여덟 번째도 나타나네. 손에 거울을 들고 숱하게 많은 자들을 보여주고 있군! 보인다. 구슬 두 개와 홀(笏) 세 개를 들고 있는 모습이 보인다, 무서운 광경이다! 이제 보니 사실이로구나. 머리칼이 피에 엉킨 밴쿠오가 그들을 가리키며 자기 후손들이라고 웃으며 말하고 있잖은가. (환영들이 사라진다) 뭐야, 이게 사실인가?

마녀 1 그렇다, 사실이다. 그런데 맥베스는 왜 놀라서 장승처럼 서 있나? 자, 다들 이 사람을 위로해주자. 우리들의 흥겨운 놀이를 보여주자. 내 마술로써 하늘에 음악을 들려주마. 그러면 너희들은 춤을 추어라. 괴상한 원무를 추어라. 그러면 이 위대한 임금님은 말할 것이다. 여러분의 대환영에 마음이 흐뭇하다. (음악. 마녀들, 춤을 추다 사라진다)

맥베스   어디로 갔나? 사라졌군. 이 불길한 순간이 달력에서 영원히 저주받는 시간이 돼라! 들어오너라, 밖에 누구 없느냐?

    레녹스 등장.

레녹스   폐하, 무슨 일이십니까?

맥베스   마녀들을 보았는가?

레녹스   못 보았습니다. 폐하.

맥베스   그대 옆을 지나가지 않았는가?

레녹스   폐하, 그런 일은 없었습니다.

맥베스   그년들이 타고 가는 바람이여, 썩어 문드러져라. 그년들을 믿는 자들은 모두 지옥에 떨어져라! 말발굽 소리가 들렸는데 누가 왔느냐?

레녹스   폐하, 두세 사람이 소식을 갖고 왔습니다. 맥더프가 영국으로 도망쳤다 합니다.

맥베스   영국으로 도망쳤다고?

레녹스   그렇습니다, 폐하.

맥베스   (방백) 시간이여, 그대가 나의 무서운 계략을 먼저 알아차렸구나. 아무리 약삭빠른 계획이라도 실행이 뒤따르지 않으면 헛일이다. 이 순간부터 마음속에 움트는 생각이 있으면 즉시 내 손바닥으로 휘어잡고 말 테다. 그렇다, 당장 지금부터 내 생각을 반드시 행동으로 장식해갈 것이다. 생각하기 무섭게 실행해야 한다. 맥더프의 성을 기습하자. 파이프를 함락시키자. 그의 처자들과 불행한 혈연들을 모조리 난도질하자. 이건 결코 바보들의 호언장담이 아니다. 계획이 식기 전에 실천하자. 이제 환영은 보기도 싫다! (레녹스에게) 그 사신들은 어디 있느냐? 가자, 그들이 있는 곳으로 안내하라. (퇴장)

제2장 파이프, 맥더프 성의 한 방

맥더프 부인, 맥더프의 아들, 로스 등장

맥더프 부인　제 남편이 어쨌기에 도망을 쳤을까요?

로　스　부인, 진정하십시오.

맥더프 부인　그 양반이야말로 자제심이 없었군요. 도망을 치다니, 미친 짓이에요. 실제로 아무 짓도 하지 않았으면서도 부질없는 공포심 때문에 배반자로 낙인 찍히는 수가 있답니다.

로　스　공포심 때문이었는지 지혜로운 판단의 결과였는지 아직 모르시잖습니까.

맥더프 부인　지혜로운 판단이요? 처자식과 집을 버리고 지위마저 내동댕이쳐버렸는데도요? 자기 혼자 도망가버렸는데도요? 우릴 사랑하지 않았기 때문이죠. 처자식에 대한 보호 본능이 없었기 때문에요. 새 가운데서 가장 작고 보잘것없는 굴뚝새도 둥지 안에 있는 제 새끼를 지키기 위해서 올빼미와 싸우는데 그이는 애정이라고는 티끌만큼도 없이, 공포심에 사로잡혀 있었을 뿐이죠. 지혜 같은 건 어림도 없는 소리예요. 이유도 분명치 않은데 도망부터 쳤으니까요.

로 스　부인, 부탁이니 제발 진정하세요. 주인께서는 고상하시고 현명하시고 사리분별이 정확하시며, 시국의 변동을 잘 통찰하고 계신 분입니다. 더 이상 말씀드리지는 않겠습니다만, 세상이 아주 고약합니다. 자신도 모르는 사이에 반역자의 낙인이 찍힌단 말씀이에요. 뜬소문을 믿게 되는 건 우리 스스로 공포에 질려 있기 때문입니다. 그러면서도 대관절 무엇이 무서운지 모르고 있어요. 다만 사나운 파도 위를 이리저리 떠돌 뿐입니다. 저는 잠시 이곳을 떠나 있겠습니다. 얼마 안 있어 다시 이곳으로 찾아뵙겠습니다. 사태도 최악의 지경에 다다르면, 제자리에 멈추든지 아니면 다시 호전되어 원상으로 돌아가는 법입니다. 귀여운 아가야, 잘 있거라. 안녕히 계십시오!

맥더프 부인　이 앤 아버지가 있으면서도 아비 없는 자식이 되고 말았어요.

로 스　제가 이곳에 더 이상 오래 머무는 건 아주 어리석은 일일 것 같습니다. 저는 추태를 보이게 되고 부인께선 불쾌해지실 테니까요. 곧 출발해야겠습니다. *(퇴장)*

맥더프 부인　애야, 너의 아버지는 돌아가셨단다. 너는 이제 어떻게 살아갈래? 어떻게 하면 좋으냐?

소 년　새처럼 살죠, 엄마.

맥더프 부인　벌레와 파리를 잡아먹으면서?

소 년　닥치는 대로 먹죠. 새들은 그렇게 살잖아요.

맥더프 부인　불쌍한 새로구나! 그물도 끈끈이도 함정도 새덫도 무섭지 않은 모양이지?

소 년　무섭긴 왜 무서워요, 엄마? 불쌍한 새를 누가 해치겠어요? 엄마가 뭐라고 말씀하시더라도 아버지는 돌아가신 게 아니에요.

맥더프 부인　아니야, 아버지는 돌아가셨어. 넌 아버지도 없이 어떻게 산단 말이니?

소　년　엄마는 아빠 없이 이렇게 사실래요?

맥더프 부인　왜, 남편감은 시장에 가면 스무 명도 살 수 있는걸.

소　년　그렇다면 어머니는 다시 팔기 위해서 사들이는 거군요?

맥더프 부인　머리를 있는 대로 짜내어 말하는구나. 넌, 정말이지 영리하다.

소　년　엄마, 아버지는 반역자예요?

맥더프 부인　응, 그렇단다.

소　년　반역자란 무슨 뜻이죠?

맥더프 부인　맹세를 하고 나서 거짓말하는 사람이지.

소　년　반역자들은 다 그런가요?

맥더프 부인　그런 짓 하는 사람은 모두 반역자란다. 그러니 교수형을 받아야 해.

소　년　맹세하고 나서 거짓말을 하면 모두 교수형을 받아야 하나요?

맥더프 부인　그렇단다, 누구든지.

소　년　누가 목을 매다나요?

맥더프 부인　그거야, 정직한 사람들이겠지.

소　년　그렇다면 맹세를 하고 거짓말을 하는 사람은 바보들이군요. 맹세하고 거짓말하는 사람은 이 세상에 아주 많기 때문에 정직한 사람들쯤은 충분히 때려눕히고 목을 매달 수도 있을 텐데요.

맥더프 부인　원, 이런! 가련한 원숭이로구나! 그러나 아버지도 없는 불쌍한 넌 앞으로 어쩔 셈이냐?

소　년　아버지가 정말 돌아가셨다면 엄마는 우실 것 아니에요? 그런데 울지 않으시는 건 곧 새아버지가 생길 거라는 좋은 징조지요?

맥더프 부인　수다쟁이 같으니. 못 하는 말이 없구나!

　　　　　사신 등장.

사　신　실례합니다, 부인! 처음 뵙지만, 저는 부인의 신분을 잘 알고 있습니다. 이곳에 위험이 닥쳐오고 있습니다. 보잘것없는 이 사람의 충고를 받아주신다면, 곧 몸을 피하십시오. 자제분을 데리고 말입니다. 이토록 놀라게 해드려서 퍽 무례한 소치인 줄 압니다만, 이보다 더 잔혹한 일이 신변에 닥쳐오고 있음을 아셔야 합니다. 몸조심하십시오. 저는 이 이상 더 지체할 수 없습니다. (퇴장)

맥더프 부인　어디로 피하란 말이냐? 나는 잘못을 저지른 적이 없어. 그러나 내가 살고 있는 이 현실 세계를 잊어서는 안 되겠지. 나쁜 일은 칭찬을 받고, 좋은 일은 위험하고 어리석은 수작으로 판단되는 곳이니. 아아, 그렇다면 나쁜 일을 한 적이 없다고 발버둥 쳐 봤자 무슨 소용이 있겠는가? 저 사람들은 누굴까?

　　　　　자객들 등장

자　객　남편은 어디 있느냐?

맥더프 부인　너 같은 놈에게 발견될 만한 곳에는 안 계시다.

자　객　그는 반역자다.

소　년　거짓말, 머리 긴 악당 놈아!

자　객　뭐야, 요놈이! (칼로 찌른다) 송사리 반역자 놈 같으니라구!

소　년　엄마, 저놈이 나를 찔렀어요. 도망가세요, 어서 가세요! (죽는다)

　　　　　맥더프 부인이 "살인자!"라고 외치며 뛰어나가고, 그 뒤를 자객들이 쫓는다.

제3장 영국, 왕궁의 한 방

맬컴과 맥더프 등장.

맬 컴 어디 아무도 없는 곳에 가서 서로 울적한 마음을 달래며 실컷 울어
나 보자.

맥더프 그보다도 응징의 칼을 굳게 잡고, 사나이답게 몰락한 조국을 구하
기 위하여 궐기합시다. 아침이 밝아올 때마다 새 과부들이 통곡을
하고, 새 고아들이 울부짖고, 새로운 슬픔이 하늘을 치고, 하늘도
무심치 않아 우리 스코틀랜드의 비운에 공명하여 비통한 소리를
울려대고 있습니다.

맬 컴 믿을 수 있는 일이라면 통곡이라도 하겠소이다. 사태를 알 수만 있
으면 믿을 수도 있겠죠. 내 힘으로 구할 수 있는 일이라면, 때가 오
기만 하면 나서겠소이다. 당신이 얘기하는 내용은 그럴 듯하오. 그
폭군의 이름을 입에 담기만 해도 혀가 부르터 오르지만, 한때는 그
도 정직한 인간이라고 생각되었다오. 당신도 그를 퍽 좋아했지요.
그는 아직 당신을 건드리지 못하고 있습니다. 나는 아직 나이 어린
풋내기지만, 당신이 나를 잘만 이용하면 그자의 환심을 살 수도 있
소. 노발대발한 백베스 같은 신을 달래자면 약하고 불쌍하고 죄 없
는 어린 양을 제물로 바치는 것이 현명한 방법일 테니까.

맥더프 저는 배신자가 아닙니다.

맬 컴 그러나 맥베스는 반역하고 말았소. 선량하고 덕 있는 인물도 제왕
의 권세 앞에선 절개를 굽힐 수 있는 일이오. 하나 용서해주시오.
내가 무슨 말을 하더라도 당신은 확고부동하오. 설사 가장 찬란한
천사가 타락해서 지옥으로 떨어진다 할지라도 천사의 빛은 밝게

빛나게 마련이고, 추잡한 자들이 미덕의 가면을 쓸지라도 미덕은 여전히 참된 덕으로 보일 테니까요.

맥더프 저는 조국에 대해서 희망을 잃었습니다.

맬 컴 그 말이 난 의심스럽구려. 어째서 당신은 처자식을 버리고 알몸뚱이 하나만 가지고 이국 땅에 왔단 말이오? 어째서 한마디 작별 인사도 없이, 사랑의 원천이며 강하게 맺어진 처자식을 버리고 왔단 말이오? 그러나 바라건대 이런 질문을 받는다 해서 당신의 명예가 손상되었다고는 생각지 말아주시오. 오로지 나 자신을 보호하기 위함이니까. 내가 어떻게 생각하고 있든 당신이 정의의 용사인 것만은 확실하오.

맥더프 피는 피로써 갚아야 합니다, 불쌍한 조국이여! 무서운 폭군이여, 단단하게 기반을 다지겠으면 다져라. 선의의 국민도 지금 당장은 너를 저지할 수 없다. 공공연하게 악덕을 쌓아두라. 네 권리가 보장되어 있는 것은 확실하다. 이만 물러가지요, 맬컴 전하. 저는 전하가 생각하는 그런 악인이 되고 싶지는 않습니다. 저 폭군이 장악하고 있는 국토에 풍요한 동방의 나라를 덧붙여준다 할지라도 말입니다.

맬 컴 화내지 마시오, 그대를 의심해서 하는 소리가 아니외다. 조국 스코틀랜드가 폭정의 멍에에 짓눌려 눈물을 흘리고 피를 흘리며, 매일 새로운 상처가 묵은 상처 위에 더해져가고 있기 때문이오. 나를 위해 싸우려고 주먹을 불끈 치켜올리는 사람도 있을 것입니다. 그리고 여기서는 인자하신 영국 왕이 용감한 수천 명의 병사들을 지원한답니다. 그러나 그렇다 하더라도, 내가 그 폭군의 머리를 짓밟고 칼끝에 목을 매단다 하더라도, 내 불행한 조국은 그 뒤에 오를 왕위 계승자로 말미암아 전보다 더한 갖가지 고난을 겪게 될 것입니다.

맥더프 그 후계자라니, 누구 말씀입니까?

맬 컴 바로 나 자신입니다. 내 안에는 여러 가지 종류의 악덕이 접목되어 있음을 나는 알고 있소. 그것들이 일단 꽃피는 날에는 시커먼 맥베스도 눈처럼 희게 보일 것이며, 불행한 국민들은 나와 비교하면서 그를 양처럼 생각하게 될 것입니다.

맥더프 무서운 지옥의 악마들이라도, 맥베스를 따를 자는 없을 입니다.

맬 컴 하기야 그놈은 잔인하고 음탕하고 욕심 많고 신용 없으며, 거짓 말을 잘 하고 뱃심이 엉큼하고 온갖 죄악이 썩은 냄새를 풍기고 있지요. 그러나 욕정에 관해서 말한다면, 나도 바닥을 짐작할 수 없을 만큼 한이 없소. 유부녀건 처녀건 마나님이건 어떤 여자로도 내 욕정의 독을 채울 수 없으니까요. 넘쳐나는 이 욕정은 그것을 방해하는 어떤 장애물도 짓밟아버릴 만큼 강렬하다오. 그러니 나라를 다스리는 데 있어서는 맥베스가 오히려 나보다 더 적격이지요.

맥더프 지나친 방종은 인간의 본성 안에서 폭군으로 자리 잡지요. 그래서 행복하던 왕위도 뜻밖에 다른 이에게 양도되고 수많은 제왕들은 실각하고 맙니다. 그렇다고 해서 걱정하실 건 없습니다. 자신의 권한을 스스로 찾아 행사하는 데 있어서 말입니다. 쾌락은 몰래 마음껏 맛보면서도, 시치미를 떼고 세상의 눈을 속일 수도 있겠죠. 기꺼이 몸 바칠 여자도 얼마든지 있을 것입니다. 국왕의 눈치를 봐가며 몸을 바치려는 여자가 수없이 많다 하더라도, 그들을 모조리 낚아채는 독수리가 국왕의 몸속에 도사리고 있지 않은 한 그들을 다 편력하기란 어려울 겁니다.

맬 컴 그뿐만이 아니오. 내 비뚤어진 근성 속에는 한없는 탐욕이 자라고 있소. 내가 국왕이 되는 날에는 귀족들의 목을 베어 영토를 몰수하고, 이자의 보석, 저자의 저택을 탐낼 것이오. 그리하여 뺏으면 뺏을수록 탐욕은 기세를 올려, 선량하고 충실한 부하들에게 엉뚱한 싸움을 걸어 그들을 파멸시킨 후, 재산을 몰수하려 할 것이오.

맥더프　탐욕은 여름철의 욕정보다도 더 뿌리가 깊고 해롭습니다. 확실히 탐욕은 여러 제왕을 멸망시킨 칼날이었습니다. 하지만 걱정하지 마십시오. 스코틀랜드에는 전하를 충분히 만족시킬 만큼의 자원이 있습니다. 다른 미덕으로 보상될 때, 그런 것은 아무런 걱정도 되지 않을 겁니다.

맬　컴　미덕이라고는 하나도 없소. 제왕이 갖추어야 할 여러 가지 미덕, 예컨대 공정 · 진실 · 절제 · 지조 · 관용 · 인내 · 자비 · 겸양 · 경건 · 억제 · 용기 · 불요불굴 등을 나는 갖추고 있지 않소. 반대로 죄악이란 죄악은 모조리 갖추고 있어서 여러 면으로 몹쓸 짓을 범하고 있을 뿐이오. 만약에 내가 왕권을 장악하게 되면 달콤한 젖 같은 이 세상의 질서를 지옥 속에 다 부어버리고 이 세상의 평화를 교란시킬 것이며, 지상의 조화를 깨뜨려버릴 것이오.

맥더프　아, 스코틀랜드! 스코틀랜드!

맬　컴　만일에 나 같은 인간도 나라를 다스릴 수 있다면, 그렇다고 말해보시오. 나는 방금 털어놓은 그런 인간으로 끝났습니다.

맥더프　나라를 다스린다구요? 맙소사, 생존할 자격도 없습니다. 아, 불쌍한 백성들이여! 피로 물든 홀을 쥔 찬탈자의 지배에서 벗어나 언제 다시 평화로운 날을 맞이할 수 있으랴? 왕위의 정통을 이어야 할 왕자는 스스로 권리를 포기하며, 온몸에 저주를 퍼붓고 자신의 혈통을 비방하고 있지 않은가! 왕자님의 부친이신 선왕께서는 비할 수 없이 거룩한 임금이셨습니다. 왕자님을 낳으신 왕후께서는 서 세신 시간보다도 무릎을 끓고 기도하는 시간이 더 많을 정도로 고행의 나날을 보내셨습니다. 안녕히 가십시오. 전하께서 몸소 거듭 말씀하신 갖가지 악덕 때문에 스코틀랜드와 저와의 인연이 끊겼습니다. 아, 이 가슴이여, 마지막 희망도 사라졌구나!

맬 컴 맥더프 경, 성실한 마음에서 우러나온 그 고결하고도 열의에 찬 한 마디 한 마디가 이 가슴으로부터 검은 의혹을 씻어주었습니다. 나는 진실과 명예를 존중하는 경을 이해하게 되었습니다. 악마 같은 맥베스가 여러 가지 흉계를 꾸며 나를 그의 손아귀에 넣으려 하므로 내 입장에서도 신중을 기하여 쉽사리 사람을 믿지 않으려 했습니다. 그러나 하늘에 계신 하느님께서 맥더프 경과 나의 마음을 통하게 해주었습니다! 앞으로는 경의 지시에 따르겠습니다. 조금 전 내가 입 밖에 쏟아냈던 자신에 대한 비난은 취소하겠습니다. 나 자신에게 퍼부었던 모욕과 비난은 나의 본성과는 무관합니다. 나는 아직 여자도 알지 못하거니와 거짓 맹세를 한 적도 없으며, 나 자신의 소유물에 대해서도 물욕을 느낀 적이 없습니다. 악마라 할지라도 배반하고 싶지 않으며, 진실을 목숨처럼 아끼고 있습니다. 생전 처음 한 거짓말이 바로 오늘 나 자신에게 한 악담이었습니다. 내 실토하리라. 경과 불행한 조국을 위하여 이 몸을 바치겠소. 바로 그 조국을 향하여, 경이 이곳에 도착하기 직전 노(老) 시워드가 1만 명의 정예부대를 이끌고 위풍 당당히 출전했소이다. 곧 우리도 뒤쫓아갑시다. 우리의 대의명분에 조금도 손색이 없는 승리를 거두러 갑시다! 왜 침묵을 지키고 있는 거요?

맥더프 이처럼 반가운 일과 반갑지 못한 일이 동시에 닥치니 어안이 벙벙

합니다.

　시의(侍醫) 등장.

맬 컴　그럼, 나중에 또. (시의에게) 왕께서 행차하시오?

시 의　그렇습니다. 불쌍한 백성들이 국왕의 치료만을 기다리고 있습니다. 그들의 병은 워낙 난치의 병들이라 의술로도 효험이 없지만, 폐하께서 한번 손만 대시면 — 하느님의 거룩한 힘이 전달된 손이기에 — 금세 나아버리지요.

맬 컴　고맙습니다, 시의님 (시의 퇴장)

맥더프　무슨 병입니까?

맬 컴　소위 연주창이라는 겁니다. 영국의 인자하신 국왕이 행하시는 놀라운 기적으로서, 이곳에 체재한 이래, 나는 여러 번 그 현장을 목격했습니다. 어떻게 해서 그런 효험을 거둘 수 있게 되었는지 그 비밀은 국왕만이 알고 있지요. 여하튼 이상한 병에 걸려 눈 뜨고 볼 수 없을 만큼 곪아서 부은 상처에 대해 의사들도 체념한 것을, 국왕께서 환자의 목에 금화 한닢을 걸고 거룩한 기도를 올려주심으로써 완치시킬 수 있다는 겁니다. 듣건대, 왕가의 후손들에게도 이 축복받은 치료법을 전수하셨다 합니다. 이 기막힌 능력 이외에도 국왕께서는 예언의 재능을 하늘로부터 물려받고 있답니다. 여러 가지 은혜가 옥좌를 감싸고 있으니 이는 폐하께서 신의 축복을 받고 계신 증거이기도 하지요.

　로스 등장.

맥더프　누가 오고 있습니다.

맬 컴　옷을 보니 동포인 듯한데, 누굴까요?

맥더프　아, 로스로군. 잘 왔소.

맬　컴　아, 이제야 알겠군. 하느님, 우리 동포들 사이를 가로막고 있는 장벽을 하루속히 제거해주소서!

로　스　아멘.

맥더프　스코틀랜드 사정은 어떻소?

로　스　아아, 비참한 조국이여! 그 상황을 알리기조차 두렵구나! 조국이라기보다 차라리 무덤이라고 부르는 것이 낫겠습니다. 천치 아니고는 웃는 사람을 만날 수가 없습니다. 한숨 소리, 신음 소리, 아우성 소리가 하늘을 찢고 있습니다. 그러나 아무도 이 일에 대해서 관심을 갖는 사람이 없어요. 격렬한 비탄도 흔한 감정 정도로 보아 넘기거든요. 장례식의 종소리가 울려도 누가 죽었는지 물어보는 사람조차 없습니다. 선량한 사람들의 목숨은 모자에 꽂은 꽃보다도 더 쉽사리 시들고 병도 안 걸렸는데 사람들은 자꾸만 죽어갑니다.

맥더프　오, 동포여! 너무도 상세한, 그러나 너무도 진실한 얘기로다!

맬　컴　최근에 일어난 비통한 사건은 무엇인가요?

로　스　한 시간 전의 사건에 대해 얘기하고 있으면, 그건 이미 옛날 얘기가 되어 웃음거리가 됩니다. 일 분마다 새로운 기막힌 사건이 일어나니까요.

맥더프　내 아내는 어떻게 지내고 있소?

로　스　무사합니다.

맥더프　애들은?

로　스　역시 무사합니다.

맥더프　폭군도 그들의 평화는 깨뜨리지 못했군요.

로　스　그런 것 같습니다. 작별 인사를 하러 갔을 땐 무사했었습니다.

맥더프 서슴지 말고 시원스레 말해보오. 어떻게 되어가오?

로 스 이곳으로 슬픈 소식을 갖고 오는 도중에 들은 소문인데, 수많은 사람들이 궐기했다고 합니다. 제가 보는 한도 내에서는 신빙성이 있는 얘기였습니다. 폭군의 군사들이 이동하고 있는 것을 목격했거든요. 지금이야말로 원군을 보낼 때입니다. 전하께서 스코틀랜드에 모습만 나타내시면 군사들이 구름처럼 모여들 것입니다. 여자들도 일선에 나서서 싸울 것입니다. 그들도 미칠 듯한 고통을 겪고 있거든요.

맬 컴 이젠 동포들이 안심해도 좋을 거요. 우리도 출동이오. 자애로우신 영국 왕이, 용맹무쌍한 시워드 장군이 인솔하는 1만 명의 군대를 우리에게 허락했습니다. 그분은 모든 기독교 국가를 뒤져봐도 다시 없을 역전의 명장이오.

로 스 아아, 이 기쁜 소식에 저도 똑같은 기쁨으로 화답할 수 있었으면 얼마나 좋겠습니까! 제가 전해드릴 소식은 듣는 사람 하나 없는 황야에서 하늘을 향해 떠들어댈 만한 것입니다.

맥더프 무엇에 관한 소식이오? 많은 사람에 관한 것인가요? 아니면 어느 한 개인에 관한 슬픈 소식인가요?

로 스 마음이 고운 사람이라면 함께 슬퍼하지 않을 수 없을 겁니다. 그러나 주로 맥더프 경 개인에 관한 일입니다.

맥더프 만약 내 얘기라면, 숨기지 말고 즉시 말해주시오.

로 스 들으신 귀가 저의 혀를 나무라지 못하게 해주십시오. 그 귀가 지금까지 들어보지 못한 가장 비통한 소식을 전해 들어야 할 테니까요.

맥더프 으흠! 짐작이 가오.

로 스 성이 기습을 당했습니다. 부인도 아이들도 모두 참살당했습니다. 그 소식을 더 자세히 말씀드린다면, 쓰러진 가족들 시체 위에 경의 시체까지 쌓는 격이 될 것입니다.

맬 컴 아아, 자비로운 하느님! 여보게, 모자로 얼굴만 가리지 말고 눈물로 슬픔을 토하시오. 슬픔을 밖으로 토해내지 않으면 벅찬 가슴만 미어져, 결국 가슴이 터져버리게 된다오.

맥더프 애들까지도?

로 스 부인, 아이들, 하인 할 것 없이 발견된 자는 모조리 당하였소.

맥더프 그런데 나만 홀로 멀리 떨어져 있었구나! 아내도 살해당했다고?

로 스 이미 말씀드린 대로입니다.

맬 컴 용기를 잃어서는 안 되오. 마음껏 복수를 해서, 그것을 약으로 삼아 이 아픔을 치유해야 하오.

맥더프 맥베스에게는 자식이 없소. 아아, 내 귀여운 아이들을 모조리, 모조리 죽였다고? 아, 지옥의 독수리 같은 놈! 모조리 죽였다구? 정말로 내 사랑스러운 병아리들을 모조리? 어미까지 합쳐서 일시에 다 채갔단 말이오?

맬 컴 대장부답게 참으시오.

맥더프 네, 참겠습니다. 그러나 아무리 사나이라 해도 이런 일은 슬퍼하지 않을 수 없군요. 제겐 그토록 귀중한 가족들이었음을 기억하지 않을 수 없습니다. 하느님은 구경만 하고 계셨을까? 그들의 편에 있지 않으셨던가? 죄 많은 맥더프여! 너 때문에 모두들 참살되었다. 내가 나쁜 놈이다. 그들의 과실이 아니었다. 잘못은 나에게 있다. 그래서 그들은 몰살당한 것이다. 이젠 고요히 잠들라!

맬 컴 그 슬픔을 칼 가는 숫돌로 삼고, 뼈 아픈 마음을 분노로 바꾸시오. 마음을 무디게 하지 말고 분발하시오.

맥더프 아! 여자들처럼 눈이 붓도록 울고, 허풍선이처럼 떠벌릴 수 있다면 얼마나 좋을까! 그러나 인자하신 하늘이여, 모든 중단과 휴식을 제거하여 스코틀랜드의 악마와 저를 즉시 대면시켜주십시오. 이 칼이 닿는 곳에 그놈을 끌어내 주십시오. 그래도 그 악당이 도망친다면, 하늘이여, 그를 용서하소서!

맬 컴 대장부다운 말씀이오. 자, 영국 왕께로 갑시다. 군대는 대기 중이니 작별 인사만 남았소. 맥베스는 흔들기만 하면 떨어질 무르익은 과실입니다. 하늘도 우리 편이 되어 돕고 있으니 기운을 냅시다. 아무리 긴 밤이라도 날은 밝아오는 법이니. (일동 퇴장)

제5막

제1장 던시네인, 맥베스의 성

　　시의와 시녀 등장.

시 의 이틀 밤을 꼬박 지켜보았지만, 당신이 말한 사실을 확인할 수 없었소. 왕비께서 그렇게 걸어 다니신 것이 언제부터였죠?

시 녀 국왕 폐하께서 출전하신 이후부터 목격했습니다. 밤만 되면 침대에서 일어나 앉으셔서 자리옷을 걸치시고는, 벽장 문을 열고 종이를 꺼내어 접으셔서 거기에다 몇 자 뭐라고 적으십니다. 그것을 읽어보신 다음 봉인을 하고는 다시 침대로 돌아오시죠. 그런데 이런 행동을 하시는 동안에도 내내 깊은 잠에 빠져 있는 상태였습니다.

시 의 심한 정신착란인가 보오. 수면의 은혜를 받는 동시에 각성 상태에서의 활동을 하시다니! 몽유 상태로 걸어 다니면서 여러 가지 일을 하실 때 뭐라고 말씀하시는 소리는 못 들었소?

시 녀 그것만은 전해드릴 수 없습니다.

시 의 내겐 말해도 상관없소. 이야기해도 되오.

시 녀 안 됩니다. 누구에게도 말씀드릴 수 없습니다. 제 말을 보증할 만한 증인이 없는걸요.

맥베스 부인, 가는 촛불을 들고 등장.

저것 보세요, 오십니다! 늘 하시는 대로죠. 정말이지 깊은 잠에 빠져 계시다니까요. 잘 보세요, 숨어서,

시 의 저 촛불은 어떻게 손에 넣으셨을까?

시 녀 웬걸요, 바로 머리맡에 놔두시는걸요. 곁에 늘 촛불을 켜두도록 분부하셨습니다.

시 의 봐요, 눈을 뜨고 계시는군.

시 녀 그러나 아무것도 볼 수는 없으세요.

시 의 지금 뭘 하고 계시는 걸까? 저 보오, 손을 마냥 닦고 계시는데.

시 녀 늘 저러십니다. 저렇게 손을 씻으시는데, 십오 분 동안이나 계속 저러실 때도 있어요.

맥베스 부인 아직도 여기 흔적이 있네.

시 의 들어봐, 말을 하시잖아! 하시는 말씀을 적어두어야겠소. 확실히 기억해두기 위해서.

맥베스 부인 사라져버려라, 저주받은 얼룩이여! 사라져버려, 제발! 한 시, 두 시, 아아, 이제 그 일을 단행할 시간이다. 지옥은 컴컴도 하구나. 에잇 여보, 무슨 짓이에요! 장군이 겁을 내다니? 누가 안다고 겁을 내세요? 우리의 권력을 비난하는 자가 있을 턱이 없잖아요.

하지만 그 노인의 몸 속에 그렇게 많은 피가 괴어 있을 줄이야 누가 생각이나 했을까.

시 의 저 소리 들었소?

맥베스 부인 파이프 영주 맥더프에게는 아내가 있었지. 지금은 어디로 갔을까? 아, 이 양손이 깨끗해질 수 있을까? 그만두세요, 당신. 이젠 그만두세요! 그렇게 부들부들 떨고 있으니, 모든 일을 다 망쳐버리겠어요.

시 의 저런, 저런! 알아서는 안 될 것을 알아버렸군.

시 녀 해서는 안 될 말을 부인께서 하셨죠. 확실히 그런 것 같아요. 부인께서 무엇을 또 알고 계신지 아무도 모르죠.

맥베스 부인 여기 아직도 피비린내가 난다. 아라비아의 향수로도 이 작은 손을 향기롭게 할 수는 없을 것이다. 아아! 아아! 아아!

시 의 아, 저 한숨 소리! 마음이 몹시 괴로우신 모양이로군.

시 녀 이 몸이 여왕의 권위로 빛난다 하더라도 가슴속에 저런 탄식을 간직하고 싶지는 않아요.

시 의 그럼, 그럼. 그렇겠지.

시 녀 제발 좀 보살펴드리세요, 빨리 나으시게.

시 의 저 병은 내 능력으로는 고칠 수 없소. 하긴 몽유병 환자 가운데는 편안히 잠자리에서 운명한 사람도 있긴 하지만.

맥베스 부인 당신, 어서 손을 씻고 잠옷을 걸치세요. 그렇게 창백한 얼굴로 나를 쳐다보지 마시구요 — 되풀이해서 말하지만, 밴쿠오는 땅속에 묻혔어요. 무덤 속에서 다시는 나오지 못할 것입니다.

시 의 음, 그분까지?

맥베스 부인 침실로, 침실로! 누가 문을 두드리고 있어요. 자, 갑시다, 갑시다, 갑시다. 어서 손을 이리 주세요. 엎지른 물은 다시 퍼 담을 수

없어요. 침실로, 침실로, 침실로! (퇴장)

시 의　이제 침실로 가 주무시나요?

시 녀　곧장 주무시지요.

시 의　더러운 소문이 나돌고 있소. 도리에 어긋난 행위는 엄청난 고통을 수반하는 법이지요. 마음이 병들면 귀머거리 베개를 보고도 비밀을 털어놓고 싶어 하죠. 저분에게 필요한 사람은 의사가 아니라 신부올시다. 신이여, 우리들의 무력함을 용서해주소서. 잘 돌봐드리시오. 상처를 입힐 만한 물건은 다 치워버리시오. 항상 지켜보아야 해요. 안녕히 주무시오. 왕비를 보노라니 마음이 혼란되고 눈앞이 캄캄해지는구려. 생각할 순 있어도 입 밖에 낼 수는 없구나.

시 녀　안녕히 주무십시오. (두 사람 퇴장)

제2장　던시네인 부근의 촌락

　　북과 군기를 앞세우고 멘티스, 케이스네스, 앵거스, 레녹스, 병사들 등장.

멘티스　영국군이 근처에까지 다가오고 있소. 지휘관은 맬컴 왕자와 숙부 시워드 그리고 용감한 맥더프. 이들의 가슴에는 복수심이 불타고 있소. 사실, 뼛속까지 맺힌 그들의 원한을 안다면 땅속에 묻힌 시체라도 분에 못 이겨 그들과 합세할 것입니다.

앵거스　버남 숲 근처에서 우리들은 그들과 합세할 수 있을 것입니다. 그길로 오니까요.

케이스네스　도널베인 왕자님도 그의 형과 함께 있을까요?

레녹스　함께 있지 않아요. 합세한 귀족들의 명부를 내가 갖고 있소. 이 가운데에는 시워드의 아들을 비롯해서 아직 수염도 나지 않은 수많은 젊은이들이 있소. 그러나 왕자님은 없소.

멘티스　맥베스 쪽은 뭘 하고 있을까?

케이스네스　그는 거대한 던시네인성을 강화하고 있소. 맥베스가 미쳤다고 판단하는 사람도 있어요. 그에 대한 증오심이 희박한 사람들은 그가 미친 듯이 용기를 내고 있다지만, 광란 상태를 질서의 혁대로 죄어두지 못하고 있는 것만은 확실하오.

앵거스　그렇다면 비밀리에 저지른 숱한 살인의 핏자국이 두 손에 달라붙어 있는 것을 느낀 모양이군요. 시시각각으로 일어나고 있는 반란은 놈의 배신을 비난하고 있소. 명령이 하달되면, 명령이기에 움직일 뿐 충성심은 티끌만큼도 없습니다. 난쟁이 좀도둑이 거인의 의상을 훔쳐 입은 꼴이 됐죠. 왕의 칭호가 제 몸에 맞지 않는다는 것을 이제야 그는 느끼고 있는 겁니다.

멘티스　하기야 그의 오장육부와 정신이 자기 자신을 저주하고 있는 판에, 상처투성이가 된 괴로움이 겁에 질려 발작을 일으키는 것도 무리는 아니지.

케이스네스　자, 출발이오. 우리들의 충성을 진정한 군주 맬컴에게 바치기 위해 전진하는 것이오. 병든 조국에 그 명의(名醫)를 맞아들입시다. 그리하여 그와 함께 조국을 정화하기 위하여 마지막 피 한 방울까지 바칩시다.

레녹스　물론 있는 힘을 다합시다. 우리의 피로 군주의 꽃을 이슬로 적시고 독초를 뽑아버립시다. 버남으로 돌진하자! (일동 진격하면서 퇴장)

제3장 던시네인, 성 안의 한 방

맥베스, 시의, 시종들 등장.

맥베스 보고 따위는 더 이상 필요 없다. 도망갈 놈은 모조리 가도록 내버려두라. 버남 숲이 이 던시네인으로 옮겨오기 전까지는 나도 겁날 것이 없다. 못난 자식, 맬컴! 그놈도 여자의 뱃속에서 태어났지? 이 세상 종말까지 훤히 내다보는 마녀들이 내게 말했다. '맥베스, 두려워 마라. 여자로부터 태어난 자가 그대를 멸망시키지는 못할 것이다'라고. 그러니 도망가겠으면 가라, 배신자 영주 놈들아. 영국인 놈팡이들과 한패가 되겠으면 돼라. 내 속에 버티고 있는 이 정신, 내가 움켜쥐고 있는 이 용기가 불안과 공포로 흔들릴 줄 아느냐!

시종 등장.

악마한테 끌려가 시커면 저주라도 받아라, 희멀건 낯짝을 한 건달아! 넌 어디서 그런 거위 같은 쌍판을 얻었느냐?

시 종 저쪽에 일만의…….

맥베스 거위라도 쳐들어왔느냐, 이놈아?

시 종 병사들입니다.

맥베스 낯가죽을 벗겨서라도 너의 그 겁에 질린 얼굴에 피가 돌게 해라, 이 겁쟁이 바보 녀석아. 병사는 무슨 얼어죽을 병사냐? 뒈져버려라, 이놈! 네놈의 창백한 낯짝을 보면 멀쩡한 사람까지 겁쟁이가 되겠다. 어느 나라 병사들이냐, 겁먹은 상판아?

시 종 영국 군대올시다, 폐하.

맥베스 네놈은 꼴도 보기 싫다. 썩 물러가라. (시종 퇴장) 시튼! (생각에 잠겨서) 속이 울렁거린다, 네놈의 낯짝을 보면 ─ 시튼, 거기 없느냐? 이번 싸움으로 내가 영원히 영광을 누리느냐 아니면 일시에 몰락하느냐, 둘 중의 하나다. 나도 살 만큼 오래 살았다. 내 생애도 누렇게 메마르는 황혼기에 접어들었다. 노년에 어울리는 명예나 애정, 복종, 친구들은 나와 인연이 먼 듯하다. 그와는 반대로, 소리는 낮지만 뿌리 깊은 저주와 아첨 그리고 공치사 따위가 붙어 다녀 내가 물리치려 해도 마음이 약해 물리칠 수가 없구나. 시튼!

　　시튼 등장.

시　튼 무슨 일이시옵니까?

맥베스 새로운 소식이 또 없느냐?

시　튼 지금까지의 보고가 모두 사실임이 증명되었습니다.

맥베스 나는 싸우겠다. 이 살점이 뼛골에서 깎여나갈 때까지 싸우겠다. 갑옷을 다오.

시　튼 아직 그러실 필요까지는 없습니다.

맥베스 입어두겠다. 기병들을 내보내라. 전국을 순찰시켜라. 공포에 들뜬 놈들을 모조리 잡아 목을 매달아라. 갑옷을 다오. (시튼, 갑옷을 가지러 나간다)…… 시의, 환자는 어떻소?

시　의 비관할 정도는 아닙니다, 폐하. 다만 계속 밀려오는 망상 때문에 괴로움을 겪으셔서 잠을 이루지 못하십니다.

맥베스 그 병을 고쳐주게. 마음의 병은 손을 쓸 수 없는가? 기억을 더듬어 뿌리 깊은 슬픔을 도려내주게. 뇌리 속에 새겨진 고뇌를 지워버리게. 감미로운 망각의 약제로, 왕비의 마음을 짓누르고 있는 답답한 위험물을 가슴에서 시원히 없애주게.

시　의　그것은 환자 자신이 손을 쓰시는 수밖에 없습니다.

　　　시튼이 갑옷을 들고 등장. 시종이 맥베스에게 갑옷을 입힌다.

맥베스　의술 따위는 강아지에게나 던져줘라. 나에게는 필요 없다. 자, 갑옷을 입혀라. 지휘봉을 다오. 시튼, 기병대를 더 보내라. 시의, 영주들이 모두 도망치고 있소. (시종에게) 빨리 입혀라. 시의, 그대 힘으로 이 나라의 병증을 진찰하고 병명을 끄집어내어 독을 씻어낸 후 건강한 나라로 만들 수 없소? 그렇게만 할 수 있다면 그대를 크게 칭찬해줄 텐데. 찬양의 소리가 메아리쳐서 울리고 그 메아리가 다시 이쪽으로 울려올 정도로 큰 소리로 선생을 칭찬해줄 텐데. (시종에게) 갑옷을 벗겨라. 대황(大黃)이나 완하제(緩下劑), 또는 다른 설사약이라도 써서 영국놈들을 이 땅에서 모조리 쓸어낼 수 없나? 그놈들에 관한 소문은 들었겠지?

시　의　듣고 있습니다, 폐하. 폐하께서 전쟁 준비 하시는 것을 보고 소문을 듣게 되었습니다.

맥베스　(시종에게) 갑옷을 들고 따라오너라! 그것이 죽음이든 파멸이든, 버남 숲이 던시네인으로 옮겨오지 않는 한 난 두려워하지 않는다. (퇴장. 시튼과 시종도 그의 뒤를 따른다)

시　의　(방백) 던시네인을 빠져나가자. 무슨 일이 있더라도 다시는 돌아오지 말자.

제4장 던시네인 근처의 촌락, 버남 숲

북과 군기를 앞세우고 맬컴, 시워드와 그의 아들, 맥더프, 멘티스, 케이스네스, 앵거스, 레녹스, 로스 그리고 병사들, 진군하면서 등장.

맬 컴 여러분, 집에서 편히 쉴 날도 얼마 남지 않았소.

멘티스 아무도 그걸 의심치 않습니다.

시워드 저기 보이는 저 숲은 이름이 무엇이오?

멘티스 버남 숲입니다.

맬 컴 병사 한 사람 한 사람에게 가지를 꺾어 앞을 가리라고 일러라. 그러면 우리 군사의 수도 은폐할 수 있고 적의 감시도 피할 수 있을 테니.

병사들 분부대로 하겠습니다.

시워드 폭군 녀석, 자신만만하게 숨을 죽이고 던시네인의 성 안에 앉아 우리 측의 공격만을 기다리고 있소이다.

맬 컴 그러는 수밖에 없지요. 지위의 고하를 막론하고 부하들은 기회만 있으면 도망갈 궁리만 하고 있으니까요. 지금 그에게 봉사하고 있는 자들은 여러 가지 이유로 마지못해 묶여 있는 자들뿐입니다. 하지만 그들의 마음은 딴 데 가 있지요.

맥더프 우리의 추측이 적중하느냐의 여부는 결과를 봐야만 알 수 있습니다. 우리는 다만 군인으로서의 직분을 다합시다.

시워드 우리의 이득과 손실이 무엇인지 판가름 날 때가 왔소. 불확실한 생각은 부질없는 희망만 갖게 합니다. 확실한 결과는 오로지 공격만이 결정해줄 것입니다. 그러기 위해서는 오로지 진격뿐이오. (행진하면서 퇴장)

제5장 던시네인 성 안

북과 군기를 앞세우고 맥베스, 시튼, 병사들 등장.

맥베스 바깥 성벽에 군기를 달아라. 여전히 '적이 온다!'는 함성이 들려오고 있구나. 이 견고한 성은 우리를 포위할 적병들을 비웃을 만하다. 네놈들은 그냥 여기에 내버려두겠다. 네놈들, 너희들이 굶어 죽을 때까지. 너희들이 병들어 죽을 때까지. 우리 편 군사들이 그놈들과 합세하지만 않았어도 진격하여 수염을 맞대고 쳐부수어 놈들을 영국 땅으로 내쫓아버릴 수 있었을 텐데. (안에서 여자들의 비명 소리) 저 요란한 소리는 무엇이냐?

시 튼 여자들이 우는 소립니다. (퇴장)

맥베스 (독백) 나는 공포의 맛을 잊었다. 한밤중에 비명소리를 듣고 온몸이 오싹하던 때도 있었거늘. 무서운 얘기를 들으면 머리칼이 살아 있는 양 곤두선 적도 있었거늘. 나는 공포를 실컷 맛보았다. 그러나 이제 살인에 길들여진 내 마음은 공포 따위에는 끄떡도 않는다.

시 튼 폐하, 왕비님께서 운명하셨습니다.

맥베스 왕비도 언젠가는 죽어야 할 몸, 어느 때고 그런 소식이 올 줄 알고 있었다. 내일, 내일, 내일이 종종걸음으로 하루, 하루, 하루 속으로 스며들어 시간이라는 마지막 문자의 음절 속으로 꺼져가는구나. 과거의 세월은 등불이 되어 티끌로 돌아가는 죽음의 길을 바보들을 위해 밝히고 있다. 꺼져라, 꺼져라, 잠시 동안의 촛불이여! 인생은 다만 걸어가는 그림자일 뿐. 제 시간이 오면 무대 위에서 활개치며 안달하나, 얼마 안 가 영영 잊혀버리는 가련한 배우, 백치들이 지껄이는 무의미한 광란의 얘기다.

사신 등장.

무슨 혓바닥을 놀리려고 왔느냐, 할 말이 있으면 하라!

사 신 폐하, 제 눈으로 본 것을 말씀드리겠습니다. 어떻게 말을 꺼내야 할지 모르겠습니다만.

맥베스 어서 말하라!

사 신 제가 언덕 위에서 정찰하던 중 우연히 버남 쪽을 바라보았는데 갑자기 숲이 움직이는 것 같았습니다.

맥베스 거짓말이다, 이 노예 녀석!

사 신 사실이 아니라면 폐하의 어떤 노여움도 감수하겠습니다. 3마일 이내의 지점에서 숲이 움직이고 있음을 볼 수 있습니다. 제 말은, 숲이 이쪽으로 오고 있다는 겁니다.

맥베스 거짓말을 했다는 것이 발각되면 네놈을 근처 나무에다 산 채로 매달아 굶겨 죽이겠다. 만일 네놈의 얘기가 사실이면 나를 매달아도 좋다. 내 결심이 흔들리는구나. 마녀들이 그럴 듯하게 얘기를 꾸며 진짜처럼 들리게 했는지도 모르지. 거짓말을 했을지도 몰라. '두려워 마라. 버남 숲이 던시네인 성을 향해 움직이기 전에는.' 그런데 지금 숲이 던시네인으로 향하고 있지 않은가! 칼을 뽑아라, 칼을 뽑아라, 쳐나가자! 네놈의 말이 사실이라면 도망갈 수도 없다. 그대로 있을 수도 없다. 태양을 쳐다보는 일도 이젠 지겨워졌구나. 확고부동한 이 세상의 질서여, 무너져라. 종을 울려라! 바람아, 불어라! 파멸이여, 오라! 갑옷을 걸치고 죽자. (일동 급히 퇴장)

제6장 던시네인, 성 앞 전장

　　북과 군기를 앞세우고 맬컴, 시워드, 맥더프 그리고 군사들, 손에 나뭇가지를 들고 등장.

맬　컴　이젠 가까워졌다. 앞을 가리던 나뭇가지를 버리고 모습을 드러내라. 숙부님은 제 사촌인 아드님과 함께 제일진을 지휘해주십시오. 맥더프와 저는 나머지 일을 맡아서 작전대로 수행하겠습니다.

시워드　잘 가시오. 오늘 밤 폭군의 군사를 만나게 되면 목숨을 다해 싸웁시다.

맥더프　진군의 나팔을 울려라, 숨이 끊어질 때까지. 전투와 죽음의 선구자여. (나팔 소리와 함께 진군하면서 퇴장)

제7장 전장의 다른 장소

　　맥베스 등장.

맥베스　놈들이 나를 말뚝에 묶어놓은 셈이구나. 도망갈 수는 없다. 곰처럼 미친 듯이 싸울 수밖에 없다. 여자로부터 태어나지 않은 자가 누구냐? 내가 두려워하는 자는 바로 그놈뿐이다. 그렇지 않은 놈들은 염려할 것 없다.

　　시워드의 아들, 젊은 시워드 등장.

젊은 시워드　누구냐? 이름을 대라.

맥베스　　내 이름을 들으면 깜짝 놀랄걸.

젊은 시워드　　아니다, 지옥의 불꽃 속에 살고 있는 악마보다 더 무서운 이름을 대도 나는 까딱없다.

맥베스　　내 이름은 맥베스다.

젊은 시워드　　그 어느 악마보다도 가증스러운 이름이구나.

맥베스　　그렇다, 이보다 더 무서운 이름은 없을 것이다.

젊은 시워드　　이 거짓말쟁이, 더러운 폭군! 이 칼로 네놈의 거짓말을 폭로하고야 말 테다. (둘이 싸운다. 젊은 시워드, 살해된다)

맥베스　　네 놈도 여자 뱃속에서 태어난 놈이로군. 어떤 칼, 어떤 무기를 휘두른다 해도 여자로부터 태어난 놈이라면 나는 두려워하지 않는다. 그런 놈은 실컷 비웃어주겠다. (퇴장)

　　격렬히 싸우는 소리. 맥더프 등장.

맥더프　　저쪽에서 소리가 났는데. 폭군아, 얼굴을 내밀어라! 네놈이 죽더라도 내 칼침을 맞고 죽어야 내 처자의 망령에게 시달리지 않을 것이다. 고용되어 마지못해 창을 들고 나선 민병을 베어서 무엇하랴. 맥베스여, 네놈과 상대해서 싸우지 않을 바에는 칼날을 쓰지 않고 고스란히 칼집에 넣어두겠다. 저기 있는 모양이군. 저 요란한 소리는 큼직한 놈이 있다는 증거다. 운명의 신이여, 그놈을 만나게 해주시오! 이 이상 더 부탁하지 않겠나이다. (퇴장. 나팔 소리)

　　맬컴과 시워드 등장.

시워드　　이쪽입니다, 전하. 성은 쉽게 함락되었습니다. 폭군의 부하들은 두 패로 나뉘어 싸우고 있습니다. 영주들도 용감히 싸웠습니다. 승리는 이미 왕자님의 것입니다. 이젠 더 할 일이 없는 듯싶습니다.

맬 컴 적을 만났는데 우리 편이 되어 싸웁디다.

시워드 자, 성 안으로 들어갑시다. (일동 성 안으로 들어간다. 나팔 소리)

제8장 전장의 다른 장소

맥베스 등장.

맥베스 누가 로마의 어리석은 놈의 흉내를 내어 스스로 목숨을 끊겠는가. 나는 살아 있는 동안 닥치는 대로 눈앞에 있는 놈을 죽이겠다.

맥더프가 그의 뒤를 쫓아 등장.

맥더프 기다려라, 지옥의 늑대 놈아, 돌아서라!

맥베스 네놈만은 일부러 피해왔었다. 돌아가거라! 내 심장은 네놈의 가족들을 빨아먹은 피로 가득 넘쳐 있다.

맥더프 나는 말대꾸는 하지 않겠다. 하고 싶은 말은 이 칼 속에 모두 들어 있다. 어떤 말로도 표현할 수 없는 이 극악무도한 놈아! (둘이 싸운다. 나팔 소리)

맥베스 헛수고 마라. 그 칼이 아무리 날카로워도, 반응 없는 공기에 상처를 입히지 못하듯이 내 피를 흘리게 할 수는 없을 것이다. 그 칼로 벨 수 있는 머리나 베어라. 내 몸에는 마력이 있다. 여자로부터 태어난 자에게는 절대로 굴복하지 않는다.

맥더프 그런 마력은 단념하라. 네놈이 극진히 모신 그 마녀한테 물어봐라. 이 맥더프는 어머님의 배를 가르고 달도 차기 전에 태어난 몸이니.

맥베스 그런 말을 지껄이고 있는 네 혀는 저주를 받을지어다. 그 말이 사나이의 용기를 꺾어버리는구나! 더 이상 속임수나 부리는 마귀 같은 놈들은 믿을 수 없다. 애매모호한 말장난으로 약속을 지키는 듯 하더니 결국은 깨뜨리고 마는구나. 이젠 희망도 산산조각이 났다. 나는 너와 싸우지 않겠다.

맥더프 비겁한 놈, 항복하라. 목숨을 지탱하면서 세상의 웃음거리가 되어라. 네놈의 화상을 막대기에 매달아 진기한 괴물이라도 보여주듯 그 아래에다 '폭군을 보라'고 써두겠다.

맥베스 항복은 싫다. 풋내기 맬컴의 발 앞에 엎드려 땅을 핥고, 덫에 걸린 곰처럼 어중이 떠중이들의 저주를 한꺼번에 받을 수는 없다. 비록 버남 숲이 던시네인에 접근했다 하더라도, 여자 뱃속에서 태어나지 않은 네놈이 칼을 들고 맞서 왔다 해도 나는 마지막 순간까지 버티겠다. 믿고 의지하던 방패를 내던지겠다. 자, 덤벼라, 맥더프. '항복이다!'라고 먼저 고함을 지르는 놈이 지옥으로 떨어지는 것이다. (두 사람, 성벽 아래에서 격전. 맥베스, 살해된다)

제9장 성 안

철수를 알리는 나팔 소리. 북과 군기와 함께 맬컴, 시워드, 로스, 영주들 그리고 병사들 등장.

맬 컴 행방을 알 수 없는 친구들이 무사히 돌아와 주면 좋으련만.

시워드 그중 더러는 전사했을 것입니다. 그러나 대충 둘러보니 이 같은 대승리에 비해서는 손실이 별로 크지 않은 것 같군요.

맬 컴 맥더프가 안 보이는군. 그리고 시워드, 귀공의 아들도 보이지 않는
구려.

로 스 아드님은 군인다운 최후를 마쳤습니다. 아직 성년의 나이도 아닌
데, 어른도 못 따를 용기로 한 치의 양보도 없이 대장부답게 전사했
습니다.

시워드 죽었단 말인가?

로 스 그렇습니다. 유해는 싸움터에서 옮겨왔습니다. 훌륭한 아드님을
잃으셨기에 슬픔도 크실 줄 압니다만 그렇게 따지다 보면 한이 없
습니다.

시워드 상처는 정면에 입었던가요?

로 스 네, 이마를 다쳤더군요.

시워드 그렇다면 군인으로서 하느님 곁에 갈 수 있겠군. 비록 머리카락 수
만큼 많은 아들을 갖고 있다 할지라도 이보다 더 아름다운 최후를
기대할 수는 없을 거요. 이 말로써 그를 애도합시다.

맬 컴 그것으로는 부족하오. 나도 그를 애도하겠소.

시워드 이것으로 충분합니다. 훌륭한 최후를 마친 사람은 군인의 의무를
다한 사람이오. 신의 가호를 빌 따름이오! 반가운 소식이 온 모양
이군요.

　　　맥더프가 맥베스의 머리를 장대에 꽂고 등장.

맥더프 국왕 만세! 이젠 국왕이십니다. 보십시오, 왕위 찬탈자의 저주받은
머리를. 자유로운 시대가 돌아왔습니다. 국왕 주위에는 주옥같은
인재들이 둘러싸고 있습니다. 그리고 그들은 저와 똑같은 축하 인
사를 마음속으로 외치고 있습니다. 그들과 함께 우렁찬 목소리로
외치고 싶습니다. 스코틀랜드 왕 만세!

일 동   스코틀랜드 왕 만세! (나팔 소리)

맬 컴   많은 시간을 헛되이 낭비하지 않고 여러분 각자의 충성을 헤아려 응분의 보답을 하겠소. 영주들과 친족들에게는 백작의 작위를 내릴 터인즉, 이는 스코틀랜드 왕이 주는 최초의 명예가 될 것이오. 새로 시작되는 이 시대에 발 맞추어 해야 할 일 가운데에는 폭군의 덫을 피해 외국으로 피신한 친구들을 다시 본국으로 불러들이는 일과, 죽은 살인마와 마녀 같은 왕비의 앞잡이 노릇을 한 흉악범을 잡아내는 일이 있습니다. 왕비는 스스로 자신의 흉측한 손으로 자결했다 합니다. 이 밖에도 필요한 여러 일들은 하느님의 가호 아래 방법과 시간과 장소를 가려 곧 실행하겠습니다. 자, 여러분 모두에게 다시 한번 감사의 뜻을 전합니다. 스쿤에서 거행될 대관식에 여러분을 모두 초대할 테니 빠짐없이 참석해주시오. (나팔 소리, 일동 행진하면서 퇴장)

리어 왕

King Lear

등장인물

리어_ 영국 왕

프랑스 왕

버건디 공작

콘월 공작_ 리건의 남편

알바니 공작_ 고네릴의 남편

켄트 백작

글로스터 백작

에드거_ 글로스터의 아들

에드먼드_ 글로스터의 서자

큐런_ 궁신

노인_ 글로스터의 하인

의사

광대

오즈월드_ 고네릴의 하인

부대장_ 에드먼드의 부하

시종_ 코델리아의 시종

전령관

콘월의 하인들

고네릴, 리건, 코델리아_ 리어 왕의 딸들

그 밖에_ 리어 왕의 기사들, 부대장, 장교들, 사신들, 병사들, 시종들

장소

영국

제1막

제1장 리어 왕의 궁정 알현실

켄트, 글로스터, 에드먼드 등장.

켄 트 제 생각엔 왕께서 콘월 공작보다 알바니 공작을 더 사랑하시는 것
같아요.

글로스터 저도 늘 그렇게 생각했습니다만 영토 분배를 보니, 어느 공작을
더 아끼시는지 분간이 안 가더군요. 두 공작의 비중은 똑같으니까
요. 저울에 단 듯이 양쪽이 똑같기 때문에 어느 공작이 더 유리한
지 말할 수 없습니다.

켄 트 이분이 아드님이신가요?

글로스터 내가 기르고 있어도 내 아이라고 말하기엔 얼굴이 붉어집니다.
이젠 낯가죽도 두꺼워질 대로 두꺼워졌습니다만.

켄 트 무슨 말씀이신지.

글로스터 글쎄, 이 아이 어미가 내 씨를 받은 겁니다. 그래서 애 어민 배가
둥글게 부풀어 올라 잠자리를 같이 할 남편을 얻기도 전에 아들 하
나를 요람에 뚝 떨어뜨렸답니다. 그러니 아무래도 뒤가 구리지 않
겠어요?

켄 트 뒤가 구려도 훌륭한 아들을 얻었으니, 꼭 나쁘다고만은 볼 수 없지
않습니까?

글로스터　정식으로 법 절차를 밟고 얻은 자식이 하나 있긴 하지요. 이 아이보다 한 살 위죠. 그렇다고 해서 더 귀엽다는 것은 아닙니다. 이놈은 부르기도 전에 주제 넘게 세상에 태어났지만 이 아이 어민 예뻤습니다. 아이를 만들어내느라 재미깨나 봤지요. 그 일을 생각하면 사생아이긴 해도 이 아이를 내 자식으로 인정해줘야 했어요. 에드먼드야, 너 이분을 아느냐?

에드먼드　모르겠는데요.

글로스터　켄트 백작이시다. 앞으로는 나의 존경하는 친구분으로서 잘 기억해둬라.

에드먼드　잘 부탁합니다.

켄　트　자네가 좋아졌네. 앞으로 친숙하게 지내세.

에드먼드　열심히 노력해서 각하의 뜻에 보답하겠습니다.

글로스터　이 아이는 구 년 동안 외국에 나가 있었어요. 또다시 나갈 예정입니다. 왕께서 오시는군요.

　　나팔 소리. 왕관을 든 시종, 리어 왕, 콘월, 알바니, 고네릴, 리건, 코델리아, 시종들 등장.

리　어　글로스터, 프랑스 왕과 버건디 공의 접대를 부탁하오.

글로스터　알겠습니다, 폐하. (글로스터와 에드먼드 퇴장)

리　어　이제부터 나의 은밀한 계획을 말하겠다. 거기 있는 지도를 이리 다오. 알다시피 나는 왕국을 이미 삼등분해놨다. 이제 늙은 이 몸에서 근심 걱정을 다 떨어버리고 젊고 활기 넘치는 자에게 국사를 넘겨주고 싶어서다. 죽을 때까지 홀가분한 기분으로 지내고 싶은 것이 나의 바람이다. 사위 콘월과 알바니, 두 사람 다 내 맘에 꼭 든다. 오늘 나는 두 딸이 차지할 지참금을 발표할 결심이다. 이렇게 해두면 후일의 싸움을 막을 수 있지 않겠느냐. 프랑스 왕과 버건디 공은 내 막내딸의 애정을 서로 다투어 차지하기 위해 이 궁전에 구혼차 장기 체류하고 있는데, 오늘 그 회답을 듣기로 되어 있다. 자, 내 딸들아, 오늘 부왕은 통치권과 영토 소유권과 국사의 근심 걱정을 몽땅 양도할 생각인데, 너희들 중에서 누가 나를 가장 극진히 사랑하느냐? 말해다오. 성품이 좋고 공로가 큰 딸에게 제일 큰 재산을 양도하겠다. 고네릴, 내가 맏딸이니 먼저 말해보아라.

고네릴 말로 다 할 수 없을 정도로 아버님을 사랑합니다. 시력보다도, 공간보다도, 자유보다도 더 사랑합니다. 훌륭하고 고귀하신 아버님은 그 무엇보다도 소중하신 분입니다. 우아하고 건강하고 아름답고 영예롭고 생명처럼 소중하신 분입니다. 자식된 자로서 여태껏 알려진 적이 없을 만큼의 최대의 사랑으로써 아버님을 모시겠습니다. 내 뿜는 숨결이 초라해질 만큼의 효성으로, 말로 다 할 수 없는 그런 사랑으로, 모든 것을 다 바치는 사랑으로 저는 아버님께 정성을 바치겠습니다.

코델리아 (방백) 코델리아는 뭐라고 말해야 좋담? 아버님을 사랑하고는 있지만 잠자코 있자.

리 어 (지도를 가리키며) 이 경계선 내에 있는 이 선에서 여기까지, 그늘진 수풀과 기름진 들판, 그리고 물고기 넘실대는 이 강물, 그 주변의 넓은 목장을 너에게 주겠다. 이것은 영원히 너와 알바니의 후손들 것이다. 콘월의 아내인 내 사랑하는 둘째 딸 리건도 할 말이 있으면 하라.

리 건 저도 언니와 한마음 한뜻이므로, 제 효심의 값어치도 언니와 같은 줄로 압니다. 진심으로 말씀 올립니다만, 언니가 저의 효심을 있는 그대로 전한 셈이 되었습니다. 다만 언니의 말에 보충해서 말씀드린다면, 저는 이 세상에서 가장 고상하고 완전한 기쁨이라 할지라도 그것이 효도 이외의 즐거움이라면 그것을 원수로 삼아, 오직 아버님께 바치는 지고한 사랑에서만 가장 큰 행복을 느낍니다.

코델리아 (방백) 다음은 가엾은 코델리아 차례로구나! 하지만 그렇다고 사랑이 빈약한 건 아니야. 내 효성은 정말이지 혀로 말할 수 없을 만큼 훨씬 더 풍성해.

리 어 이 훌륭한 왕국의 나머지 광대한 삼 분의 일은 넓이로나 가치로나 기쁨을 주는 일에 있어서 결코 고네릴에게 준 것 못지않다. 이 땅을 너와 네 자손들에게 물려주마. 막내이긴 하나 언니들 못지않게 나에게 기쁨을 안겨다 주는 코델리아, 포도밭을 많이 가진 프랑스 왕도, 기름진 목장을 가진 버건디 공도 너의 애정을 구하려고 안간힘을 쓰고 있다마는, 언니들의 땅보다도 더 큰 세 번째 영토를 너의 소유로 하기 위해서 네가 할 수 있는 말이 무엇인지, 말해보렴.

코델리아 할 말이 없습니다.

리 어 없다고?

코델리아 없습니다.

리 어 말이 없다면, 아무것도 받을 수 없다. 다시 말해보라.

코델리아 불행하게도 저는 진심을 입 밖에 낼 줄 모릅니다. 자식의 도리로서 효성을 다할 뿐입니다. 그 이상도 이하도 저로서는 할 수 없는 일입니다.

리 어 코델리아! 어떻게 그따위 소리를 감히 할 수 있느냐? 너의 행운에 금이 갈 수도 있으니 다시 한번 말해보아라.

코델리아 아버님, 아버님은 저를 낳으시고 기르시고 사랑해주셨습니다. 마땅히 그 답례를 올리는 것이 저의 의무입니다. 아버님께 복종하고 아버님을 사랑하며 아버님을 존경합니다. 언니들이 정말 아버님을 그토록 사랑한다면, 어째서 남편을 얻었단 말입니까? 저도 만약 결혼을 한다면, 아마도 저의 배우자인 주인께서 제 애정과 관심과 의무의 반은 빼앗아갈 것이 틀림없습니다. 저는 절대로 언니들같이 결혼하지 않을 겁니다, 아버님께 효도를 다하기 위해서라면.

리 어   그 마음이 진심이냐?

코델리아   그렇습니다.

리 어   그토록 어린 네가, 어쩌면 그토록 옹고집일 수 있단 말이냐?

코델리아   어리긴 해도 진정입니다.

리 어   네 멋대로 해라. 네 진정을 지참금으로 삼아라. 태양의 거룩한 광채에 맹세해서, 어둠의 여신 헤카테와 밤의 신비에 맹세해서, 우리들에게 생명을 주고 박탈하는 천체의 모든 작용에 맹세해서, 아버지로서의 관심과 혈연관계를 부인할 뿐만 아니라 나는 앞으로 영원히 너를 생판 타인으로 취급하겠다. 식욕을 채우기 위해서는 자기 육친까지도 먹어치운다는 스키티아의 야만인이 지금까지 나의 딸이었던 너보다도 더 가깝고 측은하게 생각되어 차라리 그를 도와주고 싶어지는구나.

켄 트   폐하!

리 어   닥쳐라, 켄트! 딸애와 내 분노 사이에 끼어들지 마라. 한때 나는 저 딸애를 가장 귀여워하여 저 애의 보살핌만을 받으면서 여생을 보내고 싶었다. (코델리아를 향해) 썩 물러가라, 보기도 싫다! (켄트에게) 저 아이에게 아비로서 마음을 의탁하지 않는 한 이제 무덤만이 나의 안식처가 되겠구나! 프랑스 왕을 불러라. 누가 가겠느냐? 버건디 공을 불러라. 콘월 공작과 알바니 공작은 두 딸에게 준 영토에다 셋째 딸에게 주려 했던 몫까지 나눠 가져라. 코델리아는 자만심을 '솔직함'이라고 착각하고 있는 모양인데, 자만심하고나 결혼하라고 해라 나의 권력과 최고의 지위와 왕권에 따르는 모든 혜택은 두 공작에게 넘겨주련다. 나는 그대들이 마련해줄 백 명의 기사를 거느리고, 매달 번갈아가며 그대들의 집에 머무르고자 한다. 다만 국왕의 칭호와 자격만은 내가 보유하기로 하고 통솔, 수입, 그 밖의 집행권은 사랑하는 두 사위에게 넘겨주겠다. 그 증거로 이 왕관을 줄 테니, 두 공작이 번갈아가며 사용토록 하라. (왕관을 준다)

켄 트   국왕으로서 항상 제가 받들어 모시고 부친처럼 효성을 다 바쳐온 폐하, 상관으로서 따르며 저의 은인으로서 기도할 때마다 잊지 않았던 리어 왕이시여…….

리 어   활은 이미 팽팽히 당겨졌다. 화살을 피해 섰거라.

켄 트   차라리 쏘아주십시오. 화살 촉이 제 심장을 꿰뚫어도 좋습니다. 폐하께서 제정신이 아니신데 켄트쯤 무엄하게 군들 어떻습니까? (리어 왕이 격노하여 칼을 잡는 것을 보고) 노왕이시여, 무엇을 하시렵니까? 왕이 아부하는 자에게 굴복한다고 해서 충성을 다하는 자가 진언하기를 두려워할 줄 아십니까? 왕의 위엄이 섣불리 농락당할 때, 명예를 존중하는 자는 모름지기 정직해야 합니다. 왕권을 그대로 보존하십시오. 매사에 신중하시어 이 경솔한 처사만은 중단하십시오. 제 목숨을 걸고 한 말씀 올립니다만, 막내딸이 막내라 해서 효성도 꼴찌에 처지는 것은 아닙니다. 낮은 음성이라 할지라도 정성만 깃들여 있으면 그 사람의 마음은 빈 것이 아닙니다.

리 어   켄트, 목숨이 아깝거든 그만두어라.

켄 트   이 목숨은 폐하의 적들에게 내던져진 담보에 지나지 않습니다. 폐하의 안전을 위해서라면 제 목숨은 버려도 좋습니다.

리 어   내 눈앞에서 썩 꺼져라!

켄 트   리어 왕이시여, 똑똑히 보십시오. 그리고 저를 언제나 폐하의 눈동자 한복판에 자리 잡게 해주십시오.

리 어   정녕 아폴로 신께 맹세하여……

켄 트   정녕 아폴로 신께 맹세하여 말씀드리건대 폐하, 폐하는 헛되이 제 신들에게 맹세하고 계실 뿐입니다.

리 어   이 못된 놈! 제 분수도 모르고! (칼에다 손을 가져다 댄다)

알바니, 콘월   폐하, 참으십시오.

켄 트   칼을 빼십시오. 의사를 죽이고 저주스러운 병마에 사례를 하십시오. 폐하의 결정을 취소하지 않으시면, 제 목에서 소리가 나는 한 계속해서 폐하의 잘못된 소행을 지적해드릴테니까요.

리 어   들거라, 이 버릇없는 놈! 충절을 지키려면 명령에 복종하라. 나는 아직껏 한 번도 나의 결정을 번복한 적이 없다. 그런데 너는 나를 변절자로 만들려고 하는구나. 매우 건방지게도 내 결정과 권위를 침범하려 하였으니 내 천성으로 보나 지위로 보나 참을 수는 없는 일이다. 왕의 권위가 어떤 것인지, 너는 벌을 받아봐야 알 것이다. 세상으로부터 받을 재난을 피할 수 있도록 닷새 동안의 여유를 주겠다. 그러나 엿새째에는 그 밉살스러운 등을 돌려 이 나라를 떠나도록 하라. 만약 열흘째가 되어 추방된 그대의 몸이 국내에서 발견되면 그땐 사형이다. 자, 가라. 주피터 신에 걸고 맹세하건대, 이 결정은 절대로 취소할 수 없다.

켄 트   폐하, 안녕히 계십시오. 자유가 떠난 이 나라엔 추방만이 남는군요. (코델리아에게) 공주님의 생각은 그지없이 훌륭하였습니다. 제신들이 공주님을 그들의 피난처로 인도해주기를 기원합니다. (고네릴과 리건에게) 과장된 말씀이 실천되어 사랑의 말씀에서 좋은 결과가 생겨나기를 빕니다. (일동에게) 켄트는 이제 여러분에게 작별 인사

를 드리려 합니다. 새로운 나라에 가서도 그전처럼 뜻을 펴며 살아
가겠습니다. (켄트 퇴장)

나팔 소리, 글로스터가 프랑스 왕과 버건디 공을 안내해서 다시 등장.
시종들이 이들 뒤를 따른다.

글로스터   프랑스 왕과 버건디 공이 오셨습니다.

리 어   버건디 공, 우선 공에게 묻겠소만, 공은 우리 딸을 얻기 위해 프랑
스 왕과 경쟁하셨소. 구혼 조건으로 딸의 지참금을 요구하려면 최
소한 얼마나 요구하실 것이오?

버건디   국왕 폐하, 폐하께서 하사하시는 것 이상을 바라진 않습니다. 또한
폐하께서 생각보다 적게 주시리라고도 생각지 않습니다.

리 어   고귀하신 버건디 공, 그 딸애가 나에게 귀중한 존재였을 때에는 그
만한 재산을 주려고 했지만, 지금은 그 애의 가치가 하락하였소.
저기 지금 그 딸애가 서 있소. 저 아이에게 딸린 것이라고는 내 노
기밖에 없소이다마는, 저 딸애의 마음과 그 자체만으로도 공의 마
음에 든다고 하면 저기 서 있으니 아내로 삼도록 하시오.

버건디   뭐라 답변을 드려야 할지 모르겠습니다.

리 어   저 애는 결점투성이오. 친구도 없소. 짐으로부터는 오직 미움만을
사서 짐의 저주를 지참금으로 얻었고, 저 애와는 아주 남이 되기로
나는 맹세까지 했소. 저 애를 아내로 삼겠소, 아니면 단념하겠소?

버건디   (리어 왕에게) 폐하, 매우 죄송한 말씀이오나, 그런 조건으로는 혼담
이 성립될 수 없겠습니다.

리 어   그렇다면 포기하시오. 나를 만드신 제신들을 걸어 맹세하겠소만,
저 애의 소유물은 내가 말한 그대로요. (프랑스 왕에게) 국왕이여, 나
는 귀하가 나에게 베푼 그동안의 호의를 배반할 수 없소. 따라서

내가 미워하는 딸과 결혼해주십사고 청할 수가 없구려. 그러니 인정머리라곤 하나도 없는 창피스러운 우리 딸애와 결혼하기보다는 더 가치 있는 여자를 사랑하는 것이 더 보람된 일임을 말씀드리고 싶구려.

프랑스 왕 참으로 해괴한 일이군요. 지금까지 폐하에게 있어 최고의 존재였고 찬양의 대상이었으며 노령의 위로였던, 착하고 사랑스러운 공주님이 순식간에 엄청난 죄를 범하여 애호의 옷자락을 열 겹, 스무 겹 찢기어 빼앗기다니, 그 죄목이 심상치 않은 것만은 확실합니다. 그렇지 않으면 폐하께서 지금까지 보여주신 애정은 허물투성이라는 얘기가 될 테니까요. 공주께서 큰 죄를 범했다는 말씀은 기적 없이는 도저히 믿을 수 없는 일입니다.

코델리아 폐하, 부탁입니다. 저는 마음에 없는 소리를 혀끝으로 놀리지 못합니다. 제 결점은 바로 그것이죠. 저는 일단 마음먹은 것은 말하기 전에 먼저 실천하는 성격입니다. 제가 아버님의 총애를 잃은 까닭이 나쁜 결점이나 살인, 불미스러운 행실, 부정하고 불명예스러운 행동에 있는 것이 아니라, 실은 갖고 있지 않을수록 훌륭한 것, 즉 애걸하는 눈짓과 또 제가 갖고 있지 않아서 다행인 그런 혓바닥, 바로 그런 허울 좋은 언변을 지니고 있지 않기 때문이라는 것을 한 말씀 첨가해주십시오.

리 어 마음에 들고 안 들고는 차후의 문제다. 너 같은 것은 태어나지도 말았어야 했어.

프랑스 왕 그뿐입니까? 마음속에 하고픈 얘길 그대로 간직해두고 만 것, 그것뿐입니까? 그럼 버건디 공, 이 공주님을 어떻게 생각하시오? 핵심에서 벗어나 타산적으로 흐르는 사랑은 사랑이 아니오. 그녀와 결혼하시겠소? 그녀의 지참금은 오직 그녀 자신뿐인데요.

버건디 (리어 왕에게) 폐하, 당초에 제의하신 것만이라도 주십시오. 그러면 코델리아 공주를 버건디 공작부인으로 삼겠습니다.

리 어 아무것도 줄 수 없소. 나는 맹세했소. 결심은 이미 굳었소.

버건디 (코델리아에게) 매우 죄송합니다. 부왕을 잃다 보니 남편까지 잃게 되었군요.

코델리아 버건디 공은 입을 다무세요! 재산을 탐내어 사랑을 하는 사람에게는 시집가기 싫습니다.

프랑스 왕 코델리아 공주님, 아주 훌륭하십니다. 당신은 가난하므로 가장 풍성하시고, 버림을 받았으므로 가장 소중하며, 경멸을 당했으므로 더욱 사랑스럽습니다. 당신과 당신의 미덕을 이 손으로 꼭 붙잡겠습니다. 버려진 것을 주웠는데 누가 감히 뭐라 하겠습니까! 실로 이상한 일입니다만, 사람들이 냉담하게 돌보지 않는 코델리아에게 저의 사랑은 불꽃이 되어 타오르고 있습니다. 리어 왕이시여, 지참금도 없이 내동댕이쳐진 당신의 따님, 코델리아 공주를 이제부터 우리나라 국민 전체의, 프랑스의 왕비로 삼겠습니다. 둘러대기 잘하는 버건디 공작 같은 이들이 아무리 많이 몰려와도 값으로 따질 수 없을 만큼 귀한 코델리아 공주님을 제게서 사갈 수는 없을 것입니다. 코델리아, 저분들은 불친절한 사람들이지만 작별 인사만은 하시구려. 이곳을 잃은 대신 더 좋은 곳을 발견하게 될 것이오.

리 어 프랑스 왕이여, 그 애는 당신 것이오. 당신 것으로 삼으시오. 나는 그런 딸은 필요 없을뿐더러 그 애의 얼굴도 두 번 다시 보지 않을 것이오. 그러니 가주시오. 우아하고 사랑에 넘친 축복의 말도 줄 수 없소. 자, 버건디 공, 갑시다. (나팔 소리. 리어 왕, 버건디, 콘월, 알바니, 글로스터, 시종들 퇴장)

프랑스 왕 언니들에게 작별 인사를 하시오.

코델리아   아버님의 보석인 두 언니들, 코델리아는 눈물을 흘리며 작별합니다. 언니들의 사람됨은 누구보다도 제가 잘 알고 있습니다. 동생으로서 언니들의 결점을 낱낱이 든다는 것은 괴로운 일입니다. 아버님께는 부디 효도를 다하여주십시오. 말로써 다짐하고 있는 언니들의 효성에 아버님을 맡기겠습니다. 만약 제가 아버님 눈밖에만 나지 않았어도 아버님을 더 좋을 곳으로 모실 수 있었을 텐데. 언니들, 안녕히 계십시오.

리 건   우리가 할 일은 누누이 들어서 다시 설명할 것도 없다.

고네릴   남편을 기쁘게 해드리는 데나 힘써라. 너는 그분의 자선 행위 덕에 구제되었어. 너에게 부족한 것은 복종이야. 네가 당하고 있는 이 곤경도 지극히 당연한 결과지 뭐니.

코델리아   때가 되면 술책을 부린 위선도 천하에 폭로될 것입니다. 악을 숨기고 있는 자도 언젠가는 창피를 당하게 될 거고요. 안녕히들 계세요.

프랑스 왕   자, 갑시다, 코델리아 공주. (프랑스 왕과 함께 코델리아 퇴장)

고네릴   얘야, 우리 둘에게 직접 관계된 여러 가지 해둘 얘기가 있다. 아버님은 오늘 밤 이곳으로 돌아오시지 않을 거야.

리 건   틀림없이 그렇겠죠. 먼저 언니한테 가실 거예요. 다음에는 우리 집 차례고요.

고네릴   나이 탓으로 망령이 심하셔서. 우리가 본 것만 해도 한두 가지가 아니잖아. 아버님은 언제나 막내 동생을 사랑하셨는데, 그렇게 막무가내로 내쫓으시다니 너무하셨어.

리 건   나이가 드셔서 머리가 흐려지신 게지. 당신 자신에 관한 것은 별로 알지 못하고 계셔.

고네릴   정신이 온전했을 때에도 성미는 급하셨어. 이제 나이를 잡숫다 보니, 오랜 세월 동안 몸에 밴 고약한 버릇들뿐만 아니라, 노년의 허약증으로 성미를 부리는 걷잡을 수 없는 망령까지 우리들 몫이 된 셈이지.

리 건 켄트 백작을 추방할 정도의 심술궂은 망령이 우리에게도 벼락처럼 닥쳐올 테죠.

고네릴 프랑스 왕과 아버님의 작별 인사가 아직 끝나지 않았을 거야. 무슨 일이 있어도 너와 나는 한마음 한뜻으로 단짝이 되어야겠다. 만약 아버님께서 지금과 같은 망령 들린 태도로 위세를 부리신다면 이번에 유산으로 주신 영토도 거북살스러워질 게다.

리 건 그 점에 대해선 더 생각해보자구요.

고네릴 무슨 수를 쓰긴 써야겠어. 그것도 빨리 말야. (퇴장)

제2장 글로스터 백작의 성

에드먼드, 편지를 들고 등장.

에드먼드 그대 자연이여, 나의 여신이여, 그대의 법칙에 나는 복종하고 있다. 무엇 때문에 내가 습관의 희생이 되고 세상의 시끄러운 잡소리에 굴복하며 권리를 빼앗기지 않으면 안 되는가. 일 년 남짓 내가 형님보다 늦게 태어난 까닭이냐? 어째서 내가 사생아란 말이냐? 어째서 내가 천하단 말이냐? 나도 몸에 균형이 잡혀 있고, 마음씨도 관대하고, 모습 또한 정실 부인의 아들처럼 아버지를 꼭 닮고 있다. 어째서 세상 사람들은 우리들에게 낙인을 찍느냐! 천하다고? 야비하다고? 사생아라고? 천하다고? 천해? 무감각하고 넌덜

머리 나는 지긋지긋한 잠자리 속에서 자는지 깼는지 모르는 사이에 생긴 이 세상 바보 천지들과는 달리, 남의 눈을 속여가며 즐기는 야성적 즐거움 속에서 생겨난 우리가 더 많은 생명력과 기운찬 활력을 이어받았을 게 아닌가. 좋아, 정실 자식 에드거야, 네 영토를 내가 먹어주마. 아버님의 애정도 사생아인 에드먼드나 정실 자식 에드거에 대해서나 별 차이가 없다. '정실'이라는 말은 훌륭한 단어지! 좋아, 나의 '정실' 형님, 만약 이 편지가 잘 가서 내 계획이 성공하면 사생아 에드먼드는 정실 형님을 누르게 되는 것이다. 나는 커진다. 나는 출세한다. 아, 하늘에 계신 제신들이여, 사생아들의 편을 들어주소서.

글로스터 등장.

글로스터 켄트가 그렇게 추방되었구나! 프랑스 왕은 화가 치밀어 떠났고! 폐하께서는 오늘 밤 출발하셨네! 왕권을 이양하시고 부양받으며 여생을 보내신다나! 그런데 이 모든 일이 순식간에 일어난 일이라니! (에드먼드가 옆에 있는 것을 눈치채고) 아니, 에드먼드! 무슨 일이라도 있는 거냐?

에드먼드 (편지를 숨기면서) 아니올시다. 아무것도 아닙니다.

글로스터 어째서 편지를 숨기느냐?

에드먼드 아무 일도 아닙니다.

글로스터 뭣을 읽고 있었느냐?

에드먼드 아무것도 읽지 않았습니다.

글로스터 안 읽었어? 그렇다면 그렇게 깜짝 놀라 편지를 주머니 속에 넣을 필요가 없잖느냐? 아무것도 아니라면, 황급히 감출 이유가 없을 것이다. 어디 보자, 아무것도 아니라면, 안경도 필요 없을 것이다.

에드먼드 부탁입니다, 용서하십시오. 이 편지는 형님한테서 온 것입니다. 아직 다 읽어보지 않았습니다. 제가 대강 훑어본 바로는 읽지 않으시는 편이 나을 듯합니다.

글로스터 편지를 보여달라.

에드먼드 보여드리나 안 보여드리나 기분이 상하시는 것은 매한가지일 겁니다. 아직 잘은 모르겠지만 내용은 지독히 좋지 않습니다.

글로스터 그 편지를 보여달라.

에드먼드 형님을 변호하기 위해서 한 말씀 드린다면, 이 편지는 형님이 저의 효심을 시험하고 떠보기 위해 쓴 것인 듯합니다.

글로스터 (읽는다)

노인을 존경해야 한다는 세상의 관습으로 인하여 인생의 꽃인 우리 청춘은 괴롭고 고달프다. 우리가 재산을 양도받을 때쯤이면 이미 늙은 합죽이가 되어 있어 우리는 인생을 마음껏 즐길 수 없을 것이다. 노인이 폭력을 휘두르는 것은, 그들에게 실력이 있어서가 아니라 우리가 그들에게 복종하기 때문인데, 나는 노인의 독선적 압력이 부질없고 어리석은 속박인 것을 통감하기 시작했다. 이 문제에 대해서 더 얘기를 나누고 싶으니, 이곳으로 와다오. 만약 아버님께서 내가 깨울 때까지 푹 잠이 들어 계신다면, 너는 아버님의 수입의 반을 영원히 차지할 수 있을 뿐 아니라 형 에드거의 사랑을 받으며 살아갈 수 있을 것이다.

에드거로부터

으음, 음모로구나. '만약 아버님께서 내가 깨울 때까지 푹 잠이 들어 계신다면, 너는 아버님의 수입의 반을 영원히 차지할 수 있을

뿐 아니라……'

에드먼드　누가 들고 온 것이 아닙니다. 참 희한한 일도 다 있지요, 제 방의 창문 앞에 던져져 있었습니다.

글로스터　네 형의 필체가 확실하냐?

에드먼드　편지 내용이 좋다면 형님 필체겠습니다만, 그렇지 않으니 형님의 필체라고 생각하고 싶지 않습니다.

글로스터　네 형의 글씨다.

에드먼드　형님의 필체이긴 합니다만, 이 내용에 진심이 스며 있는 것은 아닐 겁니다.

글로스터　전에 이런 일로 네 마음을 떠본 일은 없었느냐?

에드먼드　없었습니다. 하지만, 간혹 형님이 ─ 아들이 훌륭히 성장하고 부친이 노쇠하면, 부친은 아들의 신세를 지고 아들은 부친의 수입을 처리하는 것이 온당한 일이라고 말하는 것을 들은 적은 있습니다.

글로스터　지독한 놈이다, 지독한 놈! 이 편지도 바로 그 얘기나 다름없잖느냐! 가증스러운 놈! 부친의 정도 모르는, 흉악한 짐승 같은 악당 놈! 짐승만도 못한 놈! 가서 그놈을 찾아오너라. 그놈을 잡아야겠다. 지독한 놈! 그놈이 어디 있느냐?

에드먼드　잘 모르겠습니다. 하지만 형님에 대한 노여움을 잠시 거두시고, 음모의 증거를 본인으로부터 직접 들으실 때까지 기다리시는 것이 상책인 듯싶습니다. 반대로, 형님의 진의를 잘못 파악하여 난폭한 행동을 하신다면, 아버님의 명예를 더럽힐 뿐만 아니라 형님의 효심까지 산산조각으로 찢어놓게 되고 말 것입니다. 형님이 이것을 쓰신 것은 아버님에 대한 저의 애정을 시험하기 위함이었지, 달리 어떤 위험한 의도가 있었던 것은 아닐 것입니다.

글로스터　그렇게 생각하느냐?

에드먼드　만약 아버님께서 동의하신다면, 저희 형제가 이 문제에 대하여 서로 얘기할 장소로 아버님을 안내해드리겠습니다. 그곳에서 주고받는 저희들 얘기를 직접 들으시고 그 진상을 확인하신 다음 만족을 얻으십시오. 더 지체할 필요도 없이, 오늘 밤 가보도록 하시죠.

글로스터　에드거가 그런 괴물 같은 놈은 아닐 텐데…….

에드먼드　물론이죠. 절대로 그럴 리 없습니다.

글로스터　……이토록 알뜰하게 몸 바쳐 사랑하는 아비에게! 하늘이여, 땅이여! 에드먼드, 찾아내라. 그놈의 속셈을 알아내어 나에게 좀 알려다오. 네 생각대로 일을 꾸며봐라. 내 신분을 희생해서라도 이 일만은 진상을 캐보련다.

에드먼드　곧 찾아보겠습니다. 수단 방법을 다하여 일을 진척시켜 진상을 알아내는 대로 아버님께 알려드리겠습니다.

글로스터　요즘에 있었던 일식과 월식이 모두 우리에게 불길한 징조였구나. 천지의 법칙을 아는 이는 이 현상에 대해 그 원인을 설명해주긴 하지만, 천지이변이 있은 뒤의 결과는 언제나 인심을 들뜨게 하는 법이다. 사랑은 식고 우정은 쇠퇴하며, 형제들은 서로 흩어지고 문안에서는 반란이 일어나고 시골에서는 서로 반목하며, 궁중에서는 모반이 발생하고, 부자간의 유대도 끊어진다. 의리 없는 내 아들 놈에게도 이 예언은 적중하고 있지 않느냐. 아들은 어버이에게 등을 돌리고, 왕은 자연의 정도를 벗어나고, 어버이는 아들과 반목하고, 이 세상 꼴이 말세로다. 음모·경박·반역·파멸의 근원인 온갖 소동들이 우리 뒤를 끈질기게 쫓아와서 우리를 무덤까지 몰아세운다. 에드먼드, 그 악한을 찾아내어라. 너에게는 해를 끼치지 않겠다. 조심해서 하라. 아, 그래서 진실하고 고결한 켄트가 추방되었구나! 다만 정직하다는 죄목 때문에! 심상치 않은 일이로다.

(글로스터 퇴장)

에드먼드 이 얼마나 어리석은 꼴이냐. 불행이 닥쳐올 때에는 대개 — 자업 자득인 경우가 많은데 — 자신의 재난을 태양이나 달이나 별의 탓 으로만 돌리다니. 마치 우리가 어쩔 수 없이 악당이 되고, 천체에 강요되어 바보가 되고, 어떤 특별한 별의 세력으로 악한이나 도둑 이나 반역자가 되고, 떠돌이별의 영향력에 억지로 복종하여 주정 뱅이, 거짓말쟁이, 간부(奸夫)가 되고, 신통력에 눌려 여러 불한당 이 생겨나는 것처럼. 음탕한 인간이 자신의 음탕한 성질을 별 탓으 로만 돌리니, 참 희한한 책임회피로다! 내 아버지와 어머니가 대룡 성(大龍星) 꼬리 밑에서 서로 좋아 지냈기 때문에 나는 대웅성(大熊 星) 아래에서 태어났고, 그래서 내 성격이 거칠고 음탕하다 이거지. 그러나 펑! 하고 이 사생아가 세상에 태어날 때 하늘에서 제일 밝 은 별이 빛나고 있었다 하더라도, 나는 여전히 오늘의 이 모양 이 꼴이 될 수밖에 없었을 것이다. 아, 에드거 형님이군.

　에드거 등장.

꼭 알맞은 때 와주었구나. 옛 희극의 결말 같다. 내 역할은 심한 우 울에 빠져 있는 일이다. 미친 거지마냥 계속 한숨만 푹푹 내쉬는 거다. 오, 일식과 월식이 일어나 이 같은 불화가 일어나는구나! 파, 솔, 라, 미.

에드거 어이, 에드먼드! 뭘 그렇게 상을 찌푸리고 심각하게 생각하고 있느 냐?

에드먼드 요즘의 일식, 월식에 연이어 또 어떤 일이 일어날 것인가 하는 예 언서를 얼마 전에 읽은 적이 있는데 형님, 그것을 생각하고 있었어 요.

에드거   너 그런 것에 정신이 팔려 있는 거냐?

에드먼드   거기 씌어 있는 예언의 결과가 영 심상치 않게 계속해서 일어나고 있어요. 자식과 부모 간의 불화, 변사, 기근, 오래된 우정의 절교, 나라 안의 분열, 국왕과 귀족에 대한 공갈, 모략, 중상, 근거 없는 의심, 친구의 추방, 군대 내의 반란, 부부의 이혼, 그 밖의 여러 가지 예가 그 조짐이긴 합니다만, 도무지 뭐가 뭔지를 알 수 없군요.

에드거   너 언제부터 그런 점성술 공부를 했느냐?

에드먼드   그건 그렇다 치고 형님께서 아버님을 가장 최근에 뵌 것이 언제입니까?

에드거   간밤이었지.

에드먼드   이야기를 나누셨나요?

에드거   그럼, 두 시간가량 함께 있었는걸.

에드먼드   기분 좋게 헤어지셨습니까? 아버님의 말씀이나 안색에 불쾌한 흔적은 없었나요?

에드거   전혀 없었다.

에드먼드   아버님의 비위를 거슬리게 한 일이 없었나 잘 생각해보세요. 부탁이니 시간이 지나서 불쾌감이 수그러질 때까지 아버님을 만나뵙지 않는 게 좋겠어요. 지금 머리끝까지 화가 치밀어 올라 계시기 때문에, 아버님께서 형님에게 아무리 지독한 위해를 가하신다 해도 그분의 분노는 사그러들 것 같지 않으니까요.

에드거   어떤 몹쓸 녀석이 내 욕을 지껄여댄 모양이군.

에드먼드   제 걱정이 바로 그것입니다. 아버님의 노여움이 가라앉을 때까지 잠시 꾹 참고 있는 거예요. 제가 시키는 대로 제 방에 들어가 계세요. 아버님께서 말씀하시는 것을 형님이 직접 들으실 수 있도록 해드리겠습니다. 자, 가십시다. 열쇠는 여기 있습니다. 그리고 외출하실 때에는 무기를 잊지 마세요.

에드거   무기를 갖고 다니라고?

에드먼드   형님, 진정으로 드리는 충고입니다만, 무장을 갖추고 외출하십시오. 솔직히 말씀드려서 형님에게 호의를 가진 사람은 한 사람도 없어요. 제가 보고 들은 것을 말하는 것뿐입니다. 하지만 막연한 윤곽만을 전했을 뿐 무서운 진상을 있는 그대로 다 말씀드릴 수는 없습니다. 자, 가십시다.

에드거   곧 소식을 전해주겠지?

에드먼드   이 문제의 해결을 위해 애써보겠습니다. (에드거 퇴장) 남을 잘 믿는 아버지, 그리고 고상한 성격의 형님은 천성적으로 남을 해칠 줄을 몰라 남을 의심할 줄도 모르지. 그 우직성 덕에 내 책략은 착착 순조롭게 진행될 거다! 이 일의 결말이 눈에 훤히 보이는구나. 혈통으로 영토를 얻지 못할 땐, 지혜를 짜서 얻어야 한다. 내가 제대로 꾸미기만 하면, 만사 어긋나는 일은 없을 것이다. (에드먼드 퇴장)

제3장 알바니 공작 저택의 어느 방

고네릴과 그녀의 집사 오즈월드 등장.

고네릴   바보광대를 나무랐다고 해서 아버지가 우리 기사를 때리셨단 말이오?

오즈월드   그렇습니다.

고네릴   밤낮으로 나를 괴롭히시는군. 매시간마다 이래저래 몹쓸 짓만 저지르시는 바람에 온 집안이 싸움판 되었네. 더 이상 참을 수 없어. 어버님의 수행 기사들은 점점 난폭해지고, 아버님은 아무것도 아닌 일로 우리들을 야단만 치신단 말야. 사냥에서 돌아오셔도 인사도 안 드릴 작정이니, 내가 아파서 앓고 있다고 전해요. 그전처럼 시중드느라 부지런 떨지 않아도 좋아요. 성의가 없다고 누가 뭐라 하면 그 책임은 내가 질 테니.

오즈월드   지금 오시는 모양입니다. 소리가 들리는데요. (안에서 뿔나팔 소리)

고네릴   멋대로 게으름을 피우면서, 진력이 나 못 견디는 척해. 당신과 당신 동료들이 왜 모두 그 모양 됐느냐고 물으시도록 유도하란 말이야. 싫으시면 동생한테나 가라고 하지. 그렇지만 동생이나 나나 짓눌린 채 살 수 없다는 생각이야. 일단 양도한 권력을 마음대로 휘두르겠다는 것은 망령도 이만저만이 아니지! 정말이지 늙은이들은 다시 어린애가 되는 것 같아. 비위 맞추는 일이 악용되고 있으니, 비위만 맞추지 말고 나무랄 땐 호된 맛을 보여드려야 해. 내 말을 잘 기억해둬요.

오즈월드   잘 알겠습니다.

고네릴   아버님의 기사들한테도 그전보다 쌀쌀한 태도를 취해요. 결과가 어떻게 되든 상관할 바 없어. 당신 동료들한테도 그렇게 전해요. 무슨 일이 일어나도 좋아. 아니, 일어나도록 해야지. 그것을 트집 잡아야 하고 싶은 말을 다 할 수 있거든. 동생에게는 곧 편지를 보내서 내 방침대로 일을 진행하도록 일러둬야겠어. 저녁식사를 준비하세요. (두 사람 퇴장)

제4장 같은 집의 큰 방

켄트 백작, 변장을 하고서 등장.

켄 트 여기다 목소리까지 바꾸어 내 말투를 감출 수만 있다면, 변장까지
해가며 이루려고 하는 내 뜻에 성과를 볼 수 있을 텐데. 아, 추방된
켄트여, 벌을 받으면서까지 그분에게 봉사하고자 하는 너의 마음
을 헤아려 언젠가는 네가 공경하는 그분도 네가 충실한 부하임을
알게 될 것이다.

뿔나팔 소리. 리어 왕, 많은 기사들과 시종들을 거느리고 등장.

리 어 잠시도 기다릴 수 없다. 자, 식사 준비를 하라. (시종 한 명 퇴장) 아니
너는 누구냐?

켄 트 그저 한 사나이올시다.

리 어 무엇을 하는 놈이냐? 내게 뭘 바라는 거냐?

켄 트 보시다시피 전 이 모양 이 꼴입니다만, 저를 믿어주시는 분에게는
성의를 다하여 봉사하지요. 정직한 분을 섬기고, 현명하고 말수가
적은 사람과 교제하며 하늘의 심판을 두려워하고, 부득이한 경우
에만 싸우는 진짜 애국자올시다.

리 어 도대체 너는 누구냐?

켄 트 아주 정직한 사람이지만, 국왕처럼 가난하지요.

리 어 자네가 신하의 몸으로 가난한 것이, 국왕으로서 가난한 것과 똑같
다면 자네는 정말 가난한 자로구나. 무슨 일로 왔는가?

켄 트 섬기고 싶습니다.

리 어 누구를?

켄 트 당신을 섬기고 싶습니다.

리 어 나를 아는가?

켄 트 모릅니다. 그러나 당신의 얼굴에는 주인어른이라고 부르고 싶은 그 무엇이 있습니다.

리 어 그것이 뭔가?

켄 트 위엄입니다.

리 어 어떤 일을 할 수 있느냐?

켄 트 충실하게 비밀을 지킬 수 있습니다. 말을 타고 뛰어다니며 심부름도 하죠. 복잡한 얘기는 한참 하다가 망쳐놓지만 간단한 얘기는 솔직하게 말할 줄 압니다. 보통 인간이 할 수 있는 일은 무엇이든 합니다. 뭐니 뭐니 해도 소인의 최대 장점은 부지런한 것입지요.

리 어 나이는 몇 살이냐?

켄 트 여자가 노래를 썩 잘 부른다고 해서 그 여자를 사랑할 만큼의 풋내기도 아니요, 무작정 여자에게 반할 만큼 나이 든 늙은이도 아닙니다. 마흔여덟 살이 지났지요.

리 어 따라오너라. 하인으로 써주마. 저녁식사 후에도 계속 내 마음에 들면, 너를 내 곁에 두겠다. 저녁식사를 가져와, 저녁식사를! 시종은 어디로 갔나? 광대는 어디 갔어? 너는 가서 내 광대를 불러오너라. (시종 한 명 퇴장)

　　오즈월드 등장.

여봐라, 자네, 내 딸은 어디 있느냐?

오즈월드 황송합니다만 ─ . (오즈월드 퇴장)

리 어 저 녀석이 지금 뭐라고 했지? 저 느림보를 이리 불러오너라. (기사 한 명 퇴장) 내 광대는 어디 있느냐? 온 세상이 잠든 것 같구나.

기사 다시 등장.

어떻게 됐느냐? 들개 같은 놈은 어디로 갔어?

기 사 그 녀석 말로는 공작부인께서 몸이 불편하시답니다.

리 어 내가 불렀는데 왜 그 녀석은 오지 않느냐?

기 사 가고 싶지 않다고 퉁명스럽게 대꾸하더군요.

리 어 오고 싶지 않다고?

기 사 속사정을 확실히는 알 수 없습니다만 겉으로 보아서는 그전 같지가 않습니다. 애정이 담뿍 깃들인 예의 바른 태도로 폐하를 대하는 것 같지가 않습니다. 친절함이 눈에 띌 정도로 약해졌습니다. 공작님 댁의 하인들, 공작 자신 그리고 어부인 등 모두가 말입니다.

리 어 아니, 무엇이 어째?

기 사 폐하, 제 생각이 틀렸으면 용서해주시기 바랍니다. 폐하께서 불경한 대우를 받으시는데 입을 다물고 가만히 있는 것은 제 도리가 아닌 줄 압니다.

리 어 네 말을 듣고 보니 그동안 나 혼자 생각하고 있던 것이 떠오르는구나. 나도 요즘 좀 무시당하고 있다는 느낌이 들었다. 그래도 저들이 불경한 마음을 품고 일부러 그러는 거라고는 생각지 않고, 오히려 나 자신이 너무 까다롭고 잔소리가 심해서 그런 줄만 알아 나 스스로를 삼가왔다. 좀 더 이 일을 조사해보자. 내 광대는 어디 있느냐? 이틀 동안이나 전혀 모습을 보이질 않으니.

기 사 막내 따님께서 프랑스로 가신 이후로 광대는 기운이 빠지고 풀이 죽어 있습니다.

리 어 그 얘기는 그만둬. 나도 그건 알고 있으니. (시종에게) 어서 가서 내 딸에게 내가 할 말이 있다고 일러라. (시종 한 명 퇴장) 너는 가서 내

광대를 불러오고. (또 다른 시종 퇴장)

　오즈월드 다시 등장.

여봐라, 이리 오너라. 넌 내가 누구라고 생각하느냐?

오즈월드　주인아씨의 아버님이시죠.

리 어　'주인아씨의 아버님'이라! 이 주인의 하인 놈, 천하의 막돼먹은 개자식! 노예! 개 같은 놈!

오즈월드　황송합니다만 저는 그런 놈이 아닙니다.

리 어　네놈이 나를 노려보는 거야, 이 나쁜 놈아! (오즈월드를 때린다)

오즈월드　저도 가만히 맞고만 있지는 않을 겁니다.

켄 트　(다리를 걸어 넘어뜨리며) 이 야비한 축구선수 같은 놈아, 이래도 안 넘어갈 테냐?

리 어　고맙다, 나를 도와주었구나. 네 신세를 잊지 않겠다.

켄 트　(오즈월드에게) 이 자식 일어낫! 꺼져버렷! 네놈에게 상하의 구별을 따끔하게 가르쳐주마. 썩 꺼져랏! 네 바보 등신 같은 몸뚱어리로 다시 한번 땅을 재고 싶거든 거기서 머뭇거려봐라. 그러나 꺼져버려! 네놈도 분별력이 있는 놈이냐? 그래? (오즈월드를 떠밀어 밖으로 내쫓는다)

리 어　자넨 참으로 친절한 사내로군. 고마우이. (돈을 조금 주며) 급료를 선불해주겠다.

　광대 등장.

광 대　저도 그 사람을 고용하고 싶어요. 여기 내 닭털모자가 있소. (켄트에게 모자를 준다)

리 어　아니, 이 녀석! 어찌 된 셈이냐?

광 대 이 모자를 받는 것이 좋을 겝니다.

켄 트 어째서?

광 대 왜냐구? 인기가 없어진 사람의 편을 드니까 그렇지. 바람 부는 대로 웃지 않으면 곧 감기에 걸리고 말아. 자, 이 닭털모자를 받아라. (리어 쪽을 향하여) 아니, 이 사람은 두 딸을 쫓아내고 셋째 딸에게는 마음에도 없는 축복을 주었어. 이 사람을 뒤따르려면 닭털모자를 쓰지 않으면 안 돼. (리어에게) 그런데, 아저씨! 나에게 닭털모자가 둘 있다면 얼마나 좋을까요?

리 어 어째서?

광 대 재산을 딸들에게 몽땅 주더라도 닭털모자 하나만은 내 것으로 가질 수 있으니까요. 이것이 제 것입니다만, 하나 갖고 싶으시다면 따님에게 조르세요.

리 어 정신 차려라, 얻어맞기 전에.

광 대 충실한 개는 매질 당하여 개집 속으로 쫓겨나고 '마님'이라는 사냥개는 화덕 가에 냄새를 풍기고 있지요.

리 어 성가시고 뻔뻔스러운 놈이로구나!

광 대 (켄트에게) 어이, 네게 연설을 가르쳐주지.

리 어 그래라.

광 대 잘 들어보세요, 아저씨.
가진 것을 다 보이지 말고
아는 것을 다 말하지 마라.
가진 것 이상으로 꾸어주지 말고
뚜벅뚜벅 걷지 말고 말을 타거라.
알고 있는 것보다 더 많이 배우고
내기 건 이상 바라지 말고

술과 계집 다 버리고

집에 들어앉으면

열 개의 두 배가 스물보다 더 많으리.

켄 트 말도 안 되는 소리 작작해라, 이 바보야.

광 대 그렇다면 무료 변호사의 변론 같겠구면. 내게 아무런 대가도 주지 않았으니까. (리어에게) 아저씨, 쓸데없는 것은 아무 데도 못 씁니까?

리 어 못 쓰고말고. 소용없는 것에서는 아무것도 생기지 않는 법이니까.

광 대 (켄트에게) 제발 저분에게 '당신의 소작료도 꼭 그 꼴이 되었소' 라고 말해줘. 바보광대의 말은 도무지 믿지 않으시니까요.

리 어 입 버릇 나쁜 바보광대 같으니라고!

광 대 입버릇 나쁜 광대와 입버릇 좋은 광대의 차이를 당신은 아시나요?

리 어 모르겠다, 말해봐라.

광 대 땅을 양도하라고

권고한 그 양반을

데리고 와서

당신이 그자의 역할을 대신하세요.

입버릇 나쁜 바보광대와

입버릇 좋은 바보광대가

곧 드러나리라.

아롱무늬 옷을 입은

사람은 여기 있고

또 한 사람은 저쪽에 있어요.

리 어 이놈아, 나를 바보 취급하는 거냐?

광 대 글쎄요, 태어날 때 받은 모든 직함은 몽땅 양도하셨으니까요.

켄 트 이놈은 완전한 바보가 아닙니다.

광 대 사실 그래요. 양반님네들이나 저명인사들은 내가 혼자서 바보 노릇 하는 것을 내버려두질 않습니다. 혼자서 바보광대의 전매특허를 가지려고 하면, 그 양반들도 한몫 끼겠다고 야단들이죠. 부인네들도 마찬가지예요. 그러니 혼자서 바보광대짓을 하도록 내버려두질 않는단 말씀이에요. 바보짓을 빼앗아 가려고들 하죠. 아저씨, 계란 하나만 주세요. 그러면 두 개의 관(冠)을 줄게요.

리 어 두 개의 관이라니?

광 대 네, 그 관은요 — 달걀 한가운데를 두 토막 내어 가운데 노른자위를 먹어치우면 달걀 관이 두 개 생기죠. 당신은 관을 두 토막 내어 그것을 남에게 다 줘버리고 나서, 당나귀를 둘러메고 진흙 길을 걸어갔죠. 황금의 관을 양도했을 때 당신 대머리 골통 속에는 남은 지혜가 별로 없었지요. 말이 바보 같더라도, 누구든 맨 먼저 이 사실을 안 사람은 매를 맞아야 해. (노래한다)

금년은 바보가 손해 보는 해.
지혜 있는 사람이 바보가 되어
지혜를 쓰는 법도 잊어버려서
그들의 태도가 이상해졌네.

리 어 언제 그런 노래를 배웠느냐?

광 대 아저씨가 딸들에게 어미 노릇을 시켰을 때부터 나는 노래를 배웠죠. 그때 당신은 딸들에게 회초리를 주고, 바지를 걷어 올렸으니까

요. (노래한다)

별안간 그들은 기뻐서 울고
나는 별안간 슬퍼서 노래했네.
술래잡기 놀이를 하는 임금님.
바보들 사이에 끼여 지내네.

아저씨, 선생님을 두어 바보광대에게 거짓말을 가르치세요. 거짓
말을 배우고 싶어요.

리 어 거짓말을 하면 회초리로 매질하겠다.

광 대 당신과 당신 따님은 참 이상한 족속들입니다. 딸들은 내가 참말을
한다고 매질을 하죠, 당신은 또 거짓말한다고 매질한다죠. 게다가
나는 입을 꼭 다물고 있다고 해서 매질 당하는 경우도 있어요. 정
말 바보광대는 되고 싶지 않아. 그렇지만 아저씨처럼 되는 것도 싫
어. 아저씨는 지혜의 껍질을 양쪽 끝에서 벗겨버린 탓에 가운데에
는 아무것도 남은 것이 없어요. 보시라니깐요, 저기 껍데기 하나가
오고 있잖아요.

　　고네릴 등장.

리 어 어찌 된 일이냐, 얼굴을 그렇게 찌푸리고 있으니! 요즘엔 계속 이
맛살을 찌푸리고 있구나.

광 대 딸이 이맛살을 찌푸리는 일에 신경 쓸 필요가 없었을 때 당신은 상
팔자였죠. 지금 당신의 몰골은 숫자 없는 영(零)의 신세예요. (고네릴
에게) 당신은 아무 말씀 안 하셔도 난 당신의 안색만으로도 금세 알
아차릴 수 있죠. 음, 음.

만사에 지쳐서
빵 껍질과 빵 고물은 싫다 하는 사람도
먹지 않고는 못 견디리.
(리어를 가리키며) 저 작자는 알맹이 빠진 콩껍데기야.

고네릴 아버님, 아무 짓이나 닥치는 대로 해대는 이 바보광대뿐만 아니라 오만불손한 아버님의 수행기사들까지도 틈만 나면 구실을 만들어 싸우기 일쑤라 망측하여 견딜 수가 없습니다. 그래서 아버님께 이 말씀을 드려 이 같은 폐습에 결말을 지어볼 생각으로 있었습니다만, 아버님의 최근의 언행을 보니 이 같은 난폭한 행동들을 오히려 원조하고 장려하는 듯하여 그저 두려울 뿐입니다. 만일에 아버님이 장려하시는 일이라면, 이 같은 과실에 대한 뭇사람들의 비난을 피할 수 없을 것이며, 저희들로서는 이 일을 그냥 모른 척 지나칠 수 없습니다. 나라 안의 생활을 건전하게 하고 싶은 간절한 소망으로 취하는 이 수단이 어쩌면 아버님의 기분을 상하게 해드릴지도 모릅니다. 기분이 상하시더라도, 다른 경우라면 저에게 욕이 되는 일이 되겠습니다만 이번만은 어쩔 수 없는 일로서, 남들도 저희들의 처사를 당연한 것으로 인정해줄 것입니다.

광 대 아저씨는 이 노랠 알고 계시죠.

바위종다리가 오랫동안
뻐꾸기를 먹여주었더니
그 새끼가 바위종다리의 목을
잘라버렸네.

그래서 촛불이 꺼지자, 우리들은 어둠 속에 남게 되었죠.

리 어 네가 내 딸이냐?

고네릴 아버님께서는 지혜가 많으신 줄 압니다. 그 지혜를 활용하세요. 요즘 정도를 벗어나 옆길로 새고 있는 그 망령기를 버려주세요.

광 대 수레가 말을 끈다고 해서 당나귄들 모르겠어요? 아! 나는 반했어요.

리 어 여기 있는 자들아, 너희들 가운데 나를 아는 자가 있느냐? 여기 있는 이 사람은 리어가 아니다. 리어가 이렇게 걷더냐? 이렇게 말을 하더냐? 리어의 눈이 어디 있느냐? 그의 생각이 둔해졌거나 판단력이 잠자고 있거나 둘 중의 하나다. 아! 이게 생시인가? 그렇지 않다. 내가 누구인지 말해줄 사람 없느냐?

광 대 리어의 그림자죠.

리 어 그걸 알고 싶은 거다. 내가 국왕이었으며, 지력도 이성도 있었다는 표지가 있는 한 나에게 딸들이 있었다고 잘못 판단하기도 쉬운 일이기 때문이다.

광 대 딸들이 당신을 온순한 아버지로 만들 작정이래요.

리 어 귀부인, 당신의 이름은 무엇인가요?

고네릴 그렇게 놀라신 척하는 것도 아버님이 요즘 자주 나타내시는 망령과 같은 성질의 것입니다. 저의 의도를 올바로 이해해주세요. 아버님께서는 늙고 존경받아야 할 몸, 현명하셔야 합니다. 아버님께서는 백 명의 기사와 시종들을 거느리고 계십니다. 실로 그 기사들은 난폭하고 방탕하며 무례한 자들이죠. 이 저택이 그들의 나쁜 행동에 물들어 난잡한 하숙집처럼 보일 뿐만 아니라, 주색에 물든 사람들 때문에 이 훌륭한 저택은 술집이나 창녀들의 집처럼 되고 말았습니다. 이 같은 불명예를 생각해서 곧 시정하시는 것이 좋을 듯합니다. 아버님의 수행원들의 수를 약간 줄여주십시오. 줄여주지 않으시겠다면 저희들 마음대로 줄여버리겠습니다. 그리고 나머지 시종들도 아버님 노령에 적합한 자들이 되어야 하고, 아버님의 처지와 자기 자신의 신분을 잘 알고 있는 자라야 하겠습니다.

리 어 캄캄한 지옥의 악마 같은 년! 말에 안장을 달아라. 시종들을 불러 모아라. 썩어 문드러진 사생아 같으니라구! 더 이상 네 신세를 지지 않겠다. 내게는 또 하나의 딸이 있다.

고네릴 아버님은 저희 집 사람들을 때리고, 난폭한 저 기사들을 자기 상전들을 하인처럼 대하고 있어요.

　　　알바니 등장.

리 어 후회는 빠를수록 좋다. (알바니에게) 아, 자네 왔군. 이것이 자네의 뜻이었는가? 말해보게나. (시종에게) 내 말을 준비하라. 배은망덕한 놈. 화석처럼 차디찬 악마여, 네가 내 친자식의 모습으로 나타날 때엔 바다의 괴물보다 더 무섭구나!

알바니 제발 참으십시오.

리 어 (고네릴에게) 흉악한 년! 거짓말쟁이! 내 시종들은 고르고 고른 우수한 자질의 기사들이다. 자기들의 의무에 대해서 세세한 점에 이르기까지 낱낱이 알고 있고, 자신들의 평판이 떨어지지 않도록 애쓰는 자들이다. 오, 지극히 작은 허물이여, 어찌하여 그 결점이 코델리아 속에서는 추악하게 보였느냐! 그 작은 결함이 고문 도구처럼 나의 타고난 천성을 정당한 위치에서 비틀어대고, 내 마음으로부터 인간의 정을 뽑아낸 후 가혹한 마음만을 덧붙였구나. 오, 리어, 리어, 리어여! 어리석음을 불러들이고, 소중한 판단력을 몰아낸 이 문을 때려 부숴라! (자신의 머리를 때린다) 자, 가자, 시종들이여.

알바니 제게는 죄가 없습니다. 무엇 때문에 화가 나셨는지 통 모르겠군요.

리 어 그럴지도 모르지. 들어라, 자연이여! 들어라, 자연의 신이여! 이년의 몸에 자손을 허락하려는 뜻이 있다면 그 행동을 중지하여라! 저년의 뱃속에 아기를 갖지 못하도록 만들어라! 저년에게 자손 번영의 길을 끊고, 저년의 타락한 육체에서 저년을 명예롭게 해줄 아이를 낳지 못하게 하라! 만약 아이를 낳게 될 경우에는 증오의 씨앗으로 낳게 하여 그 자식이 살아서 저년에게 가혹한 불효의 아픔을 주게 하라! 그 패륜아 때문에 젊은 이마에 주름이 잡히도록 해주고, 두 뺨에 흐르는 눈물로 골창이 패고 어머니로서의 모든 수고와 사랑이 조소와 멸시를 받도록 하라. 그리하여 은혜를 모르는 자식을 두는 것은 독사의 이빨에 물리는 것보다 더 고통스럽다는 것을 저년이 깨닫도록 해다오. 가자, 가자! (퇴장)

알바니 오, 찬양하옵는 제신들이여, 어째서 일이 이렇게 되었습니까?

고네릴 원인 같은 것은 알려고 애쓰실 필요 없어요. 기분 내키는 대로 멋대로 성미를 부리시라고 하세요.

   리어 다시 등장.

리 어 이게 무슨 짓이냐! 보름도 채 안 되어 시종을 한꺼번에 오십 명씩이나 줄이다니!

알바니 무슨 일이십니까?

리 어 말해주지. (고네릴에게) 흉측하고 부끄러운 일이다. 대장부인 내가 너 때문에 몸을 떨고, 너 때문에 뜨거운 눈물을 하염없이 흘려야 하다니! 너 같은 년은 폭풍과 안개 속에 버려져야 한다. 부친의 저주가 깊은 상처가 되어 너의 모든 감각을 꿰뚫어라! 늙은 눈이여, 어리석은 눈이여, 이런 일로 두 번 다시 눈물을 흘리는 날에는 네 눈동자를 도려내어 네가 헛되이 흘리는 그 눈물과 함께 내던져 지면을 적셔 주겠다. 아, 결국 이런 꼴이 되고 말았는가! 걱정할 건 없다. 내게는 딸이 또 하나 있으니까. 그 애는 틀림없이 나를 친절하게 위로해줄 것이다. 그 애가 네가 한 짓을 들으면 손톱으로 이리 같은 네 얼굴의 껍데기를 벗겨놓으려고 들 것이다. 나는 원래의 내 모습으로 돌아갈 것이다. 너는 내가 그 원래의 모습을 영원히 내동댕이쳤다고 생각했겠지. 어디 두고 보자. (리어 퇴장. 켄트와 시종들, 그의 뒤를 따른다)

고네릴 글쎄, 좀 보시라니까요.

알바니 당신에 대한 내 사랑은 깊소만 그렇다고 해서 당신 편만 들 수는 없소.

고네릴 제발 가만히 좀 계세요. 이봐요, 오즈월드! (바보광대에게) 바보라기보다는 악당에 가까운 이것아, 주인 뒤를 따라가야지.

광 대 리어 아저씨, 리어 아저씨, 기다리세요. 바보광대를 데려가 줘요.

여우 한 마리 잡는다면은
그런 딸을 잡는다면은
도살장행은 정해진 이치.
그러나 이 모자를 팔아
목매는 밧줄을 살 수 있다면은
바보광대는 뒤를 쫓아가야죠. (퇴장)

고네릴 아버님한테는 좋은 충고를 드렸어요. 무장된 기사가 백 명이라니! 기사를 백 명씩이나 대령시켜놓는다는 것은 아주 정치적이고 안전한 방책이죠. 그래요, 어떤 꿈을 꾸든, 어떤 소문·불평·불화가 생기더라도 그 무력을 빌려다가 망령든 노인을 감싸고 우리들의 생활을 마음대로 위협하자는 거죠. 오즈월드, 거기 있어요. 좀 봅시다!

알바니 당신은 지나치게 겁먹고 있는 듯하오.

고네릴 밑도 끝도 없이 믿는 것보다는 안전하죠. 걱정스러운 위험물을 제거하는 것이 늘 겁에 질려 벌벌 떨고 있는 것보다 낫습니다. 아버님의 속마음은 내가 알고 있어요. 내가 아버님이 하신 말씀을 편지에 썼어요. 내가 그 부당성을 설명했는데도 동생이 그 노인과 부하 백 명을 부양한다면······.

오즈월드 다시 등장.

어떻게 되었어요, 오즈월드? 동생에게 보낼 편지는 다 썼어요?

오즈월드 네, 다 썼습니다.

고네릴 수행원을 몇 명 거느리고 곧 말을 타고 출발하세요. 내가 특히 걱정하고 있는 점을 전한 다음, 그 얘기를 강조하기 위해서라면 당신 자신의 의견을 첨부해도 좋아요. 자, 곧 출발해요. 오는 길도 서두르세요. (오즈월드 퇴장) 안 돼요, 안 돼. 당신의 그 젖비린내 나는 온건한 태도를 비난하고 싶지는 않아요. 당신은 나를 책망하실는지도 모르지만, 당신의 친절은 오히려 폐단이 많고 너무 지나쳐 당신을 칭찬하기보다는 바보스럽다고 비웃는 사람이 많아요.

알바니 당신의 눈이 사태를 얼마나 꿰뚫어 보고 있는지는 몰라도, 잘하려다가 일을 망친 적이 한두 번이 아니었잖소.

고네릴 그렇다면······.

알바니 좋소, 좋아. 결과를 기다려봅시다. (두 사람 퇴장)

제5장 같은 저택의 앞뜰

리어, 켄트, 광대 등장.

리 어 너는 이 편지를 갖고 글로스터 백작한테로 가거라. 딸애가 그 편지를 읽고 묻는 것 이외의 것에 대해서는 알고 있어도 모른 척하라. 부지런히 가지 않으면 내가 먼저 닿을지도 모른다.

켄 트 친서를 전달하기 전까지는 잠도 자지 않겠습니다. (퇴장)

광 대 사람의 두뇌가 발뒤꿈치에 붙어 있다면, 터져 피날 위험이 있지 않을까?

리 어 그렇겠구나.

광 대 그렇다면 제발 안심하세요. 당신의 알량한 지혜는 발뒤꿈치에 없으니 헐렁한 슬리퍼를 신어 보호하지 않아도 좋을 테니까요.

리 어 하, 하, 핫!

광 대 또 다른 따님은 당신을 천성대로 대할 터이니 두고 보십시오. 왜냐하면 두 따님은 능금과 사과처럼 꼭 닮았으니 제가 알 수 있는 것은 알고 있으니까요.

리 어 예끼, 이 녀석! 무엇을 알고 있단 말이냐?

광 대 두 딸은 한 뱃속이죠. 맛이 같아요. 사과는 다 같은 맛이에요. 왜 사람의 코가 얼굴 한가운데 있는지 알아요?

리 어 모르겠는데.

광 대 코 양쪽에 눈을 붙여두어 코로 냄새를 맡을 수 없는 건 눈으로 볼 수 있게 하기 위해서죠.

리 어 (코델리아를 생각하며 독백) 그 애한테는 내가 잘못했어.

광 대 굴이 어떻게 제 껍데기를 만드는지 아세요?

리 어	몰라.
광 대	저도 몰라요. 그러나 달팽이가 왜 집을 갖고 있는지는 알고 있죠.
리 어	왜 그런데?
광 대	왜냐면 제 머리를 쑤셔 박기 위해서죠. 그래서 딸들에게 주지 않고 제 뿔을 감출 껍데기를 남겨두는 거죠.
리 어	나는 아비로서의 본성을 잊을 테다. 나도 한땐 친절한 아버지였어! 말 준비는 다 됐느냐?
광 대	당나귀 같은 바보 하인들이 준비하러 갔어요. 북두칠성은 왜 별이 일곱 개밖에 없느냐 하는 것도 재미있지요.
리 어	여덟 개가 아니기 때문이 아니냐?
광 대	그래요. 당신도 훌륭한 바보광대가 될 수 있겠군요.
리 어	강제로 그것을 다시 빼앗다니! 배은망덕한 악마 같으니!
광 대	아저씨, 당신이 내 바보광대라면, 때도 오기 전에 미리 늙어버렸으니 나는 당신을 때려주었을 거야.
리 어	그것은 또 왜?
광 대	현명해지기 전에 늙어버리면 안 되거든.
리 어	오, 자비로우신 하느님! 저를 미치게 내버려두지 마십시오. 미치지 않도록 보호해주십시오. 제정신을 갖도록 해주십시오, 미치고 싶지 않습니다!

시종 한 명 등장.

어떻게 됐느냐? 말 준비는 다 됐느냐?

시 종	준비됐습니다.
리 어	가자.
광 대	지금은 처녀인 당신이 내가 임금과 떠나는 것을 보고 비웃지만, 그

짓이 빨리 끝나지 않는 한 오랫동안 처녀 노릇 하진 못할걸. (일동 퇴장)

제2막

제1장 글로스터 백작의 저택 뜰

에드먼드와 큐런 등장, 서로 만난다.

에드먼드 안녕하시오, 큐런 님.

큐 런 안녕하시오. 방금 당신의 부친을 뵙고, 콘월 공작과 리건 공작부인 께서 오늘 밤 이곳에 오신다는 것을 알려드렸소.

에드먼드 그건 또 왜요?

큐 런 모르겠어요. 세상 풍문을 듣고 계시겠죠? 귀엣말 말이에요. 아직 까지는 귓밥이나 때리는 정도의 것입니다만.

에드먼드 못 들었습니다. 무엇인데요?

큐 런 조만간에 전쟁이 터질 거라는 소문을 듣지 못했단 말이오? 콘월 공 작과 알바니 공작 사이에 말이에요.

에드먼드 전혀 듣지 못했소.

큐 런 불원간 듣게 될 것입니다. 안녕히 계십시오. (큐런 퇴장)

에드먼드 공작이 오늘 밤 이곳에 오신다고? 일이 척척 들어맞는군! 이것을 내 꿍꿍이에 짜 넣어야겠다. 아버님은 형님을 잡기 위해 포수를 보냈지. 우선 내가 처리해야 할 골치 아픈 일이 한 가지 있어. 그 일을 빨리 처리하고 행운을 잡자! 형님, 내려오세요. 형님, 드릴 말씀이 있어요.

　　에드거 등장.

어서요! 아버지가 망을 보고 계시니 형님, 어서 도망치세요. 형님의 은신처가 발각됐어요. 지금 이 칠흑 같은 밤을 이용하세요. 혹시 콘월 공작의 험담을 한 적은 없으십니까? 공작님이 오신답니다. 급히 오늘 밤 안으로 피하세요. 리건 부인도 함께 오신답니다. 그분들과 한 패가 되어 알바니 공작의 험담을 하진 않으셨습니까? 마음에 걸리는 것이 없어요?

에드거　맹세코 한마디도 한 적 없어.

에드먼드　아버지의 발소리가 들립니다. 용서하세요, 칼을 뽑아 형님을 치는 척하지 않으면 안 됩니다. 형님도 칼을 빼고 방어태세를 취하세요. 자, 어디 해봅시다. (목소리를 돋우어) 항복이냐? 아버님 앞에 나오너라. 불을 밝혀라. 어어이, 여기다! (작은 소리로) 안녕히 가세요. (에드거 퇴장) 피가 나면 (자신의 한쪽 팔에 상처를 낸다) 내가 장렬한 싸움을 했다는 평을 들을 것이다. 주정꾼들이 장난삼아 이보다 더 심한 짓을 하는 것을 본 적이 있어. (큰소리로) 아버지! 아버지! 여기예요! 여기예요! 살려주세요!

　　글로스터와 횃불을 든 하인들 등장.

글로스터　그런데 에드먼드, 그 악한은 어디 있느냐?

에드먼드　시퍼런 칼을 뽑아 들고 여기 캄캄한 곳에 서서 흉악한 주문을 중얼거리며 달에게 행운을 내려달라고 빌고 있었습니다.

글로스터 도대체 그놈은 어디 있어?

에드먼드 보십시오, 이렇게 피가 나고 있습니다.

글로스터 악한은 어디 있느냐니까?

에드먼드 이 길로 달아났습니다, 아무리 해도 안 되자…….

글로스터 쫓아가라, 쫓아가! (하인들 몇 명 퇴장) '아무리 해도' 안 되다니 무 엇이 말이냐?

에드먼드 아버님을 살해하자고 저를 아무리 설득해도 안 되었단 말이죠. 저는, 아버지를 죽이는 놈에게는 복수의 신들이 벼락을 내린다는 말과 함께 아들이 아버지로부터 받은 은혜는 무한한 것이라고 형 님에게 말했습니다. 결국 형님의 불효에 제가 목숨을 걸고 반대하 는 것을 보자 형님은 더 이상 어쩔 수 없다고 판단했는지, 미리 준 비했던 칼로 아무런 방비도 없는 저에게 일격을 가하여 이 팔에 큰 상처를 입혔습니다. 그러나 정의의 싸움에 용기백배가 된 저의 기 세를 알아차렸음인지, 혹은 제가 지른 소리에 놀라서 그랬는지 별 안간 형님은 돌아서서 있는 힘을 다해 도망쳤습니다.

글로스터 아무리 멀리 뺑소니쳤다 해도 이 영토 안에 있을 테니 꼭 붙잡고 야 말겠다. 붙잡기만 하면 그놈을 없애버리겠다. 나의 주인이시며 은인이신 공작, 영주님께서 오늘 밤 이곳에 행차하시니, 그분의 위 력을 믿고 나는 포고령을 내리겠다. 그 비겁한 살인자를 찾아 형장 에 끌고 오는 자에게는 사례를 하고, 그놈을 숨겨주는 자는 모조리 사형에 처하겠다는 포고문을 말이다.

에드먼드 형님의 흉측한 계획을 중지시키려고 제가 충고를 드렸지만, 그 계획을 실행하려는 결심이 요지부동임을 알았습니다. 그래서 저는 형님을 맹렬히 비난하면서 그 계획을 세상에 폭로하겠다고 을러댔 습니다. 그랬더니 이렇게 대답하더군요. '재산 상속도 못 받는 서

자 놈아, 만약 내가 너에게 반대하면 사람들이 네 말을 곧이듣고 너를 신용하여 너를 덕망 있고 유능한 인재라고 생각할 줄 아느냐? 어림도 없다. 내가 부정하기만 하면 ― 이것만은 물론 나도 부정하겠지만 ― 그렇지, 비록 네가 나의 필적을 증거로 내놔도, 그것은 모조리 너의 유혹·모략·간교 때문이라고 해버릴 수 있어. 내가 죽으면 네놈이 득이라는 거지. 네가 나를 죽이려는 명백하고 유력한 이유가 바로 그것이라고 세상 사람들이 생각지 않을 줄 알아? 세상을 너무 우습게 여기지 마라' 하고 말입니다.

글로스터 지독한 고집쟁이 악당놈! 그 편지까지 부정하더란 말이지? 그놈은 내 자식이 아니다. (안에서 요란한 기병 나팔 소리) 듣거라, 공작님의 나팔 소리다. 무엇 때문에 이곳까지 행차하시는지 알 수가 없구나. 그 악당은 온갖 출입구가 다 막혀버렸을 테니 도망칠 수 없을 것이다. 공작님에게 이 일을 허락받아야겠다. 그뿐만 아니라 그놈을 잘 알아볼 수 있도록 그놈의 초상화를 방방곡곡 보낼 테다. 그리고 내 영토 문젠데, 네가 충성과 효도를 다하니, 네가 내 영토를 상속받도록 해놓겠다.

　　콘월, 리건 그리고 시종들 등장.

콘 월 어떻게 된 영문인가, 여보게? 이곳에 온 지 얼마 되지도 않았는데 이상한 소문이 나도니.

리 건 그 소문이 사실이라면, 그 죄인에게 어떤 엄벌을 내려도 충분치 않을 거예요. 어떠세요, 백작?

글로스터 오, 부인, 이 늙은이의 가슴은 터질 듯합니다.

리 건 어찌 된 영문이죠? 우리 아버님이 이름을 지어준 아들이 백작님의 목숨을 노렸다니. 아버님한테서 이름을 지어 받은 그 에드거가?

글로스터 오! 부인, 부인, 그저 부끄러워 할 말이 없습니다.

리 건 그 아들이 바로 아버님을 수행하고 있는 난폭한 기사들과 한 패거리가 아닐까요?

글로스터 모르겠습니다. 어쨌든 그놈은 악독한 놈이에요, 악독하죠.

에드먼드 그렇습니다, 부인. 형님은 그놈들과 한 패거리입니다.

리 건 그렇다면 악독할 수밖에 없어요. 그놈들이 노인의 재산을 횡령하기 위해 살인을 부추겼을 거예요. 그 패거리에 관해서 오늘 밤 언니로부터 자세한 편지가 왔어요. 어쩌면 그 기사들이 우리 집에 와서 묵겠다고 할지 모르니, 저는 집에 있지 않는 편이 좋을 거라고 주의시켜주더군요.

콘 월 그럼 나도 틀림없이 큰일 날 뻔했군, 리건. 에드먼드, 아버지께 효자 노릇 한번 단단히 했다지?

에드먼드 제 의무를 다했을 뿐입니다.

글로스터 이 애가 에드거의 음모를 폭로해주었죠. 그놈을 잡으려고 애쓰다가 보시다시피 이렇게 부상을 당했습니다.

콘 월 그놈을 지금 추적 중이오?

글로스터 네, 뒤쫓고 있습니다.

콘 월 잡히기만 하면, 더 이상 사람들에게 해를 끼칠 염려가 없도록 해줄 테다. 나의 권력을 이용하여 기필코 목적을 달성하시오. 에드먼드, 너의 효성이 지금 이 순간에 나를 지극히 감동시켰으므로, 너를 내 부하로 삼겠다. 너처럼 깊이 신뢰할 만한 사람이 몹시 필요했다. 너야말로 내가 찾던 사람 중 첫 번째 인물이다.

에드먼드 비록 부족한 점이 있더라도 전력을 다하여 공작님을 섬기겠습니다.

글로스터 아들을 대신해서 감사드립니다.

콘 월 우리가 왜 백작을 찾아왔는지 그 이유를 모를 것이오.

리 건 우리가 이토록 뜻하지 않은 시간인 한밤중에 바늘귀를 꿰듯 발길을 더듬어 온 것은, 글로스터 백작, 그대에게 다소 용건이 있어서, 백작의 조언을 들을 일이 있어서예요. 아버님과 언니 사이에 불화가 생긴 데 대해 두 분이 다 편지를 보내왔는데, 저는 집을 떠나 답장을 보내는 것이 상책이라고 생각했어요. 쌍방으로 갈 사자들을 이곳에서 파견할 생각이에요. 우리들의 오랜 친구이신 백작, 그대의 심려를 모르는 바 아니나, 이 일에 대해서 필요한 의견을 들려줬으면 좋겠어요. 그 충고의 말을 곧 실행할 테니까 말이에요.

글로스터 알아 모시겠습니다. 두 분께서 오신 것을 진심으로 환영합니다.

(나팔 소리. 일동 퇴장)

제2장 글로스터 백작의 저택 앞

켄트, 오즈월드, 좌우에서 따로 등장.

오즈월드 잘 주무셨쇼? 당신은 이 집 사람이오?

켄 트 그렇소.

오즈월드 어디에다 말을 맬까?

켄 트 진흙 속에 매시오.

오즈월드 제발 부탁이니, 친절하게 가르쳐주시오.

켄 트 난 당신이 싫소.

오즈월드 당신하고는 별 볼일 없겠구먼.

켄 트 당신을 립스버리 짐승 우리에 처넣으면 당신은 나를 상대하지 않고 못 배길 걸.

오즈월드 어째서 그런 악담을 하는 거요? 서로 누군지 알지도 못하면서.

켄 트 나는 당신을 알고 있지.

오즈월드 내가 누구라고 생각되는데?

켄 트 악한에다 불한당이며, 고기 찌꺼기나 처먹는 놈이지. 천하고 경박하고 거지 같고, 일 년에 옷을 세 번밖에 못 갈아입고, 일 년 수입이 백 파운드밖에 안 되며, 더러운 털양말을 신고 다니는 놈이지. 간이 콩알만 하고, 얻어터지면 격투할 생각은 않고 소송이나 거는 놈. 밤낮 거울만 들여다보는 천한 놈. 주제 넘고, 옷 입는 데 까다로운 놈. 재산이라고는 가방 하나밖에 없는 노예. 남을 위한답시고 뚜쟁이 노릇이나 하는 놈. 악한에 거지에 뚜쟁이에 잡종 암캐의 맏아들 놈을 함께 섞어놓은 놈이지. 이런 이름을 조금이라도 부정하려고 들면, 실컷 두들겨줘서 깽깽거리며 소릴 지르도록 만들어주고 싶다.

오즈월드 참으로 고약한 놈이로구나. 너도 나를 모르고, 나도 너를 모르는데 이토록 욕을 퍼붓다니!

켄 트 철면피 같은 놈, 나를 모른다고 하다니. 국왕 폐하 앞에서 내가 너를 딴죽 걸어 넘어뜨리고 두들겨준 것이 바로 이틀 전이 아니냐? 이놈아, 칼을 뽑아라. 비록 밤이긴 해도 달 밝은 밤이니 네놈을, 네놈을 박살 내어 명월탕을 끓여 먹겠다. (칼을 빼면서) 자, 칼을 빼라. 건달 놈의 자식, 오너라.

오즈월드 비켜라! 나는 너하고 아무 관계도 없다.

켄 트 이놈, 칼을 빼라. 너는 국왕에게 불리한 편지를 갖고 왔을 뿐만 아니라 왕권을 해치고 있어. 어서 빼, 이 건달아. 칼을 빼라. 네 정강이에서 살점을 베어낼 테다. 이놈, 칼을 빼 가지고 와서 어서 덤벼라.

오즈월드 사람 살려, 살인이다, 사람 살려!

켄 트 내리쳐라, 이 노예 같은 놈아. 가만있거라, 악한 녀석, 가만있거라, 이 노예 같은 놈아. 노예 치고는 매끈하게 빠졌구나. 자, 쳐라! (켄트, 오즈월드를 친다)

오즈월드 사람 살려, 아! 살인이다, 살인이다!

에드먼드가 가늘고 긴 칼을 빼들고 등장.

에드먼드 어떻게 된 일이냐! 무슨 일이냐? 떨어져라!

켄 트 젊은 애송이로군. 아가야, 피맛을 보여줄 테니 너도 덤벼라.

콘월, 리건, 글로스터 그리고 하인들 등장.

글로스터 아니, 무기를! 칼을! 대체 여기서 무엇들 하는 거냐?

콘 월 목숨이 아깝거든 모두 가만히 있어라. 다시 칼을 내려치는 놈은 죽여버릴 테다. 도대체 웬일들이냐?

리 건 언니와 아버님이 각각 보내신 사자(使者)들이로군요.

콘 월 왜 싸움들을 하는 거냐? 말해보라.

오즈월드 저는 숨을 쉴 수가 없습니다.

켄 트 이상할 것도 없지. 그토록 용감하게 덤벼들었으니. 이 비겁한 악당 놈아, 대자연도 너 같은 놈은 만들지 않았노라고 할 것이다. 너 같은 놈은 양복장이가 만들었어.

콘 월 이상한 놈 다 보겠군. 양복장이가 사람을 만들어?

켄 트 그래요, 양복장이가 만들었죠. 석공이든 그림 그리는 자든, 두 시간만 일을 했어도 이토록 서툰 작품을 만들어내지 않았을 것입니다.

콘 월 말해봐, 왜 싸움을 시작했나?

오즈월드 저 허연 수염을 불쌍히 여겨 목숨만은 살려줬더니, 저 늙고 흉악한 놈이……

켄 트 알파벳의 맨 끝자 제트(Z)자 같은 쓸모없고 천한 놈! 어르신네, 허락만 해주신다면, 이 불한당 같은 놈을 짓이겨서 횟가루로 만들어 그놈의 몸뚱어리로 변소의 벽을 바르겠습니다. 흰 수염 때문에 나를 살려줬다고? 뱁새 같은 더러운 놈.

콘 월 입 닥쳐! 이 짐승 같은 것들아, 너희들은 예의범절도 모르느냐?

켄 트 압니다. 그러나 화가 치밀 때는 별문제입죠.

콘 월 왜 화가 났느냐?

켄 트 이따위 노예가 칼을 차고 있으니 말입니다. 정직함이란 티끌만치도 없는 놈이. 얼굴에 잔뜩 웃음을 머금고 있는 이런 악당 놈들은 마치 쥐새끼 같아서 부자간의 핏줄까지도 두 갈래로 물어뜯지요. 풀 수 없도록 단단히 묶여진 신성한 매듭을 말씀이에요. 이런 자들은, 자기 주인들이 천성적으로 어떤 성미를 부리든 그 성미에 아첨을 하고, 불에는 기름을 붓고, 싸늘한 마음에는 눈을 뿌리고, 주인의 기분에 따라 바람 불 적마다 물총새 모양으로 그들의 주둥아리를 놀리고, 개 모양으로 그저 따라다니는 것밖에는 모릅니다. (오즈월드를 향해서) 그런 간질병 환자 같은 얼굴은 집어치워라! 넌 마치 내가 바보광대라도 되는 듯이 내가 얘기하는 동안 나를 보고 마냥 싱글벙글 웃고 있었지? 이 거위 같은 놈아, 만약 내가 너를 셀럼 벌판에서 만났다면 꽥꽥 우는 네놈을 캐멀롯까지 내쫓았을 거다.

콘 월 아니, 이 늙은 놈이, 너 미쳤느냐?

글로스터 어쩌다 싸우게 되었는지 그것을 말하라.

켄 트 아무리 서로 정반대의 것이라 할지라도, 저와 이 악한 놈처럼 서로 마음 안 맞는 것은 없을 겁니다.

콘 월 아마 내 얼굴도 (글로스터를 향하여) 당신 얼굴도 (리건을 향하여) 저 사람의 얼굴도 마음에 들지 않겠구먼.

켄 트 솔직히 말씀드리는 것이 제 직책이니 말인데, 저는 지금 제 눈앞에 보이는 분의 어깨 위에 얹힌 얼굴보다 훨씬 훌륭한 얼굴을 본 적이 있습죠.

콘 월 성미가 괴팍한 녀석이로군. 솔직하다고 칭찬을 해주면, 금세 난동을 부리고 억지로 제 천성과 어긋나는 짓을 한단 말이야. 정직하고 솔직한 탓으로 아첨할 줄도 모르고, 사실을 말하지 않으면 견디지 못하지. 세상 사람들이 참아주면 그대로 좋은 일이지만, 세상 사람들이 참을 수 없다 해도 이 사람은 솔직하게 얘기를 하고야 만다. 이 같은 종류의 악당을 나는 잘 알고 있지. 어리숙한 척 계속해서 절을 꾸벅꾸벅하면서 맡은 바 일을 깔끔하게 처리하는 스무 명의 아첨군 부하들의 뺨을 칠 정도로 악의를 품고 있단 말이야.

켄 트 각하, 성심성의껏 말씀드리렵니다. 빛나는 태양신의 이마 위에 찬란한 광채의 꽃다발을 가지신 공작님의 허락만 있으시다면…….

콘 월 무엇 때문에 그런 소릴 하는 거냐?

켄 트 저의 말투가 공작님의 기분을 거스르는 듯해서 화법을 바꿔 보았습니다. 저는 아첨할 줄 모르는 사람입니다. 솔직히 말해서 공작님을 속인 놈은 진짜 악한입니다. 그러나 저는 그런 악당이 되고 싶지 않습니다. 비록 노여워하시는 공작님이 애원을 하시더라도 그런 놈은 될 수 없습니다.

콘 월 (오즈월드에게) 무엇 때문에 이 사람을 노하게 만들었는가?

오즈월드 노하게 한 일 없습니다. 이삼 일 전에 저놈이 모시고 있는 국왕께서 무슨 오해를 하시어 저를 구타한 적이 있는데, 그때 저놈이 국왕 편을 들어 국왕의 노여움에 비위를 맞추느라고 뒤에서 저에게 딴죽을 걸었습니다. 제가 넘어지니까 저놈은 의기양양해져서 저에게 욕설을 퍼붓고, 영웅이나 된 것처럼 우쭐해져 뻐겨댔습니다. 제법 용감한 척하면서 야단법석이었죠. 저는 일부러 그놈에게 져주었는데, 저를 공격했다고 해서 그놈이 국왕께 칭찬을 받았나 봅니다. 이런 장한 업적에 맛이 들어서인지 다시 칼을 빼들고 저에게 달려든 것입니다.

켄 트 비겁하고 못된 놈들. 이놈들에 비하면 아이아스(트로이 전쟁의 영웅─역자 주)가 아무리 자랑을 해도 바보가 되겠네.

콘 월 차꼬를 가져오너라! 이 난폭한 늙은이, 노망스러운 악당 놈에게 따끔한 맛을 가르쳐 줘야겠다.

켄 트 전 나이가 많아 배울 수가 없습니다. 그러니 차꼬를 가져올 필요는 없습니다. 저는 국왕 폐하의 심부름으로 이곳에 파견되었습니다. 폐하의 사자를 차꼬에 묶어두면 국왕 폐하의 위엄과 인격에 대해 무례한 악의를 보이게 됩니다.

콘 월 차꼬를 가져오라! 나에게 목숨과 명예가 있는 한, 저놈을 정오까지 거기다 앉혀 둬야겠다.

리 건 정오까지라뇨! 밤까지겠죠. 그것도 밤새도록 앉혀 둡시다.

켄 트 마님, 제가 당신 아버지의 개라 할지라도 이렇게 학대할 수는 없을 겁니다.

리 건 아버님이 데리고 있는 악한이기 때문에 이렇게 하는 거다.

콘 월 이놈은 당신 언니 편지에 적혀 있는 녀석들과 한 패거리일 거야. 어서 차꼬를 가져오너라!

　시종들이 차꼬를 들고 들어온다.

글로스터 각하, 제발 그러지 마십시오. 그놈의 죄는 크오마는, 그놈의 주인이신 국왕 폐하께서 의당 벌을 수실 것입니다. 지금 각하께서 주시려는 벌은 좀도둑질이나 그 밖에 아주 흔해빠진 천한 범죄를 저지른 야비한 놈들을 처벌하기 위한 것입니다. 국왕께서도 자신의 사자가 이토록 모욕을 당하고 차꼬에 묶여졌다는 것을 아시면 적잖이 화를 내실 겁니다.

콘 월 그 책임은 내가 진다.

리 건 언니의 용무를 보러 온 시종이 모욕을 당하고 공격을 당했다고 하면, 언닌 더 화내실 거예요. 저놈의 다리를 채워놓아라. (켄트의 다리를 차꼬에 채운다)

콘 월 자, 갑시다. (글로스터와 켄트만 남고 일동 퇴장)

글로스터 미안하이, 친구. 하지만 공작님의 분부셔서 말일세. 세상 사람이 다 알고 있듯이 한번 성미를 부리면 아무도 막을 수 없잖은가. 하지만, 내가 당신을 위해 간청은 해보리다.

켄 트 걱정 마십시오. 밤잠도 안 자고 먼 길을 걸어왔으니, 이젠 잠이나 좀 자렵니다. 잠에서 깨어나면 휘파람이나 불지요. 착한 자의 운명도 기우는 때가 있는 법입니다. 안녕히 주무십시오.

글로스터 이것은 공작님의 잘못이다. 누구든지 이 일에 대해서 기분 나쁘게 생각할 것이다. (글로스터 퇴장)

켄 트 국왕 폐하, 폐하께서는 하늘의 축복을 빼앗기고 따뜻한 햇볕을 찾으러 다닌다는 격언을 몸소 체험하셔야 할 것입니다. 이 세상을 비추는 봉화여! 가까이 다가오너라. 편안한 네 불빛에 의지하여 이 편지를 읽어야겠다. 재난을 겪지 않고 기적을 볼 수는 없다. 이것은 코델리아 공주님의 편지로구나! 내가 신분을 숨기고 지내는 것을 알고 계시니 다행이다. 때를 엿보아 이 혼란으로부터 나라를 구하고 손해를 입은 자에게 보상을 해주실 테지. 정말로 피로하구나. 잠을 못 자서 무거워진 눈이여, 이 부끄러운 잠자리에서 눈을 감으니 그나마 다행이다. 행운의 여신이여, 잘 있거라. 어느 때고 너의 미소를 볼 날이 있으리. 너의 수레바퀴를 돌려라! (잠든다)

제3장 숲 속

에드거 등장.

에드거 나는 죄인으로 공고된 몸이다. 다행히 나무 틈새에 숨어서 잡히지 않았지. 도망칠 곳이 없다. 항구마다 통제되고, 어떤 장소에도 불침번이 물샐틈없이 지키고 있네. 나를 잡으려고 눈에 불을 켜고 있단 말이야. 도망칠 수 있을 때까지는 어떻게든 살아남자. 초라한 거지꼴을 하고 지내야겠다. 가난이 사람을 멸시해서 짐승에 가까운 행색을 들어냈으니 그렇게 숨어 살아야겠어. 얼굴은 검게 칠하고, 허리에는 남루한 담요 자락을 감고, 머리칼은 엉망으로 텁수룩하게 만들고, 알몸뚱이는 그대로 드러내어 비바람에 견뎌야겠다. 이 나라에서는 베드람에 있는 미친 거지들의 경우가 선례가 될 테니 그들을 흉내 내자. 그 거지들은 신음 소리를 질러가면서 바늘, 나무 꼬챙이, 못, 들장미의 잔가지 등을 무감각한 맨살 팔뚝에다 꽂는다. 그런 무서운 몰골로 그들은 구차한 농가, 보잘것없는 촌락, 양 우리, 방앗간 등에서 미친 듯이 저주의 고함을 지르고, 기도를 읊조리며 동냥질을 한다지. 나는 이제 그 거지들 틈에 있는, 불쌍한 털리굿이야! 불쌍한 톰인지도 몰라! 그래야 살아남지 않겠

어? 난 이제 에드거가 아니다. (에드거 퇴장)

제4장 글로스터 백작의 저택

켄트가 차꼬를 찬 채 앉아 있다. 리어, 광대, 시종 등장.

리 어   이상한 일이다. 그들이 이렇게 갑자기 집을 떠난 것도 그렇고, 내가 심부름 보낸 자를 여태 돌려보내지 않는 것도 그렇고.

시 종   제가 들은 바에 의하면, 어젯밤까지만 해도 전혀 집을 떠날 생각이 없었다 합니다.

켄 트   폐하, 안녕하십니까!

리 어   아! (켄트를 발견하고 그를 한참 들여다보고 나서) 아니, 넌 이런 모욕을 재미로 여기고 있는 거냐?

켄 트   아닙니다, 폐하.

광 대   헛, 네녀석은 참 지독한 양말대님을 매고 있구나. 말은 머리를, 개와 곰은 목을, 원숭이는 허리를, 그리고 인간은 다리를 잡아매는구나. 다리를 함부로 놀려 걷어차기를 좋아하는 놈은 나무 양말을 신겨야 하지.

리 어   네 신분을 몰라보고 네게 차꼬를 채운 놈이 누구냐?

켄 트   폐하, 폐하의 따님과 사위, 두 분입니다.

리 어   그럴 리가 없다.

켄 트   사실입니다.

리 어   아니야, 그들이 그랬을 리가 없어.

켄 트   보시다시피.

리 어 주피터에게 맹세코 그럴 리 없어.

켄 트 주노에 맹세코 사실입니다.

리 어 그들이 감히 그랬을 리가 없어. 그들은 그럴 수도 없고, 그러지도 않을 거다. 이것은 살인보다 더 흉측한 일이 아닌가. 고의로 이런 난폭한 짓을 하다니, 어서 대강이라도 얘기해봐라. 어째서 자네가 이 같은 처벌을 받아야만 했나? 아니면 어째서 그들이 자네에게 처벌을 내렸단 말인가? 자네는 내 사신이 아닌가!

켄 트 폐하, 제가 그 두 분의 저택에 도착하여 친서를 바치고, 의무감으로 무릎을 꿇고 있는데, 제가 자리에서 채 일어나기도 전에 숨을 헐떡이며 입김을 내뿜는 어떤 사신이 급히 들이닥치더니 자기 주인 고네릴의 전갈을 전하고 편지를 내놓았습니다. 두 분은 저의 용무가 중단되는 것도 아랑곳하지 않고 그놈이 내민 편지를 먼저 읽으셨습니다. 편지 내용을 읽고 두 분은 하인들을 소집하더니, 즉시 말을 타고 저보고 뒤따라 오라는 것이었습니다. 틈나는 대로 회답을 주겠노라 말씀하시면서요. 그러면서 저를 냉정하게 쳐다보셨습니다. 그런데 여기서 또 그 사신을 만난 겁니다. 그놈이 환영받는 바람에 저에 대한 대접이 소홀해졌다는 걸 생각하니 슬며시 울화통이 터졌습니다. 더욱이 그놈은 최근에 폐하께 실로 오만불손하게 굴었던 바로 그놈이었기 때문입니다. 저는 앞뒤를 가리는 분별력보다는 기백이 먼저 솟구치는 사나이라 칼을 뽑았지요. 그놈은 겁에 질려 빽빽 소리를 지르면서 집안 사람들을 깨웠습니다. 공작과 공작부인은 저의 죄가 현재 받고있는 이 정도쯤의 모욕을 받아도 마땅하다는 것입니다.

광 대 기러기가 저쪽으로 날아가는 걸 보니 겨울이 아직 안 갔구나.

아비가 누더기를 걸치면
자식들은 장님이 된다는데,
아비가 돈주머니를 차고 있으면
자식들은 친절하다네.
운명의 여신은 매춘부라서
가난한 사람에게 문을 잠그네.

하지만, 당신은 따님 덕에 일 년 내내 부족함이 없을 만큼 돈주머니와 근심 주머니를 얻게 될 것입니다.

리 어 이 가슴속에 울화가 치미는구나! 울화증이여, 꺼져라. 치솟는 슬픔이여, 네 자리는 저 아래다. 내 딸은 어디 있느냐?

켄 트 글로스터 백작과 함께 안에 계십니다.

리 어 여기 있으라. 따라오지 말고. (퇴장)

시 종 지금 말씀하신 것 외에 다른 잘못은 없었나요?

켄 트 없었습니다. 그런데 어째서 국왕께서는 시종들의 수를 줄여 초라한 모습으로 오셨습니까?

광 대 그런 것을 묻다니, 차꼬를 차도 싸지 싸.

켄 트 뭐얏? 이 바보광대가.

광 대 개미한테 가서 겨울엔 일하지 않는다는 것을 배워야겠다. 코가 가는 방향으로 가는 사람은 장님이 아닌 이상 모두 눈으로 보고 가지. 그리고 눈이 멀었다고 해서 퀴퀴한 썩은 내를 맡지 못하는 장님은 스무 명 중에 한 사람도 없어. 큰 수레바퀴가 언덕을 오를 때에는 수레 뒤에 끌려가게. 현명한 사람이 그대에게 더욱 좋은 충고를 들려주면, 내 충고는 다시 돌려주게. 이건 바보광대의 충고니 바보들 지켜주었으면 할 따름이네.

이익을 찾아 일하는 사람,

겉치레로 졸졸 따르는 사람,

비 오면 보따리 싸들고

비바람 속을 뺑소니치지.

그러나 나는 남으리,

바보광대로 버티더라도,

똑똑한 사람은 도망가도 좋아,

바보광대는 악한이 될 수 없다네.

켄 트　광대야, 너 그 노래 어디서 배웠니?

광 대　차꼬 차고 배운 것은 아니다, 이 바보야.

　　　리어가 글로스터와 함께 다시 등장.

리 어　면회 사절이라고! 나한테? 몸이 아프다고? 피곤하다고? 간밤에 밤
새워 여행을 했다구? 구실에 지나지 않아. 아비를 거역하고, 아비
를 버리려는 징조다. 좀 더 만족스러운 대답을 갖고 오라.

글로스터　말씀드리기 황송합니다만, 폐하도 아시다시피 공작님의 성질은
불길 같아서 한번 정한 마음은 한 치의 양보도 없이 고집하십니다.

리 어　앙갚음을 하고야 말겠다! 염병에 걸려 뒈져버려라! 엉망진창이 되
어버려라! 뭐, 성미가 불길 같다고? 심보가 어떻다고? 여봐라, 글
로스터, 글로스터, 콘월 공작 내외에게 면회를 신청하라.

글로스터　두 분께 그대로 말씀드렸습니다만…….

리 어　두 사람에게 그대로 전했는가? 그런데 여보게, 자네 내 말뜻을 알
고 있기나 한가?

글로스터　네, 알고 있습니다.

리 어   국왕이 콘월과 얘기를 나누고 싶다는 거다. 어버이가 사랑스러운 딸에게, 딸 된 도리를 다하라고 하는 거다. 이 뜻을 두 사람에게 전했느냐? 숨이 막히고 피가 끓어오르는구나! 불길 같은 공작이라구? 성난 공작에게 가서 말하라. 아니, 지금 말하지 않아도 좋다. 어쩌면 정말 몸이 불편한지도 모르지. 건강할 때면 쉽게 해내는 일도 몸이 아프면 소홀히 하기 쉬우니까. 사람은 더러 지쳐 몸과 마음이 괴로울 때면 제정신이 아닐 수도 있지. 참자, 나는 내 급한 성질 때문에 분통이 터졌던 거야. 그 때문에 병든 자의 발작을 건강한 사람의 의도로 오해했던 것이다. (켄트를 보며) 내 권세도 땅에 떨어졌구나! 무엇 때문에 그를 형틀에 묶어두었느냐? 이 꼴을 보니 공작 내외가 나와 만나는 것을 꺼리는 것도 어떤 계략인 듯싶구나. 내 하인을 내놓아라. 공작 내외에게 내가 만나고 싶어한다고 어서 전하라. 지금 곧 가라. 두 사람더러 나타나서 내 말을 들으라고 하라. 오지 않으면 그들의 침실 입구에서 북을 쳐 잠을 깨울 테다.

글로스터   서로 간에 모든 일이 잘 해결되었으면 좋겠습니다. (퇴장)

리 어   아, 나의, 나의 끓어오르는 가슴이여! 그러나 가라앉아 있거라!

광 대   아저씨, 가슴을 향해 고함을 치시네요. 마치 우쭐대는 속 빈 부엌데기가 만두 속에다 산 채로 뱀장어를 넣고 나서, 그 뱀장어에게 쫑알쫑알 대는 것과 같군요. 그 부엌데기는 뱀장어 대가리를 작대기로 때리면서 '들어가, 이 버릇없는 것아! 들어갓!' 하고 야단을 친답니다. 그 여편네 오라비가 또 걸작이어서, 말(馬)이 죽어라고 좋았던지 글쎄 마초(馬草)에 버터를 발라 줄 정도였다니깐.

　　콘월, 리건, 하인들과 함께 글로스터 다시 등장.

리 어   잘들 있었나?

콘 월	폐하의 은혜 망극합니다. (켄트를 풀어놓는다)
리 건	폐하를 뵈오니 기쁩니다.
리 어	그럴 것이다, 리건. 내가 이렇게 생각하는 것은 충분한 이유가 있어서다. 네가 기쁘지 않다고 하면 네 어미는 화냥년이 될 테니. 그렇다면 나는 무덤을 헤쳐서라도 네 어미와 이혼할 생각이다. (켄트에게) 아, 이제야 풀려났구나. 이 일에 대해서는 나중에 따지기로 하자. 사랑하는 리건, 네 언니는 내게 너무 가혹했다. 그 애는 독수리같이 불효의 이빨을 드러내어 (자기 가슴을 가리키며) 여기 이 가슴을 물어뜯었다. 너에게 말로 다 표현할 수가 없구나. 아, 리건! 너는 믿기지 않을 것이다 — 얼마나 졸렬한 방법으로…… 오, 리건!
리 건	제발 진정하세요. 언니가 효성을 다하지 않았다니, 아무래도 언니의 진가를 잘못 판단하신 것 같군요.
리 어	그게 무슨 소리냐?
리 건	언니가 효성을 소홀히 했다니 저로서는 도저히 믿을 수 없는 일입니다. 혹시 어버님 부하들의 난폭한 행동을 다소 누르고 다스렸다면, 거기에는 그만한 까닭과 이유가 있었을 것입니다. 그러니 언니를 비난할 수는 없는 일이에요.
리 어	난 그년을 저주한다!
리 건	아, 저런! 아버님은 늙으셨어요. 밀어닥치는 나이에 아버님의 원기도 다 쇠퇴하셔서 고령의 막바지에 다다랐습니다. 아버님 자신보다도 나라 사정에 더 정통한 젊은이의 분별심에 몸을 의탁하여 그의 보호와 인도를 받으실 필요가 있습니다. 그러니 제발 언니한테 다시 돌아가셔서 언니에게 미안하게 됐다고 사과하십시오.
리 어	나보고 용서를 빌라고? 그래, 한 집안의 가장이 '사랑하는 딸아, 내가 폭삭 늙었다는 것을 인정하마. 노인은 쓸모가 없구나. 무릎을

꿇고 이렇게 부탁하니, 입을 옷가지와 먹을 음식과 덮을 이불을 좀 다오' 하고 애걸해야겠니?

리 건 그만하세요, 그런 실없는 모습은 추해서 차마 못 보겠어요. 제발 언니한테로 돌아가세요.

리 어 (벌떡 일어나며) 리건, 난 절대로 안 가겠다. 그년은 내 시종들을 반으로 줄였어. 눈살을 찌푸리며 나를 노려봤지. 나에게 마구 욕설까지 퍼부었다. 그년의 혓바닥은 마치 독사처럼 내 가슴을 휘감았어. 하늘에 쌓인 온갖 복수여, 은혜도 모르는 그년의 뻔뻔스러운 낯짝 위에 쏟아져라! 질병의 독기여, 그년이 품고 있는 태아의 뼛골을 쳐서 절름발이로 만들어라!

콘 월 끔찍하군요, 폐하. 너무도 끔찍합니다!

리 어 날쌘 번개여, 사람의 눈을 멀게 하는 너의 불꽃으로 경멸에 가득 찬 그년의 눈을 찔러라! 강렬한 햇살에 빨려들어 늪에서 모락모락 솟는 독기여, 그년의 미모를 시들게 하고 그년의 교만을 박살 내어라.

리 건 오, 하느님 맙소사! 저 때문에 화가 나신다면, 저에게도 똑같은 저주를 퍼부으시겠군요?

리 어 아니야, 리건. 너를 저주하는 일은 결코 없을 것이다. 너는 부드러운 인덕을 갖추고 있기 때문에 가혹한 짓은 하지 않을 거다. 고네릴의 눈은 사납지만 네 눈은 불꽃처럼 이글이글 타오르지 않아서 좋다. 내가 즐기는 일에 대해서 너는 불평하지 않겠지? 너는 내 시종들을 줄이는 일도 없을 거고, 다짜고짜 나에게 말대꾸하는 일도 없을 거야. 설마 네가 내 생활비를 아까워하겠느냐. 요컨대 내가 오는 것을 막기 위해 빗장을 지르는 짓은 하지 않을 거란 말이다. 너는 예의범절을 터득했으니 자녀의 의무와 공손한 예절과 은혜의

보답을 남보다 더 잘 알고 있겠지? 내가 너에게 왕국의 절반을 양
도해주었다는 것을 너는 잊지 않고 있을 거야.

리 건 아버님, 용건만 간단히 말씀하세요.

리 어 누가 내 시종에게 차고를 채웠느냐? (안에서 나팔 소리)

콘 월 저 나팔 소리는 뭐냐?

리 건 언니가 행차하는가 봅니다. 곧 오겠다고 편지에 적혀 있었어요.

　　오즈월드 등장.

공작부인이 오시는가?

리 어 이 하인 놈은 변덕스러운 주인마님의 치마폭에 숨어서 거만스럽게
콧대만 높구나. 눈에 거슬린다. 내 앞에서 썩 꺼져라, 이놈!

콘 월 폐하, 왜 이러십니까?

리 어 누가 내 시종에게 차꼬를 채웠느냐? 리건, 너는 네가 그랬다고는
믿고 싶지 않다. 누구냐, 지금 저기 오는 사람은?

　　고네릴 등장.

오, 하늘이시여, 굽어살피소서. 이 노인을 어여삐 여기신다면, 이
세상을 온화하게 다스리는 당신의 뜻이 복종을 가상히 여기신다
면 이 일을 당신 자신의 일로 여기시고 천사를 내려보내시어 제
편을 들어주소서. (고네릴에게) 너는 이 아비의 수염을 보고도 부끄
럽지 않으냐? 오, 리건, 너는 저년의 손을 잡으려 하느냐?

고네릴 어째서 손을 잡으면 안 됩니까? 제가 뭐 잘못된 짓이라도 했나요?
망령이시군요. 당신 같은 늙은이가 그렇게 생각하고 말한다고 해
서 이 모든 것이 무례한 짓이란 말입니까?

리 어 아직도 넌 지독히도 오만불손하구나! 그래도 버티겠단 말이냐? 어

째서 내 하인에게 차꼬를 채웠느냐?

콘 월　제가 그랬습니다만, 저자의 난동을 생각하면 더 지독한 형벌을 가했어야 옳았습니다.

리 어　자네가! 자네가 그랬다고?

리 건　아버님, 아버님은 연세가 많아 허약해지셨어요. 진정하세요. 언니한테 가셔서 한 달 사시는 동안 시종을 반으로 줄이신 뒤에 제게 오세요. 저는 현재 집을 떠나 있는 몸이라 대접해드리려 해도 일용할 양식이 없습니다.

리 어　네 언니 집으로 돌아가라구? 시종을 오십 명으로 줄이고 고네릴에게 되돌아가느니 차라리 공중에 있는 모든 것과 적이 되어 비바람을 뒤집어쓰는 편이 낫겠다. 차라리 이리와 올빼미의 벗이 되고, 가난의 괴로움을 맛보는 편이 낫겠다. 네 언니 집으로 돌아가라고! 성미가 급한 프랑스 왕은 재산도 물려받지 않은 내 막내딸을 아내로 맞이했지. 그의 옥좌 앞에 가 무릎을 꿇고 그의 기사로서 생활비를 얻어 이 초라한 생명을 유지하는 것이 차라리 낫겠다. 고네릴의 집에는 못 간다! (오즈월드를 가리키면서) 차라리 이 흉악한 놈의 노예나 말이 되라고 해라.

고네릴　좋을 대로 하세요.

리 어　얘야, 나를 미치게 만들지 마라. 너를 더 이상 괴롭히지 않겠다. 잘 있거라. 두 번 다시 만나지 말자. 두 번 다시 서로 얼굴을 대하지 말자. 그러나 너는 여전히 나의 살이요 핏줄이요 나의 딸이다. 혹은 내 살 속에 박힌 병균인지도 모르지. 그러나 그것도 내 것이라 부를 수밖에 없는 것. 너는 내 피가 썩어 엉겨서 생긴 종기요 부스럼이요 부어오른 염증이다. 하지만 나는 너를 책망하지 않겠다. 어느 날이고 너에게 치욕이 내릴 터이니 지금 애써 그것을 불러들이고 싶진 않다. 나는 천둥 벼락에 부탁하여 너를 불태우라 하지도 않을 뿐더러 숭고한 심판자 주피터 신에게 몰래 너를 일러바치지도 않으련다. 적당한 때 마음을 고쳐라. 틈이 있으면 착한 사람이 되도록 애써라. 나는 참아 나가련다. 리건, 너의 집에 머무르겠다. 나와 백 명의 기사 모두가.

리 건 그럴 순 없습니다. 아버님께서 오실 줄 전혀 예상도 못 했고 받들어 모실 만한 충분한 사전의 준비도 되어 있지 않습니다. 그러니 언니 의견에 귀를 기울여주세요. 어버님의 역정에 대해 이성을 가지고 생각하는 사람은, 아버님께서 연로하셔서 그러니 어쩔 수 없다고 생각할 겁니다. 그렇지만 언니는 자기가 해야 할 일을 잘 알고 있습니다.

리 어 그 말 진담이냐?

리 건 그렇습니다. 아니, 시종이 오십 명이라고요? 그만하면 되기 않습니까? 그 이상 무슨 소용이 있습니까? 정말 그래요. 그것도 많아요. 비용도 많이 들고 위험도 크지요. 한 집안에서 두 사람의 주인이 명령을 내리면 많은 사람들이 어떻게 평화롭게 지낼 수 있겠습니까? 어려운 일이죠. 불가능한 일입니다.

고네릴 동생의 하인이나 저희 집 시종들이 아버님을 돌봐드리면 안 될 건 없잖아요?

리 건 왜 안 되겠어요? 만약 저희 집 하인이 아버님을 소홀히 모시면 제가 호되게 다스리겠어요. 그러니 부탁이에요, 저희 집에 오시려면 ― 그런 위험성이 보이는데 ― 제발 시종을 스물다섯 명만 데려오세요. 그 이상 오게 되면 방도 없고 돌봐줄 수도 없어요.

리 어 너에게 나의 모든 것을 다 주었는데…….

리 건 적당한 시기에 다 주신 거지요.

리 어 너희들을 후견인으로 하여 내 재산을 관리하게 하는 대신 나는 시종 백 명을 거느린다는 단서를 붙였다. 그런데 너희 집에 오려면 시종을 스물다섯 명만 데려오라니, 어림도 없는 소리다. 리건, 네가 정말 그렇게 말한 거냐?

리 건 거듭 말씀드립니다만, 그 이상은 곤란합니다.

리 어 악한 자 옆에 더 흉악한 자가 있으면, 그 악한 자가 제법 선하게 보일 수도 있지. (고네릴에게) 최악의 상태가 아니니 넌 약간의 칭찬을 받을 만하다. 너와 함께 가겠다. 너는 오십 명이라고 말했으니 스물다섯 명의 두 배가 아니냐. 너의 효심은 네 동생의 두 배인 셈이다.

고네릴 잠깐 기다리세요. 아버님의 시종이 스물다섯 명이든 열 명이든 한 명이든 무슨 상관이에요? 집에서 갑절이나 더 많은 시종들이 뒤를 돌봐드리고 있는데요.

리 건 한 사람인들 어때요?

리 어 필요하고 안 하고의 토론은 쓸데없다. 찢어지게 가난한 거지들도 형편없는 물건이나마 넉넉하게 갖고 있는 것이 있어. 사람이 기본적으로 필요한 것 이상을 가질 수 없다면, 인간이 짐승과 다를 게 뭐가 있겠느냐? 너는 귀부인이야. 만약 따뜻한 옷을 입는 것이 사치라면, 네가 입고 있는 따뜻하지도 않을 그 사치스러운 옷이 인간에게 왜 필요하겠느냐? 그러나 정말 필요한 것이 있다. 하늘이여, 인내를 주소서. 제겐 인내가 필요합니다! 제신들이여, 여기 서 있는 불쌍한 늙은이를 보십시오. 가슴에 슬픔이 맺히고, 나이가 찰 대로 차서 어느 모로 보나 불행한 인간입니다! 이 딸들의 마음을 충동질하여 아버지를 배반하도록 만든 것이 당신의 뜻이라면 이건 저를 너무 우롱하는 짓입니다. 이 일을 가만히 보고 참도록 내버려두지 마소서. 의분이 샘솟도록 해주소서. 여인의 무기인 눈물이 남자의 얼굴을 더럽히지 않도록 해주소서! 아니, 이 짐승 같은 년들아, 너희 둘에게 무서운 복수를 하겠다. 그렇게 함으로써 온 세상이 다…… 그렇지, 나는 반드시 복수를 하고야 말 테다. …… 하지만 어떻게 복수를 할 것인지는 아직 나도 알 수 없다. 너희들이 이 세상의 위험인물임을 만천하에 알리겠다. 너희들은 내가 눈물을 흘릴 거라고 생각하겠지만 나는 울지 않을 것이다…… 아니, 나는 절대로 울지 않겠다. 울 만한 이유는 충분히 있지만 (멀리서 폭풍우 소리 들린다) 이 심장이 천 갈래 만 갈래로 찢기기 전에는 울지 않으련다. 아, 바보광대야! 나는 미칠 것만 같구나. (리어, 글로스터, 켄트 그리고 광대 퇴장)

콘 월 안으로 들어갑시다. 폭풍우가 일 것 같소.

리 건 이 집은 좁아서 저 노인과 그 시종들이 함께 머물 수가 없어요.

고네릴 늙은 망령 탓이야. 스스로 편안한 자리를 박찼으니, 어리석은 소행이 어떤 것인지 맛 좀 보셔야 해.

리 건 아버지 한 분이라면 기꺼이 환영하겠지만, 단 한 명이라도 시종이 따르면 안 돼요.

고네릴 나도 마찬가지야. 글로스터 백작은 어디 계시지?

콘 월 노인을 쫓아갔어. 아, 저기 돌아오는군.

　　　글로스터 다시 등장.

글로스터 국왕께서는 화가 머리끝까지 치미셨습니다.

콘 월 어디로 가신다던가요?

글로스터 말을 대령하라고 호통을 치시는데, 어디로 가실는지 모르겠습니다.

콘 월 하고 싶은 대로 하시라고 내버려둡시다. 당신 고집대로 하시는 분 이니까.

고네릴 백작, 절대 말리지 마세요.

글로스터 아아! 밤이 내립니다. 모진 바람이 일고 있어요. 이 근처 수 마일 내에는 숲 하나 없는데.

리 건 하지만 백작, 옹고집쟁이에게는 스스로 맞아들인 고통이 훌륭한 스승이 될 수 있어요. 문단속 잘하세요. 늙은이의 시종들이 죽기 살기로 사납게 으르렁대고 있으니. 늙은이를 선동해서 어떤 짓을 할지 몰라요. 조심하세요. 나쁜 말에 항상 귀가 솔깃해지시는 분이 니.

콘 월 백작, 문을 단단히 잠그시오. 무서운 밤이외다. 리건의 충고가 옳 아요. 폭풍우를 피합시다. (일동 퇴장)

제3막

제1장 황량한 들판

폭풍우, 번개, 천둥. 켄트와 코델리아의 시종이 양쪽에서 등장, 서로 만난다.

켄 트 거, 누구요? 폭풍우밖에 없는 줄 알았는데.

시 종 비바람처럼 마음이 어수선해서 불안해하는 사람이오.

켄 트 　내가 알 만한 사람이군. 국왕께서는 어디 계시오?

시 종 　사나운 비바람과 힘을 겨루고 계십니다. 땅덩이가 바닷속으로 꺼지라고 바람에 명령하고 계십니다. 또 때로는, 몰아치는 파도가 육지로 밀려와서 천지를 거꾸로 뒤엎든지 아니면 없애버리라고 고함을 치고 계십니다. 백발을 움켜잡고 쥐어뜯고 계십니다만, 성급한 폭풍우는 미친 듯이 그분의 백발을 희롱하고 있습니다. 인간이라는 작은 몸뚱어리 하나 믿고, 부딪치고 흩어지는 비바람을 깡그리 무시하고 계시죠. 새끼에게 젖을 먹인 허기진 곰도 굴속에 숨고, 사자도, 뱃속이 텅 빈 이리도 털에 비를 맞고 싶지 않은 이밤에 국왕께서는 모자도 쓰지 않고 밖으로 뛰쳐나가셔서 될 대로 되라는 듯 아우성을 치십니다.

켄 트 　하지만 시종들이 함께 있겠죠?

시 종 　광대뿐입니다. 심킹이 찢어지는 국왕의 아픔을 그 바보는 익살로써 해소시키려고 애쓰고 있습니다.

켄 트 　당신의 인품을 알고 있는 나는 당신을 믿고 한 가지 중대사를 부탁할까 합니다. 알바니 공작과 콘월 공작은 겉으로는 반죽이 잘 맞는 듯하지만, 서로 사이가 좋지 않아요. 이 두 공작에게는, 겉으로 신하인 체하면서 실제로는 프랑스의 첩자가 되어 이 나라 기밀을 낱낱이 보고하는 자들이 있어요. 그자들은 왕위에 올랐거나 높은 지위에 오른 자들에게 붙어 다니는 작자들이죠. 이 두 공작에게도 예외는 아닙니다. 그래서 그들은 이 두 공작의 불화와 음모, 착하신 노왕에 대한 무자비한 학대 등 겉도는 사실뿐만 아니라 속에 파묻힌 무서운 비밀까지도 모조리 정탐해서 누출합니다. 여하튼 조만간 프랑스 군대가 쳐들어와 분열된 이 나라를 덮칠 것은 확실하오. 우리들의 태만을 이용해서 상륙하기 좋은 항구에 몰래 밀려와 순식간에 이 나라에 선전포고의 깃발을 치켜들 기세입니다. 그래서 부탁인데, 내 말을 믿으시고 급히 도버까지 가서 왕께서 불만이 이만저만이 아니시고, 딸들 때문에 겪는 슬픔으로 거의 미칠 지경이시라는 사실을 전하기만 하면 깊이 사례해줄 사람이 나타날 겁니다. 이렇게 말하고 있는 나도, 집안 좋고 교육도 제대로 받은 사람올시다. 다소 정보도 얻고 확인도 해보았기에 이 역할을 당신에게 부탁하는 것입니다.

시 종 이 문제에 대해서는 좀 더 의논해봅시다.

켄 트 그럴 필요는 없습니다. 내가 겉보기와는 다르다는 증거로 이 지갑을 드리겠소. 그 지갑을 열고 속에 든 것을 잘 보관하시오. 당신이 코델리아 공주를 만났을 때 — 꼭 만나게 될 것입니다만 — 이 반지를 보여드리면, 즉시 내가 누구인지를 공주님이 얘기해주실 겁니다. 아아, 폭풍우는 왜 이리 사나운가! 나는 국왕을 찾으러 가야겠소.

시 종 악수나 합시다. 또 할 말은 없나요?

켄 트 한마디만 더 덧붙이겠소. 아주 중요한 얘기요. 당신은 저쪽으로, 나는 이쪽으로 가서 찾기로 하는데, 누구든 먼저 국왕을 발견한 사람이 큰소리로 서로에게 신호를 합시다. (두 사람 따로따로 퇴장)

제2장 들판의 다른 쪽

폭풍우 계속, 리어 왕과 광대 등장.

리 어 바람아, 불어라, 너의 뺨이 터지도록! 세차게! 불어라! 너 폭풍우여, 쏟아져라. 너희는 물길을 내뿜어 뾰족탑을 물에 적시고, 탑 위의 바람개비를 물속에 잠기게 하라! 천둥의 뜻을 전하는 유황 불이여, 참나무를 쪼개는 벼락의 선구자인 번개여, 너희는 이 백발을 태워라! 천지를 진동시키는 천둥이여, 이 세상 모든 아기 가진 여자들의 둥근 배를 쳐 납작하게 하라! 창조의 모태를 부숴라! 은혜도 모르는 인간을 태어나게 하는 모든 종자들을 없애버려라!

광 대 아저씨, 방 안에서 비 안 맞고 아첨하는 것이 들판에서 비 맞는 것보다 나아요. 아저씨, 돌아갑시다. 딸년들의 신세를 집시다요. 칠흑같이 캄캄한 이런 밤에는 현명한 사람도 바보 같은 사람도 알아보지 못한다고요.

리 어 실컷 으르렁거려라! 불꽃을 토하라! 비야 쏟아져라! 비도, 바람도, 천둥도, 번개도 내 딸이 아니다. 나는 너희들을 불친절하다고 해서 비난하지는 않겠다. 너희들에게는 내 왕국을 양도하지도 않았고 너희들을 내 딸이라고 부르지도 않았으니, 너희는 나에게 복종할 의무를 지고 있지 않다. 그러니 너희들 멋대로 해도 나는 아무 할 말이 없다. 나는 너희들의 노예가 되어 여기 서 있다. 불쌍하고 가냘프고 허약하고 멸시받는 늙은 몸이 되어 여기 이렇게 서 있다. 그러나 너희가 흉악한 두 딸년의 편이 되어 이 늙은이의 백발을 목표로 천군만마를 이끌고 공격을 가해오니, 나는 너희를 비굴한 사신들이라고 부르겠다. 아! 아! 정말로 원망스럽구나!

광 대 머리를 처박을 수 있는, 한 칸의 집이 있는 사람은 현명하죠.

머리 처박을 집도 없는데
불알 넣을 바지가 있다면
머리나 불알에 이가 꾄다오.

이렇게 거지들은 장가가는데,
마음속에 다져둘 단단한 것을
발가락에 붙이고 다닌다면은
발가락에 알이 배어 아파서 울며
뜬눈으로 긴 밤을 세워야 하네.

아무리 기가 막힌 미인이라도 거울 앞에서는 입을 삐죽거린답니다.

리 어 (자신에게 타이르듯이) 안 된다, 안 돼. 나는 모든 인내의 모범이 되어야 한다. 아무 말 말자.

　　켄트 등장.

켄 트 게 누구냐?

광 대 왕관과 바지가 있어요. 현명한 사람과 바보가 있다는 말이야.

켄 트 아! 여기 계셨군요? 아무리 밤을 좋아하는 동물이라도 이 같은 밤은 싫어할 겁니다. 험악한 날씨 때문에, 캄캄한 밤을 어슬렁거리는 짐승들마저 동굴 속에 숨어버릴 겁니다. 이토록 굉장한 번개며, 이토록 무서운 천둥, 이토록 끔찍하게 으르렁거리는 비바람의 신음 소리는 이 나이 이때까지 겪어보지 못했습니다. 이토록 무섭고 괴로운 일을 겪으면 인간의 체력도 별도리가 없을 겁니다.

리 어 이토록 무서운 혼란을 우리 머리 위에 펼치는 천상의 신들이라면 즉시 그들의 적수를 찾아내라. 악독한 자들이여, 두려움을 알라. 가슴속 깊숙이 숨겨 둔 죄상이 있으면서도 아직 정의의 채찍을 받지 않은 죄인들이여, 숨으라. 너 살인자여, 거짓 증언을 한 자여, 간음을 범하고도 덕행을 가장하는 자여, 모두 숨으라. 남의 눈을 속이고 교묘하게 사기 치는 놈들, 사람의 목숨을 노리는 악한들, 구석구석까지 온몸을 떨라. 마음속 깊숙이 감춰둔 죄악이여, 너를 감추고 있는 뚜껑을 활짝 열고 무서운 심판자의 자비를 빌어라. 내가 죄를 지은 것이 아니라, 남들이 나에게 죄를 씌웠다.

켄 트 아, 왕관도 안 쓰시고 맨 머리로! 폐하, 바로 이 근처에 오두막이 있습니다. 다행히 폭풍우를 피하도록 피난처가 되었습니다. 여기서 잠시 쉬고 계십시오. 그동안 저는 쌀쌀맞은 그 집에 가보겠습니다. 돌보다도 더 싸늘하고 매정한 집이죠. 얼마 전에도 폐하의 행선지를 알기 위해 그 집을 찾아갔습니다만, 그 사람들은 저를 집 안에 들이지도 않았습니다. 여하튼 그 집으로 다시 돌아가서 억지로라도 부족한 예절이나마 다하도록 종용해보겠습니다.

리 어 내 머리가 돌기 시작하나 보다. (바보광대에게) 이봐, 얘야, 넌 어떠냐? 추우냐? 나도 춥다. (켄트에게) 여보게, 지푸라기는 어디 있는가? 필수품을 만들어내는 일은 참 신기한 일이다. 더러운 물건으로 귀중품을 만들어내니 말이야. 자네 오두막으로 가자. 불쌍한 바보광대 녀석아, 나는 네가 가여워 죽겠다.

광 대 (노래한다)

어리숙하고 지혜 없는 놈아,
바람 부는 날이나 비 오는 날이나
모두 팔자소관으로 체념하라,
허구한 날 매일같이 비가 온다 해도.

리 어 맞다, 맞아. 얘야, 오두막으로 안내해라. (리어와 켄트 퇴장)
광 대 창부의 정욕도 식힐 수 있는 좋은 밤이다. 가기 전에 예언이나 하나 해두자.

신부의 말이 행동보다 앞설 때
술장수가 누룩에 물을 섞을 때
귀족이 재봉사의 선생이 될 때
이교도는 살려두고 기생서방 죽일 때
재판하는 사건마다 옳다고 판정날 때
빚진 기사 없고 가난한 기사 없을 때
악담이 사람 혀끝에 오르지 않을 때
소매치기가 군중 속에 끼지 않을 때
고리대금하는 자가 들에서 돈을 셀 때
뚜쟁이 갈보들이 예배당을 세울 때
그때가 되면 앨비언(영국의 옛 이름—역자 주) 왕국에
큰 소동이 일어날 것이다.
그때까지 살아서 보게 된다면
발로 걷는 시기가 닥쳐오리라.

멀린은 이 같은 예언을 할 것이다. 나는 그보다 한 시대 더 먼저 산
사람이니까. (퇴장)

제3장 글로스터의 성 안, 어느 방

글로스터와 등불을 든 에드먼드 등장.

글로스터 아, 아아! 에드먼드야, 나는 이토록 몰상식한 소행을 견딜 수 없구나. 국왕을 가엾게 여겨 도와드리려고 허가를 청했더니, 공작 내외께서는 나 자신의 저택도 쓰지 못하게 했을 뿐 아니라, 국왕의 소문을 낸다든지 국왕을 위한 탄원을 한다든지 어떤 방법으로든 국왕을 도와주기만 하면 나와 영원히 절교할 것이라고 내게 경고하시는구나.

에드먼드 이런 극악무도한 일이!

글로스터 참아라, 넌 아무 말도 마라. 두 공작은 서로 사이가 나빠. 뿐만 아니라 이보다 더 불행한 일이 있다. 오늘 밤 나는 밀서를 받았다. 입 밖에 내면 위험해. 그 편지를 장롱 속에 넣고 자물쇠로 잠가두었다. 현재 국왕이 겪으시는 고난에 대해서는 철저히 복수가 이뤄질 것이다. 군사들의 일부가 이미 이 땅에 상륙하였다. 우린 국왕 폐하의 편에 서지 않으면 안 돼. 국왕을 찾아서 은밀히 그분을 구조할 테니, 너는 공작에게 가서 그의 말 상대를 하고 있거라. 그러면 국왕에 대한 나의 호의는 감쪽같이 숨길 수 있을 것이다. 만약 그분이 내 소식을 묻거들랑 몸이 아파서 자리에 누웠다고 말해라. 이 일로 인해 목숨이 위태롭긴 하겠지만, 만약의 경우 내가 목숨을 잃게 되더라도 오랜 세월 동안 내가 섬기던 폐하만은 구제되어야 한다. 에드먼드, 이변이 일어날지도 모르니 몸조심해라. (글로스터 퇴장)

에드먼드 아버지가 해서는 안되는 이 충성스러운 일을 공작은 곧 알게 될 것이며, 그 편지에 대해서도 곧 알려질 것이다. 이것은 상당한 공로가 될 것이다. 아버지가 잃게 되는 모든 재산을 내가 차지해야지. 노인이 쓰러질 때 젊은이는 일어나는 법이거든. (에드먼드 퇴장)

제4장 황량한 들판, 오두막 앞

리어, 켄트, 광대 등장.

켄 트 여깁니다. 안으로 들어오십시오. 캄캄한 밤에 들판에서 폭풍우를 만난다는 것은 사람으로서는 견디기 힘든 일입니다. (폭풍우 소리 여전히 들린다)

리 어 혼자 내버려두라.

켄 트 제발 안으로 들어오십시오.

리 어 내 가슴을 찢어놓을 셈이냐?

켄 트 차라리 제 가슴을 찢고 싶습니다. 제발 안으로 들어오십시오.

리 어 이토록 몰아치는 폭풍우에 흠뻑 젖는 것을 너는 대단한 일로 생각하는구나. 너에게는 그럴 수도 있겠지. 그러나 큰 번뇌에 사로잡혀 있을 땐 사소한 고뇌쯤은 느낄 수 없는 법이야. 곰을 피하고 싶어도 도망갈 길이 험한 바다밖에 없을 때는 곰과 정면으로 대결할 수밖에 없지. 마음속에 괴로움이 없어야 육체의 아픔을 쉽게 느낄 수 있는 법. 이 마음속에는 거센 폭풍이 불고 있기 때문에 심장의 고동소리 외의 다른 모든 감각은 육체에서 사라져버렸다. 불효막심한 배신! 그것은 음식을 날라다 준 손을 입이 깨물어버리는 것과 같은 일이 아닌가? 철저하게 벌을 주고야 말 테다. 아니 이젠 눈물을 흘리지 않겠다. 이같이 캄캄한 밤에 나를 들판으로 내쫓다니! 억수같이 퍼붓는 빗속에서도 나는 참아낼 것이다. 이런 밤에도! 오, 리건, 고네릴! 나이 많고 자애로운 아비를 — 아낌없이 모든 것을 양도해주었건만. 아아, 이런 생각을 하고 있으니 미칠 것 같구나. 그 생각은 말자. 그런 생각은 그만하자.

켄 트 제발 이리로 들어가십시오.

리 어 너나 들어가라. 너 자신이나 편하게 지내라. 이 폭풍우가 없었으면 여러 가지 일을 생각하느라 내 가슴이 더 찢어졌을 텐데, 더 이상 다른 일은 생각지 못하게 해주는구나. 그러나 나도 들어가겠다. (바보광대에게) 얘야, 안으로 먼저 들어가거라. 집도 없는 가난뱅이…… 안으로 들어가거라 나는 기도를 올리고 나서 자겠다. (바보광대, 안으로 들어간다) 가난하고 헐벗은 딱한 사람들아, 너희들이 어디에 있든 이 몰인정한 폭풍우를 맞으면서도 머리 하나 누일 곳 없이, 굶주린 배를 졸라매고 구멍이 숭숭 뚫린 누더기를 걸친 채 그대로 밤낮없이 견디려는가? 나는 그동안 이런 일에 주의를 기울이지 않았지! 영화를 누리는 자들아, 이 일을 약으로 삼으라. 비바람에 몸을 드러내고 가난한 자의 비통함을 깨달아라. 남은 것이 있거든 이들에게 나눠주어라. 그리하여 하느님의 공평함을 보여주어라.

에드거 (안에서) 물이 한 길 반이야, 한 길 반! 불쌍한 톰!

　　　　광대, 오두막에서 뛰쳐나온다.

광 대 들어가지 마세요, 아저씨. 도깨비예요. 사람 살려라, 사람 살려!

켄 트 내가 도와주지. 그 안에 누가 있느냐?

광 대 도깨비야, 도깨비. 자기 이름이 불쌍한 톰이래.

켄 트 짚자리 속에 숨어 중얼대고 있는 자가 누구냐? 이리 나오너라.

　　　　미친 사람으로 변장한 에드거, 밖으로 나온다.

에드거 썩 꺼져라! 악마가 나의 뒤를 쫓아온다! 가시 돋친 아가위 가시덤불 사이로 차가운 바람이 분다. 흥, 악마 놈. 차가운 잠자리로 가서 네놈의 몸이나 녹여라.

리 어 자네도 두 딸들에게 모든 것을 양도했는가? 그래서 이 모양 이 꼴이 되었는가?

에드거 불쌍한 톰에게 누가 뭘 주겠어요? 그 더러운 악마는 톰을 이불 속으로, 불꽃 속으로, 냇물 속으로, 늪 속으로, 여울 속으로, 수렁 속으로 이리저리 마구 끌고 다녀요. 그리고 그놈은 베개 밑에 단도를 넣어두고, 의자에는 목매달아 죽이는 밧줄을 걸어놓고, 죽 그릇 옆에는 쥐약을 늘어놓고, 교만한 마음으로 비틀거리는 다갈색 말을 타고 사 인치밖에 안 되는 다리를 건너가게 하고, 제 그림자를 반역자라고 쫓아가게 했어요. 당신의 다섯 가지 지혜가 건전하길 빌겠어요. 톰은 추워요. 덜, 덜, 덜. 회오리바람, 별의 저주, 귀신의 홀림으로부터 저만은 신의 축복을 받아 벗어나게 해주소서! 악마에게 사로잡혀 있는 불쌍한 톰에게 적선하세요. 이번만은 그놈을 붙잡을 수 있었는데. 저기, 또 저기, 그리고 저기서. (폭풍우 계속)

리 어 뭐야! 저 사람도 제 딸년 때문에 저 지경이 되었다고? 당신은 아무것도 남겨둔 게 없소? 몽땅 줘버렸소?

광 대 천만에, 담요 한 장 남겼죠. 그것조차 없었으면 혼났게요?

리 어 머리 위를 떠돌고 있는 모든 재앙이여! 너희들은 과오를 저지른 인간에게 떨어질 운명이니, 네 딸년들 머리 위에나 떨어져라!

켄 트 저 사람에게는 딸이 없습니다.

리 어 (켄트에게) 뒈져라, 배신자여! 불효한 딸 때문이 아니라면 인간이 어떻게 저토록 처참한 꼴이 될 수 있겠느냐? (에드거를 보면서) 자식에게 버림받은 아비들이 이같이 헐벗은 몸으로 학대받는 것이 요즘 유행인가? 제대로 형벌을 받고 있는 셈이다! 아비의 피를 빨아먹는 펠리컨 같은 딸들을 낳은 몸뚱어리니.

에드거 필리콕(펠리컨)이 필리콕 산에 앉았구나. (매를 부르듯) 허이, 허이, 어 어이, 어어이!

광 대 이토록 추운 밤에는 너나 할 것 없이 모두 바보가 되지 않으면 미 쳐버리지.

에드거 악마 놈을 조심하세요. 양친에게 복종하세요. 약속을 반드시 지키 세요. 맹세를 하지 마세요. 유부녀와 간통하지 마세요. 애인을 옷 치장에 정신 팔리게 하지 마세요. 톰은 추워요.

리 어 자네는 그동안 무엇을 하며 살아왔나?

에드거 가슴과 마음이 교만으로 가득 찬 여주인을 모시고 살았죠. 머리를 지지고 볶고 모자에 장갑을 붙이고, 마나님의 욕망을 담뿍 채워줬 답니다. 여주인과 엉큼한 짓도 했죠. 입에서 나오는 대로 맹세를 하고, 하느님 앞에서 그 맹세를 깨뜨리기도 했어요. 자기 전에 여 자를 집어삼킬 궁리를 하고, 깨어나서는 세운 계획을 실행했지요. 술을 퍽 좋아했습니다. 노름도 즐겼구요. 여자에 관한 한, 수많은 궁녀를 거느린 터키 왕에 지지 않았습니다. 마음은 거짓되고, 귀는 여리고, 손은 잔인해서 피투성이고, 돼지처럼 게으르고, 여우처럼 약고, 이리처럼 욕심 많고, 미치면 개 같고, 물어뜯는 일은 사자 같 았습니다. 구두 삐걱거리는 소리와 비단옷 살랑거리는 소리에 반 해 여자에게 정신이 팔려서는 안 되죠. 창녀들의 집에는 발을 들여 놓지 말 것이며, 허리춤 사이로, 속옷 안으로 손을 넣지 말 것이며, 빚쟁이 장부에 당신의 이름을 올리지 마세요. 그러고는 흉악한 악 마에게 도전하세요. 아가위 덤불 사이로 찬바람이 불고 있군요. 바 람이 쏴아, 쏴아, 헤이, 노, 노니. 돌고래 같은 아이야, 이봐, 얘야, 그 사람은 통과시켜. (폭풍우 여전하다)

리 어 너는 알몸으로 이 추운 날 비바람에 씻기고 있느니 차라리 무덤 속에 있는 게 낫겠다. 명색이 인간인데 이보다는 나아야 하지 않겠느냐? 저 사람을 보아라. 너는 누에로부터 비단도, 짐승에서 가죽도, 양에서 깃털도, 고양이로부터 사향도 얻지 못했구나. 허허, 여기 있는 세 사람은 모두 가장을 하느라 옷을 입었는데, 너는 태어날 때의 모습 그대로구나. 옷을 입지 않으면 인간은 모두 너처럼 두 발 달린 벌거벗은 짐승에 지나지 않는다. 벗어버리자. 이따위 빌려온 옷들은 벗어버리자. 여봐라, 이 단추를 풀어다오. (리어, 옷을 찢는다)

광 대 제발 빌어요, 아저씨. 진정하세요. 오늘 밤은 수영할 만한 날씨가 못 된다구요. 이 황량한 들판, 띄엄띄엄 있는 등불은 마치 음탕한 늙은 이의 정열 정도라 그 작은 불꽃이 한번 확 타올랐다 해도 그때뿐이지 그 이후에는 온몸이 싸늘해지죠. 보세요, 불덩이 하나가 걸어오고 있네요.

　　　　글로스터가 횃불을 들고 등장.

에드거 저것이 흉측한 악귀 플리버티지베트로구나. 저놈은 저녁 종 칠 때 나타나서 첫닭 울 때까지 쏘다니죠. 거미줄과 핀으로 눈을 사팔뜨기로 만들고, 입은 언챙이가 되지. 흰 밀에 곰팡이를 슬게 하고, 땅 속의 벌레를 못 살게 구는 것도 이놈의 짓이야.

　　　　성인 위솔드가 들판을
　　　　세 바퀴 돌다가
　　　　아홉 마리 부하 가진 가위귀신 만났다오.
　　　　귀신더러 내려오라 말했죠.
　　　　못된 짓 하지 마라 했죠.

마녀야, 가거라, 가거라, 없어져라!

켄 트 폐하, 좀 어떠십니까?

리 어 저놈은 누구냐?

켄 트 (글로스터에게) 게 누구요? 누굴 찾고 있소?

글로스터 거기 있는 사람은 누구냐? 이름을 대라!

에드거 불쌍한 톰이에요. 헤엄치는 개구리, 두꺼비, 올챙이, 도마뱀, 물에 사는 도롱뇽을 먹고 살죠. 악마가 지랄하면, 화가 나서 야채 대신 쇠똥을 먹고, 죽은 쥐나 개천에 버린 개를 마구 삼킨답니다. 구정물 고인 연못의 파란 이끼를 통째로 마시고, 매를 맞으며 이 마을 저 마을로 끌려다니면서 발고랑을 차기도 하고 감옥에 갇히기도 하는 놈인데, 웃옷 세 벌에 셔츠 여섯 장, 말도 타고 칼도 찬 놈이지만,

그러나 지난 일곱 해 동안
생쥐나 작은 짐승들이
톰이 먹고 사는 음식이었죠.

내 뒤를 밟는 자들은 조심해야 돼. 닥쳐라, 악마 스멀킨아. 닥쳐라, 이 악마야!

글로스터 폐하, 이따위 졸개들밖에 거느리지 않으셨습니까?

에드거 암흑 천지의 왕은 신사입니다. 그의 이름은 모도죠. 마후라고도 한답니다.

글로스터 폐하, 혈육을 타고난 우리 아이들까지 몹시 악독해져 자기들을 낳아 준 부모들까지 증오한답니다.

에드거　불쌍한 톰은 추워요.

글로스터　자, 제가 안내하죠. 전 폐하의 신하 된 몸으로서, 따님들의 혹독한 명령을 받아들일 수 없습니다. 성문을 닫고, 폭풍이 휘몰아치는 이 밤에 폐하께서 시련을 겪으시도록 내버려두라는 따님의 엄명이었지만, 저는 그 분부에 거역하여 폐하를 찾아내어 불이 있고 식사가 준비되어 있는 곳으로 안내하렵니다.

리 어　그전에 철학자와 얘기를 나누고 싶다. 천둥의 원인은 무엇이냐?

켄 트　폐하, 저분의 권유대로 안으로 들어가시지요.

리 어　나는 아까 말한 이 테베의 학자와 얘기를 나누고 싶다. 네가 연구하고 있는 것은 무엇이냐?

에드거　악마에게 선수를 쳐서 곁에 얼씬도 못 하게 하는 일이죠. 또 빈대를 죽이는 일도 하구요.

리 어　한 가지만 더 은밀히 묻고 싶다.

켄 트　(글로스터에게) 한 번만 더 권해보십시오, 폐하의 정신이 좀 이상해지기 시작한 모양입니다.

글로스터　정신이 나가신들 누가 비난하겠소? (폭풍이 계속된다.) 딸들은 노왕을 죽이려 했습니다. 아, 착한 켄트! 가엾게도 추방당했지! 그는 이미 그런 사태를 짐작하고 있었어요. 당신은 국왕께서 실성하실 것 같다고 말했는데, 실은 나도 미칠 지경이라오. 내겐 아들이 하나 있어요. 지금은 내 핏줄에서 떨어져 나갔지만, 그놈이 글쎄 내 목숨을 노렸지 뭐요. 바로 얼마 전에 말이오. 그런데 나는 그 애를 퍽 사랑했어요. 어느 아버지도 나만큼 아들을 위하지 않았을 겁니다. 당신에게 실토하지만, 나는 이 슬픔 때문에 미칠 것만 같소. 정말 끔찍한 밤이로군! 폐하, 제발⋯⋯.

리 어　아, 용서하시오, 철학자 선생. 함께 갑시다.

에드거 톰은 추워요.

글로스터 다들 안으로 들어갑시다. 오두막 안에서 몸을 녹입시다.

리 어 모두 함께 들어가자.

켄 트 이쪽입니다.

리 어 저 사람, 철학자 선생과 함께 있고 싶다.

켄 트 (글로스터에게) 백작님, 폐하 말씀대로 하십시오. 저 사람도 데려가
도록 하십시다.

글로스터 당신이 데려가시오.

켄 트 (에드거에게) 이봐, 따라오너라. (일동에게) 함께 갑시다.

리 어 갑시다, 아테네에서 오신 선생.

글로스터 조용히, 조용히 하십시오. 쉬잇.

에드거 (노래한다)

캄캄한 성에 다다르니
그의 외침은 여전하더라.
'흥, 헝, 흥,
영국인의 피 냄새가 난다.' (일동 퇴장)

제5장 글로스터의 성 안, 어느 방

콘월과 에드먼드 등장.

콘 월 이 집을 떠나기 전에 나는 반드시 복수를 하고야 말 테다.

에드먼드 부자간의 천륜을 어기면서까지 공작님께 충성을 다했다는 소문

이 날 텐데, 그 생각을 하니 전 두려워집니다.

콘　월　이제야 알겠다. 네 형이 백작을 죽이려고 한 것은 네 형의 마음이 악해서가 아니라, 네 아버지 자신에게 비난받을 만한 충분한 약점이 있었기 때문이었구나. 그것이 다른 이로 하여금 살의를 일으키게 한 거지.

에드먼드　옳은 일을 하면서도 후회해야 하다니, 제 운명도 참 고약하군요! (편지를 꺼내면서) 이것이 아버지께서 말씀하시던 그 밀서올시다. 이것으로 인해 아버지가 프랑스군을 위해 일한 첩자였음이 드러났습니다. 아, 신이시여! 이런 반역도 없고, 그 탐지자도 제가 아니었다면 얼마나 좋았겠습니까!

콘　월　나와 함께 공작부인에게 가자.

에드먼드　이 편지 내용이 사실이라면 공작님 신변에도 심상치 않은 일이 닥쳐올 테니 조심하십시오.

콘　월　사실 여부는 고사하고, 이 사건으로 해서 너는 글로스터 백작이 되었다. 네 아버지의 행방을 찾아라, 곧 체포할 수 있도록.

에드먼드　(방백) 아버지가 국왕을 돕고 있는 현장이 발각되면 이 혐의는 더욱 확고해질 것이다. (콘월에게) 비록 충성과 효성 사이의 충돌이 괴롭다 할지라도 저는 끝까지 충성의 길을 걷겠습니다.

콘　월　너를 믿겠다. 네 아버지에게보다 더 큰 사랑을 너에게 쏟겠다. (두 사람 퇴장)

제6장 성 부근에 있는 농가의 방

글로스터, 켄트 등장.

글로스터 들판보다는 이곳이 한결 나으니 다행으로 생각하세요. 국왕 폐하를 편하게 모시기 위해서라면 제 몸을 아끼지 않겠습니다. 곧 돌아오겠습니다.

켄 트 국왕의 모든 분별력은 극도에 달한 분노와 함께 사라지고 말았습니다. 백작님의 친절에 대해서는 깊이 감사드립니다. (글로스터 퇴장)

에드거 악마 프라테레토가 나를 부르고 있다. 그의 말을 들어보니 황제 네로가 지옥의 호수에서 낚시질을 하고 있는 모양이다. (바보광대에게) 너는 착한 사람이지? 악마가 붙지 않도록 조심해라.

광 대 아저씨, 미친 사람은 귀족인가요, 서민인가요?

리 어 왕이다, 왕!

광 대 아냐, 귀족 아들 가진 사람은 서민이야. 왜냐하면 자기보다 앞서 아들을 귀족으로 만든 사람은 미친 서민이니까.

리 어 수천의 악마들이 벌겋게 단 쇠꼬챙이를 가지고 쉿쉿 소리를 내며 그년들한테 덤벼들기라도 했으면…….

에드거 악마가 내 등을 깨물었다.

광 대 이리의 온순함을 믿고, 말의 건강을 믿고, 풋내기 녀석의 끈질긴 사랑을 믿고, 갈보의 맹세를 믿는 사람은 미친놈이야.

리 어 그렇게 하고야 말겠다. 곧 그년들을 법정에 호출할 테다. (에드거에게) 박식한 재판장님, 여기 앉으시오 (바보광대에게) 현명하신 당신은 이리로 앉으시오. 요 암여우들아! 너희들은 여기 앉아라.

에드거 보세요, 저놈이 서서 노려보네요! 부인, 재판을 하는데 방청인이
필요하다구요? 강을 건너오너라, 미친 베시. 내게 오너라…….

광 대 (노래한다)

그녀의 배(船)는 새는구나.

그녀가 그대에게

다가가지 못하는 이유를

그녀는 말하지 못하네.

에드거 흉악한 악마가 꾀고리 소리 되어 불쌍한 톰에게 붙어 다닌다. 악마
홉댄스는 톰의 뱃속에서 성한 연어 두 마리만 달라고 아우성입니
다. 악귀야, 찡찡대지 마라. 너에게 줄 음식은 없다.

켄 트 어떠십니까, 폐하? 그렇게 놀라 서 계시지 말고 잠시 자리에 누워
쉬지 않으시렵니까?

리 어 우선 저년들의 재판부터 봐야겠다. 그년들의 증인을 불러라. (에드
거에게) 법관복을 입으신 재판관님, 착석해주십시오. (바보광대에게)
너는 배석 재판관이니 그 옆 의자에 착석하라. (켄트에게) 너는 재판
위원의 한 사람이니 거기 앉아라.

에드거 공평하게 재판을 하자.

유쾌한 양치기야, 자느냐, 깼느냐?

너의 양떼는 풀밭에 있다.

입을 오므리고 피리를 불라,

양떼에게 해로울 것 없을 테니.

야옹! 고양이는 회색이야.

리 어 우선 저년부터 심문해라. 고네릴 말이다. 저명하신 여러분이 모인

장소에서 맹세합니다만, 저년은 가엾은 부왕을 발길로 걷어찬 년입니다.

광 대 이리 나오너라. 너의 이름은 고네릴?

리 어 아니라고 말 못 할 거다.

광 대 이거 실례했습니다. 나는 당신이 걸상인 줄 알았어요.

리 어 여기 또 하나 있습니다. 이년의 찌그러진 상판을 보면, 이년의 맘보가 얼마나 삐뚤어졌는지 알 수 있을 겁니다. 그년을 거기 잡아두시오! 무기, 무기를, 칼을 빼라, 불을 켜라! 법정이 부패했다! 부정한 재판관들이여, 어쩌다 그년을 놓쳤소?

에드거 제발 정신을 차리소서! 폐하의 다섯 가지 지혜에 축복이 깃들이소서!

켄 트 아, 슬픈 일이도다! 그토록 자주 자랑하시던 그 인내심은 지금 어디로 갔습니까?

에드거 (방백) 눈물이 앞을 가려 속임수가 탄로 나겠구나.

리 어 트레이, 블랜치, 스위트하트, 이 강아지들이 일제히 나를 향해 짖고 있구나.

에드거 톰은 머리에 쓴 것을 벗어던지겠소. 강아지들을 쫓아버리겠소. 개새끼들아, 저리 가라!

네 입이 검든 희든

네가 물면 이에서

독이 나온다.

집개, 사냥개, 흉한 잡종개,

하운드거나 스패니얼이거나

암캐든 염탐개든

꽁지 잘린 삽사리, 꼬리복슬개도
톰 때문에 개새끼들 짖고 야단이다.
머리 위에 쓴 벙거지 집어던지면
개들은 뛰쳐나와 달아난다.

춥다, 추워. 자, 가자. 밤 새우는 잔치에 가자. 장으로 가자, 장거리
로. 불쌍한 톰, 네 뿔잔은 텅 비어 있구나.

리 어   자, 리건을 해부해주시오. 그년의 심장에 무엇이 자라고 있나 봅시
다. 이토록 냉혹한 년을 만들었을 때에는 창조주에게 무슨 이유가
있었을 것이다. (에드거에게) 내가 너를 내 백 명의 시종 가운데 끼워
주마. 다만 너의 그 옷차림이 마음에 들지 않는구나. 너는 그 옷이
페르시아식 복장이라고 우겨대겠지만, 바꾸는 것이 좋겠다.

켄 트   자, 폐하, 여기 누워 잠깐만 쉬시지요.

리 어   부산 떨지 마라, 시끄럽다. 커튼을 쳐라. 그래, 그래. 저녁식사는
아침에 들겠다.

광 대   나는 점심때 잠자리에 들 테야.

글로스터 다시 등장.

글로스터   아, 여보시오, 국왕께선 어디 계시오?

켄 트   여기 계십니다. 그러나 건드리진 마십시오, 정신을 잃으셨으니까
요.

글로스터   국왕을 안아 일으키시오. 암살의 음모가 있다는 소문을 들었소.
들것을 준비해놓았소. 국왕을 거기 태워서 도버까지 급히 달리시
오. 그곳에 닿으면 환영과 보호를 받을 수 있을 거요. 어서 국왕을
안고 오시오. 30분만 늦어도 국왕의 목숨은 물론이거니와, 당신의

목숨과 그를 감싸는 모든 사람의 목숨까지 위태로울 거요. 어서 안고 오시오. 그리고 내 뒤를 따르시오. 길 떠날 준비를 할 곳으로 급히 안내하겠소.

켄 트 지쳐서 곤히 주무시고 계십니다. 이렇게 주무시고 나면 광란이 진정되고 회복될 수 있을 텐데. 부득이 깨운다면 회복되기가 어려울 거요. (바보광대에게) 국왕을 안아 일으키자. 좀 도와다오, 우물쭈물할 때가 아니다.

글로스터 자, 갑시다, 갑시다. (켄트, 글로스터, 바보광대, 국왕을 부축하고 모두 퇴장. 에드거만 남는다)

에드거 신분이 높은 분이 우리들처럼 고생을 참고 있는 것을 보면 우리의 불행을 원망할 수만도 없지. 즐겁고 편한 일들을 내버리고 혼자서만 괴로움과 고통을 받는다면 마음의 괴로움은 매우 크겠지만, 슬퍼하는 일에 벗이 있고 고생스러운 일에 동료가 있으면 마음의 괴로움은 훨씬 가벼워진다. 나를 괴롭히는 고통이 동시에 국왕도 괴롭히고 있음을 보니 이제 내 고통은 한결 가벼워지고 견디기가 수월해졌다. 내가 아버지 때문에 고통을 받듯이 국왕께서는 따님 때문에 고통을 받고 있구나! 톰, 꺼져라! 시끄런 소문이나 큰 소동에 주의하라. 너를 망쳐놓은 오명이 씻기고 너의 정당성이 밝혀져 원래의 상태를 회복할 수 있을 때 네 정체를 밝혀라. 오늘 밤 무슨 일이 또 일어날지라도 국왕만은 무사히 탈출할 수 있도록 해주소서! 숨자, 숨어. (에드거 퇴장)

제7장 글로스터의 성

콘월, 리건, 고네릴, 에드먼드 그리고 시종 등장.

콘　월　(고네릴에게) 급히 가서서 알바니 공작님에게 이 편지를 보여주십시오. 프랑스군이 상륙했습니다. (시종들에게) 반역자 글로스터 놈을 찾아라. (시종들 일부 퇴장)

리　건　체포하는 즉시 교수형에 처하라.

고네릴　그의 두 눈을 뽑아버려라.

콘　월　그놈은 나에게 맡겨둬. 내가 처치할 테니. 에드먼드, 알바니 공작 부인을 부탁하오. 반역자인 그대 부친에게 가하는 우리들의 복수를 그대는 눈 뜨고 볼 수 없을 것이오. 알바니 공작 댁에 도착하면 즉시 싸울 준비를 시키시오. 우리들도 곧 전쟁 준비를 착수하겠소. 전령을 두어, 둘 사이의 연락을 빨리, 기민하게 취하도록 합시다. 안녕히 가십시오, 알바니 공작부인. 잘 가시오, 글로스터 백작.

오즈월드 등장.

어떻게 되었나? 국왕은 어디 있어?

오즈월드　글로스터 백작이 왕을 여기서 모시고 나갔습니다. 필사적으로 왕을 찾고 있던 왕의 기사 서른대여섯 명이 문 앞에서 왕을 만나 백작의 시종 몇 명과 한패가 되어 왕을 모시고 도버를 향해 갔답니다. 그곳에서 군대가 그들을 기다리고 있다는 소식입니다.

콘　월　공작부인이 타실 말을 준비하라.

고네릴　안녕히 계십시오, 공작님. 그리고 동생도 잘 있거라.

콘　월　에드먼드, 잘 가시오. (고네릴, 에드먼드, 오즈월드 퇴장) 반역자 글로스터를 찾아오너라. 도둑놈처럼 묶어 끌고 오너라. (다른 시종들 퇴장) 재판의 형식을 취하지 않고 사형선고를 내리기는 꺼림칙하지만, 격한 노여움 때문에 권력을 행사했다고 하면 비난할 수는 있어도 방해할 수는 없을 것이다. 누구냐? 반역자를 끌고 왔느냐?

글로스터를 체포하여 시종들 몇 명 등장.

리 건　배은망덕한 여우 같은 놈! 이놈이 바로 그놈이로군.

콘 월　그놈의 말라비틀어진 양팔을 꽁꽁 묶어라.

글로스터　두 분께서는 이게 어찌 된 일이십니까? 당신네들은 우리 집의 손님들이십니다. 주인인 제게 이 같은 행패가 웬일이십니까?

콘 월　묶어라! (시종들, 그를 묶는다)

리 건　단단히, 단단히 묶어라. 이 더러운 반역자!

글로스터　자비도 인정도 없는 부인이시여, 저는 반역자가 아닙니다.

콘 월　의자에 묶어라. 이 악당 놈, 두고 봐라……. (리건, 글로스터의 턱수염을 뽑는다)

글로스터　아, 하느님, 굽어살피소서! 수염을 뽑다니, 이런 잔인한 일이 어디 있습니까!

리 건　그렇게 백발이 되어가지고 반역 행위를 하다니!

글로스터　너무 악독한 부인이시군요. 당신이 뽑은 턱수염이 살아서 당신을 저주할 거요. 당신들은 손님이고 난 집주인인데, 당신들을 대접해준 주인의 호의를 무시하고 강도처럼 난폭한 행위를 하다니, 어쩌려고 이러시오?

콘 월　이봐, 최근에 프랑스에서 어떤 편지를 받았느냐?

리 건　솔직히 대답하라. 우리는 진상을 모조리 알고 있으니까.

콘 월　요즘 이 땅에 상륙한 반역자들과 어떤 음모를 꾸몄느냐?

리 건 미친 왕을 누구한테 넘겼느냐? 실토하라.

글로스터 추측으로 쓰여진 편지를 받기는 했지만, 그 편지는 반대편에서 온 것이 아니라 중립에 선 제삼자로부터 온 것이었습니다.

콘 월 교활하군.

리 건 거짓말!

콘 월 국왕을 어디로 보냈느냐?

글로스터 도버로 보냈습니다.

리 건 왜 도버로 보냈느냐? 너는 목숨이 걸린 엄명을 받았을 텐데…….

콘 월 왜 도버로 보냈어? 그것부터 먼저 대답하라.

글로스터 (중얼거린다) 이토록 말뚝에 결박을 당했으니, 개 떼의 습격을 한 차례 받을 수밖에 없겠구나.

리 건 왜 도버로 보냈느냐?

글로스터 왜냐고? 네가 그 잔인한 손톱으로 불쌍한 늙은 왕의 눈알을 후벼 파는 걸 차마 볼 수 없었기 때문이다. 악독한 네 언니의 산돼지 같은 어금니가 신유(神油)를 바른 옥체를 물어뜯는 것을 볼 수 없었기 때문이다. 지옥같이 캄캄한 밤에 국왕께선 머리에 아무것도 쓰시지 않고 폭풍우 속에서 고생하셨어. 이 같은 폭풍우라면 바다를 휘어 감아 하늘로 용솟음쳐 별빛을 꺼버릴 수도 있을 것이다. 그러나 가엾게도 늙으신 국왕의 마음은 오히려 하늘에서 비가 더 쏟아지게 하셨어. 그토록 무시무시한 밤에는 당신 대문 앞에서 설사 늑대가 으르렁거렸다 할지라도, 설사 그 늑대에게 온갖 잔인한 짓을 하려고 마음먹었다 할지라도 당신은 '문지기, 문을 열어주어라' 하고 말했어야 했을 것이오. 그러나 날개 달린 복수의 신이 이 같은 놈들에게 천벌을 내리는 것을 나는 보게 될 것이다.

콘 월 볼 수 없게 만들어주지. (시종들에게) 여봐라, 의자를 꼭 붙들고 있어

라. (글로스터에게) 네놈의 눈알을 발로 짓밟아버리겠다.

글로스터 늙을 때까지 살고 싶은 사람이 있다면 도와주시오! 아, 실로 잔인한 일이로다! 아, 신이시여!

리 건 한쪽 눈만 빠지면 나머지 한쪽이 보고 놀릴 테니, 다른 쪽 눈마저 빼버리세요.

콘 월 당신이 꼭 복수의 여신을 보고 싶다면……

시종 1 공작님, 참으세요. 저는 어릴 때부터 공작님을 모셔왔습니다만, 지금 공작님을 만류하는 것 이상으로 더 큰 의무는 없다고 생각합니다.

리 건 무엇이 어쩌고 어째, 이 개 같은 놈!

시종 1 부인의 턱에 수염이 나 있다면, 나는 그 수염을 잡고 흔들어서 싸움을 걸겠습니다. (콘월에게) 대체 왜 이러십니까?

콘 월 이놈이!

시종 1 자, 그러면 어디 해보시지요. 저도 화가 날 대로 났으니 어디 당해보십시오. (칼을 빼들고 싸운다)

리 건 (다른 시종에게) 칼을 이리 다오. 하인이 감히 대들다니! (리건, 칼을 들고 시종 1을 등 뒤에서 찌른다)

시종 1 아, 찔렸구나! (글로스터에게) 백작님, 아직 눈 하나가 남았으니, 제가 저자에게 입힌 상처를 보십시오. 으윽! (죽는다)

콘 월 더 이상 볼 수 없게 해주마. 마저 뽑아버리자. 나오너라. 이 더러운 젤리 같은 것아! 이젠 빛을 볼 수 없을 것이다.

글로스터 아, 온통 캄캄하고 불안하구나. 내 아들 에드먼드는 어디 있느냐? 에드먼드, 남은 효성에 불을 붙여 이 무서운 일에 복수를 하라.

리 건 닥쳐라, 반역자! 이 악한아! 너를 증오하는 사람을 찾은들 무슨 소용이 있겠느냐! 너의 배신을 밀고한 자가 바로 에드먼드였다. 그는 너무 공정하여 너 같은 것은 불쌍히 여길 리가 없다.

글로스터   오, 내가 어리석은 짓을 저질렀구나! 에드거가 모략을 당했어. 자비로우신 신들이여, 용서하소서. 에드거에게 행운을 허락하소서!

리 건   문밖으로 저놈을 내동댕이쳐라. 도버까지 냄새를 맡아 가게 하라. (시종 한 사람, 글로스터를 끌고 나간다) 왜 그러세요, 여보? 안색이 좋지 않은데요?

콘 월   상처를 입었소. 나를 따라오시오, 부인. 저 눈알 없는 악한을 쫓아내라. 그놈을 쓰레기 터에 내버려라. 리건, 피가 몹시 나는군. 하필 이런 때 상처를 입었으니. 팔 좀 빌려주시오. (리건에게 의지하여 콘월 퇴장)

시종 2   저따위 악당이 잘 된다면, 나는 어떤 악행을 저질러도 가책을 느끼지 않을 거야.

시종 3   저런 여자가 오래 살아서 남들이 죽을 때 같이 죽는다면, 여자는 모두 괴물이 되고 말 거야.

시종 2   글로스터 님을 쫓아가서, 그 미친 베드람 거지에게 백작님이 가고 싶어하시는 데로 모셔다 드리도록 부탁하세. 미친 거지는 걸어다니는 것이 본성이니 어디든지 모셔다 드리겠지.

시종 3   그렇게 하게. 나는 피투성이가 된 저 얼굴에 바를 달걀 흰자위와 삼베를 얻어올게. 하느님, 저분을 도와주소서! (따로따로 퇴장)

제4막

제1장 거친 들판

에드거 등장.

에드거　이렇게 드러내놓고 바보 취급을 당하고, 은근히 경멸당하면서도 겉으로 아첨하는 것에 속느니보다는 그래도 낫지. 최악의 경우, 가장 천한 자가 되어 가장 혹독한 역경에 빠지게 되더라도 희망을 갖고 있는 한 겁낼 필요 없다. 슬프고 개탄해 마지않는 일은 행운의 자리에서 떨어지는 거다. 불행의 밑바닥에 가라앉으면 다시 솟아 웃음을 되찾게 되는 법. 눈에 보이지 않는 바람아, 나는 너를 껴안으련다! 나는 너에게 날려 불행의 구렁텅이로 굴러떨어진 자다. 따라서 너에게는 아무것도 신세 진 것이 없다. 누가 오는가 보다.

글로스터가 노인의 손에 인도되어 등장.

내 아버지시로구나. 처량하게도 남에게 이끌려 오시잖아? 세상아, 세상아, 오, 세상아! 너는 뜻하지 않은 격변 때문에 우리는 너를 미워한다. 우리 인생은 너로 인해 노쇠하고, 꺾인다.

노　인　오오, 백작님, 저는 지난 팔십 년 동안 백작님의 하인이었을 뿐만 아니라 백작님 부친의 하인이기도 했습니다.

글로스터　날 내버려두고 가게. 제발 가게나. 자네의 친절은 나에게 조금도 도움이 되지 않네. 그놈이 자네에게 해를 끼칠는지도 몰라.

노　인　그렇지만 앞도 못 보시면서…….

글로스터 마땅히 가야 할 행선지도 없으니, 눈도 필요 없네. 눈이 보일 적에도 나는 헛디뎌 곱드러지곤 했어. 이제야 난 알겠네. 의지할 것이 있으면 사람은 방심하지만, 아무것도 없으면 오히려 자신에게 유리한 법이야. 아, 사랑하는 내 아들 에드거, 너는 속아 넘어간 이 아비의 노여움 때문에 희생되었구나! 내가 살아생전에 너를 만져볼 수만 있다면, 나는 다시 눈을 얻은 거나 다름없겠다!

노 인 누구요! 거기 있는 사람이 누구요?

에드거 (방백) 아, 신이여! '나는 지금 최악의 상태에 놓여 있다'. 나는 지금 전보다 더 한심한, 최악의 상태에 놓여 있구나.

노 인 미친 거지 톰이구나.

에드거 (방백) 아니, 더 나빠질 수도 있지. '이것이 최악이다' 라고 말할 수 있는 동안은 실제로 최악이 아니니까.

노 인 (에드거에게) 이놈아, 어딜 가느냐?

글로스터 거지냐?

노 인 미친 거집니다.

글로스터 제정신이 조금 있는 모양이구나. 그렇지 않으면 구걸할 수도 없을 테니. 어젯밤 폭풍이 몰아칠 때 나도 그 거지를 만난 듯한데, 그놈을 보니 인간과 벌레가 다를 것이 없구나 하는 느낌이 들었어. 그때 내 마음속에 아들의 얼굴이 떠올랐지. 그러나 그때만 해도 아들과 화해할 생각은 없었어. 그런데 그 후 여러 가지 소문을 들었네. 신은 아이들이 파리를 다루듯이 우리 인간을 혹독하게 다루고 있어. 신은 인간을 장난삼아 죽이지.

에드거 (방백) 어쩌다 저렇게까지 되셨을까? 슬픔을 억누르며 바보 시늉을 하는 것은 괴로운 일이군. 자기 자신뿐만 아니라 남까지도 화나게 하는 일이야. (글로스터에게 큰 소리로) 안녕하세요, 아저씨!

글로스터　그 벌거숭이가 거지냐?

노　인　그렇습니다.

글로스터　이젠 제발 돌아가 주게. 나를 위해 도버로 가는 길을 한두 마일쯤 따라올 생각이라면, 옛정을 생각해서 그냥 돌아가주게. 그리고 그 벌거벗은 녀석에게 걸칠 옷이나 좀 갖다주게. 그 녀석에게 길을 안내해달라고 부탁할 참이니.

노　인　맙소사! 그 녀석은 미쳤습니다.

글로스터　광인이 맹인의 손을 이끄는 것이 이 시대의 저주다. 시키는 대로 하든지 아니면 자네 멋대로 하게. 다만 돌아가 줬으면 좋겠어.

노　인　제가 갖고 있는 옷 가운데 제일 좋은 의복을 갖고 오겠습니다. 그 옷은 어찌 되든 상관없습니다. (퇴장)

글로스터　이봐, 이 벌거벗은 녀석아.

에드거　불쌍한 톰은 추워요. (방백) 더 이상 속일 수가 없구나.

글로스터　이리 오너라, 이 녀석아.

에드거　(방백) 그러나 속일 수밖에 없다 ― 아아, 저 눈에서 피가 흐르고 있구나.

글로스터　너 도버로 가는 길을 아느냐?

에드거　층계나 좁은 통로나, 말 타고 가는 길이나 걸어가는 길이나 모두 알고 있습니다. 불쌍한 톰은 악마 때문에 혼이 나서 정신이 나갔지만, 아저씨는 귀한 집 자제분이니 악귀에 사로잡히지 않도록 조심하세요! 한꺼번에 다섯 마리나 되는 악마가 이 불쌍한 톰 속에 붙어 다니거든요. 음탕한 오비디커트, 벙어리 왕자 귀신 홉비디댄스, 도둑 귀신 마후, 살인마 모도, 얼굴과 입을 씰룩이는 플리버티지베트가 말이에요. 그런데 그 후 이 악마들이 시녀들과 나인들한테도 붙어 다녔으니 조심하셔야 할 겁니다, 주인 양반!

글로스터 옜다, 이 돈주머니를 받아라. 하늘이 내린 수난의 길을 묵묵히 가
며 너는 어떤 불행도 잘 참아내는구나. 내가 처참한 꼴이 되고 보
니, 네가 오히려 행복해 보인다. 신이시여, 언제나 이렇게 처리해
주십시오! 부(富)가 넘쳐나 호의호식하는 자들, 하느님의 뜻을 천박
하게 여기는 자들, 직접 경험하지 않았다고 해서 인간의 쓰라림을
외면하는 자들에게 하늘의 위력을 즉시 느끼도록 해주소서. 이렇
게 하면 적당한 분배가 과잉을 없애 너나 할 것 없이 부족함이 없
을 것입니다. 너 도버를 알고 있느냐?

에드거 네, 알아요.

글로스터 거기 가면 벼랑이 있다. 그 깎아지를 듯한 높은 꼭대기는 둘러싼
바다를 무섭게 내려다보고 있으니, 그 벼랑까지만 나를 인도해다
오. 그러면 내 몸에 지닌 값진 물건으로 네가 견디고 있는 그 가난
을 구제해주겠다. 그 이상의 안내는 필요 없다.

에드거 제 손을 잡으세요. 가엾은 톰이 안내하겠습니다. (두 사람 퇴장)

제2장 알바니 공작의 저택 앞

고네릴과 에드먼드 등장.

고네릴 백작, 이곳까지 용케 오셨소. 그런데 참 이상한 일이군요, 친절한
우리 집 양반이 나를 마중도 나오시지 않으니.

오즈월드 등장.

공작님은 어디 계시오?

오즈월드 부인, 안에 계십니다만 그렇게 변하셨을 수가 없습니다. 적군 상륙의 소식을 전해드려도 싱글벙글 웃기만 하시고, 부인이 돌아오셨다고 해도 '소용없어' 라고만 대답하십니다. 글로스터 노인의 배반과 그 아들의 충성스러운 봉사에 대해서 말씀드렸더니, 저를 바보 자식이라며 호통치셨습니다. 그러고는 저에게 하시는 말씀이, '만사를 거꾸로 알고 있다' 는 거였습니다. 제일 싫어하던 일을 즐기시고, 제일 좋아하던 일을 꺼려하십니다.

고네릴 (에드먼드에게) 그렇다면 이제 당신은 그만 돌아가세요. 그분은 담이 작아서 늘 벌벌 떨고 있어요. 대담하게 일을 하지 못하는 것도 그런 이유 때문이죠. 모욕을 당해도 복수할 줄 모르고 전혀 모른 체합니다. 그러나 오는 도중에 얘기한 우리의 소망은 실현될 수 있을 듯하군요. 에드먼드, 당신은 콘월 공작한테로 돌아가서 그의 군대를 소집하여 지휘하세요. 나는 집에서 남편과 무기를 바꾸어, 남편에게는 길쌈할 실패를 쥐여주고 나는 칼과 창을 쥐겠어요. 신용할 만한 (오즈월드를 가리키며) 이 부하는 우리들 사이의 전령 역할을 할 것입니다. 만약 당신이 자신의 출세를 위하여 대담하게 일을 하고 싶다면, 당신 연인의 명령을 들으세요. 입을 꼭 다물고 이걸 몸에 지니세요. (사랑의 선물을 준다) 고개를 숙이세요. 이 키스가 입이 있어 말을 한다면 당신의 용기를 북돋아줄 거예요. 무슨 뜻인지 잘 생각해보세요. 그럼 안녕.

에드먼드 당신을 위해서라면 목숨도 바치리다.

고네릴 아아, 나의 가장 사랑하는 글로스터 님! (에드먼드 퇴장) 아, 같은 남자라도 어쩌면 저렇게 다를 수가! 당신이야말로 여자의 사랑을 받을 만한 가치가 있는 사람인데, 우리집 바보가 내 몸을 새치기하고 있으니.

오즈월드　부인, 공작님이 오십니다. (오즈월드 퇴장)

　　　　알바니 공작 등장.

고네릴　지금까진 제가 오면 휘파람을 불면서 환영해주시더니.

알바니　오, 고네릴! 당신은 거친 바람에 휘몰아쳐 얼굴에 와 닿는 먼지만도 못한 사람이오. 당신 성품이 걱정스럽구려. 자기를 낳아준 어버이조차 규탄하는 사람이 자기 분수에 만족할 리 없지. 자신을 키워준 줄기로부터 가지인 자신을 도려내는 여자는 반드시 마르고 시들어서 불쏘시개로밖에 쓸 수 없는 죽은 나무가 될 것이오.

고네릴　그만해두세요. 그따위 어리석은 얘기는 집어치우시라구요.

알바니　지혜롭고 선한 가르침도 악인에게는 악으로밖에 들리지 않지. 더러운 것들은 더러운 맛밖에는 몰라. 당신 대체 무슨 짓을 한 거요? 딸들이 아니라 잔악한 호랑이들이 되어 당신들은 대체 무슨 짓을 했느냐 말이오. 아버지를, 그 인자하신 노인을 미친 사람으로 만들었소. 그분은 존경받을 만한 분이시라 목을 매어 질질 끌려다니는 곰도 길거리서 만나면 반가워 마구 핥을 정도였건만, 이보다 더 야만스럽고 잔악한 행패가 또 어디 있소? 당신이 그분을 미치게 했단 말이오. 콘월 공작이 그런 짓을 하도록 내버려두었단 말이오? 국왕에게서 은혜를 입은, 왕족이라는 그 사람이? 하늘이 극악무도한 이 악행을 눌러 없애기 위해 눈에 보이는 신령을 빨리 내려보내지 않으면, 인간들은 서로 치고 죽이는 바다의 괴물처럼 되고 말 것이다.

고네릴　당신은 허깨비예요! 그 뺨은 얻어맞기 위해 있고, 그 머리는 모욕을 당하기 위해서 달고 다니는군요. 이마에 눈이 있어도 명예와 치욕을 분간 못하는 사람이 당신이죠. 악당이 악을 저지르기 전에 벌받는 것을 보고 불쌍히 여기는 자는 바보뿐이라는 사실도 모르는 사람이 당신이에요. 당신의 북은 어디 있나요? 프랑스 왕은 평화로운 이 나라에 털 장식 투구를 쓰고 군기를 휘날리며 군대를 휘몰아 세우고 있는 판에, 당신은 성인군자인 양 가만히 앉아서 '저 사람이 어째서 저런 짓을 하고 있느냐'고 울먹이고 있을 뿐이에요.

알바니 악귀야, 네 꼴을 좀 봐라! 악마는 본래 흉악한 모습을 하고 나타난다지만, 계집년 모습을 하고 나타나는 악귀보다 더 무서운 것은 없구나.

고네릴 겁쟁이, 바보!

알바니 여자로 둔갑하여 악마의 본성을 숨기고 있는 놈아, 수치심이 있다면 네 모습을 드러내지 마라. 내 손을 움직이는 날에는 화를 못 이겨 네 살을 갈기갈기 찢어발기고 말 테니. 너는 악마이긴 해도 여자의 탈을 쓰고 있는 덕분에 다행히 살아난 줄 알아라.

고네릴 참, 대단한 용기시구료!

　　　　사신 등장.

알바니 무슨 소식이냐?

사 신 오, 공작님, 콘월 공작께서 운명하셨습니다. 글로스터 백작님의 나머지 한쪽 눈알을 마저 도려내시다가 부하의 칼에 찔리신 겁니다.

알바니 뭐, 글로스터 백작의 눈알을!

사 신 백작께서 어릴 적부터 데리고 있던 한 시종이 보다 못해 보복 행위를 말리다가, 급기야는 칼을 뽑아 공작께 대들었습니다. 공작께서는 화가 치밀어 그에게 달려드셨는데, 공작부인까지 합세하셔서 그 시종의 명줄을 끊어놓았습니다. 이때 공작께서도 심한 상처를 입으시는 바람에 그 시종의 뒤를 쫓아 돌아가신 겁니다.

알바니 하느님이 이 세상의 죄인들을 굽어보시고 이토록 재빨리 벌을 내리셨으니, 이는 하느님이 분명 하늘에 계시고 그분이 과연 정의의 심판관이시라는 좋은 증거다. 그러나 아, 가련한 글로스터 백작, 한쪽 눈을 잃었다니!

사 신 양쪽 다 잃으셨습니다, 공작님. 그리고 (고네릴에게) 부인, 이 편지에 대해서는 즉시 회답을 주십사 하는 전갈입니다. 부인의 동생께서 보내신 것입니다. (한 통의 편지를 고네릴에게 전달한다)

고네릴 (방백) 한편으로는 오히려 잘 된 일인지도 몰라. 하지만 동생이 과부가 되고 나의 에드먼드가 그녀 곁에 있다가는, 내 공중누각은 송두리째 무너지고 오로지 증오스러운 생활만이 남게 될지도 모르는데. 하지만, 또 한편으로 생각해보면 이 소식은 그리 입맛 쓴 소식도 아니지. (사신에게 큰 소리로) 다 읽고 나서 답장을 주겠소. (퇴장)

알바니 글로스터가 두 눈을 빼앗겼을 때, 그의 아들은 어디 있었는가?

사 신 이 댁 공작부인을 모시고 이곳으로 왔습니다.

알바니 그는 여기 없네.

사 신 없지요, 공작님. 돌아가시는 길에 저와 만났거든요.

알바니 그 아들은 이 행패를 알고 있는가?

사 신 알고 있는 정도가 아닙니다. 밀고한 사람이 바로 그 아들인걸요. 그래서 일부러 집을 비웠답니다. 아버지에게 마음껏 형벌을 주라는 의도였죠.

알바니 글로스터, 나는 그대가 살아 있는 동안 국왕에게 바친 충성심에 대해 깊이 감사하고 있소. 그러니 내 그대의 눈에 대해 반드시 복수하리다. (사신에게) 이리 와서 자네가 알고 있는 내용을 좀 더 자세하게 말해주게. (두 사람 퇴장)

제3장 도버 근처의 프랑스군 진영

켄트와 신사 한 사람 등장.

켄 트 프랑스 국왕께서 왜 갑자기 귀국하셨는지, 그 이유를 당신은 알고 있소?

신 사 본국에 미진한 상태로 처리하지 못한 일이 있었는데, 출전 후 갑자기 그 생각이 나셔서 귀국하셨답니다. 그 일은 프랑스의 안전을 위한 중대한 일이었기 때문에 귀국이 불가피했습니다.

켄 트 총사령관 후임으로 누가 지명됐소?

신 사 프랑스의 육군 원수이신 라파 각하십니다.

켄 트 그 편지를 보시고 왕비께서 깊은 슬픔에 잠기시던가요?

신 사 네, 왕비께서는 그 편지를 받으시고 제 앞에서 읽으셨습니다. 때때로 하염없는 눈물이 왕비의 아름다운 뺨 위에 흘러내렸습니다. 왕비께서는 왕비다운 당당한 모습으로 슬픔을 억누르려 하셨지만 슬픔이 되레 반역자처럼 왕비님을 억누르는 것같이 보였습니다.

켄 트 저런, 마음이 깊이 동요되셨다는 얘기로군요.

신 사 그리 격하지는 않았습니다. 인내와 슬픔이 서로 누가 더 빛을 강하게 발하나 경쟁하는 듯했습니다. 햇볕이 내리쬐는 가운데 비가 오는 것을 본 적이 있으시죠? 왕비께서 웃으시면서 눈물을 흘리시는 모습은 그보다 더 아름다웠습니다. 왕비의 무르녹는 듯한 입술에 잔잔히 감도는 아름다운 미소는, 왕비의 눈에 어떤 손님이 와 있는지를 모르는 듯했습니다. 다이아몬드에서 진주가 떨어지듯, 눈에서 눈물이 뚝뚝 떨어져 내렸습니다. 누구에게나 그 정도로 어울리기만 한다면, 슬픔이란 정말로 사랑스럽고 귀한 것일 수 있을 겁니다.

켄 트 무슨 말씀은 없으셨나요?

신 사 있었어요. 한두 번 '아버님!' 하고 소리 내어 부르셨지요. 가슴속 깊은 곳으로부터 애타게 터져 나오는 소리였습니다. 그러고는 '언니들, 언니들! 여성으로서 부끄러운 일이에요! 언니! 켄트! 아버님! 언니들! 폭풍우 속에서? 한밤중에? 이 세상엔 자비심도 없는가!' 하고 울부짖으셨습니다. 그윽한 눈에서 성자의 샘물 같은 눈물을 떨어뜨리면서, 눈물로 울음을 삼키시면서, 혼자 슬픔을 달래시려고 안으로 들어가셨습니다.

켄 트 별, 저 하늘의 별이다, 우리 인간의 운명을 결정짓는 것은 바로 별이다. 그렇지 않다면, 똑같은 부부가 어떻게 그토록 다른 자식을 낳을 수 있겠는가! 그 후로는 왕비와 접견한 일이 없습니까?

신 사 없습니다.

켄 트 이 일은 프랑스 왕이 귀국하시기 전의 일인가요?

신 사 아닙니다, 후의 일이올시다.

켄 트 그런데, 괴로움에 빠져 있는 가엾은 리어 왕께서 이 마을에 와 계십니다. 때때로 기분이 좋으실 때에는 우리가 왜 이곳에 와 있는지를 의식하십니다만, 절대로 왕비이신 따님을 만나려고 하시진 않을 겁니다.

신 사 왜요?

켄 트 엄청난 부끄러움으로 국왕께서는 가슴을 죄고 계십니다. 막내딸에게 줄 은혜를 박탈하여 낯선 외국 땅의 위험 속으로 내쫓았으며, 막내딸의 귀중한 권리를 짐승 같은 딸들에게 다 줘버린 자신의 과오라든지 그 밖의 것들이 국왕의 마음을 아프게 하고 있습니다. 그래서 이 같은 견딜 수 없는 부끄러움이 국왕으로 하여금 코델리아 공주의 면전에 나서지 못하게 하고 있는 것입니다.

신 사　아, 가엾은 분!

켄 트　알바니와 콘월의 군사에 대해서는 들은 바 없소?

신 사　그들의 군대가 출전했다는 소식입니다.

켄 트　자, 당신을 국왕 폐하께로 안내하겠소. 그분 곁에 있어주시오. 나
는 깊은 사연이 있어서 잠시 신분을 감추고 있어야 합니다. 내 신
분을 밝히는 날에는 나를 알게 된 것을 후회하시지 않게 될 것입니
다. 부탁입니다. 나와 함께 가십시다. (두 사람 퇴장)

제4장 같은 장소, 천막 속

북이 울리는 가운데 기수들과 함께 코델리아 등장. 의사와 군사가 뒤따른
다.

코델리아　아아, 그분이 바로 아버님이세요. 방금 그분을 만나고 오셨다는
분의 얘기로는, 아버님은 거친 바다처럼 미친 듯 요란하게 노래 부
르며, 머리에는 제멋대로 자란 애기현호색풀, 밭이랑에서 자라는
잡초, 우엉, 독미나리, 쐐기풀, 황새냉이, 독보리, 그리고 우리의
주식인 곡식들 사이에 자라는 몹쓸 잡초로 만든 관을 쓰고 계시다
는 겁니다. 부대의 병사들을 내보내어 잡초 무성한 들판을 구석구
석 찾아 그분을 내 앞으로 모셔오시오. (장교 한 명 퇴장) 이 세상 어
떤 의술이 폐하의 잃어버린 정신을 되찾아줄 수 있을까? 폐하의 병
을 고쳐주는 사람에게는 내가 가지고 있는 보물을 모두 주겠다.

의 사　방법은 있습니다. 사람의 생명을 지탱해주는 것은 오로지 안정뿐

입니다. 폐하에게는 그것이 필요합니다. 다행히 편안히 잠을 자게 하는 효과 만점의 약초가 충분히 있습니다. 마음이 아픈 사람의 눈을 스르르 감겨주는 효능이 있지요.

코델리아 고마운 이 땅의 모든 비약(秘藥)들, 이 땅에 숨겨진 모든 약초들이 내 눈물에 촉촉이 젖어 자라나거라! 그리하여 훌륭하신 그분의 고뇌를 치유해주려무나! 찾아보라, 그분을 어서 찾아보라. 걷잡을 수 없는 그분의 광기가 분별을 잃고 목숨마저 잃지 않도록.

　　　사신 등장.

사　신 소식입니다. 영국 군대가 진격해 오고 있답니다.
코델리아 이미 알고 있다. 그들의 진격에 대비해서 모든 준비가 갖추어져 있다. 오, 가엾은 아버님, 이 전쟁은 오로지 아버님을 위해서 치러지는 것입니다. 위대한 프랑스 왕은 저의 슬픔과 귀중한 눈물을 가엾이 여겨주었습니다. 이 전쟁은 야심에 불타 일으킨 것이 아니라 오로지 효심에서 우러나온 사랑 때문에, 애틋한 사랑 때문에, 늙으신 아버님의 권리 때문에 일으킨 것입니다! 빨리 아버님의 목소리를 듣고 아버님을 뵙고 싶구나. (일동 퇴장)

제5장　글로스터의 성 안, 어느 방

　　　리건과 오즈월드 등장.

리　건 형부의 군대는 출전했소?
오즈월드 네, 출전했습니다.

리　건　공작님께서 직접 출전하셨소?

오즈월드　권유에 못 이겨 출전하긴 하셨습니다만 언니께서 더 용감하십니다.

리　건　에드먼드와 알바니 공작이 저택에서 서로 의논하시지 않았소?

오즈월드　그런 일은 없었습니다.

리　건　에드먼드에게 보낸 언니의 편지 내용은 무엇이오?

오즈월드　도시 알 수 없습니다.

리　건　실은 에드먼드가 중대한 용무로 급히 출타하였소. 글로스터의 눈알을 뽑고 나서 그 늙은이를 죽이지 않았던 게 큰 실수였어. 그가 가는 곳마다 민심을 교란시켜 사람들이 우리에게 반기를 들고 있어요. 아마도 에드먼드가 떠난 것은 부친의 불행을 더 이상 볼 수 없어 그의 눈먼 인생을 끝장내게 하고 싶어서겠죠. 그리고 적군의 세력을 살피려는 목적도 있었을 것이고요.

오즈월드　그렇다면 이 편지를 갖고 그분의 뒤를 쫓아야겠군요.

리　건　우리 군대도 내일 출전할 예정인데, 하룻밤 이곳에서 묵으시오. 가는 길도 위험하니.

오즈월드　그럴 수 없습니다. 이 일에 대해 공작부인의 엄명이 있어서요.

리　건　언니가 왜 에드먼드에게 편지를 보냈을까? 당신이 직접 용건을 전하면 될 텐데. 아마 내가 알지 못하는 무슨 일이 있나보군. 사례는 듬뿍할 테니 편지 내용 좀 봅시다.

오즈월드　마님, 그것은······.

리　건　당신의 주인마님은 남편을 사랑하지 않아요. 그건 확실해요. 지난번 언니가 여기에 왔을 때, 에드먼드에게 이상한 추파를 던지면서 의미심장한 표정을 짓는 걸 보았어요. 나는 당신이 언니의 심복이라고 알고 있는데 ─ .

오즈월드 제가요, 마님?

리 건 잘 알고 있기 때문에 하는 말이에요. 당신은 신임이 두터운 사람이라는 것도 알고 있어요. 그러니 내 말을 잘 귀담아들으세요. 내 남편은 세상을 떠났어요. 에드먼드와 나는 서로 뜻을 나눈 사이지요. 그러니 그도 당신의 마님하고 있는 것보다는 나와 함께 지내는 것이 훨씬 편할 거라구요. 더 이상 얘기하지 않아도 짐작이 갈 겁니다. 그분을 만나게 되면 이 점을 전하세요. 우리 언니에게도 이런 사정을 얘기한 다음, 현명한 판단을 내리라고 하세요. 잘 가요. 눈면 반역자의 소식을 듣고, 그 늙은이의 목이라도 치는 날에는 출세하게 될 거예요.

오즈월드 그 늙은이를 만나고 싶군요. 그러면 제가 어느 쪽 편에 드는지를 알 수 있을 테니까요.

리 건 잘 가시오. (두 사람 퇴장)

제6장 도버 근처의 들판

글로스터와 농부 차림을 한 에드거 등장. 에드거가 글로스터의 손을 잡고 그를 인도하고 있다.

글로스터 그 언덕 꼭대기에는 언제 다다르겠느냐?

에드거 지금 오르고 있는 중입니다. 보세요, 이렇게 힘들잖아요?

글로스터 길이 평평한 것 같은데.

에드거 무시무시하게 가파른 길입니다. 들어보세요, 파도 소리가 들리시죠?

글로스터　안 들리는데, 전혀.

에드거　눈이 불편하기 때문에 다른 감각도 비정상이 된 것 같습니다.

글로스터　그런 모양이다. 네 목소리도 변한 것 같구나. 말하는 품도 훨씬 나아졌어. 말투도 그렇고, 내용도 그렇고.

에드거　잘못 생각하셨어요. 변한 것은 걸친 옷뿐입니다.

글로스터　내 생각으로는 네 말투가 훨씬 나아졌어.

에드거　자아, 여깁니다. 가만히 서 계십쇼. 밑을 내려다보면 무서워서 눈이 핑핑 돕니다! 저 아래 하늘을 날고 있는 까마귀나 붉은다리 까마귀는 크기가 꼭 딱정벌레만 합니다. 그리고 절벽 중간에는 바다미나리 따는 사람이 매달려 있네요. 위험한 직업입니다! 그 사람은 제 머리만 하게 보입니다. 바닷가에서 거닐고 있는 어부는 꼭 생쥐 같아요. 저기 닻을 내리고 있는 커다란 배는 작은 배만큼 작아 보이고, 또 작은 배는 너무 작아서 눈에 띌까 말까 할 정도의 부표로 보이는군요. 헤아릴 수 없이 많은 조약돌 위에 부딪치는 파도 소리가 쏴아 하고 들리는 듯하지만 너무 높아서 그 소리가 신통치가 않아요. 보는 것은 이만해 둡시다. 머리가 핑핑 돌고 눈이 어찔어찔해서 거꾸로 박혀버릴 듯합니다.

글로스터　네가 서 있는 곳에 나를 세워다오.

에드거　손을 이리 주세요. 한 발만 더 옮기시면 바로 벼랑 끝입니다. 달빛 아래의 모든 것을 다 준다 해도 저는 더 이상 앞으로 뛸 수 없습니다.

글로스터　내 손을 놔라. 자, 여기 돈주머니가 또 하나 있다. 그 속에는 가난뱅이로선 감당하기 힘든 만큼의 보석이 있다. 요정들과 제신들이 그것으로써 너를 번영케 할 거다! 자, 내게서 떠나가라. 잘 가거라. 네가 떠나는 발소리를 들려다오.

에드거   안녕히 계십쇼.

글로스터   그래, 잘 가거라.

에드거   (방백) 아버님의 절망을 이토록 희롱하는 것은 오로지 그 절망으로부터 아버님을 구해드리고자 하는 소망 때문이다.

글로스터   (무릎을 꿇고) 전능하신 신이시여! 저는 이 속세를 버리겠나이다. 거룩하신 당신 앞에서 저의 이 벅찬 번뇌를 떨어버리려고 합니다. 제가 이 고통을 더 견딜 수 있고, 거역할 수 없는 막강한 당신의 힘과 싸움을 시작하지 않는다 할지라도, 타다 남은 찌꺼기 같은 육체의 흉한 잔해는 저절로 타 없어질 것입니다. 만일 에드거가 살아 있다면 그에게 축복을 내려주소서! (에드거에게) 잘 가거라. (앞으로 쓰러졌다가 고꾸라진다)

에드거   저는 이만큼 왔습니다. 그럼 안녕히. 그렇지만 스스로 제 목숨을 끊고 싶다는 생각이 간절할 때에는 그 생각만으로도 정말 귀중한 생명을 빼앗기는 경우가 있지 않은가. 아버님께서 정말 여기가 당신이 생각하시는 그 장소라고 믿고 계신다면, 지금쯤 아마 의식마저 잃으셨을 것이다. 살아 계신가, 돌아가셨나? (목소리를 바꾸어서) 여보세요, 노인장! 들리십니까? 말을 해보세요! (방백) 이대로 돌아가실지도 모르겠군. 앗! 깨어나신다. 당신, 무엇하는 사람이오?

글로스터   저리 가라. 죽게 내버려둬.

에드거   당신은 거미줄이오, 새털이오, 공기요? 그렇지 않다면야 그 수십 길 절벽에서 굴러떨어졌으니 계란처럼 박살이 났어야 마땅한데, 아직도 숨을 쉬고 있구려. 당신은 몸도 멀쩡하고, 피도 한 방울 안 나고 입도 뗄 수 있을뿐더러, 오장육부도 아무렇지도 않군요. 돛대 열 개를 잇는다 해도 당신이 거꾸로 곤두박질한 저 높이에는 모자랄 겁니다. 당신이 살아 있다는 것은 기적이오. 자, 말을 해보세요.

글로스터 그렇지만 난 떨어졌는데, 아닌가?

에드거 떨어졌죠. 저 무시무시한 절벽 꼭대기에서 굴러떨어졌어요. 위를 한번 쳐다보세요. 아득히 먼 곳에서 종달새가 앙칼진 목소리로 울고 있는데, 그 모습이 보이지도 들리지도 않는단 말이에요? 한번 올려다보세요.

글로스터 아, 슬프게도 나는 눈이 없어. 불행한 자는 스스로 고통스러운 목숨을 끊는 혜택조차 받을 수 없단 말인가? 자살을 해서 폭군의 분노를 시들게 하고 그의 거만한 뜻을 꺾을 수 있었을 때는 그래도 다소 위안이 되었는데.

에드거 팔을 이리 주세요. 자, 일어납시다. 어떠세요? 다리는 괜찮습니까? 설 수 있지요?

글로스터 물론, 물론. 너무 멀쩡하군.

에드거 정말 기적이네요. 절벽 꼭대기에 함께 서 있다가 헤어진 자는 누구였죠?

글로스터 신세가 딱한 불행한 거지였소.

에드거 여기 아래에서 올려다보니, 그놈은 두 개의 보름달 같아 보이는 눈알에, 콧구멍은 수천 개나 되고, 성난 파도처럼 물결치며 일그러져 보이는 뿔이 여러 개 달려 있는 것 같았소. 그것은 꼭 악마 같았죠. 그래서 당신은 운수 좋은 늙은이라는 겁니다. 매사에 공평하신 하느님은 인간이 할 수 없는 일을 해서 존경을 받습니다만, 이번에도 바로 그 하느님이 당신을 구한 겁니다.

글로스터 이제 정신이 드는 것 같군. 이제부터는 고통이 '그만, 그만' 하고 아우성치다 제풀에 꺾여 사라질 때까지 참고 견디겠소. 당신이 말하는 그 악마를 나는 사람인 줄 알았구려. 하긴 걸핏하면 '악마가, 악마가' 하고 말합디다. 여하튼 그놈이 나를 저곳으로 데려다 주었다오.

에드거　걱정할 것 없습니다. 마음을 차분히 가지세요. 그런데 저기 오는 이는 누굴까?

　　　　들꽃으로 괴상하게 치장한 리어 왕 등장.

제정신이라면 저런 모습을 하고 있을 리 없지.

리 어　그래, 내가 가짜 돈을 만들었다고 해서 그놈들이 내게 손댈 수는 없어. 내가 바로 왕이니까.

에드거　아, 가슴을 도려내는 듯한 광경이로다!

리 어　그 점에 있어서는 인공보다는 자연이 낫지. 자, 당신 품삯이오. 저 사람은 마치 새 쫓는 사람처럼 활을 쏘는군. 겨우 발 하나 길이 화살을 쏘네. 저런, 저런, 저 생쥐 좀 봐! 쉬잇, 조용히. 불에 구운 이 치즈 토막으로 잡을 수 있을 거야. 장갑을 던졌으니, 결투를 하자. 이 일을 위해서라면 거인하고라도 싸울 테다. 갈색의 창을 갖고 오너라. 아, 잘 날아갔다. 새야! 과녁에, 과녁에 맞았다. 후웃! 암호를 대라.

에드거　향기로운 꽃, 박하.

리 어　통과.

글로스터　저건 귀에 익은 목소린데.

리 어　(글로스터를 보고) 핫, 고네릴이다! 흰 수염이 났군! 저것들은 개처럼 나한테 알랑거리면서, 검은 털도 나기 전에 내 수염에 흰 털이 생겼다고 말했어. 내가 하는 말엔 무턱대고 '네' '아니오' 라고 맞장구쳤지! '네' '아니오' 하는 것도 하늘의 가르침에 미흡한 것이렷다. 비를 맞고 몸이 흠뻑 젖었을 때, 찬바람 때문에 이가 덜덜 떨렸을 때, 천둥이 내 명령을 듣지 않고 요란하게 울렸을 때 나는 그들의 정체를 알았어. 그들의 냄새를 맡았단 말이야. 이봐, 그들은 약속을 안 지키는 작자들이야. 그들은 내가 척척박사라고 하지만, 그것은 거짓말이야. 나도 학질에는 꼼짝 못 하거든.

글로스터   저 말투를 나는 기억하고 있어. 국왕 폐하 아니십니까?

리 어   그렇다. 틀림없는 왕이다. 내가 노려보면 신하들은 벌벌 떨게 마련이지. 나는 저놈의 목숨만은 살려주겠다. 네 죄목은 뭐냐? 간통죄냐? 죽이지는 않겠다. 간통죄에 대한 사형은 있을 수 없으니까! 없고말고. 굴뚝새도 그렇고, 작은 금파리도 내 면전에서 뻔뻔스럽게 음란한 짓을 하거든. 실컷 교미를 하라고. 글로스터의 사생아는 정당한 부부 사이에서 버젓이 태어난 내 딸들보다도 아버지에 대한 효성이 더 지극했어. 하고 싶으면 실컷 해라! 나는 병사들이 부족해. 저기 억지로 웃고 있는 부인을 보게. 두 가랑이 사이에 있는 그의 얼굴은 눈처럼 깨끗하다는 표정을 지으며 정숙한 가면을 쓴 채, 음탕한 이야기만 들어도 머리를 흔들어대고 있어. 그러나 음탕한 짓을 하는 데 있어서는, 냄새나는 고양이나 배가 터지게 꼴을 처먹는 원기 왕성한 말도 그녀만큼 야단스럽게 음란한 짓을 하진 못할 정도다. 그들은 허리 위는 여자지만 허리 아래는 말인 반인반마(半人半馬)로서, 허리까지는 신의 것이지만 그 아랫도리는 악마의 소유물이야. 그곳은 지옥이요 암흑이요 유황이 지글지글 타고 있는 구렁텅이야. 불길이 타오르고 이글이글 끓어 악취가 코를 찌르며 썩고 있지. 더러워, 더러워, 더러워! 풋, 풋! 약제사, 사향 일 온스만 갖고 오너라. 기분이 언짢다. 대금은 여기 있어.

글로스터   제발 그 손에 입을 맞출 수 있는 영광을 주소서!

리 어   우선 손부터 씻고. 송장 냄새가 난단 말이야.

글로스터   아, 부서지는 자연의 한 조각이여! 이 거대한 세상도 닳아서 없어질 것이다. (리어에게) 저를 아시겠습니까?

리 어 자네 눈동자를 잘 기억하고 있네. 곁눈질하며 나를 쳐다보고 있는
가, 눈먼 큐피드? 어떤 간악한 짓을 해도 좋아, 나는 상사병엔 걸리
지 않을 테니. 이 결투장을 읽어봐, 글씨체를 잘 눈여겨 보도록.

글로스터 문자 하나하나가 태양이라 할지라도, 저는 볼 수 없습니다.

에드거 (방백) 이 일을 다른 이에게서 들었다면 도저히 믿을 수 없었을 것이
다. 그러나 사실이니만큼 내 심장은 터질 것만 같구나.

리 어 읽어라.

글로스터 아니, 눈알도 없는 껍데기만으로요?

리 어 어헛! 정말 그렇단 말이지? 머리에는 눈이 없고, 지갑 속에는 돈이
없다는 얘기로군. 네 눈은 중량이고 네 돈주머니는 경량이구나. 그
러나 세상 돌아가는 낌새는 알 수 있겠지?

글로스터 육감으로 압니다.

리 어 아니, 미치광이란 말인가? 사람은 눈이 없어도 세상 돌아가는 일
쯤은 볼 수 있는 법이야. 귀로 세상을 보게. 저기 있는 재판관이 천
한 신분의 도둑놈을 야단치는 것을 보게. 귀로 듣게나. 두 사람이
자리를 바꾼대도 어느 쪽이 재판관이고 어느 쪽이 도둑놈인지 알
아맞히겠지? 너, 농부의 개가 거지를 보고 짖어대는 광경을 본 적
이 있나?

글로스터 네, 보았습니다.

리 어 그 거지가 개에게 쫓겨 도망치는 것을 보았겠지? 거기서 권력을 쥔
자의 위대한 모습을 볼 수 있는 거야. 개도 지위만 있으면 사람을
쫓을 수 있을 거라구. 이 악독한 순경 놈아, 그 잔인한 손을 멈춰라!
왜 그 창녀에게 매질을 하느냐? 네놈의 잔등이나 갈겨라. 매음을
한다고 해서 매질하는 모양인데, 바로 네가 그 여자를 간음하려고

열을 올리고 있지 않느냐? 고리대금업자가 사기꾼을 교수형에 처한다지? 누더기를 걸치고 있으면 뚫어진 구멍으로 티끌 만한 죄가 들여다보이지만, 예복이나 모피 외투를 입고 있으면 모든 것이 다 감춰지지. 죄악에 황금을 입히면 날카로운 정의의 창도 상처를 못 내고 부러져버리는 거야. 죄악을 누더기로 싸면, 난쟁이의 지푸라기로도 그것을 꿰뚫을 수 있어. 죄짓는 사람은 없어, 아무도 없어, 없는 거야. 내가 보증하지. 내 말을 믿게. 나는 고소인의 입을 틀어막을 수 있어. 유리 눈이라도 해 박지. 그리하여 천박한 모사(謀士)처럼, 보이지 않는 것도 보이는 척해봐. 자, 자, 자, 이 장화를 이제 벗겨다오. 좀 더 세게, 좀 더. 그렇지.

에드거 (방백) 의미 있는 말과 무의미한 지껄임이 뒤섞여 있네! 광기 속에서도 이치가 번득이는구나!

리 어 나의 이 불행을 그대가 슬퍼해준다면 내 눈을 주겠다. 나는 그대를 잘 알고 있다. 이름이 글로스터지? 그대는 참아야 해. 우린 모두 울면서 세상에 태어났지. 처음으로 이 세상 공기를 마실 때 응애응애 하고 운다는 것을 그대도 알고 있을 것이다. 그대에게 내가 얘기해줄 테니, 잘 들어보게.

글로스터 아아, 슬픈 일이로다!

리 어 우리들은 세상에 태어날 때, 이 거대한 바보들의 무대에 나온 것을 깨닫고 슬피 운다. 이 모자 꼴은 좋군! 모자와 천으로 기마대 말들의 발을 싸는 것은 훌륭한 계략이다. 시험 삼아 해보겠다. 사위 놈들이 있는 곳에 몰래 숨어들어 그놈들을 죽여, 죽여, 죽여, 죽여, 죽여, 죽이라구!

여러 명의 시종들과 함께 신사 등장.

신 사 아, 여기 계시는구나. 이분을 꼭 붙들어라. 폐하, 폐하의 친애하는 따님께서…….

리 어 도망갈 길이 없는가! 아니, 포로가 됐단 말이냐? 내가 운명의 장난 감이냐? 나를 함부로 다루지 마라, 보상금을 줄 테니. 외과의를 불러라. 뇌수까지 찔린 기분이다.

신 사 매사 분부대로 하겠습니다.

리 어 보좌관들은 없는가? 나 혼자뿐인가? 아니, 이렇게 되면 사나이도 온통 눈물을 쏟아내어, 두 눈은 뜰에 물을 주는 작은 단지가 되고 말지. 음, 그래, 가을에 먼지가 못 일어나도록 하기 위해서 말야. 나는 떳떳하게 죽겠다. 단정한 새신랑처럼. 뭐냐! 난 유쾌해질 거다. 자, 자, 나는 왕이로소이다. 네놈들은 알고 있느냐?

신 사 폐하께서는 일국의 왕이십니다. 저희들은 오로지 명령에 복종할 따름입니다.

리 어 그렇다면 아직 희망은 있다. 그것을 얻고 싶으면 뛰어와서 가져가라. 자, 자, 자, 자! (리어 왕, 뛰어나간다. 시종들, 그 뒤를 쫓는다)

신 사 하찮은 신분의 사람도 저렇게 되면 몹시 가엾은 법인데, 하물며 국왕의 신분으로서 저 모양이 되셨으니 이루 말할 수 없구나! 그래도 폐하께는 막내 따님 한 분이 계시지. 다른 두 딸들 때문에 그 천륜이 모든 사람의 저주를 받기는 했지만, 그 따님은 저주의 파국으로부터 천륜을 되찾으실 분이셔.

에드거 여보세요, 안녕하십니까?

신 사 안녕하시오? 무슨 일이시오?

에드거 혹 전쟁이 일어났다는 소문을 들으셨는지요?

신 사 누구나 다 알고 있는 뻔한 사실 아니오? 귀가 있는 사람이라면 그런 소식은 다 듣고 있소.

에드거 그건 그렇다 치고, 실례지만 저쪽 군대들은 어디까지 와 있습니까?

신 사 가까이 와 있어요. 빠른 속도로 진격하고 있소. 주력부대가 나타나는 것도 시간문제요.

에드거 고맙습니다, 이제 됐습니다.

신 사 왕비께서는 특별한 이유가 있어서 이곳에 오셨지만, 군대는 진격 중입니다.

에드거 고맙습니다. (신사 퇴장)

글로스터 언제나 자비심 많은 신이시여, 당신이 뜻하실 때 제 숨통을 눌러주십시오. 악독한 제 근성이 저를 유혹하여 신이 허락하시기도 전에 죽고자 하는 마음을 먹지 않도록 해주소서!

에드거 아저씨, 훌륭한 기도입니다.

글로스터 이봐, 도대체 너는 누구냐?

에드거 보잘것없는 놈이지요. 계속되는 불행에 길들고, 갖가지 슬픔을 겪은 탓에 남을 깊이 동정하게 된 사람입니다. 제가 손을 잡아드리지요. 쉴 만한 곳으로 모셔다 드리겠습니다.

글로스터 진심으로 고맙다. 하늘의 은총과 축복이 너에게 넘치도록 쏟아지길!

오즈월드 등장.

오즈월드 현상 붙은 반역자다! 내가 운이 터졌구나! 눈알 없는 네 머리통은 본래부터 내 출세를 위해 만들어졌나 보구나. 불행한 이 늙은 반역자야, 각오해라. 내가 칼을 뽑았으니 네 목숨을 빼앗고야 말겠다.

글로스터 친절한 분이군. 힘껏 쳐주시오. (에드거, 이들 사이에 끼어든다)

오즈월드 겁도 없는 촌놈아, 무엇 때문에 반역자로 공포된 자를 편들며 감싸느냐? 너도 이놈과 함께 죽고 싶으냐? 그 팔을 놔라.

에드거 그런 이유 때문이라면 못 놓겠다.

오즈월드 놔라, 노예 놈아. 안 놓으면 죽이겠다!

에드거 이봐, 가던 길이나 재촉하시지. 이 사람은 그냥 보내고. 내가 공갈 협박에 죽을 놈이라면, 벌써 반달 전에 나는 뻗었을 거야. 안 돼, 이 노인 곁에는 얼씬도 못 한다구. 비켜, 내 말을 들으시지. 그렇지 않으면 네놈의 대갈통이 단단한가, 이 몸뚱이가 단단한가 시험해볼 테니. 네놈하고 쓸데없는 수작하고 싶지 않아.

오즈월드 닥쳐라, 이 똥 같은 놈아!

에드거 네 앞니를 모조리 뽑아줄 테다. 자, 덤벼라. 그 칼로 찌를 테면 찔러 봐. (두 사람 싸운다. 에드거가 오즈월드를 때려눕힌다)

오즈월드 이놈, 내가 네놈 손에 죽는구나. 내 돈주머니를 가져라. 장차 편히 살려거든 내 시체를 묻어다오. 그리고 내 몸에 지니고 있는 이 편지를 글로스터 백작, 에드먼드 님에게 전해다오. 영국 편에 가서 그를 찾아라. 아, 뜻밖의 최후로다. 아아, 마지막이구나! (오즈월드 죽는다)

에드거 난 네놈을 잘 알고 있지. 악한 일에 충성을 다한 놈. 네 여주인의 악 행에 대해서 악인이 할 수 있는 최대한의 몫을 다한 놈이지.

글로스터 아니, 그놈이 죽었느냐?

에드거 아저씨, 거기 가만히 계세요. 잠시 쉬시라고요. 이놈의 주머니를 뒤져 봅시다. 지금 이놈이 부탁한 편지가 우리 편에 도움을 줄는지 도 몰라요. 이젠 숨이 끊어졌군. 널 사형 집행인의 손에 맡기지 않은 것이 억울하다. 어디 보자. 봉함(封緘)이여, 편지의 개봉을 눈 감아다오. 적군의 심중을 알기 위해 때로는 사람의 가슴도 찢는데 편지 겉봉쯤이야 문제가 되겠느냐? (편지를 읽는다)

"서로 굳게 언약한 우리의 약속을 잊지 마세요. 당신은 그이를 해치울 기회가 많으실 겁니다. 각오만 서 있으면 때와 장소는 충분히 마련될 거예요. 그이가 개선장군으로 돌아오면 만사 끝장나는 겁니다. 그렇게 되면 저는 죄인이 되고 그의 침대는 저의 감옥이 될 것입니다. 진절머리나는 그 잠자리의 온기로부터 저를 구출해주세요. 수고하신 보답으로 그 잠자리를 당신께 드리겠어요.

아내라 불리고 싶은 당신의 애인 고네릴"

아아, 여인의 색정은 어디까지 뻗을 수 있는 것인가! 덕망 있는 남편의 목숨을 빼앗고, 그 대신 내 동생 에드먼드를 그 자리에 앉히려는 흉계로구나! (오즈월드의 시체를 보면서) 네놈을 이 모랫더미 속에 묻어주마. 살인미수, 간통 남녀의 더러운 심부름을 도맡아 해온 녀석. 때가 오면 모살될 뻔한 공작에게 이 추잡한 편지를 보여주어 깜짝 놀라게 해줘야겠다. 너의 죽음과 용무에 대해 내가 공작에게 얘기할 수 있게 되어 정말 다행이다.

글로스터 국왕께서는 돌아버리셨는데, 내 하잘것없는 감각은 얼마나 단단하길래 이렇게 계속 버티며 엄청나게 큰 슬픔을 이토록 뼈저리게 느끼고 있단 말인가! 차라리 미치는 게 낫겠다. 그렇게 되면 나 자신의 슬픔을 생각하지 않아도 되고, 마음이 헝클어져 있으니 갖가지 재난도 자연히 잊혀질 것 아닌가. (멀리서 북소리 들린다)

에드거 손을 이리 주세요. 멀리서 북소리가 들리는 듯합니다. 자, 가십시다, 아저씨. 친구와 함께 계시도록 부탁해보겠습니다. (일동 퇴장)

제7장 프랑스군 진영의 천막 속

코델리아, 켄트, 의사, 시종 등장.

코델리아 오, 착하신 켄트 님, 켄트 님의 충성에 보답하려면 얼마나 오랫동안 살면서 어떻게 노력해야 할까요? 이 신세를 갚으려면 내 한평생이 너무 짧고, 어떤 보상의 방법을 써도 부족할 뿐일 거예요.

켄 트 인정해주신 것만으로도 과분한 보상이 되겠습니다. 방금 말씀드린 보고는 사실 그대로입니다. 추가도 삭제도 아닙니다.

코델리아 좀 나은 옷으로 갈아입으세요. 그 옷은 지금까지 고생한 동안의 추억을 되살리니까요. 부탁입니다, 그 옷을 벗어버리세요.

켄 트 용서하십시오, 왕비님. 제 신원이 지금 밝혀지면 모든 계획이 수포로 돌아갑니다. 때가 되어 적당하다고 생각될 때까지 저를 모르는 척 내버려두시면 감사하겠습니다.

코델리아 그러시다면, 좋습니다. (의사에게) 국왕의 용태는 어떻소?

의 사 아직도 주무시고 계십니다.

코델리아 은혜로운 신들이여, 험한 일을 당해 얻으신 마음의 상처를 고쳐주소서. 불효자식 때문에 상하고 거칠어진 생각을 다시 조정하시어, 오, 제정신을 되찾을 수 있도록 도와주소서!

의 사 어떻겠습니까, 깨우시는 것이? 충분히 주무셨는데요.

코델리아 의사 선생의 판단에 따라 처리하시기 바라오. 그런데 폐하께서 옷은 갈아입으셨소?

신 사 네, 왕비님. 폐하께서 깊이 잠드셨을 때, 새 옷으로 갈아입혀드렸습니다.

의 사 왕비님, 폐하를 깨울 때 옆에 계셔주십시오. 반드시 정상으로 돌아오실 겁니다.

코델리아 좋아요. (음악 소리)

　　　　리어 왕, 침대에 잠든 채 시종에 의해 운반되어 등장.

의　사 이리 가까이 오십시오. 음악 소리를 높여라.

코델리아 아, 사랑하는 아버님! 제 입술에 회복의 비약이 묻어 있다면 두 언니들이 옥체에 끼친 엄청난 상처를 제 키스로 고쳐드리고 싶습니다!

켄　트 착하고 친절하신 왕비님!

코델리아 설사 그들의 아버지가 아니었다 할지라도 이 백발은 그들에게 동정심을 불러일으킬 수 있었을 텐데. 이 얼굴이 사나운 비바람을 맞아야만 했단 말입니까? 무서운 벼락을 품은 우레를 들으셔야만 했단 말입니까? 재빨리 하늘을 가르는 번개가 처절하게 번쩍이는 야밤중에, 밤잠도 주무시지 못하고 목숨을 건 파수병처럼 얇은 투구만을 머리에 쓰신 채 말입니다. 내 원수의 개, 나를 문 개라 할지라도 그런 밤에는 집 안 난롯가에서 불을 쬐게 했어야 마땅한 것을. 그런데 가엾게도 아버님은 돼지나 부랑배들과 함께 그 답답하고 곰팡내 나는 오두막 안의 짚자리에서 쉬셔야 했습니까? 깨어나시는군요. 목숨과 정신을 한꺼번에 잃지 않으신 것이 신기할 뿐입니다. 아아! (의사에게) 폐하께 말씀을 건네보세요.

의　사 왕비께서 말씀하시는 것이 더 적당한 줄 아뢰옵니다.

코델리아 폐하, 어떠십니까? 기분이 좀 어떠하십니까?

리　어 무덤 속에서 나를 끌어내면 못 써. 너는 축복받은 영혼이지만 나는 불바퀴에 묶여 있는 몸이라, 내가 눈물을 흘리면 납처럼 녹아흘러 화상을 입어.

코델리아 저를 아시겠습니까?

리 어 너는 망령이지? 언제 죽었나?

코델리아 정신을 회복하시려면 아직도 멀었구나!

의 사 아직 잠에서 깨어나신 것이 아닙니다. 잠시 혼자 계시도록 내버려
두세요.

리 어 내가 지금까지 어디에 있었느냐? 지금 여긴 어디냐? 아름다운 햇
살이군. 나는 어이없이 속고 있어. 딴 사람이 나 같은 꼴을 겪고 있
으면 나는 그것을 보고 가엾어서 죽고 싶을 거다. 뭐라고 말해야
좋지? 이것이 내 손인지 아닌지도 분간할 수 없구나. 이 바늘이 찌
르는 것은 느낄 수 있군. 지금 내가 어떤 지경에 놓여 있는지 그것
을 알고 싶다!

코델리아 저를 보세요. 제게 손을 얹고 저를 축복해주세요. 아니에요, 무릎
은 꿇지 마세요.

리 어 제발 부탁이오, 나를 놀리지 마오. 나는 지극히 못난 바보 늙은이
라오. 나이가 벌써 여든이 넘었소. 그보다 더 많지도 적지도 않다
오. 솔직히 말해서 나는 제정신이 아닌가 보오. 당신도 여기 있는
이 사람들도 다 알 것 같긴 한데, 확실치가 않구려. 여기가 어딘지
모르기 때문이고, 이웃도 기억나질 않기 때문이오. 어젯밤 내가 어
디에서 잠을 잤는지도 모르고 있을 정도라오. 나를 비웃지 마오.
내가 살아 있는 것이 확실하다면, 이 부인은 내 딸 코델리아라고
생각되는데.

코델리아 그렇습니다, 확실히 그렇습니다.

리 어 눈물을 흘리고 있느냐? 그렇군, 눈물이로군. 제발 울지 마라. 네가
독약을 마시라면 마시겠다. 네가 나를 원망하고 있다는 것도 난 알
고 있어. 내 기억에 네 언니들은 나를 무한히 괴롭힌 것 같은데, 그

들은 나를 학대했으니 할 말이 없을 테지만, 너 코델리아는 나를 미워할 만한 이유가 있지 않느냐?

코델리아 아니오, 아무런 이유도 없습니다.

리 어 내가 지금 프랑스에 와 있느냐?

켄 트 폐하의 왕국에 계십니다.

리 어 나를 속일 셈이냐?

의 사 안심하십시오, 왕비 전하. 보시다시피 무서운 광기는 이제 진정되었습니다. 그러나 지금까지 겪어오신 일들을 다시 기억하시게 하는 것은 위험합니다. 안으로 모시고 들어가십시오. 좀 더 안정을 얻으실 때까지 자극을 드리지 마십시오.

코델리아 안으로 드십시오.

리 어 참고 견디어라. 과거를 잊고 나를 용서해라. 난 어리석은 늙은이야. (켄트와 신사만 남고 모두 퇴장)

신 사 콘월 공작이 살해되었다는 게 사실입니까?

켄 트 확실한 모양이오.

신 사 공작의 부하들을 통솔하고 있는 사람은 누굽니까?

켄 트 글로스터 백작의 사생아라던데.

신 사 추방 당한 그의 아들 에드거는 글로스터 백작과 함께 독일에 있다는 소문입니다.

켄 트 소문은 믿을 수 없어요. 지금은 극히 조심할 때요. 적군이 급속도로 밀려오고 있습니다.

신 사 이 싸움은 피비린내 나는 결전이 될 것 같소. 그럼 안녕히. (퇴장)

켄 트 오늘의 결전에 승리하느냐 패배하느냐에 따라서 나의 계획이 철저하게 달성되느냐 안 되느냐도 판가름 날 것이다. (켄트 퇴장)

제5막

제1장 도버 근처의 영국군 진영

북과 군기를 든 병사들과 에드먼드, 리건, 부대장, 장교들, 그 밖의 사람들 등장.

에드먼드 (부대장에게) 공작에게 가서 일전의 계획에 변경된 것은 없는지 혹은 그 이후 어떤 사정이 생겨 방침을 바꾸시진 않으셨는지 확실히 알아보고 오너라. 공작께서는 변덕이 심하셔서, 자신이 한 일을 스스로 비난하시는 일이 종종 있었으니까. (부대장 퇴장)

리 건 언니의 하인에게 뭔가 문제가 생긴 게 틀림없어요.

에드먼드 아무래도 그런 것 같아 걱정스럽군요.

리 건 에드먼드 님, 내가 당신에게 호의를 갖고 있다는 걸 아시지요? 말해보세요…… 진심으로…… 사실대로 말해보세요, 당신은 언니를 사랑하지 않으세요?

에드먼드 공경하는 마음에서의 사랑입니다.

리 건 하지만, 당신은 형부만이 드나들 수 있는 금단의 처소에 들어가신 적이 있죠?

에드먼드 천만에요, 어림도 없는 소리입니다.

리 건 하지만 마음에 걸려요. 언니와 함께 붙어 다니면서 서로 부둥켜안는 등 부부만이 할 수 있는 짓을 다 하고 있는 것은 아닙니까?

에드먼드 절대로 그런 일 없습니다, 명예를 걸고.

리 건 나는 결코 언니가 그런 짓을 하도록 내버려두지 않을 거예요. 에드먼드 님, 언니와 너무 가깝게 지내지 마세요.

에드먼드   그런 걱정은 마십시오. 공작과 공작부인께서 오시는군요!

북과 군기를 앞세우고 알바니 공작, 그리고 병사들 등장.

고네릴   (방백) 동생이 나와 에드먼드 사이를 떼어놓을 바에야 차라리 전쟁에 지는 게 낫지.

알바니   지극히 사랑하는 우리 처제, 잘 만났소. (에드먼드에게) 들리는 소문에 의하면 국왕께서는 막내딸한테로 갔다 하오. 우리나라의 학정 때문에 불만이 많은 도당들과 합세했다는 소식이오. 나는 원래 공명정대한 일이 아니면 용감히 싸우지 않는 사람인데, 이번 전쟁은 프랑스 왕이 우리나라를 침략하려고 마음먹었기 때문이지, 리어 왕 일당을 도와주려고 일으킨 것이 아니기 때문에 우리도 떨쳐 일어난 거요. 프랑스 왕은, 지극히 정당하고 중대한 이유로 해서 전쟁을 일으키고자 하는 다른 사람들과 한패가 되어 우리 국토를 침략하려 하고 있소.

에드먼드   참으로 고귀하신 말씀입니다.

리 건   어쩌자고 그따위 토론을 시작하시는 거예요?

고네릴   모두가 힘을 합쳐 적군을 무찌릅시다. 이런 개인적인 불만이나 내부적인 분열은 여기서 문제삼을 것이 못 되니까.

알바니   그렇다면 노련한 전략가와 작전이나 짭시다.

에드먼드   공작님의 진영으로 곧 가겠습니다.

리 건   언니, 함께 가시죠.

고네릴   나는 가고 싶지 않아.

리 건   함께 가셔야 합니다, 가십시다.

고네릴   (방백) 흥, 그 수수께끼를 내가 알지. (리건에게) 그래, 가자꾸나.

그들이 밖으로 나가려 할 때, 변장한 에드거 등장.

에드거   보잘것없는 졸장부하고도 한마디 나눌 여유가 있으시다면, 제 말 씀에 귀를 좀 기울여주십시오.

알바니   (일동에게) 곧 뒤따라가겠소. (알바니와 에드거만 남고 모두 퇴장) (에드거에게) 말해보라.

에드거   전쟁을 시작하기 전에 이 편지를 뜯어보십시오. 전쟁에 승리를 거 두시면, 나팔 소리를 울려 이 편지를 들고 온 저를 불러주시기 바 랍니다. 제 몰골이 이토록 엉망이긴 합니다만, 이 편지 속에 씌어 있는 것이 거짓이 아님을 이 칼을 두고 맹세합니다. 전쟁에 패하시 면 공작님의 운세도 끝장나고 따라서 이 음모도 끝이 나겠지요. 행 운을 빕니다!

알바니   편지를 다 읽을 때까지 기다려 달라.

에드거   그건 안 됩니다. 때가 오면 전령을 통해 절 불러주십시오. 다시 나 타나겠습니다.

알바니   잘 가라. 편지는 잘 읽어두겠다. (에드거 퇴장)

에드먼드 다시 등장.

에드먼드   적군이 눈앞에 나타났습니다. 전열을 가다듬으세요. 적군의 실 력, 장비 등을 자세히 조사한 기록이 여기 있습니다. 하지만 급히 서두르셔야 합니다

알바니   늦지 않도록 하겠다. (알바니 퇴장)

에드먼드   나는 두 자매 모두에게 사랑을 맹세했다. 두 자매가 서로 질투하 는 모습은 마치 독사에게 물린 적이 있는 사람이 독사를 미워하는 것과 같구나. 둘 중에 누구를 골라잡을까? 둘 다? 하나만? 아니면

둘 다 그만둘까? 둘 다 살아 있으면 어느 쪽도 즐길 수 없어. 과부를 택하면 언니인 고네릴이 미친 듯 화를 내겠지. 그리고 그녀의 남편이 살아 있는 한 내 목적을 달성할 수도 없고. 전쟁을 수행하기 위해서는 남편의 권력을 이용키로 하고 전쟁이 끝나면 그녀에게 남편을 감쪽같이 처치해 버릴 방안을 강구하라고 해야지. 공작은 리어와 코델리아에게 자비를 베풀고자 하지만, 전쟁이 끝난 후 그들이 우리의 포로가 되고 나면 용서고 뭐고 없다. 지금 내 입장에서 중요한 것은 심사숙고하는 것이 아니라 나 자신을 방어하는 일뿐이니까. (에드먼드 퇴장)

제2장 양 진영 사이의 들판

안에서 경종 소리. 북과 군기를 앞세우고 리어, 코델리아, 그들의 병사들이 무대를 가로질러 퇴장한다. 에드거와 글로스터 등장.

에드거 아저씨, 이 나무 그늘을 집 삼아 쉬시면서 정의가 이기도록 기도해 주세요. 제가 다시 돌아올 땐 위안을 가져다 드릴게요.

글로스터 하느님의 가호가 있기를 빈다. (에드거 퇴장)

안에서 경종 소리, 군인들 패주하는 소리. 에드거 등장.

에드거 영감님, 달아나세요! 자, 손을 이리 주세요, 도망갑시다. 리어 왕이 패배했어요. 폐하와 코델리아가 잡혔어요. 자, 손을 이리 주세요, 갑시다.

글로스터 더 이상 갈 수 없네. 여기서 죽으면 그만이야.

에드거 왜 그러세요, 또 음울한 생각에 잠기신 거예요? 사람이란, 세상에 태어나는 것도 마찬가지지만 세상을 떠나는 것도 임의로는 안 되는 법이에요. 때가 무르익는 것이 중요합니다. 자, 갑시다.

글로스터 그 말도 옳다. *(두 사람 퇴장)*

제3장 도버 근처의 영국군 진영

북이 울리고 군기가 휘날리는 가운데 개선장군인 에드먼드 등장. 포로로 잡힌 리어 왕과 코델리아가 장교들, 장병들과 함께 등장.

에드먼드 장교들은 이 포로들을 끌고 가라. 그들을 재판할 상관의 명령이 떨어질 때까지 잘 감시하라.

코델리아 최선을 다했음에도 최악의 사태를 맞는 것은, 우리가 처음이 아닙니다. 학대받으신 아버님만 생각하면 저는 맥이 빠집니다. 그렇지만 않았어도 전 혼자서 거짓말쟁이 운명의 여신의 찌푸린 상과 맞서 노려봄으로써 그 여신을 물리쳤을 텐데. 언니들을 만나보지 않으시렵니까?

리 어 아니, 아니, 아니, 아니다! 어서 우리는 감옥으로나 가자. 둘이서 새장 속의 새들이 되어 노래를 부르자. 네가 나의 축복을 빌어주면 나는 무릎을 꿇고 너의 용서를 구하마. 그렇게 우리는 살아가자. 기도하고 노래하고 옛날 얘기를 나누며 금빛 나비들 보고 웃고 가련한 패거리들의 궁중 소식 접하며, 그들과 맞장구치면서 살자. 아무개는 쫓겨나고, 아무개는 득세했다는 얘기를 들어보자. 이 세상 돌아가는 신비에 관해서, 우리는 신들의 밀사(密使)인 양 아는 척하며 지내자. 사면이 벽으로 둘러싸인 감옥에서, 달의 힘으로 밀물과 썰물이 교차하듯 흥망성쇠가 무상한 거물들의 패거리보다는 오래 살아갈 수 있을 것이다.

에드먼드 끌고 나가라!

리 어 내 딸 코델리아야, 너의 희생에 대하여 신들은 향을 피워줄 것이다. 내가 너를 붙잡고 있지 않느냐? 우리를 떼어놓으려는 자는 하늘에서 횃불을 가져와야 할 거다. 횃불로써 여우를 몰아내듯이 우리를 쫓을 수밖에 없을 거야. 눈물을 닦아라. 그들이 우리를 울리기 전에 그들이 먼저 병에 걸려 썩어 문드러질 거다. 그들이 먼저 굶어 죽을 거야. 가자. (리어 왕과 코델리아가 호위를 받으며 퇴장)

에드먼드 부대장, 듣거라. (쪽지를 주며) 이 쪽지를 가지고 이들을 따라 감옥으로 가거라. 나는 이미 너를 일계급 승진시켜 두었다. 거기 적힌 대로만 하면 너는 행운을 잡게 될 것이다. 사람은 시기에 맞춰 움직여야 한다는 걸 명심해. 칼을 휘두르는 사람에게는 순한 마음씨가 어울리지 않아. 너에게 맡긴 이 큰 역할에 대해서 꼬치꼬치 캐묻지 마라. 명령에 따르겠느냐, 아니면 다른 방법으로 출세하겠느냐? 그것만 대답하라.

부대장 명령대로 따르겠습니다.

에드먼드 그럼 즉시 실행하라. 실행 후에는 그래도 이게 다행이라고 생각하라. 알겠느냐? 즉시 실행하는 거다. 내가 적은 대로 처리하라.

부대장 저는 말린 귀리를 먹지도, 수레를 끌지도 않습니다. 그러나 사람이 하는 일이라면 무엇이든 다 하겠습니다.

요란한 나팔 소리. 알바니, 고네릴, 리건, 또 한 명의 장교 그리고 병졸들 등장.

알바니 백작은 오늘 자신이 매우 용감한 집안의 태생임을 유감없이 보여 주셨구려. 또한 이번 전투의 적수인 두 사람을 포로로 잡았으니 행운이 겹쳤소. 이제 그들을 위해서 백작에게 부탁하고 싶은 것은, 그들의 공죄와 우리들의 안전을 다같이 생각해서 누구든 공평한 판결을 받도록 그들을 잘 처리해달라는 것이오.

에드먼드 늙고 비참한 왕을 적당한 곳에 감금하여 감시병을 붙여두는 것이 적합하다고 생각합니다. 고령의 나이인 데다 국왕이라는 신분도 그럴싸해서 백성들의 마음을 사로잡아 그의 편에 서도록 할 뿐 아니라, 우리가 모병하고 다스려야 할 병졸들의 창끝이 급기야 우리 눈을 찌를 염려도 있기 때문입니다. 프랑스 왕비도 그와 함께 보낼 생각인데 이유는 같습니다. 내일이든 그 언제가 되든 공작께서 주재하는 재판에 출두하도록 조치를 취해놓겠습니다. 그런데 지금 우리는 피와 땀으로 범벅이 되고, 친구는 그의 친구를 잃고 있습니다. 아무리 정당한 전투라 할지라도 그것이 치열해지면 저주를 받게 마련입니다. 코델리아와 그 부친의 문제는 더 적합한 장소를 택해서 결정함이 합당할 줄로 압니다.

알바니 미안한 얘기지만, 나는 이 전쟁에 있어서 백작을 나의 부하라고 여기지, 형제로 여기고 있는 것은 아니오.

리 건 그건 제가 백작을 어떻게 대우하느냐에 달려 있지요. 당신이 그런 말씀을 하시기 전에 먼저 제 의사를 타진했어야 옳았어요. 이분은 저의 군사를 이끌었으므로 저를 대신하는 지위와 신분을 위임받으셨어요. 이토록 가까운 사이니 형제라 불러도 상관없겠지요.

고네릴 너무 흥분하지 마라. 네가 자격을 드리지 않아도 이분은 그 자체로서 인품이 빼어나시니까.

리 건 내가 권리를 준 이상 최고의 권력자가 될 수 있는 거죠.

고네릴 이분이 네 남편이라도, 그건 어림없는 수작이야.

리 건 엉뚱한 소리를 하는 어릿광대가 때로는 예언을 하기도 합니다.

고네릴 흥! 너에게 그런 말을 한 사람은 사팔뜨기였겠지?

리 건 언니, 나는 지금 몸이 좋지 않아요. 그렇지만 않았어도 뱃속의 화를 후련히 터뜨려 대꾸할 텐데. (에드먼드에게) 장군, 나의 군대와 포로와 재산을 모두 당신에게 바치겠어요. 마음대로 처분하세요. 뿐만 아니라 나 자신도 당신의 것입니다. 당신은 나의 성주(城主)예요. 이 세상을 증인 삼아, 나는 당신을 내 군주요 남편으로 삼겠어요.

고네릴 그 사람과 재미를 보려구?

알바니 고네릴 당신이 이들을 마음대로 제지시킬 수는 없소.

에드먼드 공작님 마음대로도 못 할걸요.

알바니 사생아 자식, 난 그럴 수 있다.

리 건 (에드먼드에게) 북을 울리세요. 내 권리가 당신에게 이양된 사실을 어서 알리세요.

알바니 잠깐 기다려. 이유를 듣거라, 에드먼드. 난 대역죄로 너를 체포한다. 그리고 너와 함께 (고네릴을 가리키며) 금으로 도금한 뱀도 체포하겠다. 처제, 당신의 요구에 대해서는 내 아내의 이익을 위해서 반대하겠소. 내 아내는 이미 이 사람과 재혼할 언약을 했으니, 그녀의 남편으로서 어찌 내가 당신의 구혼에 찬성하겠소? 당신이 재혼해야겠다면, 나한테 구혼하시오. 내 아내는 이미 약속된 몸이니.

고네릴 미친 소리!

알바니 에드먼드, 너는 무장하고 있으니 나팔을 불게 하라. 네놈이 범한 명백하고도 악독한 여러 가지 죄목을 증명하기 위해 나서는 사람이 없다면 내가 그 결투에 상대해주마. (도전의 표시로 장갑을 땅에 내던진다) 너의 흉악한 소행이 내가 방금 여기서 선언한 것 이상으로 끔찍하다는 것을, 나는 성체(聖體)를 맛보기 전에 기어코 네놈의 가슴을 갈라 증명할 테다.

리 건 괴롭다. 아아, 가슴이 답답하다!

고네릴 (방백) 네년이 아프지 않으면 독약도 믿을 수 없게?

에드먼드 당신의 결투에 응하겠소. (장갑을 내던진다) 나를 반역자라고 부르는 놈이 어떤 놈인지는 알 수 없지만 틀림없이 그놈은 거짓말쟁이다. 나팔을 불어 그놈을 불러내어라. 나한테 감히 덤벼드는 놈은 어떤 놈이든 가만두지 않을 테다. 나의 명예와 진실을 확실히 보여주겠다.

알바니 이봐, 전령관!

에드먼드 전령관, 여어, 전령관!

알바니 너 자신의 용기만을 믿어. 네 부하는 모두 내 명의로 모병한 자들이기 때문에, 내 명의로 제대시켰다.

리 건 아아, 가슴이 점점 더 답답해진다.

알바니 환자가 생겼군. 내 막사로 데려가라. (리건, 부축을 받으며 퇴장)

  전령관 한 명 등장.

전령관 이리로 오라. …… 나팔을 불게 하라. …… 그리고 나서 이것을 소리 높이 낭독하라.

장 교 나팔을 불어라! (나팔 소리)

전령관 (읽는다)

  우리 군대에 복무하고 있는 높은 지위의 명문 출신들 가운데, 글로스터 백작이라 불리는 에드먼드에 대하여 그가 대역죄를 범한 죄인임을 주장하고 싶은 자는 나팔 소리가 세 번 울릴 때까지 나서라. 에드먼드는 자신의 명예를 지킬 자신이 서 있다.

에드먼드 불어라! (첫 번째 나팔 소리)

전령관 다시 한 번! (두 번째 나팔 소리) 다시 한 번! (세 번째 나팔 소리)

안에서 이 소리에 응답하는 나팔 소리가 들린다. 세 번째 나팔 소리에 나팔수를 앞세우고 무장한 에드거 등장.

알바니 (전령관에게) 나팔 소리에 답하여 앞으로 나선 이유를 물어라.

전령관 그대는 누구요? 이름은? 신분은? 무슨 이유로 나팔 소리에 응하셨소?

에드거 말씀드리겠습니다. 저는 이름을 잃었습니다. 반역의 이빨이 제 이름을 물어뜯고, 벌레가 제 이름을 파먹었습니다. 그러나 저 역시 제가 상대하고 싶은 저자만큼이나 고귀한 가문 출신이오.

알바니 상대하고 싶은 자가 누구냐?

에드거 글로스터 백작, 에드먼드라고 자칭하는 자올시다.

에드먼드 내가 바로 그 사람이다. 네 할 말이 무엇이냐? 들어보자.

에드거 칼을 뽑아라. 내 말이 너의 비위에 거슬렸다면 너의 칼이 그 분풀이를 해줄 테지. 자, 여기 내 칼이 있다. 내가 이 칼을 휘두름은 내 명예와 맹세와 기사로서의 특권이라는 것을 알아두라. 단언하건대 너는 힘이 세고 나이가 젊고 지위가 높고 중요한 관직을 맡고는 있지만, 승승장구로 세도를 누리고 무공을 세울 만큼 용기와 담력은 있지만, 그렇지만 너는 반역자다. 너는 너의 신과 형제와 부친을 속였고, 여기 계신 나라 공신인 공작님의 목숨까지 노렸다. 머리 꼭대기에서부터 발바닥 먼지에 이르기까지 너는 점박이 두꺼비만큼이나 더러운 반역자다. '그렇지 않다'고 항변한다면 이 칼, 이 무예, 이 용기로써 네 가슴을 갈라 증명해 보이겠다. 그 가슴을 향해서 나는 '너야말로 거짓말쟁이다!' 하고 부르짖겠다.

에드먼드 현명한 판단을 위해서 우선 네 이름을 묻겠다. 네 외양이 훌륭하고 용감해 보일 뿐만 아니라 또 입 놀리는 품도 무식하게 자란 놈 같지는 않으니, 기사도 규칙에 따르자면 네 정체를 알 때까지 이 결투를 지연시켜야 마땅하겠지만 나는 그러고 싶지 않다. 그래서 나는 그 갖가지 반역의 오명을 네 머리 위에 눌러씌우고, 네가 말한 그 지옥보다 끔찍한 거짓말의 무게로 네 가슴을 짓누르고 싶다만, 아직도 그 거짓말이 네 가슴에 닿지 못하고 좀처럼 가벼운 상처 하나 입히지 못하고 있으니, 이 칼로 네 가슴을 깊숙이 찔러 그곳에 영원히 오명을 남겨두겠다. 나팔을 불어라! 자, 말해보라! (경적 소리, 둘이 싸운다. 에드먼드 쓰러진다)

알바니 도와주라! 도와주라!

고네릴 이건 음모예요, 글로스터 님. 기사도 규칙에 의하면 당신은 이름을 밝히지 않은 상대자와는 싸울 의무가 없어요. 당신은 승부에 진 것이 아니라 속임수를 당한 거예요.

알바니 입 닥쳐요. 그렇지 않으면 이 편지로 당신의 아가리를 틀어막겠소. (에드먼드에게) 이 편지를 받으라. 어떤 죄목으로도 다스릴 수 없는 악독한 죄인, 그것을 읽고 네 자신의 죄를 알라. (고네릴에게) 찢지 마시오, 부인. 그 편지 내용을 아는 모양이군. (알바니, 에드먼드에게 편지를 준다)

고네릴 설사 알고 있다 하더라도, 법은 내 편이지 당신 편이 아니에요. 감히 누가 나를 규탄하겠어요? (퇴장)

알바니 천하에 고약한 여자로군! (에드먼드에게) 편지 내용을 알고 있느냐?

에드먼드 내가 아는 일에 대해서는 묻지 마시오.

알바니 저 여자를 뒤쫓아 가봐라. 자포자기 상태에 빠져 있으니 그녀를 진

정시켜 줘라. (장교 퇴장)

에드먼드　나는 당신이 비난하고 있는 그 죄를 범했소. 그뿐만이 아니라 훨씬 더 많은 죄를 저질렀소. 언젠가는 모두가 밝혀질 날이 오겠지요. 시간은 흘러가고 나도 사라져버릴 몸이오. 그러나 나를 물리친 운 좋은 당신은 대체 누구요? 그대가 귀족이라면, 내 용서하리다.

에드거　좋다. 서로 관대한 마음을 나누기로 하자. 에드먼드, 혈통에 있어서는 내가 너보다 조금도 못하지 않다. 만약 내 혈통이 너보다 낫다면 너는 나에게 더 큰 죄를 진 셈이다. 내 이름은 에드거, 네 아버지의 아들이다. 하느님은 공정하셔서, 불의의 쾌락을 맛본 자는 결국 그 쾌락으로써 천벌을 받게 하시지. 어두침침한 곳에서 너를 잉태시킨 아버지는 그 벌로 양쪽 눈을 잃으셨다.

에드먼드　옳은 말씀이요, 그건 사실입니다. 인과응보의 바퀴는 돌고 돌아 다시 제자리로 왔습니다. 제가 다시 밑바닥이 되었으니까요.

알바니　그대의 거동에는 당당하고 귀족적인 품위가 엿보였어. 그대를 껴안고 싶네. 내가 그대나 그대의 부친을 조금이라도 미워한 적이 있다면 슬픔으로 내 가슴이 찢어져도 할 말이 없을 걸세!

에드거　존경하는 공작님, 잘 알고 있습니다.

알바니　그런데 자넨 지금까지 어디에 숨어 있었나? 그대 부친의 고난은 어떻게 알고 있었지.

에드거　제가 줄곧 돌봐드렸기 때문에 알고 있었습니다. 대충 말씀드리겠습니다. 얘길 다 털어놓고 나서 제 가슴도 터져버렸으면 좋겠습니다! 오, 목숨에 대한 끈질긴 애착이여! 단번에 목숨을 끊기보다는 죽을 고생을 참아가며 시시각각으로 죽기를 바라고 있으니! 저를 잡으라는 잔인한 포고문이 늘 제 뒤를 바싹 쫓아다녔죠. 그래서 저는 누더기로 미친놈처럼 변장을 했기 때문에 지나가는 개조차 저를 거들떠보지 않았습니다. 그런 꼴로 전 부친을 만났습니다만, 그 낸 이미 부친은 두 눈을 잃어 마치 보석 빠진 피투성이 반지처럼 된 후였습니다. 그 후로 전 그분의 길벗이 되어 손을 이끌어드리기 도 하고, 그분을 위해 구걸도 하면서 절망에서 아버지를 구출하느 라 애썼습니다. 그러다가 반 시간 전 투구를 쓰면서 저는 그제서야 비로소 아버지께 제 정체를 밝혔습니다. 그런데…… 오, 그것이 잘 못이었어요! ……이 결투에 이기고는 싶지만 승리에 대한 보장은 없어 아버님의 축복을 빌고자 했던 거였는데, 그동안 지내온 편력 생활을 털어놓자 아버님의 연약해진 심장은 아, 불행하게도 허약 해질 대로 허약해져 충격을 견뎌내지 못했습니다. 기쁨과 슬픔의 두 갈래 극적인 격정 사이에서 웃으시다가 그만 심장이 터져버린 겁니다.

에드먼드   형님 이야기에 깊이 감동되어 저도 이제부터는 선한 마음으로 돌아갈 것 같습니다. 그러나 얘길 계속하세요, 형님의 얼굴을 보니 하실 얘기가 더 있는 듯하군요.

알바니   할 얘기가 더 있다면, 더 슬픈 얘기겠지. 그러니 지금은 삼가주게. 얘기를 들으려니 눈물이 나와서 못 견디겠네.

에드거   슬픔을 꺼리는 분들에게는 이것으로 이야기가 끝나는 것같이 보이 겠지요. 그러나 이야기를 더 들으시면, 지금까지의 슬픔은 비교도 안 될 만큼 더 큰 슬픔의 극단이 있었음을 알게 될 것입니다. 제가 울고 불고 아버지의 별세를 슬퍼하고 있을 때 어떤 사람이 다가왔 습니다. 그전 같았으면 제 거지꼴을 보고 몸을 피했을 그 사람이, 고난을 수없이 참아온 제 정체를 알고는 자신의 억센 팔로 제 목을 휘감고 하늘이 꺼질 듯한 소리로 울어대기 시작했습니다. 그러더 니 자기 몸을 내던지듯 아버님의 유해를 얼싸안고는, 리어 왕과 자기 자신에 관해서 여태껏 들어본 적이 없는 슬픈 얘기를 들려주었습니다. 세상에 이보다 더 비참한 얘기가 있을까요! 그자도 얘기를 하는 동안 벅찬 슬픔으로 생명줄이 끊어지기 시작했습니다. 바로 그때 두 번째 나팔 소리가 울렸기 때문에 전 까무러친 그자를 거기 그대로 둔 채 이리로 뛰어온 것입니다.

알바니 그런데 그 사람이 누구였나?

에드거 켄트 백작, 추방된 켄트 백작이었습니다. 변장을 하고서, 원수 같은 국왕 곁에 붙어 다니며 그분을 위해 노예도 하지 못할 봉사를 하고 있었던 것입니다.

　　　시종 한 명이 피 묻은 단검을 들고 등장.

시 종 큰일 났습니다, 큰일 났습니다. 어서 도와주세요!

에드거 무슨 일이냐?

알바니 어서 말하라.

에드거 그 피투성이 칼은 뭐냐?

시 종 아직도 뜨겁고 김이 납니다. 가슴에 꽂힌 것을 방금 뽑아들고 오는 길입니다. ― 오, 그분이 돌아가셨습니다.

알바니 누가? 빨리 말하라.

시 종 각하의 부인이요, 공작님. 각하의 부인 말씀이에요. 공작부인께서는 여동생을 독살했노라고 자백하셨습니다.

에드먼드 나는 그들 두 자매에게 모두 부부가 되기로 약속했는데, 이렇게 되고 보니 세 사람이 동시에 결혼하게 되었구나!

에드거 켄트 백작이 오십니다.

　　　켄트 등장.

알바니 생사불문코 두 여자를 이곳으로 운반하라. (시종 퇴장) 이 천벌 앞에
　　　　서 무서워 몸이 떨리긴 하지만 불쌍한 생각은 들지 않는다. (켄트에
　　　　게) 아, 이분이 바로 그분인가? 정중하게 대접하고 싶습니다만, 지
　　　　금은 의식을 갖출 만한 겨를이 없군요.

켄 트 국왕이시며 제 주인 되시는 분에게 작별 인사를 하러 왔습니다. 이
　　　　곳에 안 계십니까?

알바니 중대한 일을 우리가 잊고 있었구나! 에드먼드, 말하라, 국왕께서는
　　　　어디 계시느냐? 그리고 코델리아는? 켄트, 저 광경이 보이시오?

　　　　　고네릴과 리건의 시체가 운구되어 온다.

켄 트 아니, 이것이 어찌 된 일입니까?

에드먼드 이 에드먼드는 여자의 사랑을 받은 몸이었죠. 나 때문에 언니가
　　　　동생을 독살하고 자살했습니다.

알바니 사실이오. 시체의 얼굴을 덮어라.

에드먼드 숨이 답답해 오는데, 비록 이 몸이 악당이긴 하지만 착한 일 한
　　　　가지만 하고 싶소. 급히 성으로 사람을 보내시오. 리어 왕과 코델
　　　　리아의 목숨을 빼앗으라고 내 벌써 명령서를 보내놓았으니 늦지
　　　　않도록 어서 사람을 보내시오.

알바니 (에드거에게) 뛰어요, 뛰어! 아, 어서 뛰어가시오!

에드거 누구에게 가야 합니까? (에드먼드에게) 누가 직책을 맡고 있느냐? 사
　　　　형집행 중지의 증거를 보여야 한다.

에드먼드 좋은 생각이십니다. 내 칼을 갖고 가서 대장에게 주시오.

알바니 서두르시오, 죽을 힘을 다해 서두르시오! (에드거 퇴장)

에드먼드 코델리아를 옥중에서 목 졸라 죽이라고 당신 부인과 내가 특명
　　　　을 내렸습니다. 그녀가 절망에 빠져 스스로 목숨을 끊은 것처럼 일

을 꾸민 겁니다.

알바니 그녀에게 신의 가호가 있기를! 제발 폐하가 무사하셨으면! (에드먼드를 가리키면서) 저자를 잠시 데려가라. (에드먼드, 시종들에게 운반되어 퇴장)

　　죽은 코델리아를 팔에 안고 리어 왕 등장. 에드거와 부대장 다시 등장.

리　어 울부짖어라, 울부짖어라, 울부짖어라! 아, 너희들은 돌 같은 인간들이구나. 내가 너희들의 혀와 눈을 갖고 있다면, 그것으로써 푸른 하늘의 지붕을 무너뜨렸을 것이다. 그 애는 영원히 갔다! 죽은 것과 산 것을 나는 구별할 수 있다. 딸은 죽어서 흙이 되었다. 거울을 다오. 내 딸의 입김이 거울을 흐리게 하거나 얼룩지게 하면 물론 그건 살아 있다는 증거다.

켄　트 이것이 예언된 이 세상의 종말인가?

에드거 아니면 무서운 종말의 영상인가?

알바니 만물이여, 무너져 내려 멸망해버려라!

리　어 이 깃털이 움직였다! 살아 있구나! 그렇다면 이 애가 그동안 겪은 온갖 설움이 보상될 수 있는 것이다.

켄　트 (국왕 앞에 나와 무릎을 꿇고) 오, 폐하!

리　어 제발 저리 비켜라.

에드거 이분은 폐하의 신하인 켄트 백작입니다.

리　어 너희들은 모두가 살인자요 반역자다! 천벌을 받아라. 나는 이 애를 구해줄 수 있었는데, 이젠 영원히 죽어버렸어! 코델리아, 코델리아, 잠시 기다려다오. 앗! 너 지금 뭐라고 했느냐? 네 목소리는 부드럽고 온화하고 나직했지. 여자의 목소리는 그래야 해. 너를 교살한 노예 놈은 내가 죽여버렸다.

부대장 말씀대롭니다, 공작 각하. 왕께서 그놈을 죽이셨습니다.

리 어 내가 죽였지. 한때는 기막히게 잘 드는 언월도(偃月刀)를 휘두르며 닥치는 대로 놈들을 몰아낸 적도 있었지만, 지금은 나이를 먹고 고생을 해서 이 모양 이 꼴로 힘이 빠졌어. (켄트에게) 자넨 누군가? 내 눈이 아주 나빠졌어. 곧 알아보게 되겠지만 말야.

켄 트 운명의 여신이 사랑도 하고 미워도 한 두 인간이 있다고 자랑한다면, 지금 당신 눈앞에 있는 사람이 바로 그 중의 한 사람으로 미움 받았던 자입니다.

리 어 잘 보이진 않지만, 자네는 켄트 아닌가?

켄 트 그렇습니다. 국왕 폐하의 신하, 켄트입니다. 폐하의 하인 카이어스는 어디 있습니까?

리 어 그 녀석, 퍽 좋은 놈이었지. 내가 단언하네만 그 녀석은 칼 솜씨도 좋고 민첩했다. 그는 죽어 썩어버렸다네.

켄 트 아닙니다, 폐하. 제가 바로 그 카이어스입니다.

리 어 그러냐? 곧 알게 되겠지.

켄 트 폐하의 운명이 바뀌어 불운하게 되신 이후로, 줄곧 폐하의 슬픈 발자취를 따라다녔습니다.

리 어 이렇게 와주어 정말 반갑구나.

켄 트 제가 바로 그 사람입니다. 모든 것이 음산하고 암담하고 무섭기만 합니다. 폐하의 큰 따님 두 분은 돌아가셨습니다. 절망적인 최후였습니다.

리 어 그랬을 테지.

알바니 폐하께서는 스스로 무슨 말씀을 하고 계시는지도 모르고 계시오. 이런 상황에서는 우리가 이름을 대도 소용 없을 것이오.

에드거 아무 소용 없겠죠.

　　　부대장 등장.

부대장 에드먼드 님이 돌아가셨습니다, 폐하.

알바니 그런 건 여기선 사소한 일에 불과하네. 경들에게 나의 계획을 알리
겠습니다. 엄청난 폐하의 불행에 대하여, 어떤 도움을 드려야 할지
충분히 생각해봅시다. 나는 노왕께 살아 계신 동안 나라를 통치하
는 권한을 드릴 생각이오. (에드거와 켄트에게) 두 분에게는 작위와 영
토뿐만 아니라 이번 공로를 참작하여 여러 가지 특전을 수여할 작
정이오. 우리 편에 있는 사람들은 그 공로에 대해서 상을 받을 것
이며 적들은 저지른 죄에 합당한 벌을 받게 될 것입니다. (리어 왕을
보고) 아, 보십시오, 보십시오!

리 어 아, 불쌍한 내 딸을 목 졸라 죽이다니! 이제는 생명이 없구나, 없
어, 없어! 개나 말이나 쥐 같은 것도 생명이 있는데, 너는 어째서 입
김조차 없느냐? 너는 다시는 이 세상에 돌아오지 않을 것이다, 결
코, 결코, 결코, 결코! 부탁이다. 이 단추를 빼다오. 고맙다. 이게
보이느냐? 코델리아를 보라. 보라, 딸의 입술을. 저걸 봐, 저걸 보
라고! (죽는다)

에드거 폐하께서 기절하셨다! 폐하, 폐하!

켄 트 가슴이 터질 것 같구나. 가슴아, 차라리 터져버려라!

에드거 폐하, 정신 차리십시오!

켄 트 폐하의 영혼을 괴롭히지 마시오. 아아, 폐하를 가시도록 내버려둡
시다! 쓰라린 이 세상의 형틀 위에 오래도록 지체시키는 자를 폐하
께서는 오히려 미워하실 겁니다.

에드거 폐하께서 정말로 돌아가셨습니다.

켄 트 신기한 것은, 폐하께서 그토록 오랫동안 견디신 일이오. 무리하게 스스로의 목숨을 연장시키셨어요.

알바니 두 분의 유해를 운구해 나가시오. 지금 우리가 할 일은 전 국민이 그분을 애도하는 일이오. (켄트와 에드거에게) 나의 두 벗은 이 땅을 통치하고 난국을 수습해주기 바라오.

켄 트 저는 이제 여행길에 올라 곧 떠나야 합니다. 저의 주인께서 부르시니 마다할 수 없습니다.

알바니 이 비통한 시대의 가혹한 슬픔에 우리들은 복종해야만 하오. 마땅히 해야 할 말은 삼가고, 우리가 느끼는 것만을 말하기로 합시다. 가장 나이 많으신 분께서 가장 큰 괴로움을 겪으셨소. 우리 같은 젊은이들은 그토록 많은 고난은 견딜 수도 없거니와 그토록 오래 살지도 못할 것이외다. (장송곡이 울리는 가운에 일동 퇴장)

오셀로

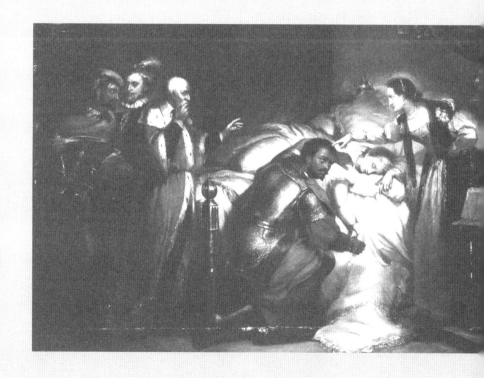

등장인물

오셀로_ 베니스 정부에 봉직 중인 무어인 장군

브러밴쇼_ 베니스 원로원 의원. 데스데모나의 아버지

캐시오_ 오셀로의 부관

이아고_ 오셀로의 기수

로더리고_ 베니스의 신사

베니스의 공작

기타 원로원 의원

몬타노_ 키프로스의 전 총독

그레이샤노_ 브러밴쇼의 아우

로도비코_ 브러밴쇼의 친척

어릿광대_ 오셀로의 하인

데스데모나_ 브러밴쇼의 딸, 오셀로의 아내

에밀리아_ 이아고의 아내

비앙카_ 캐시오의 정부

그 밖에_ 해병, 전령, 전령관, 관리들, 신사들, 악사들, 그리고 시종들

장소

베니스(제1막)와 키프로스섬(제2~5막)

제1막

제1장 베니스의 거리

이아고와 로더리고 등장.

로더리고 쳇, 말도 꺼내지 마라. 도시 못마땅한 얘기야. 내 돈줄에 목을 매달 땐 언제고, 이제 와서 네놈이 이 사실을 모르고 있었다니.

이아고 글쎄, 내 말을 끝까지 듣지 않는군요! 나는요, 정말이지 그 사실을 전혀 모르고 있었다고요.

로더리고 너는 그놈을 경멸한다고 그랬겠다?

이아고 이가 갈리죠. 장안의 저명인사 세 분이 모자까지 벗어가면서 굽실거리며 나를 그 녀석의 부관으로 삼아달라고 청했답니다. 사실은 나도 그만한 자격쯤은 있다고요. 그런데 그 녀석이 잘난 척 자기 고집대로만 하고 건방지게 군대용어만 잔뜩 늘어놓으며 엉뚱한 주접만 떨더니 꽁무니를 뺐단 말씀이에요. 결국 부탁하러 간 사람들의 요청을 '실은 부관 인선이 벌써 결정됐습니다' 하고 그냥 깔아뭉개더래요. 그 부관이란 자가 누군 줄 아세요? 글쎄, 입버릇처럼 전술의 대가인 척하는 플로렌스 태생 마이클 캐시오랍니다. 계집 잘못 얻어 혼깨나 나고 있지요. 싸움터에 나가 변변히 지휘 한번 해본 적 없는 위인입니다. 전투 대열에 대해서도 깜깜무식인 작자죠. 실 뽑는 직공도 그만큼은 알 거예요. 도폿자락을 늘어뜨린 관리들처럼 입만 살아서 밤낮 탁상공론뿐입죠. 실천력은 없이 재잘거리기만 하는 주제에, 그래도 군인입네 하고 있지요. 그런데 말씀입니다, 그따위 놈이 승진을 하는데, 로도스섬과 키프로스섬 그리고 기독교국이건 이교국이건 사방팔방에서 무공을 세운 이놈은, 장군도 잘 알 테지만, 팔자 사납게도 계산 빠른 그놈 그늘 밑에서 웅크리고 지내야 한단 말입니다. 그놈은 재수 좋게 부관으로 껑충 뛰어올랐는데, 나 이아고는 그 검둥이 무어인의 기수라니! 아, 맙소사!

로더리고   아아, 나는 그 녀석의 목이라도 치고 싶어.

이아고   할 수 없죠. 아무리 열심히 일해도 이런 저주만 돌아와, 출세는 숫제 소개장과 정실로만 결판나니. 글쎄 차례대로 첫째 다음이 둘째라는 건 옛날 얘기죠. 어디, 판단 좀 해주쇼. 이 꼴을 당하고도 그 무어 놈한테 충성을 바쳐야 합니까?

로더리고   나 같으면 그까짓 녀석 안 따르겠어.

이아고   하지만 걱정 마세요, 다 속셈이 있어 따라다닌답니다. 세상 모든 사람들이 다 주인 노릇을 할 수도 없거니와, 또 주인 노릇을 한다고 해서 하인 놈들이 죄다 충성을 바치는 것도 아니거든요. 하기야 이 세상엔 굽실대며 평생 충성을 바치는 하인들도 좌악 깔렸지요. 그 녀석들은 멍에를 지고 주인집 당나귀 꼴이 되어 죽은 듯이 혹사당하면서도 그저 넙죽넙죽 주는 대로 받아먹다가, 늙어 비틀어지면 내쫓기죠! 그따위 고지식한 바보 자식들은 늘씬하게 때려주고 싶어요. 이와 반대로, 겉으로는 충성하는 척하지만 속으로는 자기 속셈을 차리는 자들도 있지요. 주인 양반들에게 보라는 듯이 봉사를 하면서도 빨아먹을 것은 몽땅 빨아먹고, 주머니가 두둑해지면 주인 언제 봤더냐는 식이죠. 요런 작자들은 제법 줏대가 있는 자들이에요. 나도 이런 사람들 중의 한 사람이라고 말하고 싶군요. 당신이 로더리고인 것이 확실한 것처럼, 내가 무어인이라면 절대로 이아고가 될 수 없겠죠. 무어인을 주인으로 모시고 있긴 하지만, 실은 나 자신을 위해서 더 그러는 거랍니다. 하느님도 다 알고 계시지요. 내가 뭐 존경심과 의무감에서 그 녀석을 떠받드는 줄 아세요? 겉으로는 그러는 척하지만, 속으로는 다른 꿍꿍이속이 있는 겁니다. 자랑 삼아 흉중의 야망을 노출시켰다가는, 소매 위에 심장을 드러내 놓고 비둘기더러 쪼아먹으라는 꼴이 되고 말죠. 나는 겉보기와는 다르다 이 말씀이에요.

로더리고　　그의 뜻대로만 된다면 그 입술 두꺼운 놈 운수대통이겠구나!

이아고　　그녀의 아버지를 부르세요. 한창 재미볼 때 산통을 깨놓자구요. 길 한복판에서 떠들어대는 거예요. 그녀의 친척들을 들쑤셔놓고, 그 녀석이 사뭇 기분 내고 있을 때, 파리 떼를 몰아들여서 귀찮게 하는 겁니다. 그래도 줄창 기분을 돋우려 하면 어떻게든 속을 썩여서 흥을 깨놔야 합니다.

로더리고　　여기가 그녀 아버지의 집이군. 큰 소리로 불러봐야겠다.

이아고　　그래, 겁에 질린 목소리로 부르세요. 무섭고도 큰 소리로 말이외다. 마치 한밤중에 부주의로 번화가에서 화재가 난 것처럼 소리를 질러대는 거예요.

로더리고　　여보세요! 브러밴쇼 님! 브러밴쇼 나리, 여보세요!

이아고　　일어나세요! 여보세요, 브러밴쇼! 도둑이야, 도둑! 집안을 단속하시오! 따님을 조심하시오! 돈궤를 조심하시오! 도둑이야, 도둑!

　　　　브러밴쇼, 이층 창문가에 나타난다.

브러밴쇼　　이 해괴한 호출이 웬일인고! 게 무슨 일이냐?

로더리고　　나리, 온 가족이 무사하십니까?

이아고　　문은 잘 잠그셨습니까?

브러밴쇼　그건 또 왜 묻는 거냐?

이아고　큰일 났습니다. 도둑이 들었어요. 망측한 일입니다. 기운을 걸치세요, 심장이 터질 일이에요. 나리는 영혼의 반을 이미 상실하셨습니다. 지금 이 순간, 바로 지금 늙고 검은 숫양이 어른 댁 흰 암양을 올라타고 있습니다. 일어나세요, 일어나세요. 종을 울려서 잠든 식구들을 깨우세요. 그렇잖으면, 악마가 나리께 외손자를 보게 할 테니까요. 자아, 일어들 나세요!

브러밴쇼　뭐, 너 정신 나갔느냐?

로더리고　가장 존경하옵는 나리, 제 목소리를 기억하십니까?

브러밴쇼　모르겠다. 넌 누구냐?

로더리고　로더리고올시다.

브러밴쇼　들고 보니 괘씸하구나. 내 집 문 앞에서 얼씬거리지 말라고 했지? 딸을 줄 수 없다는 내 얘기를 똑똑히 들었을 텐데, 또 밥이다 술이다 잔뜩 처먹고는 미친놈들처럼 법석을 떨어내 단잠을 깨우는구나.

로더리고　저, 저, 저…….

브러밴쇼　마음만 내키면 내 지위와 위신으로써 네놈을 혼내줄 수도 있다는 것쯤은 너도 알고 있겠지?

로더리고　진정하십쇼.

브러밴쇼　도둑이라니, 무슨 도둑이냐? 여기는 베니스다. 내 집은 들판의 외딴 집이 아니야.

로더리고　지극히 용감하신 브러밴쇼 님, 저는 단지 순수한 마음으로 알려드리러 왔을 뿐입니다.

이아고　원, 나리도. 하느님을 섬기다가, 악마의 명령이라고 해서 하느님을 저버릴 분이시군. 저희들은 나리 일로 왔습니다. 그런데 나리께서는 저희들을 불한당 취급하시는군요. 그 사이에 바르바리산(産) 말이 따님을 덮치고 있단 말이에요. 조금 있으면 손자 말이 힝힝거리고, 경주마인 증손 말이 뜀박질하며, 조랑말 친척들이 우글거리게 될 겁니다.

브러밴쇼 요 더러운 녀석, 넌 누구냐?

이아고 전, 댁의 따님과 무어인이, 몸은 하난데 등이 두 개인 짐승을 만들고 있다는 사실을 알리러 온 사람일 뿐입니다.

브러밴쇼 너는 악당이로구나.

이아고 나리는 원로원 의원이시죠?

브러밴쇼 이 책임은 네놈 로더리고에게 있다. 로더리고, 나는 널 알고 있어.

로더리고 무엇이든 제가 책임을 지겠습니다. 그러나 한 가지 묻고 싶습니다. 이 일은 각하의 뜻인가요? 아니면, 심사숙고한 끝에 동의하신 건가요? 만약 나리께서, 어여쁜 따님이 이 고요한 밤중에 시중꾼이라고는 어설프게도 곤돌라의 뱃사공 하나밖에 없는 곳에서 음탕한 무어 놈의 지겨운 팔에 안겨 있음을 이미 알고 계신다면, 저희들은 주제넘은 행동을 한 것입니다. 그러나 모르고 계신다면 저희들을 야단치셔서는 안 됩니다. 저희들이 예의범절도 없이 나리를 조롱하려 드는 것이라고는 생각지 말아주십시오. 따님께서 각하의 허락도 없이 외출했다면, 거듭 말씀드립니다만 엄청난 불효입죠. 따님께서는 자신의 의무도, 미모도, 지혜도, 행운까지도 몽땅 정처 없이 떠돌아다니는 외국 놈한테 갖다 바쳤습니다. 곧 조사해보십시오. 만약 지금 따님께서 방 안에 계시다거나 집 안에 계신다면, 제가 거짓말로 나리를 속인 결과가 되겠으니 저를 국법에 의하여 처단해주십시오.

브러밴쇼 여봐라! 불을 켜라, 촛불을 갖고 오너라. 집안 사람들을 모두 깨워라! 꿈자리가 어수선하더라니, 아닌 게 아니라 내 가슴이 조이는 게 어쩐지 정말 같은데. 불을 켜라, 불을! (이층에서 퇴장)

이아고 안녕히 계십쇼. 저는 물러가겠쇼. 그 무어 놈과 원수가 되면 내 입장으로서도 좋을 게 없거든요. 여기 남아 있다간 틀림없이 그렇게 되고 말죠. 이런 일로 아무리 그놈을 골탕 먹이려 해도 정부는 마음 놓고 그놈의 모가지를 자르진 못해요. 지금 한탕 벌어지고 있는 키프로스 전쟁에 그 녀석 말고 그런 중책을 맡아 섬으로 떠날 만한 사람이 없기 때문이죠. 그러니, 지옥의 귀신만큼이나 미운 놈이긴 해도 이 세상 살아가려면 어쩔 수 없는 일. 깃발 내걸고 충성을 보여야죠, 비록 겉치레 뿐이긴 하지만요. 꼭 그놈을 잡고 싶거든 사람들을 모아서 세지터리 여관으로 가보세요. 나도 갈 테니, 그곳서 합류합시다. 안녕히. (퇴장)

아래층에서 잠옷 바람의 브러밴쇼가 하인들과 함께 횃불을 들고 등장.

브러밴쇼 이거 정말 큰일났군. 딸년이 확실히 없어졌어. 앞으로 초라한 여생을 비참하게 지내야 할 것 같군. 여보게 로더리고, 우리 딸을 어디서 봤는가? 오, 불쌍한 아이! 자네, 그 애가 무어인과 함께 있다고 말했겠다? 이런 꼴을 볼 바에야 누가 아비 노릇을 하겠는가? 그것이 우리 딸이라는 것을 자네는 어떻게 알았는가? 그 애가 나를 속이다니, 도저히 생각할 수 없는 일이로군! 그 애가 뭐라고 말하던가? 촛불을 더 갖고 오너라. 친척들을 몽땅 깨워라. 그들이 이미 결혼식을 올렸을 것 같은가?

로더리고 틀림없이 그랬을 겁니다.

브러밴쇼 저런! 그런데 대체 어떻게 빠져나갔을까? 아, 가족을 배반하다

니! 이 세상 아비들이여, 앞으로는 딸의 행동만으로 딸애의 마음을
속단하지 마시오. 젊은 딸애의 마음을 홀리는 마약이라도 있는 게
아닐까? 로더리고, 그런 얘기를 들은 적 있느냐?

로더리고 예, 들은 적이 있습니다.

브러밴쇼 내 아우를 깨워라. 차라리 자네가 우리 딸애를 데려갔으면 좋았
을 텐데! 한패는 이쪽으로, 한패는 저쪽으로. 어디로 가면 딸애와
무어인을 잡을 수 있을까?

로더리고 기운 센 호위병을 거느리고 저와 함께 동행하시면 제가 무어인
을 찾을 수 있을 듯합니다.

브러밴쇼 부탁하네, 제발 안내해주게. 한 집 한 집 철저히 뒤지세. 내 명령
을 거역하진 못할 거야. 가서 무기를 갖고 오너라! 야경원을 깨워
라. 가세, 로더리고. 사례는 두둑히 하겠네. (퇴장)

제2장 세지터리 여관 앞

오셀로, 이아고, 횃불을 든 수행원들 등장.

이아고 전쟁터에서야 저도 사람들을 많이 죽여봤습죠. 그러나 계획적으로
살인을 꾸민다는 건 도저히 양심이 허락하지 않는 일입니다. 저 자
신을 위한 일인 줄 뻔히 알면서도 마음이 약해서 늘 손해를 보죠.
여남은 번이나 로더리고 놈의 갈빗대를 우지끈 부러뜨려놓고 싶은
생각이 간절했습니다만 꾹 참았죠.

오셀로 참기를 잘했네.

이아고 안 될 말씀입니다. 그놈이 각하의 명예를 더럽히는 험담을 얼마나

지껄이고 다니는데요. 전들 어디 신처럼 완전합니까? 참아내는 데 골병들었습니다요. 그런데 각하, 결혼식은 이미 올리셨습죠? 하지만 의원님께서는 인망이 두텁고, 거기다 세력에 있어서는 실상 공작님 다음가라면 서러워할 만큼, 오히려 공작님보다 두 배나 세다던데요. 그러니 그분이 결혼을 무효화시키든지, 아니면 있는 권력을 총동원해서 국법 안에서 각하를 괴롭히며 고생시킬 것이 뻔한 일입니다.

오셀로 실컷 심통을 부려보라지. 내가 이 나라 정부에 기여한 공로 앞에서는 그 양반의 고소 따위는 무력할 것이다. 아직까지 이런 얘기를 한 적은 없지만, 내 명예를 위해 손에 넣은 행복쯤은 당연히 요구할 만한 권리가 있다고 생각해. 여보게나, 이아고, 나는 다만 아름다운 데스데모나를 사랑할 뿐이야. 무엇 하러 편안하고 자유로운 이 생활을 답답한 가정 속에 가둬두겠나? 바닷속의 무한한 보물을 준다 한들 내가 이 생활과 바꿀 줄 아는가? 아니, 저 불빛은 뭔가?

이아고 잠을 깬 그녀의 아버지와 친척들이 몰려오나 봅니다. 장군님은 숨는 것이 좋을 것 같습니다.

오셀로 싫다. 당당히 만나련다. 나의 무공과 나의 신분과 나의 결백한 정신, 무엇으로 보나 나는 떳떳하게 행세하겠다. 그들이냐?

이아고 아닌가 봅니다.

　　　캐시오가 횃불을 든 관리들과 함께 등장.

오셀로 공작님의 부하와 나의 부관이 함께 이 한밤중에 웬일로! 제관들, 무슨 일이 일어났소?

캐시오 장군, 공작님의 분부이옵니다. 즉시 등청해주십사 하신답니다.

오셀로 무슨 일인가?

캐시오	키프로스섬에서 무슨 보고가 있는 듯합니다. 매우 화급한 일인 듯 싶습니다. 함대로부터 전령이 열 명 남짓 계속 오더니, 이 한밤중에 또 다른 전령이 도착했습니다. 의원들도 대부분 기상하셔서 공작님 댁에 벌써 모여 회의 중이십니다. 장군께도 긴급 소집령이 하달되었습니다만 숙소에 안 계시기에 세 개 조로 나뉘어서 장군을 찾아 나선 겁니다.
오셀로	나를 찾았으니 다행이로군. 안에 들어가서 한두 마디 하고 나올 테니, 잠시 기다렸다 함께 가세. (퇴장)
캐시오	기수, 각하가 여기서 무얼 하고 계셨나?
이아고	오늘 밤 장군께서는 큼직한 보물선 한 척을 수중에 넣으셨지요. 그 전리품이 합법적인 것이라면 영원히 운이 트일 것입니다.
캐시오	무슨 소린지 모르겠군.
이아고	결혼하셨단 말입니다.
캐시오	누구와?

오셀로 다시 등장.

이아고	결혼을…… 아, 장군님, 가실까요?
오셀로	함께 가자.
캐시오	저기 또 일 개 조가 장군님을 찾아왔군요.

브러밴쇼, 로더리고, 횃불과 무기를 든 호위병들 등장.

이아고	브러밴쇼올시다. 장군, 조심하십시오. 독한 마음을 품고 있을 테니까요.
오셀로	여봐라, 거기 서라!
로더리고	각하, 무어인입니다.

브러밴쇼　저 도둑놈을 잡아라! (그들, 양쪽으로 덤벼든다)

이아고　로더리고! 덤벼라, 내가 상대해주마.

오셀로　번쩍이는 칼을 집어넣어라. 이슬에 녹슬겠다. 의원께서는 그만큼 나이를 잡숫고 공로를 세우셨으면 칼을 휘두르지 않고서도 명령이 통하실 텐데요.

브러밴쇼　이 더러운 도둑놈! 내 딸을 어디다 숨겼느냐? 내 딸에게 마술을 건 네놈은 저주받을 악당이다. 아무리 생각해봐도 네놈이 마법의 사슬로 우리 딸을 얽어매지 않았다면, 결혼이라면 질겁을 하여 이 나라 부잣집 귀공자들을 마냥 거절해온 그토록 순박하고 아름다운 우리 딸애가 보기에도 험상궂은 너 같은 놈의 시커먼 가슴팍으로 세상의 비웃음을 사면서까지 아비 눈을 피해 뛰어들었을 까닭이 없다. 그게 뻔한 노릇 아니냐. 네놈이 우리 딸한테 마술을 걸고, 마음 약한 처녀의 몸에서 혼을 빼가는 마약을 써 더럽혔지? 법정에 고소해서 따질 테다. 아무렴, 그러고말고. 네놈을 풍기문란죄로, 그리고 금지된 사술(邪術)을 행한 죄로 체포하도록 하겠다. 이놈을 잡아라. 반항하면 사정없이 족쳐라.

오셀로　꼼짝 말고 섰거라. 이쪽 편이건 그쪽 편이건 칼을 휘둘러도 좋다면, 난들 가만히 있겠느냐. 나도 서슴지 않고 칼을 뽑겠다. 그러나 당신의 비난에 먼저 답변을 해야겠소. 어디로 갈까요?

브러밴쇼　감옥으로나 가라. 때가 와서 법정이 불러낼 때까지 거기서 기다려라.

오셀로　그 말씀에 복종할까요? 공작님께서 승낙하실까요? 지금 나라의 급한 용무로 사신이 와서 함께 가기를 원하고 있는데요.

관　리　각하, 사실입니다. 공작께서 회의를 여셨습니다. 각하께도 사신이 간 줄 압니다만.

브러밴쇼 뭐? 공작께서 회의를? 이 아닌 밤중에? 그놈을 끌어내라, 내 문제도 간단한 일은 아니다. 공작이건 동료 의원이건, 이 사건을 남의 일로 생각지는 않을 것이다. 이 같은 악행이 버젓이 묵인된다면, 노예나 이교도들에게 국정을 맡기는 것이 차라리 나을 것이다. (퇴장)

제3장 회의실

공작과 의원들이 테이블을 둘러싸고 앉아 있다. 불이 환히 켜져 있고 시종들이 옆에 서 있다.

공 작 이 보고들이 이토록 서로 어긋나니 어느 것을 믿어야 할지 모르겠소.

의원 1 확실히 갈피를 잡을 수 없습니다. 여기 있는 보고서에는 적선(敵船)의 수가 백일곱 척으로 되어 있습니다.

공 작 여기에는 백사십 척으로 나와 있소.

의원 2 여기는 이백 척입니다. 그러나 적선의 수는 정확하지 않아도 ─ 이런 경우에는 어림잡아 보고하기 때문에 어긋나기 쉽거든요 ─ 터키 함대가 키프로스를 향해 진격하고 있다는 건 분명한 사실입니다.

공 작 충분히 있음직한 일이오. 착오가 있다고 해서 안심할 수는 없소. 이 사건의 주된 사실에 대해서는 퍽 걱정스러운 바요.

해 병 (안에서) 여보세요! 여보세요! 여보세요!

관 리 함대로부터의 사신이오.

해병 등장.

공 작 무슨 보고냐?

해 병 터키 함대가 로도스섬으로 향하고 있습니다. 안젤로 각하의 명령
에 의하여 정부 당국에 보고드립니다.

공 작 이 새로운 사태 진전에 대해 어떻게들 생각하시오?

의원 1 아무리 따져보아도 있을 수 없는 노릇입니다. 외관상 그렇게 보여
우리 눈을 속이자는 것이 아니겠습니까? 키프로스섬은 터키에게
는 지극히 중요한 요충지입니다. 저희들도 이 점에 대해서는 재인
식이 필요합니다만 터키에 있어서는 키프로스가 로도스섬보다 더
중요할 뿐만 아니라 공략하기도 훨씬 쉬운 섬입니다. 더군다나 요
새로 보나 장비로 보나, 또 그 밖의 여러 면에 있어서도 로도스섬
보다 훨씬 경비가 덜합니다. 이런 상황으로 볼 때, 터키가 첫 번째
것을 맨 마지막으로 돌리고, 용이하고 유리한 공격을 포기하면서
까지 이득도 없는 위험을 섣불리 범할 리가 없는 것이지요.

공 작 옳은 판단이오. 어느 모로 보나 로도스섬으로 향하고 있는 것은 아
니오.

관 리 또 보고가 들어왔습니다.

사령 등장.

사 령 아룁니다. 로도스섬을 향해 항진하고 있던 터키 함대가 그곳에서
뒤쫓아오던 함대와 합류하였습니다.

의원 1 그럴 줄 알았다. 자네 짐작으로는 몇 척이나 될 것 같던가?

사 령 삼십 척가량 됩니다. 다시 행동을 개시, 방향을 바꾸어 이번에는 분
명히 키프로스섬으로 향하고 있답니다. 공작님의 충성스럽고 가장

용감한 이 섬의 총독 몬타노 각하로부터의 보고입니다. 이 보고를 믿어주십사 하는 부탁이 있었습니다.

공 작 키프로스로 향한 것이 분명하다. 마커스 루치코스는 이곳에 없는가?

의원 1 플로렌스에 가 있습니다.

공 작 서신을 보내도록. 대지급(大至急)으로 총독께 급송하시오.

의원 1 브러밴쇼 각하와 무어 장군이 오십니다.

     브러밴쇼, 오셀로, 캐시오, 이아고, 로더리고 그리고 관리들 등장.

공 작 용감무쌍한 오셀로 장군, 우리의 적 터키 놈들을 무찌르러 장군이 직행해줘야겠소. (브러밴쇼에게) 잘 오셨소, 오늘 밤 꼭 의원의 의견을 듣고 도움을 청할 작정이었소.

브러밴쇼 저 역시 공작 각하의 의견을 듣고 싶었습니다. 용서하십시오. 오늘 밤 이렇게 황급히 각하께 달려온 것은 직책 때문도 아니요, 이 사건을 전해 들어서도 아니요, 오로지 제 사사로운 걱정 하나만이 둑에 넘치는 물결처럼 이 가슴을 무너지게 하고, 다른 슬픔을 집어삼킬 만큼 저를 걷잡을 수 없게 만듭니다.

공 작 아니, 대체 무슨 일이오?

브러밴쇼 제 딸년이, 아아, 제 딸년이!

의원들 죽었소?

브러밴쇼 저에게는 죽은 거나 다름없죠. 더럽혀지고 강탈당하고 농락당했으니까요. 사기꾼한테서 사들인 마법의 약과 주문 때문입니다. 그토록 똑똑하던 애가 마술에 걸리지 않고서야 그런 어리석은 짓을 저지를 수 있겠습니까?

공 작 그놈이 누구든 간에, 그런 엉터리 수작으로 따님을 홀려 정조까지 짓밟은 녀석은 의원 자신이 엄격히 법조문에 따라 소신껏 엄벌을 내리시기 바라오. 설령 그 범인이 내 소중한 아들이라 할지라도 당신 처단에 내맡길 수밖에 없소.

브러밴쇼 각하 은혜에 삼가 깊은 감사를 드립니다. 여기 그 죄인이 있습니다. 바로 무어인입니다. 지금 나라 일로 공작님의 특명을 받고 호출되어 나온 모양입니다.

일 동 이것 참 딱하게 됐군.

공 작 (오셀로에게) 장군은 이 문제에 대해서 할 말이 있소?

브러밴쇼 무슨 할 말이 있겠습니까? 방금 말씀드린 그대로인데요.

오셀로 최상의 권위와 위엄을 갖추신 존경하는 의원 여러분, 가장 고귀하고 선량하신 여러 의원님들께 한 말씀 드리겠습니다. 본인이 이 노인의 딸을 데려간 것은 사실입니다. 사실 본인은 그녀와 결혼도 했습니다. 본인의 죄과는 바로 이것뿐입니다. 그 이상도 이하도 아니죠. 본인은 언변이 부족하여 말이 좀 거칠고, 완곡한 표현에도 서투릅니다. 점잖게 둘러대는 일도 못 하죠. 양팔에 힘이 생기기 시작한 일곱 살 때부터, 지난 구 개월만 빼고는 오늘날까지 줄곧 전쟁터에서만 굴러먹던 놈이라 세상살이에 익숙지 못하고, 기껏 아는 것이라고는 전쟁에 관한 것들뿐이라 저 자신을 변명하는 일조차 여간 어렵지 않습니다. 그러나 여러분이 허락하신다면, 본인은 우리가 결혼에 이르기까지 그 자초지종을 사실대로 숨김없이 말씀드리고자 합니다. 어떤 마법의 약, 어떤 요술, 어떤 주문, 어떤 희한한 마술을 이용하여 ― 이런 수단을 썼다고 하여 저는 지금 죄를 뒤집어쓰고 있습니다만 ― 그 여인의 마음을 사로잡게 되었는지를 말씀드리죠.

브러밴쇼 그 애는 수줍은 아이였죠. 평소에 그렇게 침착하고 온화하고, 모처럼 마음먹은 일이 혹시나 흔들릴까 봐 혼자서 얼굴을 붉히곤 하던 그런 애가, 성격으로나 나이로나 국적으로나 신용으로 보아 그 모든 체면을 다 잊고 보기에도 끔찍한 사내와 사랑에 빠진다는 것은 도저히 있을 수 없는 일입니다. 바보나 미치광이였다면 또 모르죠. 어디 내놓아도 손색이 없는 애가 이같이 인간의 상도를 벗어나 실수를 범한다는 것은 악마의 소치랄 수밖에 없는 겁니다. 그렇기 때문에 거듭 확실히 말씀드립니다만, 마음을 매혹시키는 어떤 조제물이나 또는 그런 효과를 내는 마약을 만들어 딸애에게 먹여 유혹한 것이 틀림없습니다.

공 작 그렇게 단언한다고 해서 증거가 될 수 있는 것은 아니니, 어떤 확실한 증거를 제시할 필요가 있겠소. 현재 그렇게 보인다든지 그런 일이 있음직하다는 식의 추측으로 이 사람의 죄를 논한들 무슨 효력이 있겠소.

의원 1 한데 오셀로 장군, 말해보시오. 귀관이 과연 공정치 못한 방법으로 그 규수의 마음을 사로잡아 강제로 더럽혔소? 아니면 마음과 마음이 정당히 맞서 서로 터놓고 호소하여 사랑을 얻었소?

오셀로 부탁입니다만 세지터리 여관으로 사람을 보내어, 그 여인을 이리로 불러 그녀의 부친 앞에서 저에 관해 얘기하게 해주십시오. 만약 그녀의 이야기 가운데 본인에 관한 오점이 발견된다면, 본인이 얻고 있는 신임과 직책을 박탈해도 좋습니다. 뿐만 아니라 이 목숨에 사형 선고를 내려도 좋습니다.

공 작 데스데모나를 이리로 불러오라. (두세 시종이 문 쪽으로 간다)

오셀로 (이아고에게) 기수, 안내하라. 자네가 그곳을 잘 알고 있지? (이아고가 시종들과 함께 퇴장) 데스데모나가 이곳에 도착할 때까지, 하느님 앞에서 제 핏줄의 사악함을 참회하는 심정으로 여러분의 청아한 귀에 정직하게 털어놓겠습니다. 어떻게 해서 본인이 그 아름다운 여인의 사랑을 얻게 되었으며, 그녀는 또 어떻게 제 사랑을 얻게 되었는지에 대해서 말씀입니다.

공　작　오셀로, 이야기하시오.

오셀로　그녀의 아버지는 저를 아껴주셨습니다. 가끔 저를 초대하여 제 신상에 관한 이야기, 그동안 겪어온 전투, 포위작전, 갖가지 행운에 관한 이야기들을 듣고 싶어 했습니다. 그래서 전 소년 시절 이야기에서부터 그가 얘기해달라고 청하는 바로 그 순간까지의 체험을 남김없이 들려드렸지요. 예컨대 무시무시했던 모험담, 바다와 육지에서 일어났던 놀라운 사건들, 생사를 걸고 성벽을 뚫고 나오다 위기일발로 죽음을 면한 이야기, 무례한 적의 포로가 되어 노예로 팔려갔다가 보상금을 물고 풀려났던 이야기, 방랑하는 동안 겪었던 체험담, 거대한 동굴과 불모의 사막, 깎아 세운 듯한 낭떠러지, 하늘까지 닿을 듯한 산과 봉우리 등 모든 이야기를 해드렸지요. 저의 마술이라는 것은 바로 이것이었습니다. 이야기는 그뿐만이 아니었어요. 서로 뜯어먹는 식인종 안드로포파자이족에 관한 이야기도 데스데모나는 언제나 열심히 들었습니다. 이따금 부엌일 때문에 자리를 비워야 했을 때에도, 재빠르게 해치우고 곧장 돌아와선 제 얘기에 다시 귀를 쫑긋 세우고 정신없이 듣곤 했습니다. 전 그것을 눈치채고 적당한 기회를 엿보아 그녀 쪽에서 더욱더 열을 올리도록 유도했지요. 그랬더니 그녀는 지나온 방랑 이야기를 단편적으로 하지 말고 전부 정리하여 차근차근 해달라고 조르는 것이었습니다. 저는 그 간청을 받아들였죠. 젊은 시절 겪었던 괴로움과 비참한 사건 등을 이야기함으로써 여러 번 소녀의 눈물을 자아내게 했습니다. 이야기를 끝내자 그녀는 제 수난을 동정하며 깊은 한

숨을 내쉬더군요. 너무나 신기한 일이라느니, 상상도 못할 얘기라느니, 또 너무나 마음 아픈 일이라고도 말했습니다. 차라리 듣지 않았으면 좋았을걸 하다가도, 하늘이 자기에게 그런 사람을 내려주었으면 좋겠다고도 말했습니다. 그녀는 제게 고마워했습니다. 제 친구 가운데 자기를 사랑하는 사람이 있다면, 그 친구에게 저의 이야기하는 법만 가르쳐주어도 자신의 마음을 송두리째 차지할 수 있을 거라고도 말했습니다. 이 암시에 저는 용기를 얻어 이야기를 늘어 놨습니다. 그녀는 그 숱한 위험을 이겨낸 저를 사랑해주었습니다. 저 역시 제게 깊은 동정심을 보여준 그녀가 좋아졌습니다. 이것이 제가 사용한 유일한 마술입니다. 그녀가 이리로 오는군요. 그녀에게 직접 증언을 들어보십시오.

　　데스데모나, 이아고, 시종들 등장.

공 작　우리 집 딸이라도 그런 얘기를 들으면 마음이 흔들리겠군. 브러밴쇼 의원, 이미 엎질러진 물이니 최선의 방법으로 해결하시오. 사람이란 빈손보다는 부러진 칼이라도 있는 쪽을 택하게 마련이오.

브러밴쇼　딸년의 얘기를 들어주시기 바랍니다. 만약 저애가 마음이 내켜서 한 짓이라면, 이 사람을 욕되게 한 본인을 처벌해주십시오. 얘야, 이리 오너라. 여기 계신 여러 어른들 앞에서 묻겠다만, 너는 먼저 누구에게 복종해야 한다고 생각하느냐?

데스데모나　아버님, 저에게는 두 가지 의무가 있다고 생각합니다. 저를 낳아주고 길러주신 은혜에 대한 의무는 아버님께 다해야겠지요. 아버님은 그 두 은혜를 저에게 베풀어주신 분이고 또 제 모든 의무의 주인이므로 전 아버님을 누구보다도 가장 존경합니다. 지금까지 전 아버님의 딸로서 살아왔으니 응당 그래야죠. 하지만 지금은 여기 제 남편이 있습니다. 어머님은 외할아버지보다 아버님을 더 소중히 여기셨지요. 그와 마찬가지로 저 역시 무어인을 제 남편으로서 정성껏 섬기려 하옵니다.

브러밴쇼 끝장났군! 네 멋대로 잘 살려무나. 공작님, 회의를 진행시켜주십시오. 자식을 낳느니 차라리 얻어 기르는 편이 낫겠군. 무어인이여, 이리 오시오. 딸을 드리겠소. 아직 그대의 것이 아니라면 거절할 수도 있는 일이겠지만, 이렇게 된 이상 할 수 없구려. 너 말고 다른 아이가 또 없는 것이 퍽 다행이다. 만약 너 외에 또 다른 자식이 있었다면, 네가 사랑의 도피를 한 탓에 내가 더 난폭해져 발에 쇠고랑을 채웠을지도 모르는 일이다. 제 용무는 이것으로 끝났습니다.

공 작 나도 충고 한마디만 하게 해주오. 내 말로써 두 분이 화해할 수도 있는 일이니. 슬퍼하는 것도 희망이 있을 때뿐이지, 만사가 끝이 나면 그것으로 일은 일단 매듭지어져야 하오. 지나간 불행을 슬퍼하고 있으면 새로운 불행을 초래하는 법, 운명이 어쩔 수 없는 재난을 가져다줄지라도 인내하면 그 재난을 웃어넘길 수 있소. 도둑을 맞고도 싱글벙글 웃는 사람은 도둑보다 한 수 위에 있는 사람이오. 마냥 슬퍼하는 사람은 자기 자신마저 잃고 말지요.

브러밴쇼 키프로스섬을 터키인에게 빼앗기고도 웃을 수 있다면 빼앗긴 것이 아니라는 말씀입니까? 충고도 충고 나름으로, 그것을 통해 그저 마음의 위로를 얻을 수 있는 거라면 무방하겠지만, 인내할 수 없을 만큼 벅찬 슬픔을 지니고 있는 사람에겐 충고나 슬픔 모두가 듣기 거북한 짐이 되지요. 도시 충고라는 것은 달고 쓴 양면이 있어서 아무렇게나 편리하게 쓸 수 있습니다 그러나 말은 어디까지나 말이죠. 단지 위로의 말만 듣고 멍든 가슴이 아물었다는 얘기는 들어본 적이 없습니다. 이제 제발 국사나 진행시켜주십시오.

공 작 터키군은 매우 우수한 장비를 갖추고 키프로스로 항진하고 있소. 오셀로 장군, 그쪽 요새는 그대가 자세히 알고 있을 줄 아오. 물론 아주 유능한 임시총독을 그곳에 주둔시켜두었지만, 이 일을 그대에게 맡겨야 안심이 된다는 게 중론이오. 그러니 수고스럽겠지만, 신혼의 기쁨을 잠시 멀리하고 이 어려운 토벌작전에 꼭 참가해주시오.

오셀로 여러 의원님들, 습관의 힘은 무서운 것이라 험한 싸움터의 고된 잠자리도 저에겐 푹신하고 안락한 잠자리와 같습니다. 전 어려운 일을 눈앞에 두고는 못 참는 성미니 터키와의 이번 전쟁은 제가 맡기로 하겠습니다. 한 가지 꼭 간청 드리고 싶은 것은 제 아내를 잘 보살펴주십사 하는 것입니다. 그녀의 가문과 환경에 어울리도록 거처를 마련해주시고, 재정적인 지원과 함께 뒷바라지를 해줄 사람까지 두어주십시오.

공 작 그대가 괜찮다면 그녀의 아버지 집에 부탁하는 것이 좋겠소.

브러밴쇼 그건 사양하겠습니다.

오셀로 저도 반대올시다.

데스데모나 저도 싫습니다. 아버님 댁에 살면서 아버님의 신경을 계속해서 건드리고 싶지는 않습니다. 공작님, 제 말씀을 들어주십시오. 비록 말 재주가 없어 부족한 점이 있사오나 관대히 들으시어 제 소원을 들어주십시오.

공 작 소원이 무엇인가? 말하라.

데스데모나 제가 무어 장군님을 사랑하여 그분과 함께 살기로 함은, 이미 세상이 다 알다시피, 과감히 집을 버리고 오직 운명의 험한 물결에 몸을 맡기는 대담한 행동이었습니다. 그건 제가 이분의 인품과 직책을 잘 알기 때문이었습니다. 저는 그분의 마음속에서 오셀로 님의 진정한 모습을 보고, 그분의 명예와 용감한 행위에 제 마음과 운명을 모두 바치려는 것입니다. 그러하오니 여러 의원님들이시여, 남편이 전쟁터에 나가 있다고 해서 뒤에 혼자 남아 하는 일 없이 태평한 세월을 보낸다면, 아내로서의 사랑과 의무를 바칠 수 없으므로 전 침울하게 홀로 쓸쓸함을 참아나가지 않으면 안 될 것입니다. 제발 함께 가도록 허락해주십시오.

오셀로　　그녀의 청을 허락해주십시오. 하늘에 맹세코 이처럼 앙청하옵는 것은 저 자신의 욕망을 채우기 위해서가 아닙니다. 혈기왕성한 나이도 아닌 지금, 욕정에 눈이 먼 탓도 아닙니다. 또한 남편으로서 억지를 부려 볼 심산이 있어서도 아닙니다. 오로지 그녀의 소망을 기분 좋게 들어주고 싶어서일 뿐입니다. 아내가 동행하면 중대한 임무를 소홀하게 되리라는 걱정은 아예 말아주십시오. 만약 날갯짓 하는 큐피드의 장난에 눈이 멀듯 제 마음이 들떠서 성적 희롱에 빠져 임무를 그르친다면, 저의 투구를 빼앗아 식모에게 냄비 대신 사용케 해도 좋습니다. 온갖 운명과 치욕을 저의 머리 위에 뒤집어 씌우셔도 괜찮습니다.

공 작　　아내를 남겨두든 데리고 가든 그대가 알아서 결정하오. 여하튼 사태는 위급하오. 급히 출동하시오. 오늘 밤에 떠나시오.

데스데모나　　오늘 밤에 떠난단 말씀입니까?

공 작　　오늘 밤 당장.

오셀로　　네, 그렇게 하겠습니다.

공 작　　내일 아침 아홉 시에 다시 집합해주시오. 오셀로 장군, 장교를 남겨두시오. 임명장을 장교 편에 보내겠소. 그 밖에 이 명예로운 임무에 수반되는 제반 사항도 함께 전달하겠소.

오셀로　분부대로 기수를 남겨두겠습니다. 정직해서 믿을 수 있는 자입니다. 아내도 기수에게 맡기겠습니다. 그 외에 필요한 것이 또 있으면 후에 보내주십시오.

공 작　알겠소. 편히들 쉬시오. (브러밴쇼에게) 브러밴쇼 의원, 덕이 있으면 인물도 빼어난 법인데, 댁의 사위는 피부만 검은색일 뿐이지 인물은 잘났소이다.

의원 1　잘 가시오, 용감한 무어인이여. 데스데모나를 잘 보살펴주오.

브러밴쇼　눈이 제대로 박혔으면 조심하라구. 제 아비를 속였는데 서방인들 안 속일까. (공작, 의원들, 시종들 퇴장)

오셀로　그녀의 정절에 이 목숨을 걸겠소! 정직한 이아고, 나의 데스데모나를 너에게 맡기고 떠나련다. 네 아내를 그녀 곁에 두도록 하라. 나중에 형편이 나아지는 대로 그들과 함께 오너라, 자, 데스데모나, 함께 사랑을 하고 세상살이의 여러 가지 일들을 의논할 시간도 한 시간밖에 없구려. 시간을 엄수해야 하니. (오셀로와 데스데모나 퇴장)

로더리고　이아고!

이아고　왜 그러십니까?

로더리고　어떻게 하면 좋겠느냐?

이아고　왜요? 가서 주무세요.

로더리고　당장 물에 빠져 죽고 싶구나.

이아고　그런 짓을 하시려거든, 앞으로 인연을 끊읍시다. 어리석게 굴지 마세요!

로더리고　사는 것이 괴로울 때 산다는 것은 어리석은 짓이야. 죽는 것이 편할 때에는 차라리 죽는 처방을 받아두는 것이 좋을 것 같아.

이아고　별소리 다 하시네! 소생 그동안 ─ 사에다 칠을 곱하면 이십팔 ─ 이십팔 년간 세상 구경을 해봤습니다만, 손해와 이익을 구별하기 시작한 이래로 오늘날까지 자기를 위하는 방법을 터득한 사람은 만나보질 못했습니다. 계집년 때문에 물에 빠져 죽을 바에야 인간 세상 집어치우고 성성이가 되는 게 낫죠.

로더리고　어떻게 하면 좋겠느냐? 멍청하게 좋아하다가 당한 내 꼴이 수치스럽지만, 난들 별도리가 있겠느냐. 모두가 내 수양이 모자란 탓인걸.

이아고　수양이라고요! 원 참, 이 팔자 저 팔자 따지지만 모두가 내 탓이죠. 우리 몸이 정원이라면 우리의 의지는 정원사랍니다. 쐐기풀을 심든, 상추를 심든 우슬초를 심어서 백리향을 내든, 한 가지 종류의 풀을 기르든 여러 가지 풀을 심든, 내버려둬서 시들게 하든 부지런히 거름을 주든, 어떻게 기를까 어떻게 개량할까 결정짓는 힘 모두가 다 의지의 소산이란 말씀입니다. 인생을 저울이라 칩시다. 그 저울 한쪽에 정욕의 접시만 매달려 있고 다른 쪽에 이성의 접시가 조화를 맞춰주지 않으면, 인간 본래의 정욕만을 드러내놓는 추잡한 결과를 초래하기 쉽죠. 그러나 우리에게는 이성이 있기 때문에, 흥분이나 성적 충동이나 타오르는 욕정을 억제할 수 있답니다. 당신이 말하고 있는 사랑도 결국은 이런 근성의 한 가닥이요 한 토막이죠.

로더리고　그런 건 아니야.

이아고　단지 욕정의 피가 좀 끓어오르고, 의지력이 약간 풀어졌을 뿐이겠죠. 자, 정신 좀 차리세요. 물속에 몸을 던지겠다고요? 그따위 짓은 고양이나 눈먼 강아지한테나 시키시구려. 내가 당신의 친구라고 공언했죠? 밧줄로 내 몸을 당신한테 단단히 묶어서 봉사할 참입니다. 지금이야말로 당신에게 봉사할 수 있는 알맞은 때지요. 돈주머니에 돈이나 듬뿍 넣어가지고 전쟁터로 같이 갑시다. 가짜 수염을 붙이고 인상을 바꾸세요. 몰라볼 겁니다. 내가 하고픈 말은, 당신 돈주머니에 돈을 잔뜩 넣어 가자는 겁니다. 데스데모나도 밤낮 무어인에게만 사랑을 바치지는 않을 겁니다. 돈주머니에 돈이나 챙겨두세요. 오셀로가 데스데모나를 대하는 것도 마찬가지일 거예요. 시작이 뜨거웠으니 빨리 식을 겁니다. 그저 돈주머니에 돈이나 쑤셔 넣어요. 이 무어인은 변덕이 심한 놈이지요. 돈주머니에 돈을 가득히 채워 둬요. 지금은 꿀맛같이 달콤하겠지만 이윽고 쓰다고 뱉을 놈이라구요. 그녀도 젊은 남자에게 추파를 던질 거고. 그놈 몸뚱어리에 진절머리가 나면 잘못 골랐다고 돌아서겠지. 그러니 돈주머니에 꾹꾹 눌러 담아요. 돈, 돈, 돈을요. 자기가 싫어졌다고 해서 물속에 몸을 던져서야 되겠어요? 재빨리 머리를 쓰셔야지. 돈을 몽땅 긁어모아두라니까요. 정도를 벗어난 야만인과 타락한 베니스 계집년과의 그럴싸해 보이면서도 위태로운 언약쯤은 마성적인 나의 지혜로 싹둑 끊어놓을 테니까. 마음 놓고 그녀를 즐기게 해드리리다. 그러니까 돈이요, 돈을 준비하세요. 물속에 덤벙 몸을 던져요? 어림도 없는 소리! 잘못 짚으셨어. 여자도 없이 혼자 쓸쓸하게 물에 빠져 죽느니 실컷 즐긴 후에 목을 매다시라 — 이 말씀이에요.

로더리고　자네 말만 믿으면 내 소원은 성취되겠지?

이아고　걱정 마세요. ……가서 돈이나 꾸리시구려. …… 거듭, 거듭 말했죠. 지금 되풀이해서 또 말하는데, 나는 무어인을 증오합니다. 내가 품은 원한은 뿌리가 깊어요. 당신의 마음도 나와 비슷하죠. 둘이서 꼭 한마음이 되어 그놈을 해치웁시다. 당신이 무어 놈의 아내를 가로챌 수 있다면, 당신에겐 즐거움이요 나에겐 위안이에요. 우리가 꾸민 많은 일들이 시간이라는 자궁 속에서 달이 차면, 결실이 되어 세상에 태어납니다. 자, 돌진이다! 가서 돈을 장만하세요. 내일 아침 만나서 다시 얘기합시다. 잘 가세요.

로더리고　내일 아침 어디서 만날까?

이아고　우리 집에서.

로더리고　아침 일찍 가겠다.

이아고　좋습니다. 가보세요. 아 참 잠깐만, 로더리고.

로더리고　왜 그래?

이아고　투신 자살은 금물이에요, 아시겠죠?

로더리고　마음이 변했어. 내 땅을 몽땅 팔아버릴 작정이다. (퇴장)

이아고　좋습니다, 가보세요! 돈주머니에 돈을 잔뜩 넣어두세요. (방백) 이렇게 해서 바보 녀석들은 내 돈주머니가 되는 거지. 저런 멍청이와 상대해서 시간을 허비할 바에야 돈이나 듬뿍 뜯어내야 한단 말이야. 그러지 못하면 여태 간직했던 내 지혜주머니의 위신 문제다. 무어 놈을 나는 증오해. 내 이불 속에 기어들어 나 대신 내 아내와 무슨 짓을 했다는 소문이 있어. 정말인지 거짓말인지는 알 수 없지만, 그런 소문을 들은 이상 실제로 있었던 일로 간주해서 복수를 하지 않으면 난 직성이 풀리지 않지. 그놈은 나를 신용하고 있어. 바로 이점이 그놈을 해치우는 데 편리하거든. 캐시오란 녀석은 만만치 않아. 그놈의 지위를 박탈해서 꿩도 먹고 알도 먹자. 그다음에는 어떻게 할까? 으음, 시간이 좀 지나면 오셀로 귀에다 고자질해야지. '장군 부인과 캐시오가 너무 반죽이 좋습니다' 하고. 캐시오는 반반하게 생긴 데다 유순하기 때문에 의심받기에 알맞은 놈이지. 기생오라비처럼 생겼거든. 무어 녀석은 서글서글하고 정직한 성격이라 겉으로 충실한 척하면 깜빡 속아 넘어갈 위인이니, 당나귀 끌고 다니듯 조종할 수 있지. 됐어, 잘 짜여진 셈이야. 지옥과 어둠이 이 괴

물 같은 재앙을 탄생시킬 것이다. (퇴장)

제2막

제1장 키프로스섬 항구 부두 근처 광장

　　몬타노와 두 신사 등장.

몬타노　바다 위에 무엇이 보이는가?

신사 1　아무것도 안 보입니다. 높은 파도가 일고 있는 바다뿐입니다. 하늘과 바다 사이에 돛대 하나 보이지 않습니다

몬타노　육지에서도 바람이 몹시 불었지. 성벽이 이토록 들썩거린 때는 일찍이 없었어. 바다에서도 바람이 이토록 심하다면, 참나무로 된 배의 허리께도 산더미 같은 파도에 치여 산산조각이 났잖았겠어? 무슨 일이 일어나지 않았을까 궁금하군.

신사 2　터키 함대도 사방으로 흩어졌을 겁니다. 파도치는 바닷가에 나가 봤더니, 파도가 하늘로 치솟고 있었습니다. 바람에 휘몰린 해면이 무시무시한 갈기처럼 휘날리며 하늘로 솟구쳐 오르면서, 불같은 작은곰자리에 물을 끼얹고 있었습니다. 한자리에서 꼼짝 않는 북극성의 호위병 별들을 물거품으로 지우려는 기세였습니다. 이토록 미친 듯한 파도는 처음 보았습니다.

몬타노　터키 함대는 항구에 피난하지 않았으면 침몰했을 것이다. 이런 바

다를 건너온다는 것은 불가능한 일이야.

신사 3 새로운 소식입니다! 전쟁은 끝났습니다. 폭풍이 터키 함대를 대파 시켜 적군의 작전 계획은 허사가 되고 말았습니다. 베니스에서 온 아군 함대가 대부분 조난당해 파선되어 있는 적의 함대를 목격하 고 왔답니다.

몬타노 뭐라고! 정말인가?

신사 3 아군 함정이 입항했습니다. 베로나호입니다. 용감한 무어인 오셀 로 장군의 부관 마이클 캐시오 님이 상륙했습니다. 무어 장군께서 는 아직도 해상에 계십니다. 키프로스섬 수비의 전권을 위임받고 오시는 중입니다.

몬타노 훌륭한 총독님이시지. 참 반가운 일이군.

신사 3 그런데 캐시오 부관은, 터키 함대가 전멸한 것에 대해서 기분 좋게 이야기하고 있습니다만 무어 장군의 안부에 관해서는 크게 걱정하 며 무어 장군이 무사하기만을 빌고 있습니다. 무서운 폭풍 때문에 해상에서 서로 헤어진 모양입니다.

몬타노 무사하기만을 빈다. 한때 나도 그분 밑에 있은 적이 있었지. 위대 한 장군의 면모를 갖추신 분이었어. 해안으로 가자! 입항할 배를 살피는 동시에, 바다와 하늘의 푸르름을 서로 분간조차 할 수 없을 때까지 눈을 부릅뜨고 오셀로 장군을 찾아보자.

신사 3 그렇게 합시다. 이렇게 어정대고 있는 동안, 어느 순간에 함선이 들이닥칠는지 모르는 일이니까요.

　　　캐시오 등장.

캐시오 이 요새를 지켜온 용감한 당신이 무어 장군을 그토록 칭찬해주시 니 고맙군요. 오, 신이여, 부디 위험한 해상에서 놓쳐버린 장군을 풍파로부터 지켜주십시오!

몬타노 장군의 배는 튼튼합니까?

캐시오 튼튼히 만들어진 배죠. 조타수도 노련하고 능숙한 자입니다. 마음을 놓을 수는 없습니다만, 큰 걱정은 안 해도 좋을 듯합니다. (안에서 "배다, 배다, 배가 보인다!" 하는 고함소리)

　　사신 등장.

무슨 소립니까?

사　신 거리는 텅 비었습니다. 사람들은 바닷가로 몰려가 '배가 보인다!'고 고함치고 있습니다.

캐시오 틀림없이 총독이 탄 배겠지. (예포 소리 들린다)

신사 2 예포를 쏘고 있습니다. 아군인 듯합니다.

캐시오 제발 가보세요. 가서서 누가 도착했는지 확인해주십시오.

신사 2 네, 그렇게 하겠습니다. (퇴장)

몬타노 그런데 부관, 장군께서는 부인이 있으시오?

캐시오 운이 좋으신 분입니다. 필설(筆舌)로 이루 다할 수 없을 만큼 훌륭한 부인을 맞이하셨지요. 어떤 명문장으로도 표현할 수 없고, 어떠한 붓으로도 그려내지 못할 만큼 아름답고 우아하신 분입니다.

　　신사 2 등장.

어떻게 되었소? 누가 입항했소?

신사 2 장군의 기수인 이아고입니다.

캐시오 운 좋게 빨리 도착해줘서 반갑군. 폭풍우도, 파도치는 바다도, 으르렁대는 광풍도, 죄 없는 배를 파선시키는 비겁한 암초도, 얕은 모래밭도 아름다움을 보는 눈은 있어서 잔인한 본성을 억누르고 거룩한 데스데모나 부인을 안전하게 통과시켜주었군.

몬타노   그 부인이 누구요?

캐시오   방금 얘기한, 장군 중의 장군 오셀로 장군의 부인입니다. 용감한 이아고에게 호위해줄 것을 부탁했는데 도착이 예상보다 일주일이나 빨랐군요. 신이여, 오셀로 장군을 지켜주소서! 돛대에 한껏 바람을 안겨주시고, 그 훌륭한 배가 당당히 이 항구에 입항하게 해주소서. 데스데모나의 품 안에서 장군의 사랑이 숨가쁘게 헐떡이도록 해주시고, 침체된 우리들의 사기를 새롭게 돋워주시고, 키프로스섬에 축복을 내려주소서!

     데스데모나, 에밀리아, 이아고, 로더리고, 시종들 등장.

     보세요, 이 배의 보물이 상륙하고 계십니다. 키프로스섬 사람들이여, 부인에게 인사드리시오. 부인, 축하합니다. 하늘의 은총이 사방으로 당신을 감싸기를 빕니다.

데스데모나   감사하오, 캐시오. 장군의 소식은 들으셨소?

캐시오   아직 도착하지 않으셨습니다. 하지만 별일 없으실 테니 곧 도착하실 겁니다.

데스데모나   아, 하지만 나는 두렵군요. 어떻게 해서 서로 헤어지게 되었소? (안에서 "배다, 배가 보인다!"는 고함소리)

캐시오   바다와 하늘이 서로 지지 않으려고 요동을 치는 통에 이렇게 됐습니다. 저 소릴 들어보십시오! 배가 왔군요. (예포 소리)

신사 2   성을 향해 예포를 쏘고 있습니다. 이번에도 아군 함선입니다.

캐시오   살피고 오시오. (신사 2 퇴장) 아, 기수, 잘 왔네. (에밀리아에게 키스한다) 안녕하십니까, 부인? 부인에게 키스했다고 껄끄럽게 생각지 마라, 이아고. 예절은 공손하게 지키도록 배웠으니 할 수 없네.

이아고   저는 아내가 디미는 혓끝에 질려 있습니다만, 아내가 그런 식으로 자주 내민다면 부관께서도 아마 진저리를 내실 겁니다.

데스데모나   저런, 부인은 전혀 입을 열지 않는데요.

이아고   천만에요, 너무 떠벌리지요. 눈 좀 붙일까 하면 더 극성입니다. 지금이야 어부인 앞이니 혓바닥을 뱃속에 말아 넣고 있지만, 속으로 저를 씹어댑니다.

에밀리아   사람 잡는 소리 그만해요.

이아고   글쎄, 글쎄, 당신이야 밖에 나오면 그림처럼 정숙하지만, 방 안에 만 들어갔다 하면 종소리처럼 시끄럽고, 부엌에선 아주 살쾡이잖아. 나쁜 짓을 하고도 성인인 양 거룩하게 시치미를 떼고, 화가 나셨다 하면 악귀 뺨치지. 집안일에는 게으르면서도 이불 속에 들어왔다 하면 부지런하단 말이야.

데스데모나   어머, 입도 험하셔라!

이아고   정말입니다. 그렇지 않다면 저는 악당이지요. 당신은 일어났다 하면 빈둥빈둥 놀고, 잠자리에 들었다 하면 신나게 움직이신단 말씀이야.

에밀리아   평생 당신더러 칭찬해달라고 하지 않겠어요.

이아고   제발, 나도 싫어!

데스데모나   나를 칭찬한다면 뭐라고 하겠어요?

이아고   부인, 저한테 그 일만은 시키지 마십시오. 입만 열었다 하면 악담이니까요. 그래야 직성이 풀리지요.

데스데모나   말해보세요. 그런데, 누가 항구에 가봤나요?

이아고   네, 부인.

데스데모나   (방백) 별로 재미는 없지만, 재미있는 척하고 들어주자. 뭐라고 칭찬하겠어요?

이아고 지금 시작할 참입니다. 그런데 좋은 표현이 끈끈이가 털옷에 들러붙어 떨어지지 않는 것처럼 머릿속에서 떨어지질 않는군요. 억지로 잡아떼면 내 골까지 한꺼번에 쏟아져 나올 테니 그것도 어렵군요. 가만있자, 시적 영감이 진통을 시작했어요. 아, 마악 태어났습니다. 여자가 어여쁘고 현명하다면 미모와 총명일진대, 재기가 미모를 이용해서 원하는 것을 얻습니다.

데스데모나 좋아요! 여자가 얼굴은 못났어도 총명하다면요?

이아고 못생겨도 지혜는 있다면, 얼굴에 맞는 남자를 찾을 것입니다.

데스데모나 점점 나빠지네.

에밀리아 예쁘지만 멍청이면 어떻게 하지?

이아고 얼굴이 반반한데 바보로만 있을 리 있으라고. 어리석어도 애기는 생길 텐데.

데스데모나 선술집에서 남정네들 웃기는 저질 농담이네. 못생긴 얼굴에 바보라면 얼마나 더 지독한 욕설을 먹을까요!

이아고 아무리 미운 바보라도 예쁘고 똑똑한 여자들이 하는 추잡한 짓은 다 하는걸요.

데스데모나 몰라도 유분수지! 제일 형편없는 여자를 제일 좋다고 칭찬하다니. 그러나 정말 훌륭한 여자는 뭐라고 칭찬하지요? 너무 깔끔하게 생겨서, 욕을 퍼붓고 싶어도 자연히 칭찬할 수밖에 없는 그런 여자 말이에요.

이아고 아름답지만 거만하지 않고, 말은 잘 하되 떠벌리지 않고, 돈이 넉넉해도 사치스럽지 않고, 할 수 있는 일에도 욕심을 억제하며, 복수할 수 있는 기회가 와도 원한을 참아내고, 대구 대가리와 연어 꼬랑지를 바꾸지 않을 만한 분별은 있지만 겉으로 아는 체하지 않고, 남자들이 줄을 서서 뒤꽁무니를 따라와도 뒤돌아보지 않는 여자가 있다면, 그런 여자는…….

데스데모나 그런 여자는 어때요?

이아고 바보 자식 젖 빨리고, 가계부 적는 데 적격이죠.

데스데모나 결론이 시시하고 엉터리 같아요! 에밀리아, 남편이라고 해서 저 양반 말을 고지식하게 받아들이다가는 큰일 나겠어. 어떻게 생각하세요, 캐시오 부관님? 저속하고 버릇없는 떠버리죠?

캐시오 말씀하신 그대로입니다, 부인. 이아고를 학자라기보다는 군인이라고 생각하시면 그의 말이 재미있게 들리실 것입니다. (캐시오와 데스데모나가 다정하게 얘기를 나누고 있다.)

이아고 (방백) 저 자식, 부인의 손을 잡네. 옳거니, 귀엣말을 속삭이잖아. 조그만 거미줄로 캐시오라는 큼직한 파리를 낚아봐야지. 웃어라, 악당아, 여자를 보고 웃어. 예절을 다하느라 쩔쩔매고 있는 네놈을 낚아채겠다. 좋았어, 그렇게만 해. 손가락에 키스를 해대면서 마냥 신사인 체 뽐내고 있지만, 내 흉계로 네놈을 부관 자리에서 내쫓을 테니. 손가락에 키스하지 말았어야 했어라고 생각하게 되겠지. 옳지, 잘한다, 멋진 키스다. 희한한 예의로군! 됐어. 손가락에 또 입을 갖다 대? 차라리 관장기(灌腸器)를 갖다 댔으면 좋았을걸. (안에서 나팔 소리) (큰 소리로) 무어 장군입니다!

캐시오 정말 그런 것 같습니다.

데스데모나 어서 그분을 마중하러 나갑시다.

　　　　　오셀로와 시종들 등장.

캐시오 보세요, 저기 오십니다!

오셀로 오, 아름다운 내 전우여!

데스데모나 아, 친애하옵는 오셀로 님!

오셀로   먼저 도착한 당신을 보니 놀랍기도 하지만 무척 기쁘오. 아, 이 기쁨! 폭풍이 휘몰아친 뒤에 이 같은 고요가 온다면, 송장이 눈을 번쩍 뜰 정도로 바람이 불어도 좋겠소. 산더미 같은 파도를 타고 올림포스 산 정상에까지 솟구쳐 올랐다 갑작스레 천국으로부터 지옥의 구렁텅이로 떨어져도 좋고, 아무리 배가 파도 위에서 몸부림을 친다 해도 괜찮겠소. 지금 죽는다면 지금이 가장 행복한 순간이 될 것이오. 이상하게도 운명이 이같이 계속되는 만족감을 앞으로 두 번 다시 가져다주지 못하리라는 느낌이 드는구려.

데스데모나   신이여, 저희들의 애정과 기쁨이 날이 갈수록 더욱더 깊어지게 해주소서!

오셀로   신이여, 부디 그렇게 되게 해주소서! 이 가득 찬 만족감을 어떻게 표현해야 할지 몰라 이 가슴에 가득 차 있습니다. 너무나 벅찬 기쁨이옵니다. 이것이, 이 키스가 (두 사람 키스한다) 우리 두 사람이 도달한 가장 가깝다는 증거가 될 것이다.

이아고   (방백) 흥, 지금은 둘이서 장단이 척척 잘 맞는군! 그러나 내가 이 음악의 조화를 깨뜨려놓을 테다. 나는 하겠다고 마음먹으면 틀림없이 하고야 마는 사람이니까.

오셀로   자, 성으로 갑시다. 기쁜 소식이오. 전우들이여, 전쟁은 이제 끝났소. 터키 함대는 풍랑 속에 침몰했소. 이 섬의 옛 친구들은 어떻게 지내고 있나? 여보, 당신은 이 키프로스에서 대환영을 받을 거요. 나도 푸짐한 환대를 받아왔으니까. 아, 쓸데없는 소릴 많이 지껄였구려. 이게 다 내 마음이 너무 기쁜 탓이오. 이아고, 수고스럽겠지만 부두로 내려가서 내 짐을 부려주게. 그리고 선장을 성으로 안내하도록! 훌륭한 사람이네. 존경받을 만한 가치가 있는 사람이지. 아, 데스데모나, 키프로스에서 다시 만나게 되어 정말 기쁘오! (이

아고와 로더리고만 남고 모두 퇴장)

이아고 (로더리고에게) 잠시 후에 항구에서 만납시다. 이리 오슈. 용기를 좀 내시라니까. ……형편없는 남자도 여자한테 반했을 때에는 당당해 진다던데……. 잘 들으슈. 부관은 오늘 밤 야경을 돌아요. 먼저 여기서 당신한테 한마디 안 할 수 없는 것은, 그 녀석이 데스데모나를 확실히 좋아한다는 사실이오.

로더리고 그놈이? 어림없는 소리.

이아고 손가락을 입에 대고, 이렇게 곰곰이 생각해보세요. 애초에 저 여자가 무어인에게 사랑을 느낀 것은 꿈같은 거짓말에 넋을 잃었기 때문이에요. 언제까지나 그런 헛소리에 반하고만 있겠습니까? 당신만큼 분별 있는 사람이라면, 그 정도는 알 수 있을 겁니다. 그 여자의 눈도 요기는 해야죠. 그런데 악마의 낯짝을 보고 그 여자가 만족할 수 있겠어요? 성적 쾌락도 사라지고 열이 식으면 다시 한번 불을 댕겨 새로운 식욕을 일으킬 테고, 그 식욕을 충족시켜주려면 얼굴도 잘생기고 나이도 서로 맞고 거동도 우아해야 하는데, 무어인은 이 모든 점에서 낙제란 말씀이에요. 이 같은 필수조건이 구비되지 않으면 그녀의 섬세한 마음은 속았다고 후회할 테니, 그녀는 안달이 날 것입니다. 무어인이 지긋지긋하게 싫어지겠지요. 인간의 본성이란 다 그런 것이어서 그녀는 슬그머니 다른 상대자가 그리워질 것입니다. 그래서 말씀입니다, 일이 이쯤 되면 — 지극히 명백한 자연의 이치이긴 합니다만 — 캐시오가 그 행운을 차지하지 않고 누가 차지하겠소? 혀도 잘 놀리고 머리도 빨리 돌아가는 난봉꾼이거든요. 음탕한 녀석. 예의니 친절이니 하지만, 제 욕정을 채우기 위해서는 양심 같은 것은 헌신짝처럼 내버리는 놈이에요. 그 녀석 외에는 없어요, 없어. 능글맞은 놈. 간사한 놈. 기회주의

자. 기회가 여의치 않으면 억지로라도 기회를 만들어서 이득을 취할 악당. 그 밖에도 인물 좋겠다, 나이 젊겠다, 풋내기 여자라면 누구나 좋아할 만한 조건을 전부 갖추고 있어요. 완전무결한 악당이죠. 게다가 그 여자도 이미 그놈한테 눈독을 들이고 있거든요.

로더리고 그 여자가 그런 줄 몰랐는데. 착하고 깨끗한 줄만 알았어.

이아고 착하고 깨끗하다고요? 웃기지 마슈. 그 여자가 마시는 술도 우리가 마시는 포도주와 똑같이 포도로 만든 것입니다. 깨끗하고 착하다면 무어 녀석한테 반하지도 않았지요. 꼴불견이야! 그 여자가 캐시오의 손바닥을 어루만지는 걸 보지 못했소? 그걸 못 봤단 말입니까?

로더리고 그거야 나도 봤지. 하지만 예의상 그러는 줄 알았는데.

이아고 음탕한 짓이에요. 틀림없습니다. 색정과 추잡한 이야기의 서막이 심상치 않게 열리고 있습니다. 입술과 입술을 아주 가까이 대고 있어 서로의 입김이 얼싸안고 포옹을 합니다. 로더리고, 이게 다 음흉한 짓이지요. 이렇게 우물쩍주물쩍 뜸을 들이다가, 어느새 본격적으로 활극을 펼치는 과정에서 두 사람은 꼭 붙어버린답니다. 흥! 여하튼 내 말을 들으세요, 베니스에서 여기까지 모시고 온 이 마당에서는 말입니다. 당신도 오늘 밤 야경을 나가는 거예요. 지시는 내가 할 테니 걱정 마세요. 당신은 캐시오를 잘 모르죠? 내가 가까이 붙어 다닐 겁니다. 고함을 빽 지른다든지, 명예훼손을 시킨다든지. 그때그때의 경우에 맞춰서 캐시오의 분통을 터뜨리세요.

로더리고 좋아.

이아고 그놈은 워낙 성미가 급한 데다 신경질적이기 때문에 틀림없이 당신을 때릴 겁니다. 그렇게 하도록 유도하세요. 그렇게 해서 조그마한 계기를 만들어주면, 이 일이 키프로스 전체를 들썩거릴 만큼 대소동이 되도록 확대시켜 보겠어요. 캐시오를 파면시키지 않고는 도저히 수습할 길이 없을 정도로 말입니다. 당신은 내가 세운 계획에 의해 소원을 이루는 지름길에 이르는 것입니다. 물론 방해물도 효과적으로 제거할 수 있구요. 이 같은 방해물이 있는 한 우린 햇볕 볼 날 없을 거예요.

로더리고   기회를 잡기 위해서라면 꼭 하고야 말겠다.

이아고   그건 보장합니다. 곧 성에서 만납시다. 그 녀석의 짐을 가지러 가야 하니까요, 그럼 안녕.

로더리고   이따가 만나자. (퇴장)

이아고   캐시오가 그 여자에게 반한 것은 확실해. 여자 쪽이 그자에게 홀린 것도 있음직한 일이고. 무어 녀석이 미워 죽겠는데, 그놈이 고지식하고 정이 두텁고 성격이 고상한 것만은 사실이거든. 데스데모나에게는 다정한 남편이 될 수 있다고 생각해. 그런데 나도 데스데모나에게 끌린단 말이야. 순전히 정욕에 사로잡혀 그러는 것만은 아니지. 하기야 그런 속셈도 전혀 없는 것은 아니지만, 또 한편으로는 원한을 풀고 싶어서야. 그놈의 색골 무어 녀석이 내 잠자리에 파고든 적이 있다잖아. 그게 의심스럽거든. 그 일만 생각하면, 마치 독약이라도 마신 듯 속이 왈칵 뒤집힌단 말야. 계집년을 서로 바꾸어 피장파장이 될 때까지는 멍든 이 마음이 풀리지 않을 것 같아. 그렇게 될 수 없을 바에는 무어 녀석의 질투심을 맹렬히 불러일으켜 분별심을 잃게 만들자. 이 일을 성공시키기 위해서는 베니스의 졸장부 녀석 마음을 잔뜩 달아오르게 해서 펄쩍펄쩍 뛰게 만들어야 해. 그 얼간이를 잘만 조종하면 캐시오 녀석은 문제 없어. 무어 녀석에게 캐시오의 악담을 귀가 잉잉거리도록 들려줘야지. 캐시오도 내 여편네와 몰래 잔 혐의가 있어. 무어 녀석은 고마워하며 내게 금일봉까지 하사할 것이 틀림없다. 그러면 나는 그 녀석을 바보 취급하면서 그놈의 편안한 마음을 쑤시고 들볶아 미치게 만들어야지. 문제의 핵심은 바로 여기에 있는 거야. 그러나 아직은 막막하고 복잡하다. 악당의 정체는 실력이 발휘될 때 나타나는 법이니까. (퇴장)

제2장 같은 광장

전령이 포고문을 들고 등장. 시민들이 뒤따른다.

전 령　고귀하고 용감하신 오셀로 장군께서는 터키 함대의 전멸 소식에 접하시어 전승 축하연을 베푸신답니다. 여러분, 승전을 축하해주십시오. 춤을 추고 봉화를 올리고 각자 취향에 따라 즐기시기 바랍니다. 전승 축하 외에 장군의 결혼 축하연도 있을 예정입니다. 이상 장군의 말씀을 전해드렸습니다. 성내의 주방이 전부 개방되었습니다. 현재 시간 다섯 시부터 열한 시 종이 울릴 때까지 마음껏 음식을 드시고 즐기십시오. 키프로스섬과, 오셀로 장군 만세! (퇴장)

제3장 성 안의 총독관사 대청

오셀로, 데스데모나, 캐시오, 시종 등장.

오셀로　마이클, 오늘 밤 야경을 부탁하네. 정도껏 놀고 마시는 것도 좋지만, 소동은 벌이지 않도록 조심하게.

캐시오 이아고는 매사에 빈틈이 없습니다. 또 저 역시 정신을 차려 감시하 겠습니다.

오셀로 이아고는 성실한 사람이다. 마이클, 잘 가게. 내일 아침 일찍 만나 세, 얘기할 것이 있으니. (데스데모나에게) 여보, 이리 오시오. 결혼식 이 끝났으니 열매를 거둡시다. 우리 두 사람의 즐거움이 결실을 맺 는 거라오. (캐시오에게) 나는 가네. (오셀로, 데스데모나, 시종들 퇴장)

이아고 등장.

캐시오 잘 왔네, 이아고. 어서 순찰을 가세.

이아고 아직 시간이 남았는데요, 부관님. 열 시 전입니다. 장군께서는 부 인 데스데모나와의 사랑을 위해 우릴 일찍 풀어주셨군요. 지극히 당연한 일이죠. 결혼 후 여태 부인과 사랑의 단꿈을 나누지 못하셨 으니 말이에요. 주피터 신도 반할 만한 미인이십니다.

캐시오 정말 눈이 부시더군.

이아고 장난기도 넘쳐 보이던데요.

캐시오 정말이지, 청초하고 섬세하시더군.

이아고 눈은 어떻구요! 그 눈을 보고 있자니 마음이 홀리는 것 같습다.

캐시오 매혹적인 눈이야. 하지만 퍽 정숙해 보이던데.

이아고 그녀의 말소리를 듣고 있으면 마치 사랑을 재촉하는 종소리 같죠?

캐시오 완전무결한 미인이시지.

이아고 행복이여, 그들의 잠자리에 흘러넘쳐라! 저, 부관 나리, 여기 술이 좀 남아 있는뎁쇼. 그런데 저기 바깥에 키프로스의 멋쟁이 몇 사람 이 흑인장군 오셀로의 건강을 축하하며 건배하겠다고 기다리고 있 습니다.

캐시오 오늘 밤은 안 돼, 이아고. 나는 술에 약해서 금세 취해버리거든. 그래서 나 늘 남들을 대접하는 다른 방식의 예절이 있었으면 하고 바라고있어.

이아고 하지만 그들은 우리 친구들인데요. 꼭 한 잔만 합시다. 부관님 대신 제가 마시죠.

캐시오 실은 오늘 밤 딱 한 잔 마셨는데 벌써 휘청거리고 있어. 그것도 물에 타서 마셨는데 이 지경이란 말야. 나는 술만 마시면 이렇게 약골이 되니, 가뜩이나 약한데 더 무리하고 싶지 않다니까.

이아고 원, 부관님도! 잔칫날이에요, 오늘은. 우리 친구들도 한잔 하고 싶다는데 왜 이러십니까?

캐시오 어디에 와 있는가?

이아고 문 앞에요. 불러들이세요.

캐시오 그러겠다만 썩 내키진 않는군. (퇴장)

이아고 이미 오늘 밤 한 잔 들이켰다니, 녀석에게 한 잔만 더 들어부으면 우리 아가씨 댁 강아지 모양 허연 이를 드러내고 닥치는 대로 물고 뜯고 싸울 것이다. ……자, 그런데 사랑에 멍든 로더리고 바보 녀석도 상사병으로 마음이 뒤죽박죽이 되어 있는지라, 오늘 밤 데스데모나를 위한답시고 한 되들이 술을 꿀꺽꿀꺽 마시고는 야경을 돌러 갔거든. 게다가 키프로스의 왈패 녀석들이 세 명이나 왔는데, 모두 집안 좋고 콧대 세고 우악스러운 놈들이거든. 철저하게 명예만을 생각하는 놈들이지. 싸움판을 좋아하는 키프로스 출신 싸움패들 아닌가. 요 녀석들한테도 오늘 밤 잔이 철철 넘치도록 들어부어놨겠다. 그런데 이 녀석들도 야경을 돈다니, 이 주정꾼들 틈에 캐시오를 풀어놓는단 말씀이야. 그러면 온 섬이 발칵 뒤집혀지겠지.

캐시오, 몬타노, 신사들 등장. 하인들이 술을 들고 따라 들어온다.

왈패들이 오는구나. 내 생각대로 일이 진행되면 내 배는 순풍에 돛달고 화살처럼 달리는 거다.

캐시오 진탕 마셨소이다.

몬타노 소꿉장난 같은 술잔으로 드시구 무슨 말씀이십니까? 난 군인답게 세 홉들이 잔으로 마시지 않았겠소.

이아고 술이다, 술! (노래한다)

술잔을 울려라 땡그랑 땡땡
술잔을 울려라 땡그랑 땡
군인도 사람이다,
인생은 짧다.
그러니 마셔라, 마셔라, 군인이여.

야, 술 가져오라고!

캐시오 신나는 노래구나.

이아고 이 노래는 영국에서 배웠어요. 영국 사람들은 정말로 술이 셉니다. 덴마크 사람, 독일 사람, 그리고 배 뚱뚱이 네덜란드 사람도 — 자, 마셔요, 마셔 — 영국 사람은 못 당해요.

캐시오 영국 사람은 술이 그렇게 센가?

이아고 그럼요, 덴마크 놈쯤 이기는 일은 식은 죽 먹기랍니다. 독일 놈들 해치우는 데는 땀 한 방울 흘리지 않죠. 네덜란드 사람이 술에 취해 끄윽끄윽 토하고 있을 때 영국 사람은 어느새 잔을 비우고 또 한잔 들고 있지요.

캐시오 장군의 건강을 위하여!

몬타노 부관, 나도 합세하죠. 당신의 상대가 돼주리다.

이아고 아아, 아름다운 영국이여! (노래한다)

스티븐 왕은 귀하신 몸

입으신 바지는 일 크라운짜리

그래도 육 펜스 비싸다고요.

양복장이 호되게 야단맞았네.

높으신 어른도 이 모양이니

형편없는 당신은 어림도 없다.

오만한 사람이 나라 망치니

허름한 외투로 참고 견뎌라.

술이다, 술!

캐시오 그 노래는 더 멋지구나.

이아고 다시 들으시겠소?

캐시오 아냐, 그런 짓을 하는 자는 임금이 될 자격이 없어. 여하튼 좋아. 하느님이 내려다보고 계시지. 그러니 구제받을 놈도 있고 버림받을 놈도 있는 거야.

이아고 맞았습니다, 부관님.

캐시오 그런데 말야 — 장군님이나 높으신 분들에게는 미안하지만 — 나는 구제받은 몸이야.

이아고 부관님, 저도 그렇습니다.

캐시오 미안한 말이지만, 자네 차례는 나 다음이야. 부관이 기수보다는 먼저 구제되는 법이니까. 이런 얘기는 집어치우자. 우리의 임무에 대해서 말하겠다. 하느님, 우리들의 죄를 용서해주소서. 여러분, 우리의 임무를 잊어서는 안 됩니다. 여러분, 내가 취했다고 생각하면 안 됩니다. 이 사람이 내 기수요, 요것이 내 오른손, 이건 왼손, 난 아직 안 취했어. 반듯하게 설 수도 있고 말도 할 수 있어.

일 동 그럼요, 그럼요.

캐시오 역시 말짱하구나. 좋았어, 내가 취했다고 생각하면 안 돼. (퇴장)

몬타노 여러분, 야경 장소로 갑시다. 자, 다들 야경 돌 준비를 합시다.

이아고 방금 저쪽으로 간 양반 보셨어요? 저 양반은 시저 옆에서 지휘를 해도 손색이 없는 군인이죠. 그런데 보셨다시피 주책바가지죠. 좋은 점과 나쁜 점이 꼭 반반이랍니다. 딱한 일이죠. 오셀로 장군은 저 양반을 철석같이 믿고 있습니다만 저런 추태를 부리면서 온 섬에 소동을 피울까 봐 염려됩니다.

몬타노 가끔 저러는가?

이아고 저것이 서곡이죠. 곧 잠들어버릴 겁니다. 술에 취하지만 않으면 낮밤을 꼬박 야경을 서도 끄떡도 하지 않습니다.

몬타노 장군께 그 사실을 귀띔해드리는 게 좋겠군. 아마 모르고 계실 테지. 알고 계시더라도 장군께서 아량을 베풀어, 좋은 점만 높이 사고 나쁜 점은 덮어두는 게 아니겠어, 안 그래?

　　로더리고 등장.

이아고 (로더리고에게 방백) 어떻게 된 영문이에요, 로더리고? 어서 부관 뒤를 쫓아요! (로더리고 퇴장)

몬타노 고매하신 무어 장군께서 고질병이 있는 저런 자를 자신의 부관 자리에 앉힌 것은 유감스러운 일이오. 장군에게 직언해두는 것이 좋을 듯하오.

이아고   이 아름다운 섬을 몽땅 준다 해도 저는 그럴 수 없습니다! 저는 캐시오 부관님을 좋아하거든요. 어떻게 해서든 그 버릇을 고쳐주고 싶은 생각뿐입니다.

안에서 고함소리. "사람 살려! 사람 살려!"

이게 무슨 소린가?

캐시오가 로더리고를 쫓아 들어온다.

캐시오   이 악당 놈아! 깡패야!

몬타노   부관, 왜 그러시오?

캐시오   이놈이 건방지게도 본관에게 이래라저래라 명령을 하는 겁니다. 이놈을 때려눕혀 술병 속에 처넣어야지.

로더리고   나를 때려?

캐시오   그래도 이놈이 주둥아리를 놀려? 망할 자식. (로더리고를 때린다)

몬타노   이봐요, 부관, 그만두게.

캐시오   놔요, 놔. 이 손 치우지 않으면 네놈의 골통을 부숴놓겠어.

몬타노   이봐. 자네 취했군그래.

캐시오   내가 취했다고! (두 사람 싸운다)

이아고   (로더리고에게 방백) 저리 가시오. 가서 큰일났다고 아우성을 쳐요. (로더리고 퇴장) 보세요, 부관님. 여보세요! 좀 도와주시오! 부관님! 여보세요, 몬타노 양반! 젠장, 야경들 아주 잘들 보는군! (종이 울린다) 종을 치는 자가 누구냐? 망할 자식! 온 시민들이 다 깨겠네. 부관님, 부탁입니다, 참으세요! 평생 후회하실 겁니다!

오셀로와 무장을 한 시종들 등장.

오셀로 무슨 일이냐?

몬타노 제기랄, 피가 철철 흐르네. 난 치명상을 입었다.

오셀로 그만두지 않을 텐가!

이아고 그만둬요, 부관님, 몬타노 양반. 두 분 다 지위도 임무도 다 잊으셨어요? 그만두세요! 장군님 말씀이 안 들리세요? 제발 그만두세요!

오셀로 여보게들, 이게 무슨 짓들이야! 어째서 이런 일이 일어났는가? 모두들 터키 놈으로 둔갑했는가? 하느님이 터키 놈들에게 금지시킨 짓을 동족에게 하고 있으니, 어찌 된 일이야? 기독교인의 수치다. 소동을 멈춰라. 홧김에 소란을 피우는 자는, 목숨이 아깝지 않은 모양인데, 꼼짝했다가는 한칼에 베어버릴 테다. 저 끔찍한 종소리를 멈추게 하라. 온 섬이 겁에 질려 소동이 나면 어떡하느냐? 도대체 어떻게 된 셈이냐? 근심 걱정으로 사색이 된 이아고, 정직하니 말하라. 누가 이 싸움을 시작했는가? 날 위하거든 바른 대로 말해!

이아고 저도 잘 모르겠습니다. 이 두 사람은 조금 전까지만 해도 서로 사이가 좋았습니다. 마치 신방에 들어가는 신랑 신부처럼 사이가 좋았습니다. 그런데 갑자기, 마치 어떤 별의 힘에 의해 정신이 나간 사람들처럼 칼을 빼더니 서로의 가슴팍을 노리면서 피투성이가 되어 싸우기 시작했습니다. 그런데 이 같은 어리석은 싸움이 어떻게 해서 시작되었는지에 대해서는 저도 모르겠습니다. 저도 헐레벌떡 싸움판에 뛰어들어 말렸습니다만, 여기까지 뛰어온 이 다리가 아까울 지경입니다. 차라리 영광스러운 전쟁터에서 이 다리를 잃어버렸으면 좋았을 뻔했어요.

오셀로 어찌 된 영문이냐? 마이클? 물불을 가리지 못하고 있으니.

캐시오 용서하십시오, 장군님. 드릴 말씀이 없습니다.

오셀로 몬타노 당신은 예의범절을 갖춘 사람이었소. 젊은 사람답지 않게 근엄하고 신중하다는 것은 모두 인정하고 있으며, 지각 있는 사람들은 당신을 칭찬하고 있소. 그런데 이게 무슨 짓이오? 그 좋은 평판을 내동댕이치고 고매한 당신이 밤도둑이나 행할 듯한 이런 수치스러운 짓을 저질렀으니? 무슨 곡절이 있었는지 말해보시오.

몬타노 오셀로 장군님, 저는 지금 중상을 입었습니다. 각하의 부하인 이아고가 다 말씀드릴 겁니다 — 전 숨이 답답해서 말을 할 수 없습니다 — 오늘 밤, 저는 경우에 어긋난 말이나 행동을 한 것 같지 않습니다. 자기 자신을 아끼는 일이 나쁜 일이 아닐진대, 폭력을 막는 정당방위가 어떻게 죄가 될 수 있겠습니까?

오셀로 냉정하게 참고 있으려 했지만 도저히 못 참겠군. 감정이 폭발해서 이성을 짓누르고 있으니, 내가 팔을 쳐들기만 하면 어떤 놈이든 단칼에 박살이 날 것이다. 어리석은 이 싸움이 어떻게 해서 일어나게 되었는지 말하라. 누가 시작하였느냐? 사건을 일으킨 책임이 누구에게 있느냐? 그놈이 비록 내 쌍둥이 형제라 할지라도 용서하지 않겠다. 이게 무슨 짓들이냐! 전쟁의 와중에 있는 이곳에서, 아직도 모든 일이 어수선해서 사람들의 마음이 공포에 질려 있는 이 판국에, 치안을 살피는 야경대 본부에서 사사로운 일로 한밤중에 싸움을 벌이다니. 해괴망측한 일이다. 이아고, 누가 싸움을 걸었느냐?

몬타노 편견과 동료애 때문에 조금이라도 사실에 어긋난 진술을 하면 넌 군인이 아니다.

이아고 너무 윽박지르지 마십시오. 마이클 캐시오 부관님에게 불리한 증언을 할 바에야 차라리 이 혓바닥을 뽑아버리지요. 제 생각으로는 사실 그대로 말한다 하더라도 부관님에게 불리하진 않을 것 같습니다. 장군님, 사건의 진상은 이렇습니다. 몬타노 양반과 제가 이야기를 나누고 있는데 누군가가 살려달라고 고함을 지르며 뛰어들었습니다. 캐시오 부관님은 그놈을 뒤쫓고 칼을 휘두르며 죽이겠다고 소동을 부렸습니다. 그때 이 양반이 끼어들어 참으라고 타일렀죠. 저는 고함을 지른 그놈의 뒤를 밟았습니다. 그놈 때문에 시내가 소란해지면 안 되겠다고 생각했기 때문이죠. 결과는 이렇게 되고 말았습니다만. 그런데 그놈은 여간 빠르질 않았어요. 그래서 전 단념하고 돌아왔지요. 그럴 수밖에 없었던 것이 칼싸움을 하는 소리에다 캐시오 부관님의 떠드는 소리가 들렸기 때문입니다. 이런 일은 생전 처음입니다. 돌아와 보니 — 곧 돌아왔습니다만 — 두 분이 한데 붙어 치고 밀고 야단이 났더군요. 그 싸움이 시작될 즈음 장군께서 오셔서 떼어놓으신 겁니다. 그 이상은 저도 알 수가 없습니다. 그러나 인간인 이상 누구나 때로는 이성을 잃을 수도 있습니다. 비록 캐시오 부관님이 약간 잘못을 저질렀다 하더라도 화가 치밀 땐 자기에게 호의를 베푼 사람을 칠 수도 있는 거지요. 아마 캐시오 부관님은 도망친 놈으로부터 심한 모욕을 당해서 도저히 자신을 억제할 수 없었던 모양입니다.

오셀로 알겠다, 이아고. 자네는 성실하고 인정이 많아서 이 일을 되도록 줄여서 캐시오를 두둔하려 드는구나. 캐시오, 나는 너를 아껴왔는데 앞으로는 내 부관으로 그대로 둘 수 없겠다.

　　데스데모나, 시종을 데리고 등장.

보아라, 내 아내까지 깨우지 않았느냐! 너는 호되게 벌을 받아야 한다.

오셀로 다 끝났소. 걱정 마오. 자, 침실로 갑시다. (몬타노에게) 그대의 상처는 내가 직접 돌봐드리리다. (몬타노, 부축을 받으며 퇴장) 이아고, 시내를 순찰하며 이 고약한 소동으로 들뜬 시민들을 진정시키게. 갑시다, 데스데모나. 군인의 생활은 사건이 일어나면 한밤중에라도 단잠을 깨고 일어나야 하는 거라오. (이아고와 캐시오만 남고 모두 퇴장)

이아고 부관님, 다치지 않으셨습니까?

캐시오 치료해도 소용없게 되었네.

이아고 그런 소리 마십쇼.

캐시오 명예, 명예, 명예! 아, 나는 명예를 잃어버렸네! 내 안에 있는 가장 귀한 것을 잃었으니 나는 짐승과 다름없는 몸이야. 명예를, 이아고, 명예를 잃었어.

이아고 저는 고지식한 놈이라, 부관께서 몸에 상처를 입으셨다는 줄 알았습니다. 그런 상처가 명예의 상처보다 더 아프지 않습니까? 명예 같은 것은 소용없습니다. 거짓이고 겉치레죠. 아무런 공로 없이 얻을 수도 있고, 아무 이유도 없이 빼앗길 수도 있죠. 부관께서 명예를 잃었다고 스스로 단정하기 때문에 그런 생각이 드는 것이지, 정말로 명예를 잃은 것은 아닙니다. 자, 부관님! 장군의 신임을 회복할 수 있는 길은 얼마든지 있습니다. 장군님은 그저 일시적인 기분으로 면직시키신 것뿐일 겁니다. 부관님이 미워서가 아니라 정책상 처벌하신 것뿐입니다. 우쭐대는 사자를 혼내주기 위하여 죄 없는 개를 때리는 것과 같죠. 장군에게 한번 탄원해보십시오. 꼭 들어주실 겁니다.

캐시오 차라리 경멸해달라고 사정하고 싶다. 이토록 경망한 술주정뱅이, 채신머리없는 장교, 이런 놈을 부관으로 앉혀 놓은 훌륭하신 지휘관을 속일 수는 없어. 술에 취해 허튼소리나 지껄이고, 욕설을 퍼부으며 제 그림자 보고 큰소리나 꽝꽝 치는 놈! 아, 눈에 보이지 않는 술의 신이여, 너의 이름을 알 수 없으니 너를 악마라 부르겠다.

이아고 칼을 빼들고 부관님이 쫓으시던 그놈은 누굽니까? 부관님에게 뭐라고 하던가요?

캐시오 모르겠다.

이아고 모르시겠다니, 이상한뎁쇼?

캐시오 이것저것 생각이 잔뜩 엇갈릴 뿐 한 가지도 똑똑히 기억나는 게 없어. 싸움을 하긴 했는데, 왜 싸웠는지 모르겠어. 아아, 인간이란 우스워. 입안에 원수 같은 술을 잔뜩 퍼 넣고 정신을 홀랑 빼앗긴단 말이야. 좋아라 한바탕 술 마시고 즐기며 소동을 부리다가 제풀에 짐승으로 탈바꿈하고 마니!

이아고 하지만 지금은 멀쩡하시네요! 어떻게 금세 회복하셨어요?

캐시오 주정의 악마가 이번에는 분노의 악마에게 자리를 양보했지. 한 가지 결점이 사라지면 또 다른 결점이 나타나는 나 자신에 대해 넌덜머리가 난다.

이아고 그러지 마세요. 너무 도덕군자연하시면 곤란합니다. 하기야 때와 장소 그리고 현재의 국내 사정으로 보아 이런 사건이 일어나지 않았다면 더 좋았겠죠. 그러나 이미 엎질러진 물이니 수습책이나 강구하셔야겠습니다.

캐시오 한 번 더 장군님에게 복직을 부탁해보겠다. 그분은 내게 주정뱅이라고 말씀하시겠지. 나에게 히드라(헤라클레스가 퇴치한 머리가 여럿 달린 뱀-역자 주)와 같이 입이 여러 개 있다 하더라도 그렇게 나오시면 할 말이 없지. 정신 멀쩡한 사람이 어느새 바보가 되어서 금세 짐승처럼 돼버리다니! 아, 참으로 이상한 일이야! 술은 악마다!

이아고 이것 보세요, 부관님. 적당히 마시기만 하면, 좋은 술은 약이 되는 법이에요. 술에 대한 악담은 그만큼 해두세요. 그리고 부관님, 저는 부관님을 좋아합니다. 부관님도 그걸 알고 계시죠?

캐시오 그건 잘 알고 있어. …… 아, 난 취했었어!

이아고 부관님뿐만 아니라 살다 보면 누구라도 때로는 취하게 마련입니다. 제가 말씀드리는 대로 해보세요. 지금은 말이에요, 장군님 부인이 바로 장군이십니다. 왜냐하면 부인께서 하도 아름답고 재치가 뛰어나 장군께서는 넋을 잃고 쳐다보고 계시기 때문입니다. 그러니 부인에게 가서서 솔직하게 털어놓으세요. 복직시켜 달라고 부인에게 도움을 청하시라고요. 부인은 얌전하고 친절하며, 마음이 약하고 순진하셔서 부탁받은 일 이상으로 해주지 않고는 못 배길 분이세요. 장군님과 부관님을 잇는 관절이 부러졌으니 부인한테 부탁해서 다시 이어달라시라구요. 저의 전 재산을 무엇에다 걸어도 좋습니다. 두 분의 사이가 일단 금이 가긴 했지만 다시 그전보다 더 강해질 수 있다는 것을 단언할 수 있습니다.

캐시오 충고의 말 고마우이.

이아고 진심에서 하는 소립니다. 부관님을 위해서죠.

캐시오 나도 그렇게 생각하네. 내일 아침 일찍 데스데모나 부인에게 부탁드려 보지. 그 일이 어그러지면 내 운명도 끝나는 거다.

이아고 옳으신 말씀입니다. 그러면 저는 물러가겠습니다, 부관님. 야경이나 돌아야겠습니다.

캐시오 충직한 이아고, 잘 가게. (퇴장)

이아고 이쯤 되면 누가 나를 악한이라고 말할 수 있겠어? 나는 솔직하게, 성실하게 충고해줬을 뿐이야. 내 생각이 그럴듯한 이상 무어 녀석의 환심을 다시 사는 건 쉬운 일이지. 데스데모나를 구슬러 도움을 청하는 일은 누워서 떡 먹기야. 그 여자는 마음이 관대하고 시원시원해서 봄바람을 대하는 기분이지. 그 여자의 입을 빌려 무어 녀석을 완전히 설복시키는 거야. 세례받은 것도 취소하고 속죄의 신표까지 전부 포기하라 해도 꼼짝없이 할걸. 무어 녀석은 그 여자를 사랑하는 마음에 쏙 빠져 무엇을 하든 그 여자 처분대로지. 그 여자 마음대로 조종할 수 있거든. 그 녀석의 약한 마음에 비하면 그 여자는 여신처럼 전지전능해. 그런데 어째서 내가 악한이란 말인가? 캐시오에게 도움이 되는 이 계획을 짜낸 내가! 지옥에서 만난 천사지. 악마들이 극악무도한 대죄악을 인간에게 씌우려고 할 때는 천사의 마음을 빌려서 나타난다지. 꼭 지금의 내 입장과 같군. 그 얼간이 자식이 팔자를 고치려고 데스데모나에게 손이 발이 되도록 빌고 있을 때, 그리고 그녀는 그녀대로 무어 녀석에게 강력히 호소하고 있을 때, 나는 그놈 귀에다 독을 퍼 넣어야지. 즉 부인께서 캐시오를 복직시키려고 저토록 몸이 달아 있는 건 실상 욕정이 살살 일어나기 때문입니다, 하고 말씀이야. 이렇게 되면, 그 여자가 캐시오를 위해서 등골이 빠져라고 애를 쓸수록 무어 녀석은 점점 의혹을 품게 되는 거야. 그 여자의 정절을 악덕으로 변질시키고, 그 여자의 선심을 미끼로 하여 그들을 일망타진하는 것이다.

　　로더리고 등장.

로더리고　여기까지 바싹 붙어 쫓아와 봤지만, 내 역할은 표적을 향해서 달려드는 사냥개가 아니라 옆에서 멍멍 짖기만 하는 단역이라는 것을 알았네. 돈도 거의 다 써버린 데다, 오늘 밤에는 늘씬하게 얻어터지기까지 했잖은가. 괴로운 맛을 실컷 본 대신 경험은 쌓았어. 돈은 바닥이 났지만, 지혜는 좀 생긴 듯해. 그래서 보따리를 다시 싸가지고 베니스로 돌아갈 작정이네.

이아고　그렇게도 참을성이 없다니, 정말 딱한 노릇이군요! 한꺼번에 낫는 상처 봤소? 우린 마술을 쓰는 것이 아니라 머리를 써서 차근차근 일을 진행시키고 있다는 걸 알고 계시지 않습니까? 이런 일은 시간이 지나봐야 판가름 나는 거예요. 제대로 안 되고 있다고요? 캐시오에게는 얻어맞았다고 합시다. 조금 얻어맞은 덕에 캐시오가 부관직에서 쫓겨나지 않았소? 다른 계획도 햇발이 좋아 착착 진행 중이지만, 가장 먼저 꽃 핀 것이 가장 먼저 열매 맺는 법이거든요. 조금만 더 참고 견디세요. 아, 벌써 아침이군. 유쾌하고 분주하다 보니 시간이 빨리 가네요. 자, 돌아가세요. 정해진 부서로 가시라고요. 가시라니까요. 나중에 알려드릴게요. 자, 가세요. (로더리고 퇴장) 두 가지 할 일이 남아 있다. 우리 여편네를 시켜서 캐시오가 데스데모나를 만나도록 주선해야지. 그동안에 나는 무어 녀석을 끌고 나와 캐시오가 한창 데스데모나를 설득시키고 있는 장면으로 끌어들인단 말이야. 요것이 묘수(妙手)로다! 멍청하게 있다가 때를 놓쳐 일을 그르쳐선 안 되지. (퇴장)

제3막

제1장 성 앞

캐시오와 악사들과 어릿광대 등장.

캐시오 여보게 악사들, 여기서 한 곡조 연주하게나. 사례는 톡톡히 할 테니. 짧은 곡목이 좋겠군. 그 곡이 끝나면 '장군님, 안녕하십니까?' 하고 인사를 드리게. (그들, 음악을 연주한다)

어릿광대   아니, 악사 양반들, 그 악기들은 나폴리에 갔다가 몽땅 병에 걸렸
          나보지? 어째 코맹맹이 소리가 나와?

악사 1   뭐가 어떻다고 그러시우?

어릿광대   그 악기는 언제나 붕붕 소리만 나나?

악사 1   그렇소.

어릿광대   꼬리가 붙어 있는 게로군.

악사 1   꼬리가 붙다니요?

어릿광대   붕붕 소리가 나는 물건 옆에는 대개 무엇이 달려 있거든. 그러나
          저러나 돈이나 받으시오. 장군께서는 음악이 너무나 마음에 드셨
          는지 더 이상 소리를 내지 말라는 분부시오.

악사 1   좋습니다, 그만두죠.

어릿광대   소리 안 나는 음악이 있으면 연주해도 좋아. 하지만 장군께서는
          음악에는 별 관심이 없으셔.

악사 1   소리 안 나는 음악이 어디 있습니까?

어릿광대   그렇다면 주머니 속에 피리를 집어넣어. 나는 가야겠다. 가라, 이
          놈들아. 꺼져버려! (악사들 퇴장)

캐시오   여보게, 충직한 친구, 내 말 좀 들어주겠나?

어릿광대   당신의 충직한 친구의 말은 들을 수 없어도 당신의 말은 들을 수
          있으니 말해보시오.

캐시오   농담은 그만두게. 얼마 안 되는 돈이지만 이걸 받아두게. 장군 부
          인의 하녀가 일어났거든, 캐시오라는 자가 잠깐 만나 이야기를 나
          누고 싶어 한다고 전해주게. 나를 위해서 이 일을 좀 해주겠나?

어릿광대   하녀는 일어나 있죠. 그녀가 이곳에 나오면 그렇게 기별해드리
          죠.

캐시오   좋아, 부탁하네. (어릿광대 퇴장)

이아고 등장.

이아고, 마침 잘 왔네.

이아고 주무시지도 않았습니까?

캐시오 어떻게 잠을 자겠나. 자네와 헤어지기도 전에 이미 날이 밝았는데. 이아고, 나 큰마음 먹고 자네 부인을 만나려고 사람을 보냈네. 데스데모나 부인을 만나게 해달라고 부탁할 참이야.

이아고 제가 곧 이곳으로 보내겠습니다. 어떻게 해서든 무어 장군은 다른 곳으로 따로 모시겠습니다. 그래야 부관님께서 이야기를 나누거나 용무를 보시는 데 편할 테니까요.

캐시오 정말 고맙네. (이아고 퇴장) 내 고장 플로렌스에 저렇게 친절하고 정직한 사람은 없을 거야.

에밀리아 등장.

에밀리아 안녕하십니까, 부관님? 이번 일은 퍽 안타깝게 되었군요. 하지만 모든 일이 잘 돼 나갈 겁니다. 장군님과 부인께서는 줄곧 그 일에 대해서 이야기를 나누고 계십니다. 부인께서는 부관님을 옹호하고 계시죠. 장군께서는, 부관님이 상처를 입히신 분은 키프로스에서 아주 저명한 인사라 고위층 분들과 관계가 깊다는 것입니다. 그래서 파면시키는 것이 타당한 일이라는군요. 그러나 부관님을 아끼고 계시니 누가 부탁하지 않더라도 적당한 시기에 다시 복직시켜주겠노라고 말씀하셨습니다.

캐시오 그렇지만 부탁이오, 괜찮다면 잠깐이라도 좋으니 데스데모나 부인과 단둘이 얘기할 기회를 좀 만들어줄 수 없겠소?

에밀리아 안으로 들어오세요. 마음껏 얘기하실 수 있는 장소로 안내해드리지요.

캐시오　정말 고맙소. (퇴장)

제2장　같은 장소

오셀로, 이아고, 신사들 등장.

오셀로　이아고, 이 서류들을 선장에게 주어 그로 하여금 원로원에 전하도
록 부탁하게. 그 일이 끝나면, 나는 성 안을 거닐고 있을 테니 그곳
으로 오게.

이아고　네, 알겠습니다. (퇴장)

오셀로　여러분, 이 성 안을 한 바퀴 돌아볼까요?

신사들　네, 가십시다. (일동 퇴장)

제3장　같은 장소

데스데모나, 캐시오, 에밀리아 등장.

데스데모나　안심하세요, 캐시오 님. 최선을 다해보겠어요.

에밀리아　부탁합니다, 부인. 제 남편도 자신의 일처럼 걱정을 태산같이 하
고 있답니다.

데스데모나　참 성실한 사람이군요. 캐시오, 걱정 마세요. 우리 집 주인 양
반과 당신 사이가 다시 옛날처럼 돌아갈 수 있도록 도와드릴게요.

캐시오 부인, 감사합니다. 마이클 캐시오는 앞으로 어떤 일이 일어나더라도 부인에게 충성을 다하겠습니다.

데스데모나 알고 있어요, 고마워요. 당신은 우리 집 양반을 따르고 있는 데다, 오랫동안 사귀어온 사이니 걱정할 것 없어요. 비록 그분이 당신에게 서먹서먹하게 거리를 두더라도 그것은 남의 이목이 있어서 그러려니 하고 생각하세요.

캐시오 알겠습니다. 그러나 부인, 세상의 이목 때문에 하는 행동도 너무 길어지면, 그 사이에 부질없는 뜬소문으로 마음이 동하고 하잘것없는 일에서 뿌리가 내리는 법입니다. 그러니 제가 옆에 없는 동안 다른 사람이 대신 보필하게 되어, 장군께서 저의 성의와 공로를 씻은 듯이 잊어버릴 수도 있지 않겠습니까?

데스데모나 아, 그런 걱정은 마세요. 여기 있는 에밀리아가 증인이에요. 틀림없이 복직시켜 드리겠습니다. 염려 마세요. 친구가 된 이상 끝까지 도와드리겠어요. 우리 주인이 주무시지 못하게 밤새껏 보채겠어요. 들어주실 때까지 물고 늘어질 작정이에요. 잠자리에 들어서도, 식탁에 앉아서도 그분이 하는 모든 일마다 쫓아다니며 당신의 청원을 부탁드려 보겠어요. 캐시오 님, 용기를 내세요. 이 일을 부탁받은 이상 목숨이 끊어질 때까지 해볼 작정이니까요.

　　　오셀로와 이아고 등장.

에밀리아 부인, 장군께서 오십니다.

캐시오 부인, 저는 이만 실례하겠습니다.

데스데모나 왜요? 가지 마시고 끝까지 얘기를 들으세요.

캐시오 부인, 지금은 마음이 편치 않아 제 소원을 말씀드리기에 적당치 않습니다.

데스데모나   좋도록 하세요. (캐시오 퇴장)

이아고   저런! 저건 또 무슨 짓이야!

오셀로   무슨 일이냐?

이아고   각하, 아무것도 아닙니다. 실은…… 저, 별것 아닙니다.

오셀로   방금 내 아내와 헤어진 자가 캐시오 아닌가?

이아고   캐시오라구요? 그럴 리가 있겠습니까? 그분이라면 장군님이 오신다고 해서 죄지은 사람처럼 몰래 도망칠 리 없잖겠습니까?

오셀로   틀림없이 캐시오다.

데스데모나   여보, 기분은 좀 어떠세요? 방금 청원하러 온 사람과 얘기를 나누고 있었어요. 당신의 비위를 건드려 비관하고 있는 사람이지요.

오셀로   누구 말이오?

데스데모나   캐시오 부관 말입니다. 저에게 은덕과 당신을 설득시킬 만한 힘이 있음을 당신이 인정하신다면, 캐시오를 용서해주세요. 캐시오는 정말로 당신에게 충성을 바치고 있습니다. 자신도 모르게 잘못을 저지른 것이지 결코 고의적으로 그런 게 아닐 겁니다. 진지한 그의 얼굴을 보면 금세 그걸 알 수 있지요. 부탁이에요, 캐시오를 복직시켜주세요.

오셀로   방금 밖으로 나갔소?

데스데모나   네, 너무 풀이 죽어 있어서 함께 있던 저까지도 슬퍼졌습니다.

오셀로   지금은 안 되오. 달리 기회를 봅시다.

데스데모나   하지만 쉬 되겠지요?

오셀로   당신 부탁이니, 되도록 빨리 합시다.

데스데모나   오늘 저녁식사 때는 어떠세요?

오셀로   안 돼, 오늘 저녁은 안 되오.

데스데모나   내일 오찬 때는요?

오셀로　내일 점심은 집에서 할 수 없소. 성에서 장교들과 회식이 있으니.

데스데모나　그러시다면 내일 저녁이나 화요일 아침이나 오후나 저녁, 아니면 수요일 아침쯤에 결정해주세요. 제발 시간을 정해주세요. 사흘을 넘기면 안 돼요. 캐시오는 진심으로 후회하고 있어요. 캐시오의 죄라는 것도 그렇죠. 보통 때 같으면 — 하기야 전시 중에는 일부러 빼어난 사람들에게 본보기로 벌을 준다죠 — 면직시킬 정도로 큰 죄는 아니잖아요. 언제 캐시오를 부를까요, 오셀로? 어서 말씀하세요. 당신이 제게 이토록 간절히 부탁을 하시면 전 절대로 거절할 수 없을 거예요. 오라, 마이클 캐시오는 당신이 저에게 청혼하실 때 함께 왔었죠. 제가 당신의 험담을 할 때마다 그는 언제나 당신 편을 들어주었어요. 그런 사람을 복직시키는 데 이토록 시간이 오래 걸리다니! 정말이지 저 같으면…….

오셀로　그만큼 해둡시다. 오고 싶을 때 오라고 해요. 당신 말이라면 나는 무엇이든 거절할 수 없으니까.

데스데모나　글쎄, 대단한 은혜라도 베풀어달라는 것이 아닙니다. '장갑을 끼세요' 라든지, '영양가 있는 음식을 드세요' 라든지, '몸을 따뜻이 하세요' 라든지, 또는 '몸조심하세요' 따위의 부탁과 똑같은 성질의 것입니다. 당신의 애정을 시험해볼 양이면, 그야말로 중대하고 어려운, 좀처럼 받아들이기 힘든 것으로 부탁하겠지요.

오셀로　당신에게 무엇을 거절할 수 있겠소? 그러니 내 부탁도 좀 들어주구려. 잠시만이라도 나 혼자 있게 해줄 수 없소?

데스데모나　제가 그 부탁을 거절하겠어요? 천만에요. 저리 가 있겠습니다.

오셀로　그럼 데스데모나, 곧 뒤따라가리다.

데스데모나　에밀리아, 이리 좀 와봐. (오셀로에게) 마음 내키는 대로 하십시오. 무슨 말씀을 하시더라도 저는 그대로 따르겠어요. (데스데모나와

에밀리아 퇴장)

오셀로   참으로 귀여운 것! 당신을 사랑하지 않는다면, 난 지옥으로 떨어지고 말 거야! 그리고 내가 당신을 사랑하지 않게 될 때 이 세상은 암흑천지가 될 거야.

이아고   각하······.

오셀로   뭔가, 이아고?

이아고   마이클 캐시오 님은 각하께서 부인께 구혼하실 때 두 분 사이를 알고 계셨습니까?

오셀로   알고 있었지, 처음부터 끝까지. 그건 왜 묻는 거지?

이아고   그저 저 혼자 뭣 좀 생각하느라고요. 나쁜 뜻은 전혀 없습니다.

오셀로   생각하다니? 뭘 말인가, 이아고?

이아고   캐시오 님이 부인과 본래 아는 사이였다는 것을 미처 몰랐습니다.

오셀로   다 알고 있었지. 우리 둘 사이를 어지간히 왕래했었으니까.

이아고   그랬습니까?

오셀로   그랬느냐고? 그래, 그랬어. 무엇이 못마땅한 건가? 그놈이 정직하지 않단 말인가?

이아고   정직하다구요, 각하?

오셀로   정직하지! 그래, 캐시오는 정직했어.

이아고   제가 알기로는······.

오셀로   자넨 어떻게 생각하는데?

이아고   어떻게 생각하느냐고요?

오셀로   어떻게 생각하느냐고? (방백) 이놈이 내 말만 흉내내고 있네. 머릿속에 어마어마한 생각이 꽉 들어차 있어 너무나 무서운 나머지 입밖에 내지 못하겠다는 시늉이야. (이아고에게) 자네 무슨 곡절이 있는가 보군. 캐시오가 내 아내 곁을 떠날 때 자넨 '저건 또 무슨 짓이야!' 라고 말했지? 그 짓이 뭐길래 자네가 그토록 언짢아했는가? 구혼 시절에 그가 내 상담역을 했다는 말에 그게 정말이냐고 다그쳐 묻고. 미간을 잔뜩 찌푸리면서 말이야. 머릿속에 어떤 어마어마하고도 무시무시한 꿍꿍이속이 있는 것 같군. 자네가 나를 좋아한다면, 속 시원하게 자네 생각을 털어놓아 보게.

이아고 각하, 제가 각하를 존경하고 있다는 것은 알고 계시죠?

오셀로 알고 있지. 자네의 충성심과 정직성은 나도 잘 알고 있네. 자네 입이 무겁다는 것도 알고 있고. 그러니 나는 자네가 입을 꼭 다물고 있을수록 마음이 불안스럽네. 거짓 충성을 맹세하는 놈에겐 이런 일은 흔히 있는 속임수지. 그러나 정직한 인간들은 속에서 불이 터져 못 견딜 때 그런 시늉을 해보인단 말이야.

이아고 마이클 캐시오 님은 맹세코 정직한 분입니다.

오셀로 나도 그렇게 생각한다.

이아고 인간은 겉보기와 같아야 한다고 생각합니다. 정직하지 않은 놈이 겉으로 정직한 척해선 안 되죠!

오셀로 그렇지. 인간은 겉과 속이 같아야 돼.

이아고 그렇다면, 물론 캐시오 님은 정직한 사람입니다.

오셀로 아니, 자네는 마음속에 무언가 숨기고 있어. 그것을 솔직히 털어놔 보게. 아무리 흉측한 일이라도, 아무리 험한 말이라도 좋으니.

이아고 각하, 용서해주십시오. 직무상의 일이라면 어떤 명령에도 복종하겠습니다만, 노예에게도 마음속에 지닌 생각을 털어놔야 할 의무는 없는 법이지요. 제 마음을 털어놓으라고요? 흉측하고 비뚤어진 생각인지도 모릅니다. 아무리 찬란한 궁전이라 할지라도 때로는 그 안으로 더러운 것이 스며드는 것과 같죠. 아무리 거룩한 마음속에도 때로는 불결한 잡념이 올바른 생각과 함께 자리 잡고 앉아 사람을 재판할 수 있는 겁니다.

오셀로   친구가 모욕당할 것을 알고 있으면서도 그것을 친구한테 귀띔해주지 않는다면, 이아고, 그것은 친구를 배반하는 짓이다.

이아고   각하, 부탁입니다. 제 말씀을 들어주십시오. 전 남의 약점을 후비고 찾아내는 나쁜 버릇이 있습니다. 또 때로는 질투심 때문에 엉뚱한 짓을 꾸며 결백한 사람에게 잘못을 뒤집어씌우는 수도 있습니다. 따라서 저의 추측은 잘못일 수도 있습니다. 각하께서도 잘 판단하셔서, 이같이 당찮은 억측에는 신경 쓰지 마시고 확실치 않은 관찰로 어림잡아 하는 말에도 주목하시지 마십시오. 아무래도 제 생각은 입 밖에 내지 않는 게 좋겠습니다. 각하의 마음만 뒤숭숭하게 만들 뿐, 아무런 도움도 되지 않을 테니까요. 뿐만 아니라 저 자신도 남자답지 못하고 정직하지 못한 어리석은 놈이 되고 말 테니까요.

오셀로   그게 무슨 뜻인가?

이아고   각하, 남자건 여자건 간에 좋은 평판을 듣는다는 것은 영혼의 값비싼 보배를 갖는 것과 같습니다. 누군가 지갑을 훔쳐 간들 그건 쓰레기를 훔쳐 간 것이나 다름없죠. 그건 있고도 없는 것, 돈이란 내 것이었다가도 다른 사람의 것이 되기도 하며, 따지고 보면 이미 그 이전에 수천 명의 손을 거쳤을지도 모르는 일이니까요. 그렇지만 좋은 평판을 도둑맞았을 경우에는, 훔친 놈에겐 아무런 이득도 없지만 빼앗긴 쪽에서는 큰 손해를 보게 되지요.

오셀로   무슨 일이 있더라도 네 속마음을 알아내고야 말겠다.

이아고   그럴 수는 없습니다. 비록 제 마음이 각하의 수중에 들어있다 할지라도 그건 불가능한 일입니다. 하물며 지금은 제가 꼭 붙잡고 있는데 어림없는 일이지요. 아, 각하, 질투를 조심하세요! 그놈은 아주 기분 나쁜 눈빛을 지닌 흉물입니다. 사람의 마음을 집어삼키기 전에 실컷 즐기는 놈이지요. 아내를 탈취당하고도 그것이 팔자소관인 양 체념하고, 빼앗긴 아내에게 미련을 두지 않는 남편은 행복한 사람입니다. 그렇지만 깊이 사랑하고 있으면서도 의심을 갖고 의심하면서도 뜨겁게 사랑할 수밖에 없는 사람은 일 분 일 초가 얼마나 저주스럽겠습니까!

오셀로 오, 비참한 일이로다!

이아고 가난하지만 만족하고 사는 사람은 부자죠. 정말 부자입니다. 그러나 아무리 돈더미에 올라앉은 부자도 가난해질까 봐 벌벌 떨고 있으면 겨울 추위에 떠는 가난뱅이와 다름없죠. 아아, 제발 바라건대 세상의 인간들이 질투를 모르고 살았으면!

오셀로 왜 그런 소릴 하느냐? 너는 내가 앞으로 질투의 노예가 될 줄로 믿고 있느냐? 달이 모양을 바꿀 때마다 새로운 의심을 일으킬 줄 아느냐? 일단 의심이 생기면 단번에 해결 짓고 말 테다. 네가 말하는 그따위 억측에 마음이 끌려 괴로워할 나라면 차라리 염소 새끼가 되겠다. 내 아내가 아름답고 사교를 잘 즐기고 말솜씨가 있으며, 노래도 잘하고 악기도 잘 다루며 춤을 잘 춘다고 해서 내가 질투할 줄 아느냐? 정숙하면 그것이 미덕이다. 나 자신의 약점 때문에 아내가 배반하지 않을까 두려워하고 의심하지도 않는다. 왜냐하면 아내 스스로가 나를 선택했기 때문이다. 이아고, 나는 의심하기 전에 잘 살필 것이다. 일단 의심하게 되면 증거를 잡을 것이다. 증거만 잡히면 길은 한 가지뿐이다. 그 사랑을 버리든지 질투심을 버리든지 둘 중의 하나다!

이아고 그 말씀을 들으니 안심입니다. 이제야 비로소 제가 각하에 대한 충성심과 의무감으로 제 심정을 솔직하게 말씀드릴 수 있을 것 같군요. 증거가 있어서 말씀드리는 것은 아닙니다. 오로지 각하에 대한 의무감 때문입니다. 부인을 잘 살피십시오. 캐시오와 함께 있을 때 잘 관찰하십시오. 질투를 하는 것도, 안심하는 것도 아닌 그런 눈으로 그들을 주목하세요. 마음이 넓고 고상하며 너그러우신 각하께서 모욕당하시는 것을 저는 참을 수 없습니다. 조심하십시오. 저는 우리나라 사람들의 기질을 잘 알고 있습니다. 베니스에서는 이런 외도를 하늘에 뻔뻔스럽게 드러내면서도 남편에게만은 들키지 않았으면 하는 일이 진행되고 있습죠. 말할 수는 없지만, 할 바에야 몰래 하자는 것이 그들의 양심이죠.

오셀로　그게 정말인가?

이아고　부인은 아버지를 속이고 각하와 결혼하셨습니다. 부인이 몸을 떨면서 각하의 얼굴을 두려운 눈빛으로 바라보았을 때가 부인이 각하를 가장 사랑할 때였을 겁니다.

오셀로　음, 그랬어.

이아고　그래서 말씀입니다만, 그렇게 젊으신 분이 그런 얼굴을 꾸미면서 아버지를 감쪽같이 속였으니, 아버지는 그저 마술을 썼는 줄로만 아셨겠죠. 제 말이 좀 지나쳤습니다만 용서하십시오. 지나치게 각하만을 생각하다 보니 그렇게 되었습니다.

오셀로　네 성의는 평생 잊지 않겠다.

이아고　각하의 기분을 언짢게 해드린 건 아닙니까?

오셀로　아니다, 아니야.

이아고　기분을 언짢게 해드린 것 같군요. 지금까지 말씀드린 것은 오로지 제 성의에서 우러나온 얘기였습니다. 그러나 각하의 마음을 너무 괴롭혀 드린 듯하군요. 다시 한 번 부탁드릴 것은, 아직 미심쩍은 일이오니 지나는 말로 흘려 들으시라는 겁니다. 그 이상의 결론을 내신다든지 문제를 확대시키진 마십시오.

오셀로 그러지는 않겠다.

이아고 만일 그러시면 제 말이 엉뚱한 결과를 초래할 수도 있습니다. 전혀 뜻하지 않게 말입니다. 캐시오 님은 저의 소중한 친구거든요. 각하, 아무래도 기분이 상하신 것 같군요.

오셀로 아니야, 대수롭지 않다. 정직한 데스데모나를 생각하고 있었다.

이아고 영원히 정직하시기를 빕니다! 각하께서도 영원히 그렇게 생각하시기를 바라고요!

오셀로 자연의 이치를 어기고 어째서 나 같은 사람에게……

이아고 바로 그것이 핵심입니다. 솔직히 말씀드려 부인께서는 같은 고장 사람에다 얼굴빛도 같고 신분도 비슷한 상대자의 청혼을 모조리 거절했거든요. 그 청혼을 받아들이는 것이 당연한 일 아니었겠습니까? 쳇! 누구라도 눈치챌 수 있는 일이죠. 불순한 생각이 작용한 것입니다. 어림도 없는 배필이죠. 생각조차 부자연스러운 일입니다. 하지만 용서하십시오, 특별히 각하의 부인을 지목해서 말씀드리는 것은 아닙니다. 걱정이야 되죠. 차차 분별력이 생기면 제 나라 사람의 모습과 각하를 비교해보고 후회하게 될까 봐서요.

오셀로 이만 헤어지세. 잘 가게. 눈에 띄는 일이 있거든 알리게. 자네 아내를 시켜 감시토록 하고. 가게, 이아고.

이아고 (퇴장하면서) 각하, 물러갑니다.

오셀로 왜 나는 결혼을 했을까? 저 정직한 사내는 방금 말한 것보다 훨씬 더 많은 것을 알고 있을 거야.

이아고 (되돌아와) 각하, 한 가지 부탁이 있습니다. 이 일은 더 깊이 들어가지 않는 것이 좋겠습니다. 그냥 내버려두십시오. 캐시오를 복직시키는 일도 타당한 일인 줄 압니다. 맡은 임무를 해낼 만한 충분한 능력이 있는 사람이니까요. 그러나 잠시 동안만 캐시오를 그대로 두시면 그의 의도가 과연 무엇인가를 알 수 있게 될 것입니다. 부인께서 캐시오의 복직을 얼마나 강경히 요청하고 계신지도 주목해보시기 바랍니다. 그것으로도 여러 가지를 알아낼 수 있게 될 테니까요. 그때까지는 제가 드린 말씀은 그저 노파심이라고만 생각하십시오. 저 역시 그런 게 아닌가 해서 하는 소리입니다. 부탁입니다, 부인은 결백하다고 믿어주세요.

오셀로   내겐 자제심이 있으니 걱정 말게.

이아고   이젠 물러갑니다. (퇴장)

오셀로   저 녀석은 아주 성실한 데다 세상 물정에 밝아서 세상만사를 모르는 것이 없구나. 만일 데스데모나가 길들이기 힘든 매라면, 발에 맨 끈이 내 심장에 연결된 끈이라 할지라도 끊어버리고 멋대로 가게 해주겠다. 그다음 일은 제 운명에 맡겨두는 거다. 바람에 떠 날며 먹이를 찾겠지. 내 얼굴색이 검고 한량들같이 고상한 교제술에 능하지 않다고 해서, 혹은 내 나이가 이미 기울어지고 있다고 해서 ─ 과히 늙은 건 아니지만 ─ 데스데모나는 돌아서 버린 것이다. 나는 모욕을 당했어. 데스데모나를 증오하는 길만이 나를 구제하는 길이다. 아, 저주받은 결혼이여! 남편들은 유순한 여인들을 자기 것인 양 말하지만 마음까지 차지한 것은 아니란 말이야! 사랑하는 사람을 남의 수중에 내버려두고 자기는 한 귀퉁이만 차지할 바에는, 차라리 두꺼비가 되어 땅속 구덩이 속의 습기나 빨고 있는 편이 낫겠다. 그러나 이건 위대한 자들만이 겪는 수난이 아닌가. 하층민보다도 못하구나. 죽음처럼 피할 수 없는 운명이다. 이마에 뿔이 난다는 이 재앙은 어머니 태 안에서 생명이 꿈틀거릴 때부터 정해진 운명이다. 데스데모나가 오는군. 아, 저 여인이 불의를 저

질렀다면 그건 하늘이 스스로를 조롱한 거다! 믿을 수 없는 일이
야.

　데스데모나와 에밀리아 등장.

데스데모나　좀 어떠세요, 오셀로 님? 만찬회 시간이에요. 당신이 초대하신
　　이 섬의 저명인사들이 기다리고 계십니다.

오셀로　미안하게 되었군.

데스데모나　왜 목소리에 기운이 없으세요? 어디 편찮으세요?

오셀로　여기, 이마가 쑤시는군.

데스데모나　밤잠을 못 주무셔서 그렇죠. 곧 나으실 거예요. 머리를 동여매
　　드릴게요. 한 시간만 지나면 나으실 거예요.

오셀로　당신의 손수건은 너무 작아서 안 돼. (동여맨 손수건을 풀어버린다. 데스
　　데모나, 손수건을 떨어뜨린다) 내버려두고 갑시다.

데스데모나　기분이 퍽 안 좋으신 모양이군요. (오셀로와 데스데모나 퇴장)

에밀리아　이 손수건이 내 수중에 들어왔으니 잘된 일이야. 부인께서 무어
　　장군한테서 받은 첫 선물이었지. 변덕쟁이 우리 집 양반이 이걸 훔
　　쳐내 오라고 얼마나 졸라대던지. 하지만 부인은, 장군께서 잠시도
　　이것을 몸에서 떼면 안 된다고 분부하셔서 이 기념품을 얼마나 아
　　끼신다고. 그래서 부인은 늘 이것을 지니고 다니시면서 손수건에
　　입을 맞추질 않나 말을 건네질 않나, 한시도 놓질 않아 좀처럼 훔
　　칠 수가 없었지 뭐야. 이것과 똑같은 모양을 떠서 남편에게 줘야
　　지. 이걸로 뭘 하든 내 알 바 아니야. 그토록 성화인 그 양반 비위만
　　맞춰주면 그만이니까.

　이아고 등장.

이아고   어떻게 된 거야? 여기서 혼자 뭘 하고 있어?

에밀리아   화내지 마세요. 당신한테 줄 것이 있어요.

이아고   나한테? 뭐 너절한 것이겠지.

에밀리아   어쩌면!

이아고   어리석은 여편네 주제에.

에밀리아   말 다하셨수? 그 손수건을 주면 당신은 내게 뭘 주시겠어요?

이아고   무슨 손수건인데?

에밀리아   무슨 손수건이라니요? 왜, 무어 장군이 데스데모나 부인에게 준 첫 선물 말이에요. 당신이 여러 차례 그걸 훔쳐오라고 극성을 부렸 잖아요.

이아고   훔쳤어?

에밀리아   훔치진 않았어요. 부인께서 부주의로 떨어뜨리신 것을 마침 내가 옆에 있다가 주웠죠. 바로 이거예요.

이아고   그거 잘했군. 이리 줘.

에밀리아   이 손수건으로 뭘 하실 작정이에요? 왜 그렇게 훔쳐내라고 야단법석을 떠셨죠?

이아고   (낚아채면서) 아니 그건 알아서 뭐 하려고?

에밀리아   별로 크게 사용할 데가 없으면 돌려주세요. 없어진 것을 부인이 아시면 가엾게도 미쳐버리실 거예요.

이아고   모르는 척하고 있어. 쓸 데가 있으니까. …… 저리 가 있어. (에밀리아 퇴장) 캐시오 숙소에 이 손수건을 떨어뜨려야지. 그러면 그놈이 이걸 줍겠지. 공기처럼 가벼운 물건도 질투심에 사로잡힌 자에게는 성경만큼이나 효력이 있다는 걸 이 물건으로도 알 수 있을 것이다. 이건 쓸모가 있어. 무어 녀석, 내가 뿜은 독약이 효력을 내는지 차차 마음이 변하고 있단 말씀이야. 위험한 발상도 일종의 독약이지. 처음에는 쓴맛이 나지 않지만, 조금이라도 혈액에 작용하면 유황 광산처럼 타오른단 말이야. 타오르고말고.

오셀로 등장.

저기 오는군! 양귀비건 흰독말풀 뿌리건, 이 세상의 별의별 수면제를 다 먹는다 해도 이젠 어제 누렸던 그 달콤한 잠을 맛보지 못할걸.

오셀로 허허! 나를 속여, 나를?

이아고 장군님! 왜 이러십니까? 그 일은 이제 그만 접어두세요.

오셀로 비켜라! 물러가라! 너는 나를 괴롭혔다. 조금 알고 있으니 차라리 실컷 모욕을 당하는 편이 낫지.

이아고 각하, 왜 그러십니까?

오셀로 아내가 몰래 음탕한 짓을 했는지 그걸 내가 어떻게 알 수 있겠나? 그런 일은 본 적도 생각해본 적도 없기 때문에 괴롭지 않아. 그 다음 날 밤잠도 잘 자고, 마음도 홀가분하고 유쾌했지. 아내 입술에서 캐시오의 키스 자국을 볼 수도 없었는걸. 도둑맞은 사람이 도둑맞은 것을 알고 싶어 하지 않으면 꼭 알릴 필요는 없는 거야. 모르고 있으면 도둑맞은 것이 아니란 말일세.

이아고 듣고 보니 죄송스럽습니다.

오셀로 설사 온 부대 안의 장병들이, 하다못해 공병대 졸병에 이르기까지 아내의 달콤한 육체를 맛보았다 하더라도, 모르고 있었으면 나는 행복했을 걸세. 이젠 마음의 안정이 사라졌다! 뿌듯했던 만족감도 사라졌다! 깃털로 장식한 군대여, 공명심에 불타는 전쟁이여, 잘 가거라, 안녕이다! 울부짖는 군마여, 드높은 나팔 소리여, 용솟음치게 하는 북소리여, 귀를 뚫을 듯한 피리 소리여, 장엄한 군기여,

영광스러운 전투의 모든 것이여, 모든 보람과 찬란함과 장관이여, 잘 가거라, 안녕이다! 너, 치명적인 대포여! 너의 거친 소리는 불멸의 신 주피터의 우렁찬 소리를 닮았지만, 지금은 가거라, 안녕이다! 오셀로의 임무는 끝장났다.

이아고   각하, 어떻게 이러실 수가 있습니까?

오셀로   이놈, 내 아내가 매춘부라는 사실을 증명해봐라. 눈에 보이는 증거를 대란 말이다. 그러지 못하면 불멸의 영혼에 맹세코, 너는 되살아난 내 격분에 응답하기보다는 차라리 개로 태어난 것이 좋았을 거라고 느끼게 해주겠다. 내 기필코 너를 혼내주고야 말겠다!

이아고   일이 어쩌다 이 지경에까지 왔습니까?

오셀로   증거를 대라. 티끌만큼의 의심도 깃들지 않은 증거를 대고 증명해봐라. 그러지 못하면 네 목숨은 날아갈 것이다!

이아고   각하, 제발…….

오셀로   만약 근거도 없이 내 아내를 모함하고 나를 괴롭히는 거라면 더 이상 기도를 올리지 마라. 동정심도 모두 버려라. 온갖 악독한 짓만 계속하라. 하늘이 통곡하고, 온 땅이 까무러칠 비행이라도 저질러라. 그래도 이보다 더 저주스러운 일은 없을 테니.

이아고   왜 이러십니까? 너무하십니다! 장군님도 사내 대장부십니까? 제정신이십니까? 사리를 판단할 분별력을 갖고 계신 겁니까? 그만두겠습니다. 저는 사직하겠습니다. 아, 참으로 나는 어리석은 놈이구나. 너무 정직한 탓에 나쁜 놈 취급을 받다니! 기괴한 세상이로구나! 다들 조심하시오, 조심하시오! 솔직하고 정직하면 위태롭군요. 덕택에 한 가지 배웠습니다. 앞으로 친구 따위는 위하지 않으렵니다. 위해줘 봐야 원망만 살 게 뻔하니까요.

오셀로   잠깐 기다려. 너는 정직해야 해.

이아고 약삭빠른 놈이 되렵니다. 정직해봤자 별수 없어요. 손해만 보는걸 요.

오셀로 사실 말이지, 나는 아내가 정직하다고 생각한다. 아니 정직하지 않을지도 모르지. 네 말이 옳아. 아니야, 틀렸을지도 몰라. 증거를 보여라. 달의 여신 디아나의 얼굴처럼 맑고 깨끗하던 그녀의 이름이 지금은 더럽고 시커먼 내 얼굴과 같구나. 밧줄이건 단검이건 독약이건 불이건 익사를 시키는 시냇물이건 무엇이든 내 옆에 있다면 나는 가만있지 않겠다. 증거를 대어 나를 만족시켜라!

이아고 각하, 너무 흥분하지 마십시오. 각하께 귀띔해드린 것이 몹시 후회스럽군요. 증거를 보고 싶으시다고요?

오셀로 그렇다! 아니 기필코 볼 것이다.

이아고 보시게 될 겁니다. 그러나 어떻게 보셔야 만족하시겠어요, 각하? 구경꾼처럼 입을 딱 벌리고 그 녀석이 부인을 올라타고 있는 것을 보시겠어요?

오셀로 아, 더럽고 저주스러운 것들!

이아고 두 사람이 붙어 있도록 만드는 일은 쉬운 일이 아닙니다. 두 사람이 함께 누워 있는 현장을 본다는 것은 어려운 일이죠. 그러니 어떻게 하면 좋을까요? 무슨 방법이 있겠습니까? 어떻게 말씀드릴까요? 어떻게 하면 만족하시겠습니까? 각하께서 그것을 직접 보신다는 건 불가능한 일입니다. 그들이 마치 염소처럼 호색적이고 원숭이처럼 음탕하다 할지라도, 한창 암내를 풍기는 늑대처럼 음란하고 술에 취해 난장판을 벌이는 멍청한 바보들이라 할지라도 말입니다. 그렇지만 그 사실의 문 앞까지 안내해드릴 만큼의 확실한 사정을 말씀드리는 것으로 각하께서 만족하신다면, 이야기해드리죠.

오셀로 내 아내가 부정하다는 살아 있는 증거를 내 눈앞에 대라.

이아고　저로서는 참으로 어려운 역할입니다. 그러나 우직한 탓으로, 그리고 충성심 탓으로 사건에 이렇게까지 휘말려든 이상 속시원히 모든 얘기를 털어놓겠습니다. 최근 저는 캐시오와 함께 잠을 잔 적이 있습니다. 그러나 치통이 심해서 통 잠을 이룰 수 없었지요. 이 세상에는 자면서까지 자기 일을 뇌까리는 주책없는 놈들이 있지요. 캐시오가 바로 그런 작자였습니다. 전 그가 잠꼬대하는 소리를 들었습니다. '사랑하는 데스데모나, 조심해요. 우리들의 사랑을 숨깁시다'고 말하면서 제 손을 꼭 움켜쥐고는 '아, 어여쁜 당신!' 하고 소리 질렀습니다. 그러고는 제게 힘껏 키스를 했습니다. 제 입술을 뿌리째 빨아들일 듯한 기세였지요. 그러더니 다리를 제 넓적다리 위에 척 걸치고 한숨을 내쉬고는 다시 입 맞추고 나서 '당신을 무어 녀석한테 넘겨준 잔인한 운명이여!' 하고 큰소리로 외치더군요.

오셀로　아, 괘씸하고 괘씸하다!

이아고　아니, 그건 다만 그의 꿈에 지나지 않습니다.

오셀로　그렇더라도 그건 그전에 그들이 그런 짓을 했다는 증거가 될 수 있어.

이아고　꿈이라도 얼마든지 의심할 여지는 있습죠. 불확실한 다른 증거를 확실하게 입증하는 데 도움을 주기는 합니다.

오셀로　그년을 갈기갈기 찢어놓고 말 테다.

이아고　안 되죠. 신중하셔야 합니다. 아직 현장을 목격한 것은 아니니까요. 게다가 부인은 정말 결백할 수도 있죠. 한 가지 여쭙겠습니다만 장군께서는 부인이 딸기 무늬가 수놓아진 손수건을 가지고 계신 것을 보신 적이 있습니까?

오셀로　내가 그 손수건을 줬지. 아내에게 준 첫 선물이었어.

이아고　그건 제가 알 바 아닙니다만, 그 손수건으로 — 부인 것임에 틀림 없는 듯합니다만 — 캐시오가 수염을 닦고 있는 것을 오늘 제가 목격했습니다.

오셀로　만약 그것이 바로 그…….

이아고　그게 바로 그 손수건이라면, 아니 어떤 손수건이건 그것이 부인의 것이라면, 다른 증거도 있고 하니 부인에게 점점 더 불리해지는 거죠.

오셀로　에잇, 그 더러운 놈은 모가지가 수천수만 개는 있어야겠다! 복수하려 해도 하나로는 너무 부족하구나. 이것으로 사실은 밝혀졌다. 보라, 이아고. 이렇게 해서 나는 내 어리석은 애정을 하늘로 날려 보내노라. 내 사랑은 사라졌다. 검은 복수여, 지옥의 구덩이에서 일어나거라! 아아, 사랑아, 너의 왕관과 내 마음속에 자리한 옥좌를 그 포악한 증오심에게 넘겨줘라! 가슴아, 독사의 혀끝에서 뱉어낸 독으로 퉁퉁 부어라!

이아고　진정하십쇼.

오셀로　아, 피다! 이아고, 피를 보자!

이아고　참으세요, 마음은 다시 변할 수도 있는 것입니다.

오셀로　결코 변하지 않는다, 이아고. 빙산을 품고 도도히 흐르는 폰틱 바다의 격류가 한 번도 물러서는 일 없이 곧장 프로폰틱 해와 헬레스폰트 해협으로 흘러 들어가는 것처럼, 피에 굶주린 복수의 일념은 결코 뒷걸음치지 않고 앞으로만 맹렬하게 나아갈 것이다. 마음껏 복수할 때까지는 기가 꺾여 물러서는 일이 없을 것이다. 지금 나는 영원히 변치 않는 저 빛나는 하늘을 (무릎을 꿇는다) 우러러 거룩한 맹세를 다짐하는 바이다.

이아고　아직 일어나지 마십시오. (무릎을 꿇는다) 영원히 하늘에서 빛나는 찬란한 빛이여, 굽어 살피소서. 우리를 둘러싸고 있는 하늘이여, 보소서. 나 이아고는 지혜와 팔과 마음의 힘을 다해서 배신당한 오셀로 각하를 모시겠나이다. 각하가 하명하시면 아무리 참혹한 일이라도 최상의 의무라 여기고 복종하겠나이다. (두 사람 일어선다)

오셀로 자네 충성에 감사한다. 괜히 하는 소리가 아니다. 마음속으로 고맙게 여기고 있다. 즉시 일에 착수할 것을 명한다. 사흘 안으로 캐시오가 죽었다는 소식을 갖고 오라.

이아고 그 친구는 죽었습니다. 각하의 명령이 내렸으니 죽은 거나 다름없지요. 하지만 부인은 사셔야 합니다.

오셀로 더러운 매춘부! 저주받을 것! 지옥에나 떨어져라! 자, 여기서 헤어지자. 나는 집으로 가서 그 아름다운 악마를 해치울 궁리를 해야겠다.

이아고 한결같은 충성을 바치겠습니다.

제4장 성 앞

데스데모나, 에밀리아, 어릿광대 등장.

데스데모나 여봐라, 캐시오 부관님이 어디서 주무시는지(lie) 너 아느냐?

어릿광대 어디서 거짓말(lie) 하시는지 전 감히 말할 수 없지요.

데스데모나 아니, 왜지?

어릿광대 그분은 군인이신데 군인이 거짓말을 한다고 했다간 칼침을 맞을 테니까요.

데스데모나 그런 게 아니라 어디 사시느냐고!

어릿광대   그분이 어디 거주하시는지를 알려드리는 것은, 제가 거짓말을 하는 것과 같지요.

데스데모나   너 무슨 소릴 하고 있는 거냐?

어릿광대   사실은 알지 못합니다. 그분의 거처를 제가 꾸며내어 여기 거주하신다, 저기 거주하신다고 말하면 이 목구멍이 거짓말을 하는 셈이 되니까요.

데스데모나   어디 알아볼 곳이 없느냐? 알아보고 알려다오.

어릿광대   어디 계신지 온 세상과 문답을 해야겠군요. 즉, 묻고 대답을 얻는 거죠.

데스데모나   그분을 찾아서 이리로 오시라고 전해드려라. 장군님을 잘 달래 놨으니 모든 일이 잘 될 것이라고 말씀드리고.

어릿광대   그런 일이라면 인간의 지혜로써 가능한 일이니 소인이 그 일을 시도하지요. (퇴장)

데스데모나   에밀리아, 내가 그 손수건을 어디서 잃어버렸을까?

에밀리아   마님, 전 모르겠는데요.

데스데모나   정말이지 차라리 돈이 잔뜩 들어 있는 지갑을 잃어버리는 편이 나았을 것을. 무어 장군님은 진실한 분이시라 질투심 같은 비열한 성질은 없어서 다행이야. 그렇지 않았으면 정말 언짢아하실 거야.

에밀리아   질투심이 없으신가요?

데스데모나   누구? 그분 말이야? 그분이 태어나신 나라의 태양이 그런 성질은 모조리 빨아들였지.

에밀리아   아, 저기 장군님이 오십니다.

　　　　　오셀로 등장.

데스데모나   캐시오가 다시 복직될 때까지 그분 곁을 떠나지 말아야지. 여보, 기분은 좀 어떠세요?

오셀로   으응, 좋아. (방백) 모른 척 시치미를 떼자니 어려운 일이구나! 데스데모나, 당신은 어떻소?

데스데모나   좋습니다.

오셀로   손을 이리 주시오. 손이 촉촉하구려.

데스데모나   이 손은 아직 나이도 어리고, 슬픔도 알지 못하거든요.

오셀로   이건 사랑이 넘치고 마음이 관대하다는 뜻이라오. 뜨겁디 뜨겁고, 촉촉한 손. 이 손은 아예 자유를 버리고 단식과 기도를 하며, 자신을 채찍질하고 경건하게 예배에만 헌신해야 할 손이오. 이런 손에 걸핏하면 젊고 다정다감한 악마가 깃들어서 배반을 유도하거든. 관대하고 좋은 손이긴 하오.

데스데모나   그렇고 말고요. 제 마음도 이 손으로 드렸죠.

오셀로   관대한 손이오! 옛날에는 마음이 서로 통할 때라야만 손을 내밀었건만, 요즘 사람들은 마음도 없이 그저 손만 내밀지.

데스데모나   무슨 말씀인지 통 알 수가 없군요. 그건 그렇고, 약속하신 일은 어떻게 되었나요?

오셀로   무슨 약속 말이오?

데스데모나   캐시오를 불러오라고 사람을 보냈습니다. 당신과 이야기를 나누도록 말씀이에요.

오셀로   콧물이 나와 죽겠군. 순수건 좀 주시오.

데스데모나   여기 있어요.

오셀로   내가 당신에게 선물한 그 손수건을 주구려.

데스데모나   없는데요.

오셀로   없다구?

데스데모나   네, 정말 없어요.

오셀로 그건 안 될 말이오, 데스데모나. 그 손수건은 이집트 여자가 어머니께 준 것이란 말이오. 그 여자는 마술사였는데 사람의 마음을 꿰뚫어 볼 수 있었지. 한번은 어머니께 이렇게 말했소. 이 손수건을 갖고 있는 동안은 아내는 사랑을 받고 남편의 애정을 독차지할 수 있지만, 일단 잃어버리거나 남한테 주게 되면, 남편의 미움을 사게 되고 남편은 외도를 하게 된다고 말이오. 어머니는 돌아가실 때 그것을 나에게 주면서 결혼하게 되면 아내에게 주라고 하셨지. 그대로 한 셈이오. 그러니 그 손수건을 조심하시오. 당신의 소중한 눈처럼 그것을 아껴주었으면 좋겠소. 잃어버리거나 남에게 주어버리면 헤어날 수 없는 재앙에 빠지게 되니까.

데스데모나 어머나, 어떻게 그럴 수가 있죠?

오셀로 사실이오. 한 가닥 한 가닥 짜인 올 속에는 마력이 깃들여 있소. 태양이 이백 번이나 회전하는 동안 살아왔다는 마녀가 예언의 황홀경에 빠져 짜나간 손수건이오. 그 명주실을 뽑어낸 것은 거룩한 누에고 그 실오라기는 사계의 도사가 처녀의 심장에서 뽑아낸 비약으로 염색한 것이었소.

데스데모나 어쩜! 그게 정말이에요?

오셀로 틀림 없는 사실이오. 그러니 잘 보관하시오.

데스데모나 듣지 않았더라면 좋았을걸!

오셀로 왜? 어째서!

데스데모나 왜 그렇게 깜짝 놀라 펄쩍 뛰시나요?

오셀로 잃어버렸소? 없어졌소? 말하시오, 어디에다 버렸소?

데스데모나 아아, 어쩌면 좋아!

오셀로 뭐요?

데스데모나 잃은 건 아닙니다. 하지만 만약 잃었다면 어떡하죠?

오셀로 어떻게 된 거요?

데스데모나 없어진 건 아니에요.

오셀로 갖고 와보시오, 어디 봅시다.

데스데모나 가져와서 보여드리죠. 하지만 지금은 그럴 수 없어요. 제 부탁을 얼버무리려고 그런 꾀를 부리는 거죠? 캐시오를 복직시켜주세요, 부탁입니다.

오셀로 손수건을 갖고 와요. 어쩐지 불안하군.

데스데모나 어서, 어서요. 그만큼 훌륭한 사람은 다시는 만나실 수 없을 거예요.

오셀로 손수건을 내놔!

데스데모나 부탁이에요, 캐시오 얘길 하세요.

오셀로 손수건!

데스데모나 캐시오는 지금까지 자신의 운명을 언제나 당신의 호의에 의탁해 오면서 당신과 위험한 고비를 함께 겪어온 사람이에요…….

오셀로 손수건!

데스데모나 당신 너무하시는군요.

오셀로 에잇! (퇴장)

에밀리아 질투심이 없으시다고 하셨잖아요?

데스데모나 이런 일은 처음이야. 아무래도 그 손수건에 신비로움이 깃들여 있나 봐. 나는 슬퍼, 손수건을 잃어버렸으니.

에밀리아 남자의 마음을 일이 년 새에 알 수 있습니까요? 남자들이란 어느 누구 할 것 없이 모두 위장 같은 자들이죠. 여자들은 음식물이구요. 사내들은 허겁지겁 여자들을 먹어치우고는 배 속이 꽉 차면 도로 토해내죠.

이아고 등장.

어머, 캐시오 님과 제 남편이 오는군요.

이아고   다른 방법이 없어요. 부인이 해보시는 수밖에요. 아, 마침 잘 됐군요. 가서 사정해보세요.

데스데모나   캐시오 님, 무슨 일이세요?

캐시오   부인, 전에 부탁드린 일 때문에 왔습니다. 부인께서 은혜를 베푸시어 저를 좀 살려주십시오. 마음속으로 지극히 존경하고 있는 장군님의 사랑을 다시 받을 수 있도록 애써주십시오. 더 이상 기다릴 수가 없습니다. 제 잘못이 돌이킬 수 없는 것이어서, 지금까지 일해온 것으로나 현재의 슬픔으로나 앞으로 충성을 바치겠다는 각오로도 다시 장군님의 은총을 입을 수 없다면 그렇다는 말씀이라도 속 시원히 들었으면 좋겠습니다. 억지로라도 체념하고 천명에 따라 말없이 다른 인생의 길을 모색해보겠습니다.

데스데모나   아, 너무나 착하신 캐시오 님! 제가 간청해보았지만, 지금 일이 잘 안 되고 있군요. 남편이 옛날 같지 않아요. 기분이 변한 정도로 얼굴이 변했다면 전 아마 그분을 못 알아봤을 거예요. 그전과 같은 장군님이 아니세요. 어찌 된 영문일까요? 당신을 위해 사정사정하다 보니 내 말이 지나쳐서 그분의 비위를 상하게 했나 봐요. 조금만 더 참고 기다리세요. 저로선 할 수 있는 한 최선을 다해볼게요. 저 자신을 위한 일이라면 감히 할 수 없는 일이라도 당신을 위해 해보도록 하죠. 그렇게 알고 참아주세요.

이아고   각하께서 화가 나셨다구요?

에밀리아   방금 저리로 가셨어요. 아주 딴 분이 돼버렸답니다.

이아고   그분도 화를 낼 줄 아시나? 언젠가 포탄이 날아와서 그의 군졸들이 공중으로 날아가 버리고, 형제분 역시 바로 옆에서 처참하게 돌아가셨을 때에도 그분만은 침착하게 계시는 것을 보았는데, 그런 분이 노발대발하시다니 이건 심상치 않은 일인데. 가서 만나 뵈어야겠다.

데스데모나 제발 가보세요. (이아고 퇴장) 틀림없이 정치적인 문제 때문일 거야. 베니스로부터 무슨 통고가 왔든지, 아니면 키프로스에서 어떤 음모가 발각되어 그분의 잔잔한 마음을 뒤흔들어놓은 걸 거야. 그럴 때 남자들이란 약간이라도 쑤시면 다른 성한 부분까지 아프게 느껴지듯이 말이야. 남자인들 뭐 하느님처럼 완전하겠어? 신혼 시절의 부드러운 마음씨를 한없이 지니고 있다고 생각하는 게 잘못이지. 에밀리아, 난 부끄러울 뿐이야. 군인의 아내답지 못하게, 불친절하다고 해서 그분을 원망했으니 말이야. 지금 생각해보니 내 마음씨가 틀렸어. 그분은 조금도 잘못이 없는걸.

에밀리아 정말로 그런 정치적인 일로 인해 기분이 상하신 거라면 좋겠네요. 마님과 관련된 부질없는 추측과 질투심 때문이 아니기를 바랄 뿐이에요.

데스데모나 정말이지 난 아무런 잘못도 저지르지 않았어.

에밀리아 그렇지만 질투심 많은 사람은 그 정도로 만족하지 않지요. 근거가 있어서 질투하는 것이 아니라 단지 질투하기 때문에 질투할 뿐이에요. 질투는 스스로 잉태되어 저절로 태어나는 괴물이죠.

데스데모나 제발 그런 괴물이 오셀로 님의 마음속에 스며들지 않기를 바랄 뿐이야.

에밀리아 저도 그러기를 바랍니다, 부인.

데스데모나 가서 남편을 만나 뵈어야겠다. 캐시오 님, 이 근처를 산책하고 계세요. 그분의 기분이 좋아지신 것 같으면 다시 당신의 청을 말씀드려 좋게 마무리를 지어보도록 하겠어요.

캐시오   대단히 감사합니다. (데스데모나와 에밀리아 퇴장)

　　비앙카 등장.

비앙카   안녕하세요, 캐시오 님?

캐시오   여긴 웬일로 왔어? 아름다운 비앙카, 잘 있었소? 당신한테 막 가려
던 참이었는데.

비앙카   저는 당신의 숙소로 가는 길이었죠. 캐시오, 아니 그러시기예요,
일주일 동안이나 꼼짝도 안 하시고? 이레 낮 이레 밤, 일백예순여
덟 시간이나요? 님을 기다리는 시간은 그보다 일백육십 배나 더 지
루하답니다. 셈을 헤아리는 데만도 지쳐버리죠!

캐시오   비앙카, 용서해줘. 요즘 울적한 일이 있었어. 그러나 이번에 가면
그동안 못 한 것은 충분히 보충해줄게. 사랑스러운 비앙카, 이 무
늬(데스데모나의 손수건을 주면서)를 그대로 본 좀 떠주지 않겠어?

비앙카   오, 캐시오, 이건 또 어디서 났죠? 좋은 애인이 생긴 모양이군요?
독수공방 외로움을 실컷 맛보게 하더니, 그 이유가 바로 이것이었
나요? 결국 이 모양 이 꼴이 되고 말았군요. 좋아요, 좋아.

캐시오   이봐! 그런 터무니없는 소리는 집어치워. 그런 엉터리 추측은 그렇
게 넘겨짚도록 가르쳐준 악마에게나 돌려줘. 이것을 여자에게서
선물로 받았을까 봐 마냥 질투하고 있는 거야? 비앙카, 절대로 그
런 게 아냐.

비앙카   그렇다면 누구 거예요?

캐시오   누구 건지 몰라. 내 방에 떨어져 있었어. 그런데 이 무늬가 퍽 마음
에 들어. 틀림없이 누가 나타나서 이 물건을 돌려달라고 할 텐데,
그전에 이 무늬를 본떠놨으면 좋겠다는 거야. 가져가서 좀 해다주

오. 그리고 나 좀 혼자 있게 내버려둬.

비앙카 가라고요? 어째서요?

캐시오 여기서 장군님을 만날 거야. 그런데 여자와 함께 있으면 곤란하잖아. 신임도 얻을 수 없고.

비앙카 그건 또 왜죠?

캐시오 당신이 싫어서가 아니야.

비앙카 저를 사랑하지 않기 때문이에요. 제발 저를 좀 바래다 주세요. 그리고 오늘 밤 만나주겠다고 약속해주세요.

캐시오 바래다 주긴 하겠지만 멀리는 못 가. 난 여기 있어야 해. 곧 당신을 보러 갈게.

비앙카 좋아요. 기다리겠어요. (퇴장)

제4막

제1장 키프로스 성 앞

오셀로와 이아고 등장.

이아고 그렇게 생각하십니까?

오셀로 그렇게 생각하느냐고, 이아고?

이아고 남 몰래 숨어서 입을 맞췄다 하면 말입니다.

오셀로 용서할 수 없는 키스로다.

이아고 알몸뚱이로 남자와 함께 한 시간 이상 침대에 누워 있었다면, 추잡 스러운 일은 없었다 쳐도 말씀입죠.

오셀로 벌거벗고 누워서 아무 일도 없을 수가 있어, 이아고? 그런 위선은 악마를 모독하는 짓이야. 아무리 깨끗한 마음이라 해도 그런 짓을 하는 놈은 악마한테 유혹을 받게 되지. 천벌을 받게 된다구.

이아고 정말 아무 짓도 하지 않았다면, 가벼운 과실 하나쯤은 죄가 될 수 없겠지요. 가령 제가 아내에게 손수건을 줬다고 하면…….

오셀로 그러면?

이아고 그렇다면 그 손수건은 아내의 것이 되는 거죠. 일단 아내에게 주어 그것이 아내의 소유물이 된 이상은, 아내가 그 물건을 아무 남자에 게나 주어도 무방한 일 아닙니까?

오셀로 그러나 아내는 정조를 지켜야지. 정조까지 내팽개칠 수 있는가?

이아고 여자의 정조라는 것은 눈에 보이지 않아서 말입니다, 정조관념이 없으면서도 마치 정조를 지키는 척하는 여자들이 득실거리는 세상 이란 말씀이죠. 그런데, 이 손수건이 말입니다…….

오셀로 그만 해둬라. 그 손수건을 갖고 싶다. 네가 말했겠다. 그놈이 내 손 수건을 갖고 있다고. 아아, 그 말이 내 머리에서 떠나지 않는구나. 마치 까마귀가 전염병 걸린 집에서 울고 있는 듯하다. 그놈이 내 손수건을 갖고 있다.

이아고 그게 어쨌다는 겁니까?

오셀로 얼마나 고약한 일인가.

이아고 그놈이 장군님을 해치려는 것을 제가 목격했다 해도 별겁니까? 또 그놈이 떠들고 다니는 소리를 제가 들었다 해도 별겁니까? 이 세상 에는 그런 놈들이 더러 있죠. 자신이 설득해서 여자를 나꿨다든지, 여자들이 치근덕거려서 만족시켜주었다든지 나불대는 작자들 말입니다.

오셀로 지껄여댔단 말이지?

이아고 네. 하지만 한 가지 알아두실 것은, 여차하면 모르는 일이라고 잡아뗄 수 있다는 것입니다.

오셀로 허, 뭐라고 했는데?

이아고 했다구요. 뭘 했는지 모르지만요.

오셀로 뭔데? 뭔데?

이아고 함께 잤답니다.

오셀로 아내와?

이아고 네. 부인 위에서.

오셀로 함께 잤어? 그 여자 위에 올라탔다구! 그녀를 올라탔다는 말은 그녀를 속였다는 말도 되는데. 함께 자다니! 그런 더러운 짓을! 손수건……자백……손수건! 먼저 자백을 시킨 다음 그 죄의 대가로 목을 조르는 것이 보통이지만, 이번 경우에는 먼저 목을 조른 다음 고백하게 하겠다. 그걸 생각하니 몸이 떨려오는구나. 이같이 암담한 격정에 사로잡히는 것은 무슨 예감이 있어서가 아니겠는가. 말만 듣고 이처럼 마음이 헝클어질 리가 없지. 제기랄, 코와 코를, 귀와 귀를, 그리고 입술과 입술을 서로 비벼대고 있었다니! 그럴 수가 있을까? ……자백? ……손수건! (기절해서 쓰러진다)

이아고 돌고 돌아라, 내 약 기운이여. 온몸에 돌고 퍼져라! 이렇게 해서 착한 바보들이 걸려들고 마는 거지. 수많은 정숙한 귀부인들이 죄 없이 책망당하는 것이다 ― 아니, 이런! 각하! 각하! 정신차리세요, 각하! 오셀로 님!

캐시오 등장.

캐시오 님 아니십니까!

캐시오 어떻게 된 거야?

이아고 각하께서 간질병으로 쓰러지셨어요. 벌써 두 번째 발작이에요. 어제도 한 번 일어났었지요.

캐시오 관자놀이께를 문질러드려.

이아고 아닙니다, 가만히 내버려두는 게 좋아요. 그렇잖으면 금세 입에 게거품을 물고 정신을 잃으시니까요. 그리고는 차츰 걷잡을 수 없이 난폭해지시죠. 보세요, 몸을 움직이시는군요. 잠시 물러나 계십시오. 곧 의식을 회복하실 겁니다. 장군이 가시면 당신과 다시 만나 중대한 문제에 관하여 의논드리겠습니다. (캐시오 퇴장) 장군님, 어찌 된 일입니까? 머리를 다치신 건 아니신지요?

오셀로 나를 놀리는 거냐?

이아고 제가 각하를 놀리다뇨? 천만의 말씀입니다. 전 각하께서 사나이답게 운명을 참아 나가시기만을 바랄 뿐입니다.

오셀로 뿔 돋친 남자는 괴물이요 짐승이지.

이아고 그렇게 말씀하시면 이 큰 도시는 수많은 짐승들과 점잖은 괴물들로 꽉 차게 되지요.

오셀로 그놈이 고백했단 말이지?

이아고 정신차리세요. 결혼의 멍에를 메고 있는 남자들은 모두 각하의 운명과 같습니다. 수백만의 남자들이 매일 밤 지금 남의 침대에서 자면서도 그것이 마치 자기 것인 양 착각하고 있단 말입니다. 각하의 경우는 그래도 나은 편이죠. 아, 잠자리 속에서 부정한 여자의 입술을 빨면서도, 안심하고 그 여자를 정숙한 여인이라고 생각한다는 것은 견딜 수 없는 지옥의 괴로움이지요! 저 같으면 그걸 알아두겠어요. 자신의 입장을 알게 되면 앞으로 여자를 어떻게 다루어야 하는가를 터득하게 되니까요.

오셀로 으음, 너는 현명하구나, 확실히.

이아고 잠시 안으로 들어가 계십시오. 잠깐만 참으시면 됩니다. 조금 전 각하께서 비탄을 못 이겨 쓰러졌을 때 ― 참으로 각하답지 못한 일이었습니다만 ― 캐시오가 이곳에 왔었습니다. 제가 그를 쫓아버렸지요. 기절하신 것에 대해서는 적당한 이유를 대서 얼버무렸습니다. 그러고는 할 말이 있으니 나중에 다시 오라고 했더니, 그러마고 약속했습니다. 그러니 각하께서는 잠시 몸을 숨기시고 그놈의 얼굴에 나타나는 냉소와 조롱과 경멸에 찬 표정을 자세히 관찰해보십시오. 제가 그 사건을 처음서부터 다시 한번 물을 테니까요. 부인을 어디서 어떻게 몇 번쯤이나 언제부터 만나왔는지, 또 언제 다시 만나기로 했는지를 묻겠습니다. 아시겠죠? 그놈의 표정을 주의해서 보십시오. 중요한 것은 참는 일입죠. 그렇지 않으시면 저는 각하를 성미만 부리는 졸장부로 알겠습니다.

오셀로 듣거라, 이아고. 나는 어느 누구보다도 참을성이 있다. 그러나 알아두어라. 누구 못지않게 잔인한 사람이 될 수도 있다는 걸.

이아고 좋습니다. 그러나 매사에 조급히 서둘지 마십시오. 저리 가 계십시오. (오셀로 숨는다) 좋았어. 캐시오에게는, 몸을 팔아서 먹고사는 매춘부 비앙카 얘기를 물어야지. 그 여자는 캐시오에게 홀딱 반해 있거든. 매춘부의 숙명이지. 아무리 많은 남자를 속이며 살아왔어도 결국에는 스스로가 한 남자에게 속고 마니까. 그 녀석, 그 여자의 얘기를 하면 웃음이 터져 견디지 못할 거야. 오는구나.

　캐시오 다시 등장.

그 녀석이 웃으면 오셀로는 미쳐 날뛸 것이다. 세상살이에 어두우니 곧 의심을 품고 불쌍한 캐시오의 웃음과 몸짓과 경박한 태도를 나쁘게 해석할 것이 틀림없어. 이제는 좀 어떠십니까, 부관 나리?

캐시오   그런 칭호로 나를 부르지 말게. 그 직함을 빼앗긴 후에는 그저 죽을 지경이니.

이아고   데스데모나 부인께 부탁하면 잘 될 겁니다. (작은 소리로) 이런 부탁이 비앙카에 의해 처리될 수 있다면 출세길이 훤하실 텐데요!

캐시오   허허, 불쌍한 계집!

오셀로   (방백) 저것 봐, 벌써 웃고 있군!

이아고   남자를 그토록 좋아하는 여자는 처음 봤어요.

캐시오   가련한 계집이지! 나를 좋아하는 것만은 확실하지만.

오셀로   (방백) 이번에는 슬쩍 아닌 척하면서 웃어넘기네.

이아고   좀 들어볼래요, 캐시오 님?

오셀로   (방백) 바야흐로 얘기가 나올 모양이군. 잘한다, 잘해!

이아고   그 여자는 당신과 결혼할 거라고 떠들고 다닌다던데, 진담입니까?

캐시오   하 하 핫!

오셀로   (방백) 네놈은 신나는 모양이지? 저토록 신이 날까!

캐시오   그 여자와 결혼을 해? 웃기지 마라, 난 그저 단골손님일 뿐이야! 여보게나, 내가 등신꼴값할 것 같은가? 나를 그렇게 업신여기지 말게. 하 하 핫!

오셀로   (방백) 그래, 그래, 그래, 그래. 신이 나면 웃어야지.

이아고   하지만 결혼한다는 소문이 쫙악 퍼졌습니다.

캐시오   농담 그만두게.

이아고   아니라면 제가 나쁜 놈이지요.

오셀로   (방백) 나를 모욕했겠다? 좋아.

캐시오   그것은 그 원숭이 같은 년이 멋대로 지껄이고 다니는 얘길세. 혼자

반해 가지고. 내가 자기와 결혼할 거라고 독단하고 있지. 내가 약속한 것은 아니야.

오셀로 (방백) 이아고가 눈짓을 하는 걸 보니 얘기가 시작될 모양이다.

캐시오 그 여자는 조금 전에도 여기 있었어. 어디든지 따라다니지. 지난번에는 해안에서 베니스 사람들과 얘기를 하고 있는데. 그 바보년이 와서 팔로 이렇게 내 목을 끌어안고 매달리는 거야.

오셀로 (방백) '사랑하는 캐시오!' 라고 뇌까린 모양이지? 저놈의 몸짓으로 봐선 그런 얘기인가 본데.

캐시오 매달려서 축 늘어진 채 찔끔찔끔 우는 거야. 그러고는 나를 질질 끌고 가더군. 하 하 핫!

오셀로 (방백) 이렇게 해서 내 아내가 네 놈을 내 침실로 끌고 들어갔다는 얘기지? 네놈의 코를 도려내어 개한테 던져주고 싶다.

캐시오 내가 언제까지나 그녀를 상대해줄 수는 없어.

　　　비앙카 등장.

이아고 이크! 그 여자가 오는구나.

캐시오 저 갈보 년이! 향수 냄새가 코를 찌르는군! 어쩌자고 나를 이토록 따라다니는 거야?

비앙카 당신은 악마한테나 쫓겨 다녀야 마땅해요. 방금 나에게 그 손수건을 준 건 무슨 의미였죠? 받아놓은 나도 멍청이야. 무늬를 본뜨라고요? 방에 떨어져 있었는데 누가 떨어뜨렸는지도 모른다고요? 그래요! 어떤 바람둥이 년이 준 거겠죠. 그걸 나보고 본뜨라고요? 여기 있으니 좋아하는 계집년한테나 주시구려. 어디서 났건 상관 않겠어요. 본뜨는 일은 못 하겠다구요.

캐시오 사랑하는 비앙카! 왜 그래? 어째서 그러는 거야?

오셀로　(방백) 저런, 저건 내 손수건이 아냐!

비앙카　오늘 저녁식사하러 오시겠다면 오셔도 좋아요. 오실 수 없으시면 다음에 부를 테니까 그때 오세요. (퇴장)

이아고　쫓아가세요, 쫓아가세요!

캐시오　뒤따라 가봐야겠다, 내버려두면 길 한복판에서 소동을 벌일 테니.

이아고　저녁식사는 거기서 하시겠습니까?

캐시오　그렇다.

이아고　저도 갈지 모르겠습니다. 꼭 드릴 말씀이 있거든요.

캐시오　꼭 오게나.

이아고　알았소이다. 더 얘기 마세요. (캐시오 퇴장)

오셀로　(앞으로 나오면서) 저놈을 어떻게 죽여버릴까, 이아고?

이아고　보셨죠? 나쁜 짓을 저지르면서도 마냥 웃고 있잖아요.

오셀로　아, 이아고!

이아고　손수건 보셨죠?

오셀로　내 것이었지.

이아고　분명히 각하 것이었습니다! 부인을 아주 바보로 취급하는군요! 부인께서 그 손수건을 캐시오에게 주었죠. 캐시오는 그것을 갈보에게 주었고요.

오셀로　그놈을 몇 년 동안 두고두고 괴롭히면서 죽이고 싶다! 데스데모나는 훌륭하고 아름답고 부드러운 여자였는데!

이아고　그건 잊어버리세요.

오셀로　그렇다. 그년은 오늘 밤 안으로 썩어 없어져라. 지옥에나 떨어져라. 살려둘 수 없다! 내 마음은 돌이 되었다. 손으로 내려친다면 손이 다칠 것이다. 아아, 이 세상에 그토록 귀여운 여자가 또 있을까? 제왕과 잠자리를 같이하며 제왕에게 명령할 수 있는 여인이었어.

이아고   안 됩니다, 장군답지 못하십니다.

오셀로   망할 년! 난 있는 그대로 말하고 있을 뿐이야. 바느질도 잘 하고 음악적 소질도 있었지. 그녀가 노래 부르면 사나운 곰도 얌전해질 정도였으니까. 재치도 있고 창의력도 풍부했지!

이아고   그러니까 더욱더 나쁘죠.

오셀로   그렇다. 정말 그렇다. 게다가 아주 착한 성품이었어.

이아고   지나치게 착하셨죠.

오셀로   착했었지. 그러나 이아고, 이런 딱한 일이 어디 있는가! 오, 이아고, 딱하고 가련한 일이다, 이아고!

이아고   그렇게 어리석게 부인의 죄를 용서해주시겠다면, 차라리 간통 면허장을 내어주시는 것이 어떻겠습니까? 장군께서 아무렇지도 않으시다면 다른 사람도 상관없습니다.

오셀로   그년을 토막 내고 싶다! 간통죄를 범하다니!

이아고   어이구, 부인은 정말 나빴습죠.

오셀로   그것도 내 부하하고!

이아고   그러니 더 나쁘죠.

오셀로   독약을 갖고 오너라, 이아고. 오늘 밤 당장! 변명을 듣지 않을 것이다. 아름다운 그녀의 모습을 보고 있으면 결심이 무너질지도 모르니. 오늘 밤 당장, 이아고.

이아고   독약 같은 것은 쓰지 마세요. 잠자리에서 목을 조르세요. 그녀가 더럽힌 그 침대에서 말입니다.

오셀로   좋아, 좋아! 그 판결이 더 마음에 든다. 아주 좋았어!

이아고   캐시오의 처형은 저에게 맡겨주십시오. 한밤중이 되면 소식을 듣게 될 것입니다.

오셀로   아주 좋아. (안에서 나팔 소리) 저 나팔 소리는 무엇인가?

로도비코, 데스데모나, 시종들 등장.

이아고 베니스로부터 소식이 온 모양입니다. 공작님이 보내신 로도비코 님이 오셨습니다. 데스데모나 부인도 함께 계십니다.

로도비코 안녕하십니까, 장군?

오셀로 잘 오셨습니다.

로도비코 공작님과 베니스 의원들로부터의 문안 인사를 전합니다. (오셀로에게 편지를 전한다)

오셀로 기쁜 마음으로 받아보겠습니다. (편지를 펼쳐서 읽는다)

데스데모나 로도비코 오라버님, 새로운 소식이라도 있나요?

이아고 각하, 뵙게 되어 기쁩니다. 키프로스에 오신 것을 환영합니다.

로도비코 고맙네. 캐시오 부관은 어떻게 지내고 있는가?

이아고 원기왕성하시지요.

데스데모나 부관과 장군께서는 슬프게도 사이가 나빠지셨습니다. 오라버님이라면 두 분의 관계를 화해시킬 수 있을 거예요.

오셀로 당신, 확신할 수 있소?

데스데모나 네?

오셀로 (편지를 읽는다)

　　　이 일은 반드시 수행해야 하며, 귀하의―.

로도비코 부르신 게 아니다. 장군은 편지 읽는 데 빠져 계셔. 장군과 캐시오 사이가 원만하지 않단 말이냐?

데스데모나 정말 불행한 일입니다. 두 분 사이가 좋아지는 일이라면 무엇이든 하겠어요. 캐시오 님은 좋은 분이시거든요.

오셀로 에잇, 빌어먹을!

데스데모나 왜 그러세요, 여보?

오셀로 당신 제정신이오?

데스데모나 왜 화가 나셨을까요?

로도비코 아마 편지 탓인가 보다. 그 편지는 캐시오를 후임으로 두고 귀국하라는 내용인 것 같던데.

데스데모나 아이, 기뻐요.

오셀로 정말이오?

데스데모나 네?

오셀로 당신이 미쳐 날뛰는 모습을 보니, 나도 기쁘군.

데스데모나 왜 그러세요, 오셀로 님?

오셀로 악녀! (데스데모나를 때린다)

데스데모나 전 아무 잘못도 없어요.

로도비코 장군, 베니스에서라면 깜짝 놀랄 일이오. 누가 이런 일을 믿어주겠소? 너무하셨소. 위로해주시오, 울고 있잖소.

오셀로 악녀, 악녀! 이 땅덩이가 여자의 눈물로 잉태될 수 있다면, 네년이 흘리는 한 방울의 눈물에서 악어가 태어날 것이다. 내 눈앞에서 꺼져라!

데스데모나 저 때문에 기분이 상하셨다면 물러가지오. (퇴장한다)

로도비코 저토록 유순한 여인을. 장군 붙드시오.

오셀로 부인!

데스데모나 네?

오셀로 저 여자에게 볼 일이 있소?

로도비코 누가요? 제가요?

오셀로 당신이 불러달라고 하지 않았소? 이 여자는 부르는 대로 몇 번이고 돌아서고 돌아서고, 다시 돌아설 수 있습니다. 그리고 울 줄도 알지요, 눈물을 흘립니다! 그리고 시키는 대로 아주 잘 하죠. 복종을 잘 한단 말입니다, 복종을요. 자, 더 울어라. 이 편지는—우는 시늉도 잘 하는구나—곧 귀국하라는 명령입니다. ⋯⋯물러가라, 곧 부르마. ⋯⋯로도비코, 명령에 복종하여 베니스로 귀국하겠소. ⋯⋯물러가라니까! (데스데모나, 물러난다) 캐시오를 후임으로 앉히겠소. 자, 로도비코, 오늘 저녁 함께 식사합시다. 키프로스에 잘 오셨소. ⋯⋯에잇, 쌍년! (퇴장)

로도비코 저 사람이 바로 의원 전체가 입을 모아 완벽하다고 격찬했던 그 고결한 무어인인가? 저 사람이 바로 어떠한 감정에도 동하지 않는, 지조 굳다는 바로 그 사람인가? 어떠한 사건과 재난에도 끄떡하지 않는다는 바로 그 장군이란 말인가?

이아고 많이 변하셨습니다.

로도비코 제정신 같지 않아. 머리가 돈 게 아니냐?

이아고 보시는 바와 같습니다. 앞으로 어떻게 될지 예측할 수 없습니다만, 아직 그렇게 된 게 아니라면 차라리 그렇게 되어버리는 쪽이 나을 듯합니다.

로도비코 그게 무슨 짓이야, 아내를 때리다니!

이아고 그건 분명 옳지 않은 일이지요. 그러나 구타 정도로만 끝나주었으면 좋겠군요.

로도비코 늘 저런가? 아니면 그 편지가 마음을 상하게 해서 처음으로 이런 지독한 짓을 저지른 건가?

이아고 아, 정말 큰일입니다! 제가 지금까지 보고 들은 바를 말하지 않는 것이 충직한 태도겠지요. 그러니 직접 잘 관찰해보면 아시게 될 것입니다. 제가 구태여 얘기하지 않더라도 말입니다. 저쪽으로 가셔서 그분의 거동을 살피세요.

로도비코   내 그 사람을 잘못 본 게 유감이네. *(두 사람 퇴장)*

제2장 성 안의 어떤 방

오셀로와 에밀리아 등장.

오셀로   그래, 아무것도 못 봤단 말이냐?

에밀리아   본 적도, 수상하다고 느낀 적도 없습니다.

오셀로   내 아내와 캐시오가 함께 있는 것을 보았을 테지?

에밀리아   하지만 그때 두 분은 수상한 행동은 전혀 하지 않으셨습니다. 두 분 사이에 오간 얘기는 한 마디도 빠뜨리지 않고 들었는걸요.

오셀로   뭐야, 둘이서 속삭이지도 않았단 말야?

에밀리아   절대로 그런 일은 없었습니다.

오셀로   너를 밖으로 내보내지 않았느냐?

에밀리아   그러지 않으셨습니다.

오셀로   그녀가 부채나 장갑, 또는 가면을 갖고 오라는 핑계로 널 밖으로 내보내지 않았어?

에밀리아   결코 그런 일은 없었습니다.

오셀로   거 참 이상한 일이로군.

에밀리아   장군님, 부인이 결백하시다는 것을 제 영혼을 걸어 보증하겠습니다. 만약 달리 생각하신다면, 그런 의심은 버리십시오. 그렇게 생각하시는 건 자신을 모독하는 일입니다. 장군님 머릿속에 그런 의심을 넣어준 놈이 있다면, 그놈한테 하느님이 무서운 벌을 내리실 겁니다. 부인이 결백하지도 정숙하지도 진실하지도 않다면, 이 세상에는 행복한 남자가 한 사람도 없을 것입니다. 아무리 순결한 부인들도 모함받아 모두 부정한 아내가 되고 말 테니까요.

오셀로 그녀한테 가서 이리 오라고 해. 어서! (에밀리아 퇴장) 저것도 말은 아주 기막히게 잘 하는군. 하긴 뚜쟁이라면 천치가 아닌 이상 저 정도는 말할 수 있어야지. 데스데모나는 빈틈없는 매춘부로다. 비밀 열쇠를 움켜쥐고도 무릎을 꿇고 기도를 하거든. 그 꼴을 내가 봤지.

데스데모나와 에밀리아 등장.

데스데모나 무슨 일이시죠?

오셀로 자, 이리 좀 와봐.

데스데모나 왜 그러세요?

오셀로 네 눈을 좀 보자……내 얼굴을 쳐다봐.

데스데모나 무슨 끔찍한 생각을 하고 계신 거예요?

오셀로 (에밀리아에게) 지금껏 해오던 대로 일을 하라. 우리끼리 조용히 있게 문을 꼭 닫아줘. 누가 오면 '흠흠' 하든지 기침을 해. 너의 일을 시작하는 거야, 시작해. 자, 빨리! (에밀리아 퇴장)

데스데모나 부탁이에요, 당신 말씀이 무슨 뜻이지요? 말끝마다 노기가 서려 있군요. 전혀 말뜻을 알아들을 수가 없어요.

오셀로 대체 당신은 누구냐?

데스데모나 당신의 아내죠, 여보. 당신의 진실하고 충실한 아내예요.

오셀로 어떤 맹세를 해도 지옥에 떨어질 뿐이야. 얼굴이 천사같이 생겼으니 악마들은 너를 잡아들이는 것을 꺼려 할 거다. 그러니 결백하다고 맹세를 해놓고 죄를 한 번 더 범하는 것이 좋겠지.

데스데모나 하느님이 알고 계십니다.

오셀로　하느님은 네가 지옥의 죄를 범했다는 것을 알고 계시지.

데스데모나　누구 때문에요? 여보? 누구와 죄를 범했다는 거예요? 어떤 죄악을 범했다는 거죠?

오셀로　아, 데스데모나! 없어져! 없어지라니까!

데스데모나　아, 처참한 날이로다! 왜 눈물을 흘리시는 겁니까? 그 눈물이 저 때문인가요? 혹시 이번 소환이 저의 아버님으로 인한 것이라 하더라도 저를 탓하지는 마세요. 당신이 그분과 인연을 끊으시면 저 역시 끊을 수밖에 없는 거니까요.

오셀로　설사 하느님이 숱한 고난을 내게 안겨 시험한다 할지라도, 온갖 고통과 굴욕을 머리 위에 쏟는다 할지라도, 나를 가난의 구렁텅이 속으로 빠뜨려놓는다 할지라도, 나의 몸과 최고의 소망을 옴짝달싹 못 하게 할지라도 내 마음 한구석에 한 방울의 참을성은 남아 있으련만. 아아, 슬프다. 언제까지나 세상 사람들의 조롱 섞인 손가락질을 받으며 살아야 한다니! ……그것도 나는 참을 수 있다. 쉽게 참아낼 수 있다. 그러나 거기, 네 가슴속에 내 마음을 간직해두지 않았는가. 내가 죽고 사는 일도 바로 거기에 달려 있다. 그 샘으로부터 내 생명의 줄기가 흘러나오고 그 샘이 없으면 이 목숨은 메말라버리는 거다. 그런데 그것이 나를 버리다니! 그 샘을 더러운 두꺼비의 알을 까는 웅덩이로 만들어버리다니! 인내여, 앳된 장밋빛 입술을 한 천사의 얼굴을 이젠 치워라. 지옥 같은 험상궂은 얼굴을 보여라!

데스데모나　여보, 제가 결백하다는 것을 믿어주세요.

오셀로　오, 그래. 도살장에 우글거리는 여름철 쉬파리같이 알을 깠다 하면 어느새 또 알을 밴단 말이야. 독초 같은 여자. 그토록 상냥하고 아름답지만, 그토록 향긋한 냄새를 풍기고 있지만, 사람의 감각을 마비시키는 당신은 태어나지도 말았어야 했어!

데스데모나 나도 모르게 죄를 범했단 말인가?

오셀로 이 깨끗한 종이는, 이 아름다운 책은 '갈보' 라는 글씨를 쓰기 위해 만들어졌는가? 무슨 부정을 저질렀느냐고? 저질렀지! 이 갈보 년! 너의 행실을 입 밖에 내는 것만으로도 내 뺨은 빨갛게 달아오르고, 수치심이 활활 타올라 재가 된다. 부정을 저질렀고말고! 하늘도 코를 막고 달님도 눈을 가릴 것이다. 닥치는 대로 입을 맞추는 음탕한 바람도 땅속 구덩이 속으로 몸을 숨기고 네가 한 짓을 들으려 하지 않을 거다. ……무슨 죄를 범했느냐고? 뻔뻔스러운 창부 같으니!

데스데모나 정녕코 억울한 말씀만 하고 계십니다.

오셀로 네가 갈보가 아니라고?

데스데모나 아니오, 저는 기독교인입니다. 남편을 위해 이 몸을 깨끗하게 지키면서 더럽고 불미스러운 손길이 닿지 않도록 애써 왔습니다. 그런데 저를 창부라고 하시다니, 그렇지 않습니다.

오셀로 뭐라고! 창부가 아니라고?

데스데모나 아닙니다. 전 구원받을 몸입니다.

오셀로 정말인가?

　　　에밀리아 등장.

데스데모나 오, 하느님!

오셀로 미안하게 됐군. 난 당신이 이 오셀로와 결혼한 베니스의 창부가 아닌가 했지. (소리 높여) 이봐요, 성 베드로 성당 건너편의 지옥의 문지기여! 어이, 너, 너, 너! 이쪽 일은 끝났네. 수고한 대가를 받아라. 문을 잠그고, 비밀을 지켜라. (퇴장)

에밀리아   저런, 저분이 대체 무슨 생각으로 저러시는 걸까? 마님 어찌 된 영문입니까? 마님, 왜 그러세요?

데스데모나   꼭 꿈속을 헤매는 것 같아.

에밀리아   마님, 각하께서 왜 저러실까요?

데스데모나   누가?

에밀리아   아이, 각하께서 말씀이에요.

데스데모나   각하라니, 누구 말이냐?

에밀리아   마님의 주인어른 말입니다.

데스데모나   내겐 남편이 없단다, 에밀리아. 내게 말을 시키지 말아라. 울 수도 없는 심정인데, 대답을 하려니 눈물이 나올 것 같구나. 오늘 밤에는 잊지 말고 내 침대 위에 결혼식 날 덮었던 이불을 준비해 줘. 그리고 에밀리아의 남편을 이리 불러줘.

에밀리아   정말 이상해지셨어! (퇴장)

데스데모나   이런 꼴을 당하는 것도 당연한 일이지. 아주 당연한 일이야. 내가 어쨌길래 그분이 티끌 만한 일을 가지고도 저토록 나를 의심하시는 걸까?

     이아고와 에밀리아 등장.

이아고   부르셨습니까, 부인? 무슨 일이 있으십니까?

데스데모나   아무 말도 할 수 없구려. 어린애를 가르칠 때는 쉬운 것부터 부드럽게 가르치는 법인데. 그분이 나를 야단치신 것도 그런 의미에서였겠지. 정말이지 나는 야단맞을 땐 꼭 어린애 같다니까.

이아고   부인, 대체 무슨 일입니까?

에밀리아   글쎄 각하께서 마님더러 창부라고 하시며 지독한 욕지거리를 퍼부으셨어요. 마님께서 그런 욕을 듣고 어떻게 견디실 수 있겠어요?

데스데모나 이아고, 내가 그런 여자인가요?

이아고 뭐라고 하셨길래요?

데스데모나 방금 에밀리아가 말한 그대로예요.

에밀리아 마님을 창부라고 부르셨어요. 술에 취한 거지도 자기 아내를 그렇게는 부르지 않을 거예요.

이아고 어째서 그런 소리를 하셨을까요?

데스데모나 몰라요. 나는 그런 여자가 아닌데.

이아고 울지 마십시오, 울지 마세요. 정말 안타까운 일이군요!

에밀리아 그토록 많은 좋은 혼처를 마다하시고 아버지와 고향, 그리고 여러 친구들을 버리고 떠나오셨는데, 끝내는 창부라는 누명까지 쓰셨으니! 누군들 울지 않을 수 있겠어요?

데스데모나 모두 내 운명 탓이지.

이아고 장군님이 너무하셨군! 어째서 그런 변덕이 일어나셨을까?

데스데모나 몰라, 하늘도 모르는 일이야.

에밀리아 어떤 심술궂은 놈팡이나, 비위나 맞추는 어떤 아부꾼이나 사기꾼, 그렇잖으면 허풍선이나 노예 놈이 한자리 얻으려고 꾸며낸 중상모략일 거예요. 제 말이 틀렸으면 목을 매달아도 좋아요.

이아고 바보 같으니라구. 그런 놈이 어디 있겠어? 그럴 리 없어!

데스데모나 그런 악한이 있다 하더라도 하느님은 반드시 그를 용서하실 거야!

에밀리아 용서구 나발이구 없어요. 그놈을 지옥으로 집어던져 뼛골까지 씹어 먹히게 해야 해요! 어떻게 창부라고 부를 수가 있지요? 누구를 상대했다는 거예요? 어디서? 언제? 어떻게? 증거가 뭐예요? 장군님은 어느 못되고 비열하고 고약한 악당 놈에게 속으신 거야.

오, 하느님, 그 불한당을 밝고 환한 곳으로 끌어내소서. 그리하여 정직한 사람에게 회초리를 주어 그놈을 발가벗겨 채찍질해서 이 세상 동쪽 끝에서부터 서쪽 끝까지 질질 끌고 다니게 해주소서!

이아고 문 밖에서 누가 들을라.

에밀리아 망할 자식! 내가 장군님과 수상쩍다는 말을 퍼뜨려 당신의 마음을 뒤집어놓은 것도 바로 그놈일 거야.

이아고 바보 같은 소리를 지껄이고 있군.

데스데모나 이봐요, 이아고, 어떻게 해야 그분의 마음을 되돌릴 수 있을까요? 가서 그분을 만나보세요. 어쩌다 그분의 마음을 벌집 쑤시듯 노여움을 사게 해드렸는지 모르겠어요. 무릎 꿇고 맹세할 수 있어요. 마음으로나 행동으로나 티끌만큼도 그분의 사랑을 배반할 생각은 해본 적이 없을 뿐만 아니라, 내 눈과 귀 그리고 어떤 감각도 다른 사람에게 쏠린 적이 없어요. 지금이나 과거에 있어, 또 앞날에 있어서 ― 설사 그분이 나를 버리는 일이 있더라도 ― 내 사랑은 식지 않을 거라고 나는 맹세할 수 있어. 이것이 거짓말이라면 나는 어떤 일을 당해도 좋아! 버림받는 건 괴로운 일이야. 그분이 나를 버리시다니, 나는 살고 싶은 마음도 없어. 그래도 내 애정만은 변함이 없어. 어떻게 창부라는 말을 입에 담으실 수 있을까? 혀 끝에 올리기만 해도 소름이 끼치는데. 이 세상 모든 보물을 준다 해도 나는 그런 말을 할 수 없어.

이아고 진정하세요. 그분의 일시적인 기분일 뿐일 거예요. 나라 일이 그분의 마음을 상하게 해서 부인께 화풀이를 하신 것뿐이에요.

데스데모나 제발 그뿐이라면⋯⋯.

이아고 그뿐일 겁니다. (안에서 나팔 소리) 저녁식사 시간을 알리는 나팔 소리군요. 베니스의 사신께서도 만찬에 초청을 받으셨습니다. 가시

지요, 눈물을 닦으시고. 모든 일이 잘 되어 나갈 겁니다. (데스데모나
와 에밀리아 퇴장)

로더리고 등장.

웬일이세요, 로더리고 님?

로더리고 나를 이 꼴로 만들어놓고, 팔자 한번 편하구나.

이아고 무엇이 잘못되었습니까?

로더리고 매일 요리조리 피하고 있잖아, 이아고. 지금 생각해보니, 자네는
나를 위해 여러 가지 편의를 봐주는 척하면서 오히려 방해하고 있
어. 더 이상 참을 수 없다. 뭐라고 변명해도 난 지금까지 바보 취급
당한 것을 용서할 수 없어.

이아고 로더리고 님, 들어보세요.

로더리고 듣는 것에는 이제 질렸다. 넌 말하는 것과 행동하는 것이 전혀 달
라.

이아고 당신의 비난은 부당합니다.

로더리고 정당하다. 난 돈까지 몽땅 탕진해 버렸어. 데스데모나에게 준다
고 가지고 간 보석들만 해도 어떠한 수녀라도 구워 삶을 수 있을
정도였어. 그녀가 그 보석을 받아들고 기뻐하면서 나를 만나봤으
면 하더라고 네가 말했지? 그런 말로써 나를 기쁘게 하고, 잔뜩 기
대에 부풀게 한 다음 깜깜 무소식이니 어찌 된 영문이냐?

이아고 잘 될 거예요, 기다리세요. 아주 잘 될 거라고요.

로더리고 잘 될 거라고? 기다리라고? 나는 기다릴 수도 없고 전혀 잘 되고
있지도 않아. 무엇이 잘 된다는 거냐? 가증스러운 노릇이지. 어리
숙하게 속고만 있지는 않을 테다.

이아고 좋아요.

로더리고   너한테 말해두겠는데, 결코 좋지 않을 거다. 내가 직접 데스데모나를 만나보겠다. 그녀가 내 보석을 돌려주겠다고 하면 나도 내 생각을 단념하고 이 사랑의 불장난을 뉘우치겠지만, 만약에 안 돌려주면 나는 어김없이 너에게 손해배상을 청구할 것이다.

이아고   분명히 그렇게 말씀하셨습니다.

로더리고   말했으니 꼭 실천에 옮길 테다.

이아고   당신이 용감한 사람이라는 걸 난 오늘에서야 알았소이다. 앞으로는 달리 보겠습니다. 자, 악수합시다. 로더리고 님. 당신이 화를 내는 것도 무리는 아니죠. 그러나 분명히 말해둘 것은, 나는 이 일에 직접 뛰어들어 당신을 위해 열심히 일했다는 사실입니다.

로더리고   그렇게 보이질 않는데.

이아고   아직까지는 보이지 않겠죠. 그러니 당신이 의심하시는 것도 당연합니다. 하지만 로더리고 님, 오늘 당신이 보여준 그 결심과 용기를 대하고 보니 마음 든든하군요. 그것이 진정이라면 오늘 밤 그것을 한번 보여주시겠소? 그 대가로서 내일 밤 당신이 데스데모나와 즐길 수 없다면, 수단 방법을 가리지 말고 나를 이 세상에서 쫓아내도 좋습니다. 당신을 배반한 죄로 말입니다.

로더리고   그래, 그것이 뭔데? 정당한 이유와 가능성이 있는 거겠지?

이아고   들어보세요. 베니스에서 온 특명으로 오셀로 자리에 캐시오가 대신 앉게 되었습니다.

로더리고   그게 정말이냐? 그렇다면 오셀로와 데스데모나는 베니스로 돌아가겠군?

이아고   그렇지 않아요. 그 녀석은 아름다운 데스데모나를 데리고 모리테이니어로 갑니다. 우발적인 사건이라도 터져서 이곳 생활이 연기되지 않으면 말입니다. 그의 체재를 연기하는 최선의 방법은 캐시오를 제거하는 일입니다.

로더리고　없애다니, 그게 무슨 뜻인가?

이아고　머리통을 박살 내어 그놈이 오셀로 자리에 앉지 못하게 하는 일이
지요.

로더리고　그 일을 나보고 하라는 건가?

이아고　그렇습니다. 자신의 이익과 당연한 권리를 위해서 할 수 있는 용기
가 있다면 말입니다. 그놈이 오늘 밤 갈보 년 집에서 저녁식사를
하는데, 나도 그곳에 갈 예정입니다. 그놈은 아직도 자신의 영전을
알지 못하고 있어요. 그놈이 돌아가는 길목을 지키고 있다가 ─ 시
간은 12시와 1시 사이가 되도록 제가 꾸밀 테니 ─ 마음 내키시는
대로 해치우십시오. 제가 옆에서 도와드릴 테니 협공이 되는 셈이
죠. 자, 갑시다. 놀라서 멍청히 서 계실 것 없습니다. 그놈이 죽어
야 할 이유를 설명해드릴게요. 얘기를 들으시면 당신이 이 일을 하
지 않을 수 없게 될 겁니다. 마침 저녁 시간이 되었군요. 우물쭈물
하다가는 날이 다 새겠어요. 착수합시다.

로더리고　좀 더 자세히 이유를 설명해주게.

이아고　들으시면 납득이 잘 가실 겁니다. (두 사람 퇴장)

제3장　성 안의 다른 방

오셀로, 로도비코, 데스데모나, 에밀리아, 시종들 등장.

로도비코　인제 그만 들어가시지요.

오셀로　괜찮습니다. 저도 산책하고 싶습니다.

로도비코 부인, 좀 쉬시지요. 환대해줘서 감사하오.

데스데모나 오셔서 기뻤습니다.

오셀로 그럼 가실까요? ……참, 데스데모나!

데스데모나 네?

오셀로 곧 잠자리에 드시오. 내 곧 돌아오리다. 하녀도 물러가게 하오, 알 겠소?

데스데모나 네, 알겠어요. (오셀로, 로도비코, 시종들 퇴장)

에밀리아 어찌 된 일일까요? 아까보다 부드러워지셨네요.

데스데모나 곧 돌아오신대. 나보고 먼저 잠자리에 들라고 하시는군. 너는 물러가게 하고 말이야.

에밀리아 물러가라고요?

데스데모나 그분의 분부셔. 그러니 에밀리아, 내 잠옷을 갖다주고는 가서 자요. 더 이상 그분을 화나게 하면 안 돼.

에밀리아 부인께서 그분을 만나지 않았어야 옳았어요!

데스데모나 나는 그렇게 생각지 않아. 나는 진정으로 그분을 사랑하고 있 어. 그렇기 때문에 그분이 고집을 부리셔도, 야단을 치셔도, 투정 을 하셔도 — 이 핀 좀 뽑아 줘 — 나는 마냥 즐겁고 기쁘기만 해.

에밀리아 분부하신 그 이불을 침상에 깔아났습니다.

데스데모나 아무래도 좋아. 사람의 마음은 왜 이다지도 어리석을까! 내가 너보다 먼저 죽게 되면 저 이불로 나를 감싸줘.

에밀리아 부인, 그게 무슨 말씀이세요?

데스데모나 우리 어머니는 바바라라고 하는 하녀를 거느렸어. 그 처녀가 사랑에 빠졌지. 그런데 그녀의 애인이 미쳤지 뭐야. 그래서 그 처 녀를 버렸어. 그 처녀는 〈버드나무의 노래〉라는 곡을 부르곤 했지. 오래된 노래였지만, 그 처녀의 운명을 노래한 것이었어. 그 노래를 부르면서 그 처녀는 죽었지. 그 노래가 오늘 밤 유난히 되살아나 못 견디겠구나. 나도 가련한 바바라처럼 고개를 갸우뚱하고 그 노래를 부르고 싶다. 자, 이제 가봐요.

에밀리아　잠옷을 갖고 올까요?

데스데모나　괜찮아, 이 핀만 좀 뽑아줘. 로도비코 오라버님은 참으로 훌륭한 분이셔.

에밀리아　네, 멋진 분이십니다.

데스데모나　말씀도 잘 하시고.

에밀리아　그분의 입술에 입 맞출 수만 있다면 팔레스타인까지 맨발로 걸어가도 좋다는 여자가 베니스에 있었습니다.

데스데모나　(노래한다)

무화과나무 그늘 아래 앉아
불쌍한 여인 노래를 하네,
푸른 버드나무를 노래하네.
가슴에 손을 얹고 무릎에 머리를 놓고
버들, 버들, 버들 노래 부르세.
맑은 시냇물이 그녀 곁에 흐르네,
흐르면서 그녀와 함께 한숨짓네.
버들, 버들, 버들 노래 부르세,
그녀의 눈물방울에 굳은 바위 녹아 내리네.

이걸 저리 좀 치워줘. (노래한다)

버들, 버들, 버들 노래 부르세.

빨리 서둘러, 그분이 곧 오실 테니. (노래한다)

푸른 버들을 노래하세,

버들가지는 나의 화환.

그를 원망 마라, 그의 경멸은 당연하다.

아니야, 그 다음 소절은 이게 아닌데. 쉿! 누가 문을 두드리고 있
어.

에밀리아 저건 바람소리예요.

데스데모나 (노래한다)

남의 사랑 거짓이라 했더니

그때 님은 뭘 말했나.

버들, 버들, 버들 노래 부르세.

내 다른 여자 사랑하거든

당신도 다른 남자 데려와 자라.

자, 가요, 어서 가. 잘 자. 눈이 가렵군. 눈물이 나오려나?

에밀리아 그렇지 않을 겁니다.

데스데모나 그렇다던데. 아, 남자들, 남자들! 정말 그렇게 생각해, 에밀리
아? 말해봐. 정말 이 세상에 남편을 흉측하게 속여먹는 여자들이
있을까?

에밀리아 그야, 그런 여자들이 있긴 하죠.

데스데모나 이 세상을 몽땅 준다면 넌 그런 짓을 할 수 있겠어?

에밀리아 부인은 안 그러시겠어요?

데스데모나 절대로 그럴 수 없어. 하늘에 맹세코 그럴 수 없지.

에밀리아 저도 할 수 없지요. 햇살이 비치는 동안은요. 어둠 속에서는 할 수 있을 것 같아요.

데스데모나 이 세상 다 준다면, 할 수 있겠어?

에밀리아 이 세상은 엄청나게 큽니다. 작은 악행에 포상은 큽니다.

데스데모나 정말이지 너는 못할 것 같애.

에밀리아 아닙니다, 저는 할 수 있을 것 같아요. 해치운 다음의 뒤처리는 깨끗이 해놓을 작정이에요. 하지만 반지나 옷감 몇 필이나 저고리, 속옷, 모자, 약간의 용돈 정도를 받고는 할 수 없습니다. 그러나 전 세계를 준다면야 할 수 있죠! 제 남편을 임금으로 만들기 위해서라면, 잠깐 다른 남자와 재미보는 것쯤은 할 수 있죠. 저는 지옥까지라도 가라면 가겠어요.

데스데모나 세상 다 줘도 나는 그런 나쁜 짓 못해.

에밀리아 악행은 이 세상에서 악행이죠. 자신의 노력으로 세상을 차지했으면 자신의 세계에서 악행으로 끝납니다. 그렇다면, 자신의 죄가 아니라고 판정하면 됩니다.

데스데모나 그런 여자가 설마 있겠느냐?

에밀리아 있지요. 한 다스 정도는 있지요. 놀아나는 세상에 그런 여자들은 가득 넘쳐요. 그러나 여자가 나쁜 짓을 하는 것은 결국 남편이 잘 못하기 때문이라고 저는 생각해요. 자기 일을 게을리하고 여편네 주머니를 다른 여자한테 털어주면서, 갑자기 이유 없이 질투심에 사로잡혀 우리네 여자들을 가두어두고 때리며 심술궂게 용돈까지 줄이기 때문이죠. 우리도 성미가 있지요. 아무리 여자가 부드러운 존재라 할지라도, 조금씩은 복수를 하고 싶지요. 아내들도 남자와 똑같이 느끼며 산다는 사실을 남편에게 가르쳐주고 싶거든요. 아내들도 남편들처럼 눈과 코가 있고, 단맛 쓴맛 다 안다는 것을 남편들이 알아야 합니다. 대체 남편들이 우리들을 딴 여자들과 바꿔치기하는 까닭이 무엇일까요? 장난삼아 그러는 걸까요? 그럴 수도 있지요. 혹시 사랑에 눈이 멀어서일까요? 그럴 수도 있겠지요. 과오를 범하는 것은 바람기 때문일까요? 그럴 수도 있겠죠. 그러나 여자들도 자기들처럼 사랑도 느낄 수 있단 말이에요. 욕정도 있어요. 바람기도 있어요. 그러니 여자들을 잘 다루어야 합니다. 여자들이 잘못하는 일은 모두 남자들이 잘못 행동한 결과라는 것을 남자들은 알아야 합니다.

데스데모나   잘 자, 잘 자요. 하느님, 제발 힘을 빌려주십시오. 나쁜 일을 통해서, 그것을 배우지 말고 과오를 통해 회개할 수 있도록 해주십시오. (퇴장)

제5막

제1장 키프로스의 거리

이아고와 로더리고 등장.

이아고   여기, 이 노점 뒤에 서 계세요. 그놈이 곧 올 것입니다. 칼을 빼들고 있다가 푹 찌르면 되는 겁니다. 자, 서둘러요, 서둘러. 겁내실 것 없어요. 내가 옆에 바싹 붙어 있을 테니까요. 일이 되느냐 안 되느냐는 바로 이 거사에 달려 있어요. 잘 생각하고 단단히 결심하세요.

로더리고 옆에 있어주게, 실수하면 곤란하니.

이아고 옆에 있겠어요. 용감하게 버티고 서 있다가 칼을 내리치세요. (이아고, 그늘에 숨는다)

로더리고 마음이 썩 내키진 않지만, 들어보니 할 만한 이유는 충분하군. 놈팡이 하나가 세상에서 사라져갈 뿐이다. 칼을 빼자. 이것으로 그놈을 죽이자!

이아고 저 여드름쟁이 풋내기 녀석을 아프도록 비벼놓았더니 터질 지경이되었네. 저놈이 캐시오를 해치우든 캐시오가 저놈을 해치우든 서로 찌르고 함께 죽든 간에 소득을 얻는 것은 나뿐이로다. 그러나 로더리고가 살아남으면, 데스데모나에게 준다고 그놈한테서 얻어낸 막대한 금은보석을 돌려달라고 할 것이 분명한데 그건 어림도 없지. 그리고 만약 캐시오가 살아남으면 한평생 우쭐해서 지낼 테니 내 모양이 처량할 거야. 더욱이 무어 녀석이 내가 한 말을 그에게 할지도 몰라. 그렇게 되면 내 입장이 위태로워지지. 캐시오 놈도 살려 둘 수 없어. 가만있자, 오는 모양이군.

　　캐시오 등장.

로더리고 발소리만 들어도 그놈을 알 수 있다. 틀림없어. 악당아, 네놈은 죽었다! (캐시오에게 덤벼든다)

캐시오 까딱했으면 칼침을 맞을 뻔했군. 그러나 내 겉옷은 보기보단 고급이지. 네놈 옷은 어떤지 시험해보자. (칼을 뽑아서 로더리고를 찌른다)

로더리고 아아, 나 죽는다! (이아고가 뒤에서 캐시오의 다리에 상처를 입히고 퇴장)

캐시오 아, 지독한 상처를 입었군. 사람 살려! 여봐라! 살인이다! 살인! (쓰

러진다)

오셀로 등장.

오셀로 캐시오 목소린데. 이아고가 약속대로 이행하나 보군.

로더리고 아, 내가 나쁜 놈이었어!

오셀로 물론 그렇고말고.

캐시오 사람 살려! 어어이! 불을 밝혀라! 의사를 불러라!

오셀로 그놈이로군! 용감하고 성실하고 공정한 이아고, 내 치욕을 끔찍히 생각해주는구나. 너한테 배운 바 크다! 화냥년, 너의 상대자가 이렇게 죽었다. 저주받은 네 운명도 곧 끝장날 것이다. 창부여, 기다려라! 너의 매력도, 아름다운 눈매도 이미 내 가슴속에서 사라진 지 오래다. 부정으로 더럽혀진 네 잠자리를 부정한 피로 물들여 줄 테다. (오셀로 퇴장)

로도비코와 그레이샤노 등장.

캐시오 어어이, 여봐라! 야경꾼도 없느냐? 지나가는 사람도 없느냐? 살인이다, 살인!

그레이샤노 심상치 않은 일이 생겼나보군. 다급한 목소리인 걸 보니.

캐시오 사람 살려!

로도비코 들어봐요!

로더리고 아, 비열한 놈!

로도비코 두세 사람이 신음하고 있는 것 같습니다. 음산한 밤이군요. 계략이 있는 듯해요. 섣불리 우리끼리만 저 소리에 접근했다간 위험할 것 같은데요.

로더리고 아무도 없소? 이젠 틀렸다. 출혈이 너무 심해.

이아고가 횃불을 들고 등장.

로도비코   저런!

그레이샤노   누군가 속옷 바람으로 오는군. 횃불과 무기를 들고 있는데.

이아고   거기 누구요? 살인이라고 소리친 자가 누구요?

로도비코   우리도 모르겠소.

이아고   고함소리를 들었죠?

캐시오   여기다, 여기! 부탁이네, 도와주게!

이아고   무슨 일이오?

그레이샤노   오셀로의 기수 아닌가?

로도비코   그렇군요. 아주 용감한 자지요.

이아고   누구냐, 그토록 처량하게 고함을 지르는 자가?

캐시오   이아고인가? 아아, 나는 당했다. 괴한에게 당했다! 나 좀 도와주게.

이아고   아아, 부관님이시군요! 어느 놈이 이런 짓을 했습니까?

캐시오   저기 한 놈이 도망치지 못하고 뻗어있네.

이아고   나쁜 자식! (로도비코와 그레이샤노에게) 거기 있는 댁은 뉘시오? 이리 와서 좀 도와주십시오.

로더리고   나 좀 살려주시오!

캐시오   저놈이 한 패거리야.

이아고   이 살인자! 죽일 놈! (로더리고를 칼로 찌른다)

로더리고   죽일 놈의 이아고 자식! 개 같은 자식! ……으윽. (기절한다)

이아고   어둠 속에서의 살인이라? 그런데 살인강도들은 어디로 도망친 거야? 아니, 이 도시는 어쩌면 이렇게도 조용하지? 어어이, 살인이다! 살인이야!

로도비코와 그레이샤노, 앞으로 나선다.

당신들은 누구요? 우리 편이오, 악한들 편이오?

로도비코 잘 보고 말해라.

이아고 로도비코 님이 아니십니까?

로도비코 그렇다.

이아고 상처는 어느 정도예요, 캐시오 님?

캐시오 다리가 부러졌네.

이아고 큰일 났군요! 여러분들께는 횃불을 부탁드리겠습니다. 다친 데는 제 속옷으로 동여매드리지요.

비앙카 등장.

비앙카 무슨 일이죠? 고함친 사람이 누구예요?

이아고 고함친 사람이 누구냐고?

비앙카 아, 나의 사랑하는 캐시오군요! 사랑하는 캐시오! 아아, 캐시오, 캐시오!

이아고 과연 이름난 창부로군! 캐시오 님, 이 사건의 범인이 누구일지 의심가는 사람을 말해보세요.

캐시오 전혀 짐작이 가지 않아.

그레이샤노 이런 식으로 당신을 뵙게 되다니 유감이오. 그동안 당신을 찾고 있었는데.

이아고 양말 대님을 좀 빌려주세요. 됐습니다. 편안하게 앉혀서 운반할 의자가 있었으면 좋으련만!

비앙카 아, 기절하시네! 오, 캐시오, 캐시오, 캐시오!

이아고 여러분, 제 생각으로는 이 사건에 이 비앙카 계집의 한 다리가 끼여 있는 듯합니다. 캐시오 님, 조금만 더 참으세요. 정신차리세요. 자, 횃불을 이리 줘보시오, 이놈이 누군지 얼굴을 확인해봐야겠소. 아니, 이 사람은 우리 고향 친구인 로더리고가 아닌가? 설마, 그렇지만 맞아, 확실하군. 아, 이게 무슨 변이란 말인가, 로더리고!

그레이샤노　뭐야? 베니스 사람이란 말이야?

이아고　네, 그렇습니다. 이자를 아십니까?

그레이샤노　그럼, 알고말고.

이아고　그레이샤노 님이십니까? 용서해주십시오, 보시는 바와 같이 이렇게 소동 중이라 정신이 없어 너무 버릇없이 굴었습니다.

그레이샤노　자네를 만나서 기쁘네.

이아고　캐시오 님, 어떠세요? 아, 의자를 갖다 줘, 의자를!

그레이샤노　로더리고였다니!

이아고　그렇습니다, 바로 그자입니다.

　　　시종들이 의자를 들고 등장.

아, 잘 됐어, 의자로군! 조심해서 들고 가도록. 저는 장군 전속 외과의사를 모셔오겠습니다. 이봐, 아가씨, 쓸데없는 짓 마라. 캐시오 님, 여기 쓰러져 있는 자는 내 친구인데, 이 사람과 어떤 원한 관계라도 있었나요?

캐시오　아무 유감도 없었어. 나는 그자가 누군지도 몰라.

이아고　(비앙카에게) 안색이 창백해졌군. 어서 집 안으로 옮겨야 해. (캐시오와 로더리고가 안으로 옮겨진다) 여러분, 잠깐만 기다려주십시오. 아가씨, 얼굴이 창백해 보이는데? 이 아가씨의 겁에 질린 눈동자가 보이십니까? 그렇게 노려봐도 소용없어. 곧 실토하게 만들 테니. 이 여자를 잘 살펴보십시오. 이 여자의 얼굴을 잘 보십시오. 아시겠습니까, 여러분? 아무리 입을 꼭 다물고 있어도, 저지른 잘못은 금세 밝혀지는 법이지요.

에밀리아 아니, 이게 대체 무슨 일이람? 여보, 무슨 일이 일어났어요?

이아고 캐시오 님이 어둠 속에서 로더리고와 도망친 그의 일당들에게 피습당하셨어. 거의 죽을 뻔했지. 로더리고는 이미 죽었고.

에밀리아 아, 그분이! 캐시오 님이!

이아고 오입질을 너무 좋아한 탓이지. 에밀리아, 캐시오 님한테 가서 오늘 저녁에 어디서 식사를 하셨는지 알아보고 와요. (비앙카에게) 이 말에 왜 그렇게 떨지?

비앙카 우리 집에서 식사하셨어요. 하지만 그 일 때문에 떠는 건 아니에요.

이아고 오, 그래? 너를 연행한다. 나와 함께 가자.

에밀리아 이 더러운 갈보 년!

비앙카 나는 매춘부가 아니에요. 나에게 악담을 퍼붓는 당신처럼 나도 떳떳하게 생활하고 있다구요.

에밀리아 나처럼이라고? 흥! 개소리 마!

이아고 여러분, 캐시오 님이 치료받는 것을 보러 갑시다. (비앙카에게) 이봐, 너도 와라! 더 듣고 싶은 게 있어. 에밀리아, 성으로 가서 장군님 내외분께 이 사건을 알려드려. 여러분, 함께 갑시다. (방백) 오늘 밤이야말로 일의 성공 여부가 결판나는 아슬아슬한 고비가 되겠구나. (퇴장)

제2장 성 안의 침실

데스데모나가 침대에서 자고 있다. 오셀로, 등불을 들고 등장.

오셀로 모두가 너의 죄 때문이다, 너의 죄 때문이야. 순결한 별들이여, 다시는 이 일을 입 밖에 내지 않도록 해다오! 너의 죄 때문이다. 그러나 네 피를 흘리게 할 수는 없다. 눈보다 희고 대리석처럼 매끄러운 너의 피부에 상처를 낼 수는 없다. 그러나 너는 죽어야 한다. 살려두면 더 많은 남자들을 배신할 게 아닌가. 먼저 등불을 끄자. 그러고 나서 저 생명의 불을 끄자. 그러나 등불이여, 너의 불을 끄고 나서도 끈 것이 후회스러우면 다시 켤 수도 있지만 정교한 자연의 조화인 아름다운 너의 육체의 불은 한 번 꺼지면 다시 켤 수 없구나. 너의 불꽃을 다시 켤 수 있는 프로메테우스의 불을 찾아 나는 어디를 헤매야 한단 말인가? 한번 꺾어버린 장미는 다시 되살릴 수 없다. 시들어버리는 운명을 맞게 되는 것이다. 나무에 붙어 있는 동안 향기를 맡도록 하자. (입을 맞춘다) 아, 달콤한 입김이여, 정의의 칼자루를 꺾게 만드는구나! 한 번만 더, 한 번만 더 입을 맞추자. 죽어도 이대로 있어다오. 나는 너를 죽이고 나서 너를 껴안을 것이다. 한 번만 더, 이번이 마지막이다. 이토록 아름다우면서 이토록 죄 많은 여인이 또 있을까? 눈물을 억누를 수 없구나. 가혹한 눈물이로다. 아, 이 거룩한 슬픔이여, 사랑하기 때문에 죽여야 하다니. 눈을 뜨는군.

데스데모나 누구세요? 오셀로?

오셀로 그렇소, 데스데모나.

데스데모나 안 주무세요?

오셀로   오늘 밤 기도는 끝났소, 데스데모나?

데스데모나   네.

오셀로   죄를 범했음에도 아직까지 하느님께 용서를 빌지 않은 일이 있으면, 지금 비시오.

데스데모나   당신, 무슨 말씀을 하시는 겁니까?

오셀로   하여튼 하라면 하시오. 간단히 하도록 해요. 내가 이 근처를 거닐고 있을 테니. 마음의 준비가 되어 있지 않은데, 어떻게 죽일 수가 있겠소? 결코 그럴 수는 없어! 당신의 영혼을 죽이고 싶진 않소.

데스데모나   죽인다고요?

오셀로   그렇소.

데스데모나   아, 하느님, 자비를 베푸소서!

오셀로   아멘. 마음속으로 나도 함께 기도하겠소!

데스데모나   그러시다면 절 죽이지는 말아주세요.

오셀로   으흠!

데스데모나   당신이 두렵습니다. 그렇게 눈동자를 굴리실 때에는 심상치 않습니다. 왜 이다지도 무서울까요? 나쁜 짓이라고는 전혀 한 적이 없는데, 그래도 여전히 두렵기만 하네요.

오셀로   저지른 죄를 생각하시오.

데스데모나   당신을 사랑한 죄뿐입니다.

오셀로   그렇기 때문에 죽어야 하오.

데스데모나   사랑하기 때문에 죽어야 하다니요? 그런 죽음을 저는 알지 못합니다. 어째서 그토록 입술을 깨물고 계십니까? 어떤 무서운 생각으로 온몸을 떨고 계시는군요. 그런 예감이 듭니다. 그러나 설마 저를 죽이지는 않겠죠?

오셀로   입 다무시오, 조용히!

데스데모나 그러겠습니다만, 어찌 된 일입니까?

오셀로 내가 그토록 아끼던 손수건, 당신에게 주었던 그 손수건을 당신은 캐시오에게 주었소.

데스데모나 아니에요. 절대로 준 적 없어요. 맹세해요! 그에게 사람을 보내 물어보세요.

오셀로 잘 생각해보시오. 거짓 맹세를 하면 못쓰오. 당신은 어차피 이 침대에서 죽어야 할 몸이니까.

데스데모나 하지만 아직은 죽을 때가 아니에요.

오셀로 아니, 곧 죽게 될 거요. 그러니 정직하게 죄를 고백해야 하오. 매번 맹세를 하면서 한 가지 한 가지 취소하더라도 소용없소. 내가 이토록 괴로워하는 것은 충분한 근거가 있기 때문이니, 이것을 제거하거나 취소할 수는 없소. 당신은 죽어야 하오.

데스데모나 하느님, 은총을 베푸소서!

오셀로 아멘.

데스데모나 당신도 저에게 은혜를 베푸세요. 당신을 배반한 적은 한 번도 없습니다. 캐시오 님을 사랑한 적도 없고요. 그저 하느님도 허락하시는, 흔한 이 세상의 호의를 가졌을 뿐이지요. 선물을 준 적도 없고요.

오셀로 내 손수건을 캐시오가 손에 들고 있는 것을 보았소! 거짓말도 잘하는군! 내 마음을 당신은 돌로 만들고 있소. 내가 하려는 이 일을 단순한 살인 행위로 생각지 마오. 희생물을 바치는 일이니까. 나는 손수건을 보았소.

데스데모나 그 사람이 주웠을 거예요. 전 절대로 준 적이 없습니다. 사람을 시켜 그를 이곳으로 불러오세요.

오셀로 그는 이미 고백했소.

데스데모나　네? 그게 정말이에요?

오셀로　당신에게 손을 댔다고 하더군.

데스데모나　어떻게 손을 대요? 부정한 짓을 했다는 겁니까?

오셀로　그렇소.

데스데모나　그렇게 말했을 리 없어요.

오셀로　다시는 그런 말을 못 하겠지. 충직한 이아고가 이미 처치해버렸으니까.

데스데모나　아, 그럼 살해되었단 말이에요, 그분이?

오셀로　그놈의 머리카락 하나하나에 생명이 있어 그걸 다 해치웠다 하더라도, 내 복수에 주린 배를 채우기에는 충분치 않을 거요.

데스데모나　아아, 그분은 계략에 말려든 거예요. 나도 이젠 파멸이구나.

오셀로　닥쳐, 매춘부 년! 내 면전에서 그놈 때문에 눈물을 짜느냐?

데스데모나　저를 내쫓으세요, 여보. 그러나 죽이진 말아주세요!

오셀로　누워 있어. 갈보 년!

데스데모나　내일 죽여주세요. 오늘 밤만은 살려주세요!

오셀로　안 돼, 네가 아무리 기를 써도⋯⋯.

데스데모나　그러면 30분만이라도!

오셀로　이렇게 된 이상 지체할 수 없다.

데스데모나　제가 기도를 올리는 동안만이라도 살려주세요!

오셀로　이미 너무 늦었어.

데스데모나　오, 주여, 주여, 주여! (오셀로가 데스데모나의 목을 조른다)

에밀리아　(밖에서) 각하, 각하! 여보세요, 각하!

오셀로　이게 무슨 소리야? 아직도 죽지 않았나? 숨통이 끊어지지 않았나? 잔인하긴 하지만 나에게도 자비심은 있어. 언제까지나 고통을 받게 내버려둘 수는 없지. 이렇게, 해주자.

에밀리아　(밖에서) 보세요, 각하! 각하!

오셀로　누구냐?

에밀리아　(밖에서) 각하, 드릴 말씀이 있습니다.

오셀로　으흠, 에밀리아로구나. 잠깐이면 된다. 이젠 죽은 모양이군. 캐시오의 죽음을 보고하러 왔겠지. 조금 전까지만 해도 소리를 바락바락 지르더니, 앗하, 이젠 꼼짝달싹 못 하는구나. 무덤처럼 조용하다. 안으로 불러들일까? 괜찮을까? 또 움직이는 것 같은데? 아니군. 어떻게 하는 것이 가장 좋을까? 에밀리아가 방 안에 들어오면 틀림없이 내 아내에게 말을 할 텐데. 아내! 아내! 뭐야, 아내라구? 나에게는 아내가 없어. 아아, 못 견디겠다! 아, 비통할 뿐이다! 당장이라도 일식이 일어나 태양과 달이 빛을 잃고, 놀란 대지가 진동하면서 두 동강이 날 것 같다.

에밀리아　(밖에서) 각하, 부탁입니다. 한 말씀 드려야겠습니다, 각하!

오셀로　너를 깜빡 잊고 있었구나, 에밀리아. 안으로 들어와. 가만있어, 곧 열어주지. 커튼을 쳐놔야겠다. 어디 있느냐? (문을 연다)

　　에밀리아 등장.

에밀리아　각하, 저쪽에서 엄청난 살인 사건이 일어났습니다!

오셀로　뭐라구! 지금?

에밀리아　네, 지금요.

오셀로　달이 궤도를 벗어났구나. 달이 보통 때보다 더 가까이 지구에 접근하면, 사람들은 돌아버린다고 하더니.

에밀리아　캐시오 님이 로더리고라는 젊은 베니스인을 죽였습니다.

오셀로　로더리고가 죽었다고? 그럼 캐시오는 안 죽었나?

에밀리아　아뇨. 캐시오는 죽지 않았습니다.

오셀로 캐시오가 살았다구? 암살이 빗나갔군. 모처럼의 복수가 헛일이 됐네.

데스데모나 아, 억울하게, 난 억울하게 살해당했네!

에밀리아 각하, 이게 무슨 소립니까?

오셀로 소리라니? 뭐가?

에밀리아 아, 저것은 마님의 목소리가 아닙니까! (커튼을 연다) 사람 살려, 사람 살려, 여보세요, 사람 살려요! 아, 마님 다시 한번 말씀해보세요! 아, 아름다운 데스데모나 마님, 착하신 부인이시여, 말씀해보세요!

데스데모나 나는 죄없이, 까닭 모르게 죽어가네.

에밀리아 누가 이런 짓을 했습니까?

데스데모나 아무도 안 그랬어, 나 자신이 한 짓이야. 잘 있거라. 각하께 안부 전해줘 — 아, 잘 있거라! (죽는다)

오셀로 누가 아내를 살해했겠느냐?

에밀리아 세상에, 누가 알겠습니까?

오셀로 스스로 자결했다는 마님의 얘기를 들었지? 내가 한 짓은 아니야.

에밀리아 그렇게 말씀하셨지요. 이 사실을 그대로 보고해야겠어요.

오셀로 그녀는 거짓말쟁이다. 그러니 지글지글 타는 지옥으로 떨어졌을 거다. 그녀를 죽인 사람은 나다.

에밀리아 아, 그렇다면 부인은 더욱 천사 같은 분이시고, 당신은 더 흉측한 악마예요!

오셀로 그녀는 못된 짓을 했어, 창부야.

에밀리아 마님을 그렇게 모욕하실 수 있어요? 당신은 악마예요.

오셀로 물거품처럼 들떠서 바람을 피웠지.

에밀리아 마님이 바람났다고 말하는 당신은 불길처럼 분별력이 없는 사람입니다. 부인은 너무나 진실하고 거룩하셨어요!

오셀로 캐시오와 간통했어. 거짓말이라고 생각되면 네 남편에게 물어봐. 내가 정당한 근거에 의하지 않고 이 같은 짓을 저질렀다면, 지옥의 밑바닥에 굴러떨어져도 좋아. 네 남편이 모든 것을 알고 있다.

에밀리아 제 남편이?

오셀로 그렇다.

에밀리아 부인이 부정한 짓을 했다고 제 남편이 말합디까요?

오셀로 그래, 캐시오와 놀아났다더군. 그녀가 정숙한 아내였다면, 비록 하느님이 금은보석으로 완전무결한 세계를 또 하나 만들어준다 해도 나는 데스데모나와 바꾸지 않았을 거야.

에밀리아 제 남편이?

오셀로 내 아내에 대해서 제일 먼저 말해준 사람이 네 남편이었어. 성실한 사람이기 때문에 불결한 행위를 마음속으로 증오하고 있었지.

에밀리아 제 남편이?

오셀로 이봐, 왜 그렇게 되풀이하고 있느냐? 네 남편이라고 하지 않았느냐?

에밀리아 아, 부인이! 흉계가 사랑을 망가뜨렸어, 제 남편이 그렇게 말했다고요? 부인이 간통했다고요?

오셀로 그렇다, 네 남편이 말했다, 네 남편이. 내 말 알아듣겠어? 내 친구이며 네 남편인 정직하고 진실한 이아고가.

에밀리아 그가 정말 그런 말을 했다면, 그놈의 더러운 영혼은 날이면 날마다 푹푹 썩어 없어져라! 거짓말도 이만저만한 거짓말이 아닙니다. 부인은 어째서 이런 더러운 남편을 그토록 소중히 여기셨을까.

오셀로 뭐야?

에밀리아 실컷 나쁜 짓을 하시구려. 격에 어울리지 않는 훌륭한 아내를 언었지만, 이번 일은 용서받지 못할 거예요. 천당에 가기는 다 틀렸지요.

오셀로 입 다물어! 그게 신상에 좋을 거야.

에밀리아 나를 해칠 권리가 있으면 해봐요. 이 이상 더 가슴이 아플 수는 없어. 바보 자식! 얼간이! 쓰레기같이 무식한 녀석! 이게 무슨 짓이야 — 내가 칼을 무서워할 줄 알아? 네가 한 짓을 사방팔방에 알리고야 말겠다. 죽이겠으면 죽여 봐라. 사람 살려! 사람 살려! 어어이 사람 살려! 무어 녀석이 부인을 죽였다! 살인이다! 살인이야!

몬타노, 그레이샤노, 이아고, 그 밖의 다른 사람들 등장.

몬타노 무슨 일이오? 장군, 어찌 된 영문이오?

에밀리아 이아고, 당신 잘 됐구려, 살인죄를 온통 혼자서만 짊어지게 되었으니.

일 동 무슨 일이야?

에밀리아 당신도 남자라면 이 악한을 그냥 내버려둘 수는 없을 거예요. 부인이 간통했다는 얘기를 당신한테서 들었다는 거예요. 그런 말을 한 적이 없죠? 당신이 그런 악한일 리 없어요. 답답해 죽겠어요, 어서 말해보세요.

이아고 내 생각을 말씀드렸을 뿐이야. 장군 자신이 시인할 만한 것 이외에는 달리 한 말이 없어.

에밀리아 부인이 부정한 짓을 저질렀다고, 당신이 말한 적이 있단 말이에요?

이아고 말했지.

에밀리아 당신, 거짓말했군요. 치사하게 거짓말을 했어요. 맹세코 당신은 무서운 거짓말을 했어요. 캐시오와 부인이 간통을 했다고! 캐시오와 불륜의 관계를 맺었다고 말했단 말이에요?

이아고　그래, 캐시오와 함께. 자, 입 닥치고 있어.

에밀리아　입을 다물 수가 없어. 떠들지 않고는 못 견디겠어. 마님께서 이 침대에서 살해당하셨단 말이에요.

일 동　아, 그런 끔찍한 일이!

에밀리아　당신의 고자질이 살인을 초래했어.

오셀로　다들 너무 놀라지 말게. 모두 사실이야.

그레이샤노　믿을 수 없는 일이오.

몬타노　무시무시한 소행이군!

에밀리아　악행, 악행, 악행! 그래, 생각나는 게 있어. 이상스러운 느낌이 들긴 했지. 아, 지독한 일이구나! 그때에도 미심쩍은 생각은 들었어. 슬픔에 겨워 죽고만 싶구나. 아, 악행이여, 악행이여!

이아고　왜 그래, 미쳤나? 집으로 가, 꺼져!

에밀리아　여러분, 저에게 말할 기회를 주십시오. 아내로서 남편의 말을 들어야 마땅하지만, 이번만은 거역하겠습니다. 이아고, 난 결코 집에 안 돌아가겠어요.

오셀로　으악! 아아아아! (침대에 쓰러진다)

에밀리아　그렇게 쓰러져서 으르렁거리세요. 이 세상 빛을 본 사람 가운데 가장 순결한 여인을 당신이 죽였으니.

오셀로　(일어나면서) 아, 그녀는 더러운 몸이었어! 숙부님, 몰라뵈었군요. 저기, 당신의 질녀가 쓰러져 있습니다. 그녀의 숨통을 이 손으로 막아버렸어요. 참혹하고 무서운 짓을 저질렀다는 것은 저도 알고 있습니다.

그레이샤노　가련한 데스데모나, 네 아버님이 돌아가셨으니 그나마 다행한 일이다. 네 결혼 때문에 너무 큰 타격을 받으셨어. 지나친 슬픔이 노인의 목숨을 앗아간 거지. 살아서 지금 이 광경을 보셨다면, 그 분 곁에 있는 천사마저 저주하며 지옥으로 떨어졌을 것이다.

오셀로   마음 아픈 일이군요. 그러나 이아고도 알고 있다시피 데스데모나는 캐시오와 추잡한 행위를 수없이 해왔습니다. 여기에 대해선 캐시오도 자백했습니다. 그리고 이 여인은 내가 사랑한 정표로 주었던 첫 선물을 남자의 음탕한 행위에 대한 사례로 그 남자에게 주었습니다. 그 물건이 캐시오 손에 쥐여져 있는 것을 제가 보았습니다. 손수건이었죠. 아버님이 어머니에게 주었던 유품이었습니다.

에밀리아   아, 하느님, 이 일을 어쩌면 좋습니까?

이아고   입 닥쳐!

에밀리아   말하고야 말 테다, 말하고야 말겠어. 잠자코 있으라고? 천만에! 북녘바람처럼 모질게 쏘아붙일 테다. 하느님이건 사람들이건 악마건 누구든지 와서 나보고 입을 다물라고 하더라도, 나는 말하고야 말 테다.

이아고   어리석게 굴지 말고 집으로 가!

에밀리아   안 가겠어. (이아고, 칼을 빼어 에밀리아를 찌르려 든다)

그레이샤노   이봐, 여자에게 칼을 쓰려는가!

에밀리아   바보 같은 무어 녀석! 네가 말하는 그 손수건은 내가 주워서 우리 남편에게 주었어. 하도 남편이 그 보잘것없는 손수건을 구해달라고 간곡히 부탁했기 때문이야. 이상하다는 생각은 들었지.

이아고   저 악랄한 갈보 년!

에밀리아   부인이 그 손수건을 캐시오에게 줬다구요? 어림도 없는 소리 마세요! 제가 주워서 남편에게 준 겁니다.

이아고   더러운 년, 거짓말 마라!

에밀리아   난 절대로 거짓말하지 않습니다. 여러분, 거짓말이 아닙니다. 어리석은 살인자! 이 바보가 그토록 훌륭하신 부인을 어떻게 했다구요?

오셀로 벼락이라도 맞고 죽어라, 이 악랄한 놈! (이아고에게 달려든다. 몬타노, 그의 칼을 빼앗는다. 이아고, 뒤에서 에밀리아를 찌른다)

그레이샤노 여자가 쓰러졌다. 그놈이 제 아내를 찔렀어!

에밀리아 아아, 저를 부인 곁에 뉘여주세요. (이아고, 도망친다)

그레이샤노 그놈은 아내를 살해하고 도망쳤어.

몬타노 흉측한 악당이다. 자, 이 칼을 받으시오. 방금 무어 장군으로부터 빼앗은 거요. 밖에서 문을 지키시오, 무어 장군이 문밖으로 빠져나가지 못하게 하시오. 덤벼들면 차라리 죽여버려요. 난 천하에 고약한 저놈의 뒤를 쫓겠소. (몬타노와 그레이샤노 퇴장)

오셀로 나는 용기마저 잃었구나. 저 풋내기 녀석들까지 내 손에서 칼을 빼앗아갈 정도니. 명예를 잃은 지금 무용을 자랑한들 무슨 소용이 있겠느냐? 이젠 아무런 미련도 없다.

에밀리아 부인, 그 노래는 예언의 노래였군요. 들리십니까? 제 목소리가 들리십니까? 저도 백조처럼 노래하며 죽겠어요. (노래한다) 버들, 버들, 버들아 — 무어 장군, 부인은 정숙하셨어요. 잔인한 무어 장군, 부인은 당신을 사랑하셨어요. 정직하게 모든 것을 털어놨으니 내 영혼은 천당으로 갑니다. 생각한 대로 말하면서 죽어갈 테다, 죽어갈 테다. (죽는다)

오셀로 이 방 안에 칼이 또 한 자루 있었지? 스페인 칼이었는데, 얼음같이 차가운 물로 단련시킨 칼이었어. 아, 여기 있구나. 숙부님, 전 밖으로 나가야겠습니다.

그레이샤노 (밖에서) 괜한 짓 하지 말고 가만히 있어라. 무기도 없이 그러다가는 봉변당할 줄 알아.

오셀로   이리 들어오셔서서 제 얘기를 좀 들어주십시오. 그렇잖으면 맨손으로라도 숙부님께 덤벼들겠어요.

　　　　그레이샤노 등장.

그레이샤노   대체 어떻게 되었나?

오셀로   보십시오. 여기 칼이 있습니다. 여태껏 어떤 군인도 허리춤에 차본 적이 없는 칼이지요. 저도 한때는 이 팔뚝과 칼로써 당신 같은 분이 삼십 명이 한 무리가 되어 쳐들어 와도 쉽게 무찌를 수가 있었습니다. 이젠 아무 소용없는 호언장담이 되었지만! 운명의 힘을 거역할 순 없지. 이젠 틀렸어. 두려워하지 마십시오, 제가 칼을 들고는 있지만 한평생 여로가 끝나고 있으니까요. 이젠 끝장이죠. 제 항로의 마지막 부두에 닿은 겁니다. 뒷걸음질하며 두려워하실 필요 없습니다. 오셀로의 가슴팍으로 한 발만 밀고 들어와도 전 이젠 후퇴할 수밖에 없습니다. 오셀로는 이제 어디로 가야 한단 말입니까? (데스데모나가 누워 있는 침실로 간다) 자, 당신의 얼굴을 다시 한번 봅시다. 아, 불행한 여인! 속옷처럼 창백한 얼굴! 최후의 심판 날 우리가 다시 만날 때, 당신의 이 얼굴은 내 영혼을 하늘에서 내동댕이쳐 지옥의 악마들에게 뜯기게 할 것입니다. 싸늘하고 싸늘한 당신! 당신의 정조도 이러하거늘, 아, 저주 받은 노예 놈! 악마여, 나를 채찍질해서 천사 같은 이 모습을 볼 수 없는 곳으로 쫓아라! 열풍 속으로 내 몸을 날려버려라! 유황불로 지글지글 태워버려라! 불바다 속으로 나를 처넣어라! 아, 데스데모나! 죽었네, 데스데모나! 죽어버렸네! 아! 아!

　　　　로도비코, 의자에 앉은 캐시오, 몬타노, 이아고와 이아고를 끌고 온 장교들 등장.

로도비코 경솔한 행위로 불행해진 그자는 어디에 있는가?

오셀로 그 오셀로, 바로 여기 있습니다.

로도비코 그 독사 같은 놈은 어디 있느냐? 그 악한을 이리 끌어내라.

오셀로 그놈의 발을 보아하니, 악마의 발은 발굽이 두 쪽으로 갈라져 있다
는 얘기도 꾸며낸 소린가 보군. 네놈이 정말 악마라면 이 칼로써도
너를 죽일 수 없겠지. (이아고를 찌른다)

로도비코 그 칼을 빼앗아라.

이아고 피만 날 뿐 죽지는 않았소.

오셀로 유감스럽지 않다. 난 네놈을 오히려 살려두고 싶다. 지금 내 생각
으로는 죽는 것이 오히려 행복한 일로 여겨지니.

로도비코 한때 그토록 고매했던 오셀로 장군이여, 이 저주받을 놈의 흉계
에 빠져 신세를 망친 당신에게 뭐라 할 말이 없구려.

오셀로 뭐라 말해도 좋소. 명예로운 살인이라고나 불러주시오. 이 일은 원
한을 풀고자 한 것이 아니라 명예를 지키기 위한 것이었으니까.

로도비코 이놈은 이미 자신의 범행을 자백했소. 당신은 이놈과 공모해서
캐시오를 죽이려 했다면서요?

오셀로 그렇소이다.

캐시오 장군님, 전 죽어야 할 이유가 전혀 없었습니다.

오셀로 나도 그렇게 생각하고 있네. 용서를 빌겠네. 저 악마 같은 놈이 어
째서 나의 영혼과 육체를 함정에 빠뜨렸는지 물어봐 주시오.

이아고 아무것도 묻지 마시오. 내가 알 만한 것은 당신도 다 알고 있을 테
니. 이 순간부터 나는 절대로 입을 열지 않겠소.

로도비코 뭐라고! 기도조차 하지 않겠단 말이냐?

그레이샤노 네놈을 고문하여 아가리를 벌리고 말 테다.

오셀로 입을 열지 않는 게 상책이지.

로도비코 당신은 모르고 있겠지만, 이런 일이 있었습니다. 여기 한 통의 편지가 있는데, 살해당한 로더리고의 주머니에서 발견된 것이오. 그리고 여기 또 한 통의 편지가 있고. 그 한 통의 편지에는 로더리고가 캐시오를 암살해야 한다는 내용이 적혀 있소.

오셀로 아, 고약한 놈!

캐시오 천하에 악독한 놈!

로도비코 그런데 여기 또 한 통의 편지가 있소. 온갖 불평이 잔뜩 적혀 있는 편지로, 역시 로더리고의 주머니에 감춰져 있었소. 이 편지를 로더리고가 이 악당에게 전하려고 했던 모양인데 보내기 직전에 이놈이 와서 감언이설로 그를 녹인 것 같소.

오셀로 아, 이 비겁한 놈! 캐시오, 내 아내의 손수건은 어떻게 자네 수중에 들어갔느냐?

캐시오 제 방에 떨어져 있었습니다. 이놈이 방금 자백한 바에 의하면, 손수건을 일부러 떨어뜨려놨다는 것입니다. 그랬더니 뜻한 대로 일이 척척 되어가더랍니다.

오셀로 아, 난 바보였어, 바보, 바보였어!

캐시오 그리고 또 로더리고의 편지에 이아고를 맹렬히 비난하는 대목이 있는데, 야경 보던 날 밤에도 이놈이 충동질해서 싸움을 했고, 그 때문에 저는 파면되었던 것입니다. 조금 전에 죽은 줄로만 알았던 로더리고가, 자기를 해친 자도 선동한 자도 이아고였노라고 말했습니다.

로도비코 이 방에서 나가 우리와 함께 갑시다, 오셀로. 당신은 관직을 박탈당했소. 캐시오가 키프로스를 통치하게 되었습니다. 이 악당 놈에게는 고문의 방법을 연구하여 오랫동안 고통을 주겠소. 당신은 감금되어, 베니스 정부에 범죄 사실이 보고될 때까지 엄중한 감시를 받게 될 것이오. 그를 데리고 나가라.

오셀로 잠깐만 기다리시오. 떠나기 전에 한두 말씀 드리고 싶소. 국가를 위해 세운 내 공적만은 누구나 인정해주리라 믿소. 그 일에 대해서는 더 이상 말하지 않겠소. 다만 부탁하고 싶은 말은, 이 불행한 사건을 보고하는 데 있어 사실 그대로의 숨김 없는 나를 전해달라는 것이오. 나를 감싸주지도 악의로 짓누르지도 마시오. 아내를 깊이 사랑했지만 현명한 사랑은 아니었다고 전하시오. 쉽사리 질투심에 사로잡히는 인간은 아니었지만, 일단 속임수에 걸려들더니 앞뒤를 가리지 못하더라고 전하시오. 그의 종족 전체보다도 더 귀한 보물을 어리석은 인도인처럼 스스로 내던진 사나이였노라고 전하시오. 생전 눈물이라고는 모르던 사람이 이번만은 슬픔에 잠겨, 아라비아의 고무나무가 수액을 흘리듯 눈물을 펑펑 쏟더라고 전하시오. 그리고 또 한 가지만 더 전해주시오. 언젠가 알레포에서 터번을 두른 악독한 터키인이 베니스인을 때리면서 이 나라를 비방하는 것을 보고, 나는 그 이교도 놈의 목덜미를 움켜잡고 이렇게 목을 찔렀노라고. (칼로 자기를 찌른다)

로도비코 아, 처참한 최후로다!

그레이샤노 지금까지의 모든 일이 허사가 되고 말았구나!

오셀로 당신을 죽이기 전에 나는 당신에게 입을 맞추었소. 지금 내게 남은 길은, 내 스스로 목숨을 끊고 당신에게 입을 맞추며 죽는 것밖에는 없소. (데스데모나 위에 쓰러져 죽는다)

캐시오 이렇게 될까 봐 걱정은 했습니다만, 전 장군께서 무기를 갖고 있지 않은 줄만 알았습니다. 마음씨가 고결한 분이셨죠.

로도비코 (이아고에게) 이 스파르타의 개새끼 같은 놈! 고통보다 굶주림보다 성난 바다보다 더 잔인한 놈! 침대 위의 이 처절한 광경을 보라. 모두 네놈의 짓이다. 눈이 멀어버릴 광경이다. 그 광경이 보이지 않게 가려두자. (커튼을 닫는다) 그레이샤노, 이 집을 관리하십시오. 무어 장군의 재산을 압류하십시오. 당신이 상속한 재산입니다. 그리고 캐시오 총독은 이 흉악범을 재판하시오. 시간, 장소 그리고 고문 방법을 정하시오. 인정사정 없이 해치우시오! 나는 곧 배를 타고 본국으로 떠나겠소. 가서 이 엄청난 사건을 괴로운 마음으로 보고해야겠소. (퇴장)

불멸의 영광 영원한 동시대인
- 셰익스피어의 시대와 작품세계

1. 시대와 생애

스트랫퍼다네이번(Stratford-on-Avon)은 셰익스피어가 태어날 무렵 인구 2천 명이었다. 이 도시의 역사와 전통은 아득히 선사시대로까지 거슬러 올라간다. 로마의 군사도로(Strata via, 고대영어로는 Straet)가 에이번 강(웨일즈어로 Afon River)을 지나 성채(Fard) 옆을 통과했으니, 라틴어와 고대영어, 그리고 웨일즈어의 합성어가 이 도시의 이름이 되었다.

색슨(Saxon) 시대에는 이 지역이 우스터(the Bishop of Worcester)의 통치 아래 있었고, 노르만 정복 시기에는 주민의 대부분이 농사에 종사하고 있었다. 리처드 1세 시대에 농산물 집산지로 변하면서 길이 열리고 건물이 서기 시작했으며, 매주 시장이 개설되는 등 발전을 이룩했다.

도시 한복판에 홀리 트리니티(The Holy Trinity) 교회가 아름답고 장엄한 모습을 드러내고 있었다. 셰익스피어는 이곳에서 세례를 받고 죽어서 이곳에 묻혔다. 스트랫퍼드는 셰익스피어가 생존했던 시절에는 흥청거리는 상업도시요 풍요로운 농업지대였으며, 런던으로 가는 교통의 요지였다. 아든 숲

(The Forest of Arden)은 바로 셰익스피어의 생가 근처에 있었다. 그 숲속에는 사슴들이 뛰놀고 있었다. 스트랫퍼드의 아름다운 자연은 셰익스피어를 자연의 시인으로 만들기에 충분했다.

스트랫퍼드는 또한 역사의 도시로서 장미전쟁의 유적이 남아 있다. 스트랫퍼드 근거리에 요크 가의 워릭(Warwick) 성(城)이 자리 잡고 있으며, 그곳으로부터 좀 더 떨어진 곳에는 랑카스터가의 교두보였던 성곽을 볼 수 있다. 셰익스피어의 사극들이 영국사의 이 시기를 즐겨 다루고 있는 것을 보면 스트랫퍼드의 역사적 환경이 그의 작품에 미친 영향을 결코 과소평가할 수 없을 것이다.

1555년, 스트랫퍼드에 부친 존 셰익스피어(John Shakespeare)가 이주해 왔다. 존은 스트랫퍼드에서 농산물 매매사업을 하면서 성공해 스트랫퍼드의 저명 인사가 되었다. 1557년 유복한 집안의 딸 메리 아든(Mary Arden)과의 결혼은 그의 사회적 지위를 더욱 확고하게 만들었다. 왜냐하면 존은 1568년 스트랫퍼드시(市)의 행정에 관여하게 되어 극단의 공연허가증을 발부하는 책임을 맡게 되었기 때문이다. 1568년은 스트랫퍼드에 직업극단이 내방한 첫 번째 기록이 남아 있는 해가 되며, 윌리엄 셰익스피어는 이때 4세였으니 아버지 존 옆에서 처음으로 연극 공연을 구경할 수 있었다. 그러나 이때 이후 10년간 존은 사업에 실패해서 사회적 지위를 잃고, 파산의 위기를 겪게 되었다. 1578년의 기록에 의하면 주당 4펜스의 돈도 지불할 수 없었다는 기록이 남아 있다. 1586년 그는 시행정직에서 물러나게 되고, 1592년에는 교회에서 그의 모습을 찾아볼 수 없게 되었다.

윌리엄 셰익스피어는 그의 부친 존으로부터 이재(理財)에 밝은 상인의 생활력을 이어받았을 것이라고 추측된다. 모친 메리가 속했던 아든 가문은 워릭셔의 명문 집안이었다. 셰익스피어는 모친 메리로부터 고결한 심성과 올바른 생활태도, 역사와 자연에 대한 사랑과 종교적 신앙심을 이어받았을 것이다.

　윌리엄 셰익스피어의 어린 시절에 대해서 남아 있는 기록은 얼마되지 않는다.　세례 기록과 결혼 서약에 관한 기록이 남아 있다. 교구기록부에 의하면 그는 1564년 4월 26일 수요일에 세례를 받은 것으로 되어 있다. 그러나 정확한 생일은 알려져 있지 않다. 윌리엄은 이 집안의 자녀들 중 살아남은 아들 가운데 장남이었다. 위로 누나가 둘 있었지만 유년 시절에 모두 사망했다. 세 형제 ─ 길버트(Gilvert), 리처드(Richard), 에드먼드(Edmund) ─ 가 그의 뒤를 이었으며, 두 여동생들 ─ 조앤(Joan)과 앤(Ann) ─ 또한 그의 뒤를 이었다.

　윌리엄 셰익스피어는 그래머 스쿨이라는 당시의 초중등학교에 입학했다. 그 당시 이 학교의 교육은 라틴어 교습에 집중되어 있었다. 영어에 대한 교육도 이곳에서 받았을 것이라고 추측된다. 셰익스피어 생존 당시 스트랫퍼드의 그래머 스쿨 선생들은 대부분 옥스퍼드 출신들이었기 때문에 셰익스피어의 어문교육에 이들이 지대한 영향을 끼쳤을 것이라고 생각된다. 그리스와 라틴 고전문학에 관한 광범위한 독서 외에도 셰익스피어는 제네바판 성서를 탐독했을 것이다. 왜냐하면 셰익스피어의 희곡작품 속에는 이 성서를 읽은 흔적이 뚜렷하게 나타나 있기 때문이다. 그래머 스쿨의 수학 기간은 7년이었으니, 셰익스피어가 7세 때 입학했다면 1578년에 학교를 졸업한 셈이 된다.

　학교를 졸업한 후, 1578년경 셰익스피어는 부친의 가업을 돕고 있었다. 이 시기에 셰익스피어를 열광시킨 것은 연극 공연이었을 것이다. 그 당시 스트랫퍼드에서　1584년까지 매년 계속해서 기적극(miracle plays)이 공연되었다. 또한 그는 때때로 아버지와 함께 야외 이동극(pageants)을 보았을 것이고, 1575년 스트랫퍼드에서 15마일 떨어진 케닐워스에서 레스터 경이 엘리자베스 여왕을 위해 공연했던 가면극을 관람했을 것이다. 존 셰익스피어가 촌장으로서 시정 일에 관여하고 있던 1568년에는 스트랫퍼드에서 흔하게 이동극단의 연극이 공연되고 있었다.

1582년 11월 27일 셰익스피어가 18세 때 그는 근처 마을 쇼터리(Shottery)의 유복한 농가의 딸인 8세 연상의 앤 해서웨이와 결혼했다. 1583년 5월 26일 딸 수재나가 태어나 트리니티 교회에서 세례를 받게 되었다. 수재나 출생 후 햄닛과 주디스 쌍둥이가 태어나서 1585년 2월 2일, 트리니티 교회에서 세례를 받았다.

이후 몇 년 동안 셰익스피어가 스트랫퍼드에 있었다는 기록은 없다. 아마도 셰익스피어는 쌍둥이 자녀 출생 이후 스트랫퍼드의 집을 떠나 청운의 꿈을 품고 더 넓은 세계로 향해 어디론가 출발했음이 분명하다. 셰익스피어는 아내를 스트랫퍼드에 남기고 떠났는데, 아들 햄닛은 1596년에 사망해서 매장되었고 아내와는 런던에서 상면할 기회가 없었다. 1585년 이후 이들 사이에는 후손이 생기지 않았다. 1597년경 셰익스피어는 스트랫퍼드의 호화주택 뉴플레이스(New Place)를 구입했는데, 만년에는 아내와 딸들을 그곳으로 이사시킨 뒤 런던 생활을 청산하고 스트랫퍼드로 돌아와서 가족들과 지내다 1616년에 세상을 떠났다.

그가 스트랫퍼드에서 종적을 감춘 뒤 다시 런던에 나타났을 때까지 7년 동안 무엇을 하고 지냈는지는 분명치 않다. 글로스터 지방에서 학교 선생을 했으리라는 추측이 믿음직하게 제기되고 있다. 왜냐하면 이 지방의 기록문서에 셰익스피어와 해서웨이의 이름이 되풀이되어 나타나고 있기 때문이다. 그는 코츠월드 지방에서 친지들과 사귀면서 학교 선생의 평온한 생활을 누리며 독서에 정진하고, 런던 생활의 대전환을 꿈꾸고 있었을는지도 모른다. 이 시기에 그는 아마도 런던에 극장이 서고, 새로운 극단들이 설립되고, 키드(Kyd)의 〈스페인의 비극〉이 공연에 성공을 거두고 있다는 소식을 접하고 있었을 것이다. 셰익스피어는 그 당시의 여러 가지 정황으로 보아, 1587년 혹은 1588년에 학교 선생을 그만두고 런던을 향해 출발했음이 분명하다.

그 후 25년간의 셰익스피어의 런던 생활이 시작된다. 즉 오늘날 우리가 알고 있는 극작가 셰익스피어의 생애가 바로 이 시기에 시작되고 완성된 것이다. 셰익스피어가 살아서 활동하던 당시의 런던은 중세도시의 모습 그대로였다. 120개의 뾰족탑이 서 있는 런던시는, 겉으로는 종교도시의 모습을 하고 있었지만 안으로는 르네상스의 물결이 거세게 휘몰아치고 있었다. 런던은 왕국의 수도였다. 정치·사회·경제 그리고 학문과 예술의 중심지였다. 중세시대의 규제와 억압에서 벗어난 런던 시민들은, 한결같이 새 시대의 자유와 열정 속에서 생의 무한한 가능성을 추구하고 있었다. 나그네들이 쉬고 가는 여관이나 술집은 먹고 자는 숙박업소일 뿐만 아니라 대중문화의 중심지가 되었다. 셰익스피어를 위시해서 존슨(Jonson), 보먼트(Beaumont), 플레처(Fletcher) 등 당대 저명한 극작가들과 시인·학자·예술가 등이 즐겨 만나던 술집은 머메이드 주막(The Mermaid Tavern)이었다. 때로는 데블 주막(The Devil Tavern)으로 자리를 옮겨 술을 마시며 문학과 예술의 담론을 나누기도 했다. 엘리자베스 시대의 연극 — 셰익스피어만이 아니라 존슨, 데커 그리고 미들턴 등 — 에는 런던 주막집의 술기운이 짙게 감돌고 있다. 그만큼 이들 주막집과 당대의 신연극은 깊은 관계를 맺고 있다. 여관집 앞마당은 연극 공연장이었다. 그곳은 런던에 새로운 극장이 건립되기 이전까지만 해도 신연극의 요람지였다. 셰익스피어 자신이 연기를 했다고 전해지는 크로스키즈 주막(The Crosskeys Tavern), 레드 불 주막(The Red Bull Tavern), 보아즈 헤드(The Boar's Head) 등에서는 끊임없이 공연이 진행되었다.

셰익스피어 시대에 신연극 형성을 위해 크게 공헌한 교육기관은 런던의 법학원이던 '인즈 오브 코트(The Inns of Court)'였다. 13세기 또는 14세기까지 거슬러 올라가는 4대 명문 법학원은 이너템플(The Inner Temple), 미들템플(The Middle Temple), 링컨스 인(Lincoln's Inn) 그리고 그레이즈 인(Gray's Inn) 등이었다. 이들 법학원은 옥스퍼드나 케임브리지 대학과 흡사한 고등교육기관이었다. 엘리자베스 시대의 수많은 고관대작과 저명인사들은 이들 학교 출신이었다. 시드니와 베이컨은 그레이즈 인 출신이었고 세크빌과 보먼트는 이너 템플 출신이었으며, 존 던은 링컨스 인 출신이었다. 이들 학교들이 국왕을 위해 주연과 가면극과 연극 공연을 펼치는 일은 그 당시 중요한 문화행사가 되었다. 이들 법학원들은 한결같이 연극 공연에 지대한 관심을 기울였다. 토머스 세크빌과 토머스 노턴이 쓴 영국 최초의 비극작품 〈고보덕(Gorboduc)〉이 1561년 엘리자베스 여왕 앞에서 공연된 것을 보면 이들 학교가 신연극의 정착을 위해 기울인 열정과 관심을 짐작할 수 있다. 셰익스피어의 〈실수 연발 (The Comedy of Errors)〉은 1594년 그레이즈 인에서 공연되었으며, 〈십이야 (Twelfth Night)〉는 1602년 미들템플에서 공연되었다. 로마시대 세네카의 비극 작품을 영국에 소개해서 국내 연극을 활성화시킨 공로도 이들에게 있었으니, 신연극에 대한 인즈 오브 코트의 영향은 심원하고도 항구적인 것이었다.

신연극에 대한 또다른 영향력의 원천은 엘리자베스 여왕의 왕궁이었다. 왕궁에서는 끊임없이 공연행사가 개최되었다. 여왕 자신이 르네상스 시대의 군주답게 열광적으로 극단을 후원하고 공연행사를 장려했다. 여왕은 이 행사를 위해 연예 담당 시종장을 임명했다. 1594년 이후, 셰익스피어의 극단은 여왕의 후원에 힘입어 매년 어전공연을 계속했다. 이 정기공연은 1603년 여왕이 서거할 때까지 계속되었다. 셰익스피어의 작품 〈사랑의 헛수고(Love's Labour's Lost)〉 〈실수 연발〉 〈베니스의 상인(The Merchant of Venice)〉 〈헨리 4세 (King Henry Ⅳ)〉 〈헨리 5세(King Henry Ⅴ)〉 〈헛소동(Much Ado about Nothing)〉 등이 어전공연되었으며 〈윈저의 명랑한 아낙네들(The Merry Wives of Windsor)〉은 여왕 자신이 셰익스피어에게 요청해서 완성되었다고 전해진다. 엘리자베스 여왕이 보인 연극에 대한 애정은 제임스 왕에 의해 계승되어, 그는 셰익스피어 극단을 왕실 전속극단으로 만들어 이들을 후원하였다. 왕실과 셰익스피어와의 밀접한 관계 때문에 셰익스피어는 영국의 귀족들과도 두터운 교분을 맺게 되었다. 당대의 기라성 같은 귀족들 — 스탠리, 에식스, 사우샘프턴, 펨

브로크 형제들인 윌리엄과 필립 등 — 은 그의 패트론이요 친구들이었다. 왕궁에서 만난 지성적이고 아름다운 숱한 여인들은 그의 작품 속에서 여주인공으로 재현되고 있다.

풍요롭고, 바삐 돌아가는 가운데 흥청대는 런던 시의 활기, '인즈 오브 코트'와 대학 출신의 지적이며 감성적인 신사들의 매력, 귀족들과 아름다운 귀부인들의 사교를 즐기는 왕실의 황홀한 문화예술 환경과 분위기는 셰익스피어가 스트랫퍼드에서는 몽상조차 할 수 없는 일들이었다. 셰익스피어는 햄릿 왕자처럼 르네상스가 잉태한 사람이었다. 런던에서 그를 휩싸고 있던 르네상스의 분위기는 그의 천재적 재능을 활짝 꽃피울 수 있도록 적절한 환경을 제공해주었다.

1585년 2월부터 1592년까지 셰익스피어가 어떻게 살았고 어떤 활동을 했는지에 관해서는 확실한 기록이 남아 있지 않다. 그래서 이 시기를 셰익스피어의 '잃어버린 연대(the lost years)'라고 부른다. 셰익스피어와 동시대 극작가로서 불운한 생애를 마친 로버트 그린(Robert Greene)이 1592년에 죽으면서 남긴 자서전(Greens Groatsworth of Wit bought with a Million of Repentance)에 의하면, 셰익스피어는 배우로서 그리고 신진 극작가로서 런던 무대에서 두각을 나타내고 있었던 것으로 추측된다. 1593년과 94년에 셰익스피어는 「소네트(Sonnets)」를 썼다. 런던에 전염병이 유행해서 한때 문을 닫았던 극장이 1594년 여름에 다시 문을 열었다. 셰익스피어는 런던에서 이 당시 창설된 두 극단 중 한 극단인 로드 체임벌린 극단에 소속되어 배우로서 그리고 극작가로서 본격적인 활동을 시작했다. 셰익스피어의 선배 극작가들인 릴리(Lyly), 그린, 말로(Marlowe), 필(Peele), 그리고 키드 등은 1594년에 이르러 한결같이 작가 활동을 끝마치면서 런던 무대는 극작가의 공백 시기를 맞게 되었다. 새로운 극작가의 출현을 갈망하던 이 시기에 셰익스피어는 눈부시게 극계에 데뷔하였다. 1594년부터 1600년의 시기는 셰익스피어의 생애에 있어서 가장 바쁘고 행복했던 시기다. 〈리처드 3세〉(1592), 〈말괄량이 길들이기〉(1593), 〈로미오와 줄리엣〉(1594), 〈한여름 밤의 꿈〉(1595), 〈리처드 2세〉(1595), 〈베니스의 상인〉(1596), 〈존 왕〉(1596), 〈헨리 4세〉(1597), 〈헛소동〉(1598), 〈헨리 5세〉(1598), 〈줄리어스 시저〉(1599), 〈당신이 좋으실 대로〉(1599), 〈십이야〉(1599), 〈윈저의 명랑한 아낙네들〉(1600), 〈햄릿〉(1600) 등의 작품 발표를 보면 쉽게 이 사실을 알 수 있을 것이다.

셰익스피어가 극작가로서 성공한 것은 그가 스트랫퍼드 최고의 저택인 뉴 플레이스를 1597년에 매입한 사실로도 알 수 있다. 이곳은 만년에 그가 런던 생활에서 은퇴한 후 여생을 보낸 곳이기도 하다. 뿐만 아니라 당대의 출판업 자들은 그의 작품을 출판하려고 혈안이 되어 있었다. 흥행의 성공과 작품집 출판에서 거둔 막대한 수입은 그를 부유하게 만들어주었다. 그래서 그는 극 단의 운영에도 참여하게 되었다.

1599년 봄, 에식스(Essex) 경은 아일랜드에서 발생한 타이론 반란을 진압하 기 위해 원정의 길을 떠났다. 이 원정에는 셰익스피어의 절친한 친구이며 패 트론이었던 사우샘프턴 경도 수행하였다. 그러나 이 원정은 완전 실패로 돌 아갔다. 타이론을 진압하라는 엘리자베스 여왕의 지시가 있었지만 그는 타 이론을 굴복시키지 못하고 굴욕적인 휴전을 체결했던 것이다. 에식스 경은 왕실의 분노를 사 관직을 박탈당하게 되었다. 1601년 2월 에식스와 사우샘 프턴은 그에 동조하는 군사들을 이끌고 런던으로 향해 진군했다. 왕실에 대 한 이들의 반란은 런던 시민들의 반감을 불러일으켰다. 런던 시민들은 국민 적 영웅이었던 에식스 편에 가담하지 않고 여왕 편으로 기울었다. 이들의 반 란은 순식간에 실패로 돌아가 에식스는 체포되었다. 재판에 회부된 그는 반 역죄로 몰려 런던탑에서 참수형으로 처단되었다. 사우샘프턴도 종신형을 언 도받고 런던탑에 유폐되었다.

에식스의 처형은 엘리자베스 여왕의 영광스러운 통치의 종말이었다. 충신을 죽인 엘리자베스 여왕은 이후 침울한 세월을 보내다가 1603년 3월, 세상을 떠난다. 이 사건은 극작가 셰익스피어에게 큰 충격을 안겨주었다. 그래서 1600년 이후 그의 작품세계는 일대 전환을 맞게 된다. 이른바 그의 비극 시대가 시작된 것이다.

엘리자베스 여왕의 서거와 제임스 왕의 즉위는 셰익스피어의 생애에 있어서 새로운 시대를 열었다. 스튜어트 가문의 군주답게 제임스 왕은 예술을 사랑했고, 연극을 육성했다. 1603년 5월 제임스 왕이 런던에 도착하자마자 행한 중요한 일 가운데 하나는, 궁내대신극단(the Chamberlain's Men)을 국왕극단(the King's Men)으로 개편해서 왕 스스로가 극단의 패트론이 된 일이었다. 극단 단원들에게는 연봉이 지급되었고, 왕실 전속 극단답게 왕실 가문의 표시가 수놓아진 보랏빛 의상과 모자를 착용토록 했다. 뿐만 아니라 제임스 왕은 셰익스피어와 그 일행들에게 '그룸즈 오브 더 체임버(Grooms of the Chambers)'라는 명예로운 계급을 수여하기도 했다. 또한 제임스 왕의 치세가 시작되자 그의 패트론이었던 사우샘프턴은 감옥에서 풀려났다.

그렇지만 셰익스피어의 마음은 어둡고 침울했다. 그의 변화는 〈오셀로〉(1604), 〈리어 왕〉(1605), 〈맥베스〉(1606)에서 분명해졌다. 심지어 이 시기에 쓴 희극작품 〈트로일로스와 크레시다〉(1601), 〈끝이 좋으면 다 좋다〉(1602), 〈자[尺]에는 자로〉(1604)에조차 음산한 절망감이 감돌고 있다. 그의 작품에서 엿볼 수 있는 이 같은 변화의 원인을 여러 가지로 규명해볼 수 있으나, 가장 확실한 것은 첫째로 당대의 연극적 유행의 변화를 들 수 있다. 관객들은 낭만적 희극과 역사극에 식상한 나머지, 사실적이며 풍자적인 희극작품과 인간존재의 궁극적 가치의 문제를 다루는 비극작품을 선호하게 되었다. 둘째로 지적될 수 있는 것은 셰익스피어 자신의 예술적 각성이다. 주제의 변화는 그로 하여금 새로운 연극 형식을 갈망케 했을 것이다. 그는 나이가 들어감에 따라 르네상스 문화 저변에 깔린 비극적 실상을 깊이 인식하게 되었다. 그는 비극의 원천이, 악(惡)이 저지르는 폭력에 있음을 알게 되었다. 악의 막대한 위력 앞에 선(善)이 참패하는 절망적 상황을 그는 체험하게 되었다. 악과 선의 관계를 파헤치고 해명하는 것이 인간 존재의 의미와 목적을 정립하는 일이라고 그는 단정하였을 것이다. 그는 이런 엄숙하고 장엄한 주제를 다루는 데 있어서 비극의 형식이 가장 효과적인 극 형식이 된다고 생각했던 것이다.

1608년 셰익스피어의 건강이 갑자기 악화된다. 비극작품의 창작에서 엿볼 수 있는 결렬한 고뇌의 폭풍우를 겪고 난 뒤, 그는 그의 은퇴를 예고하는 듯한 〈겨울 이야기〉(1610), 〈템페스트〉(1611) 등을 발표한다. 1613년, 〈헨리 8세〉의 발표를 끝으로 그의 창작 생활은 종결된다. 1613년은 괴로운 해였다. 그의 주된 활동무대였던 글로브극장(Globe Theatre)이 불에 타 잿더미가 된 해이기도 하기 때문이다. 1616년 3월 25일, 그는 그의 변호사 프랜시스 콜린스(Francis Collins)를 시켜 유언장의 내용을 확정시켰다. 셰익스피어의 말년은 그동안의 맹렬한 작품활동과 역사적 사건이 안겨다 준 중압감과, 가정생활의 고뇌로 피로에 지쳐 기진맥진한 상태에 놓여 있었을 것이라는 설이 지배적이다. 셰익스피어가 언제 런던을 떠나 스트랫퍼드로 갔는지 확실한 연대는 밝혀져 있지 않지만, 1605년부터 1609년까지 계속된 런던의 전염병을 피해 스트랫퍼드의 전원생활로 돌아갔을 것으로 짐작된다. 1610년에는 고향에 있었던 것이 분명한데, 그것은 1610년에서 1614년 사이에 상당한 액수의 부동산을 스트랫퍼드에서 사들인 사실로 알 수 있다. 물론 고향 땅에 머무르면서도 런던 나들이는 자주 했을 것이라고 짐작된다. 그는 유언장을 통해 딸 수재나, 주디스, 손녀 엘리자베스, 그리고 사랑하는 아내에게 재산을 분배한 뒤 1616년 4월 23일에 별세하였다. 그의 묘지는 지금도 스트랫퍼드의 홀리 트리니티 교회 안에 안치되어 있다. 수재나의 유일한 소생이었던 엘리자베스는, 1670년에 후손을 남기지 못한 채 사망했다. 주디스가 낳은 세 손자들도 어려서 모두 죽었다. 이 때문에 셰익스피어 가문은 손녀 엘리자베스에 이르러 대가 끊겼다.

셰익스피어의 초기 시절에 대해서 우리는 아는 것보다 모르고 있는 사실이 더 많다. 그의 만년은 더욱 깊은 신비에 싸여 있다. 그는 이 세상에 그 자신의 뚜렷한 모습을 나타내진 않았지만, 그의 작품 속에 영원히 지워지지 않을 이름을 남겼다. 그의 작품은 '불멸의 영광'을 누리게 될 것이다. 셰익스피어는 '우리들의 영원한 동시대인'인 것이다.

2. 셰익스피어의 비극 세계

영국에서 최초로 희극작품이 나온 것은 1550년이며, 최초의 비극작품이 햇빛을 본 것은 1560년이었다. 셰익스피어가 1601년까지 이미 〈헛소동〉〈십이야〉〈햄릿〉 등을 썼다고 볼 때, 16세기 후반에 있어서의 영국 희곡의 급격한 발전상을 알 수 있다. 결론적으로 말해서, 셰익스피어가 영국 극계에 데뷔하는 시기에 영국 희곡의 근대사가 시작되었다고 볼 수 있다. 1590년대에 셰익스피어가 극작가로서 활약을 하게 되는데 다행스럽게도 이 시기에 나라의 보호를 받고 있던 극단들(The Admiral's and The Stage-Chamberlain Company)이 마련되었고, 또한 여러 극장들이 개설되었다는 사실을 잊어서는 안 된다. 훌륭한 극작가의 탁월한 작품과 안정된 극단과 극장의 개관이 시기적으로 일치되어 영국 연극의 황금시대가 열린 것이다.

1590년대 초에 극계에 진출한 셰익스피어는 약 10년간 사극과 희극에 중점을 둔 창작생활을 해왔는데, 1600년(36세)을 경계로 셰익스피어의 희곡세계는 일대 전환점을 맞이하게 되어, 어두운 인생의 뒤안길과 인간의 고뇌·절망·죽음 등의 주제를 주로 다루는 비극시대로 돌입하게 된다. 사랑과 믿음에 근거한 인간의 행복, 기쁨, 사회적 유대감 등의 주제를 그는 희극작품에서 주로 다루었는데, 비극 세계에 이르면 햄릿의 대사처럼 "숭고한 이성, 능력, 모습, 거동의 무한한 가능성, 놀라운 행동력, 천사 같은 이해력, 신처럼 보였던" 인간이 "먼지덩어리로 보이는" 상황에 이르게 된다. 낙천적 인생관이 염세적 인생관으로, 희망적 세계관이 절망적 세계관으로 바뀐 것이다. 존경하는 아버지를 잃은 햄릿은 사랑하는 모친의 도덕적 타락과 인간적 배신, 그리고 숙부의 배신, 어지러워진 나라 사정, 오필리어의 죽음 등으로 깊은 절망감에 빠져 비통한 최후를 맞는다.

로미오와 줄리엣은 양가의 해묵은 불화 때문에 그들의 청순한 사랑이 죽음으로 끝난다. 이아고의 간계에 빠진 오셀로 장군은 질투심 때문에 선하고 착한 데스데모나를 살해한다. 딸들의 불효에 분노한 리어 왕은 광야를 헤매고, 효심이 지극한 코델리아는 그녀의 선량한 행동 때문에 처참한 죽음을 당한다. 멕베스 장군은 마녀들의 꾐에 현혹되어 끔찍한 살인 행위를 범함으로써 스스로 치욕적인 죽음을 택한다. 거대한 악의 힘에 의하여 선한 의지와 행위가 무참히 파괴당하는 비극을 체험하면서 우리는 어둡고 침울한 인생의 단면을 직면하게 된다.

엘리자베스조(朝) 비극의 한 가지 형태로 그 당시 관객에게 인기가 있었던 것으로는 복수극이 있었다. 토머스 키드의 〈스페인의 비극〉(1589년?)은 그 대표적 예가 된다.

1) 햄릿

작품 〈햄릿〉이 등록(The Stationers' Register)된 일자는 1602년 7월 26일이다. 창작 시기와 첫 공연은 아마도 1601년에서 1602년 사이로 추정된다. 〈햄릿〉은 셰익스피어가 처음으로 만들어낸 작품이 아니다. 똑같은 소재의 작품이 영국 무대에서 공연된 것은 1580년대였다. 셰익스피어가 소속되어 있던 극단에서도 1594년과 1596년에 셰익스피어의 작품이 아닌 〈원형 햄릿〉이 공연된 적이 있다. 세네카류의 복수극이 런던 무대에서 유행하자 셰익스피어는 〈원형 햄릿〉을 개작해서 새로운 작품을 쓰기 시작했다. 셰익스피어의 이름이 붙은 〈햄릿〉 공연의 최초의 기록은 1600년이다. 그러나 이 공연의 인쇄 대본은 남아 있지 않다.

1603년 〈햄릿〉의 인쇄 대본이 런던에서 판매되었다. 이것이 최초의 쿼토판(the first Quarto) 〈햄릿〉이다. 그러나 이 대본은 불량판이었다. 셰익스피어는 이 불량판을 수정 보완하여 1604년 두 번째 쿼토판(the second Qrarto) 〈햄릿〉을 출간하였다. 세 번째 텍스트는 1623년에 발간된 폴리오판(first Folio) 〈햄릿〉이다. 현대판 〈햄릿〉은 주로 두 번째 쿼토판 〈햄릿〉과 폴리오판 〈햄릿〉을 종합한 것이다.

햄릿 이야기는 아득한 옛날 바이킹 시대의 덴마크에서 시작된 것이다. 구전된 전설이 12세기에 이르러 활자화되었고, 1582년경 프랑스어로 번역되어 이후 엘리자베스 시대 영국 무대에서 공연되었다. 이 〈원형 햄릿〉 판은 현재 남아 있는 것이 없다.

얀 코트(Jan Kott)는 이렇게 말하고 있다. "〈햄릿〉을 완벽하게 무대에 올리기 위해서는 약 6시간이 필요하다. 따라서 이 작품은 연출가에 의해 압축되어 공연될 수 밖에 없다. 그러기 때문에 당연히 제각기 다른 〈햄릿〉 공연이 있게 마련이다. 따라서 어떤 〈햄릿〉 공연도 셰익스피어 시대의 〈햄릿〉보다는 축소된, 불완전한 〈햄릿〉 공연이 될 수밖에 없다. 그러나 이 때문에 〈햄릿〉 공연은 제각기 시대와 나라에 따라 개성의 빛과 의미를 지니게 되어 동시대적 〈햄릿〉이 성립된다."

〈햄릿〉은 얀 코트가 말한 대로 시대와 나라를 비추는 '거울의 기능'을 하고 있다. 가장 이상적인 〈햄릿〉 공연은 셰익스피어에 충실하면서도 동시에 현대성을 획득하고 있는 것이 되어야 한다. 즉 〈햄릿〉 공연 무대 속에 얼마나 진실한 셰익스피어가 있고, 얼마나 절실한 우리들 자신이 표현되고 있는가 가 중요하다. 〈햄릿〉의 주제는 실로 다양하다. 정치·폭력·도덕·복수·효 도·사랑·우정 그리고 존재의 의미와 인생의 목적 등이 그것인데, 우리들 은 이 모든 주제들을 몇 가지만 선택하거나 전체를 종합·연관시켜 읽어야 한다. 중요한 것은 선택의 기준과 이유다. 〈햄릿〉을 성격비극의 대표적인 예 로 꼽는 까닭은 왕자 햄릿의 비극적 성격을 통해 이미 지적한 숱한 주제들이 표출되고 있기 때문이다.

작품 〈햄릿〉에 있어서 가장 크게 논의되고 있는 문제는, 어째서 햄릿은 복 수할 수 있는 기회가 있었는데도 과감히 실천하지 못하고 종국적인 죽음의 파국을 맞이하였는가 하는 점이다. 이 점에 대해선 그의 성격이 우유부단해 서 못 했다는 성격적 무능설, 인생을 지나치게 비관하고 있었기 때문에 행동 이 불가능했다는 비관론설, 개인적 복수보다는 혼란과 파탄 속에 빠져 있는 덴마크를 먼저 구했다는 구국사명설, 부왕에 대한 질투심 때문에 부왕의 명 령을 따르고 싶지 않았기 때문이라는 오이디푸스 콤플렉스설 등 갖가지 논 의가 제기되고 있는데, 필자는 이 모든 이유가 종합된 복합적 원인 때문에 복 수를 지연할 수밖에 없었다는 절충설을 믿고 싶다. 복수를 어떻게 했는가 하 는 것만을 따진다면 키드(Kyd)류(類)의 복수극과 큰 차가 없겠는데, 유의해야 할 점은, 복수행위를 과제로 삼고 있으면서도 수행해내기 힘겨워하는 한 인 간의 정신이 더듬는 고뇌의 역정과, 그 과제에 대한 정신적이며 육체적인 의 식적 반응 등인 것이다. 〈햄릿〉을 읽으면서 마음속에 살아 있는 햄릿을 느낄 수 있는 순간은 바로 이런 각도에서 이 작품을 읽었을 때가 된다.

플롯 시놉시스

제1막 : 심야의 성벽에 부왕(父王)의 망령이 나타난다.

부왕이 서거한 지 한 달, 왕비 거트루드는 선왕의 동생 클로디어스와 재혼한다. 클로디어스는 새로운 국왕이다. 비텐베르크대학의 학생인 왕자 햄릿은 이런 돌변한 상황이 불만이다. 부왕에 비해 모든 점에서 열등한 클로디어스와 재혼한 모친에 대해서도 이해할 수 없다. 망령과의 만남에서 부왕이 암살당했다는 것을 알고 그는 복수를 맹세한다.

내무대신 폴로니어스는 새로운 왕에게 아부하는 속물이다. 햄릿은 그를 싫어한다. 폴로니어스는 홀아비로서 아들 레어티즈와 딸 오필리어가 있다. 레어티즈는 프랑스에 유학 중인데 새로운 왕의 대관식 때문에 일시 귀국해 있다. 미모의 딸 오필리어는 햄릿과 사랑하는 사이지만 레어티즈는 그녀에게 사랑을 단념하도록 종용한다. 폴로니어스도 이 의견에 동조한다.

제2막 : 우리는 실의에 빠진 햄릿 왕자를 본다. 부왕의 복수 명령을 따르겠다고 했지만 일은 간단치 않았다. 일국의 왕을 살해한다는 것은 중범죄다. 국민에게 그럴 만한 이유가 제시되어야 한다. 현재 증거는 망령의 말뿐이다. 그 망령이 자신을 현혹하기 위한 악령이라면 어떻게 할 것인가. 구체적이고 확실한 증거가 있어야 한다. 왕은 건장하고 용맹한 스위스 근위병의 호위를 받고 있다. 암살의 기회를 잡는 일은 결코 쉽지 않다. 게다가 부왕의 명령은 가혹하다. 복수를 하되 거트루드 왕비를 해쳐서는 안 된다, 복수를 하되 위기에 빠진 왕국을 구하라는 등 조건부여서 햄릿 왕자가 수행하기에는 너무나 벅찬 일이다. 햄릿은 이 때문에 깊은 고민에 빠진다.

우울증에 빠진 햄릿은 광기를 부린다. 그의 광증은 자신의 속셈을 은폐하기 위해서 일부러 하는 짓이지만, 그럴 만한 충분한 이유도 있어서 주변 사람들은 쉽게 속는다. 우선 왕과 왕비, 그리고 폴로니어스 등은 왕자의 광기가 오필리어에 대한 사랑 때문이라고 속단한다. 그러나 새로운 왕 클로디어스는 음모에 능한 정치가다. 그는 햄릿의 광기의 원인을 쉽게 받아들이지 않는다. 클로디어스 왕은 햄릿의 친구를 불러 햄릿 왕자의 우울증의 진상을 파악하도록 명한다. 그 시기에 유랑 극단이 엘시노어 왕궁에 도착한다. 햄릿은 대환영이다. 공연을 이용해서 국왕의 범죄를 확인하고 증거를 잡고자 한다.

제3막 : 햄릿의 고민과 증거 포착 계획이 한꺼번에 나타나는 장면이 계속된다. 유명한 독백 "죽느냐, 사느냐, 그것이 문제로다…"라는 대사가 나오는 것도 제3막이다. 햄릿은 여전히 망령의 말에 반신반의하면서 우유부단한 성격으로 실천을 주저하는 자신에 대해서 혐오감을 느낀다. 동시에 세상의 타락과 혼란을 증오하면서 허무주의적인 자포자기에 빠지기도 한다. 그래서 복수는 계속 지연된다. 그는 지혜를 짜서 극중극을 연출한다.

이 극에서 새로운 왕의 암살 장면을 재연한다. 햄릿은 친구 호레이쇼에게 부탁해서 클로디어스의 반응을 관찰하기로 한다. 극중극 장면을 보고 클로디어스 왕은 얼굴이 새파랗게 질려서 퇴장한다. 이 광경을 보고 햄릿과 호레이쇼는 클로디어스를 살인범으로 단정한다. 살인범을 쫓는 햄릿은 "알았다!"라며 쾌재를 부른다. 한편 클로디어스 왕도 "알았다!"라고 소리를 지른다. 햄릿이 자신의 암살 행위를 알고 있다는 것을 확인했다는 소리다. 이 장면이 연극 〈햄릿〉의 클라이맥스가 된다. 지금까지는 햄릿이 클로디어스를 쫓는 입장이었다. 앞으로는 클로디어스가 햄릿을 쫓는 과정이 된다. 그러나 우리가 놓쳐서는 안 되는 중요한 장면이 있다. 극중극 후 클로디어스가 혼자서 기도하는 장면이다. 햄릿은 어머니의 호출을 받아 가는 길에 우연히 이 장면을 목격한다. 그는 클로디어스의 죄악 고백 장면을 목격한다. 그래서 칼을 빼고 그를 죽이려 한다. 그러나 단념한다. 클로디어스가 악행을 저지를 때 죽여야 그를 지옥에 보낼 수 있다고 생각해서였다. 그러나 이 행위는 복수의 지연이다.

햄릿이 어머니와 만나고 있을 때, 방의 장롱 뒤에서 이들의 대화를 엿듣고 있던 폴로니어스를 햄릿은 클로디어스 왕인 줄 알고 찔러 죽인다.

제4막 : 햄릿은 국왕의 명을 받아 영국으로 출범한다. 클로디어스 왕은 영국왕에게 보내는 친서 속에 햄릿을 살해해달라는 부탁을 하고 있다. 오필리어는 햄릿으로부터 버림을 받은 데다, 부친마저 살해되자 발광해서 익사한다. 레어티즈는 부친의 사망 소식을 듣고 무장한 민중을 이끌고 왕궁으로 쳐들어간다. 그에게 클로디어스는 부친을 살해한 사람은 자신이 아니라 햄릿임을 알려준다. 클로디어스는 그에게 햄릿과 결투해서 독살할 것을 종용한다. 레어티즈의 칼에 독을 칠하고, 햄릿이 마시는 물에도 독약을 풀어놓는다는 것이었다.

제5막 : 묘지장면에서 시작한다. 오필리어의 장례 행렬이 나타난다. 이 장면에 영국에서 살아서 돌아온 햄릿이 친구 호레이쇼와 함께 몰래 나타난다. 햄릿은 오필리어의 죽음을 알게 된다. 장면은 바뀌어 햄릿과 레어티즈의 결투장면이 된다. 결투 도중 왕비는 햄릿을 위해 건배를 하는데, 마신 잔이 독배(毒杯)였다. 결투 도중 독검이 햄릿을 찌르고, 싸우다가 칼이 바뀌어 레어티즈의 독검을 손에 든 햄릿이 레어티즈를 찌른다. 왕비가 쓰러진다. 이 광경을 보고 레어티즈는 햄릿에게 진상을 고백한다. 햄릿은 모든 범죄를 꾸민 클로디어스를 살해한다. 그에게 독배를 마시게 한 것이다. 그렇게 해서 클로디어스도 죽는다. 레어티즈도 죽는다. 햄릿도 죽는다. 모두가 죽는 처참한 종말에 깊은 침묵이 흐르는 가운데 노르웨이 군의 예포가 울려 퍼지면서 서서히 막이 내린다.

2) 오셀로

16세기 말부터 17세기 초 영국에서는 '가정비극'이라고 불리는 작품이 성행했다. 그동안 비극의 주인공들은 대부분 왕후귀족이나 역사상의 인물들이었는데, 이 '가정비극'에서는 중산층 인간을 주역으로 하고, 그 당시의 상황을 그 시점에서 수용하여 주로 가정 내에서 일어나는 애정문제나 가족 간의 갈등과 살인사건을 다루고 있었다. 토머스 헤이우드의 〈순하기 때문에 살해된 여인〉(1603년)이 그 대표작이라 볼 수 있다. 셰익스피어가 〈햄릿〉의 비극을 복수극의 패턴에 맞춰 써나갔다고 할 때 〈오셀로〉는 복수극의 패턴을 답습하고는 있지만 초점을 가정의 비극에 두고 있다는 점이 특이하다. 셰익스피어는 이 작품의 소재를 이탈리아인 지란디 친지오의 〈백 개의 이야기〉(1565?)에서 얻어왔다.

그러나 우리는 〈오셀로〉를 단순히 가정비극 작품으로만 읽지 않는다. 피부색이 검은 오셀로가 원로원의 딸 백인 미녀 데스데모나를 아내로 맞이하는 일이 자신의 탁월한 존재 가치를 인정하는 일이었다면, 그녀를 상실한다는 것은 자기 자신의 존재를 잃고 마는 일이 된다. 그는 남달리 질투심이 강한 사람은 아니었다. 정열적이고, 용감하고, 고결한 정신의 소유자였다. 그토록 자신만만하던 그가 보잘것없는 일개 부하인 이아고의 간계에 넘어가 질투심에 빠져, 고결한 성격의 인간이 짐승 같은 인간으로 타락하는 운명의 비극을 이 작품은 다루고 있다. 더욱 큰 문제는 오셀로의 파멸과 데스데모나의 비극적 죽음만이 아니라 이아고의 엄청난 악의 파괴력이다. 어떻게 보면, 오셀로는 질투심에 사로잡혀 데스데모나를 죽이는 것이 아니라, 이아고의 초인적인 선동력에 꼭두각시가 되어, 이아고 밑에서 살인의 하수인이 된 듯하다.

이아고에게는 어떤 동기가 있었을까. 이아고의 성격이 부자연스럽게 보인다면, 그것은 그의 악행에 뚜렷한 동기가 없기 때문이 아닌가라는 의문이 생긴다. 이 작품을 읽으면서 더욱 불가사의하게 생각되는 것은, 이 작품이 극 중의 실제 경과 시간과 등장인물과 관객의 심리적 시간 사이에 이중의 시간 구조를 갖고 있어서, 처음에는 천천히 극이 전개되다가 제3막 3장서부터는 굉장한 스피드로 플롯이 전개되어, 관객은 오셀로가 이아고에게 빠른 속도로 조종되는 것 같은 느낌을 받으며 극 속으로 휘말려들기 때문에 이아고의 동기를 생각할 겨를이 없다는 것이다.

그러나 이아고에게 동기가 없는 것은 아니다. 권력에 대한 욕망을 달성하는 데 방해가 되는 모든 요소를 제거하려는 의지가 있었다. 물욕이 남달리 강했다. 돈을 얻기 위해 온갖 힘을 기울인다. 권력욕과 물욕이 이아고의 병든 지력과 부도덕한 정신에 상승작용을 일으키며 엄청난 파괴력이 가동된다. 그는 자기 자신의 운명과 타인의 운명에 대해서는 무관심하다. 악을 위한 악행에 헌신하는 집념에 사로잡혀 있다. 또한 오셀로의 성격이 자기 자신을 미화시키고 이상화시키면서 있는 그대로의 상황과 자기 자신의 허점을 무시할 때 이아고의 영향력은 더욱 커질 수 있다. 손수건 사건이 이 점을 잘 설명하고 있다. 한 장의 손수건을 증거로 아내를 살해하는 동기로 삼는 오셀로의 잘못은 이아고가 역이용하는 무기가 된다.

〈파우스트〉에 나타나는 메피스토펠레스에게는 두 면이 있다. 악의 이념의 부담자로서의 일면과 파우스트의 동반자로서의 현실적인 일면이다. 메피스토펠레스의 악의 이념이 어떤 것인가는 그와 파우스트와의 최초의 대화에서 명백해진다. 그는 자신을, 항상 악을 바라면서도 끊임없이 선을 만드는 힘의 일부라고 규정한다.

그의 악이란 것은, '천상의 서곡'에서 주님이 메피스토펠레스를 가리켜 "대수로운 자가 아니다"고 언명했듯이 궁극적으로 선에 대항하는 악이 아니라는 것은 명백하다. 즉 파우스트가 잠시 메피스토펠레스와 타협하는 것은 메피스토펠레스를 사역해서 자기 완성에의 길을 한층 더 강렬하게 추구하기 위해서였다. 따라서 파우스트는 방황하면서도 꾸준히 노력하는 일을 단념하지 않는다. 이처럼 파우스트에 있어서는, 악은 선에 대립하는 요소가 아니라 지고의 선에 이르는 한 방편이었다. 그러나 이아고의 경우는 메피스토펠레스의 역할과는 전혀 다른 악의 의미였다. 이아고는 악을 행하며 악을 철저히 악으로서 사랑한다.

〈오셀로〉는 셰익스피어의 어느 작품보다도 비극적 구성이 우수한 작품이라 할 수 있다. 뿐만 아니라 오셀로 장군은 셰익스피어가 창조한 다른 어떤 인물보다도 사실적이다. 그에게는 초자연적이며 신비로운 부분이 전혀 없다. 오셀로 장군이 또한 고결한 비극적 인물로 묘사되어 있는 것도 중요한 특징이라 할 수 있다. 작품 〈오셀로〉에서 특이한 존재는 이아고다. 그는 이기심과 악의의 상징이 되고 있다. 데스데모나는 오필리어나 코델리아처럼, 아름답고 가련한 비극적 여주인공이다. 작품 〈오셀로〉는 〈햄릿〉과 비교하여 그 주제가 덜 철학적이고 〈리어 왕〉과 비교하여 덜 격정적이지만, 그 대신 사실적이요 낭만적인 작품이라는 특징을 지니고 있다. 그 이유는 이 작품이 지니고 있는 시(詩)의 매력 때문이다. 〈리어 왕〉과 〈오셀로〉가 구별되는 또 다른 중요한 특징은 〈오셀로〉와는 달리 〈리어 왕〉은 명백한 이중 플롯을 지니고 있다는 점이다. 리어 왕과 딸들의 관계가 메인 플롯이라고 한다면, 글로스터와 그의 아들들과의 관계는 서브 플롯이 된다. 이 두 가지 플롯이 평행하여 서로 얽히면서 주제가 대조적으로 부각된다. 그리고 중요한 부분이 강조된다. 〈리어 왕〉은 〈오셀로〉나 〈맥베스〉가 지니고 있는 통일성과 집중성은 잃고 있지만 상징적 의미의 표현에는 성공하고 있다.

선이 싫고, 선을 증오하기 때문에 악을 행한다. 이아고의 행위에는 복수라든지, 질투라든지, 혹은 야망 같은 것이 있어 행동상의 동기가 되는 면도 있지만, 그보다는 악의라든지 자신의 악으로 인한 타인의 고통에서 느끼는 희열이 있음을 잊어서는 안 된다. 도덕에 대한 생리적인 혐오와 타자에 대한 경멸감, 선에 대한 의식적인 반항, 악한 행동 자체에 대한 향락 등이 복합적으로 얽혀 이아고의 악을 낳고 있는 것이다. 오셀로는 전적으로 이아고의 손아귀에서 희롱당하기만 한다. 이아고의 악이 오셀로를 각성시켜 그를 향상시키는 채찍이 되지 못하고 무서운 폭군이 되어 그의 운명을 좌우하고 있다. 오셀로는 햄릿, 리어 왕, 맥베스 등의 경우와 같이 극한 상황에 도달한 인간의 비극이다. 그는 어두운 인간 고뇌의 심해에 도달한다. 빅토르 위고는 "오셀로는 무엇이냐. 그는 밤이다. 거대한 운명적 인간이다" 라고 말했고, 배우 로렌스 올리비에는 "이아고가 오셀로 곁에 있는 것은 오셀로가 무너져내리는 산벼랑에 서 있는 것과 같다" 고 말한 적이 있는데, 이 두 비극적 인물들의 관계를 잘 설명하고 있는 말이다. 우리는 〈오셀로〉를 읽고 선(善)이 산벼랑 아래로 무너져내리는 비통감을 맛본다. 이 비통감은 정의가 끝내 실현되지 못한 깜깜한 밤과도 같은 것이다. 이아고를 마지막에 사로잡아 아무리 그를 고문해도 데스데모나는 돌아오지 않는다.

플롯 시놉시스

제1막 : 무대는 베니스가 독립된 국가로서 지중해의 패권을 장악하며 터키와 항쟁하던 시기의 이야기다. 악인 이아고가 베니스의 남자 로더리고를 동반해서 등장한다. 로더리고는 사람은 좋지만 순진하고 어리석어 이아고에게 이용당하고 있다. 이아고는 승진 문제로 울분을 삼키고 있다. 베니스 지중해군 총사령관은 무어인 장군 오셀로다. 그 부관으로 이아고는 자신이 임명되리라 믿었는데, 캐시오가 차지했다. 이 때문에 이아고는 캐시오도 미웠지만 오셀로 장군을 더 증오한다. 뿐만 아니라 오셀로는 원로원 의원 브러밴쇼의 딸 데스데모나와 사랑을 나누는 사이가 된다. 무어인 주제에 베니스 최고의 미녀를 차지했다는 점 때문에 이아고는 질투심을 갖는다.

이아고는 한밤중에 브러밴쇼 의원의 집으로 가서 무어인 이 댁의 따님을 농락하고 있다고 고자질한다. 브러밴쇼는 딸의 방을 가본다. 딸이 없다. 데스데모나는 오셀로와 데이트 중이다.

터키 함대가 키프로스 섬을 향해 출동했으니 오셀로는 출진 명령을 받는다. 오셀로 장군이 한 걸음 먼저 가고, 뒤따라 신부 데스데모나가 남편과의 재회를 위해 출발한다. 이아고는 그녀를 수행한다. 이아고의 처 에밀리아도 함께 가면서 데스데모나의 뒷바라지를 한다. 데스데모나를 짝사랑한 로더리고는 낙심하고 있다. 이아고는 그에게 "돈을 잔뜩 들고 나를 따라오라"고 설득한다. 데스데모나가 곧 오셀로에 싫증을 낼 터이니, 그때 데스데모나에게 값진 선물을 하면 로더리고에게도 기회가 올 것이라고 말한다. 로더리고는 그의 간계에 넘어가 이아고를 따라 키프로스로 간다.

제2막 : 이후는 키프로스 섬이 무대가 된다. 터키 함대는 폭풍을 만나 해상 조난을 당해 전멸했다. 오셀로 일행과 데스데모나 일행이 키프로스섬에서 재회한다. 이아고는 부관 캐시오가 데스데모나에게 연정을 품고 있다고 믿는다. 또한 오셀로가 자신의 처 에밀리아를 간음하고, 캐시오도 똑같은 짓을 했을 것이라고 속단한다. 그는 이들에게 앙심을 품는다. 모두 혼내주겠다고 결심한다.

오셀로는 부관 캐시오에게 밤사이 경비를 맡기고 자신은 신혼의 잠자리에 든다. 키프로스섬은 전승 파티로 요란하다. 모두들 취해 있다. 캐시오는 이아고가 준 술을 받아 마시고 만취 상태에서 몬타노와 싸움을 한다. 몬타노는 칼에 찔려 죽을 고비를 맞고 있다. 경비 초소의 종이 울리고 시끄러워지자 오셀로 장군이 잠자리에서 일어나 나온다. 캐시오가 만취해서 사건이 발생했다고 이아고가 오셀로 장군에게 보고하자. 오셀로 장군은 "부관은 면직이다"라고 말한다. 이아고는 캐시오에게 데스데모나를 찾아가서 사죄하라고 일러준다. 그녀는 그를 도와줄 것이라고 말한다. 캐시오는 이아고의 흉계를 알아차리지 못하고 그에게 고마워한다.

제3막 : 이아고의 흉계가 효과를 내고 있다. 캐시오는 몰래 데스데모니를 만나서 일을 부탁한다. 데스데모나는 그에게 호의를 베푼다. 캐시오가 급히 사라진 다음 오셀로 장군이 나타나자, 이아고는 일부러 "앗, 실수였다"라고 말한다. "왜 그래?"라고 묻는 장군에게 이아고는 "아무 일도 아닙니다. 저는 아무것도 모릅니다……"라고 말한다. 오셀로 장군은 그가 등장하자 급히 도망치듯 사라진 캐시오가 미심쩍다. 게다가 이아고의 이상한 발뺌이 마음에 걸린다. 이아고는 이 모든 것을 계산에 넣고 있다.

데스데모나는 오셀로 장군에게 캐시오의 구명을 간청한다. "이상하다?" 오셀로는 의심을 품는다. 이아고는 계속 두 사람의 불륜을 암시하는 말을 한다. 생쥐 한 마리가 바위를 갉아서 무너지게 만드는 일이 시작되었다. 오셀로는 무어인으로서 검은색 피부에 대한 열등감이 언제나 있다. 캐시오는 백인 미남이다. 셰익스피어의 대사 처리, 인물 설정의 신기(神技)를 엿보게 하는 장면이 계속된다.

이아고는 다음 단계의 책략을 펼친다. 아내 에밀리아에게 부탁해서 데스데모나의 손수건을 입수해달라고 한다. 이아고는 그 손수건을 캐시오의 방에 떨어뜨린다. 이 손수건은 오셀로 장군이 신부에게 준 귀한 선물로서, 오셀로 장군의 어머니가 간직했던 사랑의 보물이다. 이아고는 오셀로 장군에게 캐시오가 그 손수건으로 머리를 닦고, "사랑하는 데스데모나"라고 말하는 것을 들었다고 말한다. 오셀로의 질투심에 불이 당겨진다. 오셀로는 아내에게 손수건의 행방을 묻지만 데스데모나는 제대로 답변을 못 한다. 아내는 계속해서 캐시오의 착한 면을 상기시키면서 그의 사면만을 간청하고 있다.

제4막 : 이아고는 오셀로에게 데스데모나가 캐시오에게 안겨 있었다고 말한다. 캐시오의 정부 비앙카가 캐시오에게 매달리면서 사랑을 호소하는 장면을 멀리서 부분적으로 목격한 오셀로는 그 여자를 데스데모나로 착각하고 더 이상 참지 못하고 있다. 이성을 잃은 오셀로는 데스데모나에게 폭언을 하고 폭력을 휘두른다. 데스데모나의 필사적인 변명을 묵살한 오셀로는 완전히 이아고의 간계에 빠진 하수인처럼 되었다. 이아고의 처 에밀리아가 오셀로 장군 앞에서 데스데모나를 옹호해도 그는 아랑곳하지 않는다. 데스데모나는 절망적이다.

제5막 : 로더리고가 칼을 뽑아 캐시오를 습격하지만 오히려 역습을 당하고 살해된다. 캐시오는 중상을 입는다. 이것도 이아고의 흉계였다. 로더리고를 충동질해서 캐시오를 죽이는 한밤중의 난투극 중에 이아고 자신이 캐시오를 찌르고 로더리고를 죽였다. 한편 이성을 잃은 오셀로는 혼자 침실에서 잠들어 있는 데스데모나에게 가서 그녀를 죽이려고 한다. "살려달라"고 애원하는 데스데모나에게 오셀로는 "창녀!"라고 말하며 매도한다. 오셀로는 데스데모나를 교살한다. 살해 직후 손수건이 이아고에게 전달된 경위가 에밀리아의 입을 통해 오셀로에게 전달된다. 이 일이 폭로되면서 모든 것이 이아고의 흉계에 의한 것임이 밝혀졌다. 오셀로는 이 이야기를 듣고 통곡하며 후회한다. 그는 눈물을 흘리면서 스스로 목을 찔러 자결한다. 이아고는 체포되어 끌려 나간다.

3) 리어 왕

〈리어 왕〉은 홀린셰드의 〈연대기(Chronicles)〉와, 1594년경에 쓰여서 1605년에 간행된 〈리어 왕의 진정한 사기(True Chronicle History of King Lear)〉〈작자 불

명)와 스펜서의 〈선녀 왕(Faerie Queene)〉, 시드니의 〈아카디아(Arcadia)〉 등에서 그 소재를 얻어온 작품이다. 선악의 영원한 테마를 토대로 하여, 인간의 여러 성격을 병적이며 심리적인 측면에서 규명하고, 인간성의 그로테스크한 비극을 〈리어 왕〉만큼 예술적으로 심층적으로 그려나간 극작품은 드물다. 리어 왕의 성격은 작품의 핵심을 이룰 뿐만 아니라 모든 사건이 어쩔 수 없이 분출되는 근원이 된다. 성격들이 형성되어 사건이 전개되고, 그 사건 속에서 선과 악의 행동은 똑같이 파멸되었다. 코델리아의 죽음과 리어 왕의 광증, 글로스터의 육체적인 박해 등을 선의 낭비라고 생각한다면, 고네릴의 자살, 리건의 독살, 콘월의 살해, 에드먼드의 죽음 등은 악의 멸망이라고 생각해도 좋을 것이다. 셰익스피어는 선에게 궁극적인 승리를 주긴 했지만 악에 대항하기 위한 선한 여러 성격들의 의지는 너무나 박약했고, 그들의 행동은 맹목적이었다.

개인적 선에 가장 긴요한 미덕은 강력한 의지다. 개인적인 도덕적 이상이 확고하지 못하면 진정한 인격은 함양될 수 없다. 리어 왕의 박약한 의지와 맹목적인 아집은 선의 힘을 쇠퇴시킨 동시에 악의 유발을 촉진시켰고, 비극의 전주곡이 되었다. 이처럼 선이 악에 의하여 압도당하고 큰 피해를 입는 것을 보고, 스윈번은 리어 왕을 해석하는 데 있어서 숙명적 운명론을 강조했고, 브래들리는 비관론적 입장을 취했다. 그러나 〈리어 왕〉의 세계는 비극적 신음 소리가 광풍에 섞여 들리는 어두운 밤이기는 하지만 〈오셀로〉의 캄캄한 밤과 달리 찬란히 별이 빛나는 밤인 것이다.

우리는 이 작품에서 코델리아, 켄트, 에드거, 바보광대 등의 별이 높이 솟아 반짝이는 것을 본다. 리어 왕의 광증은, 그가 모순된 현실을 깨닫고 불완전한 자아를 확인했을 때 그 모순과 불완전성을 탐색하려는 신비한 노력이었다. 리어 왕과 코델리아가 순수한 사랑만으로 결합되기 위해 궁극의 힘은 온갖 희생을 강요했다. 그것은 선한 행위를 위하여 선 자체가 악으로 인해 겪는 고뇌와 같으며, 그 고뇌를 딛고 환희에 이르려는 눈부신 고투였다. 이 같은 고투가 있을 때 비로소 선 의식이 확고해진다.

궁극의 힘은 인간에게 시련을 안기며 숱한 싸움에서 패하게 하고 숱하게 많은 선한 인간을 죽일 수도 있다. 그러나 궁극의 힘이 존재하는 것은 선의 궁극적인 승리를 위해서다. 궁극의 힘은 인간에게 불안, 공포, 고통을 주면서 인간을 각성시킨다. 궁극의 힘은 인간으로 하여금, 여자의 정절을 믿어야 하는가〈햄릿〉〈오셀로〉, 정치의 도의적인 결백성은 과연 있는 것이냐〈줄리어스 시저〉, 여자들 간의 화합은 가능한가〈리어 왕〉〈아테네의 타이몬〉 등의 허다한 의문을 갖게 하여 인간을 시련 속으로 몰아 넣는다.

따라서 비극작품이 인간에게 주는 교훈은, 고통을 부정하지 말라는 것이다. 코델리아의 죽음은 이 궁극의 힘이 상징적으로 가장 강렬하게 표현된 형태라고 볼 수 있다. 선과 악의 투쟁 속에서 희생되는 코델리아의 죽음은 '세계의 해체와 붕괴'라는 이 작품의 주제를 가장 강렬하게 표현하고 있는데, '고통을 통해서 리어 왕이 정화되고 그의 비극적 위대성이 회복되는' 상대적 반응이 있었기 때문에 코델리아의 죽음은 해체와 붕괴를 통한 생의 완성일 수 있었던 것이다.

플롯 시놉시스

제1막 : 막이 열리며 켄트 백작, 글로스터 백작, 에드먼드 세 사람이 등장한다. 우렁찬 나팔 소리에 리어 왕이 등장한다. 그리고 세 딸들이 그 뒤를 따른다. 고네릴, 리건, 코델리아 세 자매들이다. 고네릴은 알바니 공작이 남편이요, 리건은 콘월 공작이 남편이다. 리어 왕은 왕국의 영토를 세 딸에게 분배하려고 한다. 딸들의 효성에 따라 영토를 결정하고 싶은 리어 왕은 딸들의 말을 듣고자 한다. 고네릴은 최대의 사랑을 호소하고, 리건도 푸짐한 찬사를 보낸다. 이들의 말에 만족한 리어 왕은 영토를 3분의 1씩 분배한다. 정직한 코델리아는 허황된 말을 하지 않는다. 리어 왕은 마음이 상해서 고함을 지른다. "너는 내 딸이 아니다. 영토 분배는 없다. 나가라!" 정직한 코델리아를 변호하던 켄트 백작에게도 추방령을 내렸다. 이 자리에는 버건디 공작과 프랑스 왕도 참석하고 있다. 이들은 코델리아 의 남편 후보들이다. 코델리아가 영토를 받지 못하자 버건디 공작은 사퇴한다. 그러나 프랑스 왕은 코델리아를 아내로 맞는다고 선언하면서 그녀의 손을 잡고 나간다.

글로스터 백작에게는 적자인 에드거와 사생아 에드먼드 두 아들이 있다. 에드먼드는 계략을 꾸며 자신이 집안을 승계하려고 한다. 그는 에드거로부터 받은 편지를 위조해서 부친이 올 때 읽는 척하다가 숨긴다. 글로스터는 묻는다. "지금 읽고 있는 것이 무엇이냐?" "아무것도 아닙니다." 편지 내용은 두 형제가 작당해서 부친의 재산을 가로채자는 것이었다. 그 편지를 읽은 글로스터 백작은 에드거의 배신을 증오하며 에드먼드에게 기대를 건다.

제2막 : 글로스터 백작은 부친의 암살을 기도한 에드거를 추적한다. 에드거는 신변의 위험을 느끼고 도주한다. 그는 거지꼴로 미친 사람 행세를 하면서 산야에 파묻혀 산다.

리어 왕은 장녀 고네릴의 집에 머문다. 고네릴은 리어 왕을 푸대접한다. 리어 왕의 가신들을 당초 100명에서 50명으로 줄이라고 한다. 한때 추방당한 충신 켄트 백작은 신분을 숨기고 변장해서 리어 왕을 돌보고 있다. 리어 왕은 고네릴의 곁을 떠나 리건의 집으로 간다. 고네릴은 집사 오즈월드를 리건에게 보내 서로 협력해서 리어 왕을 괴롭히려고 한다.

켄트 백작이 리어 왕의 도착을 알리는 사자(使者)로서 먼저 리건의 집에 도착하는데 리건과 남편 콘월 공작은 누추한 켄트 백작을 난폭자로 보고 족쇄를 채우고 가둔다. 리건의 집에 도착한 리어 왕은 자신의 신하가 족쇄를 찬 것을 보고 격분한다. 숱한 무례와 천대를 받은 리어 왕은 딸들의 집에 있지 못하고 미친 듯이 들판으로 나간다. 리어 왕에게는 어릿광대가 따라다니고 있다. 그는 시종 웃기는 말을 하면서 리어 왕에게 숱한 경고를 발설한다.

제3막 : 황야를 헤매는 리어 왕의 곁에는 어릿광대 한 사람과 충신 켄트가 변장하고 따라다니며 시중든다. 마침 그 시기에 프랑스군이 도버에 상륙했다. 켄트는 사람을 보내 군 진영에 혹시 코델리아가 있는지 수소문한다. 그는 리어 왕의 곤경을 알려서 구원을 요청하고자 했다. 어릿광대와 함께 황야를 헤매던 리어 왕은 폭풍을 피해 오두막 속으로 들어간다. 그곳에서 에드거를 만난다. 글로스터 백작도 리어 왕의 행방을 찾아 이곳에 온다. 그러나 백작은 에드거를 알아보지 못한다. 글로스터 백작은 리어 왕을 옹호하다가 리건과 콘월 공작의 비위를 건드려 성에서 추방당해 방랑자가 되었다. 백작은 프랑스군에게 연락해서 리어 왕을 구출하고자 한다. 그 비밀을 그는 에드먼드에게 말했다. 에드먼드는 밀서를 들고 콘월 공작에게 간다.

글로스터 백작은 체포되어 리건과 콘월 공작 앞에 나타난다. 콘월 공작은 글로스터 백작의 두 눈을 칼로 찔러 뽑는다. 이 같은 잔악행위를 보고 하인 한 사람이 칼을 뽑아 콘월 공작에게 대들지만 역으로 그는 참살당한다. 콘월 공작도 이 때문에 상처를 입고 퇴장하지만 이 상처로 목숨을 잃는다. 이 시점에서 글로스터 백작은 에드먼드가 악당인 것을 알고 자신의 어리석음을 개탄한다.

제4막 : 글로스터 백작은 두 눈을 잃고 황야를 배회하다가 아들 에드거를 만난다. 에드거는 두 눈을 잃은 노인이 자신의 아버지인 것을 알지만 자신의 신분을 속이고 노인을 친절하게 돌본다. 글로스터 백작은 에드거에게 부탁한다. "도버 해협으로 데려다 주오. 그곳에 가면 벼랑이 있다지."

에드먼드는 여자를 농락한다. 고네릴과 리건 두 여자에게 추파를 던지는 것이다. 두 여자는 에드먼드를 두고 사랑싸움을 한다. 한편, 충신 켄트 백작이 코델리아에게 한 연락이 성공해서 편지가 전달되었다. 편지를 전달한 신사는 리어 왕의 참담한 소식을 접한 코델리아의 모습을 다음과 같이 전했다.

> 한두 번 '아버님!' 하고 소리 내어 부르셨지요. 가슴속 깊은 곳으로부터 애타게 터져 나오는 소리였습니다. 그러고는: '언니들, 언니들! 여성으로서 부끄러운 일이에요! 언니! 켄트! 아버님! 언니들! 폭풍우 속에서? 한밤중에? 이 세상엔 자비심도 없는가!' 하고 울부짖으셨습니다.

프랑스와 영국의 싸움이 시작되어 프랑스군이 도버 해협을 건너 진군했다. 프랑스 왕은 본국에 급한 일이 생겨 급히 귀국했다. 도버 주둔군의 세력은 영국군에 비해 열등하다. 영국군 사령관은 알바니 공작이다.

도버 해협에 도달한 글로스터 백작과 에드거도 큰일이다. 글로스터 백작은 벼랑에서 투신자살할 생각이다. 그는 이 일을 에드거에게 부탁한다. 에드거는 글로스터 백작을 벼랑 끝으로 데리고 가는 시늉을 한다. 눈이 안 보이는 글로스터 백작은 에드거의 말을 믿고 결심하고 뛰어내리는데 아무런 상처도 입지 않는다. 에드거는 언덕 밑으로 가서 딴 사람으로 변장한 뒤 백작을 도와 일으켜 세우며 기적이 일어나서 신의 은총으로 살아났다고 하면서 희망을 갖고 살아야 한다고 호소한다. 이 장면에서 리어 왕이 나타난다. 글로스터 백작과 에드거가 가까이 가서 보니 리어 왕은 미쳐 있다. 두 사람이 비탄에 빠져 있을 때, 충신 켄트와 밀사로 일했던 신사가 리어 왕을 찾아온다.

악당 패거리의 집사 오즈월드는 리건의 하수인이 되어 글로스터 백작을 죽이려고 나타났다가 에드거와 결투해서 참살당한다. 리어 왕은 코델리아의 진영에서 보호를 받으면서 의사의 치료를 받고 깊은 잠에 빠져 있다. 이윽고 리어 왕은 코델리아와 재회한다. 그러자 그는 광기에서 회복된다. 그러나 영국군의 공격이 임박했다. 영국군의 지휘를 맡은 사람은 에드먼드다. 고네릴과 리건이 그의 지시를 받고 있다.

제5막 : 프랑스군은 영국군에 패배한다. 리어 왕과 코넬리아가 포로가 되어 감옥에 갇힌다. 에드먼드는 부하에게 두 사람을 암살하라고 명령한다. 알바니 공작과 고네릴이 있는 자리에서 과부가 된 리건이 자신의 새 남편으로 에드먼드를 선택했다고 공언한다. 고네릴은 이 선언에 반대한다. 남편이 있지만 그녀도 에드먼드를 택하고 싶은 것이다. 알바니 공작이 두 자매의 싸움에 끼어들면서 에드먼드의 죄악을 폭로한다. 이 때 나팔 소리가 나면서 전령이 전한다.

> "우리 군대에 복무하고 있는 높은 지위의 명문 출신들 가운데, 글로스터 백작이라 불리는 에드먼드에 대하여 그가 대역죄를 범한 죄인임을 주장하고 싶은 자는 나팔 소리가 세 번 울릴 때까지 나서라. 에드먼드는 자신의 명예를 지킬 자신이 서 있다."

이 일은 에드거가 꾸민 작전이다. 이 말에 에드거가 등장한다. 그는 에드먼드에게 결투를 신청하고 싸운다. 에드먼드가 깊은 상처를 입고 쓰러진다. 이때 에드거는 자신의 신분을 밝힌다. 그는 부친 글로스터 백작이 자신의 팔에 안겨 서거했다고 전한다. 자신의 입장을 비관한 고네릴이 동생 리건을 독살한다. 또한 자신도 단검으로 가슴을 찌르고 자결한다. 코넬리아는 이미 죽은 시체가 되어 리어 왕이 안고 나온다. 리어 왕의 애절한 대사가 이어진다.

> "아니, 아니, 아니, 아니다! 어서 우리는 감옥으로나 가자. 둘이서 새장 속의 새들이 되어 노래를 부르자. 네가 나의 축복을 빌어주면 나는 무릎을 꿇고 너의 용서를 구하마. 그렇게 우리는 살아가자. 기도하고 노래하고 옛날 얘기를 나누며 금빛 나비들 보고 웃고 …(중략)… 이 세상 돌아가는 신비에 관해

서, 우리는 신들의 밀사(密使)인 양 아는 척하며 지내자."

결투로 입은 상처 때문에 에드먼드는 사망하고, 리어 왕도 죽는다.

4) 맥베스

〈맥베스〉도 홀린셰드의 〈연대기〉에서 그 소재를 구했다. 〈맥베스〉는 창작 연대로 볼 때 〈리어 왕〉과 〈안토니와 클레오파트라〉 사이에 있다. 셰익스피 어는 이미 〈로미오와 줄리엣〉 〈줄리어스 시저〉 〈햄릿〉 〈오셀로〉 그리고 〈리 어 왕〉 등의 작품 공연으로 극작가로서의 지위가 확고해지고, 극작술이 원숙 기에 접어들어 있었음을 알 수 있다. 〈오셀로〉가 극 후반에서 관객들에게 숨 쉴 틈을 주지 않은 것과는 대조적으로 〈맥베스〉는 처음부터 중반에 이르기 까지 관객을 긴장시키면서, 맥베스의 흉중을 살피게 한다. 처음의 마녀 장면 에서, 마녀들이 지껄이는 주문과 맥베스의 대사를 통해 우리는 환상과 현실 의 이중적 상황을 알게 된다. 맥베스가 국왕 살해의 흉계를 품고 한 걸음 한 걸음 목적 달성을 향하여 다가서는 숨 막히는 과정에서 긴장감이 고조되다 가 드디어 살인이 행해질 때까지 우리는 마음을 놓을 수 없다. 전반부에 맥베 스의 일거일동으로 집중되던 초점이 국왕 살해 후에는 여러 사건으로 확대 되면서 맥베스의 몰락으로 귀결된다. 드라마 구성의 압축감과 긴밀성은 다 른 비극작품에서 찾아볼 수 없는 탁월한 극작술이었다.

맥베스는 11세기 스코틀랜드에 실재했던 인물이었는데, 셰익스피어는 〈연대기〉와 역사적 사실, 전기 등을 자유롭게 참고하여 이 비극을 완성하였 다. 이 작품은 〈햄릿〉과 〈오셀로〉와는 달리 현실과의 관련성이 큰 것으로 평 가되고 있다. 화약 음모 사건(1605)의 재판 때 이 사건에 가담한 신부 헨리 가 네트가 사용한 언어의 양의성(兩義性)을 마녀 예언에 도입하여 맥베스를 혼돈

시킨 사례라든지, 가네트의 처형이 1606년 5월인데 〈맥베스〉의 공연은 같은 해 후반에 있었고, 이 사건의 표적이었던 국왕 제임스 1세는 밴쿠오의 후손이며 『악마론』의 저자이기도 한 점 등이다. 문제는 마녀의 정체가 무엇이냐 하는 점이 흥미롭다. 외부 세계의 인물인 고결한 맥베스에게 야심을 불어넣어 영혼을 지옥으로 타락시킨 것이 악마인가, 아니면 맥베스 자신의 야망이 투영된 환상인가 하는 점이다. 그러나 아무리 유혹을 한다 하더라도 맥베스 자신에게 그런 야심이 전혀 없었다면 살인이 가능하지 않았을 것이지만, 또 한편으로는 마녀를 만나지 않았다면 덩컨을 살해하려는 야망을 전혀 품지 않았을지도 모를 일이다. 그러나 맥베스는 운명적으로 마녀들을 만났으니, 그 순간부터 마녀의 지배를 받게 된다.

덩컨 왕의 살해는 맥베스를 악의 길로 인도하여 그를 파멸시킨다. 살해 직전에도 주저했고 살해 후에도 몹시 참회하며 겁에 떤다. 그러나 그는 다시 돌아설 수 없고 죄의 보상을 달리 받을 수도 없다. 일단 죄업의 길로 들어서다 보니 연속적으로 또 다른 죄를 저지르게 되는 함정에 빠진다. 이것도 죄를 의식적으로 저지르기 위한 행위가 아니라 자기 자신을 파멸로부터 보호하기 위한 방어 본능에서인 것이다. 밴쿠오에 대한 공포와 증오감이 그에게 살의를 품게 하는 경우를 보면 알 수 있다. 폭력을 통해 획득한 왕관을 보유하기 위해 그는 계속 악행을 거듭하는 폭군이 되고 만 것이다.

그러나 흥미로운 것은 셰익스피어가 맥베스를 살인마의 성격으로 창조하지 않았다는 점이다. 이것은 주인공에 대한 관객의 공감을 불러일으키자는 능숙한 극작술인데, 맥베스에게 악행을 행하게 하면서도 그에게 인간적인 약점이나 부드러운 인간성, 고결한 성품을 약간 부여하여 주인공에 대한 관객들의 혐오감을 억제시켜 극적 공감을 획득하도록 하는 수법인 것을 알 수 있다. 맥베스 부인을 과격한 악의 화신으로 성격을 창조하여 그와 대조시킨 의도도 이런 각도에서 생각해보면 쉽사리 수긍이 간다. 그러나 종국에 가서 맥베스 부인이 정신착란을 일으켜 자살하는 장면은, 셰익스피어가 악을 하나의 추상적인 개념으로 다루지 않고 살아 있는 인간 속에 구상화시키려 했던 노력을 엿볼 수 있다. 마녀 장면으로써 어두운 인간악의 상황을 강조한다든지, 극적 아이러니를 사용함으로써 극적 긴장감을 높이는 방법은 놀라운 수법이라 아니할 수 없다. 셰익스피어의 다른 어떤 작품보다도 〈맥베스〉는 대조의 체계적 방법을 극에 도입해서 큰 성과를 거두고 있는데, 이는 죽음과 생의 끊임없는 갈등을 주제로 삼고 있는 이 작품을 성공시킨 요인이기도 하다.

〈맥베스〉는 초자연적 환상의 의미표출을 위한 극작술이 탁월한 작품일 수 있다. 마녀들과 밴쿠오의 망령 등이 등장해서 극 전개의 결정적 역할과 가능을 다하고 있는 장면은, 희곡에 있어서 초자연적인 요소가 어떤 극적 분위기를 조성하며 극적 행동의 동인이 될 수 있는가 하는 문제에 정확한 해답을 준 경우라 할 수 있다.

플롯 시놉시스

제1막 : 황야에서 세 마녀가 나타난다. 그들은 맥베스 장군을 기다리고 있다. 덩컨 왕은 맥베스 장군의 승전보를 계속 듣고 있다. 마녀들이 기다리는 장소에 개선하는 맥베스 장군과 밴쿠오가 지나간다. 마녀가 나타나서 맥베스 장군에게 "글래미스의 영주님"이라고 부른다. 두 번째 마녀는 "코더의 영주님"이라고 부른다. 세 번째 마녀는 "미래의 국왕"이라고 부른다. 맥베스는 이 말에 깜짝 놀란다. 밴쿠오가 이들에게 예언을 부탁하니, "국왕은 될 수 없지만, 자손이 왕위에 오른다"고 예언한다.

왕궁에 도착한 두 장군을 국왕은 눈물을 흘리며 환영한다. 그 자리에서 국왕은 왕자 맬컴을 태자로 책봉한다고 선언 한다. 이 말을 듣고 맥베스는 마녀들의 예언을 의심한다. 그래서 비상수단을 강구한다.

맥베스 부인은 마녀를 만난 이야기를 전하는 맥베스의 편지를 읽는다. 맥베스 부인은 몹시 흥분한다. 그때 사자(使者)가 와서 국왕의 방문을 알린다. 부인은 악행을 저지를 만한 용기가 없는 남편 대신 그녀 스스로의 결단력으로 대망을 실행할 결심을 한다.

맥베스의 성에 국왕 덩컨, 왕자 맬컴, 도널베인, 밴쿠오 등이 도착한다.

맥베스는 왕의 신임을 받고 있기 때문에 왕을 살해하는 일에 양심의 가책을 느끼며 주저한다. 이를 눈치 챈 맥베스 부인은 남편의 우유부단함을 심하게 면박한다. 맥베스는 결국 국왕 살해를 결심한다. 이들은 왕의 종신들을 취하게 한 후 왕을 살해해서 그 죄를 종신들에게 뒤집어 씌울 계획을 짠다.

제2막 : 맥베스의 거대한 성의 안뜰. 한밤중, 밴쿠오는 우연히 맥베스를 만나면서 마녀의 예언을 상기하지만 그 이야기는 서로 피한다. 밴쿠오가 간 후, 맥베스는 공중에 단검이 걸려 있는 것을 본다. 그 단검에는 피가 묻어 있다. 맥베스는 그 단검이 자신의 행동을 암시하고 있다고 생각한다. 맥베스는 결국 왕을 살해한다. 그러나 그 죄악 때문에 맥베스는 미칠 지경이다. 하지만 맥베스 부인은 오히려 냉정하다. 맥베스가 자고 있는 종신에게 쥐여줄 단검을 부인이 직접 가져간다. 그 때문을 심하게 두드리는 소리가 들린다. 이 장면에서 맥더프와 레녹스가 등장한다. 맥베스는 맥더프를 왕의 침실로 안내한다. 그리고 왕의 암살이 발견되어 대소동으로 이어진다. 맥베스는 종신둘을 살해하고 암살자는 종신들이라고 말한다. 맥베스 부인은 실신하고, 왕자 맬컴과 도널베인은 신변의 위험을 느껴 전자는 영국으로, 후자는 아일랜드로 망명하려고 결심한다.

성 바깥. 한 노인이 귀족 로스와 국왕 암살 전후에 일어난 천지 이변에 관해서 이야기하는 자리에 맥더프가 나타나 도망간 두 왕자가 암살의 혐의를 받고 있다는 것, 왕위는 맥베스가 계승하고 스쿤에서 즉위식이 거행된다는 소식을 전한다.

　제3막 : 포레스 왕궁. 밴쿠오는 마녀의 예언이 실현된 것을 보고, 그 자신의 예언도 성취된다고 믿고 있지만, 한편 맥베스도 밴쿠오에 대한 예언에 신경을 쓴다. 그래서 그는 밴쿠오 부자를 죽이려고 이들을 만찬에 초대하면 자객이 성 바깥에서 그들을 암살하도록 계략을 세운다.

　왕궁. 왕위에 올랐지만 맥베스는 마음의 안식을 얻을 수 없다. 부인은 그의 허약한 마음을 질책한다. 왕궁의 앞뜰. 자객이 매복하고 있는 곳에 밴쿠오와 그의 아들 플리언스가 말을 타고 온다. 자객이 밴쿠오를 죽이는 순간, 플리언스는 도망친다. 왕궁 내의 홀. 맥베스를 둘러싸고 향연이 벌어지고 있다. 맥베스의 인사가 끝나갈 무렵, 자객이 그에게 와서 밴쿠오는 죽였지만 아들 플리언스를 놓쳤다고 보고한다. 맥베스는 마음의 안정을 잃고 제정신이 아니다. 그는 자신의 좌석에 밴쿠오의 망령이 앉아 있는 것을 보고 당황해서 광기가 발작한 다. 좌석에 앉은 일행들은 모두 어리둥절하여 놀라고 있다. 망령은 맥베스에게만 보인다.

　황야. 천둥번개가 치는 가운데 마법의 여신 헤카테가 세 마녀를 만나 그녀를 제쳐놓고 맥베스에게 예언한 것을 질책한다. 헤카테는 환영을 보여주면서 맥베스를 파멸시키려고 한다.

　왕궁. 레녹스와 던컨 왕의 암살, 밴쿠오의 횡사, 그리고 그 배후자는 맥베스라는 말이 돌고 있다. 왕자 맬컴과 도널베인은 그곳으로 피신해 온 맥더프와 계략을 세워 영국왕 에드워드의 힘을 빌리고 노썸버런드 후작의 원조를 얻어 부왕의 복수전을 치르기 위해 스코틀랜드 침공을 준비한다.

　제4막 : 황야. 동굴 속, 헤카테와 세 마녀들을 만나러 맥베스가 온다. 그는 이들에게 자신의 운명을 묻고자 한다. 마녀의 예언이 시작된다. "맥베스여,

맥더프를 경계하라." "여자의 몸에서 태어난 자로서 맥베스를 해칠 자는 아무도 없다." "버남의 대삼림이 던시네인의 높은 언덕까지 쳐들어오지 않는 한 맥베스는 패하지 않는다." 맥베스는 자신의 지위가 안전하다는 말에 위안을 느끼고 기뻐한다. 그러나 밴쿠오의 자손이 왕위에 오르느냐는 질문에 마녀의 예언 속에 밴쿠오의 망령이 나타난다. 맥베스는 그 뜻을 이해하고 격노한다. 마녀들은 사라진다.

이때 레녹스가 와서 맥더프가 영국으로 도주했다고 보고 한다. 맥베스는 맥더프의 성을 습격해서 그곳에 남아 있던 맥더프의 처자들을 살해할 결심을 한다. 이윽고 자객을 보내 맥더프의 아내와 아들을 살해한다.

영국. 왕궁 앞. 맬컴이 맥더프를 만나서 그가 믿을 만한 사람인가를 시험하고 있다. 그곳에 로스가 와서 맥더프 부인과 아들이 살해된 것을 전한다. 맥더프는 복수심에 불탄다. 일만 대군이 시워드 장군의 지휘 하에 스코틀랜드를 향해 진군한다.

제5막 : 던시네인성. 맥베스 부인은 몽유병자처럼 밤에 돌아다니고 있다. 그녀는 끊임없이 두 손을 비빈다. 핏자국을 없애려는 시도다. 던시네인성 부근. 레녹스와 멘티드 등이 영국군의 지원을 받아 진군을 계속하고 있다. 부인의 정신착란, 배반자들의 속출, 적군의 습격 등으로 맥베스는 반광란에 빠져 있다. 그는 거의 절망 상태다. 다만 맬컴이 여자의 몸에서 태어났다는 것, 버남의 숲이 움직이지 않는다는 것 등이 위안이 되고 있다.

버남의 숲 근처. 맬컴과 영국의 시워드 장군이 적병들을 혼란시키려는 작전으로 자신의 병사들에게 나뭇가지를 들고 진군할 것을 명한다. 던시네 성내. 맥베스에게 부인의 죽음이 전달된다. 그때, 버남의 숲이 움직이며 오고 있다고 전해진다. 맥베스는 최후가 임박한 것을 느낀다. 맥베스의 성이 함락된다. 맥더프는 맥베스를 만난다. 맥베스는 여자의 몸에서 난 아이는 무섭지 않다고 말한다. 맥더프는 자신은 어머니의 배를 가르고 나왔다고 말한다. 맥베스는 맥더프의 칼에 쓰러진다. 맬컴이 왕위에 오른다. 사람들은 스코틀랜드 만세를 부른다.

3. 셰익스피어를 어떻게 읽을 것인가?

1) 무대적 상황을 상상할 수 있어야 한다

셰익스피어를 쉽게 읽어내기 힘든 이유는, 셰익스피어와 현대인들 사이에 언어 · 사상 · 관습 그리고 연극적 인습의 차이가 있기 때문이다. 이 문제는 독자들이 노력만 하면 쉽게 극복할 수 있다. 작품에 붙은 주해나 해설 자료들, 그리고 방대한 양의 셰익스피어 연구서들은 이해의 장벽을 무너뜨리는 길잡이가 된다. 그의 비극작품을 이해하는 데 도움이 될 만한 참고서를 두 권만 들라고 한다면 나는 서슴지 않고 브래들리(A.C. Bradley)의 『셰익스피어 비극론(*Shakespearean Tragedy*)』(London, 1904)과 얀 코트의 『셰익스피어는 우리들의 동시대인(*Shakespeare Our Contemporary*)』(London, 1965)을 권하고 싶다.

우리는 셰익스피어의 작품을 읽을 때 작품의 다층적 구조 속에 잠재해 있는 의미의 다의성을 여러 각도로 해명해보도록 노력해야 한다. 그의 작품의 의미를 해명해주는 열쇠는 하나가 아니라 여러 개가 된다. 완전한 의미는 존재하지 않을지도 모른다. 그러나 한 가지 분명한 것은 작품을 감상하는 한 사람 한 사람이 자신의 열쇠 하나씩을 지니고 있어야 한다는 것이다. 그 열쇠를 들고 해명할 수 있는 신비의 문을 열어야 한다. 예컨대 〈햄릿〉 속에는 왕자 햄릿만 있는 것이 아니다. 음모가요 정략가며 왕권의 찬탈자이면서 형수를 차지한 클로디어스가 있고 햄릿의 어머니인 불행한 거트루드의 파탄에 빠진

정절이 있다.

햄릿의 명상적이며 염세적인 독백이 있는가 하면 복수를 맹세하는 잔혹한 언동이 있다. 오필리어의 이루지 못한 사랑과 죽음의 슬픔이 있고, 로젠크랜츠와 길든스턴의 계략과 배신이 있다. 호레이쇼의 충절과 우정이 있는가 하면 노회한 마키아벨리스트인 재상 폴로니어스가 있으며, 햄릿과 결투를 감행하는 그의 아들 레어티즈가 있다. 이토록 작중인물의 성격만 보아도 〈햄릿〉은 복잡한 작품임을 알 수 있다.

셰익스피어를 제대로 읽는 사람은 그가 발견한 극적 진실에 대하여 풍부한 상상력을 통해 민감하게 반응하고, 극적 상황 자체를 자신의 체험인 것처럼 받아들인다. 셰익스피어를 제대로 읽는 사람은, 희곡의 감상을 뛰어넘어 무대적 체험을 완성하는 관객의 입장을 받아들인다. 셰익스피어 시대의 희곡작품은 무대 형상화를 위한 텍스트에 불과했다. 그것은 한 편의 시나리오요 대본인 것이다. 연출가와 배우는 그 대본에 연극적 생명력을 불어넣는다. 셰익스피어를 제대로 읽는 사람은 눈으로 활자만을 읽지 않는다. 마음으로 무대를 그리면서 읽는다. 그는 연출가로서, 배우로서, 무대 미술가로서 — 이 모든 역할을 함께 지닌 사람으로서 작품을 읽는다.

희곡작품은 소설과 시와는 다르다. 희곡에는 활자화된 대본에 대한 우리들의 반응과는 전혀 다른 비언어적 표현 양상이 있다. 셰익스피어의 희곡작품을 읽었을 때에는 불분명하게 인식되던 사실들이 무대 속에서는 명백하게 전달되는 경우가 허다하다. 그래서 우리는 셰익스피어의 작품을 읽을 때 특히 무대 지시문에 주목할 필요가 있다. 상상력을 동원해서 치밀하게 읽으면, 우리는 희곡 속에 숨어 있는 공연적 자료로서의 대본을 발견하게 된다. 이 대본은 작품의 의미에 관해서 많은 것을 암시해주고 있다. 예컨대 〈리어 왕〉 제3막 7장의 글로스터의 고문 장면에서 육체적 상황의 지시라든지, 광증에서 차차 정상적 의식을 회복하는 리어 왕이 코델리아를 보고 "눈물을 흘리고 있느냐? 그렇군, 눈물이로군. 제발 울지 마라"(제4막 7장) 등에서의 제스처와 스테이지 액션의 암시 등은 생동감 넘치는 사실적 표현이라 할 수 있다. 뿐만 아니라 이 부분은 리어 왕과 그의 딸 코델리아와의 관계를 새로 정립하는 부분이어서 작품의 주제적 의미와 밀접한 연관을 맺고 있다.

〈코리올레이너스〉나 〈줄리어스 시저〉 〈로미오와 줄리엣〉 〈맥베스〉 〈햄릿〉 등의 개막 장면의 무대적 상황은 한결같이 작품의 주제를 상징적으로 암시하고 있다. 그것은 읽지 않아도 눈으로 보면 즉시 어떤 메시지가 전달되는 시각적 효과를 만들어내고 있다. 〈햄릿〉(제4막 7장)에서 레어티즈가 익사한 오필리어를 보고 "가엾은 오필리어. 물은 그만하면 충분할 테니, 나는 더 이상 눈물은 흘리지 않겠다"고 하는 대사에서 우리는 레어티즈가 울지 않으려고 애를 쓰면서도 눈물이 복받쳐 오르는 광경을 상상하게 된다.

이토록 셰익스피어의 텍스트는 제스처, 동작, 배우들의 연기적 앙상블 등에 관한 무궁무진한 지시와 암시로 가득 차 있다. 그것을 읽을 수 있느냐 없느냐 하는 것은 작품 감상에 큰 차이를 만들어준다. 대사 속에 있는 대명사, 부사 등도 분석해보면 대소도구의 실제적 사물과 동작과 무대 공간과 긴밀한 연관이 있음을 알 수 있다. 〈햄릿〉에서 폴로니어스가 클로디어스 왕에게 햄릿 왕자와 오필리어의 사랑 관계를 알려줄 때 그는 그의 말을 강조하는 제스처를 하게 된다. "만일 제 말에 어긋남이 있다면, 이것과 이것을 분리시켜주십시오."(제2막 2장)라고 말하는데, 우리가 '이것'이 지시하는 명사를 알지 못하면 이 대사를 전혀 이해할 수 없게 된다. 이때 제스처는 머리와 어깨를 가리키는 것이다. 즉 "제 어깨로부터 머리를 잘라내십시오"라는 뜻이 된다.

셰익스피어의 작품 속에서 사용되고 있는 소품도 아주 중요한 연극적 기능을 수행하고 있다. 그 한 가지 예가 〈오셀로〉에 나오는 데스데모나의 '손수건'이다. 이 '손수건' 하나 때문에 오셀로 장군의 파멸이 발생했기 때문이다. 무대의상도 마찬가지다. 셰익스피어 시대에도, 무대미술에 있어서 장치는 허술하고 간혹 생략될 수도 있다 하더라도 의상만은 완벽하게 갖추었다. 의상은 무대의 선이요 색채요 작중인물의 성격이었다. 의상에 의해서 작중인물의 역할이 관객에게 전달되었다. 더욱이 엘리자베스 시대에 의상은 동족과 사회계층과 직업의 표상이 되었다. 〈로미오와 줄리엣〉에서 캐퓰리트 집안과 몬태규 집안을 시각적으로 구분 짓는 유일한 방법은 의상이었다. 특히 무대에서 서로 대립하고 갈등하는 집단들의 반목과 증오를 보여주는 방법이 의상이었다. 〈템페스트〉의 제2막 1장에서 "에리얼이 눈에 보이지 않게 등장한다"라는 지문이 있다. 제3막 3장에서 프로스페로도 '눈에 보이지 않게' 등장한다는 지문이 있다. 그러나 이 두 인물은, 관객에게는 그 모습이 보여야 한다. 무대 위의 등장인물에게만 보이지 않을 뿐이다. 이들의 의상을 다른 등장인물과 어떻게 구분 짓고, 그 '보이지 않는' 특징을 관객들에게 어떻게 전달하느냐 하는 문제는 연출자의 중요한 과제라 하지 않을 수 없다. 독자들은 그 의상을 상상할 수 있어야 한다. 〈한여름 밤의 꿈〉에 등장하는 퍽도 오베론의 명령을 수행하기 위해서 스스로의 모습을 숨기고 다녀야 한다.

〈햄릿〉의 망령이나 〈맥베스〉의 마녀들에게 어떤 의상을 입혀서 이들의 초자연적 특성을 표출하느냐 하는 문제에 대해서도 독자들은 텍스트를 읽으면서 상상해볼 수 있어야 한다. 셰익스피어의 작품에서 전투 장면이 벌어질 때면, 이상하게도 화려하게 잘 입은 군대 쪽이 한결같이 패배하게 된다. 역사극의 무대에서는 이 문제도 소홀히 넘길 수 없는 디테일이다. 이 같은 디테일을 낱낱이 살펴 건져올리고 음미하면서 작품을 읽는다는 것은 여간 흥미로운 일이 아니며, 이 일은 작품 감상에 큰 도움을 준다. 〈리어 왕〉에서 의상의 이미저리는 실상과 허상의 주제적 의미를 부각시키고 있기 때문에 중요하며, 〈맥베스〉에서도 의상의 이미저리는 작중 인물의 심리적 상태와 성격의 특징을 표현하는 일에 사용되고 있다.

셰익스피어 극에서는 음향이나 음악도 중요한 기능을 다하고 있다. 〈줄리어스 시저〉에서 시저를 환호하는 군중들의 함성은 시저의 정치적 야심의 간접적 표현이 되고 있다. 〈리어 왕〉의 폭풍 장면에서 자연의 폭풍은 리어 왕의 마음속에 일고 있는 분노의 격정을 나타내고 있다. 천둥 · 번개 · 바람 등이 불러일으키는 소리는 곧 인간 내면의 소리가 된다. 그 소리는 모두 연극화된 소리다. 소리는 또한 시간의 흐름을 나타내는 일에도 사용되고 있다. 엘리자베스 시대의 극장은 일부 야외극장의 형태인데, 공연은 오후 시간에 진행되었다. 해가 뜨겁게 내리쬐는 한낮에도 〈로미오와 줄리엣〉의 낭만적인 달밤의 장면을 보여주지 않으면 안 된다.

밤이 새벽이 되는 시간의 흐름을 또한 나타내 주지 않으면 안 된다. 이때 새소리 등을 포함해서 시간의 경과를 알리는 청각적 이미저리를 사용하게 된다. 셰익스피어의 텍스트에는 지문과 대사를 통해 이 일이 가능하도록 만들어주는 언어가 있다. 그 언어의 무대적 기능을 모르고 넘어갈 때 우리는 셰익스피어를 제대로 읽었다고 할 수 없다. 물론 당대 셰익스피어의 무대에서는 시간의 경과나 낮과 밤의 차이를 알리기 위해 소리 이외에도 횃불, 촛불이나 등잔불의 도구를 사용하기도 했다. 종소리의 사용도 효과적이었다. 〈햄릿〉 제1막 1장에서 한밤중을 알리는 종소리가 들리는 것도 그 한 예라 할 수 있다. 지문에 '닭 울음소리 들려온다' 는 것이 있다. 이는 닭이 새벽을 알리면서 망령이 퇴장하는 시간을 암시해주고 있다.

2) 셰익스피어 시대의 무대적 인습을 알아야 한다

연극은 무대와 관객 사이의 약속으로 진행된다. 무대와 관객은 픽션을 상상적 진실로 수락하는 일에 서로 동의하고 있다. 엘리자베스 시대의 무대적 인습은 그 원리에 있어서 현대연극의 무대와 다를 바 없다. 인습은 무대 형상화 방법에서 생겨났다. 왜냐하면 무대적 방법이란 어떤 한계상황에 직면하지 않으면 안 되기 때문이다. 전기가 발명되기 이전에 무대에서 표현된 밤의 시간도 그것은 양쪽의 약속을 전제로 한 것이었다.

엘리자베스 시대의 무대에서 지적될 수 있는 첫번째 중요한 인습은 여자 역할을 소년 배우가 담당한다는 것이었다. 그런 까닭에 셰익스피어는 현대 연극의 경우와는 달리, 여자 역할의 연기적 범위를 축소하는 착상을 하게 되었다. 외관상의 매력을 제시하기보다는 될수록 언어의 힘에 의존해서 여성스러움을 표현한다든지, 또는 육체적 사랑의 행위 등의 장면을 될수록 축소하거나 제외하였다. 따라서 셰익스피어 작품에 있어서 여성의 성격은 남성보다도 더 지혜롭고 활기차고 침착하게 묘사되고 있다.

셰익스피어는 여성의 성격에 미모와 여성적 매력 이외에 또 다른 특성을 부여하여 그 인물의 호소력을 강화시키고 있다. 이 점에서 셰익스피어 희극의 특성으로 지적되고 있는, 변장을 통한 인물의 전환, 성의 전환을 음미해 볼 수 있고, 그 연기적 용이성도 긍정할 수 있다.

두 번째 중요한 인습은 독백과 방백의 인습이다. 이 방법을 통해 작중인물은 인물들 상호 간의 대화를 통하지 않고서도 관객에게 직접 말을 할 수 있게 되었다. 엘리자베스 시대에 유행한 이 같은 방법은 메시지 전달방법이 대화의 구속으로부터 벗어나는 형식인데, 미국의 작가 유진 오닐도 양심과 죄의식의 내면적 목소리를 관객에게 전달하는 방법으로 독백과 방백을 그의 극작술에 대폭 도입하고 있다. 셰익스피어 시대의 에이프런 무대(apron stage) 구조는 이 기법의 사용을 더욱 효과적으로 만들었을 것이라고 짐작된다.

독백은 셰익스피어의 악역들이 즐겨 사용하는 방법이다. 〈오셀로〉에서의 이아고의 독백은 그 대표적 경우라 할 수 있다. 〈햄릿〉에서도 햄릿 왕자의 독백장면은 그가 클로디어스와 대결하는 증오심이 최고조에 도달하는 장면인데, 평상시 대사를 통해 제시되는 햄릿의 모습과는 다른 성격적 측면을 보여준다. 또한 햄릿의 독백은 무대적 상황의 진행과도 밀접하게 연관되고 있다는 것을 알아야 한다. 그 순간 그 장면은 독백 이외에 다른 방법이 없거나, 독백에 의하지 않고는 극적 분위기가 고조되지도 않을뿐더러 다음 장면으로의 전환과 발전의 필연성도 생기지 않는 경우이다.

방백은 진실을 토로하는 기능을 지니고 있다. 방백은, 작중 인물이 관객의 이해와 협조를 요청하면서 관객을 극 속으로 끌어들이는 기술인데, 가령 〈리어 왕〉 제1막 1장에서 코델리아가 하는 방백 "코델리아는 뭐라고 말해야 좋담?"이라든지 "다음은 가엾은 코델리아 차례로군!……" 등은 코델리아의 내면적 목소리의 전달인데, 이같이 억제되어 외부로 발설되지 못한 마음이 일단 관객들에게만은 전달되어야 코델리아와 고네릴, 리건 세 자매의 성격적 차이가 확실해질뿐더러 다음으로 이어지는 "아무 할 말이 없습니다" 그리고 계속 이어지는 "없습니다"의 진의가 관객에게 쉽게 전달될 수 있다. 코델리아는 어떤 행위에 대한 비판적 언어 행위로써 방백의 방법을 효과적으로 사용하고 있다. 방백은 언제나 갑자기 튀어나오기 때문에, 앞뒤가 뒤엉키는 플롯상의 불일치와 부조화가 발생되지만, 극작가의 대담한 표현의 자유를 보장해주는 극작술상의 기교가 되면서 동시에 불필요한 설명적 대사를 제거할 수 있는 이점 때문에 셰익스피어는 이 방법을 그의 작품 속에서 즐겨 사용하고 있다. 〈햄릿〉에서의 방백의 사용은 돌연히 시작됨으로써 극적 흐름의 조화가 깨어지지만, 이 때문에 오히려 작중 인물의 마음 상태가 강렬하게 제시되고 표현되고 있어서 강렬한 연극적 효과가 달성된다. 클로디어스의 돌연한 기도장면은 클로디어스의 악행이 극명하게 표현되고 있는 장면이다. 그리고 양심의 아픔과 쓰라림이 고백적으로 전달되는 장면이기도 하다.

오필리어와 햄릿이 밀회하는 장면을 숨어서 지켜보고 있는 클로디어스가 폴로니어스의 말을 듣고, "아, 참으로 옳은 말이로다. 그 말이 채찍처럼 내 양심을 치는구나"고 방백을 통해 말한다. 이 같은 고백적 방백은 클로디어스가 극중극 장면 이전에 보여주기 때문에 극의 구조상 유익하다고 할 수 있다.

방백은, 악역들에게는 그들의 죄를 관객에게 전달하면서 스스로 변명을 늘어놓을 수 있는 편리한 방법이다. 그러나 셰익스피어는, 그러면서도 악역들이 죄의식 때문에 번민하고 고뇌하는 모습을 관객들에게 전달하는 것을 잊지 않았다. 그래서 방백은 비평적 아이러니의 기능이 되기도 한다.

셰익스피어의 여주인공들은 너무나 순결하고 아름답다. 오셀로의 질투심은 데스데모나의 부정(不貞) 때문이 아니라는 대전제가 비극 〈오셀로〉의 감상에는 필수적이다. 그러기 위해서 데스데모나는 더욱 순결하게, 그리고 아름답게 묘사되어야 한다. 데스데모나는 실제로 도덕적으로 타락한 여성이 아니다. 오셀로가 이아고의 간계에 빠져, 부질없는 질투심으로 데스데모나의 순결을 믿지 못하고 있을 뿐이다. 그래서 비극인 것이다.

〈햄릿〉의 오필리어를 보자. 그녀 역시 순결하고 단순하고 아름답다. 셰익스피어는 오필리어를 정치적 음모나 도덕적 타락의 구렁텅이에 빠지지 않도록 그녀를 보호하고 있는 듯하다. 그녀를 이토록 순진하고 결백한 여인으로 표현하면 할수록 폴로니어스, 클로디어스 그리고 거트루드 등의 도덕적 타락은 대조적으로 강조된다. 오필리어의 죽음에 대한 거트루드의 대사는 오필리어의 아름다움을 찬양하는 한 편의 시(詩)가 된다. 이와 같이 셰익스피어의 작품에 등장하는 여주인공들의 아름다운 인간상이, 직접적인 행위가 아닌 간접적이며 객관적인 언어 묘사를 통해 표현된다는 사실은 엘리자베스조 시대의 연극적 인습을 이해할 때 충분히 납득되고 수긍되리라 생각된다.

이태주

연도	윌리엄 셰익스피어	시대 배경
1564 (0세)	4월 23일 출생. 4월 26일, 존과 메리의 장남으로서 세례 받음.	C. 말로 탄생. 갈릴레오 탄생. 미켈란젤로 사망.
1565 (1세)	7월 4일 존, 스트랫퍼드 시참사위원(alderman)으로 피선(被選). 9월 12일 임명.	『지혜의 보고』의 저자 프랜시스 미아즈 탄생.
1566 (2세)	10월 13일, 존과 메리의 차남 길버트 세례.	해군대신극단 대표배우 에드워드 아렌 탄생.
1568 (4세)	9월 4일 존, 스트랫퍼드 시장(bailiff)에 선출됨.	메리 스튜어트 폐위. 영국에서 유폐됨.
1569 (5세)	4월 15일, 존과 메리의 다섯 번째 아이 조앤(Joan) 세례.	여왕극단, 우스터백작극단 스트랫퍼드에서 공연.
1571 (7세)	이즈음 윌리엄은 문법학교 킹즈 뉴 칼리지에 입학. 9월 28일 4녀 앤 세례 받음.	윌리엄 세실 경, 벌리 경이 됨.
1574 (10세)	3월 11일, 존과 메리의 일곱째 아이 리처드 세례. 전염병으로 런던 공연 금지.	5월 10일 레스터경극단이 왕실의 후원을 받음.
1575 (11세)	존, 스트랫퍼드에 정원과 과수원이 있는 두 채의 집을 40파운드로 구입. 윌리엄은 아마도 케닐워스의 축제를 봤을 것이다. 〈한여름 밤의 꿈〉에 반영되어 있다.	7월, 엘리자베스 여왕, 케닐워스 성 방문.
1576 (12세)	존, 문장(紋章) 허가 신청. 이때부터 존은 마을 의회 결석이 잦음. 군비 의연금도 미납.	제임스 버비지의 상설극장 '시어터(The Theatre)'가 쇼어디치에 건립됨.
1577 (13세)	존, 이때부터 재정적 어려움 때문에 공식회의 불참.	커튼극장 건립. 홀린셰드, 『연대기』 초판 발행.
1578 (14세)	11월 14일, 존은 부인의 유산 일부인 월름코트의 집과 토지를 담보로 의형 에드먼드 란바트의 돈 40파운드 차입.	8월 24일, 존 스톡우드가 설교 중에 극장 비난.
1579 (15세)	4월 4일, 4녀 앤 매장. 존, 스니타필드의 토지를 4파운드에 매각.	노스 역 『플루타르크영웅전』 출판. 존 플레처 탄생.

연도	윌리엄 셰익스피어	시대 배경
1580 (16세)	5월 3일, 4남(여덟 번째 아이) 에드먼드 세례. 존, 치안유지법 위반으로 20파운드의 벌금 지불.	『영국연대기』 출판.
1581 (17세)	8월 3일, 랭커셔에 사는 알렉산더 호턴의 유언장에 '배우 윌리엄 셰익스피어'에게 연금 2파운드를 남긴다는 기록이 있음. 윌리엄의 이름이 최초로 문서에 기록.	10월, 6세의 헨리 리즐리가 3대째의 사우샘프턴 백작이 됨.
1582 (18세)	11월 27일, 윌리엄, 8세 연상의 앤 해서웨이와 결혼.	버클레이경극단, 스트랫퍼드에서 공연. 에든버러대학 창립
1583 (19세)	5월 26일, 윌리엄과 앤의 장녀 수재나 세례.	옥스퍼드백작극단, 우스터백작극단 등이 스트랫퍼드에서 공연.
1585 (21세)	2월 2일, 쌍둥이 햄닛과 주디스 세례.	제임스 버비지, 커튼극장의 경영권 장악.
1586 (22세)	9월 6일, 존, 시위원에서 해임. 윌리엄, 런던행(?).	여왕극단, 레스터백작극단이 스트랫퍼드에서 공연.
1587 (23세)	6월 13일에 발생한 상해 사건으로 결원을 채우기 위해 윌리엄이 여왕극단에 가입한 가능성 있음.	헨슬로, 로즈극장 건립. 홀린셰드, 『연대기』 제2판 간행.
1588 (24세)	윌름코트 토지가옥 변제를 청구하면서 윌리엄이 란바트에 소송 제기.	레스터 백작 사망. 영국 해군, 스페인 무적함대 격파. 리처드 탈턴 매장(9월 3일).
1589 (25세)	윌리엄, 스트랑경극단과 해군대신극단이 합병해서 만든 극단에 관계함.	로버트 그린의 『Menaphon』에 쓴 토머스 내시의 서문에 〈원햄릿(Ur-Hamlet)〉이 언급됨.
1592 (28세)	윌리엄 그린의 책 『문(文)의지혜』(9월 20일 출판등록)에서 윌리엄을 비난하는 문구 '벼락출세한 까마귀(upstartcrow)' 발견.	6월, 극장 폐쇄. 9월 3일 그린 사망. 에드워드 알레인, 헨슬로의 양녀와 결혼해서 헨슬로와 동업자가 됨.

연도	윌리엄 셰익스피어	시대 배경
1593 (29세)	사우샘프턴 백작에게 〈비너스와 아도니스〉 헌정. 출판등록 4월 18일. 같은 해에 4절판으로 등록. 〈타이터스 앤드로니커스〉 집필. 〈말괄량이 길들이기〉 집필. 〈루크리스의 능욕〉 집필.	극작가 크리스토퍼 말로 살해당함(5월 30일). 전염병으로 윌리엄이 소속된 펜브루크백작극단이 어려움을 겪음.
1594 (30세)	윌리엄, 궁내대신소속극단에 단원으로 참가. 〈타이터스 앤드로니커스〉 출판 등록(2월 6일). 동년에 양(良)사절판으로 출판. 로즈극장에서 공연(1월 23일). 〈헨리 6세 2부〉 출판 등록(3월 12일). 동년에 악(惡)사절판 출판. 〈루크리스의 능욕〉 출판 등록(5월 9일). 동년 양사절판으로 출판. 〈실수 연발〉 그레이 법학원에서 공연(12월 28일). 〈베로나의 두 신사〉 집필. 〈사랑의 헛수고〉 집필. 〈로미오와 줄리엣〉 집필. 〈말괄량이 길들이기〉 공연(6월 13일).	1592년부터 이래로 폐쇄되었던 정규공연이 6월에 시작됨. 스트랫퍼드 대화재(9월 22일). 헨리 거리의 셰익스피어의 가옥도 피해를 입음. 펜브루크백작극단 해체(12월 28일). 6월 7일에 유대인 의사 로더리고 로페즈가 여왕 암살 용의로 처형됨.
1595 (31세)	3월 15일에 전년 12월의 어전공연에 대한 지불명부에 20파운드의 액수와 간부단원 윌리엄의 이름이 기록됨.	9월, 스트랫퍼드 화재. 〈리처드 2세〉 또는 〈리처드 3세〉 공연(12월 9일). 프랜시스 랭글리, 펜브루크백작극단의 본거지인 스완극장 건립.
1596 (32세)	8월 11일, 장남 햄닛 매장(11세). 10월 20일에 존, 문장 사용 허가받음. 윌리엄, 비숍게이트의 세인트헬렌에 거주(10월).	스완극장에서 네덜란드의 관광객 한니스 드 위트가 관객을 3천 명으로 추산. 2월 4일에 제임스 버비지가 블랙프라이어즈극장을 600파운드로 구입.
1597 (33세)	5월 4일에 윌리엄, 스트랫퍼드에서 가장 아름답고 두 번째로 큰 '뉴 플레이스' 저택을 60파운드에 구입. 〈윈저의 즐거운 아낙네들〉 공연(4.22~23). 〈리처드 2세〉 출판등록(8.29), 동년 양사절판 출판. 〈리처드 3세〉 출판 등록(10.20), 동년 양과 악의 중간사절판 출판. 〈헨리 4세 1부, 2부〉 집필(1597~1598). 〈사랑의 헛수고〉 공연.	2월 2일 제임스 버비지 매장.

연도	윌리엄 셰익스피어	시대 배경
1598 (34세)	〈헨리 4세 1부〉 출판 등록(2.25). 출판. 〈베니스의 상인〉 출판 등록(7.22). 윌리엄, 벤 존슨의 〈각인각색〉에 출연(9.20 이전). 〈사랑의 헛수고〉 양사절판 출판(12월). 〈헛소동〉 집필 (1598~1599). 〈헨리 5세〉 집필(1598~1599)	재상 윌리엄 세실 사망. 프랜시스 미어스의 수기 『지식의 보고』 출판(9.7). 이 책에는 윌리엄에 관한 여러 가지 언급이 있음.
1599 (35세)	2월 21일, 윌리엄, 주주의 한 사람으로서 글로브극장 건설 운영에 관한 계약서 작성. 세인트 헬렌에 보관된 세금 관계 서류에 윌리엄의 이름 있음. 글로브극장 개장. 〈줄리어스 시저〉 집필. 글로브극장에서 공연(9.21). 〈로미오와 줄리엣〉 양사절판 출판. 〈당신이 좋으실 대로〉 집필(1599~1600). 〈십이야〉 집필(1599~ 1600).	시인 에드먼드 스펜서 사망. 풍자문학 금지(6.1). 에식스 백작의 아일랜드 원정 실패.
1600 (36세)	〈당신이 좋으실 대로〉 등록(8.4), 출판 보류. 〈헛소동〉 등록(8.4). 양사절판 출판(10월). 〈헨리 4세 2부〉 등록(8.23). 양사절판 출판. 〈헨리 5세〉 등록(8.23). 악사절판 출판. 〈한여름 밤의 꿈〉 등록(10.8). 템스강 남안(南岸) 크린크 지구 납세자 리스트에 13실링 4펜스 미납 기록.	동인도회사 설립. 헨슬로, 520 파운드를 들여서 포춘극장 건립.
1601 (37세)	부친 존 사망. 9월 8일 매장. 궁내대신극단이 에식스 백작 일당의 요청에 의해 왕위 찬탈극 〈리처드 2세〉 글로브극장에서 공연(2.7). 〈십이야〉 궁전에서 공연(1.6). 〈햄릿〉 집필(1601~ 1602). 〈트로일로스와 크레시다〉 집필 (1601~1602).	2월 8일, 에식스 백작, 런던에서 반란 일으키다 체포되어 사형됨(2.25). 사우샘프턴 사형 면함.
1602 (38세)	5월 1일 윌리엄, 스트랫퍼드에 107에이커의 토지를 320파운드로 구입. 윌리엄, 런던 크리플게이트에 하숙. 〈윈저의 즐거운 아낙네들〉 등록(1.18). 악사절판 출판. 〈햄릿〉 등록(7.26). 〈끝이 좋으면 다 좋다〉 집필(1602~1603).	

연도	윌리엄 셰익스피어	시대 배경
• 1603 (39세)	5월 19일, 궁내대신극단이 국왕극단이 되다 (5.19). 〈트로일로스와 크레시다〉 등록(2.7). 〈햄릿〉 악사절판 출판.	엘리자베스 여왕 사망(3.24). 튜 더 왕조 끝남. 제임스 1세 즉위 하여 스튜어트 왕조 출범. 3월 19일 전염병으로 극장 1년간 폐 쇄.
1604 (40세)	〈오셀로〉 집필. 11월 1일 궁정에서 공연. 〈자 에는 자로〉 집필(1604~1605). 12월 26일 궁전 에서 공연. 〈햄릿〉 양사절판 출판. 〈윈저의 즐 거운 아낙네들〉 궁정에서 공연(11.4).	4월 9일, 극장 개관. 제임스 1세 스페인과 화평 체결.
1605 (41세)	국왕극단이 〈헨리 5세〉를 궁정에서 공연(1.7). 국왕극단이 〈베니스의 상인〉을 궁정에서 공연 (2.10). 〈리어 왕〉 집필(1605~1606).	11월 15일, 가이 포크스의 의사 당 폭파 음모사건(화약음모사 건) 발각. 레드불극장 개관.
1607 (43세)	6월 5일 장녀 수재나, 의사 존 홀과 결혼(6.5). 〈리어 왕〉 출판등록(11.26). 〈코리올레이너스〉 집필. 〈아테네의 타이몬〉 집필. 〈맥베스〉 아마 도 햄프턴코트에서 덴마크 왕 크리스찬 4세 방 문을 기념해서 공연(8.7). 〈햄릿〉 영국 함선 드 래곤호 선상에서 공연. 12월 31일 윌리엄의 동 생 배우 에드먼드 셰익스피어 매장(12.31).	7월~11월, 전염병으로 극장 폐 쇄.
1608 (44세)	수재나의 장녀 엘리자베스 출생(2.8. 세례). 모 친 메리 사망(9.9. 매장). 〈안토니와 클레오파 트라〉 등록(5.20). 〈리어 왕〉 양과 악의 중간판 본 출판. 〈페리클레스〉 집필(1608~1609), 등록 (5.20).	시인 존 밀턴 출생. 8월 9일, 국 왕극단이 블랙프라이어즈 극장 임대권 매입.
1610 (46세)	윌리엄, 고향에 은퇴. 〈겨울 이야기〉 집필 (1610~1611).	2월, 제임스 1세 의회 폐쇄.
1611 (47세)	〈심벨린〉 관극(4월 하순) 기록(점성가 사이먼 포맨). 〈겨울 이야기〉 글로브극장에서 공연 (5.15). 〈템페스트〉 집필(1611~1612). 동년 궁 정에서 공연(11.1).	흠정(欽定)영역성서 출판.
1612 (48세)	〈헨리 8세〉 집필(1612~3).	태자 헨리 사망.

연도	월리엄 셰익스피어	시대 배경
1613 (49세)	2월 4일 동생 리처드 매장. 런던 블랙프라이어즈 지구에 140파운드를 들여 게이트 하우스(Gate-House) 구입.	〈헨리 8세〉 공연 중(6.29) 글로브극장 소실. 곧 재건립 착수.
1614 (50세)	글로브극장 6월 준공(1400파운드 소요됨).	호프극장 건립.
1615 (51세)	〈리처드 2세〉(제5쿼토판) 출판(90월).	조지 채프먼이 호메로스의 『오디세이』 완역.
1616 (52세)	1월 26일경, 월리엄 유언장 작성. 차녀 주디스가 토머스 퀴니와 결혼(2.10). 유언장 수정, 서명(3.25). 4월 23일 월리엄 셰익스피어 사망. 스트랫퍼드 홀리 트리니티교회에 매장(4.25). 11월 23일, 토머스와 주디스의 아들 셰익스피어 세례. 『루크레스의 능욕』 출판.	1월 6일 헨슬로 사망.
1623	8월 6일, 월리엄의 아내 앤 사망(67세). 11월 8일 월리엄의 전집 첫 폴리오판이 셰익스피어의 동료배우들인 존 헤밍스와 헨리 콘델에 의해 출판.	

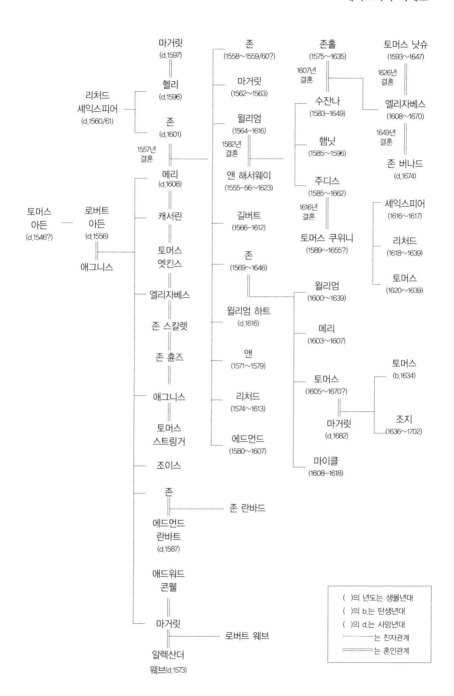

셰익스피어 가계도

마거릿
(d.1597)

존
(1558~1559/60?)

존홀
(1575~1635)

토머스 낫슈
(1593~1647)

헬리
(d.1596)

마거릿
(1562~1563)

1607년
결혼

1626년
결혼

리처드
셰익스피어
(d.1560/61)

엘리자베스
(1608~1670)

존
(d.1601)

윌리엄
(1564~1616)

수잔나
(1583~1649)

1557년
결혼

1582년
결혼

햄닛
(1585~1596)

1649년
결혼

존 버나드
(d.1674)

메리
(d.1608)

앤 해서웨이
(1555~56~1623)

주디스
(1585~1662)

토머스
아든
(d.1546?)

로버트
아든
(d.1556)

캐서린

길버트
(1566~1612)

1616년
결혼

셰익스피어
(1616~1617)

애그니스

토머스
엣킨스

존
(1569~1646)

토머스 쿠워니
(1589~1655?)

리처드
(1618~1639)

엘리자베스

윌리엄
(1600~1639)

토머스
(1620~1639)

존 스칼렛

윌리엄 하트
(d.1616)

메리
(1603~1607)

존 휴즈

앤
(1571~1579)

토머스
(b.1634)

애그니스

리처드
(1574~1613)

토머스
(1605~1670?)

조지
(1636~1702)

토머스
스트링거

에드먼드
(1580~1607)

마거릿
(d.1682)

조이스

마이클
(1608~1618)

존

존 란바드

에드먼드
란바트
(d.1587)

애드워드
콘웰

( )의 년도는 생몰년대
( )의 b.는 탄생년대
( )의 d.는 사망년대
──── 는 친자관계
════ 는 혼인관계

마거릿

로버트 웨브

알렉산더
웨브(d.1573)

장미전쟁 역사극의 가계도

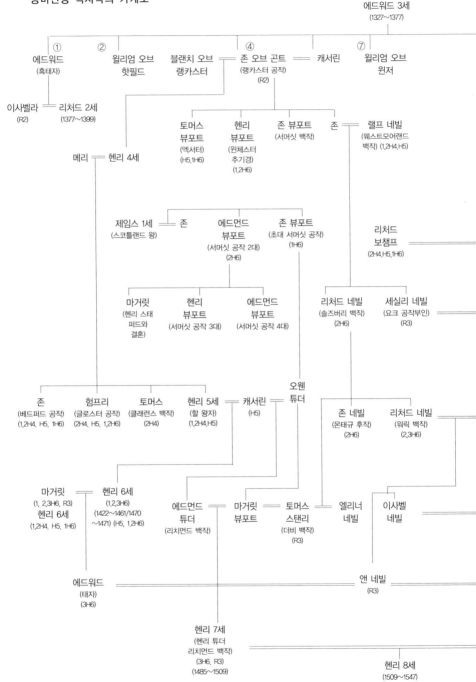

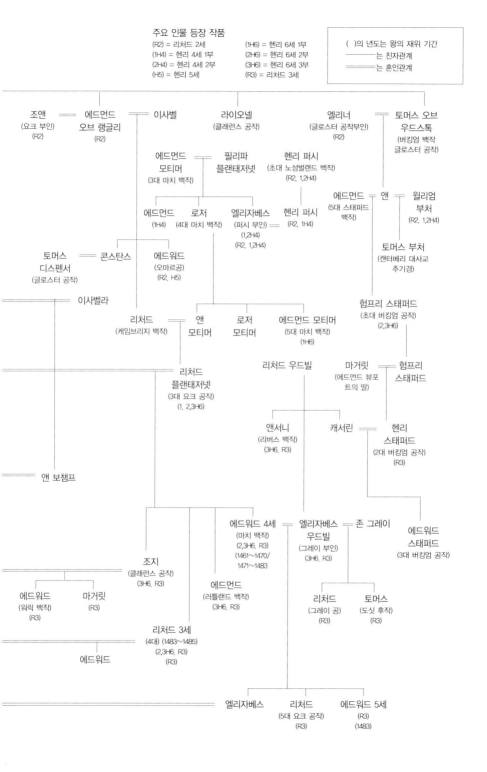

주요 인물 등장 작품
(R2) = 리처드 2세
(1H4) = 헨리 4세 1부
(2H4) = 헨리 4세 2부
(H5) = 헨리 5세
(1H6) = 헨리 6세 1부
(2H6) = 헨리 6세 2부
(3H6) = 헨리 6세 3부
(R3) = 리처드 3세

( )의 년도는 왕의 재위 기간
———— 는 친자관계
════ 는 혼인관계

조앤
(요크 부인)
(R2)

에드먼드
오브 랭글리
(R2)

이사벨

라이오넬
(클래런스 공작)

엘리너
(글로스터 공작부인)
(R2)

토머스 오브
우드스톡
(버킹엄 백작
글로스터 공작)

에드먼드
모티머
(3대 마치 백작)

필리파
플랜태저넷

헨리 퍼시
(초대 노섬벌랜드 백작)
(R2, 1,2H4)

에드먼드
(5대 스태퍼드
백작)

앤

윌리엄
부처
(R2, 1,2H4)

에드먼드
(1H4)

로저
(4대 마치 백작)

엘리자베스
(퍼시 부인)
(1,2H4)
(R2, 1,2H4)

헨리 퍼시
(R2, 1H4)

토머스 부처
(캔터베리 대사교
추기경)

토머스
디스펜서
(글로스터 공작)

콘스탄스

에드워드
(오마르공)
(R2, H5)

험프리 스태퍼드
(초대 버킹엄 공작)
(2,3H6)

이사벨라

리처드
(케임브리지 백작)

앤
모티머

로저
모티머

에드먼드 모티머
(5대 마치 백작)
(1H6)

리처드
플랜태저넷
(3대 요크 공작)
(1, 2,3H6)

리처드 우드빌

마거릿
(에드먼드 뷰포
트의 딸)

험프리
스태퍼드

앤 보챔프

앤서니
(리버스 백작)
(3H6, R3)

캐서린

헨리
스태퍼드
(2대 버킹엄 공작)
(R3)

에드워드 4세
(마치 백작)
(2,3H6, R3)
(1461~1470/
1471~1483)

엘리자베스
우드빌
(그레이 부인)
(3H6, R3)

존 그레이

에드워드
스태퍼드
(3대 버킹엄 공작)

조지
(클래런스 공작)
(3H6, R3)

에드먼드
(러틀랜드 백작)
(3H6, R3)

리처드
(그레이 공)
(R3)

토머스
(도싯 후작)
(R3)

에드워드
(워릭 백작)
(R3)

마거릿
(R3)

리처드 3세
(4대) (1483~1485)
(2,3H6, R3)
(R3)

에드워드

엘리자베스

리처드
(5대 요크 공작)
(R3)

에드워드 5세
(R3)
(1483)

영국 왕가 족보 (1)

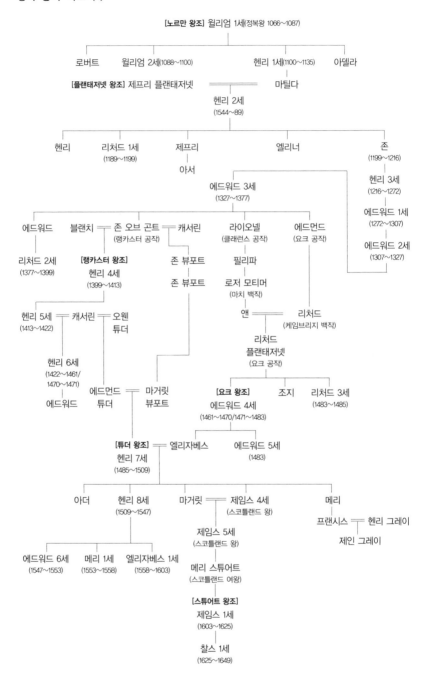

영국 왕가 족보 (2)

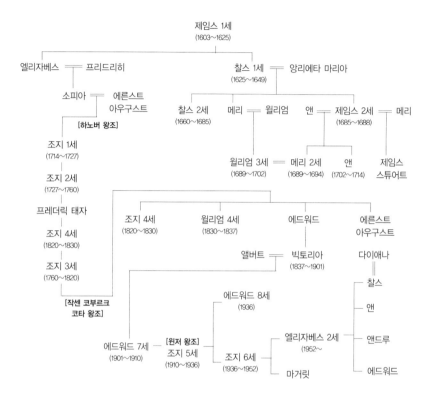

제임스 1세
(1603~1625)

엘리자베스 ═══ 프리드리히

찰스 1세 ═══ 앙리에타 마리아
(1625~1649)

소피아 ═══ 에른스트 아우구스트
[하노버 왕조]

찰스 2세
(1660~1685)

메리 ═══ 윌리엄

앤 ═══ 제임스 2세 ═══ 메리
(1685~1688)

조지 1세
(1714~1727)

윌리엄 3세
(1689~1702)
═══ 메리 2세
(1689~1694)

앤
(1702~1714)

제임스 스튜어트

조지 2세
(1727~1760)

프레더릭 태자

조지 4세
(1820~1830)

윌리엄 4세
(1830~1837)

에드워드

에른스트 아우구스트

조지 4세
(1820~1830)

앨버트 ═══ 빅토리아
(1837~1901)

다이애나
║
찰스

조지 3세
(1760~1820)

[작센 코부르크 코타 왕조]

앤

앤드루

에드워드 8세
(1936)

에드워드 7세
(1901~1910)

[윈저 왕조]
조지 5세
(1910~1936)

조지 6세
(1936~1952)

엘리자베스 2세
(1952~)

마거릿

에드워드